アミダクジ式ゴトウメイセイ

座談篇

アーリーバード・ブックス❖編

後藤明生

つかだま書房

後藤明生

「内向の世代」の作家として知られる後藤明生は、1932年4月4日、朝鮮咸鏡南道永興郡（現在の北朝鮮）に生まれる。中学1年の13歳で敗戦を迎え、「38度線」を歩いて超えて、福岡県朝倉郡甘木町(現在の朝倉市)に引揚げるが、その間に父と祖母を失う。当時の体験は小説『夢かたり』などに詳しい。旧制福岡県立朝倉中学校に転入後（48年に学制改革で朝倉高等学校に）、硬式野球に熱中するも、海外文学から戦後日本文学までを濫読し「文学」に目覚める。高校卒業後、東京外国語大学ロシア語科を受験するも不合格。浪人時代は『外套』『鼻』などを耽読し「ゴーゴリ病」に罹った。53年、早稲田大学第二文学部ロシア文学科に入学。55年、小説「赤と黒の記憶」が第4回・全国学生小説コンクール入選作として「文藝」11月号に掲載。57年、福岡の兄の家に居候しながら図書館で『ドフトエフスキー全集』などを読み漁る。58年、学生時代の先輩の紹介で博報堂に入社。自信作だった「ドストエフスキーではありません。トリスウィスキーです」というコピーは没に。59年、平凡出版（現在のマガジンハウス）に転職。62年3月、小説「関係」が第1回・文藝賞・中短篇部門佳作として「文藝」復刊号に掲載。67年、小説「人間の病気」が芥川賞候補となり、その後も「S温泉からの報告」「私的生活」「笑い地獄」が同賞の候補となるが、いずれも受賞を逃す。68年3月、平凡出版を退社し執筆活動に専念。73年に書き下ろした長編小説『挾み撃ち』が柄谷行人や蓮實重彥らに高く評価され注目を集める。89年より近畿大学文芸学部の教授（のちに学部長）として後進の指導にあたる。99年8月2日、肺癌のため逝去。享年67。小説の実作者でありながら理論家でもあり、「なぜ小説を書くのか？　それは小説を読んだからだ」という理念に基づいた、「読むこと」と「書くこと」は千円札の裏表のように表裏一体であるという「千円札文学論」などを提唱。また、ヘビースモーカーかつ酒豪としても知られ、新宿の文壇バー「風花」の最長滞在記録保持者（一説によると48時間以上）ともいわれ、現在も「後藤明生」の名が記されたウイスキーのボトルがキープされている。

目次

ブックデザイン―ミルキィ・イソベ（ステュディオ・パラボリカ）
本文付物レイアウト―安倍晴美（ステュディオ・パラボリカ）
本文DTP―越海辰夫（越海編集デザイン）

現代作家の条件

×阿部昭×黒井千次×坂上弘×古井由吉

阿部昭―あべ・あきら

小説家。一九三四年、広島県出身、神奈川県藤沢市鵠沼育ち。五九年、東京大学文学部仏文学科卒業後、ラジオ東京（現在のＴＢＳ）に入社。勤務の傍ら小説を書き続け、六二年に「子供部屋」で文學界新人賞を受賞。七一年に退社し作家活動に専念。八九年五月十九日、五十四歳の若さで病死（急性心不全）。著書に『千年』『人生の一日』『短編小説礼讃』など。

黒井千次―くろい・せんじ

小説家。一九三二年、東京出身。五五年、東京大学経済学部卒業後、富士重工業へ入社。七〇年に『時間』で芸術選奨新人賞受賞。同年に退社し作家活動に専念。八四年に『群棲』で谷崎潤一郎賞、九五年に『カーテンコール』で読売文学賞を受賞。二〇〇二年、日本文藝家協会理事長に就任（〇七年まで）。著書に『羽根と翼』『一日　夢の柵』など。

坂上弘―さかがみ・ひろし

小説家。一九三六年、東京出身。五四年、慶應義塾大学文学部哲学科入学。六〇年、理研光学工業（現在のリコー）に入社。九五年にリコーを退社し、同社の顧問に就任。二〇〇四年、紫綬褒章受章。〇六年、日本文藝家協会理事長に就任（一〇年まで）。一一年より日本近代文学館理事長。著書に『初めの愛』『優しい碇泊地』『田園風景』『眠らんかな』など。

古井由吉―ふるい・よしきち

小説家。一九三七年、東京出身。五六年、東京大学文科二類入学。同文学部独文学科卒。同大学院人文科学研究科独語独文学専攻修士課程修了。その後、金沢大学助手、同大学講師を経て、立教大学助教授に就任。七〇年三月付で立教大学を退職し作家活動に専念。七一年、「杳子」で第六四回芥川賞を受賞。著書に『槿』『仮往生伝試文』『白髪の唄』など。

初出―「文藝」一九七〇年三月

社会的契機と個人的な契機

編集部 ❖ 戦後、作家が登場してくるケースを考えてみますと、俗に「第一次戦後派」といわれる作家群が、その前の時代の文学を批判するとともに新しい文学理念を持って登場し、次に「第三の新人」といわれる作家たちが、そのアンチテーゼといいますか、また別の文学理念を持って登場してくるということがあったと思います。そのあと純正アプレゲールの代表のような形で、石原慎太郎、開高健、大江健三郎というような方々が、やはり戦後世代の文学的主張を持って登場してこられたし、それを受け入れる側でも、そういう問題意識を持って受け入れるというようなことがあったのではないかと思うわけです。こういうふうに外側から概括してしまうのは乱暴かもわかりませんが、いずれの場合も、何かその文学的主張といったようなものが、客観的に流通しているような感じがあったような気がします。

今日、ここにご出席いただいた方々は、いま文芸ジャーナリズムの上で大変活発な自立的な作品活動をされていて、実質的に日本文学の一部を背負っておられるように思いますが、どうも先ほど申し上げたような文学的主張が普遍的に流通している面が弱いという印象を受けるわけです。それは一つには、時代との関連もありましょうが、ここにお出でになる方々は、会社勤めその他で生活を必然的に引き受けるということがあって、そのことが、作家としての自己のパブリックな立場を確認するということより、ひとりひとりの場所でコツコツと小説を書くというような方向に向っていかざるを得ないということがありはしないか、というふうにも思うわけです。そのことは結局、いままでの人たちとは違う新しい作家像をイメージとしてお持ちになっているからではないか、という気もします。

ちょっと挑発的に申し上げましたが、この文学外の問題に現代文学の重要な問題が隠されているようにも思いますので、まず、自分たちを客観的にどのように位置づけていられるか、うかがいたいと思います。

後藤❖結局、作品が世のなかに出るということですね。つまり、読まれるということの契機になるものですね。

いま司会者が述べられた戦後の作家について言えば「第一次戦後派」と「第三の新人」というのは、代表的な一つのグループになっているわけですけれども、その出かたはわりと社会的契機というものがはっきりしているわけですね。開高、石原、大江の三氏を見た場合も、社会的な契機というのは、はっきりしていると思うのです。だから個人的な契機によって、作品が世のなかに出るということは、ほんとうはあり得ないのだと僕は思うのです。やはり社会的なものがなければ、作品は表には出ないわけですね。

それが僕らの場合は、非常に曖昧だということですね。にもかかわらず作品はすでに出ているわけですね。だからほんとうは、社会的な契機がなければ出ないはずのものが、個々バラバラに出ているということは、僕らの特徴と言えば特徴だと思いますね。

「第一次戦後派」も「第三の新人」も、批評を加えることによって自己表現をするということで、一つの社会的契機になり得たということですね。石原、開高、大江の場合は、一つの契機は文学賞というものであったろうと思うのですが、やはり、彼らが社会的な契機というものを明瞭に持っているということは、彼らの個的なテーマというものが、やはり時代精神と言いますか、その時代の思想というか、そういった文学外のものに、わりに明瞭に結びついたということではないでしょうか。

僕らの場合は、その結びつくべき時代精神というか、時代思潮というか、そういうものと、個的な契機ですね、テーマなりモチーフというものとが、結びつきにくいのじゃなくて、ほんとうは結びついているわけですね。結びつかなければ表われないわけですから、結びついているのだけれども、非常にバラバラであるというような気がするのですね。そのためにひとりひとりを見れば、黒井さんは黒井さんであるし、阿部さんは阿部さんである、僕は僕であるわけだけれども、どうもまあ司会者が言った客観的な位置づけというか、そういうものは与えにくいということは、社会の、時代なら時代の、どの部分と結びつくのか、結びつけにくいということではないかと思うのですね。ひとりひとりは持っていると思うのです。持っていなければ、作品自体がかりに書かれたとしても、少なくともジャーナリズムにおいては活字にされるということはないと思う。非常に概論的な言い方ですけれども、一般的に言うと、そういうことではないかという気がするのですけれどもね。

黒井❖社会的な契機がなければということは、もちろんそうですけれどもね、何かいろんな意味で僕はわからないのです。いま司会者が言われた文学的主張みたいなものが出ていって、比較的、客観的に明確になっていたと言われる、その文学的な主張みたいなものというのを主張する場所というのは、それはやはり作品なわけですね。だから逆に言うと、きわめて非主張的な文学ということにそれはなるのか、非主張的な文学だというふうにもしなるとすれば、何を主張しているのかよくわからないと、よくわからないと言っても個々の作品がよくわからないのではなくて、一群の何か走りというやつが、どこを目差して走っているのか、よくわからないという意味で言うのだとすると、僕は僕なりに、走っているつもりはあるわけですね。あそこの山に登りたいとか、あの丘までぜひ行くぞとかいうつもりで、走っているわけだけれども、そういうひとりひとりが各々目差して走っていく状態みたいなものが、ある一つの群の動きみたいなものになりにくいというのが、客観的に起こっていることだとすれば、それを明らかにするのは、われわれの責任だろうかという気がするのですね。

ただ感じとしては、たとえば「第一次戦後派」「第三の新人」という人たちが出て来た時期にくらべて、時代の側がきわめてのっぺりしている。天下泰平であるはずがないのに、明らかに天下泰平であり、きわめて流動的なのに、まるで停止してしまったような毎日があり……。

阿部❖その戦後派文学とか「第三の新人」とかいわれる人たちも、いまわれわれが振り返って見て、非常に簡単にまとめて言っているわけで、あの人たちがそれぞれ登場したときは、とにかく一つの作品を引っ下げて登場したわけであって、やはりテンデンバラバラだっただろうと僕は思いますね。たとえば「第三の新人」と呼ばれた人たちにしても、それはひとりひとり、ぜんぜん反対のほうを向いてるという感じだったりしますからね、よく見れば。ですからそういう形で、共通点を見つけるということは、便利かもしれないけれども、その程度のことじゃないかという気がしますね。

それでたとえば、ここにいる何人かはどういう共通点があるかというと、年齢ということが一つある。さしあたってそのくらいですね。僕なんかはっきり感ずるのはね。同い年か、一つ下とか上とかね、そういうことは非常にはっきりわかる。その程度であって、また、こういうふうな形でいま並んでいても、たとえば、僕が真先にダメになるとかいうふうなことだってあるでしょうからね（笑）。

これはつまり「第三の新人」というふうなものがレッテルとしてあると、それに見合うようなものを、僕らに貼り付けようということで、さんざんもう言われて、それは僕らの仕事ではないからね。

それで、僕は他の方はどうか知らんが、自分のことを考えた場合、つまり、ほとばしるように書き出したという感じはないですね。それから、なんか前のものに対するアンチテーゼとして、これを俺たちはやらなければならないという、そういう使命感もあるとはいわない。たとえば、戦争に敗けたということを依然として僕は書いていますけれども、もし、僕が敗戦ということを、自分の敗戦を書くという意味があるとすれば、それだけ書き出した時期が遅いわけだから、それだけ時間をかけているわけですね。少なくとも二十年から二十五年経って、まだ敗戦というようなことをやっているのかもしれない、というようなことですね。

後藤❖だから分類ということで言うと「第三の新人」というのは評論家が分類したわけでしょう。僕はたしか小島信夫さんが怒って新聞に書いていたのを覚えています。要するに、自分は「第三の新人」になりたくないと言ってはいない「第三の新人」という箱に入れられたということに対して、彼一流の言い回しで、要するにあれはゴミ箱だというようなことを言っていますよ。ゴミ箱のような箱を作ってそのなかにポイポイと入れる。これは何か分類できないのを、その箱のなかに入れれば、それで何かふるいにかかって落ちるやつもいるだろうということを、要するに、分類は単なる箱であるということを、小島さんが言っていて、実作者の側から言えば、分類をもしされるならば、一つの箱にひとりしか入りたくないということを言っているわけですね。

編集部❖それは当然のことですね。

後藤❖だから当り前のことで、要するに分類というのは、客観的にしようとする側と、それをされるのを拒もうとする側と、当然あるわけであって、さっき、あまり言い慣れない言葉で、社会的契機とか個的な契機とかいう言葉をなぜ使ったかというと、それは僕自身に対する自己反省として、僕はいま考えているわけなんです。

ということは、また小島さんの話ですけれども、「文藝」の一月号で、通ずるか通じないかということを、小島さんは書いているわけですね。あれは難解で通じにくいところがあるのですけれども、結局、僕が司会者の言葉に引っかけて言えば、自分がどの程度、客観化されているだろうかということですね。それは僕自身のなかでではないですよ、他人のなかで、世間のなかで、自分というものがどの程度客観化され得るだろうかという……。それは小島さんの言う通ずる通じないも、おそらくそこらへんにつながってくるのではないかと思うのですよ。だから、どれほど客観化され得るものだろうかという、一つの疑問と同時に希望もあるわけですが、同時に不安もある。

それから、僕自身が少なくとも、小説というものが、ものである以上は、やはり、どの程度客観化をされるかということについて、僕自身、無関心ではあり得ない。それで改良できるものがあれば、やはり自分の課題として、それを自分に課していくべきでなかろうかという、自問自答の形で考えているということですね。だから自分というものと、それから他人のなかにおける自分ですね、これをよく考えている。

それは非常に僕ら自身の弱さとか、不十分さということもあるが、もう一つは、社会のほうというか、時代そのもののほうも、非常に僕は曖昧で不安定で複雑になって……複雑という言葉は曖昧ですけれども、わけがわからなくなっているところがあると思うのです。時代そのものの自己確認ができにくい時代だという……。

だから結びつく契機というもの自体が曖昧になるのは、至極当然な気もするわけです。というのは、早い話が、朝鮮戦争とか敗戦とかという、なんかパシッとした時代の切り口があって、それによって大多数の人間が、参加するとか参加しないとか、批判的であるか肯定的であるかというような、時代そのものが持っている絶対性と言いますか、時代そのものの性格が、流動的というか、早く言えば流動的みたいな、切り口がいくつでもできるような、断面をさらしているということではないでしょうかね。

黒井❖だから社会的契機とさっき後藤さんが言ったことを、いまのこととくっつけて、少し自分のほうに引きつけて言うと、なんか社会的契機というやつは、僕の感じでは、混迷と苛立ちというような感じがたいへんするのです。

わけがわからなくなっているけれども、そのままでいいとは誰も思っていない。やたらめったら苛立っていて、どうしていいかよくわからないというようなところで、なんかいろいろなものがグルグルと回ってしまっていて、そしてまさに、グルグル回ってしまっているその渦のまんなかみたいなところで、グルグル回りながら、俺は回っている、俺は回っているという感じがいつでもあって、だからたとえば、自分の書いた小説について人の意見を聞くときに、おまえはわからないということしか書いてないじゃないか、というようなことを言われると、それは言うほうの気分はわかるけれども、まさにわからないから書いてるわけで、こんなものがありましたとか、こういうことをいたしましたとかいうことが、書けないわけですから、だから何か、そういうわからないものの、わからなさみたいなものを、書くところからはじめなければしようがないだろう。

僕はそれはそれなりに、一つの主張だと思うのですね。それがもし、まあ明確に出てこないとか、あるいは、客観的につかまえられないとすれば、それは主張として出ていくものと、それを受け止める側、あるいは、つないでいるもののあいだのところが、やはり一つの流通がおかしくなっていて、そこのところにも、やはり混迷の原因みたいなものが、あるのではないかというような感じがするのですけれどもね。

――「私」への固執・自己の才能の確認――

後藤❖ただ僕らが書いて出したものが、世の中で定位置を獲得しにくいということですね。ありていに言ってしまえば、ポジションを獲得しにくい。

というこどの一つは、これは、僕らは「私」というものに、かなり固執して書いているということですね。その「私」とは何かということを解明しないことには、これは非常にむずかしいことだと思うのですね。ただ「私」を解明するということはむずかしいけれども、しかし、それは僕は、かなりもう、ここに集まっている五人なら五人というものにとっては、見えてきていると思うのです。だから「私」というやつが、ただ社会的にどこと結びつくかということは、これはまたいま言ったような社会だから、時代だから、非常にむずかしいけれども、それは徐々に接近していく可能性も、これは希望的なことだけれども、あるのではないかという……。

ただ要するに、非常にパッと社会の、あるいは時代のある部分と直結しやすかったわれわれ以前の人々のことを考えると、われわれは直結しにくい形で「私」というものを扱ってきたということは、言えるのではないかという気がするのですがね。

阿部❖客観的に位置づけをしますと、とにかく、ほとばしるように書かない、それからなんか、アンチテーゼを出してどうということも、少なくとも僕はないということは、それは文学史的に言って、どのくらいの時代までがそうだったのかよく知らないけれども、つまり、僕らははたで人が思うほど、先輩の仕事を見ていないような気がしますね。好きな人のものは実によく読んでいるけれどもね。読んでいながら、そこに流行語でいえば「断絶」のほうが先に見えてしまうということもあるな（笑）。

では、どこを見ているかというと、つまり、さっきも誰かが言われた、非常に混沌とした、まだ作品になっていないもののね、そういうもののほうに目がいく。そういう感じがしますね。だからそういう意味で、在来の、こういう流れがあって、そこからこういう枝葉が伸びて、こういうふうに継承していったというふうな実感が、どうも持てない。つまり、どこにつながっているのかというふうなことが、どうもわからない。そういう感じがしますね。

後藤❖だけれど、それ自体が阿部さんなら阿部さんの「私」というものではないのかな。

阿部❖だから僕はテンデンバラバラであるということを、やや具体的に言ったわけです。

そうしますと、もう非常に次元を下げて言いますと、どこに勤めているかというようなことが、実に直接的にあるんじゃないかという気がしますね。その男は何をやっているかという……。

後藤❖そのアンチテーゼを積極的に出さないということだけではなくて、出したくない、出す気もないということはね、やはり……。

阿部❖いや、出すからには、先人の仕事をよく見て、そういう作業は必要でしょう……。

後藤❖それはそうだな。

阿部❖もちろんそれは、たとえば「第三の新人」と言われる人たちから、実にたくさんのことを学んだり、盗んだりしているわけですけれども、その受け継ぎ方が、なんかちょっと違ってきている。

後藤❖だからアンチテーゼを出したがらないという点は、僕はまったく賛成で、僕自身があそこで、つまり「私」に固執したということは「私」をいかに表現するかという以外の表現方法では、いかなる「私」をも表現しなかったということだと思います。

　ありていに言ったら評論も書かない、変な発言もしない、要するに、暇があったら小説を書くことしかないということは、阿部さんがどこに勤めているかということと、微妙に関係してくることで、だからはっきり言うと時間がないのですよ。現実に勤めている以上は、時間が非常にないわけですよ。だから自己表現という形をとるとするならば、もう余計なことはいっさい省くということですね。ただ小説を一行でも書く以外は時間がないですから、いろいろ文献を研究して、論敵を倒すために、あいつの論文を読破するとか、それについて綿密周到な用意をして、理論的に相手を攻撃していくとか、粉砕していくというような作業は、ちょっとやりにくかったのですね。それは資質の問題もあるかもしれないけれども、現実的に言って、そういう状態だったということですね。

坂上❖僕は話を聞いていてどういうふうに言っていいか……いままでの話で部分的には、こちらも非常に反省したり、反対したり、反応するような話がずいぶんあったと思いますが、司会者の挑発にのらないような立場を取れば（笑）、やはり自分の客観化というのは、ちょっとできないのではないかということしかないわけですよ。

　では、おまえの文学がどういうふうに見られているか知っているかと言われれば、これはもちろん、ぜんぜんわからないと言ったほうがよいかもしれないですね。「第三の新人」や「第一次戦後派」というレッテルがないじゃないかということになれば、なるべくなら貼って欲しくないというふうな反応が出てきますよね。それはそれぞれまた違うのだから、こういう席だったら、どういうふうに違うかということを確認したほうがはるかに面白いでしょうね。

　職業の話も出ると思うけれども、同じような職業を持っていても、どういうふうに違うかという違いのほうが、大事だと思いますね。

　そうすると自分の客観化というのは、自分というものをどういうふうに見るかということ以外になくて、これは客観化でなくて、自分というものを、とにかく、ちょっと離してでも見れればいいというふうになってくると思いますが、そうすると、やはり自己告白的なことしか出てこないわけですよ。

ほんとうにこちらが告白しておれば、あとはどう見られるかということは、どうでもいいということになるから、さっき誰かがおっしゃったように、そういうことはほんとうは作品があるのだから、作品を読んでもらう以外にないという……もうちょっと前の次元になって、いったい自分がなぜ小説を書いているのか、あるいは書き出したのかとか、そういうことをもし聞かれたら、語弊があるかもしれないが、やはり、自分の才能というものを、自分で一つの感じとしてもったから、そのときにやはり書こうとし出したのだということが言えますね。

才能の良し悪しとか、あるいは大きい小さいとか、そういう問題はまったく抜きにして、僕はものを書くという場合に、才能というものが自分にあるということを、どこかではっきり、意外にその点に関しては自信を持っていないとできないだろう。というのは、才能というのは、一つの生きる生命力みたいなものだと思うのですよ。だから自分はこういう才能があるから小説も書くし、また同時に会社に勤めることもやるし、場合によったら、どこかに行くこともやるし、あるいは貧窮に甘んずるというようなことも、もちろん才能があるからやるというような、そういうなんかかなり原始的な生活感情というか、そういうものは、僕は持っているつもりですね。僕がこう言うと、一種の芸術本位主義とか、才能主義とか、そういうことになりかねないけれども、そうじゃなくて、才能というものを、僕は自分のなかで大切にしようと思ってきたし、またそれを育てていったりしないと、けっきょく自分は生きられないということが、わりあいはっきりしてきましたね、いまの段階では。

後藤❖それは、別に原始的ではないと思いますね。非常に近代的だと思うのですね。

坂上❖これはだから、自分の確認としてはこういうことが言えるわけですね。「個」とか「私」の問題があったと思いますがそれは「私」というと社会的な「私」というものを考えなければならないから何だけれども「個」ということを考えるのだったら、少し生命のリズムに近いところで感じてないと、やはり自分の才能が、どういうふうに社会のなかで、恐怖を感ずるのかとか、どういうことなら切り抜けていけるのかとか、そういうことでもってだったら、話せるような気がするのですね。

古井❖僕も、個人的なことしか話せないのですが、僕の場合は小説を書いて、不特定多数、まあ少数と言うべきなのだけれども、不特定の方に読んでもらえるようになってから月日が経っていないので、とにかく一つの作品の世界を作らなければならないということで、それだけで精一杯で、自分が世の中のどういうところに立っていて、それで自分がものを書くということは、世の中において、どういう位置を占めるかというところまで、とても考えがおよばないのです。

ただ僕の持っていた小説家のイメージというものから考えると、もし僕が小説家として認められるとしたら、小説家というものは、またずいぶん違ったものになってしまったのではないかという感じはあるのです。

これはあとから出てきた人間のひがみか、ねたみかもしれないのですけれど、いままでの作家の方は、自分の生活のなかにどうしても書きたいものを持っていたという感じが、しきりにするのです。僕の場合は、自分の生活のなかのものは、とにかく書いて、人の関心を要求するに値いしないという気持が非常に強くて、その面から自分に、小説を書くという必然性はちょっと自分で認められないのです。

ただ自分の持っているエネルギーとかあるいは自分特有のリズムが、いちばん伸び伸びと発揮されるのは、小説を書くことにおいてしかないという気持でやっているのです。だから非常に個人的な答えしか出ないのですけれど、それでも社会とのつながりということを考えるとしたら、僕なりに一つの触覚のようなものがあるわけで、非常に変なことなのですが、僕は自分の表現力の増減をめやすにして、自分と社会との関係を感じとっていこうと思うのです。

つまり、きわめて貧弱な表現力でもって、とにかく一つの表現力世界を作り上げなくてはならないので、絶えず失語症と闘っているというのが僕の実状なのですが、あるところでは、僕の表現力はかなり伸び伸びと出るけれど、別なところにいくと、いきなり表現力が尽きてしまう。僕の表現力が盛り上がるところと、ぜんぜんだめになるところと、それをもう少し考えると、技術的な点にとどまらず、自分の社会のなかにあるあり方がわかるのではないかと思うのです。そのことはまだ十分に突き詰めていませんが、僕の表現力がだめになっちゃうその部分こそ、いままでの作家の人なら、ほんとうに熱中して書く部分ではないかという気がしきりにするのです。

阿部❖生まれながらにしてですか。

古井❖生まれながらにしてというか……。

黒井❖それは、いままでのものに対する批判というような感じ……。

古井❖批判というより……。

黒井❖違和感のようなもの……。

古井❖ええ、それで素朴な感想を言いますと、ここにおられる方々の小説を読んでみて、やはり小説はいいなと思わせるような作品をお書きになってる。その意味では、小説の価値を高からしめている人たちだと思うのですけれど、僕の場合に、読んで、なるほど読みどころはあるかもしれないけれど、なぜこれが小説かというような考えがあるわけで、自分で書いていても、それはわかるのです。

後藤❖それは、昔の小説にくらべてですか。

古井❖たとえば後藤さんの小説とくらべてみても、後藤さんの小説を読むと、たしかに小説というものは、いいなという気持を持たせると思うのですけれど……。

後藤❖それはあまり率直に受け入れていると、あとでどんでん返しを食うと悪いので、話は半分くらいに、差し引いておきますけれどもね（笑）。

職場と文学

坂上❖それから、たとえばさっきアンチテーゼを出すか出さないかという話があったけれども、阿部さんの才能の一つの形からすると、それを出さなくてもいいということを、はっきり言われるけれども、僕のようなワサワサした、変な才能のパターンだと、僕はやはり出したい、出したいというか、出したいという気持は、当然わくだろうと思いますね。

後藤❖だから才能というと、それこそ非常にアンチテーゼ的に、僕には聞こえるので、もっとエゴということではないですか。でもないですか。エゴとも違う……？　僕がさっき原始的ではなくて、近代的だと言ったのは、そういう意味なんですがね。つまりそれを出さずには生きていられないというふうに、坂上さんは言われたのでね。

坂上❖エゴというのは、社会的に承認された一つの形としての、才能かもしれないですね。

後藤❖エゴは、才能じゃない場合もあるが、たまには単なるエゴというものもあるが……。

坂上❖エゴはもやもやしていていいが、それが自分のなかで、社会的に承認されそうなものが出てきたときに、はっきり名づけたいという欲望が、やはり才能だろうと思いますけれどもね。

　僕にはわからないが、笑い話のように聞いてもらいたいのだけれども、僕はやはり皆さんと同じように会社に大学を出てすぐ勤めたわけですね。大学四年のときに、これは文学的な問題とは違うのですけれども、中央公論の新人賞をもらって、それをもらう前に、会社の就職が決まっちゃうわけですね。つまり、かなり同時くらいなわけですね。自分では選択の余地がかなりあるわけです。どうするか。自分にはあるのだけれども、僕はもちろん先達の意見などもいろいろ聞いたが、自分でもかなりスムーズに、文学賞をもらうということと、会社がおまえを雇ってやるという決定を下したこととは、非常に次元が違うことで考えちゃう（笑）。どっちが重々しいかというと、会社がおまえを雇ってやると言ったことのほうが、重々しく感じられますね（笑）。

後藤❖中央公論に悪いのじゃないかな（笑）。

坂上❖いや、それは単純なことなんです。つまり文学賞というものは、中央公論の一つの社業であるということでしょう。それから就職試験というのも、一つの企業の社業なわけですね。どちらの社業に、好奇心があるかというようなことになるのじゃないかな。
阿部❖僕は放送局というところに勤めていまして、テレビの仕事もラジオの仕事もやってきて、それを十年以上やってるわけですけれどもね。つまり、この気違い部落、というようなことを思っていた間は、僕は、よかったと思うのです。むしろそうじゃなくて、なんかこのごろ非常に脅威なんだな、ああいう風俗というか、つまりテレビ、ラジオといった、あいうものね。

で、そういうところに入っていて、なんだこれはというふうなことで、非常に突きはなしてきて、それを僕は正気だと思ってやってきて、そういうものと文学というものは、まったく……文学というものは、はるかの高みにありましてね、実におごそかなものであるという感じね。僕は、だからそういう職場にいて、やはり必死に抵抗していたということがあると思うのですね。みずからの文学をもって、内心の文学というものをもって。

そういうことがあって反面、僕は、いままでに二、三まさに僕が自分も含めて気違いの集団であると目しているそういう世界を、これがいちばん身近なわけだから書こうとした、それでちょっと書いたようなこともありますけれどもね。そういう世界自体が、僕の文体に耐えないというか、あるいは逆に、僕の文体ないし、僕の文学的ないっさいの能力をもってしては、僕のほうがそういうものに耐えないというふうなことに、まずいちばん最初にぶっつかりますね。

なにもそういうものは、書かなくてもいいわけだけれども。それで現に、たとえばマスコミを舞台にした小説というものは、単に舞台にしたというだけなら、それはいろいろな人が書いていると思います、テレビ局にしても芸能界にしても。ところがそういうものは、僕なら僕が読んで、これはぜんぜん違うというふうに思うわけですね。それでいて、じゃあ自分は、その正体は何であるか、そういうものをつかまえられるかというと、非常にやはり力がない、非力だというふうに感じますね。

だから僕は学校を出て、とにかくテレビの仕事を選ぶということではなくて、就職をしたわけです。それで就職をして、その間、学生時代から、僕は書くということはやっていましたからね、もちろん入っても書くという場合に、僕はそのテレビ、ラジオの世界に呑みこまれないぞと思いながら、片や文学なるものを胸に抱えて必死に抵抗してきた。抵抗と言っても、それはつまり自衛してきたと言ったほうがいい。自分が壊れるのを、そういう形で食い止めてきた。

ところが僕は、逆にそういうことのために、自分が小説を書くというひそかな行為というものがあっていいのかどうか、あるいはバラバラになっちゃうとしても、それはそれで、もう一つの正気の世界というものが、現に生まれつつあるのではないかという気もするわけですよ。

そういうわけで僕は、さっき僕がいちばん最初に、どこに勤めているかというようなことを言ったわけですけれどもね。なんか小説を書くということよりも、そういうところに自分が属しているということで、めちゃくちゃにされそうな恐怖というか、脅威というか、そういうものを感じながら、やってきているわけですよ。だから僕が、さっき職業ということを言ったのはね、そういうことを皆さんに聞きたいということもあるわけです。

編集部❖自分の文学も職場に属していく、ということでしょうか。

阿部❖いや、もっと具体的に言うとね、たとえば放送局にやってくる作家評論家、俗に「先生」と呼ばれるような人たち……こういう人たちはマスコミにとって実に何者でもないのだな、実に。本人はどう思っているか知らないけれど。

たまたま僕はそういう場所にいて、自分は必死で文学を守っているつもりでいる。その守っているつもりのものが、いつのまにかヌケガラのようなものになっていることに気がつくわけです。同時に自分の書くものも、そういう視点から非常にためされた。ためされつつある、現に……ということを言っているわけです。

ですからこれは、さっき坂上さんが言った、新人賞をとるよりも、そういう就職決定の知らせのほうがはるかに重大に感じられたというのは、まったくそれは結果においても、そうだと思いますよ。それは新人賞を何本とってもね、そういうことよりも、もっとすごいからね。

坂上❖結局、新人賞というのは、たしかに自分がああいうものに応募した賞だから、最後の卒論みたいなぐあいではあっても、ちょっと応募しておこうというようなことは、単純な動機ですよね。就職試験を受けるのは、これで食っていけるか、いけないかということもあるから、動機として大きい。それと同時に新人賞は、それによって社会的な評価を得たわけではなくて、僕にとって社会的な事件と解釈してはいけない部分があると思うのですよ。新人の場合は、きっと皆あると思うのですけれどもね。それを誤解すると、やはり単純に笈《おい》を負って上京するとか、そういう生き方がうまれちゃうわけでしょう。

僕は新人賞というのは、なんとなく個人的な事件で、評価も文学的な評価という意味では、社会的な広がりはもちろん持っているのだけれども、それを蔑視する意味ではないが、僕は三島由紀夫さんが、あのとき選者だったが、三島さんが選を終ってから、パーティーで会ったときに、僕はもちろん面識もなんにもなくて、パーティーで会っただけなんで、あとにも先にも三島さんと言葉をかわしたのはその一言だけだけれども、三島さんは、僕に一言だけ言った。「あなたは、僕のようなものに選ばれて不満でしょうけれども」と言ったのですよ。僕は返事ももちろんできなかったけれども、それは僕にとっては、おとなの言葉である、文学者のなかのね。やはり文学の社会的な広がりというのは、そういうところで、これから求めていかなければならないのであって、たまたま新人賞をもらったということは、それ以前のことですね。だからそれを、社会的な評価と誤解してもしようがないので、これは、はっきりわかることですね。

それにくらべれば、会社に入るということは、自分なりの責任でいく行為の一つだからあれなんだけれども、僕は阿部さんがおっしゃった一つの恐怖というものを、もちろん阿部さんもそうだと思うけれども、会社に入れてくれるということを言われたときの、こちらの血の気が引いていくような恐怖のようなものを、非常に明瞭に覚えていますね。僕は自分の才能を見詰めているときの恐怖感と言っていいかどうかわからないが、そういうものを感じたんです。

それから自分の才能を見詰めていくときに明瞭に確認できたのは、自分の嫉妬心は確認できましたね。はっきり言って、会社に勤め出して、席に着いて、新聞を読めないのですよ。なぜ読めないかというと、本の広告が出ているでしょう。本の書評やなんかが出ていますね。文芸時評が出ていますね。ほかの人達は書いてるのだ。自分はもちろん時間的になんとかと言っても、書かないという立場にいる。書けないという立場にいる。片っ方できっと、ほかの人達は書くという時間を生きているのではないか。僕のほうは書かないという時間に生きているのではないか。そのときの嫉妬心は、非常に漠然と誰ということではないけれども、自分にとっては大きな問題だったですね。やはり自分のなかを見詰めるときの嫉妬心というものは、ごまかしてもしようがないので、そういうことをもし確認できて、そういったものが自分の才能にプラスになってくれれば、それはいずれ、書く一つの栄養になるだろうというようなことは、考えられましたけれどもね。そういう時期もありましたね。たしかに小説を書くということは、社会的なことじゃないのですよね、新人の場合は。

後藤❖僕が阿部さんと坂上さんのお話を伺っていて、ちょっと違うところと共通しているところとあったと思うのですが、僕も勤めて、僕はやめたばかりだけれども、十年間はちゃんとサラリーマンをやりましたのでね。

僕はたとえば新人賞と会社へ入ること、その選択はどっちでもいいが、坂上さんの場合はむしろ賢明な選択であったと思いますね。しかし、これは生きていくうえに、賢明であったということですね。文学的に賢明であったかどうかは別だと思います。ということは、勤めるということは、生きるということだと思いますね。つまり食うということ。労働をして食べる。労働をしなくても食べられるという場合であれば別だと思いますが、われわれは組織に属することによって、何かをそこに提供することで食う。これは大前提なわけですね、われわれが勤める場合は。結局その場合に、価値の問題があると思いますね。たとえば坂上さんが才能と呼ぶもの、あるいは阿部さんが、胸にしまっておいた文学というものね、これはつまり文学的な価値なわけですね。あるいは文学的な天分であるわけですね。ところが会社が要求しているものはそれではないわけですね。あるいは生産しているものは、また別のものを生産しているわけですね。たとえば阿部さんのところは映像あるいは音波というものを商品にしているわけだし、坂上さんのところは事務機とかその他の機具を……。

坂上❖企業パンフレットのようなことになったな（笑）。

後藤❖まあそれを作らされている人間、あるいはそれに従事させられている人間に対して、企業が要求している価値というのは、坂上さんに新人賞をもらうだけの文学的天分があったから、それを価値として認めているわけではないわけですね。

坂上❖会社が、どう思おうと……。

後藤❖要するにまったく違う価値の世界なわけですよ、文学的価値と。

ところが僕の場合を少し言えばはっきりすると思うが、僕はまったく違う価値だと、はじめから思っていたわけですね。僕はまったく文学的価値がない人間とは、思わなかった。それは別に実現はしなかったけれども、可能性としてうぬぼれていたわけですね。だけれども会社に入るということは、そのために入るのではまったくないということですね。これは生きるために入るのであって、文学的価値をそこで評価されるとか、そのために一銭もくれないのが当り前であるということと、まったく無関係であるということですね。だから僕がいくらこういう人間であるということを、会社のなかで主張したり表現したりしようとしても、一顧だに与えられない。それは当然である。そこで打ち砕かれた自己というものが、結局、僕に小説を書かしたので、だから僕はもともとあった才能が、入る前にあった才能が、僕をして書かしたのではなくて、もともとあるような気がしていたものを抱いて入ったら、まったくその価値を認めない社会において、完全に打ち砕かれた。打ち砕かれたけれども、それはなくなったわけではない、自分が生きているわけだから。打ち砕かれながらもなお生きていかなければならない、なお勤めていかなければならないという、自分に対する自意識ですね。自分に対する憎しみであるかもしれない。恨みでもあるかもしれないし、あるいは憤りであるかもしれない。なぜ俺はこんなに打ち砕かれても生きていかなければならないのか、なぜ俺は、この会社に属さなければいけないのかということを、もう一回取り出してながめてみる。そうするといったい、どういう自分なのかということね、それが僕の言う「私」なんです。僕をして書かしめたものは、それ以外にはない。だから結局、僕は、組織のなかでの抵抗ということを、極度に排斥したわけですね。

阿部❖抵抗しないというわけですね。

後藤❖組織そのものになるということ。というのは、その組織は、僕が考えている文学というものを認めてないし、また認める必要はまったくないわけですからね、向こうは。企業が僕を必要としているのではなくて、僕が企業を必要としたわけですね。であるがために、僕は自分を企業のなかで消滅させるということによって生きた。その生きて、粉砕されながら生きている自分を、もう一回見るということですね。これが僕のメカニズムになっているわけですね。僕の私小説のメカニズムですね。だからちょっと、坂上さんと違うと思うのだな。

黒井❖僕も違うな。違うのですけれども、いちばん最初、後藤さんが「私」に固執していると言われたけれども、それはある意味では同じようなことになり、つながってくるかもしれないけれども、僕はむしろ「私」のなさに固執しているという感じのほうが強いわけですよ。

それで「私」のなさということはどこから出てくるかというと、僕の考えているのは若干世代論的になるかもしれないが、強固な「私」というものが作られる、昔の戦前の体制のなかのチャンネルのようなものが、皆ぶっ壊れたところで出てきて、僕は昭和七年生まれですから、敗戦のときは中学校一年生、いろんなことをゴショゴショ考えはじめるころが、茫漠としたデモクラシーというような言葉がやたらにはやってるころですね。そこで、どこを軸に自分をつかまえていいかわからないようなところで、育ってきた自分のなさみたいなもの、これは一貫して、自分のなかに、自分のなさの感じであり続けているわけです。いまでもあり続けているが。

それで今度は会社のほうのことで言うと、会社に入ったのは生きるためでもないし、食うためでもなくて、一方の側から言えば、自分がとにかく小説というものを書くために、どうしても狭いところで書きたくないという気持が非常にあって、狭いところで書きたくないという気持の裏側には、あるいはそこでつっ突いていてもなんにも出てこないのではないかという感じもあった。もう少し社会というか、構造というものを内側から見たいというような感じがかなりあって、その時のままの気持でいえば、会社というところは、俺は二、三年おればいいというような感じで入ったわけですね。入ったときに起こったことというのは、これは結果としてみれば、そこでなんにもないかのような、自分をつかまえるつかまえ方の枠みたいなものを、結果としてそのなかでつかまえたというような感じが自分のなかには強い。

したがって、それは企業のなかで、それに同化するとか抵抗するとかということは、僕の場合は最初からあまり問題になってなくて、少なくとも同化するということは問題になってなかった。異質なものだということははじめからわかっていて、異質さみたいなものを俺は見たいという感じが強かった。だから、会社の選び方からいっても、目で見えるものが見えるかっこうでできていくところに入りたいという気持があって、化学産業みたいなものは困る、金融みたいなものはいやだと、ジャーナリズムというのもなんだかわからないからいやだと。とにかく目の前で形のないものが形になっていくところにいたいという気持があった。

入ってみたら、そのなかは、たしかに言ってみれば、たいへんに異様な世界だというふうに言えば言えるけれども、それは異様なのがもともと当然で、そのなかで人間というものの一つのつかまえられ方みたいなものですね、それがきわめて機能的にしかつかまえられないという感じが強烈にした。機能的につかまえられる自分というものはそれでは何かというと、それは結局、量を細分していった時の単位でしかなくて、その単位のなかを内側から埋めていくものというのは何かというと、それは外側の機能の側からだけいくら追っかけていっても追っかけきれないものがあって、それはどこからつかまえればいいかというところで、はじめて僕の「私」のなさに対する固執と「私」のなさを、どこでどう埋めていくかという作業がそこからはじまってくる……。

それが僕は、いまや勤続十五年になんなんとするわけだけれども、その十五年の営みだったという感じがする。

後藤❖それはもちろん、食うためというのは職種ではなくて、金ですがね。金をくれるという……。

黒井❖金のために、働かなければならなかっただろうとは思うけれども。

編集部❖それをとくに、強調して言う気はないということですか。

黒井❖ええ。ただそこに入って、そこで見つけたものというのは、つまり空っぽなものであって、自分に即して空っぽなものであるということが、茫漠としたところに自分が投げ出されているよりは、もっとはるかにはっきりしたのは、強烈な枠組のなかに入ったからだろうと……。

後藤❖一つだけ質問したいのは、その入る場合に、黒井さんには、やはりマルキシズムがあったでしょう。

黒井❖ありますね。

後藤❖会社に入る先にね。これはすでに企業というか、資本主義そのものを体制として批判する一つの考え方ですね。つまり「私」のなさに固執するということは、一つの結果として言われたのだけれども、もうすでに入るときの、一つの自分の状態として、かなり批判的なものがあったでしょう。要するに〝あるべき〟自己というものが〝無い〟ということでしょう？

古井❖イデオロギーみたいなものとしては、当然あるわけですね。

編集部❖古井さんの場合は？　教職をおやりになっているわけですが、古井さんの職業と文学との関係というものは……。

後藤❖古井さんは、あまり違和感はないわけでしょう。大学で専攻した課程を延長するとか、そういう形になっているわけでしょう。

古井❖そうじゃないですよ。そちらから見れば、週に何回も休みがあって、文学らしいものにも絶えず触れていられて、けっこうな身分と思われるでしょうけれど、そういうものの文学に対する浸蝕力というのは、ほかの職業に負けず劣らず強いのではないかと思うのです。かえって用心がないだけにね。

それに対して一生懸命、僕などは守ってきたと言えるのだけれど、ただここに至って、学生が、われわれにとにかく、まず教師であることを非常に強く要求している。倫理的なリゴリズムに対する熱狂というのが学園に蔓延していて、そのなかで小説を書く教師として自分の生き方、そのことでは、教職にあって小説を書いている人たちはみんな苦しいのじゃないでしょうか……。

むしろ皆さんにお聞きしたいのですけれども、職業作家としてのある種のイメージを、皆さんお持ちになれるかどうか。これからの世の中の作家、書くということをなりわいにしていく人間について、イメージを持ち得るかどうかということです。

黒井❖自分をですか、社会的にということですか。

古井❖自分と似たような環境にあって同じような情熱を持っている人間が、職業作家として生きていけるか、客観的に見てではなく、たとえば黒井さんが職業作家のイメージを濃厚にお持ちかどうか……。

職業作家のイメージ

坂上❖僕はさっきのことに補足させていただくと、会社に勤めるということで、自分は自分の才能だけを見詰めているというようなことを言ったけれども、それは十年間勤めてみて思うのだけれども、十年間会社に勤めるという才能と、小説を書くという才能と、違うはずはないと思うのです。誰だってそうだと思うのです。たとえば後藤さんが、会社に勤めてやめるという一つの才能と、後藤さんが現に書いてる才能と、違うわけはないので……。

編集部❖自分は文学をやる、片方では会社に勤める。会社に勤めるということと文学をやるということは、別々のものとしてあるのではなくて、同じ問題として、自分にあるということですか。

坂上❖なくちゃおかしいと思いますね。会社と文学というものを一つの対立するような形の事柄で語っていたのは、便宜的なことだろうと思いますけれども。

後藤❖僕がいちばん先に言ったのは、要するに客観化するということは、僕は客観的評価を得ろ、ということじゃないと思うのです。つまり、世の中から客観的に評価されるという意味とはまったく違うので、僕が言うのは、さっき言った社会と文学、企業と文学というように、まったく価値の違う世界ですね。価値観の違う世界の、両方の二つの世界に自分が両方にまたがって棲息しているということです。勤めていながら小説を書き、それを発表するということは、それを客観化するということは、その文学を書いてる自分が、自分の文学的価値というものがまったく文学とは無縁の、その文学をまったく無価値とすらみなしても、別に罪ではないくらいの無縁の世界ですね。違う別の価値観を持った世界から、どういうふうにながめられるかということですね。それは、自分をもう一回、そういう別なところからながめてみるということですね。それは零になるかもしれない。零以下になるかもしれない。

坂上❖価値が違うというのは、引っかかることですけれども、会社と文学の価値というのは、違うかしら。まったく同じかもしれないですよ。僕は価値という言葉に引っかかるわけだけれども、とにかく共通の言葉があるのではなくて言っているのだろうと思うが、文学の価値と会社……つまり文学の価値観と会社の価値観とが、どのくらい違うかということは、体験的にはちょっとわからないのです、僕は。むしろ同じ次元で語られたほうが、僕にとっては嬉しいですね。

後藤❖僕にはそれは理解できないが。

阿部❖後藤さんだけが会社をやめたばっかりに、集中して気の毒だけれど（笑）。

後藤❖また勤めたほうがいいですか（笑）。

阿部❖ただ、話がまずこういうところに来るというのは、実にこれは、われわれの位置づけとして、客観的に反映していると思うのですね、こういう話になっちゃうということ自体が……。それで坂上さんがおっしゃったことを言い換えて、後藤さんに聞くと、あなたは会社をやめたときに、もう一つどこか別のところに「就職」したという感じはしませんでしたか（笑）。

後藤❖僕はやめてもやめなくても、あまり変わらんと思う。というのは、僕は十年勤めたからね。それも、かなり激しく勤めましたよ。ということは、僕はなぜ組織のなかに自己を消滅させたか、外で対立したり組織のなかで主張したりしないでね。というのは一生懸命、僕は仕事をしたのですよ。ということは、僕はそのなかに価値観の違う世界に、文学的な価値を持ち込んでサボッてみたり、そういう文学青年というものは、いやだったのです。

ちょっと生々しい言い方で言えばね。そういう周辺の人は、現実にいたわけですよ。僕の周りにもいたし、現実にいると思うのです。そのことによって、自分は詩を書いているから、こんな仕事はくだらないから、俺は適当にサボるのだというような人間が、僕は非常に嫌いだった、というより、僕は認めなかった。というより、理解できなかったわけですよ。だから僕の場合で言うと、仕事は僕は、一人前よりもちょっとよけいやった。それは事実なんです、聞いてもらってもいいけれども（笑）。

ということは、僕はそのくらいに、はっきり、やはり自分のなかで、二つの価値の世界に棲息せざるを得ない自分というものを、僕自身に運命づけていましたよ。これは俺の運命だと。それはどっちがいいとか悪いとかではない。だからやめたといっても、そのくらい一生懸命働いたから、その組織と人間と、あるいは、まったく自分の価値を無視される別の価値ある世界に生きながら、またもう一つの自分を見詰めるという認識の原型のようなものは、僕はもうできたという気がするわけです。

だから、あとは延長であって、それは繰返しとは言わないですよ、それぞれアクチュアルな問題も起きてくるだろうし、いろいろ変化はあるだろうが、認識の原型はできたという意味で、僕はあまりやめたような気がしないし、まだそんなに皆さんと違うという感じもしないという意味です。

編集部❖それでさっき古井さんから出された問題ですね、これをちょっと語っていただきたいと思うのです。職業作家というイメージはどんなものであるかということ。自分はそれを目差すとすれば、どういうイメージで目差しているか……。

黒井❖職業作家というか、要するに通俗な言葉で言えば、二足の草鞋《わらじ》をはいてるような現状が、まずあるわけですね。会社の仕事というものがあって、それから自分で書いてる時間というものがあって……。

いずれにしても、個人的な発言にしかならないわけですけれども、僕としては、いま後藤さんは十年と言われたが、僕はまさに十五年いるうちに、同じぐらい一生懸命やっているつもりでも、僕よりはるかに偉くなっている人は、たくさんいるわけですよ。それで認識の原型を与えられたという意味で言えば、この十五年がムダだったとは、けっして思わないし、やはり非常に重要な十五年だったと思うけれども、いまや会社というものは、僕にとってはまったく邪魔な存在なんです。それで日常の時間のなかで、何がいちばん耐えられないかと言うと、人に使われるのがいちばん耐えられない。

後藤❖勤めているうちは、しようがないよ（笑）。

黒井❖これはほんとうに、耐えがたいな。周りのやつが偉くなったから、よけいそうなのかもしれないが。それで毎日毎日会社をやめたいと思うわけです。やめたいと思いながら出かけていくわけです。おそらく、いつかはやめるだろうと思うのです。やめたいし、やめるだろうし、やめなければならないと思っています。

後藤❖それは時間の問題ですよ。茶々を入れればね（笑）。

黒井❖だからそのとき出てくる、自分が勤めなくなって小説を書いてる状態。とにかく一日書いてる。一日書いてるというか、自分でコントロールしてね。いまのようにブツ切れの時間のなかでではなく、自分で書きたい時間に、自分で書きたいように書く。書きたいものを書くという、何か書くということについての、ひとつの主体性のようなものが、生活のなかの主軸にあって、できていく生活というようなものに対する憧れというのは、たいへん強いわけです。

ただ一つだけ、やめるということに対する気がかりがあるとすれば、ひとつの認識の原型のようなものを与えてくれた職場、あるいは企業のなかの様々な形の活動、人間と人間の関係、そういうものの現場から身を引いて今度は書くという時間で、自分の生活を埋めていくということが、職業作家というイメージとダブってくるわけだけれども、小さい穴のなかに入っていくような感じというものが、どうしてもあるわけです。ある広がりから手を放して、ある高みから手を放して、ひとつのところにスーッと落ち込んでいく。落ち込んでいったなかでは、ある充実があるだろう。だけれども、そこのなかでは背伸びをしても、跳び上がってみてもやはりあるところから外というのは、見えない。それは、現実に書けるとか書けないという問題ではなくて、生きているという実感の問題というのかな、外側とのつながりのところで出てくる摩擦感、抵抗感というか、そこのところがやはりなくなってしまうことの不安のようなものがあるわけですよ。

にもかかわらず、現在の自分というのは、非常に中途半端であって、少なくとも勤めているということが、いまや自分の小説というものを推し進めていく上で、絶対必要なものとは思われなくなってきている。それでは何をもって生きるかと言うと、学生のときから僕は、書くことをもって生きることとしたいという願望は、つねにあり続けてきたわけだけれども、それにしても、いま手を放せば穴ぼこに落ち込むみたいな感じというのは、これは好むと好まざるとにかかわらず、絶対にあるだろうと思います。だからこれは、言い方があまり正確ではなくなるけれども、俺は開かれた穴がほしいという感じが、たいへんにする。

編集部❖つまり、新しいタイプの職業作家ということですね。

黒井❖ええ、だからいままでのようなかっこうを全部否定できるかどうか知らないけれども、そういう開かれたプロというやつですね。閉ざされたプロというのは、いままでたくさんあったと思うが、そうではなく、開かれたプロというものがあり得るだろうし、そういうものになっていかなければプロそのものも、プロとして存在する意味がないだろうと、そういう充実というのは、すごくほしいという気持がたいへん強いのですが。

阿部❖僕はまったくその職業作家であるか、ただの作家であるかということは、あまり重大なことではないような気がしますけれどもね。

というのは、さっきも言ったように、現に僕がためされ、自分でも日々ためしている視点というのは、まさにその職業作家的なものを無にする視点ですからね。職業作家のイメージというものは、これは少なくともいままでの形では成り立たない。名前は残っても中味は変わらざるを得ないでしょう。ですから黒井さんの場合とは、ちょっとニュアンスが違うだろうと思います。だから、そういう話になると、まだ会社にいるような気がするわけですよ（笑）。

後藤❖僕は会社をやめた、ただひとりの人間だということで、感想を少し語ってもいいですがね、まあ銭のことは、僕は問題じゃないと思うのですよ。会社をやめた直後に阿部さんに会ったら「おい、飯食えるか」ときかれた。僕はとっさに勘違いしちゃって「腹が減ってしようがない」と。飯は会社に勤めていたときよりもよけい食える。ということは、酒はあまり飲まなくなったんで……。だから原稿のことだと、とっさに思ったら、これはまったく勘違いで、「腹が減って調子がいいよ」と言ったのです。「いや、そういうことじゃないのだ」と彼が言ったので、ああそうか、なるほどと思ったけれども、まあ笑い話ですけれどもね。

阿部❖つまり、どこかに勤めていて、かたわら日曜作家というようなことで暇なときに書くと、それはどうも一人前じゃないのではないか、というふうなことがあいかわらずあるのかな。

編集部❖それとはちょっと違うと思いますが。

阿部❖としますと、僕が普通の、どこにも勤めていない作家、小説家から、職業作家に移り変わるということの、あまり意味はないわけですよ。つまり、さっき僕が後藤さんに、会社をやめたら、もう一つどこか別のところに「就職」したような感じがしたのではないかと言ったのは、そういうことですからね。食えないということはもうあり得ないというのは、たしかだからね、何を書くにしろ。

坂上❖僕のさっきの言い方に即して、非常に子どもっぽいことを言わしてもらうと、僕は自分の自我でもいいけれども、才能という言葉で言ったが、生きる才能を見詰めてきて、それが、勤めている形をいままでは成り立たせてきているし、片方で小説を書いているという形できていますね。

それは、なにも意識的にそうしようとしてそのとおりなっているわけではないし、また、どっちかの方向にいくわけではないし、これは才能は生き物だから、どっちに変わっていくかわからないが、そういう自分の見詰めている才能、つまり、自分というものから言えば、それは自分が社業に携わるようなことと、たとえば小説に携わるようなことは二者択一できるとは考えないのです。同じことではないかと考えるのですね。

というのは、自分がもし生来の小説家みたいなものであれば、勤めていても、おそらく勤める形は、小説家としてしか勤めてないだろうと思う。重役になってもそうだろう。小説家としての重役ができるだけだろうと思います。だからその点は、それほど深刻には考えてないのだけれども、ただきっき黒井さんが毎日行くのはいやだとおっしゃったが、これは僕も毎日、つまり自分がいやかいやでないか、あるいは会社が僕を必要としているのかしていないのかといったことは、十年間、毎日、確認していることだけは事実ですね。会社に行くということにおいてはね。

それだけの自己確認というのは、やはり僕はほかの人に、つまり会社に何千人かいても、そういうなかの人にくらべると、僕は文学的な生き方をしていることだけは確かですね。ほかの人は、もっと別なことを確認しながら生きているかもしれない。こっちは小説を書くタイプの才能を持っているということを、つねに確認しながら毎日通っている。これは会社は、まったく関知しないことだけれどもね。そういうことだけは事実だろうと思いますね。その場合に、自分が、これははっきり説明できないのだけれども、書くことと勤めることは、いまのような形では、絶対両立しているとは絶対に言えない。結局自分の中途半端な才能というものが浮び上ってくるんです。

——書くことは考えることの帰結——

後藤❖僕の場合で言いますと、やめなければ書けなかった小説がずいぶんあるのです。ですから、現実の組織とか関係とかいったものから外れると、穴に閉じ龍もるという形になる不安というものは、黒井さんがさっきおっしゃったけれども、閉じ龍もることにおそらくなると思うのです。なると思うけれども、さっき言ったように、黒井さんなら十五年なら十五年、僕の場合は十年なら十年ということによって作られた認識というものは、そんなに変わらないと思うのです。変わらないというよりも、これは作られた時期が、僕らの場合、三十代において作られているわけですね。現実に昭和七年生まれで黒井さんと同じですが、三十七歳ですね。三十七歳において形作られた認識の原型というものが、そんなにやたらに、崩れ去るとは思いたくないし、そういうことはもうやめたほうがいいと思います。

であるがゆえに、僕は物理的な時間という意味でも、絶対に小説に費やす時間というものを、もっと持つべきだと思います。僕はそれを持ち得たためにどれだけの成果が上ったか、それは自己反省をしていますけれども、しかし、持ち得たために、持ち得なかったときよりはあったと思います。その成果は、漸進的ではあるが、あったと思います。それをもっと飛躍的なものに持ち換えていくことは必要だと、自分に関しては思います。

それともう一つは、視点というか角度の問題ですけれども、やはり組織に勤めていたという認識、そこから得られた認識ですね、そういったものが組織から外に出たときに、非常に飛躍的に活用できる部分があると思いますね。その組織というものを、僕らは当然書いていくと思います。黒井さんも書くだろうし、僕も人間関係というものに固執していますから、関係という形で人間を見るという形では、ずうっとダラダラと一貫したことをやっていますので、おそらくやっていくと思う。それは組織から離れても、人間を関係としてとらえていくという視点は変わらないと思う。

その視点が変わらないと同時に、組織から離れたときに組織を見るもう一つの目が、僕は加わるだろうと思う。ということは、僕はやはり怠けてきたのだろうと思う。僕自身の自己反省ですけれども、やはり勤めているということによって、小説についての情熱は、皆さんじゅうぶんあり余っていると思うし、僕もあり余っていたと思うが、それが再検討される時間が不足していたと思う。これはやはり、時間にこだわるようだけれども、時間的な問題は必要だと思う。

ということは、やはり黒井さんとは、もちろん違った形の小説を作っていくことにおそらくなると思うけれども、たとえば、過去に書かれた小説一編にしても、あるいは論文一編にしても、やはり僕は読んだほうがいいと思うのです。それは読みたいと思っても、いままで読まずにきた。そのうち忘れたという部分があると思いますね。そういうものはやはり、自分に課題として、重しとして、漬物石みたいにドンドンのせていく時間というものが、職業的プロ作家としての任務だと思いますね。自分に課す問題は、それぞれまったく違う問題であっていいと思いますが。

古井❖僕の場合は、たった一つのイメージしかないのです。後藤さんをまた引合いに出して失礼ですが、後藤さんの「ああ胸が痛い」を昨夜読んで、長年勤めてきた職を離れるということに、非常に関心があって、つい熱中して読んだのですけれど、あの主人公のことがどうしても心に残って、ある意味で僕のイメージと結び付いていくところがあるのです。つまり、あの日課表ですね。「十一時起床」「正午なんとか」とあって、そのあとに、二時から四時か五時か覚えてませんが「読書（物を考える）」とある。いろいろ僕なりにこれを考えたのですが、あの主人公が、いままで勤めていてできなかったことで、勤めをやめてはじめてできるようになったことは、あの部分「読書（物を考える）」のところですね。

実際は読書をしてはいないようで、逆立ちをしたり、窓から外を見たりしている。つまり、いままで職業人として社会に直接的に結びつきがあったのが、それを切ってしまってものを考えるとき、どういうものが出てくるか知りたいという欲求が、あの主人公の深い欲求なんじゃないかと思うのですね。あの主人公は、もちろん小説を書くためにやめたのではないし、小説を書くということは一言も言ってはいないけれど、かりにあの人が小説を書くとしても、小説は書くけれども、小説を書くためにやめたのではないと読める。小説を書くために、無職の人間としての暮しをおくっているのではなくて、あくまでも「読書（物を考える）」イコール逆立ちという時間をどうしても持ちたい、それを自分の一日の中心に据えたいという気持で職をやめて、あの場合は「二年間は大丈夫よ」と奥さんが言ってくれるようですが、まあ二年は大丈夫として、二年過ぎてしまって、また食えなくなると、食うに困って一生懸命書く。売文をする。しかしあくまでも自分が職業を持ってないのは、書くためではなくて「読書（物を考える）」イコール逆立ちの時間を、自分の一日のなかに据えたいためだという意識を失わない。実際には「読書（物を考える）」という時間がなくて、書くことだけに追われるかもしれないが、あくまでも、自分の本務はそこにあるということを忘れない。そして、ここが僕のイメージの甘いところですけれども、数年の年輪を経ると、職業作家と言われるものになる。いわゆる職業作家についての僕のイメージは、それしかないのです。

後藤❖作者として一言だけ、注釈ですけれども、人はもちろんいろいろなことを考えるわけですね。金もうけのことを考えるかもしれない。そういう人がいてもいいと思う。だけれども、考えることは、自分にとっては、いちばん考えるのにふさわしい形式は何かということですね。あの主人公は別ですよ。つまり僕にとっては、考えるにいちばん適した、自分でいちばん考えたと思わしめるような考え方の思考方法は、やはり書くということですね。これは僕の場合は断言できるのだ。それはだいたい書いている人は、みなそうじゃないですか。つまり、ある一定の時間を持続的に考え抜くということは、やはり字に書かなければいけないということを、数学者の岡潔が言っていますね。

古井❖逆に言えば、書くというのは、つまり後藤さんにとって、考えるということですね。

後藤❖そうですね。

坂上❖しかし後藤さんは、なぜ図々しく勤めてやらなかったのかなということを、もし聞かれたとする。どうして律義に、やめるということで決着をつけたのか。もっと図々しく勤めて、俺は忙しいから人を入れろとか、サボるとか、そういう勤め方もあったわけでしょう。そういうことができない自分というものが後藤さんのなかにあって、それを考えるのじゃなくて、それを見詰めるようなことを、ほんとうは文学というものは、やってなくちゃならないわけでしょう。

物を考えるということは、それはいみじくも岡潔が言ったとおり、日本語で考えるのであって、というのは、言語の構造が論理構造であるから、当り前のことですね、コンピューターのプログラムは、小説の文章にくらべると、子供のような簡単な論理構造でしょう。小説家が文章を作るのは、コンピューターがいくら扱ってもわからないような論理構造を使って、物を考えていることはたしかで、数学者がそう言うのは当り前のことで、むしろ文学の場合は、論理で考えるのではなく、見詰めるということになってくるわけでしょう。

つまり、後藤さんが、自分はどうして勤めをやめないで図々しくやれなかったかということを考えたとしたら、やはり、やれない自分というのは、こういうふうにあるのだということがあって、そういう自分が、文学のなかで定着してふくらんでくるというのが、後藤さんの小説を読んで期待することなんです。

たとえば「笑い地獄」のなかで、ゴースト・ライターが出てくる。今度の新しい小説のなかにも、ゴースト・ライターが出ている。あれは一章、二章になっていると思うが、「笑い地獄」と今度の「誰?」は、明らかに発展しているわけですよ。「笑い地獄」はつまらないけれども終りが面白い。そういう僕にとっては、後藤さんが見詰めている形は、手ざわりでわかるような気がする。もちろん、あれをさらに発展させて、ゴースト・ライターというものを、はっきり形象して作りあげることが、後藤さんの仕事だろうと思うのですがね。ゴースト・ライターがつまらないという意味で、ゴースト・ライターができたのではつまらない。否定的な、やはりゴースト・ライターを文学のうえで存在させたいために、二回書いたのだと思う。つまり、主人公が発展したと思う。「笑い地獄」のゴースト・ライターは明らかに死んでいった。そういうものを、敗者復活で生かしたいから、今度書いて、今度書ききれなかったら、もういっぺんゴースト・ライターを書く。これは後藤さんのなかの、作り上げるべき主人公だろうと思うが。それを職業の問題で考えるときは、なぜ勤めをやめたか、なぜやめるような自分であったか、というようなことになってくると思うのですけれどもね。

後藤❖そうですね。自分が作りたいと思った小説が、やはり勤めている範囲内ではもうはみ出したのですね。というのは、もっとあっちこっちの角度から、つついていかなければならないと思うが、黒井さんの言ったように、毎日真面目に勤めていたので、週刊誌ですから時間は不足だったが。しかし、打合わせの約束とか、それこそゴースト・ライターとの打合わせとか、社内その他のデスクワークのようなこともやっていたので、ほかの編集部員との連携とか、そういうことで電話はかかってくるし、かなり束縛されたわけです。

それでどうしても、こういうふうな自分の、それこそ小説を前に書いたときよりも一歩先に出たい、半歩でも先に出たいという欲求のほうが、束縛より大きくなったわけですね。

長編・中短編について

編集部❖それぞれの方の職業とのかかわりかたはだいたい出つくしたような感じがします。それで話を一歩すすめて、ここにいられる五人の方にもう一つ共通する問題として、長編と短編のことを論じていただきたいのですが。この五人の方はだいたい、短編と中編を主として書かれていますが、それは会社勤めで時間がないから中編しか書かないという次元の問題としてでなくて、文学的な問題として考えていただければと思います。かつて後藤さんは積極的に中編を選ぶというようなことを書かれていましたが、この問題にはそれぞれの方の文学観も出てくるのではないかと思います。黒井さんからいかがでしょうか。

黒井❖僕はいわば現在やっていることというのは、一種の模索の堆積であって、はるかなる登るべき高い峰のようなものとしては、やはり自分の全体小説というものを作り上げたいという感じが、強くありますね。それを、どういうふうに作り上げるかという内容的な問題になると、いろいろあるけれども、そういう意味では、自分のいま書いてるものは、やや中途半端な感じがするのです。短編としてどうしてもこうなるという意識はあまりなくて、長さの上で百枚である、あるいは百何十枚であるという長さの小説を書いている。短編を短編として、長編ではない特殊なものを生み出しているという意識はあまりない。いま書いているものをもっとふくらましていき、広げていけば、そういうものが、いつか来る全体小説への一つの手掛かりのようなものになる感じ、それを一つ一つ、できることなら確認しておきたいという感じで書いている。

したがって自分が短編小説を書くということに、特別の興味を持っているとか、中編というものがたいへん自分にとって、どうであるかという意識はまったくない。

なぜそれでは書かないのかということになると、それはいちばん先に、そういう問題ではない、と司会者が言われた時間的問題というようなことに、どうしてもつながってくるわけです。

坂上❖僕は小説が好きだから、短編も中編も好きなほうですし、長編も書きたい。

後藤❖私が前に書いたのは、あれは一言で言うと、短編と中編を区別しろということを言ったので、つまり長編が一方にあって、あと中短編というのは……要するに長編は長編であり、中編は中編であり、短編は短編であると。それは物理的に計算できるものであると。それで例をいろいろ出してそういうことを言ったわけです。僕が中編ということを言ったのは、それが一つあるのと、もう一つは黒井さんも言ったけれども、短編小説を書こうという意図は、あまりないということですね。短編は短編でなければいけないというものは、日本には伝統的にあったわけですね。それは芥川龍之介、梶井基次郎とか、それから安岡章太郎のものもあるし、そういった伝統的に一つの形式として、バチッと生かされたものというか、規定されたものがあるわけですね。だから、ああいったもので自己表現をしようという気はないということですね。だから長編かというと、長編ではない。

坂上❖非常にドラマティックなものを長編と考え、レシ（編注：フランス語で物語［récit］の意味）みたいなものを中編と考える。それ以外の短編のようなものをショート・ストーリー、短編と考えるとなると、どれもやってみたいということしかないでしょう、ジャンルとしては。

後藤❖結局のところ、長編が一つの森林であると、それから短編は葉っぱだと、それから中編は一本の木であるということですね。

僕はなぜ中編に固執するかということは、森を見ない、つまり森を拒絶するということですね。つまり一本の木に突きあたることによって、森全体を拒否するという認識というか、考え方ですね、決断というか、そういうものが中編だと僕は思います。つまり全体というものを、あえて拒否するということですね。短編の場合はむずかしくなるので、だから中編と言ったのですが、つまり一本の木を決定的にまさぐるということですね。その木には、もちろん枝があり、葉がありますから、それはもちろん触れると、木として触れるということですね。その葉一枚は、一つの切り口ですから、これは短編になると思う。

僕の場合は、僕自身に即して言うと、一つの事柄を、一つの切り口では書きたくないわけですね。僕の考え方では書けない。いくつかの切り口を作りたい。だから関係、関係と言うのですけれども、それを作るために、いくつかの切り口を持った、一つの世界を作るためには、一本の木を書くことによって、全体を拒否したほうが、僕は自分の言いたいことが言えるような……全体をまた問題にしてくると、これは木と木の関係になってくるわけです。

古井❖僕の場合は短長編に対しては、いまのところ情熱が湧かない、書こうという気持がどうしても中編に集まっていくということなのです。これはどういうことかなと考えてみると、やはり短編と中編と長編の、なんか本質的な違いはあるのではないかと思うのです。

短編の場合というのは、まず作者の生き方なり、感じ方なりが、非常にとぎすまされなくてはいいものが出てこない。おまけに書く上での一つの幸運というか、書いているうちに、ある種の構図をパッととらえたり、ある種のひらめきがあったり、そういう幸運がなければ、書けないものではないかと思うのです。自分のいき方で言うと、とうてい自分の考えや感じ方を、そこまでとぎすますことができない。毎日こういう雑駁な生活を送っていると、そういう幸運のひらめきは当てにできない。

一方、長編というのは、何といっても骨組みですね。やはり世界観とか、倫理というものが、ポジティーヴにしろネガティーヴにしろ骨組みになってないと、どうしても全うできないものだと思うのです。僕のいまのガタガタ揺すぶられている生活から考えると、それはとてもできない。

中編にはなんというのでしょうか、作者の持ち味なり、特有のリズムなりが、短編以上に非常に一体的に現われうる形式なのじゃないかと思うのです。そこから逆算すると、僕の小説に対する欲求というのが、ある程度わかるような気もするのです。何かをとらえたり、明らかにしたりする前に、自分のなかでくすぶってるものを、思う存分燃やしてみたい。それがどうも長編じゃなくて、中編という形になっている。

個人的なことに大作家を引合いに出すのはおかしいのですけれど、たとえばカフカに『死刑宣告』などという鋭い短編がある。それから『城』とか『審判』という長編がある。しかし、カフカという人の持ち味が、いちばん生き生きと出ているのは『変身』という中編、僕はこの作品は中編だと思います。原稿用紙に直してみれば、ずいぶん長くなっちゃうのですけれど。そういうところに中編の本質がある。僕のいき方からすると、いまは中編に向かうよりほかにちょっと考えられない。それだけなんです。

後藤❖『変身』は八十二、三枚あります。僕は計算したが。

それからさっきの話にもう少し捕足します。つまり全体を拒絶するということは、そこに象徴的な意味を持たせることで、もっと言えば縮図を作るということですね。ということは、もっとはっきり言えば、日常に固執するということなんです。つまり一本の木に固執するということは、木のなかにある枝、あるいは枝葉、枝と枝との関係、葉と葉との関係というのが、そこに関係として集約されているのですね。だから木と木との関係をたどっていくと、全体が森になるけれども、そこにいくと、結局、集約できなくなってくる。

たとえば政治とか、あるいは宗教の問題とか、そういったものが、世界全体のダイナミックスそのものが、たとえばドストエフスキーの『悪霊』や『カラマーゾフの兄弟』という形で出てこなければいけないでしょう。それを日常の「私」という形に固執して考えていった場合、固執しながら、僕は関係というものに、また固執している。「私」というものは、関係がなければあり得ないというふうに考えていますからね。だから「私」というものと他との関係というものを、集約的に、縮図的に、象徴的に考えていったものが一本の木だ。葉であったら、関係がないから……だから短編はとらない。僕の得手といまは考えてない。だから木というか、中編という、そういう意味です。

黒井❖後藤さんが中編を書かれる、厚く信奉し、それを書かれることについて、ケチをつけるなにものもないし、後藤さんは現に中編を書いているわけですね。僕は長編を書きたいというが、書いていないわけですから、たいへんこれは分が悪いことになるが、ただ、自分の考えている一つのテーマというか、そういうところで、なぜ長編というものについてのある傾きのようなものを、自分のなかに持たなければならないかということで言うと、後藤さんが言われた「私」に固執するというのと、まったく同じ感じで、僕は「私」のなさに固執するわけです。

「私」がないときには、どうすればいいか。「私」をつかまえるための構造のようなものを作らなければ「私」のなさもはっきりしてこないし、ない「私」の実体もはっきりしてこない。そうすると、木ではやはりだめだという感じが、非常にあるわけです。つまり「私」に固執するということは、いわばアプリオリにある「私」というものの一種、演繹的な方法みたいなもので、ある世界ができていくというような感じが僕はするのです。そうではなくて、むしろ外側のほうから、森のほうから、一つ一つのもののほうから集約していって、帰納的にそこに出てくる自分を捜すということが必要だとすれば、そのなかで当然、たとえば一つの、ある空間のようなものがあって、そのなかにある時間みたいなものがあって、それを構造的につかまえてくるということを、ほんとうに自分の納得のできるまでやろうと思うと、やはり中編というようなことでは、どうしてもできないだろう……。

後藤❖それはよくわかります。黒井さんの考え方は実によくわかる。ただ、その場合に「私」というものは、アプリオリなものでは僕はないと考えている。ただ「私」というものは、あくまでも近代以後の自我ですね。そうして、それはさっき言ったように、組織のなかでいったんは粉砕された自我です。そういう形で「私」というものを言うのですが、その「私」というもののとらえ方が、それこそ黒井さんの場合は、歴史的なものとしてとらえていると思います。

そうすると、結局その「私」のなさということは、「私」がないのではないかという喪失感のようなものと考えてもいいわけですか。もともとあったものがなくなったというのではなくて、不安定……。

黒井❖あったものがなくなったというものではない。

後藤❖ないでしょう。でも、それをとらえたいという一つの目標があるわけですね。

黒井❖欲求がある。

後藤❖その欲求を果たしていく方法としては、森自体から攻めていかなければならないという考えね。これは実によくわかる。

ただ、その場合の「私」というのは「私」というものが歴史全体、世界全体に、はじめからかかわっているべきであるという前提があるような気がする。だから、さっき黒井さんとマルキシズムの出会いというか、関係というものが、もともと一つあった、それはもちろん必然的な出会いというものであると思いますが、あったことから、やはりそういうふうな考え方は当然出てくるという意味において、僕は非常によく理解できる。ただマルキシズムということにこだわってもらいたくない。僕もこだわってないから。それはあくまでも事実として言っているわけですが。だからどういう観点から言っても、黒井さんはそうなると思うのです。なにもマルクス哲学を持ち出さなくても、やはり長編というのは、そういう形でいくようなもの、これは非常に構造的に考えているわけです。構造のなかで、自分をとらえるということですね。構造の側から出ていくということでしょうね。それは非常に機能的というか、非常に正当的というか、の考え方だと思うのですけれども。

阿部❖僕はどうも非常に退嬰《たいえい》的な見解を披瀝することになると思うが、つまり長いものというのね、ものすごい長いものというのは、僕は読むのも、書くのも、どうもまずいということがあるわけです（笑）。

後藤❖最後に言う人は得するのだね（笑）。

阿部❖そういうことに解消すると、皆さんに失礼ですからね、もう少し言うとね、やはり僕は長さはね、書く人の要求に釣り合ったものだと思いますよ。それで、その人の文体とか、何を書いてるかとかというようなこととは、絶対に切り離せないのであって、たとえば言葉の問題で言えば、僕は言葉に関しては非常に簡単な考え方をしているということもあるし、それから、先ほど黒井さんが「私」のなさということを言われましたけれども、そのなけなしの「私」に固執して書くと、あのぐらいの枚数になるという感じもあるわけですね。だから、いまのところ僕はよく長編を書けというようなことを言われますし、その要請が正しいのは、やはり書くということの修練の上においては、まったく正当だと思いますよ。それは必ずやってみて、どういうことになるかは別として、あると思うけれども、いまのところは、自分の要求にしたがった枚数が出る。それがどうも、いつも同じように出るので、これはマンネリズムだという感じですね。

坂上❖あれではないかな、森とか、木とか、葉っぱという、そのたとえは……もし見るべきものが、森や木や葉っぱがあるのだったら、全部見ようという欲望が湧くでしょう。

後藤❖だから拒絶ということを、僕は言ったのでね。いや森があるということで、それを無理に、故意に木に集約するということですね。

坂上❖木だけを見るという形になる？

後藤❖そうですね。ですから中編を書くということは、やはり「私」に固執するという形でいっても、僕はさっき、阿部さんは非常に謙遜家だから、なけなしの「私」を書くとあの枚数になると言ったけれども、これはやはり謙遜であって、やはり「私」に固執して、長編を書いているのが小説だと思うのですよ。

　だから、ああいう形での長編というものは、もちろん僕は非常に憧れを持っていますね。夏目漱石の『明暗』ですね。僕の言う「私」は、ああいった形の「私」なんです。ああいう形の長編というものは、非常に僕は憧れを持っていますね。黒井さんの場合は、ちょっとイメージが違うかもしれませんが。

坂上❖僕は読み間違えているかもしれませんが、黒井さんの場合はコンツール（編注：輪郭、外形、輪郭線）でもありますよね。長さに関係なく、枚数に関深なく。そういう面というのは、たとえばそれが長編とか、短編とか、そういう問題と関係がある……。

たとえば僕自身で言えば、僕は非常に中途半端に切り取るようなことしか、まあ部分的に切り取るというような方法しか持ってないために、いままで長くならないのだろうということがあるが、しかし見たい欲望というものはあるから、そこに森があるならば、もちろん見ることになるだろうし、またそれを見るために、長編も書くだろうということがあるのだけれども、もし自分がコンツールだった場合は、長編を書けないかもしれないという気はありますね。

もちろん黒井さんはコント（編注：短編小説、寸劇）を書いているというふうには、黒井さん自身考えてないだろうし、二、三の作品しか僕は読んでないし、コントを感じたというだけのことで、そういう質問をしているかもしれませんが、僕はちょっとしてみたい気がありましたね。

後藤❖質問を……？

坂上❖そう。「聖産業週間」というのがあったでしょう。あれなんか非常に黒井さんのコントとして……。

後藤❖それはアレゴリー（寓意）ということなんだよね。黒井さんのあの小説の場合は。

黒井❖それはテーマといいますか、ある問題意識というか、モチーフというか、それをいちばん先につかまえるときのつかまえ方というやつが、そういう形で僕に訪れるのかもしれないと思うが、ただそこでつかまえて、拾い上げてくる問題というのが、その方法でしかつかまえられないで、その方法でしか展開できないものかどうかということになると、僕自身としてはちょっと疑問がある。だから、なんというか、コントというか、そういうある形でつかまえてきたやつを、もういっぺん今度、見直してみるときに、これはそれだけの問題ではないだろうと、もっとこういうこともあるのじゃないか、ああいうこともあるのじゃないかというふうに考えはじめると、それは当然ふくらんでいくべきだろうと思います。

それから、たとえば労働ということですね。そういう問題を、あすこでああいう形でつかまえたつかまえ方で、よかったろうかというようなことが、発展しているかどうかということは、ちょっとわからない部分があるけれども、ためつすがめつ見てみたいという感じになってくると、もう一つそれを広がりのなかに出してみたいというふうになって、たとえば「時間」みたいな感じの作品になってくる。それでもまだじゅうぶんでない部分があるだろう。もっといろいろやってみる必要があるだろうということになる。そうすると、もう少し、いろんな面から光を当てて見て、いろいろな切り方をしてみてということになってきて、それがだんだん自分としては、ふくらんでいく、広がっていくという……。

坂上❖焦点になっていくだろうという……。

黒井❖そういうことも、まだ自分としてはたしかめていない、もっとたしかめてみたいということですね。そういう希求のようなものが、自分のなかにあるという意味での長編。

後藤❖それは、やはり長編に対する願望というのは、たとえばこれは非常に雑駁な例ですが、登山家がやはり高い山に登りたいという、自分にその苦心を課したいというか、重荷を背負わせたいという、そういう願望は、やはり資質として、長編に向くとか向かないとか、あるいは現実に書くとか書かないかとかということとは別に、そういう気持は素朴な意味ではあると思いますね。

坂上❖それぞれの人に長編を書きたいという願望が、解消されないというとおかしいけれども、書いているもののなかに、歪曲されてか、何かあるというふうに思っているのですけれどもね。

後藤❖そうですね。それは僕らが書いてるものがいわゆる短編じゃないからですね。

（一九七〇年一月十四日）

現代作家の課題

×阿部昭×黒井千次×坂上弘
×古井由吉×秋山駿（司会）

秋山駿——あきやま・しゅん

文芸評論家。一九三〇年、東京出身。早稲田大学第一文学部に進学し、五三年に仏文学科を卒業。六〇年に「小林秀雄」で群像新人文学賞評論部門、九〇年に『人生の検証』で伊藤整文学賞評論部門、九六年に『信長』で毎日出版文化賞と野間文芸賞、二〇〇四年に『神経と夢想 私の「罪と罰」』で和辻哲郎文化賞一般部門を受賞。七九年から九五年まで東京農工大学教授、九七年から武蔵野女子大学の教授・客員教授を務めた。二〇一三年、逝去。

阿部昭——あべ・あきら

略歴は8ページを参照

黒井千次——くろい・せんじ

略歴は8ページを参照

坂上弘——さかがみ・ひろし

略歴は8ページを参照

古井由吉——ふるい・よしきち

略歴は8ページを参照

初出——「文藝」一九七〇年九月

文学の出発点――敗戦

秋山❖今日ここに集まっていただいた方は、いまいちばん精力的にどんどん小説を書いていらっしゃる。文学に新しい展望をもたらすそういう制作を、いまいちばん精力的にやっていらっしゃるし、またそういう時期でもあると思うのです。ですから、自分の文学をやっているその場所とか、それを取りまいている状況とか、自分のやっている制作の中身について、いろいろ考えていられると思うのです。僕はいまもっとも新しい展望を開こうとして、精力的に働いていられる小説家の考え方を聞くのを楽しみにして、今日ここにいるわけです。僕の立場は聞き役、あるいは小説家のなかに砂利みたいにいることだと思いますけれども、まずいちばん最初に、自分が小説をやっているそのモチーフというか、こういう意味でやっているということの、いちばんとっかかりになっているようなことから、話していただきたいと思います。

つまり小説を書くということのなかに、やはり十年前とは違った性質のものがあるのではないかと思うのです。それというのは、書くということの本質もあるけれども、眺めている世界がいまたしかにえらいスピードで変っていますし、生きている人間として、当然、影響も受けるだろうし、そういうことから、書くということも何か以前とは違うところがあるのではないか……。

阿部❖まあ僕の非常に個人的なことから喋りますと、やはり戦争に負けたということですね。僕の場合は、自分のことを言ってしまうと、おやじが軍人だったとか、それからおやじ以外にもそういう種類の身内が大勢いたという環境のせいもありまして、僕が書く原動力というものはやはり敗戦ということからきていますね。

そういう意味では、皆さんももちろんそれは戦争に負けたということの受け止め方は、いろいろあると思うのですけれども、僕の場合は軍人のせがれですから、そういう意味での戦後二十五年というふうなものは、おそらく皆さんと違うだろうと思う。

それでいま秋山さんが言われた、非常に現代的なビジョンをもっている文学というのは、一口で言いますと〝状況の文学〟と言いますか、そういうものですね。僕はそういうものを認めない、というわけではないけれども、僕自身はおそらく〝状況の文学〟の反対のものをやってるのではないかという気がしますね。

それとさっき言いました、そういう反時代的な孤立無援の姿勢というものは、最初からあった。そういう現実として見た状況ですね、一つ裏返された状況という形で僕に帰ってくるものですね。

秋山❖そうすると、阿部さんは敗戦とおっしゃったけれども、そのあとの戦後のあり方が気にいらないわけですね。

阿部❖いや気にいるもいらないもないわけで、つまり戦後の歴史の受け取り方ですよ。非常に端的に言えば、ある人々にとっては解放であり何でありという、肯定的なものであったに違いない。だが僕の場合は、戦後の歴史というものは……これは皆さんのように組しやすいものではなかった。

秋山❖〝状況の文学〟と言うと、状況に流されているような文学は自分はいやで、つまりその文学のもう少し本質的な局面でやっているということですか。

阿部❖いや、僕が言いましたのは非常に乱暴な言い方かもしれませんけれども、戦後の社会というものにね、非常にポジティブな形で言えば、それを推し進めようとか、ひっくり返そうとか、切り開こうとかいう姿勢が出てきますね。それはもちろん、そういうことをやるためには、状況の考察というふうなことが一つ必要になってきますから、そういったものは書かれたし、現在もこれからも書かれるということがありますけれども、僕の場合は、戦後の民主主義ですか、そういう社会というものに、僕は荷担していないし、状況というものをどうしようとか、そういうものを鏡として自分を見るというビジョンを持ち合わせてないから、必然的に状況というものは、僕にとっては文学的な対象物とはなり得ないわけです。

坂上❖敗戦というのがあるということを阿部さんが言うと、ある意味では、全部その路線に乗って考えられるようなことだと思うのですけれどもね。阿部さんは、わりに僕は語ってないのではないかと思うのだけれども、……まあ非常に阿部さんの場合は、肉体のなかでとらえきっちゃってるようなところがあるのかもしれないけれども、僕なんかですと、たとえばみんな「終戦」ということを言っていたでしょう。終戦というのを「敗戦」というように言い直す作業というのは、意外に僕らはやってるほうですよ。

上の世代の人達というのは、終戦終戦と言っていたわけでしょう。いやそれは敗戦なんだということ自体が、たいへんラジカルなことだったことを、中学一年くらいのときに覚えていますけれどもね。だから案外こちらは敗戦ということに言い直すときに、いろいろなこちらなりの意味づけとか、こちらの社会に対する態度とか、そういうものを決めていかなくちゃならなかったわけですね。戦争および戦争の終わった状況というのは、やはりカオスみたいなものでしょう、こちらにとってはね。そのカオスみたいなものから、非常に直接的に態度を決めていかなくてはならないというところにおかれたのが僕らです。それらはすべて、やはり文学のことを考えるときの出発点でもあり、帰っていくところでもあることは確かですよ。

そのなかに、じゃあどんなモチーフというか、文学的な意味での態度のとり方があったかと聞かれると、その実態としては、心理みたいなものしか思い浮かばないですけれどもね。何かたいへん荒々しいものに対する恐怖感とか、憎悪とか、そういうようなものがあっただろうし、そのなかで、こちらがゆがんでいくようなことということのは、ずいぶんありましたよね。ゆがめられても、絶対自分というものは変らないという変な生き方もあったと思う。そういうものが、やはりこちらの文学のかなり原始的な出発点にはなっていますね。

阿部❖モチーフという言い方が、やはり僕らには非常に酷なんで、モチーフというのは他人の言葉というふうに感じますね。実作者として、自分が言い出す言葉ではないという……。

秋山❖他人が言う言葉か。なるほどね。

阿部❖つまり小説を書く人間というのは、もっと本能的なものであって、肉体化されていますからね、もうすでに。またそれだからこそ、小説というような、はなはだ女々しい形式で、怨念なり何なりという形で差し出すというわけだ。こんなことは常識ですけれども、そういうことがあるのですね。

秋山❖僕は負けたということについては、印象がはっきりしていますね。僕がそのとき思ったのは、これから臥薪嘗胆、いっそう苦しい時代を経て、もういっぺん戦争に勝たなければならないと思ったのははっきりしていますが、そのあと戦後の社会に連続してくる。くるけれども、それからなんか女がお化粧したりするのがはなやかでいいみたいで、自分の考えたのとは違うなと思ったので、その点で、僕は文学をやるようになったのかもしれないんです。

坂上❖ただ、さっき言ったことは、ある意味で、僕らは見ているだけの年齢だったでしょう。なんにも考えない年齢ですね。だからそれに対する反応というのはあっても、価値判断とか一種の動きみたいなものは、それほどないと見てもいいですね。

僕はいろいろ同世代だといわれる人の小説を読んでとまどいを感ずるのは、案外そこに価値判断や、社会的な人間としての意志みたいなものがすでに働いていたという前提に立っちゃう書き方というものがあるわけですね。疎開のこととか、戦争に負けたときのこととか。僕らの見ているものは、ほとんど同じのはずですよ。腹を切るやつも見たし、泣いてる部隊長も見たし、と同時に、いろんな感覚的な形では、原爆とかそういうものも見ているわけですよね。

それに対する反応としての、そういう既成の形で出来上っているものについては、自分はわからなかった。つまりある意味では全部カオスであったということは、こっちは価値判断などはうまくできない状態にあったわけですから。

そのへんのニュアンスが阿部さんと僕との違いと思ったが、阿部さんの場合は、もしかしたら軍人の家庭というのは、そこに何かがすでにあった、自分としての態度のとり方、感じ方というものがあったというのかもしれないが、僕の場合は、なかったと言ったほうがむしろ近いようです。

飛躍しちゃうのだけれども、いまになって、そういうことが文学のモチーフであるということは、言ってかまわないと思うのですね。しかし、それにしては、僕はなんにも書かないで来たんじゃないかということを感ずるのですよ。書きはじめたのは非常に若いころだったにしても、なんにも書かない形で、作品を発表してきているのが僕なのではないかという、そういうへんてこな虚無的なところに、空白感みたいなところに、もどってしまう。

それは、すぽっとおっこっちゃうと、やはりそこまできますよ。戦争に負けた時点のようなところまでね。そういうところに書かないできている、書くまい書くまいとしてきているところで成り立っているのがむしろ僕なんじゃないかという、そういう非常に間が抜けているところがあるのだな。

秋山❖僕なんか単純なイメージだけで言うと、戦争に負けたときの廃墟がありますけれども、むしろそのあと数年してから、銀座に大きなビルが建つという、そっちのイメージがとても強い。なるほど社会というのはこういうものだなということがあって、戦争に負けたことに必ずしもよらないですね。黒井さんは？　別に戦争でなくてもいいわけですが。

黒井❖坂上さんも戦争について触れたから、僕も戦争にかかわる部分で言えば、僕は阿部さんがさっき言われたような意味での敗戦というやつは、あまり実感としてはないのです。むしろ世界は敗戦後からはじまったという認識のほうが、僕には強い。

つまりその前にあった何かに、敗戦という事実がぶち当って、そこから新しく何かが開けてくるという感じではなくて、感覚的な敗戦というものの受け止め方というのは、僕の場合は恐怖でしかなかったのですね。どうなっちゃうのだろうという感じがいちばん強かった。自分の意識的にものを書くということがはじまったところから考えてみて、敗戦というのは、もうすでに既成事実として自分の前にあった。そこから自分の意識みたいなものが、はじまっているという感じがたいへん強いわけです。だから前にこうあったものが、ここでねじれた、ここで曲った、というふうには考えられないで、気がついたときに負けていた。教科書に黒い線を何頁の何行目から何行目と、毎日引っぱっていた。そのとき僕は中学一年生ですけれども、なんかその前の、絶対に勝つぞとか、負けるはずがないとかいうのが、そこでガキッと曲ったという意識はないのです。

それでつまり戦後を出発点として、その後さっきの秋山さんの言葉で言えば、焼け跡にぽんぽんビルが建っていくという過程が、自分がいろいろなものを意識化する過程と重なっているような感じで、それがストレートにいままで続いているわけです。ですから、戦争というやつが自分のなかにどういう形であるかというのは、これは小さいときの戦争体験とか、感覚的ないろんな記憶だとか、そういうものとしてはもちろんありますが、それを取り出してくるということが一つの操作としては考えられる、というところがありますけれどもね。そこが非常に大きなスプリングボードになっているというふうな感じではなくて、むしろ戦後の日常というものが、目に見えない形で、自分のなかに、いろいろなかっこうでたまってきて、それで、建っていくビルが俺だ、というような感じのほうがむしろ強い……。

秋山❖僕が銀座で見ますとね、ビルが建っていくそういう社会の動き、その構造から、自分がそこに加われるのか、はじき出されるのか、という意識が強かったですね。それは一貫して持っていて、いまでも入ったような、入らないような気がするけれども。黒井さんはそういう、だんだんビルができて、社会が建設されて、いま見るような社会になるその動きのなかに、自分が入れるとか入れないとか、自分がそこに加わったとかという具合に感ずるときがありますか。

黒井❖入れないというふうに感ずることはないですね。いいか悪いか知らないけれども、気がついたら俺はビルのなかにいたというような。気がついたというのは正確じゃないかもしれないけれども、少なくとも、なかにいたいと思ったことはあると思いますけれどもね。

それで、なかに入ってみたらどういうふうになっているかというと、僕は人間の皮膚が薄くなってるというような感じがするのですよ。つまり、外界と人間の中身との、いわば接触面が人間の皮膚でしょう。そうすると、戦前もそうだったかもしれないし、それから戦後も、そういう部分というものはもちろんあるのだろうけれども、一般的にいって、外界を遮断する人間の皮膚みたいなものがだんだん薄くなってきて、どんどん薄くなり続けていって、外界が自分のなかにしみ込んでくるという感じが強くなってくる。そうすると外側と内側の区分みたいなものが、だんだんなくなってきちゃう。そういうことを阿部さんの言葉で言い直せば、やはり〝状況〟ということになってくるのだろうと思うのです。

秋山❖なりますね。

黒井❖もうちょっと別の言い方をすると、野間宏さんの『星座の痛み』という詩集がありますね。「壺を渡す」という詩がその中にあります。サンボリズム（象徴主義）の傾向の強い詩ですが、その詩がたいへん印象にいつもあるのですけれども、なんかこういう素焼きの壺を、ある晴れた日に、乙女に渡すのですよ。そうすると、その壺の内側から自分の苦しみが、ほのあからんで光ってくるというような感じの詩ですけれども、それを読んだときに、その後もそれを思い出すたびに感ずるのですけれども、もし人間のなかに、そういう苦しみみたいなものをためておいて、しかもそれを人に差し出すことができるような壺があるとすれば、その壺の容量みたいなものが、現代はどんどん小さくなっているわけですね。その苦しみをためる壺みたいなものに、もうほとんど苦しみが入らない。

入らなくなった部分はどうなるかというと、全部、現実的に言えば病気にされちゃって、薬がそれに対応して待っていて、そっちに突っ込まれちゃう。だから死ぬほどの苦しみというものはだんだんなくなって、苦しみというものは死に至らないで、非常に現実的に処理しつくされている。あるところから先にいけば、全部、狂気というふうに判断されて、しかるべき神経症なり分裂病なりという判断が下されて、いろいろな療法が待ち受けているというようなことになる。

そういう上げ底的になっている部分とか、ボリュウムが非常になくなっている部分というのが、表皮が非常に薄くなってるということの別の側面ではないか。そういう感じで、少し寒いなといつも思いながら生きていると……。

秋山❖それは人間に原因があるのか、時代に原因があるのか、ともかくそういう状況のなかにまさにいる、ということですね。

黒井❖それはビルのなかだけではなくて、家庭であれ、電車のなかであれ、町のなかであれ……。

後藤❖戦争ということが阿部さんからはじめ出たのでね、と思ったね。戦争ということが出たので、なるほど戦争が出るのか、それをまたみんながでかい問題が出たと思いながらも、やはりそれについてつい喋らざるを得ないようなものとして、戦争はあるのだということでしょうね。

世代論みたいなこともいまいろいろ出てきたし、それから自分というものが意識を持ちはじめていく過程とか、というものが出てきたけれども、たとえば僕なんか、戦後二十五年たって三十八歳ですね。僕は三十八歳が現在なんだけれども、とにかく現代であり、現在であり、いまであると、三十八歳の時点で考えるわけですね。

まあ戦争というのが出たので、いちおうここで僕も戦争のことをちょっと言えば、体験としての戦争というものは、いろいろな形で小説の垢みたいにこびりついて、もういやでもおうでも読んでいただけば、ここかしこにこびりついてるわけなんだけれども、いちおうそれを認識としてここで一つ言えば、僕がいま考えている戦争というものは、要するに人間というものは戦争をするということですね。人間は戦争をするるものであり、戦争というものは必ず勝ち負けがあるということですね。それが大きな問題であって、ただ勝ったとしても、負けたとしても、やはり生きざるを得ないということですね。この三つだと思うのです。

つまり人間は戦争をする、戦争には勝ち負けがある、勝っても負けても残ったものは生きざるを得ないということですね。そういう形で僕らは生きている。結局、一口に言ってしまえばそういうことだと思います。

それと僕個人とのかかわりから言えば、その三つの認識のようなものと、それから自分は日本人であるということですね。それからもう一つは死ぬということですね。必ずいずれは死ぬ、とこういう形でもって戦争というものといまの僕というものは、だいたいつながっているのではないかと思うのです。

秋山❖日本人であるというのは……。

後藤❖要するに、日本に生まれたということは、やはり僕は運命として、非常に大きな意味合いとして僕は考えているのです。言葉、それからすべての肉体的なものとか、生理的、感覚的なもののももちろん含めてですが、引っくるめて言えば運命ということですね。

秋山❖僕なんかでも戦争がひどいときには、もうこれは親兄弟もだめですよ。いちばん困ったときには誰も助けてくれないですから、あとは一人で虫けらみたいに生きなければならないと思った。その感覚がいまの状況とうまくくっついていかないのですよ。

後藤❖それはだから、三十八になったから、やっとこんなことも言えるようになったのであって、中学一年で負けたんですからね。そのときの感じは、これはいまから言うこともないような気もするのですが、ただひとこと言えば、僕らはつねに願望というものを持たせられながら、それはつねに不明な原因によって、いつも自分の目の前から取り去られたという感じがする。

阿部さんは軍人の家庭で生まれて、しかも職業軍人だから別だけれども、僕のおやじなんか商人かつ予備役の兵隊だったが、それでもやはり僕は、願望というものはやはり軍歌であり、軍隊生活といいますか、つまり祖国を守るというね、それは一つの自己形成のうえでの願望だったですね。しかしその願望というものが、すうっとなくなった感じがしたのですね。今度は一つのあるべき願望の像として、民主主義のようなものがまたすうっとなんとなく出てきたでしょう。

だから僕らは、自分でその願望を持つんではなく、願望というものはわけがわからなくて、すうっと目の前に現われたり、また何かの原因によってすうっとなくなってしまうというような、一種のミステリーのような、そういう世界観に結びつくような感じを持っているのですがね。社会というものと自分とか、あるいは国家と自分に対して、そういう感じがありますね。

美しい散文について

秋山❖僕はある程度はっきりした感覚が、戦争のときから続いているのです。それは個人的な話ですけれども、子供などというのは、考えもしなければ、作ろうということも拒否しますね。いつも女房にも、お前は他人だからおやじにだって何だってれ、ということですね。その感覚はおやじにだって何だってみな同じことですね。だから会社でも、なかなか人とうまくいかないから困っていますけれども。それは、戦争と現在とを結びつけた、僕が個人的に持っている感覚ですけれども、古井さんは……。

古井❖秋山さんの最初の設問のようなものを押しつけられれば、やはり戦争ということになります。

僕は昭和十二年生まれですが、これぐらいの年齢の人間が戦争を語ると、だいぶあやしげなところが出てくるようですね。ほんとうは知ってないはずのところが出てきたり、事実が非常に概念化されていたり、同じ年の人間と話していると、いろいろ首をかしげることが多いのですが、それはだいたい僕の年ごろの人間の場合だと、その家庭のこと、特におやじが戦前に何をやってたかということが、だいぶかかわってくるのではないかと思うのです。

阿部さんは父上が軍人だそうですが、僕のおやじは航空機会社に勤めていたのです。銀行員だったのですが、戦争の勝利を信じて飛び出たわけです。それもでかい航空機会社ならどうということはないのでしょうが、東京の市外の、小さな町の航空機会社なんです。しかもその航空機会社は、当時の国民学校の上級生や高等科の生徒を動員している。僕のおやじなんか、毎朝、訓示を垂れていたわけです。それが戦後になって、その生徒たちがどういう反応を示したかということはおわかりになると思います。つまり生徒がうちの前を通るたびに、なんだかんだと揶揄して通る。そういう非常に重苦しい時期があって、いまのはやりの言葉で言えば、僕の原点みたいなものをなしているのです。

ただそのあとの僕の個人史をたどっていきますと、比喩的に言えば、区画整理の歴史みたいなもので、東京の町が焼けたあとで何度も何度も区画整理されて、アスファルトで固められていきましたね。それと同じようなことが僕の個人史でも起こっている。具体的に言えば、小学校から中学校に進んだとき、中学校から高校に進んだとき、それから大学です。その境目というのは、それぞれ個人にとっては一種の区画整理になるわけですね。その生い立ちが、だんだんきれいにアスファルトで舗装されていく歴史がある。

その場合に阿部さんと僕にどんな違いがあったかと考えると、僕は区画整理を心地よしとしたのです。つまり、重苦しいものが塗り込められて、そのあとかなり楽に生きていける。そうやって大学まできて、大学というのは面白くないところかもしれないが、言ってみれば個人史の解放の極致のようなところがある。その味がどうしても忘れられないで、大学院なんかに残って、それから教師にもなったわけですけれども、さてそれから結婚して子供ができてみると、世帯を持つというのは、個人史のうえでは、一サイクルが閉じるということですね。

つまり家庭さえもが、いまではたしかにアスファルトの上なのですが、その内部には、覆い隠れた生い立ちに濃くつながっていくようなものがある。そうしますと、ものの考え方とか感じ方にどうも奇妙なところが出てくる。結婚して子供ができて、男がいわば袋小路に追いつめられると、それが出て来るわけです。そういう奇妙なものを感じ出したのが、小説を書き始めるきっかけになったので、僕のは区画整理されたアスファルトを透して、昔の姿をなんとか復元していくというやり方です。

秋山❖古井さんの言った奇妙な感じというのを、われわれがいま現在持ってる感覚でそういうものがあるとしたら、少し話したいと思うのですが。

一挙に文学の場所に持ってきますけれども、そうすると、たとえば僕なんかですと、家庭、たとえば子供をつくる、それは自分の何かを存続することですし、それからその反対側におやじがいて、そうやって人間が連続して続いてくる、僕はそういうのをほんとうは信じられないのです。頭では信じられますけれども、絶対に違和感を持っている。

そうすると文学を読んでいても、そういう感覚を根底にしてできている文学は、ちょっと僕は読めないところがある。頭脳は理解しても、感情が反発するのです。そうか、人はみなしあわせに生きればいいや、勝手にしやがれ、というところがある。だから戦争と言わないまでも、一生かかっても解きほごせないような感覚がいろいろあると思うのです。そういうところで自分が何かやってる、そういうようなことをお互いに言いあったら面白いのではないかと思うのです。

たとえば本を読んで日本語の美しい散文がその小説のなかにある、それは頭脳は理解するけれども、感情的には理解しないのですね。その美しさというのは。それは僕は自分の感情を言うときにその言葉が使えないのです。わざわざ汚い言葉を使うとか、そういう感覚を持ってるわけですね。

後藤❖秋山さん、その美しさというのは、たとえばどういうのですか。美しい散文……？

秋山❖名前を出すとあまり場違いみたいに思われて困りますけれども、僕は頭脳は川端康成の小説の美しさというのは理解するのですけれども、心は反抗する。僕は世の中である人間の生き方を選択するわけですね、その選択したという思いがそれをいいとは言わせないのです。

つまりこういうことすらも言いたくないのです。言えば頭と心のなかで矛盾してくるから。だから僕は批評家にも評論家にもなりたくないのです。だってそのためには理解しなければならないから。

後藤❖秋山さんは拒否しているから。

秋山❖僕は自分が属する人間らしさのもう少し違った美しい散文というものを……。

後藤❖それを聞きたかった。

秋山❖いや、この種類のことができるべきだと僕は思っているわけですよ。だからそこの話を聞きたいと思っているのですよ。

やはり戦争の話が出てきたら、われわれは、そこから戦後社会のある通り方をして、抜きがたく生きているという感覚のうえで、そういう声を持っているわけですからね。そういうのが、やはりあの美しい散文では出ないと思うのですよ。

後藤❖僕は実際体験あるいは半体験したのは第二次大戦だけなんだけれども、結局は戦争というのは、そのまま人間というものを考える場合に、非常にいい材料としてあると思うのですよ。ということは、さっき人間は戦争をするものだ、そうすると、どっちかが勝ちどっちかが負けるものだ、負けても勝っても生きざるを得ないものなんだ、にもかかわらずまた死ぬものだということを言ったけれども、結局そういうことがやはり僕らの日常を生きているということですね。

つまり生活をするとか、会社に行くとか、あるいは小説を書くとか、本を読むとか、考えるとか。いま秋山さんが言った美しい散文というのは非常に象徴的な言葉だと思うけれども、結局そういうことが認識の根底にあるかないかによって、散文というものは基本的には考え方が変ってくるのではないかと思うのだけれども。僕の散文というものが、ある体をなしているとすれば、やはりそういう認識なしには成り立ってないということですね。

実際、戦争のことは僕は直接書かないし、また戦場体験はまったくないから書きようもないけれども、ただ家で飯を食うとか、あるいは子供を殴るなり可愛がるなりということを書くにしても、やはり一行一行のなかに、人間は戦争をし勝ちまた負けるものであるということね、これはやはり抜き差しならぬ形でしみこんでいると僕は思うのですがね。僕は人間が生きていくということは戦いだということをよく言うけれども、これは単なる比喩としてではなく、やはりほんとうに戦いだと思うのです。

秋山❖ですからわれわれは、この文学の世界で、出来上がった、目の前に一つの美しい小説のスタイルがあっても、そのスタイルだけは信じて、そこに自分のことを盛り込むという具合には、あまりやってないような気がするのですね。

われわれは、それ以前にちょっと離れた場所でやっていると思うのです。いろんな人がみな、やはり個人的な美しい散文のスタイルという以上に、もう少しごく自然にそういうものから離れているようなところにいて、自分だけのスタイルとか散文を探しているような過程にいるのではないかと思うのですね。

坂上❖戦争というか戦後というものは、あれは完全に人間をバラバラにしましたよね。それはだから認めなかったらいいので、そういうものを僕ら見てきたわけですね。完全にバラバラにして、やはり人間の狂気とか荒々しさとか虚無とか、そういったものが続いたと思うのです。

秋山さんの話を聞くと、そこになんか誤算のようなものがあったのではないかと思いますね。戦争が終わったらこういうふうになるのではないかと思ったことはある。ですがね、僕はそういう誤算感覚というものはないのです。ちょっと予定が狂ったとか、そういうこともあまりないのですね。その時点で親が何をしていたかというのは、それほど関係ないわけで、いまだってそれほど関係ないはずなんだし、親が専務であろうと、軍人であろうと、銀行屋であろうと、裁判官であろうと、それは関係ないと思う。とにかくバラバラにした。

そういうことを感じていて、なおかつ、こちらは別に小説を書かなくても生きていたはずだけれども、小説をいちおう書いていたということがあるから、僕はその美しい散文というものを、文学のうえでは信じているからやっているのではないかということが前提じゃないかと思いますけれどもね。その美しい散文が川端康成のかどうかという問題はちょっといろいろありますが、僕はやはり志賀直哉とか、そういうのが美しい散文のなかの一つだと思うから、そういうものを信ずるから、やはり文学をやっているというところがありますよね。

文学にはそういう戦後の荒々しさとか荒廃とか狂気とか暴力とか、そういったものは書かれているんだけれども、文学の場合はそれを書くことが目的ではないのですね。それのうえに散文という何か枠みたいなものがあって、つまり極端に言えば、それをいかに書かないかということですね。人間は殺しあうものだということを言うけれども、僕はその言い方は文学者じゃないという気がする。つまり殺しあうということを、いかに書かないかとか、それはわかっているけれどもそれがどうだという問題が文学の問題になってくると思う。やはり文学を見ると、志賀直哉でも夏目漱石でもいいけれども、人間は殺しあうものだという書き方はしてないな。

阿部❖だから、後藤のは戦争論であって、はなはだ無邪気なものだと思うのですよ（笑）。つまり戦争というのは勝ったり負けたりする、負けても生きざるを得ない、これは当りまえのことでね、むしろ当りまえのことをどのくらい肉体で生きたかということですよ。後藤はぜんぜん正しいことを言っている。それで僕はやはりあれだな、こうやって聞いてみると、みな〝状況の文学〟なんだな。

後藤❖僕は阿部さんの話を展開したらどうかなと思っていたのだけれども、結局、戦後というものの状況に自分は荷担して生きてこなかったというあの話は、やはり僕は非常に意識的な世界だと思うのですよ。ということは、荷担しないとは言っても阿部氏は生きていたわけだから。生きているのみならず、生活すらしていたわけだからね。だからそこで荷担をしないということを言うためには、何ものかを葬っているわけだよね。自分の内部の何ものかを葬って生きていくというこの形が世界に荷担しないで生きる一つの基本型だと思う。それはもちろん意識的に構築された世界で現実そのものではない。しかしそのような意識とはなんのかかわりもない現実と関係せずには生きられないわけだからね。

阿部❖僕は、お前のモチーフは何ぞやと問われたので、敗戦ということを言いました。敗戦ということがなければ、僕はこんな座談会に出て、こうしていないだろうという気がするね。これは絶対につながっているのだよ。五十年たってもつながっていますよ、それは。それで僕が敗戦と言ったことを皆さんが受けついで喋ってくださったが、僕が言った意味は、戦争のことを言ったわけではないのでね。やはり、はなはだ皆さんは状況的に戦争のことを喋っておられる……。

後藤❖僕はそうでもないつもりで言ったのだけれどもね。

阿部❖状況という言葉は僕の非常に個人的なニュアンスを込めて言っている言葉なんで、別にサルトルとかそんなものではないのですけれども、僕は〝状況の文学〟というものは一つの見方だと思うのです。一つの感じ方にすぎないと思うのだ。そういう意味では、状況というものはなぜいやかというと、これはいつでも悲観的なものに決まっているからね、状況というものはね。そこから一歩も飛び上がるものはないですよ。

後藤❖つまりね、第二次大戦というものをほかの戦争と区別して、まったくそれは第二次大戦以外の何ものでもないという部分をあまり拡大していくと、状況にいくと思うのだ。だから僕が戦争と言ったのは、僕は認識だと言ったのだけれども、戦争についての僕の認識というのは、体験は第二次大戦だけれども、それなしには考えられないけれども、だから第二次大戦という体験を、結局、僕は戦争という形で人間の本質的な部分に結びつけたいと思ったわけなんだ。

つまり第二次大戦の特殊性をあまり言うと、民主主義とか共産主義とかが出てきてしまうから、あまり第二次大戦そのものを特徴づけていくことには反対だな。そういう状況には反対だな。つまり、戦争という形をあくまでも普遍的な形にもっていって、それを人間の一つの本質的な骨格の一部として考えたいという考え方なんだ。

ただし個人的に言えば、それはまったく阿部氏がいま言ったように、少なくとも僕らの代までは、戦争に負けなければこの座談会には出なかっただろうということは、宿命的に言えると思う。だから僕らの子供の代になればそれは当然なんらかの変化はするだろうが、しかし戦争あるいは人間の本質は変らないだろうという絶望みたいなものだよ。

阿部❖それはぜんぜん別のことですね。個人的な戦争以外に何か戦争がありましたか。

後藤❖だから、状況ではなくて、本質と個人とのかかわり合いを言っているわけですよ。

阿部❖僕は第二次大戦のことを言っているのでもなければ、太平洋戦争のことを言っているのでもないのでね。自分のおやじが行って負けて帰ってきた戦争ということですね。そういう意味で戦争と言ったのでね。

つまり、こういうことなんだな、僕はいけない生き方とか、いけなくない生き方とかね、そういうものがあるのかしらというふうなことから考えるね。

秋山❖こうやったらいけない生き方とか、そういう意志を持っている人はいないのじゃないですか。

阿部❖いや、たとえば川端康成の美しい散文というのが出たが、僕は別に川端さんの愛読者でもないし、どうでもいいのだけれども、ああいうものについて秋山さんが言われるときに、何かしらいけないものというニュアンスがありますね。

秋山❖そうではなくて僕は、一人ずつ非常に個人的なものだと考えるのです。

阿部❖しかし何か物さしになっていますね。

秋山❖いやいや、そうではなしに、僕の言っているのは、その一人ずつの形が、ここで出てくれれば嬉しいなと思ったのです。僕はみな一人ずつ個人的に生きているのだろうと思うのですね。そのときに、自分がいちいち見ていたものというのはあるだろうと思うのです。人から言わせれば、非常に馬鹿のような話かもしれないが、たとえばの話が、具体的な名前が出たほうがいいと思ったので、僕の場合はそうだと言ったのです。

やはり坂上さんがさっきおっしゃったように、美しい散文というのは自分が書く以上なくちゃいけないですね。そういう言葉を使えば、必然的にそれはあるのだろうと思うのです。それは言葉にならなくてもいいが、そういう具合にわれわれは一歩一歩いくだろうし、もし言葉で言えたら、そういうものを美しい散文と言っても、やはり何か選択しているのだろうと思うのです。自分が千の文体を持つことができないとすれば、ただ何かの形を求めているのだろうと思うのです。だからそういう話が出ればいいと思ったのです。

黒井❖その美しい散文というのは、言葉としてどうも……。

秋山❖よくない……？

黒井❖いい悪いではなく、美しい散文と言われると、俺いらねえやと思っちゃう……。

秋山❖いやそれでいいと思うのです。そういう言葉自体が気に入らないというところに、考え方というのは、あらわれていると思うのです。

黒井❖ですから文学をやる以上、あるいは小説を書く以上は、何か自分にとって欲しいもの、遥か丘の高みにひるがえっている旗のようなものということでいえば、それは美しい散文ということではなくなってくる。

秋山❖なるほど……。

黒井❖美しい散文というのは、たとえば志賀直哉が美しい散文であり、川端康成が美しい散文でありというふうな、何かある客観的な言い方ができるものというのは、それはいくつかあるでしょうが、それがいくつあったところでしようがないもので、それは物としてそこにあるだろうと思う。俺はここにいるぞ、ここにいる俺と、美しい散文として本屋の店頭に並んでてもどこにあってもいいが、それと直接の関係はない。そうではなくて、自分が進んでいこうと思っている方向の、遥か山の上にひるがえる旗のような感じのものというのは、それではいったい何かということになってきますと、象徴的な意味で使われたとしても、やはり美しい散文ではなくて……。

後藤❖何を書くかということではないの。

黒井❖そうではない、そういう実体的なものではなくて、もうちょっと……。

後藤❖だって散文は別に美しくなくったってかまわないわけですから。逆に美しいものがあってもいいとも思うわけだし、だから何を書きたいかということではないですか。

秋山❖黒井さんがいま言ったのは、何か行手に旗のようにあるものを、美しい散文という言葉で考えたくないということですね。黒井さん独特の言葉で言われればいいと思います。だから僕は否定するほうのを出したから、こういう話になったと思うが、僕は自分の声の性質とか、ものの喋り方とか、ごく卑近な日常でも、僕の声は誰に似ているとかいうのは、やはり僕は持っているわけですね。

　自分の場合、文学では中原中也の散文が好きですけれども、だから僕はそういう声は好きだなというのはある。だからといって別にそういう人の名前は具体的には出てこなくてもいいけれども。

黒井❖さっきのひるがえる旗というのを、別に言いますと、ちょっと内容的にずれてしまうのかもしれませんが、美しい散文ではなくて、自分の営みみたいなものかな。

　営みというのは変ですが、たとえば一つの小説があってそれが非常に自分にとって重要なものであると思われるのは、まったく一分のすきもなく完成された、応力外皮構造を持った完結した世界ではなくて、むしろ、それはつねに作ったやつがいるわけで、作ったやつと作りあげたものとの関係が、いつでも非常に緊張した形で、場合によっては不器用であってもかまわない、したがってそれは美しくないだろうし、ほかの言葉で言ってしまえば、そういう営みみたいなものの透けて見えるようなことが、僕はいちばん欲しいのですね。

それはだから一つのものができていて、できたものが一つのものとしてある人間をうつというのではなくて、その手続きみたいなものと、それを作り出したときの一つの狙いというのではなく、もっと重たいものですね。

たとえばテレビドラマの場合でもそういうのがあると思う。ある場面が出てきて、たいへんに感動的な一つの絵であったとか、ストーリーのなかのある場面であったとかいうことではなく、その場面を見たときに自分が感動するのは、作ったディレクターがこのときにこういうことを言いたかったのだということが、むしろ先に飛び出してきて、それが必ずしも完全に証明されていないにしても、その心情みたいなものが、いきなり伝わってくるものがあって、そういうのがいちばん欲しいという感じがします。

秋山❖いま黒井さんがおっしゃった営みというのは、別に現実の生活の意味ではないわけですね。書くというときの、いちばん背後にある動いているものを、営みとおっしゃったわけですね。自分がほんとうに何かをやりたいというときは、そういうことからだろうと思うのです。

坂上❖黒井さんはまわりくどくおっしゃったけれども、黒井さんは黒井さんなりの文学あるいはテレビドラマ、そういうものに対して自分が感動する部分とか、そういうことを言っているわけですね。

つまりこちらに感動が伝わってくる場合というのは、文章の場合でも、それが優れた散文であるから伝わってくる。それを抜きにできないでしょう。その場合の条件になっているものとしての散文、ということを言わなければならないわけですね。僕は美しい散文というのは、言葉としては好きだな。

黒井❖僕は好きではないな。

坂上❖それはやはり、散文というのは美しいと認めてくれなかったら、やりきれないところがあるな。論文を読んでるのと違うのだもの。

秋山❖僕はちょっと思い出したのですが、三島由紀夫は、森鷗外の散文で戦後社会の全部を書くことができると言うが、僕は自分の持ってる感覚上そうは思えないのですよ。もっとだらしのない、くだくだしたものというものは、森鷗外の散文になれっこないですから。

坂上❖僕は、三島さんなりの見方はわかりますけれども。それは別として、さっき黒井さんに聞きたかったのは、そういう意味での、そこに散文というものの一つの条件があるだろうということです。

黒井❖そのうえに美しいという言葉をかぶせると、完結した世界のようになるのがいやだということです。

後藤❖やはり何か、手本のようなものが目に浮んじゃうんでしょう。

坂上❖既成概念に反発しているのでなくて、やはり自分として、どういうものをどう思うかということを前提として喋ったら、だいたいわかるね。

秋山❖たとえば川端康成ということを言いましたけれども、僕は自分の感覚上、ほかに野間宏の文体とか椎名麟三の文体があったとき、あるものを僕は近しいものと思うわけですね。その近しさというものの焦点にあるものは、僕が自分の言葉で語りたいということですね。やはり小説は自分の言葉で語りたいので、自分の言葉で語るといえば、それはそれまでの話だからね。そこをもう少し……。

――奇妙な感覚について――

後藤❖僕は、現代文学と現代との関係というものを論じたほうがいいと思いますよ。現代文学と現代ですね。つまり現代文学とは何かということですね。われわれは現代を生きているからわれわれの書くものは現代文学なのか、あるいは現代というものを書いたのが現代文学なのか、それとも現代を書かなくても現代文学というものはあり得るのか。それではもう一つ現代というものはいったい何なのかというようなことね。

秋山❖それは後藤さんが、逆の入り口から言ってくれたわけであってね。僕の考えるのは、いまここで喋っていることが現代文学ということだし、現代だと思っているのだけれどもね。……さっきの古井さんの言葉で言うと、後藤さんの持ってる奇妙な感じというのが、その言葉になるのだろうと思うのだ。現代文学や現代というものに対する後藤さんの奇妙な感じというのはこれだろうと思う。

後藤❖奇妙な感じという言葉を使うか使わないかは別としても、いちおう言いますと、たとえばゴーゴリという作家がいますね。これは現代の人ではないわけですね。十九世紀の半ばぐらいの人ですが、ゴーゴリはこういうことを言っているのです。これは『作者の懺悔』という晩年に書いた評論集に入っている、ベリンスキーなどにくさされたエッセイですが、それに〝私は過去にはまったく興味を持ってない〟〝自分はいかにぎくしゃくとして、いかに体《てい》を成してない小説であっても、いま自分が生きてとなり合っている世界以外には、私は興味を示さない〟〝そういうもの以外は私は書かない〟それがいかにいわゆる美しい散文みたいなものに照らし合わせて、いかに下手くそと言われようとも、それは当然だということを言っているわけですよ。

僕はその言葉に非常に興味を持っていますが、つまり美的な完成度とかそういったものは、現代を書けば損われるのは当りまえだということを言っているわけですね。

僕が面白いと思うのは、ゴーゴリという作家が十九世紀の半ばにこういうことを言っているということです。〝現代は余りにも活気があり過ぎる。余りにもわれわれを動揺させる。作家のペンを美的完成度の方へではなく、むしろ諷刺とか笑いの方へ向けさせる〟といった意味のことですがね。作家にとって現代とは何時の時代でもそういうものかと考えさせられたわけです。

秋山❖その場合に隣りにあるものというのは、自分も含んで流れている、いまの生きている社会ということですね。

後藤❖そういうことです。現代の生活です。

秋山❖そこの直接取引きの場所から出てきた言葉ですね。よかれ悪しかれ、それでやるしかないということですね。

後藤❖そうです、そうです。それは生きているという一つの奇妙な感じと奇妙に結びついている。自分がいま生きているというね。

秋山❖だから後藤さんは、いま一人の小説家が、ある文学の過去の規範とかスタイルを持っていて、たとえば歴史小説やなんか書いたときに、現代文学というのはいろいろですけれども、少なくとも現代文学ということにある限定を持ったとき、現代文学をやっている作者だとは思えないわけですね。

後藤❖そうですね。またさっきのゴーゴリの続きになりますが、美的な完成度を求めるのであれば、対象との間に大きな距離を置く必要がある。それを突きつめてゆくと、結局、歴史小説になるということを言っている。そして詩人は、しばしばその美的完成度のために、過去つまり歴史の中に沈潜するのだ、というわけです。

たとえば井上靖さんなんかがやっておられる歴史ものですね、ああいった仕事は、ですから小説家というよりも、むしろ詩人としての仕事ということになるわけですね。

古井❖僕はあまり概論的になると頭がついていけなくて、つい妥当な結論にウムウムとうなずいてしまうことになりますので、やはり個人的なことから言いますと、さっきの奇妙な感覚のことですが、奇妙な感覚の一つとして、僕の場合にはこういうことがあるのです。

毎朝起きて新聞を読みますね。そうすると社説があり、寸評があり、匿名批評欄があり、投書欄があり、公害をはじめとして社会悪を告発する文章があり、批評精神に満ち満ちているわけですね。それを読みまして、起きがけの不機嫌さのせいか、非常につらい気持になる。非常に不愉快な気持になるのです。

これは何かということをまだ充分には考えつめていないのですが、僕なりに考えたところでは、批評にも、その対象と同じように、どこか人間蔑視的なところがあるのではないか。人間のおこなう悪を批判するとき、批判それ自体は正しいとしても、批判者の心の中にあまりにも人間的なものへの不寛容、憎しみに近いものが一片混ざっているのではないか。人が人を批判するとき、批判する人間が単なる批判者となってしまい、批判される人間が単なる批判の対象となってしまって、了解の外に置かれるために、実際の人間の姿よりもおどろおどろしいものになってしまう。つまり妙なものを抱え込んで、動きのとれない人間の弱さ、どうしようもなさというものを度外視して、是非是非で割り切っていく。そういう批評の精神が、一方、非常に非論理的なヒステリックな面とあいまって、紙面からうんうん唸っているような感じを受けるのです。

大学に勤めていたころ、大学に行くと、学生の物の言い方がそんなふうである。そのとき僕は大げさに言えば、非常に危機感を感じて、とにかく自分の臭いのするもの、批判にはいくらでもさらされるけれども、自分の臭いのするものを書きたいと思って、そういう気持に追い込まれて、とにかく小説を書くということに熱を燃やしたわけですが、その場合、同世代なり、あるいは前の時代の同じ文学者のいき方に対する反発だとかいうものよりも、ワーッと迫ってくるようなものからなんとかして自分を守りたい気持から文章を書きだしたのです。

そういう僕にとって、文体というものを多少反省してみると、文体はまず作者の臭いのするものです。いまはますます自分の臭いのする文章を書きたい一念ですが、反省するとそれは文体の半面でしかないわけですね。つまりある立場にいる人間、どうしても変えがたい自分の立場を意識して、しかも他の立場にいる人間に何かをうったえる。そういう配慮が文体の半面になるわけですね。

僕の場合は文体の理想というのは、もっともよい手紙だと思うのです。つまりある立場にいる、その立場は動かせないということを意識する。それから同じことを他人についても意識する。それから出て来る思いやり。それがまじった手紙が文体の最高のものだと思うのです。

僕もそれを目ざしているのですが、直接的には目ざせない。というのは、自分がどこに立ってるかもよくつかめないし、変えがたいのか変えられるのかもわからないし、いわんや他人と自分のつながりはなかなかつかめない。思いやりがどうすれば思いやりとして生きるのかということも。生活の個々の場面ではなんとか勘でやっていっても、文章を書くとなると、そのへんの勘がトンチンカンにならざるを得ない。僕のいき方は要するに自分の臭いを強くすること。

ただ僕は、ものを書くということについて一つ信じていることがあって、それはつまり、その人間の生き方にゆがみなりなんなりがあったら、当然、文章に出てくる。そのことに対する直接的な反省よりも、むしろ自分の文章を書き込んでいって、おかしなところがあらわに出てくる。破れるところは破れる。そこまでいくほうが人間的な反省としても強く出るのではないか。その一念でとにかく僕は要するにうまい文章を書かないように、つまりあくまでも自分の臭いのする文章を書きつらねて、もうどうしようもなく変なところが出るまで書いていこうと思っているんです。

秋山❖まあ小説みたいなことを書いてるというのは、一種の手紙、広い意味で言ってそういうのが手紙みたいなものであることはわかりますが、聞く人が誰もいなくても一人きりでやってるのか、相手がいるのかということです。それからその手紙にのせてある言葉ですが、社説だといろいろな問題をわかりやすい言葉で述べるということでしょうね。わかりやすい言葉で他人もすぐ入ってきて是非を言える言葉というのは、批評的な言葉ですね。

そうではなくて、もっとぜんぜん自分でも明らかでないし、あるいは人に言ってみてもしようがないような言葉というのも手紙の形式で出せるわけですね。そのときに、つまりその出す相手というようなのがあるのか、まるっきりなくて、埴谷雄高みたいに宇宙へのただ通信というのもある。そういう日常的な場所で制作しているとき、どういう感覚がこもるのかなということを聞きたいんです。

古井❖僕の場合は相手がつかめる場合がある。

秋山❖つかめる場合が。

古井❖ええ、それは非常に具体的で、この前こうこういうことを誰かと話した、するとその人の顔が思い浮んで、その人をまあ漠と思い浮べながら、その人に向って書いてる。そういう場合は、非常に省略法とかなんとか、うまくいくわけですね。

しかし大部分の場合は、ほとんど相手がつかめないで、やみくもに書いていて、要するに自分の文章として成り立つかどうかということだけ、ほんとうはそういうことはあり得ないのかもしれないが、はっきりとした相手がつかめない状態でものを書いてる。それが僕の文章の余計なところ、空疎なところはそこから出てくると思うのです。僕のほうから見れば、それがおそらく全部必要なもので……。

秋山❖僕も必要だと思うわけです。それはそうだろうと思うのだな。

後藤❖古井さん、朝起きると不愉快だと言ったでしょう。不愉快だけれども批評はいやだと言ったでしょう。しかし不愉快だと言うのは、僕に言わせればそうとうな批評だと思うのだけれどもね。そして、そのような不愉快さとか腹立たしさが僕らに小説を書かせてるゆえんではないかと思うのだけれどもね。やはり批評だと思うのだけれども。

秋山❖古井さんのその不愉快は、根本的にいえば一つの批評だと言ったら批評だろうけれど、いま言った新聞などに載ってる批評というのとは、違うところでもって……。

後藤❖いわゆる批評精神というふうに、いわゆる、がついていたけれども。

秋山❖僕はだから自分のことを感想と言いますけれどもね。古井さんのそれは、感想ですよね。

後藤❖感想であるとしても、不愉快だという一つの拒絶する反応ですね。それはとりもなおさず小説を書く原動力だと思うのだけれども、それでは何に向って拒絶しているかと言えば、新聞でありテレビであるということは、やはり世の中であり、また現代というようなものではないかと思うのですよ。世の中に対する拒絶の意志とは言わないですよ。

意志というふうに言うと間違うけれども、それは感情でもいいし、生理的なものでもいいし、感覚でもいいが、とにかく自分が生きているということを、世の中に対する一つの拒絶的な関係においていると言うのかな、おかれていると言うのかな。しかし、おかれているというふうに受身で言うと、また少し嘘になるような気がする。では、はたしておかれているだけかなと言うと、案外おいているのかもしれないということもあるしね。それでなければ、別に小説なんか書かなければいいので、もっと別な場所でいろいろやることはあると思うのです。だからおかれているだけではなくて、やはり自らおいているところもある。

腹を立てずには生きていられない現代というものの真只中に、おかれている部分とおいている部分のズレみたいなものが、むしろほんとうのことを言えば奇妙なところではないかと思う。世の中に対する一つの自分の関係としてね。こういう不愉快なところにおかれているか、それはわざわざおいているか、これは両方あると思う。その両方の微妙なズレのようなものが、非常に奇妙であるということは言えるのであって、それはある意味では、非常に共通なところではないかと思うのですがね。

坂上❖後藤さんの言いまわしはわかるけれども、その言いまわしは、裁断として余計なものまで切っちゃうようなところがあるのだね。

古井さんが言おうとしていることは、僕の感じでは、彼は朝起きて、何を読んで、どう思ったか知らないけれども、朝起きて変なずかずかっと入ってくるような、荒々しさみたいなものがあるわけですね。批評を読んだときもあると思う。批評という姿勢そのものから、彼は本能的にそういうものを感ずるわけでしょう。そういうことを古井さんは言おうとしているのであって、彼の言うのを聞いていると、古井さんは書くものを読んでもそうですが、とてもそういう優しいところというのを、はっきり持っているわけですね。自分の優しさのようなものが、つねにそういうものを読んで火傷するのではないかということが、彼のさっき言っていた一つの感じだと思う。

後藤❖火傷するというか、させられるわけか……。

坂上❖それはどうでもいいのだが。

後藤❖いや、そのへんがはっきりしないとあいまいになるよ。

坂上❖いや、それはむしろ火傷するかもしないという、そういう優しさというものが、実体としてこっちに伝わってくるところに、彼の文学を読んで感ずるものがあるわけよね。それを僕は見て、彼はほんとうに文章というものを考えているなと、文章に頼っているなというところがある。それは文学をやろうとする者には、それしかできないものがどうしても出てくるのですよね。

阿部❖手紙というのは僕は非常にわかるのですけれどもね。むしろ批評というものは、最後は、そういう非常に理解にあふれた形であったらばいいのではないかと思うのだけれども。批評ということを、攻撃とか、拒否するエネルギーの、そういう発現ということですか、そういうふうにとらないで、やはり最高の理解が批評だというふうに思うのですけれどもね。であれば、それは非常にいい手紙になるだろうし、それに反して、その古井さんのおっしゃる奇妙な感覚というものに非常にこだわるとすれば、それはどうなんだろう。そういう奇妙な感覚というものを読まされる手紙を受け取った人はどうなんだろうな。

古井❖手紙を受け取った人はそれを読まされるのが不愉快でしょうね。

阿部❖だから、文体というのは、そこにいくと、やはり書き手のモラルと言うか、そういうことにならざるを得ないですね。

古井❖こういう考えはどうなのかな。つまり誰かが言ったのだけれども、よくものを書こうなどと考えるべきではなくて、ものの書き方、つまり文体……文体を変えようとするなら生き方を変えなければならない。

それを逆にとる考え方もあるのではないか。……つまり生き方を変えて、ものの考え方を変えて、それで文章が変わればそれに越したことはないが、逆に文章を変えて生き方を変えるということ、それはもちろんできないことだけれども、文章につくことによって、少なくとも自分の生き方の変なところ、歪んだところに、もっとも濃厚に没入できると言うのかな……。

秋山❖いや、僕だけの話は、文章を変えるということは、生き方を変えるということになると思うのですね。

古井❖なりますか。

秋山❖生き方を変えて文章を変えるというほうは、あまり成立しないように思うんです。それは僕が思っている、人の生き方ということによるのかもしれないけれども。人の生き方を変えようと思ったら、文章を変えるということが、少なくとも最大の努力だと思いますね。生き方を変えると言っても、小説とか文学とか言葉とはぜんぜん関係ない人達の生き方の変えようというものがあれば、別の話ですけれどもね。僕は少なくとも個人的にはそう思いますね。文章とはつまり考え方ということだろうから。

阿部❖奇妙な感覚の文学というのは、もちろんあってもいいし、そういうものを読む人もあれば、とても読めないという人もあると思うのですけれども。

さっき秋山さんは中原中也が好きだと言われたが、中也はこういうことを言っていますね。つまり、青年というものは批評的なものであると。若い人というのはね、まあ、そんなものは相手にしないでいいんだということを言っています。これは僕は、中也は彼のモラルを、そういう形で言ったんだろうと思う。

それで僕は、それと直接、古井さんの文学をつなげるわけではないが、奇妙な感覚というものにこだわるというこだわり方には、どこかしら青年的なものがありますね。

それは僕がそういう勝手な見方をするのかもしれないけれども、僕はいつも自分のことを書いているというふうに言われていて、それはまったくそれで僕は満足ですけれども、しかし、自分のことをいろいろとつっついて、ほじくって、自分をとても大事にして、なんとか自分を完全な形で出すということは、あまり僕はしてないと思うのです。してないと言うか、非常に乱暴な言い方だが、自分というものをそんなに大事にしてはいけないのだというふうに、逆に思いますね。僕はもちろん「僕は」「僕は」という文章を書きますけれども、僕は自分をちっとも書いてない。まわりの人間をいつも書く「僕」というのがいるだけでね。

それで非常に青年的な文学というのは、一つの典型で言うと、たとえばアンドレ・ジイドなどはそういうものだと思う。ジイドの自分の可愛がり方というのがいやなんですね。それで僕はついにジイドの愛読者にはなれなかったけれども、そういうものは別に年とっても脈々としてあるわけでね。いろんなものがあっていいわけです。

つまり僕としては、奇妙な感覚の文学というものは、自分のなかでなんとかして終わらしめたいと思ってね、それでぜんぜん奇妙でない小説を書いているんですね。そういう意味で古井さんの小説というのは、僕はやはり、こういうものもあるのだなというふうな、一種の驚きをもって読みますね。

志を述べるということ

秋山❖ある文学というのは、自分にこだわりますからね、どこまでも。そうすると、ある人が生きている感覚で、奇妙な感覚を持っていても、それをこだわる文学と、もう一つ、それはどういう感覚と言ったらいいのかな、その自分というものをこだわる必要もない、私というものを、とくにあえて嫌な手紙を、相手に全部並べて聞かせるという形式でなくてもいいというのと、それははっきりした考えの違いだと思うのです。

阿部❖これも非常に誤解されやすい言い方ですが、志を述べる、とにかく単刀直入に自分の志を述べたいということなんですね。だからそうすると、僕は別に小説でなくてもいいのだな。

そこでさっきの古井さんの考えを借りれば、やはりいい手紙を書きたいということはありますね。必ずしも僕は、小説を書く苦労はあまりしてもいないし、そういう非常に小説的な複雑な世界を構築しようかということよりも、すこぶる単純に明快に、志を述べるということをやっているわけだから。

秋山❖その志というのは……。

阿部❖つまり、歌の文句ではないが、それでも私は行く、とか……（笑）というふうなものですよ。

秋山❖なるほど、そうですか。いまの自分とか、奇妙な感じというのが出てきたところで、黒井さん、ちょっと座談会など拝見したときに、「私」がないということをずいぶん言っていらっしゃるような気がしましたが、これはそこに、自分というのと、奇妙な感じという、この二つが混ざり合っているような感じで聞えるんですが。

黒井❖最高の文体は手紙だと言われたのですが、その文体というのは、小説のなかに使われる文体でもあると思うので、そこのところで次元が少し変るかもしれないけれども、手紙というのは普通たいへんパーソナルなもので、相手の顔が見えて、それで自分が相手に語りかけるということになるわけでしょう。なんにせよ、とにかく一つの文章が一つの作品の世界を作りあげるということから言えば、結果として読者と作者の関係ということから言葉にひっかかると、みな手紙だと言えると思うが、ただ手紙という言葉にひっかかると、その表現はパーソナルすぎるのではないかという感じがする。最高の文体は手紙だという言葉は。つまり原則として手紙は一人称で書く。相手に自分の伝えたいことを伝える。相手の顔も見る。それはもちろんそうだと思うが、逆に、おそらくそうでしかないだろうという限定が、どこかから出てきちゃうような感じがする。それではお前の理想はなんだと言われれば、ちょっと言えないけれども、ただ手紙だというふうに言い切ることができないような感じが僕のなかにあるな。

秋山❖それはビラですか……（笑）。

黒井❖いや、ビラじゃない。そうきかれてあえて言えばファイルみたいな……自分としてはビラも入れたいですよ。手紙も入れたいけれども、ビラも入れたい。いっしょに入れたい。そういう言葉の主体性というものがもしあるとすれば、それはファイルの主体性で、どういうふうにつっ込んでいくかという主体性で、そこのところで、手紙だと言ってしまうと、これはちょっと次元が違うだろうと思うけれども、たとえば、彼は、と書いて、それで別の彼が出てきて、別の彼女が出てきて、そのなかに入って、おのおのを書いていくときに、結果としての手紙と意図としての手紙と、幸せな一致をしている場合はいいけれども、そういうふうに一致しない場合が出てくるだろう。

それで古井さんの言った手紙という意味は、もちろん全部をひっくるめて言っているのだろうけれども、どこかで闇取引きがあるみたいな感じが僕にはするんです。同時に、手紙という形で書く主体のほうから、ストレートに出ていくようなところでつかまえられる一つの世界というものがあるだろう。それはゆるぎもなくあるし、欲しいと思いますけれども、そこのなかに入ってこない部分というのをいったいどうやってつかまえるかということが同時にあって、僕の感じではむしろ手紙ではなくて、手紙の比喩で言えば、封筒のほうが先だと思う。それで封筒のなかにはビラも折って入れられるだろうし、手紙も入れられるだろう。

それはどういうことかと言うと、結局、容れもののほうから先に考えるということですね。それは僕が言った「私」がないということとどもつながってくるが、つまり俺があるから俺があいつに手紙を書くということではなくて、手紙の例はちょっとうまくないからおきますけれども、なんかまわりのほうから一つずつつめていくと、いちばんまんなかに残るものは俺だというふうな形でしか、俺というものはつかまえられないのだろうという感じが、どうしても僕のなかにあるのです。

それは小説というふうなことではなくて、私は何年何月に生まれて、何歳までこういう生活をしました、そのなかにはこういうこともありましたというような、いわば個人の生活史のようなものもありますし、それを内側から書いていくことによって、ある実体的な感じのものを提出することはできなくはないだろうと思いますが、ただそれがほんとうの実体かどうかということに関して、たいへんに疑問があって、実体的なものというのは、むしろ実体と思われるものの側からふくらませて出てくることがほんとうなのか、そうではなくて、実体というものがどういうものかというのはよくわからないまま、まわりの空間を埋めていくことによって残るもののほうが実体なのかということが、僕には割合いに大きな問題であるわけです。

外側から埋めていけば必ず実体がつかめるということも、僕は確信がない。にもかかわらず、書いてるそいつは生きてるわけですね。その生きている一つの生というやつは否定しがたくあるわけですから、その否定しがたくあるやつのなかで、どこかでするっと入って、その部分が実体と言えるというふうなものをちょろっと出してくるということは、おそらく実体をつかまえることにはならないだろう。であるとすれば、むしろ外側のほうからつめていくという営みを、やはりもっといろいろやってみるべきではないか……。

秋山❖僕は話を単純にしますけれども、やはり二とおりのタイプがあるような気がしてしようがない。簡単に言って、それでは僕は誰かというときに、僕はいまこういう会社に勤めていて、こういう人間だ、というのが一つありますね。他人と比較するように。もう一つあると思うのです。僕はなまこは絶対に食えない人間だというようなことがあると思う。自分だけの自分です。

　僕は小説を書いてない人間ですから、一人の読者として思うと、小説家は二とおり、あるタイプがあると思う。それはやはり「私」という言葉を最初において書いていく人のタイプがあると思う。もう一つ、どうしても「彼」という言葉を先において書いていくタイプもある。「私」も「彼」という言葉も、それは言葉であって、同一の構造も含むだろうと思うが、何かしらやはりそういうタイプがあると思う。

坂上❖僕は古井さんの話は僕なりに面白く聞いたのですよ。というのは、興味の持ち方がたしかにあるので、手紙というのが古井さんの場合は、非常に文学的な意味で言っているのですよね。

阿部❖（笑）どうしても僕は黒井さんの文体に関する考えはわからないのですよ。というのは、彼は内側から出したとか、外側から追いつめていくとか言うけれども、そうではなくて、彼が一行文章を書けば、それが彼なんですよね。文体論の出発はそこなんです、誰がなんと言っても。そうすると彼の文学論はいつも文体が奇妙に不在なわけですよ。文体論にもならないし、ひいては文学論にもならないし、そのへんの考えをなんとか早く直してもらわないと……（笑）。だからさっき秋山さんが言った「私」と書く人もいる「彼」と書く人もいる、こんなことは実につまらないことで、どうでもいい。そうではなく「私」でも「彼」でもなんでもいいから、ちゃんと書ければそれがそいつなんですね。だから文体というのですよ。

秋山❖それはそうですよ。だが、そこに先を歩く感覚があると思う。僕もほんとうはあまり難しい理論的内容を四百字詰めに一字ずつおいていくときには、ほんとうはあまり関係ないと思うのです。でも、そこのなかを連れていく何かの感覚というものは、やはりあるだろうと思うのですね。

黒井❖だからいまの阿部さんの言い方で言っていいわけよ、それで。つまり僕が何かを書けば僕なんだから。

秋山❖そういうふうになるわけだ。

黒井❖それは僕としては改める必要はないと思うのだけれども。だから、たとえばさっき古井さんが言った手紙ということは、もちろんいま坂上さんが言ったように、本質的なことを古井さんは言われたと思うが、それにもかかわらず僕が気になるということを言ったのは、つまり手紙というふうに言い切ってしまってはいかんのではないか、という感じがある。それをもういっぺん言えば、一つの文章を書けば、それがそいつだということを言って、それで全部だというふうに言ってしまっていいかどうかという疑問が僕のなかにある。

坂上❖僕は彼の手紙という言葉は非常にロジカルに何かをあ

らわすということが、ぜんぜんないような気がするのだ。すごくそれは偈《げ》（編注：仏典のなかで仏徳の賛嘆や教理を詩句の形式で述べたもの）みたいな、公案みたいなところがあってね、彼は手紙を書こうというとき、手紙の手紙を書くとか、そういうことをやろうとしているわけでね。古井さんは正確にはなんと言ったのかな。

古井❖最良の文章は最高の手紙、最良の手紙が最高の文章になる……。

坂上❖それと語りかける相手みたいなことを……。

古井❖やみくもに不特定多数に語りかけるのではなくて……。

坂上❖手紙というものが語りかける対象を持っている。だけれども手紙を書こうとしている古井さんの場合というのは、ある意味では対象がないようなところに、どうしてもいるわけでしょう。そのへんの矛盾律のようなことが、たいへん僕は、もちろんロジカルに解決する必要がないような問題として感じたのです。そこが面白かったのだけれども、では手紙の実体は何かということが、結局は古井さんの書こうとしている、文学の問題になってくるだろうという気がして聞いていたわけですよね。それが封筒とかなんとか、そういうこととは違うわけですよ、彼の比喩の場合は。

黒井❖そういう意味では違いますね。

坂上❖黒井さんが容れものという意味で封筒と言うのもわかるけれども、彼の言ってる手紙というのは違うので、やはり彼の文体ということを手紙ということに関して言おうとしていたことはわかりますよね。

古井❖もう少し綿密に言えばこういうことになると思います。阿部さんが一行書けば自分である、それはそのとおりなんだけれども、その自分という内容を大ざっぱに分けるとしたら、二とおりあると思う。その人の素質なり、ゆがみなり、奇妙な感覚から直接残ってくる自分、もう一つはモラルに通ずるものですね。自分がどういうところにいるかということの、ほとんど血肉と化したような意識がおのずと出てくる。そういう自分ですね。

僕が手紙の理想として言っているのは、後者のほうです。それも親友とか恋人に書く手紙ではない。つまり書くほうもパーソンとしてつかまえる。相手もパーソンとしてつかまえる。パーソン対パーソンとして、お互いに認め合っている関係ではなくて、相手はたしかに個人なんだけれども、しかし書くほうとしてはパーソンとしてはつかめない。不特定多数に没しているけれども、不特定多数のようなものをつかんで、なんかもう少し広いパーソンのようなものにやみくもに書かないで、書いていく手紙があるわけでしょう。つまり親友とか恋人に出す手紙ばかりではないわけですから。

もう少しひねって言えば、自分でもう世帯を持っている子供が、おやじに書く手紙ですね。その場合、親子という濃厚な関係から出て来るコトバをわざとはずして、一般的でしかもパーソンのニュアンスが出ているような書き方をするわけでしょう。僕の理想というのはそういうのが理想なんで……これは比喩ですが。

坂上❖古井さんがそういう具合に言っている手紙というものが、ある意味では概念としてふくらんでくる感じなんだけれども、僕は手紙ということから、手紙の一つの属性である父への手紙であるとか、母への手紙であるとか、そういうものも非常に実体として、どうしてもあるようなものとして感ずるわけですよね。

そういうものに負けてしまわないかどうかということが、一つ自分の書くような場合にはありますよね。ほんとうに手紙の実体みたいなものに負けないものが、こちらのパーソナルな手紙でできるのかどうかという。それがやはりこちらの文学でやっている場合の、評価の基準のようなものにさせられるような課題ではないかなという感じがします。

それは別として、手紙という言い方のなかに、たいへん小説を書く場合の矛盾みたいなものが含まれていると感じながら聞いていて面白かったのは、僕はさっき自分はなんにも書いてないのではないかというようなことをこのごろ思っているると言ったのは、結局、僕は、自分はなんにも書こうとしてないのではないかということを思ってきたわけです。書かない小説とかなんとかいうのは非常にくだらないレトリックだけれども、矛盾律のようなもので、禅の公案のようなもので、そんなものを持ったら、たいへんなんじゃないかという気がこのごろしだしたのですよ。

秋山❖そうすると坂上さんの場合は、手紙というイメージでは困るけど、強いていえばノートですか。

坂上❖やはりひとり言ですね、秋山流に言うと。

秋山❖ひとり言ね、なるほど。

後藤❖いまの論議はあまりピンと来なかったのですが、というのは、阿部さんの古井さんについて言った話はちょっと面白いとは思ったのです。

やはり一種のナルシズムだと思うのです、手紙という言葉が出てくること自体が。それはたとえ比喩であれなんであれね。いくら比喩的であれ、比喩的でない実感であれ言ってみても、われわれは小説を書いているわけですからね。手紙をほんとうに書くであれ、モノローグをするであれ、一旦それをナンセンスにしてしまうという視点がどこかになければ、つまり第三の視点がどこかになければ、小説というものは成り立たないと思います。

それともう一つ、阿部さんが言った志を述べればいいのだということについてですが、しかしそれには、プラス・アルファが必要だと思う。それは「正確に」ということね。この正確さにおいて、小説が非常に複雑になるということですよ。阿部さんは小説でなくてもいいと言ったけれども、それはテレであって、結局、正確でなければいけないのはなぜであるかというと、志を述べていく場合、何かに向って言うのではなくて、自分に向って言う以上は、あくまでも正確じゃないといけないということね。「あくまでも」ということを正確の上につけた場合は、これはどうしようもなく迷路になるということね。ただその場合、たとえ迷路に陥ったとしても、小説はあくまでも論理的でなくてはならない、と思うわけです。手紙ということでいえば、カフカの場合は〝祈る形式で書く〟というようなことを言っていますが。

坂上❖そうではないのですよ。手紙というふうに古井さんが言ったのは、やはり文学のことをそういうふうな言葉に託して言おうとしているのであって、それを僕は正確に理解したとは思わないが、理解して同じ次元に立って、自分の特徴を言おうというとき、黒井さんは手紙の封筒なら封筒ということを言おうとしている。僕はやはり拙《つたな》いけれども、ひとり言というふうなことを言う。ひとり言なりに、こちらのわかりにくさというものを、引きずりながらやってるという特徴を言おうとした。そういう次元で、もし後藤さんが自分の特徴を言おうとしたらなんだろうかという話をいま言おうとしているわけですよ。

後藤❖僕はあくまでも正確に言わなければならないということですよ、言うならば。それは一種の迷路におち込むということですよ。正確かどうかわからないくらいになるということですよ、それは。

―衝動と不満をおおうもの―

秋山❖後藤さんは、自分がいまやっていることを外へ出すというときに、おのずから思い浮かぶイメージというのは何なのかな。

後藤❖それはだから滑稽さですよ。どういう滑稽さかというと、つまり無限対有限の滑稽さですよね。難しいけれども単純なことでね、つまり時間も空間も無限でしょう。にもかかわらず自分は有限であるという滑稽さですね、これは僕の根本だと思う。

　さきほど奇妙な感覚というものについて阿部さんが感想を言って、僕が阿部さんとまったく同一の考えを持てるはずはないので違うと思うけれども、つまり奇妙な感覚などを大事にしてはいかんというのは実によくわかる。なぜかというと、つまり生きていることは奇妙だというふうにいかなければならないわけですよ。奇妙な感覚というふうに言うと、自分だけは特別なように見えるでしょう。しかしほんとうに特別かということですね。特別じゃないということをむしろ言わなければならない。

　ということは人間全体がほんとうに奇妙なわけですよ。空間も時間も無限なのに、なぜ個人は有限であり、にもかかわらず無限ということを考えるかですね。無限ということを考えながら、自分は有限なわけでしょう。有限なる者が無限を考えること自体がグロテスクであるわけですね。だからそれはまことに滑稽なわけです。

それはドストエフスキーというものを読めば、実に明瞭にそのこと自体と格闘しているわけですね。その意識と格闘して、その格闘している自分を書いてるわけだから、非常に正直だと思う。かつ無限の正確さに向って、有限の闘いをしているグロテスクさがよく出ているということですね。あまり言うと概論というふうにまた言われて、坂上さんなどは嫌うけれども。

坂上❖僕は、その嫌うというものはね……。

後藤❖嫌われるということは非常にいけないことでね（笑）。できるだけ嫌われたくないと思うけれども、正直に言えばそういうことになっちゃうのだよ。

坂上❖僕らはドストエフスキーも読んでいるが、後藤さんのことを聞きたいのであってね。

後藤❖たとえばもう一つ例を言えば、家庭ですか、そういう話が出たでしょう。子供を可愛がっている自分というものをつくづく考えてみた場合にですよ、これを父親として考える場合と、さっき秋山さんはいろいろ自分のあれを三つくらい言っていたけれども、いくつもあるわけですね。つまり子供を可愛がっている父親、これはほんとうに可愛がっている父親だと思う。僕もそうだから。

だけれども同時にこれを人間というふうに考えた場合、戦争すらできる人間であるということね、そういう意識がどうしても頭から離れないわけです。

しかし、それをそのまま書くわけではない。いま俺は頭をなでているけれども、俺は戦争もする、また人すら殴る人間である、人に殴られたりする人間でもある。そういうふうにはもちろん書かないけれども、やはり一行書くということは、それだけの意識の二重三重、あるいは何重か知らないけれども、そういう構造を持ったうえでしか、文章というものは僕は書けないと思うのです。ましてや自分について正確であろうとすれば、そういう意識がなければ、一行たりとも文章は書けないと思う。

それはその重みがあるかないかということが、やはり文学であるか、あるいはまた単なる達文であるのか、あるいはアジテーションであるのかという区別になってくるのではないかなというふうに思う。だからそこに眼光紙背という言葉を昔の文学者が使って、本質的な言葉だと思うのですが、それはつまり、何も紙が透けて見えるということじゃなくて、その一行に込められた作者の意識と言いますか、そういうものの重さというか、悲痛さというか、悲しみというか、そういうものではないかなと思う。

だから阿部さんがさっき言った志というのは、自分自身が誤解されやすいと言ったが、実に誤解されやすいので、それから僕なりに触発されて考えたのは、それはやはり悲痛さとか、滑稽さというようなことではないかと思う。

秋山❖だから、後藤さんは人間の滑稽さというものを求めて、一つの世界を作るわけですね。そうするとそこに人が自由に入って来れるような、そういう構造を持つ、作品がそういうのでなくちゃならないというわけですね。

後藤❖そこはなんともわからないな。やはり日常生活というものは、上に日常というものをつけるから、また何か対立物があるように見えるけれども「日常」など取っ払って、ただ生活でもいいと思うのですよ。つまり生きているということですからね。それは別に抽象的に言うことはできないので、あらゆる生き方が全部、それこそ具体的なんで、だから生きているということを考えた場合は、つまり不意に突然、誰が来るかわからないということじゃないかと思います。

それと同時に、習慣的に必ず来るというものもある。しかし必ず来るものが来なかったら、これはまた突然になるわけですね。だから「突然」と「必ず」というものは、やはり僕は、表裏一体をなしていると思う。それが僕は生活というか、生きるということだと思う。

つまり不意に起きることと、当然起きると思っていることとが表裏一体をなしていて、当然のことが今度は不意になったり、不意のことが当然になったりという、そういう力学的な構造性を持っているものだと思いますよ。

秋山❖小説もまたそうだということですね。

後藤❖そうだと思います。だから日常茶飯事が不意の出来事になったり、突如起きる事件が日常茶飯事になったりという、逆転するものを誰の小説でも書いていると思いますよ。それは坂上さんのなかにもあると思います。本人がどういうふうに思って書いたとしても、僕はやはりそういうふうに見える。またそういうふうなものをとらえているかいないかということが、僕以外の人の小説を読もうか、読むまいかという決め手になりますね。それについての作者の配慮というか、どこまで意識してやっているかということです。

秋山❖だからたとえば、後藤さんの住んでる部屋があるとする。鍵はあけてあるわけだ。不意に誰か入ってきて通っていくかもしれない。小説の構造というものはそうでなくちゃならないという……。

後藤❖鍵をかけたつもりだけれども、侵入される場合もあるということね。しかし、ほんとうは入って来てほしいのだけれども、入って来ないという場合もありますね。それは実にそのへんがわからないわけですね。だから突然と常態というものが、つねにあるということは、つねに逆転し、つねにどうなるかわからないようなふうにさらされながら生きていると言いますかね……。

秋山❖まあ開かれているというか……そういう後藤さんの考えに対して、古井さんどうですか。

後藤❖ちょっと論ずるようなふうに言っちゃったからあれだが、僕は論ずるようなふうに言う癖があるけれども……。

古井❖そうなんですよ。後藤文学の一つの謎なんですが、後藤さんはこういうふうに喋っているときは、個人的ニュアンスに乏しいでしょう。喋り方は非常に公人的であって、文章は個人的ニュアンスに富んだものでしょう。その乖離がどうもわからないのです。

後藤❖ああそうか、それをやはり感じますか（笑）。

坂上❖それがある意味で僕はいやなんだ（笑）。迷路を徹底して書いて、俺が書いているのだからそれを読めとかさ……そういうのは僕はどうも……。

後藤❖しかし、それは言っていることと書いていることとが、まるで反対ということにはならないだろう？

阿部❖突然や不意が多すぎるぞ（笑）。

後藤❖突然、と感ずるわけだよね。

黒井❖要するに、どういうことを書きたいかということになるわけでしょう。どういうことを書きたいかというのが、僕の場合は一つになってないのですよ。作品シリーズという意味じゃないですが、なんかパラレルに列《なら》んでるみたいな感じがある。

たとえばさっきファイルなどという非実体的なことを言ったのも、なんかそういうニュアンスが多少入っているわけですけれども。たとえば人間の皮膚が薄くなってきている感じということを、僕が最初に言いましたけれども、皮膚が非常に薄くなってきている感じというのは、一つの自分のある実感としてあるわけですよ。それでそういう世界を、ある広がりのなかでつかまえて書いていきたいということが一つある。それから、さっき言った「私」がないということですが、それは「私」がないという言い方で言っているときの「私」というのと、それから、実際に生活している「私」とは、当然違うわけですね。「私」の中身が違うし、言葉の意味するものが違う。

それで文学というのは、実際に生活している私でもないし、それからある認識のなかにうごめいている私でもない。おそらくどっちでもないだろう。実際に生活している私というやつから出てきたものが実体ではないわけで、そういう意味で皮膚が薄くなったみたいな感覚というほうからいけば、これは徹底的に非実体的なものが出てくるわけですね。その徹底的に非実体的なやつをどんどん推し進めていくと、とりあえず一つの世界というものはいつでもできる。それなりにできるわけです。

にもかかわらず、それと関係なくとにかく生きている俺というのがやはりいるわけで、それでは、その生きている俺をどうすればいいのかというのは、これは大問題なわけです。それでは生活的に生きている俺というのがあって、それからきわめて抽象度の高い認識のなかでつかまえられる私というやつがあって、その二つが自分のなかである程度分裂していましてね、それでその抽象的な私のほうを追いかけていくことは、どうしてもこれはやらなければいけないし、やりたいと思うし、そのなかでつかまえられることというのがあると思うのですけれども、ただいくらそれをやったところで、どうしても残っちゃう私というものがある。ですからなんと言うのかな、その残っちゃう私をどうするかということを、絶えず引きずりながら、抽象的な私のほうを進めていくと、その間のある乖離みたいなもの、ある裏切りみたいなもの、それから一種のむなしさみたいなものというものが、つねにあるわけです。

　だから阿部さんがさっき言われた、たとえば文体論が不在だというふうに言われた部分というのは、僕のほうの問題意識に整理し直してしまうと、抽象的な私のほうに即して推し進めていくところのほうで出てくる問題だろうというふうに思うわけですけれども、たとえばファイルなどという言い方は、その極に立つものですけれども、だからどういうふうに言えばいいか。つまりそれでいいというふうに、僕はけっして思ってない。いいと思ってない部分をじゃあどうすればいいかというのは、それは大問題で……。

秋山❖大問題だ。たいへんだよ。

黒井❖その大問題は、五年や六年ではおそらく解決しないだろうと思う。ただそういうなんというか、きわめて抽象的な私に即して押し詰めていくというやり方への衝動と、それから不満みたいなものとが、絶えず同時的に存在していて、だからそういう意味では変な言い方だけれども、いまやっていることというのは、いつかすべてそろうことを目ざしての、すべてスペードの札を集め続けることというふうな感じというのが、どこかにあるのです。

後藤❖そういうことができるかな。

黒井❖それはできるかどうかわからない。それからできたときの、そのできた格好というのが、ちょっと自分ではわからない。

後藤❖実感としてどうですか。

黒井❖先のほうにあるものの完成された形というのが問題で、そういうふうになっているのか、あるいはそうではなくて、いまあることとそのものをつかまえるために、そういう一つのフォームみたいなものをつかまえたいと思っているのか……。

後藤❖そのフォームということね、たとえば不満と衝動ということを言ったでしょう。面白いと思います。だから両方をつかまえるようなある形を黒井さんが何か考えたいのか、考えていきたいのか、それとも不満は残るけれども、ある一つのフォームをもったものはものとして完成させていって、衝動の部分はまた衝動の部分で完成させていくのか、あるいは不満と衝動を同時に包括し得るような、形というか方法というか、そういうものを考えるメドというのですか。僕はそれは切実な問題だと思うけれども、そういうふうなものはどうなんですか。

黒井❖つまり自分の現状への不満のほうにウェイトを置いて言えば、片方が非常に大きく出てくるわけですよ。その抽象的でないやつのほうが非常に大きく出てくる。いまそこのところで引きずりながら、あるところまでやらなければいけないこというのが、あるだろうという感じが自分のなかにはあって、したがってそれを引きずりながら、しゃにむにずるずる行く。行けなくなるところまで行く。それで何が欲しいかということで言えば、やはりどういう形につかまえられるかはわからないけれども、やはり両方欲しいですね。だから逆に言えば、自分がいま非常に不満に感じているところのものが、あるとき全部なくなって、薄皮一枚向うにありそうな感じがしているものが、手に入れられれば、それで非常に幸せだというふうなものではない……。

〝わからなさ〟を書くということ

坂上❖僕はさっきから言っているのだけれども、なんかわからなさというものが、自分のなかにあってね、それを書いているという感じがやはり抜けないですね。

それはわからなさを探求しているのかということになると、文学とは違うような感じもあるけれども、自分のわからなさみたいなものを書いているのだという気が、どうしてもするのです。それはいろいろな見方をして、わからなさというものをね、たとえば後藤さんから僕を見れば、自分だけが違うというような意識を一つ持っているのではないかというのだけれども。それは僕は重々わかっていても、つまり僕のわからなさというのは、そういうおまえは自分だけのものを持っているのではないかという後藤さんの発言を、一つの荒々しさと感ずるわけですよ。

これは社会のいろいろな現象が変ったときの荒々しさと、人間の荒々しさと同じだと思うが、そういう荒々しさに対して、こちらがそこで非常にわけのわからない感情、それは狂気とかそういうものと似ていると思うが、そういうものを自分が持っている以上、それをやはり書いてるのだなという気がしてますね。

ではそのわからなさというものを書くということが小説なのかどうかということは、僕は自分でもその点はよくわからない気がするのです。たまたま才能として、やはり文章を書くという才能を持ったがために、僕はあきらめていますけれどもね。それを後藤さんは非常に正論を言うわけだ。

後藤❖正論と言っても……。

坂上❖いや、つまり後藤さんは人というのは必ず殺しあうものであるという意識を持っているというのですね。それと僕の違いというのは、玉突きで言えば、スリークッションで当てるか直接当てるかという違いなんですね。それはどうしてもわからざるを得ない認識なんですよ。そういう意味で、当りという意味では正論なんだけれども……。

後藤❖正論というと平凡という意味？

坂上❖いやそうではなくて、正論で、たとえば僕が小説を書いてない人間なら、絶対、正論に平伏して生きていくね。これは会社でもなんでも明らかだな。女房を持っている夫としても、それは正論に従わざるを得ないですよ。秋山さんでも文章を持っている次元で言うのでなかったら正論に平伏して、私は文学をやっているからあれだとぐだぐだ言って女房を困らせるようでは絶対駄目でね、やはり女房の正論に従わなければならない。そういう意味での正論ですよ。それは僕に言わせれば一つの荒々しさなんですよ。

後藤❖荒々しいという言葉は感覚的な言葉だから、言わんでもいいですよ。言われてもかまわないが。

坂上❖ただね、そういうものに本能的に反発するものを持っているわけだ。だから文学をやる人を同類として見るわけだよ、ある意味では。

後藤❖ただ正論というものを、女房的リアリズムというような形でだと、それは違うぞ。

坂上❖それはつまり生活と文学というものを、分けて考えたいところがあって……。

後藤❖あなたは型にはめたことを言っているのではないかな。僕の言うのには当らないよ。あなたの言うパターンはわかるよ。ただ僕にはそれが当ってないということは、僕にはわかるな。

坂上❖つまりこういうことなんですよ。後藤さんの認識、言葉で言えば、人間というものは人を殺し得るというようなことというのは……。

後藤❖また殺され得るという……。

坂上❖それは、戦争という現実を見たり、アウシュヴィッツを見てもそうなんで、人間というのは絶対、変り得るものなんだ。だから僕にとっては正論なんだ。正論というのはそういうことで、その正論を認めても生活人としては、普通に生きていくわけなんですよ。

後藤❖それは目をつぶるわけかな。

坂上❖いや、目をつぶる、つぶらないではなくて、人間というものはそういうものだということを認める以上は、生活人として生きていかなければならない。それで戦争が起きたら、やはり殺し得ることだというのは、それが生活人なんだ。文学というものでやった場合は、そう言ったらおかしいんだよ。文学の側から見たらそれは単純な正論であって、じゃあどうしてあなたは殺さなかったか、殺さないことが悪なんだという認識を、もし持ったとしたらどうする……。

後藤❖殺さないことが悪だと……。

坂上❖文学というものは、そういう認識を持ち得る世界なんでしょう。

後藤❖僕は文学であるが故に、平和な時代に生きのびながらも、人は殺しあうものだということを、忘れちゃいかんのだと思う。

坂上❖それは文学では絶対ないと思う。

後藤❖僕が司馬遷のことを言うと、あいつは酔っ払ったといつも言われるから、ほんとうは言いたくないのだけれども、司馬遷が何を書いているかということは、司馬遷は自分では別に吹聴もしないですよ。吹聴もしないし宣伝もしないけれども……。

坂上❖司馬遷はいいのだ。僕が後藤さんに言ったのは……。

後藤❖それはわかるけれども、僕も一応弁明をすれば、戦争というのは司馬遷の世界ですよ、いわば。僕は第二次大戦という、ほんとうに偶然というか運命的にめぐりあった唯一の敗戦、これからもまたあるかもしれないが、いままでのところ唯一の敗戦というものから僕がなけなしの頭脳をしぼって抽象して言った結果、やはり司馬遷が言っていることと、この世界は同じではないかということの認識に到達したということを言っているわけで、要するに乱治興亡ということだな。

坂上❖後藤さんは、人の言葉で語り過ぎるのだよ。

後藤❖そうかい。

坂上❖もし人間というものは殺すことがあるのだということが、後藤さんの言葉だとしたら、もっと後藤さんは傷つけられているはずだよ。

後藤❖傷ついているか、傷つけられていないかということは、やはり自分の傷というものからしか、人の傷はわからないものでね。それは難しい問題だけれども……。

坂上❖後藤さんと僕の違いは、後藤さんはたとえば、平和の時代でも人間は殺し得るものだということを知れということだね。しかし僕は、人間は殺し得るものだ、しかしどうして殺したいと思ったとき殺さないか、殺さないことがすべての場合にいいとは誰も思っていない、殺さないことが悪かったということも場合によっては思うのが人間だ。そのときのわけのわからなさというものを、なんとなくそういったものの周辺で、僕は書いているのだよ。

後藤❖それは自由だと思うよ。それはしかし、自由の底にはどうしようもないものがまずある、ということを言っているのだ。

坂上❖そのときに、自由というのは、言う、言わないの自由ではなくて、選ぶことの自由だと思うのだよ。後藤さんの自由ということを言い換えればね。

後藤❖選ぶということより解釈だね。

坂上❖そうではない。違うよ。

後藤❖悪と思うか、思わないかということだろう。

秋山❖後藤さんはあれだろう、日常の場合も人は殺したり、殺されたりということをやるものだね……。

後藤❖平和であってもね。

秋山❖後藤さんは、文学というものはそういう感覚を持ってなければならない。坂上さんは、戦争観としては、それは正論ではないかという。これは生活者が普通に持っている感覚ではないかという……。

坂上❖僕は後藤さんが言う、人間というものは人を殺すものだというのを解釈だと言うけれども、僕にとっては、解釈ではないのだ。

後藤❖殺すものであると同時に、殺されるものであるということ、また殺さないほうが悪か、殺したほうが悪かというようなことをあなたは言ったのだが。

坂上❖つまり解釈というのは、僕にとってはわかりやすいわけよ。だからそれだけだったら僕はぜんぜん書く理由はない。

後藤❖それはあなたのほうが、殺したほうが悪いのかというようなことを言ったから、それは解釈ではないかなと言ったわけだ。

坂上❖いや、いや、そうじゃなくてね、それと違ってね、後藤さんの言うのは、僕にとってみれば一つの解釈である……。

後藤❖僕はベースだと思っている。基礎ね。

坂上❖後藤さんは正確に言えば、人間というものは殺すこともあり得る、殺されることもあり得るということを言ったよね。その言葉が、あるときは、それは僕にとってはどうしようもない一つの正論でもあり、解釈でもあり得る、そのことはね。

それは僕は認識とは言えない。僕にとってみればね。認識とは何かというと、そこから次元が違って、では殺し得る、かつ殺されるかも知れない人間が何をしたかということの認識なんだ。そうするとそこのわからなさというものはどうしてもあるが、僕が殺す場面に立ちいたって、僕は殺さなかったというわからなさがある。あるいは殺されそうになったときに、僕はどうやって逃げたかというわからなさがある。そのわからなさを考えていくのが認識につながると思う。だから僕は、ある意味で認識を持ってないために小説を書いているようなところがある。わからないために書いているようなところがある。だからそれは小説を書くべきではなく、あるいは滝にうたれに行くかもしれない。そういうことかもしれないが、少なくとも僕が書こうとしているものは、そういうものであるということを言っているのであってね。

後藤❖わかった。それは反論すべきほどのことでもないと思うのだ。あなたの考える文学と僕の考えている小説がかなり違っているという意味においてだが。

坂上❖それが余計なんだ（笑）。

後藤❖それでいいと思うな。僕はでも賛成はしないよ。

阿部❖わからないから書いてると君は言うが、書いてるものは、やはり坂上はわかっただけのことを書いたのだ。そういうものですよ、それは。僕はもちろんそれはわからないから、いろいろやっているわけだけれども、書いたものというものは、やはりつかまえたものだしね。わかる、わからないというのは、勉強の問題の答えが出る、出ないということとぜんぜん違うでしょう。だから僕は坂上が、わからないわからないと言っても、彼が書いたものはやはり彼がわかったものだというふうにして読むしね。

　それで僕は自分だって、僕が書いたものは僕がとにかくそこまではわかったということを書いたのですね。それは、あるいはまったくくつがえるかもわからないし、まったく別のことがわかって、まったく反対のことを将来書くかもわからないが、とにかく現在まで書いたものは、僕がいかにしてわかったかということの表現であるというふうに思います。それから後藤さんは、非常に正確に、というようなことを言っているが……。

後藤❖こだわっているのだ（笑）。

阿部❖その正確という後藤さんの言い方がやや怪しげだと思うのは、こういうことではないかな。つまり表現するということね、一つの文体でもってあるものをつかまえた場合、その文体そのものが一つのやはりフィクションですね。ちょっと角度を変えるとか、また正反対の角度から書き得たかもしれないものを、一つの角度というものをそこで選んだわけだし、これは自由に選べるものでもないが、自分の文体でもってそこに表現したものは、その文体そのものがすでにフィクションなわけですね。だから僕は正確に記すとか正確に述べるとかいうよりも、つまりそこに現われたものが正確な創造物であるかどうかということだけだと思うよ。まだ不正確だとか、まだ足りないとかいうものじゃないと思う。作品というものはね。

後藤❖あなたの言うことはよくわかるのだけれども、正確というものはつねに不満をともなっているということだな、僕が言う意味はね。つまり、正確であるかどうかもわからなくなるくらいに正確さに一つの願望を求めるわけだな。要するに、正確だろうかというその問いを無限に発していく以外にないと思う。

　僕が書いていることが正確だということではなくて、正確にということは、また飛躍して誤解をまねくかもしれないが、自分を自由自在にね、つまり自在にとらえ得ているかということだね。ほんとうに自分の書きたいことを何ものにもとらわれずに書いてるだろうかという、そのとらわれていない自在さというものを、僕は正確さという言葉で言ったのだけれども。

阿部❖問いはいいが、僕は後藤さんの問い、後藤式のクェスチョンマークは過剰であるというふうに見るのだね。それは当然なんだね。というのは、問いには答えを要求している問いと、そうでない問いがある。あなたにとっては、問いをいくつもいくつも出すというのは、一つの答えなわけでしょう。

それでやってるわけでしょう。それはだから、正確に作品化されておればいいので……。

後藤❖正確に言いたいということだな。

阿部❖それは誰だってそうだよ。

秋山❖自在さということね、正確なんて言うと、妙な座標軸があるみたいな感じだから……。

――何を書こうとしているか――

後藤❖ここに集まっている人達は僕も含めて、僕はいちばん年上ぐらいだけれども、要するにとにかく現実に書いている人間だからね。書き終わったという人間ではないわけだから、やはり何というかな、いろんな試みも心のなかでいろいろあると思うのですよ。だからそういう試みに対して、自分に対する不満というものはいっぱいあると思う。試みの数と同じぐらいに不満があるわけですよね。だからほんとうにどこかから見ても、自分の言いたいことは言えたということはあり得ないかもしれないけれども、それに近いもの、より近いものを求めることによって、美的完成度とか形とかは少々くずれてもやむを得ないという見解なんです。

秋山❖だから何か言いたいことがあって、それで、できるだけ自在に言いたいということがある。しかしたとえば、僕がじゃあ何をいま言いたいかというと、それはやはり全部のことを言いたいのではなくて、僕なんか新聞記事の犯罪記事に抜き難い偏執を持っていて、そこにある人の心の部分を考えてみるということを、いま僕は持っているわけだね。

それで何か言いたいことにある形があると思うのです。僕は千差万別の形ではないだろうと思う。今日は漫才のことを言いたい、明日は相撲のことを言いたい、というのではないですからね、僕は。少なくともよく考えて、よく眺めて明らかにしたいというものは、やはりあると思うのですよ。だから世の中といい、社会といい、人間と言ってもいいけれども、それに対する何らかの、いまはこうだというものがあると思うのです。

後藤❖たとえば秋山さんが、いわゆる批評家的な文体、あるいは批評家的な言語というか、言葉づかい、そういうものをわりあいに拒絶して、何か自分なりの言葉ということに固執するということは、やはり自在ということを考えてるのではないかと思うのです。

人の言葉で言えば、必ず不自由になるに決まっている。どこかで嘘を言わなければならない。どこかで型にはめなければならない。そういうふうに格好をつけるということは、もう僕は無視すべきではないかと思う。そういう意味ですよ、自在さというのは。

だからさっき黒井さんも言っていたが、要するに内部の衝迫と不満というものは、たえず僕らにもあるが、その両方を何か言葉に……これは自己を言葉に換えるわけだから、換えるということは疎外するわけだから、いかにその疎外の度合を縮めていくという努力だと思う。努力というか苦痛というか、苦悩というか。

秋山❖ですから、自在に言いたい、自分だけの言葉で言いたいと、そこまできたわけですね。次に何を言いたいかです。

僕だと、誰も言ったことがないような、たとえば犯罪という行為の骨組を明らかにしたいということがあるわけですね。たとえば吉行淳之介さんみたいな人は、恋愛というものの構造の骨組をいつか書くという、そういうものがあると思うのです。無限性のなかで、ただ踊りを踊ってるわけではないのですからね。何かつかまえてくるというものがあると思う。いまの時点で。それがわれわれが眺めているある現実の面なわけですね。

それで自分が何をいま書こうと思っているかというのは、やはりそこに現われていて、自ずからこの人間のなかで何を眺めているかということになると思う。それは結局、いちばん最初の出発点にかえることですね。ある人が、書きたいと同時に、書きたくないということがあるわけですね。たとえば阿部さんで言えば状況的な文学というものは書きたくない。そうだろうと思う。だから自分が何か見ているわけだ。

後藤❖結局、僕の場合は会社にいたでしょう。会社をやめてもう二年半ぐらいたつから、いろいろ呼吸をしていると、だんだんまわりとのつきあいも会社ではなくなってくるし、本質的には違わないと思うけれども、たとえば子供とか、親とか、嫁さんとか、これは三大要素ですね。飼料の三大要素のような窒素、燐酸、加里のようなものだが（笑）。そこへ他人が出てくるわけだね。この三要素対他人という、他人の出てき方が、やはり会社という形とは違ってくるから、そこで非常に唐突に出てこなければいけないわけです、関係が。その唐突さをいかに出すかということに苦心惨澹している。

最近のことを言えば住居ということを考えていた。人間が住む場所ということは、つまり生きている以上は場所がなければならないということなんだけれども、その場所は団地だということで、その団地についての考察を僕なりに縦から眺めてみたり、横から眺めてみたり、透かしてみたり、外から眺めてみたり、内から眺めてみたり、節穴まで書いたから、もうどうしようかなとは思っているが、団地ということについての私的な考察をずっとやってきた。僕は当分、団地は離れられないから、それはいろいろな事情で離れられないから、今度は私的な考察からもう一つ視点をもう少し外に広げる形で団地を見てみようかなという気はあるのです。素材として考えているのはね。だから結局、関係というようなことにもなってしまうのだけれども、そういうことによって自分と結びついているものは何か？　ということを考えてゆきたい。

それからまったくこれは関係ないみたいだが、自分が生きてきた縦の時間というもの、つまりずっと生きてきて、いつ死ぬかわからないという縦のあれでいくと、僕は朝鮮人というのが出てくるのです。これは朝鮮人とだけいま言っておきます。どういうことかわからない。ただ僕自体が生きてきた時間のなかで、やはり縦をずっとたどっていくと、朝鮮人と日本人のかかわりあいというものがある。これは素材ですよ。まあしかし、素材のことをこんなふうにありていに言ってしまうと、困っちゃうな。要するに書くということは、僕の場合は思考の質量、ということですから。

古井❖僕の場合は具体的に言えば、朝起きて新聞を読む感じね。つまり概念化して言ってみれば、恐怖と憎しみです。新聞の記事にもそれは潜んでいる。おそらく読んでる僕にも潜んでいる。余計な注釈を加えれば小市民的な人間の恐れと憎しみですね。それの骨組を書きたいと思って、いままでやってきたわけです。つまり自分のそれと、人のそれとの重なるような、共鳴するような、共振れ状態のようなところをつかみたい感じで書いてきたのです。

阿部❖僕はいろいろなものを書きたいですね。それはすごく書きたいと思っている。必要とあれば団地も書きたい（笑）。会社のことも書くでしょうし。

ただ僕はわからないということを言いたくないのです。つまりわからないということや、わからなさの実態をつきとめるというようなことをかかげる、虫のいい現代性というものがあるならば、これはあくまでも僕は拒否したいと思う。それで秋山さんは、わからない、信じない、愛さないと言っているし、一生言いつづけるそうですけれども（笑）、つまり僕は、まあとにかくわかった、信じた、愛したというふうに書きたいのだ。僕はわからないというのは嫌なんですよ。ほんとうはわからないのかもしれないけれども、僕は嫌いなんだな。それで秋山さんはじゃあどうするの。

古井❖じゃあ秋山さんの番だ（笑）。

阿部❖あなたはほんとうにわからない、信じない、愛さないですか、やはり。

秋山❖言葉にすると大げさですけれども、ほんとうにそれはそうですね。自分のことはわかります。しかし人がなぜ愛したりするのかわからない、ほんとうにそれは僕の感覚ですね。つまり卑近な話だけれども、わかったり、いろいろなことをやれば、僕はもう少し違った生き方ができたはずだということがあるのです。これは僕の個人的な話です。阿部さんは、もっと人間と人間の間には実に複雑な、微妙なニュアンスがあるし、ふくらんだ無限なものがあるわけですね。その微妙な関係みたいなものが、テーマになるわけですか。

阿部❖いや「実に複雑な微妙な」ぐらいは書けなければダメなんだな、本当は。そのくらいでもうわからないと言っているようじゃね。それでたとえば秋山さんが文章を書いたとする。それを僕が絶賛したとしますよ。そうすると悪い気持しないでしょう。

秋山❖まあそうね。

阿部❖これは誰かが言っているけれども、そういう他人に対する非常に安易な信頼がなければ、つまり名声などというものは、ないですね。

秋山❖まあそうですね。

阿部❖秋山駿の名声というものはやはりあると思うのだ。なおかつ、あなたはわからない、信じない、愛さないと言っているけれども、やはりもう一つ正直に、あなたが自分をゆだねている部分を見なければいけないよ。

秋山❖いや、見たいのですよ、ほんとうに。ゆだねると言ったが、そこの親密感がないのですよ。だから自分でもほんとうはよくわからないのです。頭はたしかにそうだよ、そうだよ、そうだよと言い続けるのだけれども、片っ方の感覚がついていかないのですね。だからそれを言葉にすると、わからない信じない、それが連続的に出てくるわけなんですね。

阿部❖僕はわからないということには、何かある非常なのんきさを感ずるね。

秋山❖あるいはそうかもしれない。僕はわりと楽天的ですからね。

阿部❖僕はそういうのんきな人種は嫌いです。

秋山❖なるほど、そうですか。

坂上❖いままで言われた、わからなさというのは、僕の言うわからなさと、ちょっと違うと思うのだけれども、その点は阿部さんに聞かないとわからないけれども、それは別に置いて……。


僕はこの話の流れというものは、やはり出発点は、後藤さんの言う正確さということとか、それは阿部さんは全体ということで言っているけれども、秋山駿から見て、つまり正確さのフィクションとはなんであるかということを問われているわけです、批評家から。

その場合に後藤さんが一生懸命に答えようとしたのは、題材のことで後藤さんが言ったけれども、後藤さんがこれから書かなくちゃならないものというのは、他人ということですよね。他者というものを彼は書かないと結局しようがないところに来ているということですね。

僕はその前からの関連でいくと、やはり古井さんは、ある意味では、是非は別として、正確さのフィクションとは何であるかということには、手紙ということで彼は答えていると思う。その答え方の是非というのは、これからやはり問われるということは事実ですね。

そういう感じでいくと僕は……題材のことで言えば、近々ということで言えば、やはり自然というようなことをどういうふうに書かなくちゃならないかということは、これはやりたいと思っているのです。それがフォークロアみたいなものになるかどうかわからないけれども、やってみたいこととしてはありますね。それと他者というような問題をいっしょにしてくると、志賀直哉と武者小路実篤をいっしょにしたような問題というようなことになってくる。結局は僕はそういうところのものとして文学を認識したから、そういうものをやらないかぎり……。それ以上たとえば非常に荒々しいものとか、あるいは新しいものとかというのはステップとしてはできないでしょうね。

秋山❖いままで聞いていて同じ言葉を使っていても、そこに実に微妙な違いがあるということですね。その違いというものをはっきりさせたいと思って、あるところでできたし、あるところでできなかったと思っています。それで僕はやはりどうしてもこういう場面になると、小説とか、評論とか、そういう言葉になるから、それが実は弱ったなと思ったのですが。その書く場所からだけで言って、ほんとうは僕も多数のなかの一人としてやって、もう少しほんとうは一問一答、いちいちはっきり解決したほうがよかったような気がするけれども、まあ、ある程度のことはわかったような、わからないようなことで、またいずれやりたいと思っています。

（一九七〇年七月十五日）

現代文学の可能性

――志賀直哉をめぐって

×阿部昭×黒井千次×坂上弘×古井由吉

阿部昭—あべ・あきら
略歴は8ページを参照
黒井千次—くろい・せんじ
略歴は8ページを参照
坂上弘—さかがみ・ひろし
略歴は8ページを参照
古井由吉—ふるい・よしきち
略歴は8ページを参照

初出—「文藝」一九七二年一月号

『暗夜行路』は〝幸福の探求〟

編集部❖最初にこのメンバーで座談会を開きましてから、約二年ぐらいたちました。

最初の二回まではそれぞれの方に作家としての姿勢、または立場について比重をおいて語っていただきましたが、その後それぞれの方が実際の作家活動を活発に展開されてこられまして、そこで、その後にそれぞれの方がお考えになったり感じられたりしたことを土台にして、お話しいただきたいと思います。

今日は現代の小説が直面している問題をできるだけ具体的にお話しいただきたいのですが、たまたま現代の小説に深い影響を与えていると思われる志賀直哉氏が亡くなられましたので、志賀文学の持っている問題点から入っていったらどうかと思います。

最初に志賀文学をどう読まれていたかということからいかがでしょうか。阿部さんと坂上さんが追悼文をお書きになったということで、まず坂上さんのご意見から伺いたいと思います。

坂上❖僕は、志賀文学ということについて何か新しいことを言おうと思っても、なかなか言えないということは、観念してかかっています。いまちょっと何か言ってみたいということが、はたして共通の話題になるかどうか、その点、疑問ですけれども、志賀さんの作品と志賀さんの散文というものは、われわれには、いっしょに考えなくても考えられるという感じがちょっとしているわけです。それでもやはり、どこかでいっしょにならなければ、志賀文学を語ったことにはならないから、いっしょにするにはどうすればいいかと思ってね。入口は、おそらく作品を語る語り方と、散文を語る語り方は違っていてもいいという気がしているわけです。これをどこかでなんとか、いっしょにしてもらえたらありがたいんだけれども……。

小林秀雄氏がいくつか志賀直哉論を書いていますが、そのなかで、志賀さんの『暗夜行路』は恋愛小説だという言い方をしているわけですね。その文章を読み返してみたんですけれども、一つの恋愛小説だという言い方は枕であって、もっと違ったことを言っているので、それを今日覚えてきて言わなければならないと思って来たんですけれどもね。

小林氏は恋愛小説ということを枕にして、あの小説というのは結局、幸福の探求だということを言ってるんです。そしてその幸福とか不幸とかそういうものを知る能力というものは、やはりちゃんとした生活者でないと持てない知恵だということを言っているわけですね。当然、志賀さんはそういうものを持っていたと。だからこういう幸福の探求が作品としてできるんだというような言い方をしているわけですね。

もちろん志賀さんのそういう人格みたいなものまで、非常に透徹した目で見てそういうふうにとれば、僕はその「幸福の探求」という、あっけらかんとした言葉は非常によくわかる感じがしたのです。つまり幸福とか不幸というようなことは、これは非常に内的なものであるということにしないとまずいですよね。外からやってくるものではないという。そうじゃないと、小林さんのほめ言葉というのは厚みがなくなっちゃうので、もちろんそのように書いているわけです。

そうすると、はたして志賀直哉はそういうものだけを書いていたかというと、僕は違うと思うのです。やっぱり幸、不幸という、そういう厚みのあるものだけではなくて、言葉を換えて言えば、運、不運みたいな、そういうものの作品もいっぱいあると思うのです。たとえば電車に子どもが轢かれる話とか、あるいは轢かれなかった話とか、それから『城の崎にて』のいもりを偶然殺しちゃった話とか。

それらは志賀直哉のなかでは運、不運というか、外的なものとしてあらわれてきたものだと思うのですね。そういうもので成り立っている作品がこっちにあって、一方で『暗夜行路』みたいに、それだけではなくて、幸、不幸の次元というか、幸福も不幸もまったく同じことだと思うけれども、非常に内的なものとしてとらえられたものを探求しているようなものがあるというふうに、僕は志賀さんの作品を二種類に分けて考えていきたいという感じがしたわけですよ。

おそらく長い作品群のなかで照らし合わせれば、片方の作品群から片方の作品群に、しょっちゅう上昇したり下降したりということの連続だったと思うのですが。僕はそのように二つに分けてみる見方が、僕なりに面白いと思って読んでいます。

編集部❖それが坂上さん自身とどのように関係してくるんでしょうか。

坂上❖運、不運というものをとらえる文学は、これはうかつに書こうとすれば低調なものだとは思いますね。それがいかに文体を持っていて、死の予感なんかを感じさせながら書かれていたとしても、それはそれだけでは低調な文学、いわゆる私小説の随筆風なものとか、そういうものにされてもしようがないんじゃないかという気がするのです。やっぱり主人公を設定するときに、幸福とか不幸とか言えるような、重みを持っているものを書かなければいけないんじゃないか、とまあちょっと単純な返事ですが。

ともかく、僕が志賀さんが亡くなったときの文章のなかで書こうと思ったのは、最初やはり自分と志賀作品との触れ合いということを書こうと思ったんですけれども、そこで僕の志賀さんへの入り方というものは、最初は非常に拒まれているという感じを持ったわけですね。それは志賀さんの文体というものが非常に強くて、あいまいなものを拒んでいて、俗に言う余計なものを切り捨てているとか、そういうような拒み方がある。拒まれているということを、読者としての僕ははっきり感ずるわけですね。何を拒まれていたかということになると、僕のなかのあいまいなもの、志賀さんにとっては切り捨てたものを拒まれているわけだから、逆に言うと僕のなかに非常にあいまいなものがあって、そういうものが拒まれている。

僕のなかにあるあいまいなものなんていう言い方をするけれども、実はそれはそのとき読んでいた僕自身でしかない。つまり僕の「私」というものがあいまいであるから、志賀さんのものを読めば拒まれているというふうに感じるわけでね。

僕は自分自身が拒まれているという、そういうものとして最初は読みはじめたわけです。そこで拒まれているということを僕なりに解明していけば、志賀さんの散文の特徴を言えるんではないかという気がしたんですけれどもね。

最近、武満徹という人が『音、沈黙と測りあえるほどに』という本を出したでしょう。そのなかで「沈黙とはかりあえるほどに、強い少ない音であるべきだ」という言い方があるのです。武満さんの音というのは、僕らでいえば言葉というものに置き換えてじゅうぶん通用するものなんですよ。それとまったく同次元で武満さんは音という言葉を使っているから、それは非常にわかりやすく、かつ鼓舞されるようなものがあるんですけれどもね。

結局これは変な話ですが、志賀直哉の文章というものを、武満流に言えば、非常に抑制をして、どんどん自分を狭めていって、それで切り捨てたままではなくて、なぜ狭めていくかというと、そこで自分を解放したいために、もっと自由な自分というものへ解放したいために言葉を狭めていって、切り捨てていくという形をとりますね。それはちょうど武満さんの『音、沈黙と測りあえるほどに』という題が示すように、武満さんにとっての音というものは、切り捨てていくもの、そこから取り入れていくものみたいな関係でしょう。だから何かを切り捨てていかないと音というものが、ほんとうのものが自分のものにならない。逆に何かを取り入れてくることというのは、やっぱりいままでの非常にあいまいなものを捨てちゃうことだというような論理で、音というものが出てきていると思うのですね。

　それで言葉というものに置き換えて考えると、志賀直哉が散文の特徴として持っているようなものというのは、僕はその音というものに近いんじゃないかという感じがしましたね。志賀直哉の文章の特徴は、非常に凝縮しているということしかみんな言っていないけれども、僕は凝縮というのとはニュアンスがちょっと微妙に違うんだという感じがしたんです。むしろ何か畳み込むような散文というものを、志賀直哉の特徴としていちばんに置きたい。何か凝縮して止まっているというか、非常に固まっているという感じではないんですよね。僕はそこでやっぱり畳み込むようなリズムそのものが、志賀直哉の散文だと思ったんです。

阿部❖坂上さんが非常に精密にいろいろ述べたんで、僕はもうちょっとその外側のことで言いますと、彼は読者として拒まれていると言ったけれども、もっと簡単に言っちゃうと、あの人格もあの天稟《てんぴん》も、もちろん文章も、非常に絶倫したものであって、俗に考えられるほどわれわれのお手本にはならない。あれはもう志賀直哉だけのものであって、そういう峻拒《しゅんきょ》されている感じという意味では、何か具体的に志賀直哉に学ぶということは容易にはできない面というのを強く感ずるわけです。

　つまり志賀直哉を読んでいると、こちらの精気を吸い取られるような感じというのかな、非常に猛毒を発する石があって、そこに蝿が止まるとパタッと落ちて死んじゃうような感じで、そういう意味で、学べないというところはもちろん最初言ったように、もともとそういうものなんだけれども、もうちょっと深く入っていって、何か取ってこようとすると、かえって一行も書けなくなるような、そういうものがあるということですね。

　そういうことからも、たとえば父と子の問題などにしても、そうたやすくわれわれの書いているものがつながっていくとも思われないわけですね。一つには完全に背後にあるものが時代とともに変ってきているということがありますし、拒まれた者として僕なんかはまた外側のほうを考えますと、たとえば大東亜戦争がはじまったときに、志賀直哉が非常に時局的に昂揚した発言をしたとか、それから戦争に負けたときには、日本は四等国になったとか、東條（英機）の悪業を記念するために彼の銅像を建てたらいいとか、日本語をフランス語にしたらいいとか、あるいは人類の将来にぜんぜん自分は希望を持っていないとか、そういうふうな発言をした。そういうことが非常に不思議な感じがする。

　つまり太宰治が志賀直哉に噛みついた、ああいう噛みつき方ではちょっと歯が立たない、もう一つ不思議なものがあるのではないか。その謎というものは依然として謎であるわけですけれども、どうしてあの人が後半何十年もぜんぜん書かない小説家で通したかということも、非常に不思議といえば不思議議なんで、それとさっき言ったわれわれが非常に安直に志賀直哉を学んで、志賀直哉ふうにものを書こうということは、ぜんぜんできる相談ではないということと、そういうことがみんなつながっているんじゃないかという気がするんです。

僕は実に不思議な日本人というか、この不思議な日本語という言葉を使って、文学をやった日本人の一つの典型、そういうふうなことを考えますね。

古井❖志賀直哉という人は、自分が何者であるかということをきわめてはっきり摑んでいた作家じゃないかと、僕は思うんです。何者かというのは、あまり内面的にわたることではなくて、世間のなかの自分、社会的人格というと言い過ぎなんですけれども、この世間のなかで自分が何者であるかということで、それを感覚的なところで、はっきりと摑んでいた人なんじゃないかと思うのです。

表現の簡潔さというのは取捨選択のことなんですけれども、その取捨選択というのはどこまでも文学的な事柄というわけではなくて、結局は自分が何者であって、だからこういう言葉は使えるとか使えないとか、そういう感覚だと僕は思うんです。だとしたら作家はみなそうあるべきなんだけれども、そういう点から見ても、志賀さんがユニークであったというのは、いま考えてみると、ちょっと奇妙なこととして考えられるんじゃないか。

つまりいろいろなものになり得る人間というか、感覚的にもかなり多様な働き方をして、言葉もいろいろ使えるかわりに、非常に厳しい意味での取捨選択というものが、どうしても成り立ちがたいという、そういう作家のなかにあっての志賀さんというものを僕はいつも見ているわけですが、このことは非常に深いところから卑俗なことにまでわたる事柄で、ひと口に言ってしまえば、大工は大工の言葉を話し、教師は教師の言葉を話すという時代の、よき典型じゃないかという気がします。『小僧の神様』を持ち出さなくても『豊年虫』という短編でも、主人公と車夫がいて、主人公が車夫について、実に率直というか、第三者の目を気にかけないというか、とにかく戸惑いとか動揺の混らない感想を漏らしている。あれが志賀さんの文章の根っこに当るところじゃないかと思うのです。

それから志賀さんは文章を切り捨てて煮詰めていく作家だと言われてますが、煮詰めていくということと、切り捨てていくということの間には、微妙な差があると思います。

その切り捨てるということについて、僕が志賀さんの作品を読んでどうしても摑めないのは、志賀さんがいろいろな要素を持っていて、そちらのほうにも引かれていながら、なおかつ切り捨てていくのかどうかということです。その感じがどうしても摑めない。むしろ、何か一つのよき典型を体現していて、その生活の感覚から自分の表現を夾雑物《きょうざつぶつ》なしに摑み取っていくという、そういう生き方だと思うのです。そういう生き方の結果として生まれてきた文章は、読者として感嘆するばかりで、書き手としてはやはり学びようもない、やりきれないという気持が先立ちますね。

ただああいう文章はその人の生活、その人の対人関係における物の感じ方と、互いに厳しく拘束し拘束されあうものなのだけれど、時局に対する発言なんかに関しては、ぜんぜん拘束しもされもしないたちのものじゃないかなと思うのです。その点では僕はさっき阿部さんが指摘された不思議な現象は、あの文章から見ると別に不思議ではないんじゃないかなと思うんです。ああいう文章でも時局にああいうふうにコミットできる。そういうことをさせないという拘束力はまったくないんじゃないか、そんな気がします。

黒井❖志賀直哉の読み方というか、どう読んでいるかということでいうと、僕の場合はかなり教養主義的な読書の対象であったところで止まっていて、そのあと志賀直哉を読むことの必然性というのか、必要性というのかな、それが非常に切実なものとして自分のなかに立ち上がってきたという記憶がないわけなんですね。

だからたとえば志賀直哉のことを考えてみましょうということになると、おそらく考え出すだろうと思うのです。考え出すためには全部読み直さなければいけないという格好になるだろう。つまり、いわゆる教養主義的な読書というやつは、結局はほとんどなんでもないわけで、教養なんていうものは、所詮は生きていく助けにはならないものだから。そこでもういっぺんいまの自分との関係を突きつけるような格好で、ぶつかり直さなければ、読んだことにはならないだろうと思うのですね。そういう意味で教養主義的な読み方をした以後、どうしてもこれを読まなければならない、という感じで僕は向い合ったことがないわけです。

そこで今度は逆にいえば、そういう関係ではない人もいるわけだから、なぜ志賀直哉の場合はそうならないのか、あるいはならなかったのかということで、もういっぺん考え直してみると、志賀直哉の文学というものが持っている一つの世界みたいなものですね。その世界がなぜそこで成立可能だったのかということを考えると、いちばんその世界を支えている中核にあるものは、たいへんに人格的なものではないかという感じがしちゃうわけですね。

それはさっき阿部さんが言った、学べるものではないというふうなことと多少は関係しているのかもしれないと思うけれども、なんというのかな、つまり書かれた、ある一人の作家がペンを持って書いたものという感じよりも、何かそこにもともと存在したものという感じが非常にしてしまうわけですね。なぜ存在したかというと、その存在の中心にあるのは、一種の人格的なものであって、そうだからこそ、それがあり得たという感じがするわけです。

もう一つそこから僕のほうへ引き下がってみて考えると、その人格的なものというのは、いったいなんだということになってくる。そうすると、なんか人格的なものについての、ある疑問みたいなものが僕のなかにあるわけですね。それは実生活上の人格的なものということも、もちろん一方にあるけれども、もう一方には、そういう実生活的な人格的なものとのなんらかの関係を通して、作品の世界が作られるときのテコになる人格的なものと両方ある。

たとえば非常に自然に考えて、はたして人格的なものというのは、いまどれほど信用できるのかということが、僕自身のいまから先、生きていく、やっていくということを考えるとき、疑問になってきてしまう。そういう意味で、きわめて人格的なものをテコとして生み出された世界というものが、そこにあるということが確認できたとしても、そこから先どうすればいいのかという感じ。

そこで人格的なものというのは結局なんだというと、中心にあるのはおそらく持続するということだと思うんですよ。つまりいまの世の中というのは非常に持続しなくなっているわけですが、昔流にいえば、持続するものは本物であって、持続するものだけが貴いというふうな認識というのがあったと思うのです。いまはそうじゃなくて、たとえば人間的な誠実さというふうなことがもしあるとしたならば、それは、もはや持続のなかにはあり得ないんじゃないかという感じのほうが、強いわけですね。

つまり持続すると必ず欺瞞が裏側からついてきてしまって、ほんとうの誠実さというものは、瞬間瞬間にしか成り立たないんじゃないかというふうな。それは僕の現実認識みたいなものですけれども。そうすると、そうじゃなくて、つまり書いたというようなものではないみたいな感じで、これはおそらくいろいろなことが作用しているので、ほんとうにその散文だけから出発してということじゃなくて、他のいろいろな認識もいっしょに入っているんだろうと思いますけれども、何かすでにそこにあったような格好で広がっている志賀直哉の世界というものが、かなり遠いものだという感じがするわけですね。だから出かけていかなければ向うから来ないという感じなんだな、僕にとっては。

明治生まれの人格

後藤❖僕の場合、読書の態度としては、いま黒井さんが言ったことにいちばん類似しているんじゃないかと思うんですね。必ずしも同じかどうかはわからないのですけれども、おそらくいちばん類似を求めれば、黒井さんが言った形に似ていると思いますね。

ということは、黒井さん、うまいことを言って教養主義的ということを言われたけれども、実際、僕は志賀直哉を読んだのは、ほんとうに昔なんですね。つまり文学というものを自覚的に考える以前の作家だったわけですね。それはみなさんも書いていると思うけれども、要するに教科書という形で出てきたわけですね。だから文学を自覚的に自分との関係において考えるという以前において、志賀直哉という作家が存在したわけですね。

僕の読んだのは『城の崎にて』というのがありますね、教科書にまず出てくる。それを読んで、必ずしも国語の指導教官の指導が文学的であったか文学的でなかったか、それはわからないんだけれども、僕はそのあとも読んでいることは読んでいるんですよ。それはやはり自分で読んだんだと思うのですけれどもね、先生に勧められてというのではなくて、自発的に読んだと思いますけれども、まず読んだのを正直に申しますと『暗夜行路』は読みました。それから『和解』を読みましたね。それから『赤西蠣太』『小僧の神様』『城の崎にて』はもちろん読みましたね。そんなところじゃないかと思うのですね。

結局は僕らの年代の文学的体験というものは、非常に時間的に混乱した形で体験しているわけです。つまり日本の伝統的な文学というものと、それから必ずしも伝統を否定しようというのじゃないのかもしれないけれども、戦後に出てきた文学ですね、いわゆる戦後文学、これが時間的に読書体験としてほとんど同時にあるわけですね。それが僕らの年代の一つの特徴じゃないかとも思うわけです。つまり時間的に連続する形で、これの次にこれがあって、それを自分の人格の形成とか、あるいは教養の過程において秩序正しく読んだのではなしに、志賀直哉が実際に中学の教科書にあったとすれば、それと同じ時期に、たとえば椎名麟三とか野間宏というものの作品が現実にあったわけですね。

と同時に、さっき阿部氏も言ったけれども、太宰というものがそれに反抗的な態度をとったという事実も現実にあったわけですね。僕は不思議なことにそれをよく覚えているんです。『如是我聞』という、非常に泥酔状態でからむような、しかしある一面の真実を悲しい形で持ったような発言だったと思うのですけれども、そういうふうに僕らの場合は、同時的に伝統的なもの、つまり前の親、祖父の代に当る文学的なものと、それから同時代的な文学というものが同時に出てきたという混乱期に読書したものですから、そのせいがあるかとも思うわけですがね。結局、僕の場合、文学というもの、あるいは少なくとも小説というものを少し自覚的に読んでみようということを考え出してからは、むしろ志賀直哉というものは頭からは離れなかったですね。

ただ黒井さんが言ったように、実際にはあまり読まなかったんです。一時期、いま言ったようなものを読んで、それから戦後文学とか、そういうものを読んで、あと自然主義みたいなものをまた逆に読みはじめたわけですね、田山花袋とか。芥川龍之介というのを僕ははじめに読んだものですから、そういうものが混在していて、そのなかでどうしても志賀直哉はなぜ頭から離れなかったかというと、つまりいま眼前にある生々しい文学と、それから志賀直哉というものと、どっちが本物なのかということが、つねに何か一つの自分に判断を迫るものとしてあったわけですね。それについての判定というものは僕にはいまだにわからないでいるんです。

それでいまみなさんの話をいろいろ聞きながら僕なりに考えてみたのですけれども、ひと言でいえば志賀直哉という人は、非常に羨しいという感じがするわけですね。もちろん小説家として羨しいということなんですけれども、先ほど坂上氏が生活ということを言ったわけですね。実生活上の生活があったから、ああいうふうに自我なら自我、自分なら自分というものを、厳然と建設、建設とは彼は言わなかったけれども、僕は建設した人だと思うんですけれども、生活ということをよく考えてみると、僕らの生活というものは、少なくとも自意識というものが自分にあって、あってからの生活というものは、何かつらいという感じがするわけですよ。

生活とはつらいものなり、現実とはいやなものなりという、どういうわけだかそういうことがあって、そこで結局ああいう生活というものがあったとすれば、これはやはり芥川龍之介が言ったんだそうだけれども「けっこうなご身分だ」ということを芥川は感嘆して言ったそうですね。これは僕が聞いたわけじゃないけれども、書いているそうですね。それは皮肉のつもりでそう言ったのではなくて、芥川龍之介も羨しいと思ったんじゃないかと思うんですね、僕は。

だからむしろ僕は現実、あるいは生活というものについて考えた場合には、志賀直哉よりは芥川が考えた現実、芥川が考えた生活というもののほうに、少なくとも僕の実感はそっちのほうに近いわけですね、生活あるいは現実といった場合は。志賀さんというのは、古井さんも言っていたし、阿部氏も言ったんだけれども、たしかに自分というものをなぜあれほどまでに堅固に維持できたかと、なぜあれほどまでに強固に自分というものが貫けたかということは、不思議という以外にはないかもしれませんね。

しかしただ不思議と言ってしまったんではまったくミもフタもないんで、そこで僕なりにちょっと考えてみたことは、やはりあれを形作ったものですね。つまり志賀さんの骨組み、精神というものを形作ったもの、それは志賀さんの個性というものはもちろんあると思うのですよ。それは倫理観とか意志とか、それから非常に美学的なもの、美意識というものがあったと思いますよ。しかし僕は根幹にあったのは時代じゃないかと思うんですね。志賀さんを作り出した時代のなかの彼は逸品であって、僕はあれを時代と切り離しては考えられないと思うのですね。志賀さんの人格にしろ、あの意志の強さ、あるいは美意識の潔癖さというものにおいても、やっぱり時代があったと思うんですね。

そうするとこれは、僕の考えですと、やはり小説家というものは、その時代が形成するものであって、と同時に、その時代のなかから本質的なものと非本質的なものを見分けて、その時代のもっとも本質的な部分を貫いて見通したものが、やはり永続的な時代を超えるものに到達できるんじゃないかという、そういう二元論に僕は到達しているわけです。つまり時代の本質をいちばん忠実に貫いたものが、人間なら人間、世界なら世界というものの本質を見届けるというような、これは一見矛盾するようだけれども、実はそうなんじゃないかということを、志賀直哉の場合にも僕は感じましたね。時代というものを非常に強く感じましたね。

阿部氏の追悼文を読んで、僕はなるほどと思ったんですけれども、やはり明治生まれというか、明治人間というものですね。これをやっぱり彼はいちばん忠実に、自分なりに実行したといいますか、自分の精神を形成するうえで、明治における日本というものを、彼は知的な形で追求した人間じゃないかというふうに僕は思いますね。

それからもう一つは、これも人の話になってしまうんだけれども、面白いと思ったのは、江藤淳さんがあの人の『暗夜行路』を翻訳している話を書いていましたね。あれを読んで、これはまあ志賀さんが翻訳を非常にきらって、潔癖に拒絶していて、何回も途中で挫折した。ところがいま行われているものはまだ未完成だけれども、おそらく実現すれば志賀さんは満足するんじゃなかろうかみたいなことを書いていましたね。それは満足するかしないかわからないだろうけれども、やっぱり志賀さんの文学が外国語に翻訳されるということは、これはちょっと面白い問題だと、僕は思うのですね。

ということは、僕は志賀さんというのは、外国文学とか世界文学というものもまた拒絶している人じゃないかと思うのですね。ある意味では一種の日本というものの純粋さを、国際的に考えるのじゃなくて、絶対的に考えるということですね。相対的な日本文学という形ではなくて、日本文学とかアメリカ文学とかイギリス文学とか、そういうものではなくて、文学は文学なのだという、絶対的な形で文章を書いた人じゃないかと僕は思うのです。右にフランス文学を見、左にロシア文学を見とか、あるいはこちら側にドイツ文学を見というような、相対的な形において日本文学を考えた人じゃなくて、これが文学なんだというような絶対性において、自分の文学を考えた人じゃないかと思うんで、翻訳をされているということは、彼のあずかり知らぬことかもしれないし、またこれを客観的に見ると非常に面白いというか、そういうような気もちょっとしたわけですね。

阿部❖後藤の話が時代ということでそこまで来たので、僕が先ほど喋ったことに続けて言いますと、これは非常に自分勝手な読み方なんだけれども、明治のああいう一つの人格ということになりますと、文学者であるとないとを問わず、あの年代の日本人、僕なんかの場合は端的に自分の父親、もっとはっきり言うと軍人というようなものを、割合いすぐ思い浮べるんですよ。太宰は志賀さんを、乃木大将と言ってからかったけれどもね、そこへつながってくるわけですね。それは志賀さんごとき立派な文学者とやくざな軍人とを比べてはいけないけれども、ごく一般論としては、軍人というようなイメージが来てもあまりおかしくはないんです。

さきほど僕が時局的な発言というものが非常に不思議だと言ったらば、古井君があれはむしろ不思議ではないんだというふうに言われたけれども、それはたしかにそうなんだけれども、僕が不思議というのは、むしろそこが不思議だと言っているので、つまりそういうものが僕らのなかにもありゃしないか。ごく大ざっぱにいって、志賀的なものが日本人、われわれのなかにもありゃしないかという、非常に身近な感じ方で言ったつもりなんです。

というのは、太宰が非常に鋭く突いているのは、首尾一貫していないじゃないか、無茶じゃないか、ということを言っているわけですね。つまりシンガポールが陥落したときにはあんなに喜んだくせに、というふうな言い方ですよ。だけれども僕は明治生まれの日本の軍人というふうなものを見ていると、敗戦がやってきて、滔々たる戦後の批判を浴びて、しかし彼らは反省はしなかったですね、悔いもしなかったし。また小林秀雄という人は、利巧な人はどんどん反省すればいい、俺は馬鹿だから反省なんかしないと言った。あれなんかもその意味で非常に志賀的なものの発露だったと思うんです。

そういうふうに見てくると、僕はさっき言った志賀さんのなかにある非常に不思議なものというのは、つまり知識人の戦争責任の問題とか、あるいは転向の問題とか、そういう戦後を戦後たらしめている諸観点をたちまちに無力化するものがあるのじゃないか。そのへんが太宰治が志賀直哉に対してノレンに腕押しの感じがあったわけです。

黒井さんは、持続する人格、つまりそれは志というふうなものと置き換えてもいいかもしれないけれども、そういうことを言うならば、むしろ僕は志賀さんの場合の持続というのは非常に独特のもので、というより、明治生まれの男が持っていた持続というのは、われわれが論理の首尾一貫とかそういう言い方で言う持続とはちょっと趣きが違うんじゃないか。むしろそのときどきに非常に誠実であったのではないか、その時局に応じてね。そういうものの首尾一貫しなさというものをいわゆる戦後の観点から衝いても、いっこうにご当人がこたえないというところがある、そういう不思議さですね。俗に潔癖と言われているものがズルさだったり、強さと言われているものが偏狭さだったりする。それは非常に大きな日本人全部の問題じゃないかという気がします。

黒井❖それはそうだろうと思いますね。明治生まれということで、志賀直哉だけではなくて、もっと一般論で言ってしまうと、それは僕も非常にそういう感じがするわけですよ。

ただね、僕が思うのは、そういう人格的なものというのがつねに信じられていた、信ずることができていたということが基礎になって出来上がっている世界という感じがするんです。信じているんだから、客観的にいくら変っていても、つねに本人にとっては軸がぴっちり合っていると。それはたとえば阿部さんは明治の軍人というふうに言われたけれども、僕なんかの親父の世代というものを考えてみると、明治後期の生まれ、大正の青春、昭和の男盛りかな。非常に変ってきているけれども、その経過を見ていて、やっぱり僕はいま阿部さんの言われたようなことを非常に感ずるわけですね。

たとえばうちの親父なんていうのは、志賀直哉より十何年若いけれども、でもやっぱり戦前の親父とか戦中の親父とか戦後の親父というものを見ていると、そういうものを感じるところがあるわけです。なんというんだろう、一種の挫折のなさみたいな感じというものが、非常に健康にあるわけですね。だからそれは論理の客観性における首尾一貫ということが問題なんじゃなくて、生きていくということに向い合ったときの、自分の主観のなかにある、ある持続への信頼みたいなものが、それは自己欺瞞も含めてかもしれないけれども、とにかくつねに軸が垂直に立っているという感じで、あるだろうと思うのです。

僕がさっき人格に関しての疑わしさというふうに言ったのは、たとえば例がちょっと突飛すぎてよろしくないかもしれないけれども、この間、大学の先生と話をしていて、いまの紛争中の学生の話になったときにそういうことが出てきたんで、ちょっと思い出したんですけれどね。つまりいまの学生達はぜんぜん首尾一貫していないというわけですよ、言うこと、やることが。五十過ぎた教授が、それをインチキだというふうに言う言い方というのはわかるけれども、逆に言えば、持続しているインチキさというものだってあるわけでしょう。

つまり持続という形ではどうにも持ち得ない、あるいはもう表現し得ないものを表現しようと思うと、それはばらばらにならざるを得ないと。それをずるいとかインチキだとか、それから狡猾だとか、要するに卒業証書はやっぱり欲しいんだとか、いくら何を言っても就職はやっぱりするじゃないか、長髪を刈って就職試験に行くじゃないかと、そういうふうには言えますよ。そして、そのことは事実だから言うべきだとは思いますよ。けれども、その底で起こっていることにも目をつぶることはできないと思うんですよ。つまり持続するというある回転軸のようなものが自分の中に立っているというふうにはもう思えなくなっているということがあるんですよ。持続への不信と信頼との、その比較みたいなものとして、僕はさっき言ったつもりなんですけれどもね。

我々にある志賀的なもの

後藤❖それは僕が時代と言ったのも、まったくそういう意味なんですよ。ということは、人格そのものはもう成り立たなくなっているんですよ、われわれが住んでいる時代というものは。だから僕は羨しいと言うのはそういう意味あいを含んでいるわけですね。つまり僕は憧れるけれども、羨しいということですね。ということは、僕にはもうあり得ないものとして、人格というものは聳《そび》え立っているわけですね。それを僕は時代と言うわけですね。

ところが時代にまったく忠実であった志賀さんが、いまなお本質的な部分をそれこそ時代を超えて持続しているわけですね。ということは、僕ら小説に携わる人間として考えた場合に、これは黒井さんはほんとうによく考えていると思うけれども、僕もまあ考えているつもりだけれども、要するに時代の本質を摑むということと人間の本質を摑むということとは同じじゃないかという気がするわけですね。だからやっぱり真似られないということは、これは運命であって、その時代にいちばん忠実に生きる以外にないということでしょうね。

だから黒井さんが言う人格の崩壊ということは、これはもう文学史的な事実として厳然とあるわけですね。それは僕ら自体がそれといかにかかわり合っているかということが、それこそ個別的なわれわれの現在の問題だと思うのですけれどもね。

だから持続するものは価値があるとか、持続することに対する価値を疑うということでは、ちょっとないような気がするんだけれどもね。持続するものというのは、時代を通り過ぎて、時代を超えてもっと先まで行く本質的なものというふうに、僕はむしろ考えているわけですよね。だから持続するものは本質的なものであるわけです。その本質たるや、またものは矛盾しているようだけれども、時代の本質でもあるという一見矛盾しているようだけれども、時代の本質でもあるということですね。だから、いちばん時代に忠実に生きた人間が、それこそ時代を超えた持続する本質に迫ることができているんじゃないか。それが一つの志賀さんの場合は例であって、阿部が言うところの真似ができないということは、これは一つの運命ということですね、僕流の解釈で言えばね。

それは志賀さんに限らず一流の小説書きというものはすべてそうじゃなかったかというふうに、僕はドストエフスキーも今年（一九七一年）は生誕百五十年だということで少し考えてみたんだけれども、ドストエフスキーについては小林秀雄も言っていますし、僕もその点に関しては賛成なんだけれども、つまり自分は時代の子だと、あくまでも自分は時代の子だということを繰り返し繰り返し言うわけですね、ドストエフスキーは。

ところが少なくとも百五十年間は時代の子だと言ったドス

トエフスキーが残っているということですね。ということは、やっぱり時代の本質ということと、人間の本質というものは一見矛盾するようであるけれども、やっぱり交わるということでしょうね。突きつめたものは交わるわけですね。だから黒井さんが言う持続という問題を、むしろもうちょっと広げたほうがいいような気が僕はするのですけれども。

ただ人格が問題だということは、その人格というものは、もうまったく持てない時代だというふうに考えているから、その点で黒井さんは時代の本質というものはずいぶんつきつめているんじゃないかというふうに、むしろ肯定的に解釈しているんですけれどもね。

賀さんにも言いたいような気がすることを僕は志

阿部❖そういうふうに考えたほうが、われわれとしては都合のいい面もあるわけですね。しかし僕が言っているのは、僕らのなかに志賀的なものがあるのではないか。つまり志賀直哉が使った同じ日本語を使って、ものを書いている僕らのなかに、志賀的なものははたしてないだろうか。そういう形でもっと自分の話をしないと、志賀直哉に会ったこともない僕らが、志賀直哉の人格をいくらうんぬんしてもこれは居心地の悪い話で……。

後藤❖ただ彼の場合は、小説の核というものは、人格というもの、つまり生き方と、倫理というのかな、自分の倫理をあくまでも貫くということがありますね。まあ彼の場合は、非常に性欲が大きな問題になっていますね。このセックスという問題を非常に強烈に扱っているんだけれども、その強烈な扱い方が非常に人格的だよな、あの性欲の扱い方は。

阿部❖だから人格という言葉は、ほとんど日本人における思想というのに近いんじゃないの、そうなってくると。

後藤❖つまり態度だよな、彼の場合は。生きる態度というかな。そうなると思想という言葉が、またちょっと問題になるかもしれないし、あるいは思想と言うほうがいいか、あるいは魂と言うほうがいいかね。思想と言うと、知的に少なくとも分析できる分野に属するかもしれないね。魂と言うと、それは分析を逆に拒む分野に入るかもしれないし、そのへんの言葉の使い方は、どっちが……。まあいい悪いじゃないですね。

阿部❖思想なんていう言葉ほど、志賀直哉が使わなかった言葉はないだろうからね。

後藤❖ということは、分析を拒絶するというかな、拒むというか。

阿部❖そこで冒頭に坂上が言った幸、不幸とか、運、不運ということになってくるわけですけれどもね。つまり志賀直哉の思想というものは、僕らが戦後文学を論ずるような格好で論じても出てこないだろうしね。

後藤❖さっき誰だったかな、繰り返し畳み込んでいくと言ったのは、坂上さんだったかな。

坂上❖散文のことね。だからそれは志賀さんが作った散文というのは、志賀さんの普通言われている人格とか生き方とか、そういうものの集約ですね。あれを作ったということが、生き方の最終点みたいなことでもあるわけで。

後藤❖僕は坂上氏のあの言葉は、いわゆる文章読本というような形で志賀さんを受け取ってもなんにもならんと思う。たしかにあれを読んでみると、くどいところがあるんだよね。繰り返しでですね。強調すべきところは何回も同じことを言うでしょう。拘泥したとか、いやだったとか、寂しかったとか、ああいう単純言葉をズバズバと駄目押し的に言うわね。いわゆる文章読本風のほんとうの模範文章というのかな。そういうものじゃないというふうに、僕はあなたがさっき言ったのを受け取ったんだけれども。

坂上❖志賀直哉の散文ということを考えると、やはり志賀さんの強さというのは、生き方の強さとかそういうふうには、僕にはぜんぜんとれないわけですよ、人格の強さとか。逆に、そういうものじゃないというふうに感ずる。

やっぱり志賀さんの強さというものは、志賀さんが作った散文の強さというふうに、僕らは受け取るわけね。その散文の強さというものは、僕がさっき言ったのは結局「私」というものを出す強さではなかったかもしれない、ということなんですよ。「私」というものを抑制して、どこまでも狭めていって、いま後藤さんが繰り返しが多いということは、それしか自分は使わないという抑制なんだよね、結局。そういう自分を出そうということと、またちょっと違うんだよね。そういうものでしか、結局、自分というものを絶対に解放しないというふうに決めた抑制の強さだと思うんです、志賀さんの強さというものは。

そうするとそこで何が起こるかというと、さっき黒井さんが言ったようなことだろうと思うんだけれども、つまりたいへんむだな論理というものでは、絶対、文章をつむいでいかないということをやるわけです。文章をつむいでいかなかったらなにが書けるのか。やはりそこで彼は、リズムというものでもって、パッと書いていくということを、やっているということなんですね。

だから僕は志賀さんの強さというものは、どんな生き方をしたから強いとかそういうふうにはなにもとらなくて、やっぱり創造した散文が強いと。この強さというものにはとても及ばないし、まあそういうものを僕らが持とうとか、そういうものを書こうということは、何も思ってないんだよね。ただそういう強さというものを作ったということは、やっぱり私小説というものとたいへんつながってるね。私小説というものは「私」を出すようなものだと思われているけれども、意外に文章の性質からいうと「私」を完全にカットしていくような方法だからね。

そこで結局、志賀さんの書いたものということになると、僕は作品の上だけで言えば、さっき言った……そのときの幸福の探求ということをやっていたんだということ。これは非常に救いになるような感じがするね。それがぜんぜんできなかったかというとそうではなくて『暗夜行路』とか『和解』というのはそれができているわけですよ。できているから、僕らが非常に羨望したり理想を持ったりするようなものが、そこに存在しているわけでね。しかし志賀直哉的な生き方というもの、これは僕は世の中にごろごろあると思うな。

後藤❖それはだから僕が言う明治人というもののね……。

坂上❖そういうもののなかにある。さっきから阿部さんも自分の父ということで言っているけれども。

後藤❖阿部氏が明治の人のユーモアというのを書いていたでしょう。面白いと思ったんだけれどもね。必ずしも文学的というものでもない。あれはたしかに文学をやろうが、それこそ政治をやろうが、学問をやろうが、みんな持っていたものなんだな、あれは。たしかに商売人は商売人なりの、うちの親父は商人だったし、明治生まれだけれども、結局一種のあれがやっぱり明治の人格というものを形成した精神というかな、そういうものじゃないかと思うね。非常に自信をもっているわね。

坂上❖ユーモアというものは人格だからね。

後藤❖あのユーモアというものは文学的というものではないね。文字どおりのユーモアであって、つまり人間的なものというかな。やはり、あの日本人に関して言えば、明治人間というものが発するところのユーモアだろうね、あれは。それは商人といえども軍人といえども、あるいは文士といえども、やっぱり共通の時代精神として持っていたものじゃないかというふうに思う。とくに志賀さんの場合は、それを文学的な才能において、ほんとうに自分の骨格そのものを文学的に出したということじゃないかね。

阿部❖つまり最初に僕が言ったように、もう超絶したものであるということになるんでね。だけれどもわれわれとしては、まあ何か論じたいということで喋り出すと、そういう雑駁なことしか言えないということですね。それと坂上が言ったように、問題は志賀直哉を読むことをおいてほかにないわけだから。ただなんとなく僕は、志賀直哉的なものがわれわれのなかにもあるような気がするんでね。それを言ったまでですけれども。

後藤❖その志賀的なものというものは、骨がらみになっているいわゆる日本的なものということ？

阿部❖あなたの言った態度ということでも。

後藤❖さっき翻訳のことに僕がちょっと触れたのは、それもあるわけですね。これは一種の皮肉というふうにもとれないことはないわけですね。志賀さんの文学が外国語に訳されるということは、ほんとうは皮肉だというふうに言ってもいいと思うんですね。そういう事実があるということがですよ。

つまり志賀さんの文学が日本人以外にわかるかわからんかということですね。あるいは価値があるか価値がないかということは、非常に面白い問題じゃないかと思うんですよ。翻訳ということでちょっと考えたんだけれども、僕はそういう事実を知らなかったし、とっくに翻訳されているのかと思ったけれども、いま翻訳中だということを聞いて、非常に面白いことだと思ったんですね。

つまりあの人の文学というのは、世界全体のなかで日本というものを考えるのではなく、日本というものを通じてすべてを考えているわけですね、志賀さんの場合は。ほかのことは考えなくてもよろしいというような、非常に絶対性を持ったものだったんじゃないかと思うんですね。

あれが翻訳されて、日本的エキゾチズムとして重宝がられるのか、あるいはいわゆる世界文学という形で評価されるのか、そのへんがいま阿部氏の発言とも、僕なりにちょっと関連するような気がするんですがね。つまりわれわれのなかにある志賀的なもの、それとかりにイコールでないにしても、だいたい日本人的なものというふうにかりに置き換えていくならば、その日本人的なもののなかにおける人間的なものと、人間的なものと言えば世界的なものというものですね、人間ということだから、何人《なにじん》ということではなくて。だから日本人のなかにおける、むりやりに言えば世界人的なものですね、それとそうじゃなくて、世界人から区別される日本的なもの。これは現代文学ということを僕らは考えているだけじゃなくて、むしろ僕らは少なくとも現代にしか生きられないんだから、やっていることがいいか悪いかは別として、少なくともわれわれのやっているものは現代文学ですわね。現代文学というものを考える場合、どうしても一つ考えなければいけないことじゃないかと思うわけですね。

「私」の否定と解放

坂上❖志賀さんの場合には、翻訳という話も、なんとなく現象としてわかるような気がする。翻訳というものに、志賀さんがかなり潔癖だったということはわかるけれども、それはわれわれのなかにある志賀的なものと阿部さんが言ったことにつなげれば、やっぱり日本語ということなんだろうね、志賀さんというのは、日本語というものに非常に潔癖に寄りかかって、日本語に復讐されることをいちばんいやがったよね。日本語で語ることというものに関して、自分がどんな小さい事実でも裏切られるということを、たいへんいやがっていた感じがありますね。

まあ僕らにとって結局、日本語というものは何かということになってくるけれどもね。志賀さんの場合は、それだけ日本語というものを信じられたわけは何か。あるいは日本語というものに、非常に潔癖になろうとしたわけは何かというと、やはり日本語を使う自分の父親とか、自分のまわりの他者ですね。そういうものの存在というものをどうしても無視できない、そういう文学だったわけでしょう。

たとえばその当時だって、いっぱい社会派的な小説とか、志賀さんとぜんぜん違うような小説というものはあったわけでしょう。それはそのときなりにいろいろな翻訳調を取り入れたり、それからいままで日本語になかったような新鮮な論理を取り入れて、日本語を組んだりとかね。

志賀さんがいちばん悩んでいたのは、そういうようなものに対してではなくて、ほんとうに純粋に日本語を使っているような、ごく親しい他者みたいなもの、それにいちばん志賀直哉は、自分と他者との関係というものを見つけて、そこでどうしても、日本語に対する倫理的な感じというものが、彼の命題としてあったんだろうというふうに思うわけですね。書かれたものでしか言えないから、なんとも言えないけれども。

古井❖坂上さんのいまの発言に、こういう注釈が成り立つんじゃないかと、ちょっと思ったんですけど、坂上さんは日本語と言ったけれども、志賀さんの場合、その日本語というのは創生期の日本語でしょう。つまり近代口語文として。坂上さんの発言を聞いていると口語でもって、喋り言葉でもって、身近な人の言葉なりなんなりを書きとめるというやり方は、非常に長いというふうに感じられるけれど、しかし志賀さんがはじめた時期には、そういう伝統はそう長くはなかったんじゃありませんか。

喋っている言葉とやや本質的に違うような言葉で書きとめるというのが日本語の古いいき方で、むしろ社会派の人たちだとか、モダニズムに走る人たちのほうが、書き言葉という面では、古いほうの感じ方でいっていたんじゃないかと思うんですよ。

坂上❖あの当時ですね。

古井❖ええ。つまり現実に話される言葉から、ワンクッションかツークッションおいて、一つのマニエール（方法）を経て書きとめるというういき方……。

坂上❖そうかもしれませんね。

古井❖だから志賀さんの厳しさというものは、もしかすると創生期、つまり現に語られている言葉を書き言葉として定着することが、まだまだ常套的なことではなかったころの時代の、一つの発見のようなものではないかなという感じ方があるんですけれどもね。

坂上❖それはそうかもしれませんね。夏目漱石が芥川と喋りながら、志賀があんなふうに書けるというのはまったくかなわないね、といった話があるけれども、やっぱり漱石もある時期かわってきているような形のものを書いていますね。

古井❖『草枕』のようなものが最初のほうにあって……。

坂上❖かなり口語体に近いようなものにくるようなね。その途中の時期だろうと思うんだけれども、そういうときにもっと自然に、口語体というような形でどんどん書いいちゃっていて、しかもそのなかに、ちゃんと人間が出てくるような形は、いちばんかなわなかったんだろうという気がしますね。

まあ日本語というのがそういうものだったかもしれないし、それは志賀さんは志賀さんなりに、俳句とかそういうものを自分の日本語として持っていたり、それが描写とかそういうところでは、案外、感覚的な言葉でしか出てこなかった、というのが、そのような形で言葉というものを定着しちゃってるということが生理的にはあっただろうし、その逆に他者から入ってくるもの、つまり自分の周りにいるものをうつすとか、そういうものを覚えておいて、そのまま事実を書くというふうに、志賀直哉は言っているわけで、そういうような形で、そのまま書きながら、たいへん日常の呼吸みたいなものをよく書く。

そういう日本語の部分というのも、僕は志賀さんのなかにあると思うんですけれどもね。あれが志賀さんの単純なモノローグで終っている作品だった場合は、その文体が多少そのときは新しくても、そんなに残っていない。作品のなかのスケールの大きさというものは、なかったんじゃないかという気がしますね。やっぱりそこに入っている何か他者みたいなものというのが、僕にとってはいまだに何か現実のような気がしますね。いま生きている僕なんかにとって非常に現実的な感じがする。

古井❖僕は志賀さんの文章でいちばんすごいと思うのは、日本語の調子をはずしたというところがあるんじゃないかと思うのです。それまでの漱石にしても龍之介にしても（島崎）藤村にしても、日本語がそれまで持っている一つの節でもって、節にのせて論理を展開したり情緒を展開するということがあったわけですけれど、志賀さんはその節を止めて、さっき坂上さんが言ったことを借りれば、音のほうでその文章を作り上げていった人じゃないかと、僕は思うのですけれどもね。

そのことと、さっき僕が言った、自分が何者であるかということをはっきり摑んで、その面から文章の形式というものに厳しくなるという態度とが、どう結び付くか、それがまだわからなくて、さっきから黙っているんですけれども。

坂上❖僕はその日本語の調子を外したというのは、たいへん面白い意見だと思いますね。どこかで言われていたと思いますが、考えようによっては、はるかに漱石のほうが文体がないものに近いということは、そういうものに対比した場合は考えられますよね。日本語の調子を外して、やっぱりどこかで新しくしているというか、文体みたいなものを作り上げているという感じは非常にしますね。

古井❖その反面、日本語の調子を外したということで、できなくなったものもあると言えるわけですね。それで志賀さんの文章が手本になったために、日本文学のなかで疎外されたり、おろそかにされたり、てんで勝手なものに委ねられてしまった面もあるんじゃないかと思うんです。

つまり日本語が古来もっている節、少しきれいに言えば音楽性みたいなものを、志賀さんがかなりストイックな刃物でもってぶった切って、しかも、その文章が美しかったんで、そっちのほうがどちらかというと模範になったわけで、そうすると切り捨てられたほうが、何か配慮の外に置かれちゃったという感じがあるんじゃないかな。

坂上❖それはそのとおりだと思うし、たいへん面白い指摘だと思うんですけれどもね。その場合どうなんだろう。志賀直哉を中心に考えて、志賀直哉もずっと読みつがれてきたということを考えると、やっぱりそういう形で、ある節回しは日本語からとってしまっているけれども、それと逆に取り入れたものというのはあるはずですよね、志賀さんが文体を作ったという裏には。

僕は単純に考えるんだけれども、やっぱり取り入れたものというのが、志賀さんがいちばん求めようとしていた他者というような問題じゃないかという気がするんですよ。それは志賀さんの言い方で言うと、志賀さんの周りを取り巻いていた、いわゆる事実ありのままというような感じのものが、とにかく取り入れることができたわけでしょう。それは子供の会話にしろ、あるいは妻とか父とかそういう問題にしろ、いちおう取り入れることができた。志賀文学はそういう形で成り立っているというふうに、思っていいと思うんですけれども、そういうようなことがやっぱりプラスの面というか、日本語のある部分を全部切り捨ててしまったためにできた部分というふうに、僕は思うのですけれどもね。

結局、文学の問題というのは他者とコレスポンデンス（通信・文通）するというような形が、最大の命題だと思うけれども、そういうものをやはり志賀さんは目ざしていて、『暗夜行路』とか『和解』とかいうものは、そこまできていたんだろうというふうに感じますけれどもね。そのへんのことを志賀文学を考えるときに、僕なんかは考えるし、それが志賀文学そのもののことではなくても、いまの日本語と文体の問題とかそういうものと、なんとなくつながってくるような気がしますけれどもね。

後藤❖いまのお話を伺って非常に面白かったんですけれどもね。つまり志賀さんを褒めるにしろ、あまり褒めないにしろ、どっちにしても僕がいま聞いていて面白いと思ったのは、志賀さんがいちばん否定しようとしたものはなんなのかということですね。文章の上で、小説を作る上で。小説を作る言葉の上で、何かを否定しようとしたんじゃないかということですね。

ということは、小説というものはそういう宿命を持っていて、何かを否定するという契機がなければ、文体というものは成り立たないということですね。つまりコレスポンデンスにしても、これは黙っていて他者がこっちへ歩いてくるコレスポンデンスではないわけですね。ほんとうの他者というものは向うから歩いてはこない。もし他者との関係を作るとすれば、こちらから向っていく以外ないわけですね。これがコレスポンデンスですね。その場合に、志賀さんが否定しようとした何ものかがあるんじゃないかと思うのです。それはなんだろうかということを考えることが、面白いことじゃないかと思うのです。

ということは、実に切実な問題で、つまり僕らが小説を書く契機とは何かということですね。何か否定しなければ、肯定もまたあり得ないということですね。だから結局、志賀さんを賛美するにしろ賛美しないにしろ、あるいはほどほどに賛美するにしろ、いかなる立場においても、志賀さんが否定しようとしたことが、彼のやはり表現の根幹だったんだというふうに僕は思います。それはなんだろうかということは文学史家が探求することかもしれないし、あるいは批評家が探求することかもしれませんけれども、僕自身の問題として考えればそこのところでしょうね。言語の問題として言えばね。

つまり散文というものは何者かに対する否定から成り立っているわけですからね。じゃなければ結局、書くという契機そのものが失われるわけですね。文学史のことは詳しくはないけれども、たとえば十七世紀くらいからでしょう。だいたい小説というものが三百年くらいですかね、日本で言えば井原西鶴、まあヨーロッパのことはよくわからないけれども、身近な例では『ドン・キホーテ』とか『ガリバー旅行記』ですね。近代散文の歴史は浅いわけですよ。もっと古いのは詩とか韻文とか、あるいは年代記的なものとか叙事詩的なものはあって、散文というものはそれをみんな、これでは表現できないという形において、否定する契機をもって出てきているわけですね。

だからいま古井さんの言ったことから、僕も一つのヒントを得たんだけれども、僕なりに言い換えると、結局、否定の契機はなんだったかということですよね。あまりにも志賀さんというものは、あれをどう受け止めるかという形でくるものだから、つい彼自身が否定したモーメントというものを忘れがちになっているんじゃないかという気がちょっとしたわけです、いま聞いていて。それを探求することは、いまここの命題じゃないかもしれないけれども、われわれの命題として、何かに対する否定のモーメントがなければ、散文は成り立たんということでしょうね、はっきり言えば。

坂上❖それは散文の問題として考えるならば、生活上の問題とかそういうことでなければ、さっき僕は拒まれるということを言ったけれども、僕らが拒まれていると思うものを、まず否定していたんですよね、志賀直哉の場合はね。それは結局、散文ということを前提に考えれば、他者と僕は言ったけれども、その他者のなかに志賀直哉の場合は当然「私」というものも含まれていたはずですよね。だから「私」を否定しよう「私」を拒もうとしていた、と言ってもいいし、他者を拒もうとした、と言ってもいいけれども、ただそれはなんのために否定しようとしていたかということのほうが、まだ僕は大事だと思うのです。

僕なんかわりに単純に「私」というもののなかに溶解して考えるのを、私小説だと思うからね。そうするとなんのために拒んでいたのかということになると、それはまったく逆の解答が出てきて、つまり拒むために拒んでいたんではなくて、やっぱり自分というものを肯定していこうということがあるから拒んでいるんですよね。

後藤❖もちろんそうです。だから自分を出すために……。

坂上❖それは志賀直哉の一つの方法論だと思うんだ。

後藤❖それはそうですよ。究極的には自己というものの探求ですからね。自分はなんだろうということを探求するために、われわれははじめに書いていたんじゃなくて、はじめに読んだわけですね。はじめに読んで、自己とは何かということを考えはじめて、はじめて書くという行為が出てくるわけだから、いままで読んだもののなかに否定する契機はあったということですね。彼の読んだもののなかにね。彼だって少なくとも他者のものを読んできたわけですからね。なにを読んだかは、いまここでは問題じゃないと思うけれども。

だから志賀さんがやろうとしていた契機というものは、これは本質的に小説そのものの契機だということですね。ということは、それは自分自身が個別的にやらなければならないということだと思うのです。だから発見という言葉が、さっき坂上氏か古井さんかどっちかからあったけれども、その発見というものがなければ、もう書くという意味自体はないわけですからね。

編集部❖さっき坂上さんが話された「私」を拒もうとしていくことというのは、文学の方法論として考えるとフィクションの問題へつながりませんか。

坂上❖そのへん僕は表からどうも入っていけないんだけれども、結局、志賀文学におけるフィクションの問題は、表から入っていかないとわからないんだけれども、ただ志賀直哉がそういう形で、要するに私小説で言われている「私」というもの、それを否定しようとして、否定するということは、どこかで「私」というものを解放して出したいからだというそういう形で努力してきた結果、結局それはフィクションということに突き当るわけですよ。

ところがそのフィクションというものは一種の創造行為ですからね、われわれの言う。その創造行為で何が創造できたのかというと、たった一人の人間なんですよ。それは僕は小説を書く男というものが、志賀さんが創造した唯一の人間だと思うんですよ。そこに志賀さんというよりも、私小説の限界みたいなものがあるかもしれない。

　つまり創造できる人間というものは、どうやらものを書くという行為を持った人間、たった一人ではないかという、そういうようなことが、志賀直哉のものを読み終ったときに起こるね。その場合はフィクションというものは何であったか、ということになるけれども、言葉を使うことはフィクションだということから言えば、僕はいちばん何か、読者の誤解というものは解けると思うんだけれどもね。事実ありのままということで、フィクションということが、いかにも対立概念みたいになっているけれどもそれは違うんでね。

阿部❖それは志賀直哉の場合は、主語としてはっきり「私」とか「僕」じゃなくて「自分」と書いていますけれどもね。その自分というのは、まあ芸術家なんでしょうね。

坂上❖その近代性、この新しさというものに、みんな憧れたんだと思うんですよ。

阿部❖非常にやっぱりモダンな感じだったんじゃないですか。そういう芸術家小説というのはね。

坂上❖それは白樺派がどこか半分生活派みたいなね、白樺的生活というものを持っていたことでもありますね。一般的な意味での生活じゃないんでしょうが。

古井❖坂上さんの好悪《こうお》から言うとどうなんですか。芸術家としての「私」を創造したということについて……。

坂上❖やっぱりそれは嫌いですね。人格そのものの好悪から言えばね。僕はそれを直感的に、少年のころ読んだときも、やっぱり好き嫌いを強いられる形がありますよね、志賀文学から。この場合に自分はどっちの側かと言ったら、僕は絶対ファンにはなれなかった。嫌いということを契機に入っていく、そういう感じがしましたね。

古井❖嫌いというのは、文章の節々まで不快感をもたらすというそういう意味ですか。

坂上❖それは文章は別ですね。文章が作っている強さというものは、僕はちょっと、太刀打ちとかそういう問題じゃなくて、これはなんていうかな、完全に物に化しているよね。

後藤❖俺は芸術家だというのは、そういう生き方はあんまり好きじゃないということですね。俺は芸術家だということは、余人とは違うぞということかな。

坂上❖あの時代にということがあったけれども、僕はどんな時代か想像つかないけれども、ただあの時代に芸術、小説をやるということね。小説をやるという形で、ああいう生活をして、もちろんそれによって父親とも対立したということもあったかもしれないけれども、そういうことまでやっているのはやっぱり、自分の生き方はこれだ、という、その場合の小説をやる男のもつエゴというものがあるとすると、それは僕らは容易に持ち得ないもの、というふうに思うね。ただどこかで同じじゃないかということを、阿部さんが言ったのは、やっぱり同じなんでね、僕らのエゴというものは。

後藤❖あれはいわゆる芸術家小説という一つのジャンルがあるわね。たとえばこの場合は、芸術家というものを、反芸術的な世間というものと対立させるわけだよね、いわゆる芸術家小説というのはね。そうしておおむね芸術家の敗北を描くのが、芸術家小説の一つの構造ですね。つまりその不条理というものが理解されないという一つの運命を描くのが、だいたい芸術家小説のタイプ、型としてあったわけですね。それから見ると、志賀直哉は負の形における芸術家ではなくて、正の形というかな、プラスの形における……。

坂上❖あのころは芸術というものは、生活であり得たわけですよ。

後藤❖あのころはではなくて、志賀さんの置かれた階級だと思うな。それは無視できないんじゃないか。

坂上❖生活であり得たから、だから僕は小林秀雄をして、幸福の探求をやっているふうに言わしめるものが出てくると思う。つまり生活なんだよ、あれは。

後藤❖それは日本の近代小説のなかで、やはりほんとうにブルジョアジーの小説というものを書き得たのは白樺派だけだよね。

ということは、芥川龍之介をして、けっこうなご身分ですねと言わしめ、一年も二年も書けなければ書かなくてもいいじゃないかと、そのうちまた書けるようになりますよ、というようなことを言って芥川を感嘆せしめた。けっこうなご身分ですね、私はそんなけっこうなご身分ではないんでと言わしめた、その生活というものが彼にとっては現実だったんですよね。

坂上❖それは志賀直哉からいえば、なに言っているんだ、こんなに苦しんでね、二年も書かないで生活してみろと、これが生活だぞ、ということにやっぱりなるよね。

後藤❖いや、それは誰だって同じだと思うんだ。志賀さんにとっては、それしか彼には現実はなかったということね。結局、日本の近代小説のなかで、いわゆる私小説というものとも、あれが違っているところは、そこだと思うんですよ。マイナスの形で自己を置いていないわけですよ、社会に対して。それは逃亡奴隷という分類の仕方が一つあるらしいけれども、まあ逃亡奴隷というような形で、自己を社会に対置させなくても、これは現実だと、俺自身が生きているそのものが現実なんだという、正の形でちゃんと生きていられた。

そのなかで自己を崩壊させないで、社会との対立関係において、社会が自分を拒否するものという対立物としてあるんじゃなくて、自己を形成し、堅固な形でこれを建設できたということは、非常に僕は不思議だという気がするんだな。この貧乏日本のなかにおいて、近代ブルジョアジーが、ほんとうに形成されなかった日本のなかにおいて、それはやっぱり不思議だと思うし、憧れでもありますよ、はっきり言って。

なかなか自分の力では解決できないことだからね。

他者とのコレスポンデンス

編集部❖さっき他者とのコレスポンデンスということが出されましたが、そのことに関連して言葉についての考え方をもう少し話していただければと思いますが。

坂上❖言葉というものを、なんのためにと言われれば、そういう目的で使うべきものだという、言葉というのはそういうものだという信仰が僕にはありますね。あまり筋道立てては言えないけれども、言葉は無力だということを、僕なんかは言いたくないということになるけれどもね。

僕が言い出しっぺなんで、これは阿部さんのほうがよくわかるんじゃないかと思うんですが、僕が他者とコレスポンドするなんていう生半可なことを、言葉というのはそういうものだということを言ったのは、僕の説ではないところがあるんですよ。

さっき話した武満徹さんが、音というものはコレスポンデンスするためのものだ、ということを言っているんですよ。僕は彼が今度の本のなかにも書いているので、はじめて思い出したんですけれども、彼と知り合いになった十数年前に、自分がミュージック・コンクレート（具体音楽）をやり出した契機の一つとして、くたくたになってアルバイトなんかしていたときに、地下鉄に乗ってあのゴウゴウという音に取り巻かれて、人いきれのなかで、やっぱりこういう音を取り入れてくることが、いままでの数学的なきちっと出来上がった音楽とかそういうものじゃなくて、音そのものについて考え、それを自分の生きるための音というのかな、うまく言えないけれども、音によって生きるとか、そういうものとして、はじめて音というものを、目が覚めるまでに認識した、というエッセイがあるんだけれどもね。それは僕は生の口で聞いたんで、印象深かったんだけれども、そういう意味での音というものの取り入れ方、つまりこの場合、武満さんはこういった形で音があれば、きっと他者とコレスポンデンスできるという、一つの光明をそこで感じとったと思うんですね。そういう意味で言葉というものが僕らにとって同じような意味で存在するんじゃないかと僕は思ったわけです。

後藤❖坂上氏に対して僕が言ったのは、否定の契機というものは、たしかに志賀直哉にもあったはずだと言ったのは、いまの音の話で言えば、なぜ武満さんが自分の音を考えたかということですね。

つまり音楽というものはいっぱいあったわけですね、過去において。われわれの先輩たちが作った音はいっぱいあった。それをおそらく武満さんほどの人であれば一流の音楽をずっと聞いてきたと思うのですね。にもかかわらず、この音でなければ自分というものは出せないと、つまりバッハでもないんだ。ということは、なぜ自分の音というものを考えなければいけなかったか。そこに個の表現のために他を否定する契機がなければいけないということですね。そこだと思うのです。それを僕はさっき文章のところでも言ったつもりなんだけれども。

だから自分の音とは何かということですね。それはなぜ人と違っていなければいけないのかということを、どこかで発見しなければ、書くということ、あるいは音楽家の場合は音符を作るということの意味というものが、非常に曖昧になってくるということだと思うのです。だからなぜ自分の音、自分の言葉というものを持たなければいけないだろうかということでしょうね。

黒井❖言葉との関係ということで言えば、たとえばさっき坂上さんが言ったような、一種の芸術家小説というふうなものが、志賀直哉の場合にあり得たとして、その場合にそれをおそらくどこかで支えているのは、小説家としての美意識というかそういうものだろうと、小説家というやつをもっと広げれば芸術家ということにもなるだろうと。そうすると小説家は芸術家かということがまず一つ出てくるわけですが、志賀直哉の場合には、芸術家という言葉を使ったか使わないか、自分で認めたか認めないかは別として、僕の感じではかなり芸術家……小説というものは、アートという概念に入るのかどうか知らないけれども、やっぱり一種、芸術的なるものとして、僕は考えていたろうと思うんですけれども、そういう芸術意識みたいなものというのは、小説というものをめぐって、非常に成立しにくくなっているような気がするんですよ。

それは本来の芸術概念というものがどこかにあったとして、それに合う合わないというのとは、またちょっと別の次元で、今度は日本的な芸術というふうに言ったほうがいいのかもしれないけれども、そういうもの、たとえば、もしも小説家が芸術家であるならば、おまえはいま芸術家かということになる。小説を書いていてですね。

そうすると僕は芸術家だと思えないわけですよ、自分が。芸術家とは思えないということはなんだというと、一つは言葉の問題というのが、言葉という媒体というのかな、そこの問題がかなり大きくからまってきている。言葉というものを非常に洗練して研ぎすましていくことによって、それが一つのある芸術と言われるような、術の高みに登り得るというふうな、そういうふうにして出来上がる世界というものが、信じられるか、信じられないか、というところまでいっちゃうんじゃないかと思うのですけれどもね。

さっき坂上さんの言った言葉を無力だと思いたくないというのは、そういう意味で言えば、かなり術の高みに登っていくことを、自分のなかに認めている言い方だろうと思うのですけれどもね。

坂上❖ちょっと訂正しておきたいのは、僕は芸術家小説というふうに言った覚えはないんですよ。それはだから私小説というふうに言い直して、僕は……。

後藤❖小説を書く男ということですね。

坂上❖私小説でいいんだ。私小説というものの、かなり正確なるあれでいい。その場合には、芸術家の高みのほうにいくんではなくて、私小説のほうにいくことは、これはたしかですね。私小説というほうにまずいって、それからその限界というものがどこにあるかということを見るわけですね。

僕は見たいと思うし、また僕なりの考えではその限界というのは、私小説というのは、言葉を他者とコレスポンデンスするためにあらしめる意味では、これは非常に明確な私小説の方法論なんですけれども、ただそこから先どこまでほんとうに他者とコレスポンデンスできるかというその先のことに関しては、分れ道にくるんじゃないか。

僕は小説を書く場合に、私小説であるとか私小説でないとかの前提を立てて書こうとしたのではなくて、やはり言葉というものにそういう役目を持たせていく以上は、私小説というものをまず通り越さなければならない。それから先のことをやれればやりたい。先というのは別に延長線かもしれないし、何か広いところへ出ていけるかもしれない。それはわからないけれども、少なくとも志賀直哉はそれまではやってくれなかったかもしれないというふうに、僕は思っているわけです。

しかし志賀直哉がやってくれた窓口というものははっきりわかるわけです。それは私小説でありながら、他者を取り入れてくるところまではやったわけです。だから僕は私小説の方法論というものはやっぱり認めたい。それは言葉を信頼しないというのではなくて、やはり言葉を信頼するという形で認めたいわけです。

後藤❖ただ私小説といっても、志賀直哉は独特だよ。ほかの私小説家とは違うな。僕はさっきもちょっと言ったけれども。

坂上❖あれは私小説の規範になったのかもしれないね。なったかもしれないけれども、私小説が志賀直哉から脱落したのかね、逆に。

後藤❖あるいは逆に、志賀直哉というものの小説の世界というのは、志賀さん一代のコロンブスの卵みたいなものであって、それを継承するというか真似ようとした途端に、もうそれは崩壊するものであるわけ？　他者には教えられない。たとえば例は悪いけれども『大菩薩峠』における机竜之助の剣のように絶対に教えられないと、教えようとした途端に変質してしまうというものであるのかね。

それは私小説という場合にも、自分を負の立場に置くものと、正の立場に置くものと、ぜんぜん違うと思うのですよ。だいたい普通言われている私小説というものは、自分を社会に対置して負の立場に置くというのが、いわゆる私小説というふうになってきているように思うわけですね。志賀さんの場合は、それが正のほうに向いているわけですね。その違いははっきりしていると思うんだけれどもな。

坂上❖正というのは、私小説というものが一つには生活そのもののことを、指しちゃうようなところがあるからでしょうが、それはちょっとやめたいという気がするんですよ。

後藤❖生活そのものじゃなくて、僕が言う正、負というのは、否定肯定の立場なんですね。自分が否定されて存在しているものとしての意識というものがあるか。

坂上❖そんなものはないよ。

後藤❖あるいは自分を否定してくるものに対する、なおかつそれに向って自分を肯定するものを出すか、そこだな。私小説の負のほうを言うと、自分を否定してくるものとしての他者、それは社会的に自分を非常に矮小化《わいしょう》する。卑小化するという形において、逆に反撃を加えるという形を取っているわけですね。

坂上❖それは自分を肯定したいことの一つのパターンですね。

後藤❖そうですよ。それを相対的、力学的にむしろ考えているわけだな。つまり自分を否定する人間は九十九人いるという形で考えているわけ。だけれども九十九人対一というものは、はたして九十九のほうがいいだろうかということでしょうね。

そういう形において、責められる形において、自己というものを追求しているな、私小説の場合は。ところが最後の土俵際で、俵に足をかけたところで、なんとか自分の肯定的な打っちゃりの世界というものを作ろうと、その一点、徳俵に踵がかかって、踵を点にして円を描こうというのが私小説だと思うんですよ。

黒井❖さっきの言葉の問題のところにもういっぺん戻ってくると、言葉というものがあるわけですね。同時にわれわれが生きている現実の生活というものがありますね。そうすると言葉で作りあげる世界というものと、自分が生きている生活というものと、その間の距離みたいなものは、たとえば一人の小説家というものを小説のなかに造型することができる時代の、言葉と生活との距離と、それから現在なら現在の言葉で作りあげることができる世界と自分が実際に生活している世界との距離というのが、僕はかなり違っているように思うのです。

違っているように思うということは、違わないようにすることができないということではなくて、違わないようにするとすれば、それは非常に意志的にしなければできないということです。非常に意識的にするというのは、一つのある立場だと思うし、それは小説についてのある考え方だと思う。

だけれども生活がこれだけ信じにくく、ぐずぐずしてきたんだから、そこで一つのうちなる掟みたいなやつを作って、そこに何か夾雑物を取り去った、非常に純粋なものだけを追い込んで濾過して出来上がる世界というのは、依然として僕はあり得ると思うのですね。

そういう世界というのが一方にあって、それからもう一方には、とにかくこれだけ現実生活というものが猥雑の極みであって、言葉というものと生活との距離というものが非常に離れてしまって、今度は言葉というやつを最初から絶対的に信用するのではなく、むしろコミュニケーションならコミュニケーションということを考えた場合に、これはたとえとしてではなくて、音だとか色だとか形だとか、いろいろなもののなかにある一つの言葉というふうに、非常に相対的に考えてしまう立場がある。言ってみればこれは一つの諦めみたいなものかもしれない、言葉ということに即して言えば。そういう諦めみたいなものから出発して、こういうふうにすることはできるという、なんかそういう形で出来上がる世界というのが、僕は自分の小説の世界だというふうな感じがするのです。

それはなんだろう。一種の小説の相対主義みたいなことになっちゃうかもしれないけれども、だけれども、何かそうやらないと、どうにも出すことができないものというのが、僕は自分のなかにあるような気持が、非常に強いんですけれどもね。

阿部❖そうするとそこに読者という問題が出てくると思うのですけれども、たとえば他者とのコレスポンデンスということを、坂上は言ったけれども、もうちょっと具体的に、では志賀直哉は、自分の書いたものを読む読者というものを、どういうふうに想定していたかということを考えると、僕のこれは勝手な想像ですけれども、たとえば武者小路実篤とか里見弴とかいう人がいて、まずそういう人たちが読者だったんじゃないかというふうに思えるわけです。それはたしかかどうかわからないけれどもね。

というのは、普通、私小説といった場合に、この辛さをわかってくださいとか、この無念さをわかってくれとかいう書き方の小説というのがありますね。それに比べると、志賀直哉の小説というものはまさに対極にあるもので、そんなことはちっとも書いていない。そんなことはちっとも書いていないかわりに、非常に読んでよくわからないところがありますよ、われわれが読んでも。

つまりそこに他者を取りこんでいるんだけれども、それは小説を書く男であるところの志賀直哉が、自分の必要に応じて自在に切り捨てたり、取り入れたりしたものだから、つまりわれわれにはちょっとうかがい知れないところがある。同時にもう一つ、もっと大事なのは、そのわからない部分をわれわれが想像することを、拒んでいるところがあるということですね。ということは、作品が非常に完璧なものであるから、その不可解な部分を、われわれがそれ以上想像しようとしても、そこで何かむりやりに口のなかへ押し込まれてしまうということがある。

つまりそういうわけで、志賀直哉という人はこんなふうな文学論はまずやらなかっただろうし、説明はなにもしていないわけですよ。書いてあることというと、ほんとうに身近にいた人ならわかるかもしれないけれども、われわれが読んでもわからないところというのが、意外にたくさんある、そういう私小説ですよね。それを悪くいえば、自分ひとりがいい気持になるために書いたとも言えるし、それからまた別の言い方をすれば、それほどまでに読者の愛情というものにすがらない強さというのは、これは驚嘆に値するわけです。

われわれがものを書く場合には訴えますね。それから繰り言をいうし、認められたいとか、同情されたいとか、とにかくめちゃくちゃに説明したり喋ったりということをするわけだけれども、そういうことをしなかった。そういうことをしなかったかわりに、志賀直哉の小説は一つの謎みたいなものになって、われわれの憶測を許さない部分を、いっぱい残しているわけだけれども、そういう作者が書いた言葉の強さというか、強さと同時に言葉というものを紙の上に書きつけることでしか使わなかったという清潔さね、それが坂上がさっきから言っている、言葉は無力だとは思わないという、そういうことにつながってくるんだと思うのですよ。だからたしかに私小説ではあるんだけれども、そのくらいの距離があるということ。

坂上❖僕はそのことをこういうふうに考えたんですよ。先ほど他者と言っていたけれども、それを読者という言葉で阿部さんが置き換えたのは、そのとおりだと思います。

ただ志賀直哉の読者というもののなかで、僕に真先に浮かぶのは親父さんなんですね。つまり親父さんが完全に読んでいたということがあるわけですよ。それで、おまえ書くな、ということになってきたわけでしょう。だから志賀直哉が最大限に意識した読者は父でしかないんでね。それを『和解』という形ではじめて和解しましたということまで書くことが、読者である親父に対する最後のサービスなのではないか。だから僕が他者と言ったのは父親のことにもなるわけです、志賀直哉のなかで言えばね。

そうすると現在、僕らがどういう状態かというと、さっきからかなり普遍的な形で、阿部さんが、たとえば軍人という形で父親というものについて語っているけれども、それは軍人という特殊性について語っているとは僕に思えないんで、自分の父親という場合とまったく同じだと思う。

ただ僕らには、もっと父親以外の読者というものを、やはり他者として持ちたいという欲望がはっきりあるわけですね。それに対して、いま阿部さんが言った形があるわけですが、もっといろいろなことを喋りたい、いろいろなことを書きたい、そんなに志賀直哉みたいに切り捨てていかなくても、というような一つの欲望というものがあるのは、やっぱり僕らから他者というものが、すでに父親という形ではなくなってきたということだと思うのですよ。父親のない世代ですね。そういうところまではっきり見える。

だけれど、だからといって父親がないからということは、その間隙を埋めてくるものが別の他者だからね。そういう意味で、僕らはコレスポンデンスすべき他者というものを持っているのでね。それをやっていけば私小説のものをくぐりながら、小説をちゃんと書いていけるじゃないかというところまできますよね。またそれを僕らがやっているんだというところまできますね。

阿部❖体験と虚構ということになるんだけれども、父親との不和ということにしても、結局これはよくわからないとしか言えないんだよね。例の『創作余談』ね、ああいうものを読んだって本当のところはわからない。

坂上❖そうね、事実ありのままということはちょっと……。

阿部❖あれはくせ者でね。つまりこのように非常に気持よく和解がなし遂げられた、めでたい、ということが書いてありますけれどもね。それはまったくよくわからないので、文字どおりわだかまっていたものが解き放たれて、そういうふうになったということを書いている場合でも、それは生《なま》というものじゃないと思うんですよ。

つまり解放されたものは同時に美化されたものでもあって、自分は父との不和をこのように解消したというふうに書きつけることは、やはりそこに美化する契機が入っているわけです。われわれはそういう形でしか生《なま》というものは考えられないので、生《なま》に相対するものが虚構だとはぜんぜん思わない。これはおそらくほかの方は異論があるかもしれないけれども。

文章を書くということ

後藤❖僕はこういうことじゃないかと思うな。やはり時代ということを僕は強調したいんだけれどもね。志賀さんが小説を書いた時代と、われわれが小説というものを書いている時代というのは、かなり違うと思うんですよ。

結局あのころは、知識人というものと、さっき古井さんがうまいことを言った、馬車引きは馬車引きの言葉、下駄屋は下駄屋の言葉、という言葉を使ったよき時代と言ったけれども、つまり時代的に階級、階級というのはいわゆる共産主義とか社会主義という意味の階級じゃないけれども、職業というものですね。職業が明確に分離されていて、それを親の職業を継ぐのが、家というものの一つの存在の仕方であるということが、当然であると疑わなかった時代における知識人だと思うのですよ、志賀直哉というのは。

ということは、ものを書くこと自体が、これがやはり特殊な人間だったわけですね。ということは、帝国大学を出てものを書くということ自体は、少なくとも坪内逍遙というものが、近代小説についての『小説神髄』というものを書いて以来、帝国大学を出たからものを書いちゃいかん、小説書きになっちゃいかんというタブーだけは打ち破られたわけですね。それ以後の何年かあとに志賀直哉が出てきたにもかかわらず、やはりあの時代においては、小説というものは知識人が書くものだ。つまり書く側と読む側というものが、歴然とはっきりしていたんだと思うのです。いまみたいに、誰でも彼でも自己表現するという時代ではなかったということね。

いまなら団地のおかみさんだって、雑誌も作るし、下手するとテレビにも出ちゃうし、芝居なんかおっぱじめかねない状態だからね。そういう時代じゃなくて、書く人間とそれを読む人間の間には、歴然たる差があったんだと思うのです。その読む側からみれば、書いている人間に対する一種の尊敬があったんだと思うのです。絶対的な一つの信仰、それは文字というものが、どういう形で普及したかということとは別として、やはり文字を操ってある種のものを書くということに対する非常な畏敬、尊敬の念、それから学ぼうとする姿勢というものは、もう必然的に読む側にあったと思うのですね。

そういう時代において、志賀直哉もまた書いていると思うのですよ。そこのところは僕らが書いている時代と、志賀直哉が書いていた時代というものとの決定的な時代の差があると思うのですね。つまり僕らの書いているものについて、学ぼうという姿勢で読む人間が、はたしているかどうかということですね。

それともう一つは家という問題ですね。この家という問題がやはり崩れてないわけですね。『和解』にしても『暗夜行路』にしてもそうなんですけれども、結局、家というものは、否定するにしろ肯定するにしろあったわけですね。家出をすることももちろんいい。放蕩という言葉をよく使うけれども、その放蕩というものはいまで言えば家の否定でしょうね。しかし放蕩という形で家が否定されるほどに家があったわけですね。

つまり、いま家があるだろうか、ということが僕らの問題になっているわけです。その点において、やはりあすこで確固として確立された世界というのは、やはり僕らの現実のなかでは、もう夢幻のようなものでしかないということはやっぱり言えると思う。つまり僕らの年代というものは、年代年代というのはあまりいかんことかもしれないけれども、しかし年代を無視してはなにごとも言えなくなっていると、僕は思うんですね。それは家ということが存続していると、そのなかにおける問題か、あるいはそれを否定するにしても、とにかく家があるということでしょうね。ところがいまは家があるかないかというところまできているから、そこらへんで同一次元では論じられないものがあるということは言えると思いますね。

阿部❖もちろん同一次元ではないんだけれどね、家はともかく、たとえば僕らの父親というものね、そういう父親にあてて、父親がこれを読むだろうと思って、やっぱり小説は書けなかったな、僕は。自分のことを言うとね。つまり親父が死んだよね、死んでから、死ぬ前にも書いていたけれども、死んでから、やっぱりほんとうに書いたと言えるんでね。つまり生きてる親父を、それを最初の読者であるというふうに想定してね、とても書けなかった。

後藤❖むしろ逆だよな。

坂上❖志賀直哉の時代の読者ではないね。

阿部❖まあ、憫笑《びんしょう》されたかね……。

後藤❖チェッてなもんだよな。

阿部❖だからね、その割合、父親、父権というのかな、父親というものが弱まったからとか、家がガタガタになったからどうとかという説明が、非常に流行しているわけですけれども、僕は一点そこに疑問を感じるわけでね。

　そういうことにしてれば、それは都合がいいけれども、はたしてそれだけだろうか。そう言ってすませることだろうか。つまりそこには、なんらかの形で僕らが回復しなきゃならないものがね、あるんじゃないかというふうにも、ちょっと思うんだ。

後藤❖それはあるでしょう。ただ僕が思うのはね、僕がなぜ家があるかないかを疑わなきゃいけないかというのは、やっぱり僕自身が涙ぐましくなっているわけですよね。ということは、家がなくなったほうがいいとは思っていない。あったほうがいいと思うわけですよね。にもかかわらず、なぜそんなことを疑わなければいかんのだろうかということだな、俺が言いたいのは。

阿部❖だから家じゃなくてもね、血縁というものはあるわけでしょう、これは永久に。

後藤❖あるにもかかわらず、そういうものがなぜあるのかないのかも疑わしくなっているということですよ。ということはね、一緒に住めなければ住めないということだな。

阿部❖住めなければ住めないでね、また別の問題が……。

後藤❖住めなくても、それは血縁は血縁かもしらん。けれども、僕はやっぱり家族は一緒に住んでおるものだと、こう思うわけだな。と言うのは、僕なんかは、私的なことを言えば、ひいじいさんから一緒にずーっと大家族でいたわけです。それは別にめずらしいことでもなんでもなかった。ところが突如、団地というところへ置き去りにされてみるとね、はっきり言ってそう嬉しくはないよね、少なくとも。しかし嬉しくはないけれど、これを嘆き悲しんだところでなんになろうっていう気もあるわけだね。みなさんそうじゃなかろうかと。俺だけが嘆き悲しむべきことじゃなくてね。

　そうすると僕が言う全体というものは、僕以外の人間というものも考えなければいけないような形になって出てくるわけね。つまり、少なくともなんか自分のことを考えていると、やっぱりそれは、なんかこう普遍的なものも考えざるを得ないような形、状態に置かれているという現場ですね、早く言えば、現場、現実というものから人間を考察していかなきゃいかん、僕の場合はそういうはじまりがあるわけですね。そのスタートにおいて、それだけのもう、なんというのかな、曲り角があるわけですね。

阿部❖いや、あんまり考察しているひまなんかないわけでね。つまり、志賀直哉が周りを書かないですんだ、その分だけね、僕らは周りを書くのに一生懸命っていうこともありますけどね。だけれどもそういう社会学的な条件がいろいろ具合悪くそろっているからといってね、やわな文章を書いていいっていうことにはぜんぜんならないんでね。

古井❖さっき阿部昭がね、後藤明生とか僕が言いそうなことを、本来言うべきことを言ったというのはおもしろいことだと思うんです。つまり志賀直哉と違って、われわれはいろいろ説明しなければならないとか、親父に読まれるのは想定していないとか。

それでわれわれが言うべきことを言ってくれたお礼と言ってはへんですが、前にこのメンバーでやった座談会で「美しい散文」というのがありましたね。坂上弘が散文は美しくなけりゃやりきれない、阿部昭がその後で「群像」のエッセイで、書き手の利己心、利害心というものは、散文には働いている。これは坂上弘の言葉の否定でなくて、当然、補足だと思うんです。つまり美しいということが、審美的じゃなくて、ある場に置かれた、ある人間の態度のとり方のもたらす一種のいさぎよさを美しさというんだっていうふうにとったんだけど、それで美しい散文、美しい文章という言葉を持ってきた場合に、志賀直哉を美しいとした場合に、坂上弘とか阿部昭の文章は、どういうふうになるか。

坂上❖別に自分で語ってもしようがないよ、それは。

古井❖語ってもしようがないんだけれど、つまり志賀直哉との距離の問題なんだ。われわれ文章を書いているときに、審美的に取捨選択していくわけじゃないけれど、ある種のモラルからくる審美というのはあるわけでしょう。

後藤❖つらぬくということだな。

古井❖そのモラルからくる美観、つまり阿部昭の場合にも坂上弘の場合にも、それによって取捨選択していって、簡潔な文章を作っている。その文章と志賀直哉の距離というようなものを、もう少し美醜の問題から話してもらいたい。

坂上❖だからその美醜というのは、古井さんが言ったように、別に美しいという審美的なこと……。

古井❖審美的なことじゃなくて、志賀直哉のいき方との距離のこと……。

坂上❖志賀直哉が美しいというのは、非常にむずかしい問題ですね。これは別に必ずしも……。

古井❖かりに美しいと言った場合。ああいう実体をね、美しいという言葉で形容した場合……。

坂上❖志賀直哉の文章を読んでファンになって、ここがいいんだと出すような、この描写がすごいんだって出すようなところはね、僕はわかんないよ、先天的には。美しいかどうかということとは。

それね、先天的に美しいと思ったら、完全に少年時代からファンになっていた。志賀直哉の別の部分を好きになっていたよ。なんかこう断簡零墨《だんかんれいぼく》じゃないけれども、やっぱり切り取ったものまで、好きになるとかさ。そういうなんかだらしないファンにはなっていたと思うよね。僕はいまだに、ここがいい、この描写が、と言われて出されること自体はね、それだけじゃわかんないんだ。

後藤❖だからやっぱり志賀直哉が考えていた世界の構造というものが問題だと思うんだよね。これは小説を書くということの基本的なことでもあるんだけど、つまり何が人間であるかということを、彼は言っているのかということですよ。つまり人間とはこういうものだ、つまり世界とはこういうものだ。つまり世間とはこういうものだという、その構造が問題だと思うんです。

ここでいう構造というものは、フィクションということにもなるわけですね。つまり、何を言うかということでしょう。小説のその構造というものはね。だからこれを通じて、彼が言う断簡零墨が尊いんじゃない。まったくそのとおりであってね、断簡零墨を尊ぶべきじゃないですよね。その構造を尊ぶべきですよ。何を言おうとしているのか、人間とはこうだ、俺はこういう人間だ、ということを言うための構造が、志賀直哉の場合には、どういう形になっているかということだと思うな、僕は。それはほんと言えば僕もちょっと調べてみたい。だから僕は、断簡零墨はほんとうは問題ないと思うんだな。あの志賀直哉の文章は、しつこいよ。

阿部❖だけど後藤がいま言ったね、そういう読み方で読むと、ほんとうになんにも書いてないということになるかもわからないね。

後藤❖いや、あるんじゃないのかな。あれはかなりやっぱりね、人間はこういうものだというようなことは、彼なりに述べてるんじゃないかね。

阿部❖しかしドストエフスキーを読むようには……。

後藤❖いやでもね、志賀さんというのはいままでは結局、潔癖、潔癖ということでね、潔癖があたかもその人間の生きる道であるかのごとく、教科書的に言われすぎたところがあると思うんだよ。その潔癖というやつを、僕は疑いたい。と同時に、それはなぜであろうかと思うと、僕自身がもう潔癖に生きられないよ。つまり僕も、自分では潔癖だと思いたいよ。誰だってそう思いたいと思うんだ。

しかし思いたいという自分を、もう完全に拒否してくる相対的な世界があるということね。まったく僕が信じている価値というものを、まったく無価値というふうに置き換えてくるあるものを、やっぱり考えずには生きていられないということだな。それは僕の弱さかもしれないけれども、しかし弱さなしにはもう生きられないということは、また考えなきゃいけないわけだな。志賀さんの場合は弱さというものを、彼は考え、かつ克服したんだろうと思う。克服できたような形になっているわけだ、あの文学は。ところがほんとうに克服できないほどの他者というものをどうするか、ということですよ。

黒井❖だからね、僕はさっき阿部さんが言ったことに、かなり同意するんですがね。つまり状況論がいっぱいあるわけで、状況論は状況論として、前提として必要だけれども、その前提から出発して、だからどうすりゃいいかというところの、一つの主体性論みたいなやつが出てこないと、状況そのものの把握というのも、ほんとうはできないことになるだろうと思うわけですよ。

そういう意味で言えば、僕は状況論として、たとえば、家がなくなったというふうなことは、当然なくなったっていうか、もう家意識みたいなものが、どんどん希薄化しているというのが、まず事実としてあるだろうと思う。と同時に、そういうものがなくなりつつある現実のなかで、なくなってしまったから仕方がないというふうにして、むしろそこに積極的な意味を認めるとか、またはなくなったものについて、挽歌を歌いあげるとか、そこからさきはいろんな立場なり、いろんな考え方というものが出てくるでしょう。僕はやっぱりそういう状況を前提とした上で、さっきの坂上さんが言ったこととつなげて言えば、いかにしてコミュニケーションというのか、そういうものは可能なのか、それこそ夢、幻でもいいからかいま見たいというふうな気持が非常にあるわけですね。その夢、幻でもいいからかいま見たいという、そこのところで出てくる言葉というやつが、そんなにもう安定したり完成したり完結したりしている言葉ではあり得ないんじゃないかという気持が強いわけですよ。

それで、さっきちょっと出たけれども、たとえば志賀直哉が志賀直哉の文体を作りあげたときに、志賀直哉のいわば文体創造上の戦いというふうなものの、その前にあったのが文語調的な書き言葉であって、つまり彼は、書き言葉としてのある新しさみたいなやつというのを作ったわけですね。そうだとしたら、その書き言葉としての言葉が、幸せであり得た時期というのは、なんと短いんだろうという感じがする。その時に志賀直哉がどういうふうに現実と向かいあって、そこからどうやって、言葉を生み出してこようとしたかという戦いの過程というふうなものは、いまよくわからないけれども、たとえばそれは一種それまでになかった言葉を、どうやって作り出していくかという過程だったんじゃないかと思うんですよ。

僕は先日、ある大学の記念祭に話をしにいって、小説とはいったいなんだというふうな話をして、そのあとで懇談会をやったんですよ。それでいろいろと言ってたら、それは学園紛争があったし、いまもまだガタガタし続けている大学だけれども、一人の学生がいてね、小説を書きたいと思っていると言うんですね。それでたまたま、その学園紛争のことを書いた同人誌の小説がある文芸誌に載っていたんだそうですよ。僕、それを読んでいないからくわしく知らないけれども。そしたらね、その小説が、学園をなんとかの嵐に巻き込んだ紛争は、とかなんとかいうふうな言葉で書いてあると。それで、あんな言葉で書けるんなら、学園紛争というふうなものはなんでもないと言うんですね。そしてそうではない言葉で書こうと思うと、俺には言葉がないと。出てこないと。いったいどうすればいいんだろう、というふうなことを言ったわけですよ。それが僕にとっては非常に、なんというんだろう、一種感動的だったわけです。

言葉があるから書いているというふうなところから小説というものは本来やっぱり生まれるべきではないだろう、もう言葉がないみたいなところから、いったいどうやって言葉を生み出すかということが、おそらく書くということの意味なんだろうというふうに、僕は思うわけですよ。

ただそのときにちょっと気になったんで、表現したいものが自分のなかにある、それを表現する言葉がない、と言っているんだけれども、言葉でないもので、それじゃ表現すれば表現し得るのか、と聞いたんです。たとえば音楽でもいいし、絵画でもいいし、なんでもいい。そしたら、いやそれは言葉でなければ絶対にだめなんだと、彼は言うわけです。つまり言葉として書く形ででなければ表現できないものがあるということはわかっていて、しかもそれを表現する言葉が自分のなかにない。いまない。そういう一つのまさに、それは状況というものだと思うんですけどね、そういうところに彼がいるわけです。一人の学生がいるわけですね。それで僕は学園紛争というものは、やっぱり現代の日本の非常に象徴的な突出部だと思うんですけれども、良くも悪くも。なんかそこのところで、そういう現実というやつを前にして、俺には言葉がないと言っている学生のなかに渦巻いているものというのが、やっぱり現代における言葉の出てくる場所だという感じがするんですよ。

それでもしも志賀直哉の言葉っていうのが、後藤流にいえば、時代にかかわることによって時代を超えるというふうな形であり得るとすれば、それじゃそういう言葉がないところから、どうやって言葉を俺達は作り出していけばいいんだろうかと。つむぎ出していけばいいのかということになってきて、だから、そこにある言葉というのは、非常に絶対的な言葉というのではなくて、かなりあやふやな、一種相対的な言葉である。それでそういうところで、僕達は生きているし、なんかやっていかなければいけないと思うんですね。

それで、そこのところでもう一つ小説の問題として出てくるのは、にもかかわらず、なぜ小説でなければいけないか、ということね。つまりもしも映画で表現できるならば映画を作ればいいわけだし、歌を歌えば自己表現できるんなら、歌を歌えばいいわけだが、映画を作ってもだめ、歌を歌ってもだめ、なぜそれじゃ小説を書かなければいけないのか。小説を書くという形でしか表現できないものっていうのはなんなのかというところに、やっぱり言葉の問題と、それから小説という一つのジャンルの問題というのかな、かかわり目みたいなやつがあると思うんですけどね。

阿部❖僕はね、それは非常に簡単なことであって、文章を書きたいからだと思うんですよ。つまり、何かを言いたいから、自己表現の一つとしてたまたま文章を書きたいからだと思う。というようなことじゃなくてね、文章を書きたいからだと思う。

それが文学の読み方にもつながってくるんで、その意味でも、僕は首尾一貫して、状況論に異をたてているわけだけれど、後藤風に読めば、つまりそこに何が書いてあるかという格好で読めば、なんにも書いてないということにもなるわけだ。つまり何を言おうとしているのかという読み方では、ぜんぜんだめな文学っていうものもあるわけです。

そういう非常に現代式の読み方で志賀直哉を読むと、自分の言葉で、自分の頭のなかで、いろんなものをいっぱいいくっつけて、補足して読まないと、読めないっていうふうなことにもなる。だけれども、それをはたして志賀直哉自身は、そういう読者を望んだろうかというと、これもまた疑問であって……。

後藤❖だけど僕はね、阿部が状況論に反対論者であるということは、もうわかっているわけだね。これはもう自明の事実なんだけれど、僕が状況にかかわっているということも、またこれはね、一つの誤解なわけですね。

阿部❖いや誤解というかね……。

後藤❖じゃなくてね、俺が言いたいのは、そういう弁明じゃなくて、つまり散文というものは、やっぱり他人を否定しなきゃ出てこないということだよ、さっきから言っていることはね。

つまり、なぜ小説を書くかということをつき詰めていけば、他人の書いたものはみんな気にくわんということを言わないと、小説は出てこないんだね。気にくわんということと気にくうということは、またこれは両方あるわけだな。

阿部❖いやその前に、やっぱり文章を書きたいんだよ。

後藤❖だからね、それは「新古今」の序文に書いてあるとおりであってね、生きとし生けるものというものはあるわけだよな。あるけれどもね、あるし、そうすると「パンのみに生きるにあらず」ということもあるわね。それは当り前のことだけれどもね。やっぱり他人に因縁をつけるということがないと、小説は成り立たんと思うね。

これは僕の我流の小説論かもしれないけど、近代小説というものは、誰かに因縁をつけているんだと思うんだな。だから僕がさっき言った、志賀直哉においてすら、誰かに因縁をつけた。否定のモーメントと、きれいな言葉で言えばそういうことになるんだけれども、誰かを否定したに違いないということですね。その否定のモーメントの強さが、あの肯定の強さになっているんだと思うな。誰かを否定しなければ、小説なんか絶対あり得ないよ。これは私的な小説論だけども。

だから阿部は阿部なりに否定しているわけだよね。それを違うものとの対置物として言うと、またちょっと違ってくるんであってね、結局、根源的にあなたがいま言った、文章を書きたいんだという一つの発意だな。発意というかな、いま風に言えば、衝動というかな、発意というか発憤だな。つまり、司馬遷流に言えば発憤、憤りを発するというやつだな。なにかにおいて憤りを発しなければ、散文はあり得ない。

それは生き方においてはいろいろと、その発憤を表現する方法はあるね。それは政治であり経済であるでしょう。しかし文学においては、発憤というものはやっぱり文章しかないわけですね。

坂上❖黒井さんの、その〝愛すべき彼〟の話でね、一見、それは非常に小説を書くという悩みと、おんなじようだけれどもちょっと違うのは、書きたいことがあるということと、書く自分がいるということの距離みたいなものは、ぜんぜん違うね。だからその人がほんとうに書きたいものがあっても、それはいま書く必要はなんらないもんだよね。その人が言葉というものを、自分で持ったり、既成の言葉をこわしたりして、それからでも書きたいものっていうのはなくならないわけだからさ、やっぱり書く自分というものができてくれば、その〝愛すべき彼〟は書けるわけだよね。

黒井❖つまり自分が日々生活している場所があるわけでしょう。そういう現実があるわけでしょう。そうすると、そういうものと無関係に書くことはないわけで、つまり日々そのなかで、もみくちゃになって暮らしていくわけでしょう。そうすると、そのなかで、自分のなかに書きたいことというものがあって、しかもそれは、現在の自分の生活との関係のなかから生まれてくるわけでしょう。

坂上❖でもなくならないよ、いつまでたっても、ほんとに書きたいものは。

黒井❖それはそうだけれども、二十何歳かの彼がね、いま二十何歳なら二十何歳という歳で書きたがっている形で出てくるものというのは、あるいは彼がいま、むりやりにでも言葉にしなければ、もう決して出て来ないものかもしれない。

坂上❖それは小説であるかないかわからないよ、しかし。

黒井❖小説であるかないかわからないけれども、もし彼が小説を書きたいと思っている、つまり小説を書くという形で自分を表現したい、探索したい、と思っているのであれば、それはある時間を経て、それで人間的にも世間的にも成長したりなんかして、そのとき自分が書けた形で、あるものを書くというふうになってては、二十何歳かの彼が欲しいと思ったものとは違ってしまうだろう。あるいはまた自制もなにもいき届かないかもしれないけれども、ある一つのたいへんにホットな現場の報告みたいな格好で、いま非常に未完成なものを書いてしまうということもあり得るけれどもね。

坂上❖二回書けばいいんじゃないの、そしたら。二回でも三回でも。

黒井❖どうすりゃいいかということで言えば、おそらくそういうことでしかないでしょう。ないでしょうけども、このときになんか彼のなかにある言葉のイメージみたいなものというのは、つまり求めて得られない言葉のイメージみたいなものというのがあるでしょう。

坂上❖それはたしかにその人の場合は、既成の言葉ではもの足りないというかな、自分の言葉じゃないということははっきりしていると思うね。だからそれは、既成の言葉というのをこわすエネルギーがその人にあれば、やっぱりその人なりに書けるんだよね。既成の言葉では書けないということが即書けないことかと言うと、それは違うよね。

黒井❖いや、既成の言葉ではどう書いても、言葉のあいだからズルズル落っこっちゃう部分があるでしょう。

坂上❖だからそれは、既成の言葉をまずこわしていけば、案外出てくると。

黒井❖ただね、そういう個的な営みとさ、それから、そいつをおおってね、しかも、それをもう一つ越えていく大きな波というものがあるんじゃないかと……。

坂上❖あるっていうことはどういうことだろう。

黒井❖いやあるっていうのは、なんというのかな……。

坂上❖文学的に言えば、それはないということだよね。だって文学の場合だったら、やっぱり「私」ということを、こう作っていくわけだから。

（一九七一年十一月十日）

小説の現在と未来

×阿部昭×小島信夫

小島信夫―こじま・のぶお

小説家。一九一五年、岐阜県出身。旧制岐阜中学校、第一高等学校を経て、四一年に東京帝国大学文学部英文学科卒業。四二年より中国東北部で従軍。四六年に復員し、千葉県や東京都の高校教師を経て、五四年から明治大学工学部に助教授・教授として八五年の定年まで勤務。五五年に「アメリカン・スクール」で芥川賞、六六年に『抱擁家族』で谷崎潤一郎賞、八二年に『別れる理由』で日本芸術院賞と野間文芸賞を受賞。二〇〇六年、逝去。

阿部昭―あべ・あきら

略歴は8ページを参照

初出―「文藝」一九七二年九月号

全体に滑らかな現在

編集部❖今日は「小説の現在と未来」ということでお話しいただきたいのですが、先日、ソウル・ベロー氏が来日されて現代小説のおかれている困難な状況について語られた。その座談会（「小説はどこへ行くか」――「群像」一九七二年七月号）に小島さんも同席され同感されたふしも多かったのではないかと思います。また一方たまたま丸谷才一氏が『たった一人の反乱』という話題作を出されまして、この作品をめぐって「文藝」の（一九七二年）八月号で山崎正和氏と対談をしていただきましたが、やはり現代における小説の問題が提出されています。

それらのことと今日の座談会が直結するかどうかわかりませんが、今日は三人の小説家にお集りいただきまして、現代における小説が直面している諸問題についてお話しいただきたいと思います。実作者の方は小説についての考え方は作品で出されるのが本筋で、こういう形ではお話しにくいこともあるかと存じますが、もうひとつ、この問題を煮つめたいという編集部の意図をお汲みとりいただき、活潑なご発言をお願いしたいと存じます。

最初に小島さんから、いま小説はどういう状態にあるかということを概括的にお話しいただきたいのですが……。

小島❖私は最近出ている小説を読んでいないんですよね。ただある時期に文芸時評をやったりしたから、いろいろな人のを読んだ時期はあるのですけれどもね。そういうことから推して見当はつけているんですけれども、現在といっても、この二、三年はちょっと違うような気もしますね、以前と比べると。

違うということはどういうことかというと、たとえば世界情勢のなかの日本ですね。まだ数年前というか、去年あたりまでだと、ベトナムのことひとつにしても、ベトナムのことを口にすると、ある人は意気が上がったわけですね。意気が上がらない人も、あいつは意気が高揚していると思ったことがあるわけですね。それからいろいろな造反みたいなものがあるとすると、造反をしたいというようなグループの人たちは、それで意気が上がるし、見ている人も、造反されるほうの側の人も、高みの見物をしている人も、みんなその問題にかかずらわって、なにか一家言を持ったりして、かかわりあいをなにか持てたという程度のことはあったわけですね。

ところがいまでは、たとえば中国問題にしましても、やれもっと中国を大事にしなければいけないとかいうようなことをいい、或いは台湾の問題と結びつけてどうのこうのいってみたりする人が一方にいる。ところがご承知のように、ニクソンがああいうふうにして、日本の頭を飛び越えて中国と手を握ったりする。その後の情勢を見ていると、いかにもすべてが駆引きであって、いったいどういうふうにものを考えたら、いろいろな世界の動きなり、人間というものの理解が行き届くのか、いろいろな点で、最小限度、軽蔑しながらでも持っていたなにか、或いはかかずらわっていたことさえも、すべてメカニズムのなかにまた放り込まれてしまったような、そういう感じがありますね。

はじめからそういうものに関心を持たない人、永遠の人生そのものを問題にしている人、或いは現代の風潮のなかでいろいろなものを見つめて考えたりする、そういうタイプでない人はいいんですけれども、多少かかずらわった人のなかには、やっぱり数年前とは違った、ある状況が訪れてきているんじゃないかと思うんですよ。

そうじゃないかもしれませんよ。僕は自分が学校（明治大学）にいるものですからね、学校にいると一種の無風状態というのが起きてきていますよね。たしかにああいう造反的なことがあると、学校のようなところでも、いちおうは構えを整えて、いい方向に向けようとしていますよね。そうして文句をいうことはないだろうというところまでもっていこうという姿勢を見せて、いろいろな歩み寄りもできたりするような段階に入っているわけですね。

それだからといって、なにかもの足りないわけです。それ以前から問題にしていた問題というのは根本的には、なにもそういうことで解決する問題ではなかったというふうに思っているところもあるわけでしょうね。だから一種の欲求不満というのか、沈滞したような感じというのか、なにか知らないけれども、以前とは違う状況というものがあるような気がするのですが。

それと関係があるのかないのかぜんぜんわかりませんけれども、ただ全体になにか滑らかになっちゃったような感じは、情勢的にはします。小説そのものも目鼻立ちがちょっとつけにくくなっているということも、なきにしもあらずで、いまの情勢となにかつながりのあるようなものを感じられるような気がしないでもないんです。まあそんなことに作家はかかずらわる必要はないんですけれども、なんとなく多少はそういう情勢とかかわりあいがあるかもしれないような気もするんですけれどもね。

そういうようなことは、なにも文学の動きには関係ないし、なんでもないということかもしれないし、或いはあるかどうかわかりません。いずれにしましても、ただいまいったような情勢から入って、仕事のほうへ、なにか話が移行できればいいと思うのです。どうでしょうかね、そこから皆さんに話をしていただいたら。

編集部❖もう少し文学作品にひきつけたところまでお話しいただければと存じますが……。たとえば阿部さん、後藤さんの作品に即して。

小島❖ある年輩の方たちは、ちょっと小休止というところですね。そうして中堅の人たちが、非常に仕事もしなければならないし、仕事をする機会も与えられているわけですね。そうして、その人たちは、もう何年も仕事をしてこられたわけですが、その仕事の内容は、やっぱり全体に共通点はありますね。

これは非常に大ざっぱに見ているからいえるので、なかへ入ったら個々の違いのほうが濃厚になってしまって僕のいうようなことは意味がなくなるかもしれないけれども。

たとえば阿部君のを見ていましても、いろいろ阿部君らしい小説は、いちおう書き終えたといってはなんだけれども、あるところまで仕事を見せたという感じがしますね。それは阿部君に限っていいますと、やはり阿部君のような年齢の三十代の終りの人たちは、それ以前の戦前とか戦後のいろいろな生活というもののなかで育ってきて、小説を書いた経歴としても、そう短くはないと思うのですね。これは後藤君の場合もそうですけれども。そうしてそのなかで一人の作家の個人の生活と、眠っているいろいろな世の中の問題とかそういうものと焦点を合わせながら、ある結論を出した小説を書いてこられたんだと思うんですね。それは業績を上げて、それ以前の作家たちは書かなかったような、ある小説世界を書いてきたと思うのですね。

ところが僕はそこで一段落という気がするんですよ。それは誰でもいっていることで、いちばんご本人がそういうことはわかっていると思う。その一段落というのが、阿部君自身の問題の一段落もあるし、日本の情勢とも関係あっての一段落ということもいえるかもしれない。

それから後藤君にしても、やっぱりそういうことがいえると思うのです。阿部君とは作風も違うし一様にはいえないけれど、とにかく自分を中心にして世界を示そうという態度があると思うんですね。そういう考え方というものは新味だと思うのです。それは阿部君にもあるんです。そういう世界を示そうという示し方が、うまく示されそうなときと、ちょっと狂いが起きてくるときがあると思うんですね。

その狂いというものは、僕は自分で経験したから、あまり自分にくっつけた問題として意識しているかもしれないけれども、それはどういうふうにうまくくっつくかというと、自分の個人の生活経験と、それから世のなかの情勢と見合って、いちおう……作家というものはそういうものだけれども、とくにいまの中堅の人たちには、そういう傾向があるんだけれども、そこに新しさもあるんだけれども、ある世界をうまく作ってきたわけですね。そうして自分の書く小説世界というものは、作者の生活とかなり近いことを書いているんだけれども、しかし実際はこれをもとにして、そうとう大きな世界のことを、結局は言おうとしているんだという構えがあると思うんですね。

ところがそのためには、そこに或る幸福な結婚がいるわけですよ。それが必ずしも、はじめから阿部君にしても後藤君にしても、うまく幸福な状態であったとはいえない。しかしやがて、そういうものを見つけてきた時期があると思うのですね。見つけてきて、そうして自分の形をなし、いちばんそれがうまくいったときに、うまい具合にこういう作家がいたんだ、というふうにして認められたと思うんですね。どの人の場合もそういうふうにプロセスをたどるんだけれども、ただそのあとが難しいんですよね。そこのところがうまくいえないんだけれども。この世界というやつは、喋ってこういう世界を説明したって出てくるものじゃないですね。

大なり小なりいまの小説というのは、そこに主人公というものがいて、主人公の視点を通しながら世界を展開していくというのが、だいたい普通のやり方ですね。それは新しさだと思うんですよ。つまり、どの人間にもあることを一人の視点にしぼって、そこでもってその視点から見られるところを、或いはその視点との出会いのところを、書いていくという形をとるわけですね、いちおうはね。とりながら実はもっといろいろな世界を示そうとするわけですね。

ただそのときに出てくる中心の人間と、まわりの人が出てくるわけだから、木や動物だけじゃないですからね。そうすると、そのかかわりあいの仕方ですね。或いは出てきた人間同士のかかわりあい方でもいいけれども、そのかかわりあい方でもって、結局、端的にいえば、世界ができてくるわけですね。そのかかわりあい方が、いまから数年前と最近とでは、多少の違いが要求されてきているのではないかと思うのです。

それはしかし外面的なことというか、僕がそういうふうにいうだけであって、実際は作家というものは、ある種の作風の場合は、世に出てしまってからと出る前とでは、どうしても違いがあるんですよ。まったく違わない作風の作家もいますけれどもね。さっきの小説世界を作るときの、主人公とまわりの人間とのかかわりあい方の、そこの問題ですね。その問題が自分の小説というものが認められる以前の場合と以後とでは、同じふうにはいかないんじゃないかというふうに僕はなんとなく思うんですよ。

後藤❖僕はいまお話をお聞きして、僕自身の直面している問題の、すでに一つか二つくらいの問題が、小島さんのほうから出ていると思いました。ということは小島さんも、僕が直面している問題と、ある部分では共通の問題を持っていらっしゃるんではないかというふうに、考えていいんじゃないかと思うのです。

いちばんはじめにおっしゃったニクソンと中国の問題ですね、あれはやっぱり非常に重大な問題だと僕も思っているんです。それによって世界がどう変るかということは、僕らぜんぜんわからない。わからないところで僕らは小説を書いているわけですね。わかってしまったら小説にならないという前提みたいなものがたしかにありますね。それはわからないけれども、さっき小島さんがおっしゃった、まったく個人的な状態とか、あるいは個人的な生活というものを書きながら、なにか世界のようなものを示せなければいけないというふうに僕らは考えているわけです。これは小島さんのおっしゃったとおりなんです。

それでその世界観ですけれども、つまり個人というものを、どのくらい世界というものが無視できるかという意味で、世界という問題が僕個人の問題に、というよりも、僕個人を主体にした僕の小説にかかわりあいが出てくるんじゃないか。つまり世界の全体はどうも僕にはわからないが、わからないけれども、僕自身は世界自体を示そうとしているわけだから、早くいえば、暗中問答みたいなものを繰り返してなにか考えていくわけだけれども、それはつまり頭越えのああいう形でいくというのが、ひとつあるわけですね。なるほどさっき小島さんがおっしゃったように、世界はすべては取引だという考え方がひとつそこに出てくるわけですね。

小島❖そこでひとついうと、あなたの場合には、ニクソンのその問題というようなことは、あらかじめ小説のなかに取り込んであるわけですね。取り込んであるんだけれども、取り込んでいない人がたくさんいないと、あなたの小説が映えないんですよ。世の中には、まったくあなたの思っていることと同じ人ばかりいたんでは困るわけですよ。

そういう意味で、なんとなく意気高揚しないということも起こってくるといったわけです。高揚しなくてもいいんですよ。本質的な問題じゃないんですから。そこをちょっとつけ加えておきます。

後藤❖僕はいま僕自身の問題として、小島さんのおっしゃった言葉を、僕になぞらえてというか、引きつけてというか、そういう形で考えているんですが、いまいったニクソンのあれがありますね。これも世界だと思います。それともうひとつは反対に戦争というのがあります。仲が悪いということが、ひとつの世界の構造の重要な問題になるわけですね。あいつとあいつは仲が悪いということ自体が、非常に根元的な問題なわけですね。

つまりイギリスとフランスは昔よく戦争したというけれども、それは普通、童話なんかで読んだ場合には、イギリスとフランスは昔から仲が悪かった、とこういうわけですね。そうすると、それは実に単純化しているようだけれども、仲が悪いという間柄が人間同士の問題としてたしかにあるということですね。

ところが今度は頭越えでいくと、仲が悪いということもひとつの基本的な形だけれども、仲が悪いとかそういうものを越えた、なんでも取引というような形も、ひとつあるらしいということが、もうひとつ構造のなかに含まれてくるわけですね。そういったことがあるんで、それを僕らの場合には私生活みたいな、小さな部分的な生活みたいなものに材料を取りながら、そういった暗中問答式に、世界というわけのわからない正体不明みたいなものを考えようとしているのが、僕なら僕の小説といえるかもしれません。

そこで、僕の場合でいうと、個人というものはいまいったような世界、或いは全体、状況なら状況というもののなかで、どの程度までいったい全体なら全体いったい無視され得るのかなと、この状態はどこまでどうなるんだろうかという気持は、小説を書く上で非常に強いですね。日本の場合、戦争というものがあって、たしかに個人は無視されたわけですね。ところがそれが戦後の民主主義というので、一回復活したような格好になって、むしろ戦争がかえって個人を復活させたんじゃないかというような、プラス面の形にとられたような形も一方にはあったんじゃないですかね。

小島❖まあそうですね。

後藤❖戦争ほど個人を無視したものはなかったんじゃないかというのは、いわば当たり前のことですが、いまはまた、戦争が一旦終って二十七年経ったところで、個人がどこまで無視され得るかが問題になっているわけですね。

小島❖たしかにあなたは、そういえばそういうことを書いているわけですね。ただ小説世界というものは困ったことに、そういうふうにどこまで無視され得るかどうのこうのというのは、いまや常識ですよね、そういう考え方は。人間というものは仲が悪いものだという、だから仲よくする……そういう考え方と、どこまで個人が無視され得るかということと違うんですよ、考え方が。

つまり、あなたのは文学的ですよ、ある意味ではね。国と国とが仲が悪いとかいうのは、国と国とだから、普通、人間とは違うような、おかしいような気がするけれども、実際は人間が仲が悪いというようなことは、昔からよく思っていることです。手を握ることも昔からよくみんな知っている。ところが政治というのはそこから成り立っているわけです。ところがどこまで個人が無視され得るかという発想は、わりあい最近なんですよ。

後藤❖そうです。

小島❖それが文学の主題になってきているわけです。そこでその主題がいまや平凡になってきたわけだ。平凡であったって、依然としてそれはいうべきことなんです。だからどこまで個人が無視され得るかということは、それはベローさんなんかもそういうことをいっていましたよ、個人というのはどうのこうのとね。それはそのとおりなんだけれども、非常に大事にしなければいけない言葉なんですよね。

僕はベローさんのあのときも、ちょっとそう思ったんですけれどもね。それが無視されているという生々しい実感の場合と、それがひとつの日課のようになってくる場合と違うわけですよ。

僕は後藤君のさっきいったことは、ある意味では日課のように、作家のなかに、あなた方、年輩の人も、ある種の人達も、ルーティンとしてものを考えるときに、すぐそういうふうに考えるわけですよ。そういう考え方がだいたいあるというのが、共通点のひとつだと思う。阿部君はどうか知りませんよ。そういうことがかなりあると思うのです。それは世界的な作家のものの感じ方であるかもしれない。

阿部❖小島さんの最初の話を聞いていて、非常に的確に、目下の僕あたりの困惑状態をいい当てられたような気がしたのですけれども、まあひと口にいって、なんとなく張合いのない状態というところへきているといると思うんですね。

自分の実感としていちばんはっきりしているのは、二、三年前と比べると、とにかくなんだか知らないけれども、非常に張合いがない。それを小島さんは、非常に平らになってしまったというふうにいわれたけれども、そこで僕がいまやっていることというのは、ひとまず、そういう非常にわからなくなった状況から、ちょっと目をそらせて、なんとかこの場を切り抜けようというふうな心境でいるわけです。ですから、いまやっていることは、僕はこれだという手応えはないわけですね。あるというよりも、ないといったほうがいいと思うのです。しかし、なにかこう頑張らないと、面白くなってこないということですね。

それで自分が書くものについては、そういう非常に張合いのない状態で、もっと悪いことには、人のものを読んでも興奮しない状態なわけです。なぜか知らないですけれども。なにかそういう非常に悪い状態にはまり込んでいることはたしかですね。

後藤❖人のものというのは、オレのものかな。そういう意味じゃないのかな(笑)。

阿部❖一般的な話ですね(笑)、なにか元気がないということですね、ひと口でいうと。なぜこんなに元気がないんだろうという、非常に不思議に思うんですけれども、やはり先ほどの小島さんのお話にあった、なんだか平らにひらべったくなっているという感じがしているんだろうと思うのですけれどもね。

敵・憤り・こだわり

小島❖僕は情勢をさっきいいましたけれども、あの情勢ということと必ずしも関係なく、阿部君は率直なことを言われたけれども、僕自身もある時期からそういうことを思ったときがあるし、まわりを見てもそういうふうな気配を感じたことがあるので、それはこの数年だけじゃなくてね。ある時期からそういうことを思ったことがあるんですけれども、これもいいふるされた言葉になっちゃったけれども、やっぱり敵がいないということですよね。

敵はいるというと、どこにでもいるんですよ。いるんだけれども、そうどこにでも、自分のなかにもいる、あっちにもいる、という敵では具合悪いんですよ。ある程度はさまになっている敵じゃないと具合が悪い。そういう敵の正体というものがわかってはいるんだけれども、わかったからといって興奮しないんですね。敵がいないから興奮しないんじゃなくて、敵はいるんだけれども、その敵のあり方とか、敵と自分とのかかわり方がなにか興奮させないという、そういうことは僕にもわからないではないんですよ。

敵というのを今度は裏返しにいってもいいかもしれないいんですよ。敵じゃなくてもっと本質的にこだわりを自分が持ちたいもの、作家のこだわりというやつは、頭ではいくらでもこだわれるんですよ。どういうこだわり方もあり得るんです、作家というものはね。名誉心というようなことがないこともないし、最低限度のこだわりはいつだってありますがね。そうじゃなくて作品化される内容とつながりのある、まあいい意味での、これをこれに集中していろいろなことをいってみよう、書いてみようというような意味のこだわりね。それは僕がいまいった敵ということとは、かなり関係がなくはないと思うのです。

その敵というやつが、これは僕の持論みたいになっちゃって繰り返すと、またあいつはああいうことをいったか、ということになるかもしれないけれどもね。だいたい戦後の小説の特徴は、いかにも現代小説らしいといって、これも必ず異論が出てくるもので、現代小説の内容についてもうひとついえますから……だけれども一般的になんとなく大ざっぱにいうと、戦後ずっと出てきた小説のだいたいの系統からいうと、敵を見つけて敵を撃破するという小説なんですよね。その撃破の仕方や敵の見つけ方は、いろいろ個人差があるけれどもね。

たとえば、後藤君のいうように、戦争に対する考え方なり、世界に対する考え方なりが、まあ後藤君特有のものがあったにしても、それから民主主義なら民主主義といっているものが、いかに正体はこうであるかというふうにいろいろ考え方があるにしても、そういうことを全部含めて、作家としての感受性を通して異を唱えるという、そうして本質をそこでつかもうということですね。異を唱えながら本質をいいたいと、そういう傾向というものは、だいたいずっとわりあいにあったと思うのです。そうでない人は、それの体質としてあったわけでね。実際は主流としては、そういう傾向があったと思うのです。そういうのにもいろいろ種類はありますけれどもね。今度は敵の見つけ方を、そうとう自分の内部まで含めて、外と内と両方含めて、広い範囲にまたがりながらやるようなタイプの人もありました。あるけれども、いずれにしても敵を発見し、それを撃破するという態度というものは、一貫してあったような気がするんですね。

その敵が次の時代の人の敵が少しずつ違ってきたと思うのです。違ってきながらやっぱり敵があったのに、その敵がしばらくすると、撃破する敵はあるにもかかわらず、意欲がなんとなくそがれるという状態が、徐々にずれながら時代とともに起こってきているわけですね。それはどういうときに起こるのか、非常に個人差があるんですけれども、僕は自分の作風からいって、そういうことをわりあいに思った時期もあるし、そういう目から、ついあとから出てきた人を見てしまうんで、むしろ窮屈にしてしまう考え方かもしれないけれどもね。

後藤❖敵というのは、小島さんの場合は、さっき持論とおっしゃいましたけれども、十年くらい前から敵が見つからないということはおっしゃっていますね。

小島❖十四、五年前からね。

後藤❖あれはつまり憤りというんですかね。私憤でもいいし、公憤でもいいんですけれども、そういったなにか腹が立つということですね。それは小島さんは前からおっしゃっていまして、結局、腹の立て方が、たとえば風刺ということが、もう要するにできないのだということも、ずいぶん前から小島さんおっしゃっているし、それはいまの話とずっとつながってくると思うのですけれども。

それといま阿部さんの話を聞いていて、それは実感だろうと思ったんですが、そういった阿部さんのいう、なんとなくつまらない、自分もつまらないし、人のものを読んでも、なんら興奮もできないというようなことは、話のタネでいえば、管理化社会なんていうことをいいますね。これはまあひとつの学術用語だと思うけれども、そういわれてみると、たしかにその実感もそれに当てはまるんじゃないですかね。

つまりその管理化という言葉を使うか使わないかは別として、また実感は別として、或いは感受性なら感受性は別として、なにか僕らの住んでいる世界というものはひとつなわけですね、どう考えるかは別として。なんかのっぺらぼうのひとつの世界にいて、そのなかでこの原因、結果をはっきりさせようとするのが学問であれば、僕らの場合は原因、結果をはっきりさせることに情熱を注ぐんじゃなくて、ただ置かれている状態はまったく同じなわけですから、それをなにか別のものでつかもうとするわけですね。そこに憤りというものがあればわりとはっきりするわけですね。

僕はいまひとついいたいのは時代の通念というものですね。この通念というものはあると見なすべきなのか、通念はもうないんだというふうに考えるべきなのか、このへんちょっと小島さんにお話を伺えればと思ったのです。

たとえば憤る場合、社会の通念というものがはっきりしていれば、通念というのは用語が曖昧ですけれども、たとえば宗教なら宗教というものがはっきりしている世界がありますね。信仰なら信仰というものがはっきりあって、モラルとかそういうものがあって、仏教でも儒教でもいいけれども、そういうものがあって、それが社会を支配している通念というものであった時代があるわけですね。

小島❖ただそういうものは残っていますよ、われわれのなかにね。いざ自分の子どもが生まれてきて、子どもに対してなにかしなければならないというときには、案外そういうものが動き出すかもしれない。それはわからないけれども……。

ただ憤るということ、風刺とかいったけれども、これも風刺というものは、もともと小説ではないというか、文学ではないという考え方がありますよね。これはもっと俗なものだという考え方、それはそれでいいんです。俗なものだと思ってしまえば、それでいいんですけれども、いかんせん風刺というものは一部分にしても、個人とまわりを取り巻く世界との関係を考えるときに、さっき後藤君がいったように、どこまで無視され得るかというときの姿勢は、それを見て、それに対して、やっぱり憤る姿勢がどこかにあるでしょう。そういう意味では、風刺までいかなくても、もっと根元的ななにか人間の生き方に対する問題が、ある感受性みたいなものがそこに働いているわけですね。

ところがそれは通念ということと考え合せると、ちょっと違うのは、たとえばわれわれの場合には、キリスト教も仏教も、ものを考えるときの感受性としてはあっても、道徳的な基準としては別にないですね。それから美的な感覚としては、いろいろな基準になるものはもっているかもしれないけれども、直接それが倫理に働いて、行動としてこっちを選ぶべきだということには照れくさいものがありますね。そういうものの通念から憤るということは、わりあいないわけなんですよ。われわれに残っているものからは憤らないんですよ。

もっとわれわれが解放されて、自由になったある時期からね……まあもっと、前は自由だったかもしれないけれどもね。いずれにしても、われわれとすれば戦後のことをついいいたくなるんだけれども、わりあいに、ある通念に対する反対をするという場合……。

後藤❖そうです。通念のほうに逆に……。

小島❖いろいろあるけれど、ずっと歴史的に埋没してしまっているような、過去からわれわれのカルチャーを支えてきたなにものかの、そういうものに対する反対じゃないんですよ。過去の文化、ものの考え方に対する反対でもないですね。

後藤❖通念といっていいかどうかわからないけれども、やっぱり生活とは密着していたんじゃないですかね。それでなければ生きられないみたいな、それに当てはめないとうまく生活ができないようなものではあったんだろうと思うんです。

小島❖そのようなものではあるんです。だからある程度の意欲は起こすけれども、しかし、その程度のものなら、それはうまく乗って向う側に行ってしまえば、むしろ居心地のいいところでもあると思うのです。そういう性質のものであって、自分の心を苛《さいな》んでくるような、そういう性質の根の深いものではない。ということはまことに消耗した話になっちゃうんだけれどもね。

後藤❖さっきの敵ということで、時代の通念をかりに敵と見なした場合、それがどうもはっきりしなくなっている、ということを、小島さんはおっしゃったんじゃないかと思うんですね。

小島❖そうです。敵がそういう性質の要素を持っているからね。

後藤❖形が薄れてきているということですね。だからたとえば（一九七二年）八月号の「新潮」で古典の特集をやっていて、僕は「雨月物語」をやったんですが、そのときに上田秋成のことを考えているうちに、時代の通念というものに彼は非常にさからって生きようとして、生きにくい生き方をやっているわけですね。その結果、結局なんでもない人間になっちゃっているわけですね。学者にもなれない、なりたくない。それから坊主にもならないと、戯作者にもならないというようなことで、ないないずくしでみんな消去法で消していって、最後はなんだかよくわからない形で、ああいう形になっているわけですね。ところが彼の場合は、まださからうべき通念というものは、ひとつ儒教とか仏教とかいうものがあったわけですね。

小島❖それはありますよ、江戸時代は。

後藤❖その点考えると、いまかりにさからうべきなにものかがはっきりしない、という時代になっているというわけですが、ところがほんとうはなにかあるのかもしれないわけですね、支配しているものは。

小島❖それは支配しているものはあるでしょうしね。さからう気持もあるわけですよ。さからうというのか、やっぱりわれわれは、いろいろと憤ったりすることはありますよ。瞬発的な憤りはありますよ。それから変な方向へ、四方、八方へ憤ってしまったり、今日はこっち、あしたはこっちというふうに、時間差によっていろいろかわったり、そういう意味ではいろいろ憤っていますよ、それは。これは底流としてずっと自分のなかで、はっきりひとつの考え方として、こういうふうに作品のなかで生きてくるというふうでないということはあるわけですよ。

阿部❖僕の場合、怒りというよりも、こだわるという言葉のほうが近いと思うんだけれども、こだわりがなくなれば小説なんて書けないです。

それで数年前に、ベトナムとか沖縄とかいうことがあったときに、ある人は意気が上がったということですけれどもね、僕はそういうことじゃ別段意気が上がらないほうなんで、しかしそれも数年前だって文学として意気が上がったということじゃなくて、なにか賑やかであったというくらいのものだろうと思うわけで、いま先輩の小島さんあたりは、十四、五年前から、そういうつまらない状態だということを伺って、僕はいまのこのつまらなさというものは、悪くもないと思っているんですよ。

小島❖そうですね。

阿部❖つまりこれだけつまらないというのは、これはかなりなことでね。そうなると、なんかほんとうのものにぶつかる前の状態なのかしら、と思うんですね。やっぱりほんとうの怒りが、これから出てくるんじゃないかという予感もありましてね。僕はだからあまり悪い状態でもないというふうに思うし、なにかいい仕事ができるような気もするんですがね。そう思いたいということもあるけれども。

現在における物語とは

編集部❖いま現代文学の困難な状況についてうかがったのですが、次に現代の小説にとってどんな要素がもっとも大切なものであると考えられるか、ということについてお話しいただければと思います。

たとえば、これは大切な要素ということになるかどうか分りませんが、ベロー氏が言っている物語の可能性といったようなこと、また丸谷・山崎両氏の対談では物語のパロディということを言われていますが、そんなことをからめて話していただければと思いますが……。

小島❖そのまえに「朝日ジャーナル」の最近号(一九七二年七月二十一日号)に「小説の運命」という題で、篠田一士《はじめ》君が書いているのです。このなかにいま言ったベローの話なんかも入れて、物語の問題を書いているんです。

これを要約しますと、ベローをはじめとしてアメリカの作家がいますね。この人達はひと口に言って、たしかに割合に物語というものは依然として小説のなかに入れていると、具体的に言うとベローさんはディケンズを実際に学校で読んでいるわけですよ、学生と。そういうものを読んだほうがいいと言っているわけです。そういう考え方なんですね。それで篠田君がここに書いているのは、たしかに、とくに最近作のベローさん達のを読むと、ほんとうにディケンズ張りの物語の運びがあるんです。驚くほどで、啞然とするぐらいだというんですよ。だけれどもよく読んでみると、全体は現実と非現実というふうな、要するに非現実を扱っているふうにも言えるし、言ってみると、ひとつひとつのエピソードの運びとかなんとかは、非常に物語的であるけれども、全体の印象としては、いわゆるディケンズの物語とは違うわけですね。そういうことをここで言っているのです。

それともうひとつ、ヌーボー・ロマンとかいろいろあるが、ここに広い意味でヨーロッパのほうの、もうひとつ、いわゆる物語でないと言われているほうの作家をあげています。そこにはカフカももちろん入っているし、いろいろなのが入っているのですよ。それから最近の反小説と言われている人も入っているわけですがね。そういうものはとてもとっつきが悪くて、普通の物語を読むつもりで読むと、物語という気がしないとこういうのです。それはどうしてかということは書いていますけれどもね。とにかく表向きは物語の形をとっているけれども、実際はまったく物語で扱ったものとは違う扱いが、なかにあるというんですね。

それからもうひとつは、ヌーボー・ロマンとかアンチ・ロマンというようなものも、これも下敷きは実際は非常に通俗的なほど、過去の小説の物語をふまえた上で、いろいろやっているんだと。これはまあ通俗かもしれないけれども、こういうふうに両方の世界の物語が入っているんだという小説も、そうじゃないという反小説と言われる小説も、どちらにも共通性があるということを言っているんですね。要約すればそういうことなんです。

これは日本の作家の場合も同じじゃないかと思うのです、一口に言えば。一人一人いろいろ差があって、まるで反対なやり方をしているにしても、やっぱりいまの人は、そのどちらかの要素を持っていると思うのですよ。

一般的に言うと、いわゆる十九世紀的な物語ですか、そういうふうにずっと書いて、運んでいって書くという小説は、僕はあまり多くないような気がします。それがいいとか悪いとかじゃなくて、一般に言ってそういうものが少ない気がするんです。

それで自分のことを言えということだから言うんだけれども、そういう意味では、僕はあまり決まっていないですよね。そこで物語のことを含めて言うと、決まっていないんですが、なにが大事かということになると、僕はほんとうを言うとそういうことは大事じゃないんですよ。物語とか表現方法とかいうことは大事じゃないんです。大事じゃなくて、僕は今日最初から、なんとなく口に出して言ってきたんだけれども、やっぱり人間をどう見るかということですね。自分は自分なりのものの見方というものはたしかにあって、それで最初、世間に多少出るときには、ある見方で書いたもので出てきたわけですけれども、その後やっぱりそういう見方はだんだんエッセイになってきましたね。初期のような見方をすると小説では生きないんですよ。エッセイだとそのまま生きるんです。

ですから、よく僕は、おまえはエッセイのほうが面白い、エッセイだと非常にはっきりしているじゃないか、とか言われますけれども、その程度では意味ないんです、僕にとってはね。エッセイは対象物をはっきり、読者と共通の対象物があって、それを述べたり、ある段階のところで述べればいいことだから、それでいいんですけれども、小説としてはその程度の姿勢で書いたのでは、小説というものではないというふうに思う時期がきましてね、といってはっきりとわかるわけじゃないんだけれども。つまりエッセイで扱ってもいいこと、エッセイで扱ってもいいようなことと言うと語弊があるけれども、なにかもっとほかのものがくっついていたわけですね。ただし、そこになにか小説になるような要素もいろいろあったんでしょうが、ある時期からは、その同じ姿勢でいくと、エッセイになっちゃうということですね、結果的に言うと。

いずれにしましても、君の書くエッセイはわかりいいが、どうして小説はわかりにくいのかとか、よく言われる。僕はそういうときには、はっきり言うんですよ。エッセイというものは、人間を扱っているわけじゃないんでね。人間についてある意見を扱っているんだから、これははっきりしている。人間そのものを扱えば、そんなに、そう簡単にはいかないんだというふうに言いますが。

後藤❖素材というものがある程度、共通性を持っているということですね、エッセイの場合は。選ばれているということですね。

小島❖それにしても普通のエッセイストの書くように僕は書くわけじゃありませんからね。やっぱり小説ふうに書くわけだから、疑問も起こると思うのですよ。

そういうことがあって……さっき後藤君が言った例をまた出させてもらって悪いけれど、後藤君はどのくらい自分が無視されているかと言ったですね。たとえばそういう言葉を出しましたが、無視ということを言ってしまうと極端になりますが、人間と人間の接触する仕方のなかの認めあい方ですね、認めるか認めないかということです、相手をお互いに。或いは自分をどこまで出すか、出さないかとか、そういうちょっと微妙なもの、実質というのか、その実質の把握の仕方というものが、僕は僕なりにやっぱり変化したと思うのですよ。その変化は徐々にみんなも変化していると思うのですが、しない人もあります。しなくていい人もありますしね。

その変化によっては、小説の形が変ってくるわけです。構成の持ち方というのか、物語の立て方というのか、いわゆる物語式にいくわけにいかないような、なんかそこに自ずから全体の小説の描き方、小説の形までも、自ずから変ってくる。形そのものはどうでもいいのです。じゃなくて、やっぱりどう自分は人間の存在を扱っているか、その人間のつながりをどういうふうに、自分で実際の生活に実感しているのに近いようにというか、或いは書いたものが生きているなと思えるようになるかということですね。それにふさわしいような形をとれればいいのですが、その形それ自体はむずかしいことなんですよ。むずかしいから、僕もそれは探っている状態なんです。

探っているとなると、ある程度の結論が出たときには、それにしたがっていわゆる物語風に展開できるかもしれないし、それが探る段階のときには、もう少し気楽な方法というのか、自分の書きたいものが邪魔されないような方法に近いような、そういう形をとっていこうという気持をもつけれども、そういうことは実際は、そうのんきに言っていられる問題ではなくて、ひと口に言えば、僕はもともと物語式にやっていたし、皆さんもある意味ではそうだと思うのですよ。

だから、それはいまでも入ってくるんだけれども、のんきに物語を書くというふうにやっていきますと、そこでは、それはそれらしく書けますよ。書いても、それには手ごたえがなくなるわけですよ。手ごたえはないけれども、格好つけて文章にすることになるわけですね。というような気配がするときには、それを消すようにします。消すというか、そのやり方をやめますね。

編集部❖手ごたえというのはリアリティということでしょう。

小島❖リアリティです。読者もそう思うだろうという予想のもとにおけるリアリティですね。まあこれはものを書いている人というものは、読者の感ずるリアリティは自分と同じだと、こう思ってやっているわけですからね。

阿部❖いま小島さんからエッセイの問題が出ましたけれども、なんか要するに随筆のような、感想文のようなものを、雑誌の小説欄に載せるのはけしからんということは、ずいぶん昔から言われているわけですけれどもね。そういうジャンルの問題というのも出てくると思うんですけれどもね。

それで「文藝」の丸谷さん、山崎さんの対談のことに触れますと、全体として僕はあれは非常に教科書的なことが語られているような感じがして、間違ってはいないし、むしろ非常に正論だとは思うけれども、あまり印象には残っていないのです。ただ、あのなかで、小説だけが文学だという、そういう考えが日本の文壇に非常に瀰漫《びまん》していると。そういうことの弊害ということは、だいぶ語られていたようですけれども。

それで僕はちょっと思ったのは、小説書きにとっては小説がすべてであるというのは、これは当りまえのことで、むしろ常識であって、たとえば作家が評論を書きますね。エッセイでもいいですけれども。評論を書いたとしても、それがいわゆる職業的な批評家の書く評論とどこが違うかといえば、われわれが評論ふうのものを書けば、やっぱり必ずどこかで自分の小説のことを考えながら書いているということですね。だから小説家にとっては、小説が文学のすべてだと思うのは、あまりにも当りまえすぎることではないかというふうに思いましたけれどもね。

それに対して丸谷さんが風俗だとか物語だとか言う場合にも、なんかやはり、そういうふうに言ってみせてるというところを、僕は感ずるわけですね。もしそうだとすれば、それは非常に技術論であって、ぜんぜん倫理的なことじゃないですね。だけれども、小説でないものが小説として罷《まか》り通るのはおかしいというのは、やっぱりほんとうは技術論じゃいけないので、もっと倫理的なところへ触れてこなければおかしいんだと思うけれども、僕はなんかテクノロジーみたいなものとしてしか感じられないのでね、あの発言では。そういうところが、面白くもありつまらなかったところですね。

僕は自分一人のことを言えば、物語はあまり読みたくないですよ、小説で、読者として、物語をね、読もうとは思わない。たとえば僕はテレビも見るし、映画も見るし、いろいろなものを見ますけれどもね、小説でそういうものを僕は読みたいという気はあまりないんですね。

小島❖物語については、たとえば吉田健一さんのような人は、前から言っているわけでしょう。そうして主にイギリス文学をやっている人が、そういうことを口にするわけですよ。

これは僕は悪いというわけじゃないですけれども、そういう人達がジャーナリズムのなかで、新しげなことをしている者に対して、しかもイギリス文学ならイギリス文学の教養のある人が声を大にして、小説というものはおもしろいことが大事だとか、物語が大切だとか、大衆小説のほうがよっぽどいいとか、それは芝居のほうでもあるんですよ。

僕はたまたま今度、芝居を書かねばならなくなって、いま悪戦苦闘しているんですけれどもね。ところが昨日見てきた劇団「欅」の芝居は、これは一九二五年の芝居ですね。そしていわゆる風俗劇ですよ。そうするとオスカー・ワイルドなんかとも似ているような風俗劇ですよ。そういう風俗劇で見ているとやっぱりちゃんとしたものですね。そういう風俗劇こそ、そういう伝統こそ大事だとか、そういうものこそ大事だという考え方は、福原麟太郎さんがまた文章を書いておられるんですけれども、そういうものがあって、それはけっこうなことなんですがね。

そういうなにか新しげなもの一般に対して、あいつはわかりにくい小説だ、とか言われる。わかる、わからない小説とも関係があるわけですね。そういう意味で文壇には、ある動きがずっとあって、たとえば、芝居で福田恆存さんなんかがシェークスピアということを言ったりするのもそういう関係があって、絶えずそういう底流があったんですよ。

最近、田舎へ僕らが講演に行くと、学生が「このごろの小説は先生わかりませんよ」と言うわけですよ。よく聞いてみると、たどっていくと、もとは石川達三さんの文章らしいんですね。そういうふうにして学生まで、いまの新しい作家といわれている人達の小説がわからんわからんという声が、あちこちから起こってきている。僕の耳にも入ってきていますからね。そういういろいろな状況のところへ、ベローさんの話が入ってきてある刺激を与えたんじゃないかと、僕は思うのですよ。

結局これから先の展望も含めて、どうしたらいいかということですよ。ただ将来のことの見通し、あるいは自分の書くものがむずかしい、そんなことはほんとうにむずかしいことだけれどもね。僕はたしかに物語的な小説が今年は多いと思うんですよ。丸谷君の年配ぐらいの人達が、わりあいたくさん書いているんです。そうしていろいろな評判にもなっているでしょう。それは丸谷君の場合には自分の意見もありますしね、題も『たった一人の反乱』というような題ですし、まさにいろいろなことをはらんでいるわけですけれども。ただ阿部君だとか後藤君だとかいうような人達のいき方とちょっと違うんだよね、丸谷君と丸谷君の年配の人達の今年書いてきた小説とは違うんですよ、そこの問題が僕はあると思うんです。

大きく言って小説はあれでいいのかということがありますね。あれだとまあ読みやすいし、とにかく物語式に書いてあるらしいと、それで風俗もあるし、いろいろある。いろいろ理屈をつけると、あれがいちばん上等であるとも言えないこともないんだけれども、あれでいいんじゃないかという説も起こり得るわけですよ。

ただ素朴な感じからいうと、あの反乱とはいったいなんであるかということを、つい思う読者もいると思うんです。これは内容からいっても、どこに反乱が書いてあるのか、一人一人で反乱しているといって、誰が反乱しているのか。そうしてこの作者はなにを反乱しているのか、むしろオーソドックスな小説を書こうとしているつもりなら反乱じゃないじゃないかとかね。そうすると反乱というのは、それこそ現在の丸谷君の持っているある情勢、通念に対する反乱だということになってくるわけです。そうするとこの反乱というものは、彼のモチーフは、生活のなかで、普通の人の持っている反乱したいという気持じゃなくて、作家がジャーナリズムに対する反乱が反乱となったのであって、なかに書かれている人間は、一人一人の登場人物は、なにも反乱していないんで、作者の反乱にお付き合いしているんだという印象を受けるんですよ。それでもかまわないんですけどね。

総体的には、言ってみれば陽気な小説ですよね。ちょっと血圧の高い陽気な小説です。ああいう小説があることは、僕もある意味では賛成ですよ。ああいう小説がどんどん出てきたってかまわない。つまり、いろいろな小説があっていいという意味で、僕はそう思うんです。あまり辛気臭い小説ばかりあるよりは、ああいうのもけっこうだと思うのです。僕はそれで効果もあると思うのです。それから人物もおもしろく書けているし、女なんかおもしろいですね。読んでいくと、やっぱりなにか現代のわれわれの生きている今日の繁栄時代の状態と、非常に見合うように書かれているところもあって、そこはむしろ健康ですよね。ああこういう健康さで書かれるほうが、かえっていいかもしらんと思うけれども、しかし僕はやっぱりちょっともの足りないんですよ。

物語のパロディとして書かれていることによって、われわれの心を打たなければならないふうには、結果的にはなってはいない。というのは、多少のんきなんですよ。あののんきさでは、やはり現代の本質はつかめないかもしれないんです。それはわからないんです。わからないけれども、それぐらいむずかしい問題をはらんでいるので、物語的にちょっと格好を変えてやればいいというような、簡単なものではないんですね。それは丸谷君がいちばん知っていると思うんです。だから丸谷君はそう気楽な発言はしていませんですよ。あれは非常に感じよかったんです、その意味ではね。

後藤❖わからなくなっちゃっていますね。

小島❖それはある決まった言葉でいろいろ言われると、作者はわかりにくいし、やっぱり困るんですよ。その点も非常に正直で、正直に結果が出てきているわけで、あの対談はその意味でおもしろかったです。山崎君なら山崎君の言うことは、これまたわからんでもないんですよ。ないけれども、これにはいろいろ、僕は僕で意見があります。

直前にあったものとの戦い

後藤❖物語というのをさっき言われたときに、僕は大衆とか庶民とかというようなことを考えざるを得ないんじゃないかなと思ったのは、たとえばこの間の丸谷さんと山崎さんの対談にしても、山崎さんはこういうことを言っているわけです。

劇作家はもともと売れないから、通じないことを前提に考えているんだ、小説家は少しのほほんとしているんじゃないか、というようなことを言うと、丸谷さんはまた丸谷さんで、わりと愛想がいいものだから、いや僕はそうでもないと、しかしほかの人は知りません、というようなことを言うわけですね。僕は丸谷さんはすごく柔軟性を持っている人だから、ああいう受け答えをしたんじゃないかと思ったんですがね。

ただ小説家がどういう状態にあるかということは、阿部さんが言ったとおり、小説家にとっては小説自体が現実なんであって、もちろん小島さんみたいに劇も書くし、僕らだってエッセイは書くけれども、いろいろなことはやるけれども、結局はたとえば山崎さんが言っている、売れないというひとつの考え方ですね、これはつまりなにを基準にしているかと僕は思うんで、そこが問題だと思うんですよ。

あそこで物語性が問題にされている次元というものは、僕はよく劇場のことは知らないけれども、座付作者というのが昔いた。そういう形において、市民と一体化する。その一体化するための市民は、ひとつの共同体でなければいかんわけでしょう。それから、なにかの信仰を持ってなければいかんわけですね。たとえばそれはピューリタニズムでもいいだろうし、もっと古いものでもいいだろうし、もっと新しいものでもいいと思うけれども、なにか精神共同体のようなものを持ったうえでの国民文学みたいなものですね。そういう形で物語性ということを言おうとしているんじゃないかなという気が僕にはしたんですよ。

小島❖そういう要素もあるけれども、必ずしもそうでもないでしょう。僕も非常にくわしく読んだわけじゃないけれども、たとえば劇のほうでも、いろいろな新しい作家が出てきましたね。そういう作品は、物語的でない作品なんですよ、劇のほうでも。どっちかと言うとね。それに対して彼は物語的な、いってみればオーソドックスなものをふまえたもののことを言いたいんじゃないかと思うんですよ。

後藤❖ただオーソドックスな物語性という場合に、僕はオーソドックスというものは、そもそもどこにあるのかということだと思うんですね。それがはっきりしないいんじゃないですか、近代ということで言えば……。

僕が考えるのは結局こういうことですね。つまり年年歳歳人間が死んでいくわけですね。われわれもその年年歳歳死ぬうちの、ある時代に属しているわけですね。そうすれば僕はやっぱり自分のいちばん手前にあったもの、直前にあったものとの戦いというのが、僕らの書くひとつのモーメントだと思うのです。

つまり僕にとっては小島さんですね。小島さんの年代の小説家ですね。僕達が小説を書こうという意識が、どこからか知らないけれども、不思議なことに生まれてきた。そのときに目の前にいた現代作家ですね。これがやっぱり僕は、あまりあからさまに言ってはいけないかもしれないけれども、それがはっきりあると思うのです。それを問題にしないといけないんじゃないですかね。

古典にいったりなんかするというのは、それは誰だって古典はもちろん勉強もしなければいかんわけだけれども、いきなりそれを持ち出しても、どうもピッタリこない感じがするわけですね。直前にいた人というのは、小島さんの場合には誰かわからないけれども、おそらく直前にいた人に対する批評が、直接自分が書く契機になったということがあるんじゃないですか。それを否定するということだけじゃ、必ずしもないですがね。

やっぱり書くということは、僕は否定ということが非常に大きいと思うのですがね。物語性も否定するし、或いは戦後派も否定するしと、それからまた共感もするし、自然主義にもまた目を配っているし、それから夏目漱石とか森鷗外とかいう部分にも、もちろん目は届いているはずだし、というふうな、そういうものを全部ふまえてきたものが、直前の人にあるという前提で、僕らはものを、なにかを考えてきた。それはまあ僕流かもしれないけれども、こんなふうな気が、僕はするんですけれどもね。

小島❖結局あなたの言うことと山崎君の場合も、実際にやっていることは同じことなんですよ、実作者ですから。ただ物語を使ったわけですよ。『おうエロイーズ!』(山崎正和・作)というのは、エロイーズの物語を使って、いま恋愛がないとか言っているけれども、ほんとうはそう簡単なものじゃないというわけで、物語を使って持ってきたわけですね。そうして芝居のやり方は、山崎君はやっぱりいまふうにやっているんですよ。それがちょっと手がこんでいるんですよ。

つまり、芝居そのものは物語じゃないんです。物語を借りて『おうエロイーズ!』というものを書いたという話をあそこでしているわけですね。それで彼の芝居は、だいたい彼は歴史を借りていろいろやっていますけれども、しかしそのやり方は、やっぱり非常に前衛的ではないにしても、やっぱりいまふうのものですよ。そういうことは言えます。あの対談では、丸谷君が物語を借りてくるのと同じように、自分も物語を借りているんだ、という言い方をしていたんじゃないんですか。

後藤❖僕はいま自分のことを言ったつもりだったんだけれども、要するに僕はひとつの運命として、自分の直前にいた作者、自分の直前にいた作家の存在、自分の同時代でもいいけれども、とにかく自分の小説に対する自覚というものが生じたときに、目の前にいた作者というものが、いろいろな迷いとか試みとかいうことをやってきたうえで、自分の目の前に存在していると、存在している以上は、これは必然的に存在しているんだというふうに、僕は考えたつもりだったんですけれどもね。

隠れた物語

阿部❖物語というのは、僕はいちがいに無用のものとは思わないんです。ということは、物語というものはいったい信じきれるか、という気持が僕にはあるからね。だからやっぱり物語というものはあるはずですよね、ひとつの抵抗体として。

たとえば誰でもいいですけれども、自分の生まれてから今日までの略歴のようなものがありますよね、履歴と言ってもいいけれども、それを僕が物語風に書いてみますね、だけれどもそれは僕は信じられないですね、そんなものは。それは父親の一生でもいいし、母親の一生でもいいよね、その一生を何十年かのその歩みというものを、ひとつの物語にまとめてみるよね。だけれども、そういう物語はやっぱり僕は信じられないね。

だから物語に対して不信というものがなければ、物語というものは使えないでしょうね。つまり物語をもってこなければいけないいんだということではなくて、僕にとって物語が意味があるとすれば、そういうふうに、要約された運命のようなものは直ちに信じられないというところから、さかのぼって物語を作るというんならわかりますよ。自分がやっているのはそういうことなんです。

後藤❖物語が信じられないというのは、なぜかということだよな。

阿部❖あなたが父親というのを書いたって、それはとても信じられないでしょう、ああいう閲歴《えつれき》というものは。

後藤❖それを書いて他人がさ、そこに自分が感じているのと同じものを感じられるかどうか、ということに対する不信だよね。不信というか疑いだよね。

阿部❖人はどうか知らないけれども、とにかく自分がね。

後藤❖自分が信じられないというのは、それはまたちょっと僕は違うと思うんだけれども、自分が信じられないということは、書いても信じられないということなのかな。それとも信じられないから、もう書かないということかな。

阿部❖いや書けば、やっぱり書いただけ、信じられないと思うね。

後藤❖ということは、やっぱり書いても信じられないだろうということじゃないかな。そういうふうな形ではつまりリアリティというものがない。その時代に、こう書けば必ず通じる、という何かが無ければ、いわゆる物語というものは成立しないと思うがね。

阿部❖こういうことがほんとうだろうかということがなければ、リアリティというのはないでしょう。こういうことはほんとうだろうかということは、必ず僕はあると思うんですよ。

後藤❖他人がそう感ずるだろうかという、向こう側から見なければいかんわけでしょう。

阿部❖いや僕は、あまり他人ということじゃなくてね。

小島❖他人ということよりもなによりも、たとえば自分がこういうふうにこの問題には引っかかるとか、この問題にこだわるとか、このことになにか引かれるとか、そういうことのなかにあるなにか、自分が言いたいものですよ。なにか人間の本質にかかわるものがそこにあるんだと、こう思うものですよ。そういうものとつながりのあるところでは、書く以上は、できれば語ったほうがいいんですよ。

阿部❖ええ。

後藤❖たとえば肉親の問題の場合、それは物語風に一生を書いても、信じられないんじゃないかということですね。

阿部❖僕のはたとえだよ。

後藤❖と言った場合に、それは物語風に書くから信じられないんだ、ということですね。物語風に書くと、ほんとうのものじゃなくなってしまうんじゃないか、という不信感でしょうかね。

小島❖それは、僕は要するにいつなにをしてこうしてと、たどっていくでしょう、あったらしきことを。あったらしく記憶に残っていることや、人から聞いたことをたどっていくでしょう。そういう追っていく形では、自分はなくなっちゃうわけです。結局、書く自分というものは、なんであるかわからなくなっちゃうわけですよ。それに近いことをそういう形で書いているように見えていて、いちおう読んで物語があるリアリティがあって成立する場合があるんですよ。その問題がまったくなければあれだけれども、それでも成立しそうなときがあるでしょう。

これはどういうことかといったら、なにかそのなかに、その底に流れているなにものかを信じているものがあるんですよ。信じているその部分と、違う部分のことで引っかかっているわけですよ。

後藤❖その場合は、書いている自分が、たとえば物語っている材料は、親父なりおふくろなり、或いはご先祖さまにしても、そこに自分のいわんとしているもの、つまり自分が考えている、たとえば人生とはこういうものだとか、世界とはこういうものだというものがそこに近密感をもって現われているという場合でしょうね。

小島❖現われているんだけれども、なかなかそれはほんとうはないですよ。あるように見えている場合でさえも、ほんとうはそれは誤解であって、ほんとうにそれが引かれるときには、こういうふうに書かれていないですよ。あるかのごとく見えるけれどもね。

後藤❖物語性の場合は、それは往々にしてないということですかね。

小島❖いわゆる物語風に順序を追って書かれているように見えても、そのときはその人はだいたい共通の物語に、共通のようなもので書いている場合が多いですね。そうするとそれは、あまり魅力がない場合が多いんですよ。

後藤❖わかっちゃったことですね。

小島❖わかっちゃったというのか、わからなくても、たどりながら書いていくとしますね、気分でなにかトーンがあるわけですよ。たとえば自分が、一族のことがかわいいとか、これを人に知らせようとか、あるいは壊古的な気持で書いていく、まあ懐古的な気持で書くだけでも、なにものかだけれども、それはたいしたことはないに決っていますよ。ところがわれわれが書くときには、そういうぐらいで書くはずはないんですよね。

ところがそういうふうに書いているかのごとくに見えている小説がありますよ。しかしそれが生きているとすれば、それは実はそう見えるだけであって、違うんですよ。やっぱりそこになにか本質的なものを摑んで書いている、しかもその形と合っている、その人は。という場合、それはめずらしいですよ、もう。

そういうことは、まず僕はないと思うのです。だから、自分が選び取り、自分が摑んだという、その摑んだものは、自分の時間がそこに仕合せなら入ってくるわけだけれども、なかなか時間が流れない場合、ぎくしゃくするかもしれないですよ。時間がそれを中心に流れても、配列の仕方や、或いは書いていき方に、やっぱり漫然とした昔の物語風なものとは違ったふうに書かれるに決っているんですよ。

それが極端な場合と、いろいろなその場合のケースがあったりしますね。そういうようにいまのような題材の場合でさえもね。そういう違いはあるけれども、やっぱり自分がそこで書くためには、摑んだこれが本質だと思ったものをもとに、なにか語れれば語ったほうがいいんですよ。さっき僕が言ったように。しかしこれが、そこのところにいろいろな個人差があり、いろいろな語りたいものとの内容の関係があり、いろいろな形で現われてくる。

後藤❖ただ僕が思うのは、井原西鶴なんですよね、日本の例で言えば。あれのいちばん卑近な例で言えば『好色一代女』、あれは僕は物語というふうなことで言えば、いま小島さんのおっしゃった本質的な問題と、そのひとつの形式としての、非常に誰にでもどこからでも入ってこられる、つまり自分と同じような考え方をしていなくても、そこに入っていけるようなものがありますね。しかも本質的な問題に、読んだからにはある程度接触できるというような様式というか形をもったものじゃないかなと思うんですね、西鶴の場合は。

ところがあれは、自分の親父のことでもないし、嫁さんの話でもないし、吉原の女郎の太夫になる人の話で、それがまた没落していく話なんですけれども、それが物語として成立しているのは、階級というもの身分というものが、実にはっきりしているからでしょう。女郎の階級を昇りつめて、また没落する話は、まことに象徴的でもあるわけですよ。

小島❖それもあると思うんですよ。それから一生のことなら一生のことを書くということの喜びというものね、これは積極的に僕はあると思うね。そういう、人が生まれてから死ぬという形でもって摑まえたいという気持が、やっぱりあると思う。

それは、その時代その時代によっても違うし、傑作として残っているものは、そういう要素がおのずからあった、結果的にはあるんで、いまたとえば、いわゆる物語、物語というのは人間が死ぬところまでいくというのが普通多いわけだけれども、誕生してある時間から何年間か暮して死んでいったという、まあ完結するわけです。そういうものに積極的に意欲を燃やすということになれば、その時代のその人の本質が、そこに乗り移っているわけでしょう。

阿部❖たとえば安岡章太郎さんの『海辺《かいへん》の光景』とか小島さんの『抱擁家族』とかは、そこにはやっぱり謎がありますね、その物語には。やっぱり読んでわからない、わかるところとわからないところと、同じぐらいあると思うんですよ。

結局、僕は、それはわからないのが当りまえだと思うんですね。安岡さんの場合と小島さんの場合と違いますけれどもね、作者はそれを書きながら、ストーリーをさがしているというふうなところもあるわけで、はじめからわかっているわけじゃないわけですね。だから僕はそういう意味の隠された物語という意味でならば、それは物語というのはわかりますけれどもね。

後藤❖それは有名な例があって、サルトルか誰かが言った、ドストエフスキーの、ロゴージンの未来はロゴージンは知らないんだ、ということを言っていますがね（編注：ロゴージンは『白痴』の登場人物）。自由ということですね、要するに。つまり作者の自由と、登場人物の自由ということで、ロゴージンというのは、要するに自分自身の未来を知らない、知っているのはドストエフスキーだと言ったのは、十九世紀の小説だということを言っているわけなんですね。

この場合に二十世紀のようなふうになってきちゃって、作者というものが、それじゃ作中人物の運命をすべていっさい知りつくしているべきであるか、いるべきでないか。いるべきでないかというのはへんだけれども、ほんとうに知っているのか知らないのかということですね。知らないということをむしろ主張しているのが、一種の新しいと言われている演劇とか小説とか、そういうものでしょう。

僕は物語というものは、筋だと思うんですね。その筋でつまり作者はなにを言ったかということですね。

阿部❖ちょっとそれは違うように思うんですけれども、作るということじゃなくて、物語を見つけるということならできると思いますよね。見つけようとすることぐらいならね、自分がやってきたこととか、自分がやっていることというのは、これはわからないということになれば、とても物語をこしらえるということは、もうあきらめているわけですけれどもね、なにかその物語を見つけようとすることは、できるように思いますけれどもね。

小島❖見つけるということは、見つけてから書く……という意味でもないですね。

阿部❖ええ。だからさっきの例で言えば、たとえば『抱擁家族』だってそうだと思うのですよ。たとえば『海辺の光景』を読んでも『抱擁家族』を読んでも、どうしてこういうふうなことがあるのかというふうには思いますよね。それはやっぱり、ぜんぜん自分と関係のない話だし、それから、やっぱり非常に訳のわからない他人の出来事ですからね。

そうするとそこには、非常にたくさんの偶然と、たくさんの必然があると思うのですけれども、そういうふうにして見ていくと、それはもちろんわれわれにもわからないし、書いている作者にとっても神様のようにわかっていることではないしね。非常にふわっと宙に浮いているようなものがストーリーなんだろうと思うんですよ。最初から将棋のこまのように並べてやるというものじゃなくてね。

だからこういう人間の運命ということが、わからなくなってくるというところから出てきたストーリーでないと、やっぱり僕らの胸を打たないということは当然だと思うのですね。たとえば偶然とか必然ということだって、もうわからないですよね、これは。なんのことかよくわからない、ひとつひとつ摑まえてみればね。

だから僕はなにか筋ということではなくて、物語というのは緊張だろうと思うんだな。

――相対と絶対――

後藤❖ただ物語という言葉も、やっぱりあるわけなんだよね、ひとつ。とすると物語というふうに言った場合、そこで決められている約束があると思うんですよ。

たとえばあの対談でジャンルの意識とか言われていることは、それはいわゆる教科書ふうと言ってしまえばそれまでだけれども、要するになにか約束があるんじゃないかということだね。物語なら物語、劇なら劇と、長編なら長編と、中編なら中編というね、その約束をちょっと無視しすぎているんじゃないかみたいな、そういう批評家ふうというんですかね、ジャーナリスティックといえばジャーナリスティックだけれども、そういった観点があって、あそこの発言があったと思うんですよ。

その約束事というかな、それをあまり無視して、日本の小説というものは、なにもかもなにか言いたいことを言えばいいんじゃないかみたいなところを、僕らはちょっと突かれていると思うんですよ、ある意味で客観的に見ればね。自分の言いたいことはいっぱい僕にもあるけれども、人様から見れば、案外、弱点とはちょっと言いたくないけれども、なるほどそう言われてみればそうかなという感じも、ちょっとあったような気もする。

その形式とか約束とかでいくと、物語というものもある程度は決めていかなければいけないだろうと、僕はさっき座付作者とか、そんなふうなことを思い出したのも、そのせいもあったんですよ。ということは、あるエコール（école＝学派）とか、エコールはちょっと小さいけれども、もっと大きなエトス（ēthos＝社会集団）とか、そういったものがあって、精神共同体みたいなものがあって、それでやっぱり嘘でもいいから、ひとつの約束をはたすということですね。

その嘘というのは誰についての嘘かというと、お互いの嘘なんですね。フィクションということは、自分自身が作った嘘じゃなくて、その嘘が相手の通念に通じるという嘘だというふうな、そんなふうなものがないと、物語性というものは、うかつに復活できないと思うんですよ。ということは、エトスがないからですよね。伝達すべき共同信仰というものはないわけですよ。

たとえば、ここでこういうふうに言えば、あれを問題にしているんだと、あれを笑っているんだとか、あれを同時に悲しんでいるんだというふうなものがないわけですね。ないけれども、僕らが小説を書く以上は、あくまでも他者というものを考えざるを得ないわけです。そこらに僕ら自身の問題があるのでしょうが。だからといってあの対談みたいに、楽天的にも考えられないところありますね。

小島❖あれもそう楽天的じゃないんですよ。

後藤❖楽天的じゃないんですけれどもね。

小島❖僕もいまあなたの言ったことを聞いて、なかなかおもしろい、ほんとうだと思いますよ。説得力ある言い方だと思いますよ。阿部君と入れていく内容がちょっと違うだけで僕はかなり同じことを言っていると思うのです。

さっき阿部君が言っていた、見つけるということね、結局作るなんていうことはできないんじゃないかと、見つけると。見つけるということは、言葉を変えた言い方じゃないかと思うんですが、かなり似ているとは思うんです。

阿部❖そうですね、非常に物語らしい物語というのは、一種なんと言うのかな、非現実の気分を出すには、うまく使えるかもしれないですね、現代の物語というものは、かえって非現実ということでね。

小島❖ただ非現実を出すときの非現実というものが、またこれが非現実の持っている、あるリアリティがありますわね、最小限度にしてもね。それがまたちょっと、なにか共通項がないと、それもそう説得のあるものは、なかなかむずかしい。

それで僕は愚問だけれども、シェークスピアならシェークスピアというものは、考えてみると前の話を使っているわけでしょう、みんなね。ああいうふうにして、ほとんどはローマの「プルターク英雄伝」を使ってみたり、いろいろやるわけでしょう。それからたとえばオイディプス王というような、ああいうような作品にしても、神話を使っている。ホメロスの話を使う。そういうふうにして、みんな話は自分が作ったものじゃないですね。そのことはよく劇をやる人は言うわけですね、その問題ですね。

いまでもそういう芝居はありますよ、あるけれどもだいぶ違うと思うんですよ。シェークスピアとか、いまのギリシャの悲劇なんかとは。どうして前のそういうものを使って、いまやれないのかということですね。まさにそういうものができあがっているわけですから、あの悲劇の物語というものが。そうするとこれは、要するに、神話はあったという言い方ですよ。

これはいま後藤君が言った言葉とちょっと似ているでしょう。似ているからその例を出したんだけれどもね。昨日もある若い三十ぐらいの友達にその話をしたら、スタイナーの悲劇の終末か、というふうな話になってきたんだけれどもね、この問題はどうですかね。

後藤❖小島さんが数年前に「文藝」（一九七〇年一月号）に書かれたでしょう。「小説は通じ得るか」というね、僕はあれは非常に難解なエッセイでしてね、僕自身もじゅうぶんに読解できたかどうか疑問があるんですけれどもね。でもやっぱり、あそこで問題にされていることは、劇やなんかをはじめにちょっと出されていましたけれども、なんか小島さんが考えていらっしゃる、通じない、ということですね。

通じるということは、もちろん通じないということがあるので、通じる通じないというそのコミュニケーションですね。通じるというだけのコミュニケーションではなくて、あるいは通じないというだけの、まったく閉鎖したものでもなくてね。小島さんがよくおっしゃる相対性ということは、おそらく通じる通じないということだと思うんですよね。そのへんのことはもうすでに出されていると思う。ただそれについての答えが、小島さん自身も出しにくいだろうけれども、僕らもまた……。

小島❖僕は答えはある意味ではっきりしているんですよ。僕の言っていることは論じゃなくて、あれがそのまま人を打たなければいけないんです。そういうことを、エッセイでもそういうふうに書くんです。

後藤❖通じる通じないということですね。

小島❖だから結論が出てしまうようなことはあり得ないんですからね。僕はこういう問題のときには、その答えは書いているものから、自ら出てくる可能性があれば、出てくるという書き方をしなければ、エッセイでも僕はちょっとまずいと思うのです。そうするとエッセイはわかりにくくなるんですよ、小説と似てくるわけですから。

だけれども僕は、ああいう論を立てれば立てるほど、そういう論というものは、そういうふうに書かなければいけないと思うのです。

後藤❖あれはほんとうは論じゃないわけですね。

小島❖論じゃないのです。論といえば論だけれども、そういう意味では論でないかもしれない。

そこで小説では、僕は相対的というようなことを言うと、これも笑いものになっちゃうから、そういう言葉を使わないんですが、これはもう昔の人が使っているんですよ。二葉亭四迷がそれでダウンしちゃっている。その言葉を使いだしたときに、もう。やっぱり人間というものは、絶対的というものをどこかで持っているときに、生き生きするんだけれども、相対的ということを言いはじめるときにはダウンしちゃって、彼はノートをさかんに書いては、ダウンしちゃっているんですよ。だから長編小説の終りがへんになっちゃうんですよ。その言葉はもうすでに明治のはじめに使っているわけです。十何年かな、二十年前に使っているんですよ。

だから僕はダウンするという意味で使って、積極的にそういうことを思うんですが。だから相対的だということを言ったって仕方がないんですよ。相対的だということが生き生きと出てこなければならないわけです、作品というものはね。むずかしいですよ、それはね。

それで僕は相対的というものが、たとえばAならAという人物にしても、ある考えにしろ、それは主張するかしないかはわからないけれども、ある程度主張するとしますね、Bがこっちを主張して、これ、戦えば戦うでいいですよ。だけれども、戦うときに作者はどっちに寄りそって、どっちに判定を下すかということですね。ふたつ出した場合にはね。そいつが判定を下せないとするならば、それは実際は成立しないですよ。この小説を書く意味がないかもしれないんです。

ところが、ここにふたつがあって、このふたつがあることが、いまいましいけれどもあるんだということになれば、このいまいましさが出れば、またこれは、ひとつのいき方ですね。そうも簡単にいかない場合があるんですよ。要するにそれはどう出るかということですよね。

後藤❖ただ、いまいましさが出なければ話にならないですね。

小島❖話にならないです。いまいましさが出ただけでも小説にはなりにくいんですよ、断片です、それはね。

後藤❖相対性という言葉は、実際ににがにがしい言葉だから。

小島❖僕は、客観的に最後的に見れば、ふたつあるんだけれども、実際はこっちにいるときには、こっちはほとんど信じていなければいかんと思うのです。AならAのときには、Aをほとんど信じているという、だからBもAも信じているんじゃなくて、ほんとうにAだけでいきたいんだけれども、Bが現われてきてということになると、考えていくと、どうも多少引っ込めなければならないか、あるいはまるまる引っ込めなければならんかもしれんという危機に陥るとします、たとえばね。そういうときが相対であって、はじめからいろいろな説があるなんていうものは、ほとんど意味がないわけなんですよ。

ということになると、ひどく平凡なことなんです。とにかくいかにひとつのことを、こっちならこっちを通したいかという意欲なんですよ、問題は。これがなかったら小説にならないということになるんです。ならないけれども、これで通りますよと言っていれば、こんなものはいまや、青くさいんですよ。

後藤❖シェークスピアがいま問題になっているというのは、そこなんじゃないでしょうかね。シェークスピアが言おうとしたことですね、これはなんだろうかということなんですね。

小島❖あれもずいぶん移り変わりがあって、かなり激しく主張したいものがあって、それにいろいろな抵抗もあると思うんですよね。僕はそういう系統的にはわからないし、読んでも忘れてしまったけれどもね。

後藤❖あのひとつのことは、ちゃんと言っているわけですね。たとえば嫉妬とかね。

小説の批評性

編集部❖先ほど小島さんが出された神話は終ったという問題ですね。つまり、前のものを借りてくるという形がとれないかということについてはどうでしょうか。

阿部❖こういうことは言えますね。大なり小なりわれわれの書くものが非常に批評的になっているということは、それと関係あるんじゃないですか。それは物語とか、さっきのジャンルを混交してはいけないとか、そういうところに皆引っかかってきますけれどもね。とにかく自然にそうなってきているように思いますね。それをどっちに向ければいいというふうに、いちがいには言えないけれども。目下のところはね。それは非常に小説らしいような格好をしていても、なにかやはり前のものの批評と言ったほうがいいようなものが多いんじゃないんでしょうかね。

後藤❖それはやっぱり僕らの運命だな。

阿部❖結局ね、こういうことだと思うのです。たとえば関心のいき方が、書かれたものがいかにこちらを陶酔させたかとか、いかにおもしろがらせたかということよりも、なぜこいつはこれを書いたんだろう、あれを書かないんだろう、それからどうしてこういうふうに書いて、あれを書いて、別なふうに書かないんだろうかというふうに目がいきますね。僕はいまの小説の読者というものは、だんだんそういうふうになってきていると思うのです。専門家だけじゃなくて、つまり書き手というものに直接関心がいくということね。

われわれが小説を書いている場合に、その小説が近い先輩なり遠い先輩なりのものを、どうしてこう書いたんだろう、俺ならこう書くんだけれども、というふうなことが、絶えず頭に批評的な働きをしていて、そういうものがやっぱり出てくる。これはほとんど宿命みたいなものだけれども。

後藤❖それが契機になるわね。僕は今日、小島さんにあれしたかったのは、その批評性ということとも関連があるんですけれど、言葉というものをいかにくずすかということですね。

くずすということは、過去において、その言葉が持っていた意味とか概念を疑い、批評する、ということですけれども、だから小島さんは、別に新しい言葉をぜんぜん作らないわけですよ。要するに新たに造語しないわけですね。そこに僕は小島さんの批評性があったと思うのです。それが小島さんの持っていた散文術というのかな。

僕はやっぱり散文というものはそういう形における批評性だと受け取ってきたわけです。これは言葉の意味とか価値の転換だと思うんですね。つまり、いままで使われていた言葉を転換させるところに僕は散文の、また小説というものの宿命があると思うし、それを詩的な言語を持ってきて、散文を批評してみても、僕は批評にならないと思うのです。散文そのものの批評性というのは、そういうことではないかと思います。

小島❖それはこういうことです。僕は最近、阿部君の作品を読んでいて感じたのは、まさに批評的なところがあるわけですね、作品そのもののなかに。それは部分としておもしろいんです。

　ディテールがおもしろいというのと、ちょっと違うんですね。ディテールがおもしろいということは、ディテールが全体を生かすという意味のディテールだけれど、もし物語とすれば、個々のセンテンスや個々のところを、個々の部分が物語的なんですね。これはこれでおもしろいんだけれども、だんだんそれが窮屈になるときもあるし、全体に参加しないわけですよ。これはあなたはよくわかっていると思うんです。リズムとしてはわかっていると思う。

　僕はその状態そのものは、必ずしもいいとは思わないですね。いいとは思わないけれどもやっぱりいまの過渡期として、あなたは意識してやっているんじゃないかと。さっき言っておられたから、あなたがね。そう思うんですが、やっぱり批評の姿勢が、ちょっとひといろじゃないですね。ひといろというのはおかしいけれど、扇のかなめのようなひといろであるならば、ひとつの世界がそこで自らリズムができると思うんですが、そうではなくて、種類と言っていいかどうかわからないけれども、うまく言えないけれども、とにかくちょっとそこで混り合うわけですよ、いろいろな種類と言いましょうかね、そうすると全体が必ずしもひとつの世界を作りにくい。むしろ結果的には壊していく。

　それがひとつのおもしろさがあると同時に、いま言ったような壊すということにもなっていることは間違いない。それと批評ということとは、ほんとうは結びつかないと思うのです。あなたがさっき言った批評というのは、そういうことではないんだけれども、いまのところでは批評が目立つところが、喜びとしてではなくて、むしろぎくしゃくした感じになる場合があるんですね。

後藤❖批評性というものは美学じゃいけないと思うんですよ。

小島❖それは僕は、たとえば阿部君の場合も、前に書いた作品へ、別な形でそこへ戻ってくるときが出てくると思うのです。「未成年」の頃とか、あるいはそのあととか。

阿部❖僕がいま批評と言ったのは、後藤さんが言うのとニュアンスが違って、いわゆる評論家の批評ということではなくて、自分よりも前にあるものですね。古典と言ってもいいし、伝統と言ってもいい、そういうもう出来上った完璧なものを、やはりどこかでなぞるということが、結局、批評になるという、そこで繰り返すということですね。

オリジナリティでないということですね、誰かがもうすでにやっているということですよ、とっくに。それを自分がまたやるわけです。自分はどうやるかということでやるのが批評だというふうに僕は思って、いわゆる批評というのとニュアンスが違うんだけれども、学び直すということかな。

後藤❖別にそう違うということも言えないよ。

阿部❖小説の批評ってそうですよね、やはり。

後藤❖僕は散文を批評するのは散文で批評しなければいけないということで、それはいわゆる批評を書くということじゃないわけですね。つまり、過去のある美学を持ち出して、いまの作品を測る価値の基準にするのは、本質的な批評性とはいえないでしょう。

（一九七二年七月十五日）

飢えの時代の生存感覚

×

×秋山駿×加賀乙彦

加賀乙彦——かが・おとひこ

小説家。精神科医。一九二九年、東京出身。四二年に東京府立第六中学校入学。翌年、名古屋陸軍幼年学校に入学するも敗戦を迎えたため府立第六中学に復学。四五年十一月、旧制都立高等学校理科に編入。四九年に東京大学医学部入学。東大附属病院精神科、同脳研究所、東京拘置所医務部技官を経て、五七年から六〇年までフランスに留学。東大附属病院助手、東京医科歯科大学助教授、上智大学文学部教授を経て七九年から文筆活動に専念。七三年に『帰らざる夏』で谷崎潤一郎賞、九八年に『永遠の都』で芸術選奨文部大臣賞、二〇一二年に『雲の都』で毎日出版文化賞特別賞を受賞。

秋山駿——あきやま・しゅん

略歴は42ページを参照

初出——「望星」一九七三年三月号

敗戦の八月十五日に少年が見たものは何か

秋山❖これは去年（一九七二年）になりますが、横井庄一という人が生きた英霊として生還したり、小塚（金七）上等兵と小野田（寛郎《ひろお》）少尉がルバング島から現れたりという新聞紹介があって、われわれこの日本の平和な日常の中から見ると、一瞬そこで人は何を考え、どうやって生きていくのだろうとか、また戦地から帰って来た人たちが、敗戦直後の混乱から現在にかけて生きているというときに、その戦争中に生きているという感覚が戦後の社会の中でどういうふうに流れてきているのだろう、ということをもう一度考えてみたいということで、実はこの前（「望星」七三年一月号）長谷川四郎さんに話を伺ったんです。

で、この場面ではぼくは戦争中は少年にすぎないから、感覚的には話に入れないわけで、きょうは第二部というか、戦争中少年であった人間の生きているという感覚が、敗戦直後の混乱の時期、それから現在の平和な時代の中でどうなっているかということをお互いに話し合ってみたらおもしろいだろうということです。

加賀さんは昭和四年生まれ、ぼくは五年で同じくらいの年齢ですし、後藤明生さんは朝鮮で敗戦を迎えた。そこで何を見、どうやって生きてきたかというのを比べてみたらおもしろいと思う。ぼくは八月十五日の終戦のときは、東京三鷹の軍需工場にいましたが、加賀さんは？

加賀❖ぼくは名古屋の陸軍幼年学校にいたんです。

秋山❖ぼくはあの何だかわからない玉音放送を聞いたときに、戦争に負けたことを、うわさ話で直観するんですよ。そのときに何がわかったかというと、たとえば軍需工場も、戦争が終わって要らなくなった。それで目の前にあった真空管とかモーターの所有権というのが、それが属していた工場そのものと一緒に無意味になっちゃったから、七、八人で運び出したわけです。そういうことが当然だと思えた。

その点、加賀さん、幼年学校だと、どういうふうだったんですか。

加賀❖実はそのことを最近小説に書いたばかりなので、お先走りで話してしまうことはないんだけれども、しかし何となく幼年学校の敗戦というのは、普通の人の敗戦と違うんじゃないかと思う。ぼくらには戦犯という意識があるんですよ。

秋山❖それは当然だと思う。

加賀❖自分たちが協力した戦争が負けたことは、ぼくらの責任だ。だから何かの形で――これから先が奇妙なんだ――天皇に対して申しわけを立てなくちゃいけない……。

秋山❖そういうふうになるわけか。

加賀❖国民にじゃなく、陛下に対して申しわけない、ということで。

秋山❖その戦犯意識というものは、天皇にもあるし、アメリカ軍にもあるわけ。

加賀❖いや、そのときの戦犯意識というのは、天皇に対して申しわけないということです。

秋山❖もう一つ聞きたいのは、そういう意識とともにある行動があるだろうと思う。つまり、アメリカ軍に対する戦犯意識だったら、幼年学校で日記を書かされたでしょう、そういうものを燃やすとか……。ところが天皇に対する戦犯意識だとすれば、ただ日記を燃やすということでない、他の行動になるとか。

加賀❖いや、それはそんなに簡単なことじゃない。つまり、あの玉音放送を聞いたときのショックというのは、すぐ思ったことは、最高責任者である陛下は自害されるであろう。そしたらわれわれは殉死しなくちゃならない。そこで一同死を覚悟しなければ、という意識があった。

もう一つは、アメリカ軍が上陸した場合は、必ず幼年学校、士官学校の生徒は、戦争犯罪人として逮捕されるだろう。だから、なるべく自分の証拠になるような日記とかそういうものは抹殺しなければならぬ。

その日起きたのは二つの声があって、一つは陛下に殉じようということ、これは硬派の連中だ。これは自害ということで、どんな刀がいいかと、刀まで相談しているわけだ。

秋山❖ぼくもそうだと思うよ。

加賀❖もう一方は、死なないで済んだと、ほっとした連中がいるわけです。この連中は、早く自分たちの名前を抹殺しなければということで……。

秋山❖それはやっぱりいるんだな。

加賀❖アメリカ軍が来たらえらいことになるんだと、ヒットラーユーゲントは全員銃殺されたというわさがあったわけです。

秋山❖意識の表面では、第一の段階はすみやかに通り過ぎるわけだな。

加賀❖いや、第一の段階と第二の段階、両方が一人の人間に起こるわけだ。人間だから迷うわけだね。それで十五、十六、十七日というのは、息詰まるような緊張です。いつ陛下が自害されるかということで、われわれの行動は全部きまるわけだから。

ところが自害されないわけだ。そして二十日ぐらいになったら、一億総ざんげということになってきて、どうも雲行きが違うぞということで、その次の第三段階は、そうであるならば、われわれも生き残って、アメリカに対して復讐しなければならないと、四十七士の心境で期を待つということです。

そこでいろんなことをやるわけですよ。幼年学校の裏手に観武台という丘がある。そこに梨本宮《なしもとのみや》（守正王《もりまさおう》）の書いた碑があって、それを再起の日まで埋めようと、涙ながらに埋めたんです。そしてアメリカに対してあだを討つ、つまり吉良上野介の首をあげた暁には、再びこの碑を建て直すとみんなで血書をやったわけだ。

後藤❖いつまで幼年学校だったわけですか。

加賀❖八月二十七日に解散です。つまり幼年学校というのは、そのとき十六歳だったけれども、兵籍にあったわけだ。昭和十九年暮れに、陸軍関係の学校にいる者は全部兵籍に入るということになって、つまり兵隊だった。そこで復員令が出て、二十七日に一斉に内地にいた軍隊に復員列車を仕立てて、復員……。なぜかというと、二十八日は厚木に先遣隊が来ていたから、その前に帰っちゃおうというわけです。

秋山❖だからそこで、ぼくは軍需工場にいたんだけれども、ぼくよりもう二年上の生徒は、八月十五日には、加賀さんと同じように考えていたんだ。彼らが「おまえたち、日本は負けた。あとはおまえたちに頼む」と言った意味は、自分たちは殺されると思ったんだよ。だからぼくがヘラヘラと笑ったら「おまえみたいなのがいるからよくない」と言われて、死を意識したような少年は、おそろしいからね、ちょっとこわかったけれども、ぼくがその幼年学校の人をヘラヘラと笑う位置にいたことは事実です。これからの話にそれは出てくると思うんだが、八月十五日に、後藤さんはどこにいた。

後藤❖ぼくは正確に言うと、北朝鮮にいた。よく朝鮮戦争で問題になった元山《げんざん》というところの中学一年生だった。昭和七年のおそ生まれで、大日本帝国といわれた国家があった時代の最後の中学生がぼくらです。で、八月十五日というと、あれはソ連が参戦してきたのは八月八日か（編注：モスクワ時間の八日午後五時に宣戦布告され、九日午前零時より攻撃開始）、そのときに爆撃があって。

秋山❖その八日のソ連参戦のときはどうしていたの。普通は八月というのは夏休みでしょう。

後藤❖全く夏休みは返上です。ぼくらは、天気が続いていたから山へ行っちゃ松根油掘りで、八日は校舎に軍がいたから、武器の不寝番を交代でつとめさせられた。そしたら突如爆撃があってね。初めての爆撃です。

秋山❖そのときにどう思った。

後藤❖いったい誰が爆撃しているのかわからないんだ、突然で。これでわれわれの掘った防空壕が役に立つのかなと思ったり（笑）。

秋山❖その一瞬は、アメリカと思ったのか。

後藤❖ソ連とは思わなかった。やはり米英だと思った。ついに来たぞということで。翌日に、どうもあれはソ連らしいという話になった。ところが、あのころは金日成《キム・イルソン》という偉い人が白頭山という辺で抗日戦をやっていたんですよ。

秋山❖それだと思ったのかな。

後藤❖そのときは知らなかったんです。当時ちょうど朝鮮人部落が元山にあって、これが爆撃を誘導したというううわさがあった。彼らがまっ白いチョゴリ着て山の上にあがれば、人文字が書けるわけです。それで朝鮮人はけしからぬ、スパイだ、という話が出たりして、ただそれにしても内鮮一体という気運がかなり徹底していたから、あれはやはり一部のスパイであろうというふうに言われたり、少したってソ連人らしいということになった。そして一人一殺だということで、寄宿舎の裏にタコ壺を掘った。それが十四日。

八月十五日は、重大発表があるから午前十時に泉町小学技に集合しろと言われて、われわれは、その前の晩が不寝番で、眠くてフラフラしながら行ったんです。その日はどうしようもない暑さでね。校長が「日本はある事情があって停戦するんだから、元山中学の諸君は、元山中学生の誇りを持って解散」と言うんです。

秋山❖君の記憶は確かか、それは放送を聞く前か。

後藤❖放送を聞く前だ。それでこういうことなんだ。「いつ召集があるかわからないから、元山中学生は誇りを持って自宅で待機せよ」って。正午前だよ。午前十時だもの。

加賀❖その校長は、よほど中央とコネのある人だね。停戦ということを言ったわけか。

しかし、八月十日にポツダム宣言受諾ということは全世界に知れ渡っていて、日本だけが知らなかったという事情はあるね。

秋山❖いや、もう一つあるでしょう。その受け取り方があるわけだ。ポツダム宣言が何を意味するかということを、あのころの日本庶民は知っているわけがないから。

それはいいけれど、停戦だと聞いたときに、君は何を思ったの。

後藤❖それが停戦という意味が全然わからなかった。校長から言われたときには、ソ連が八日ごろから爆撃をしているから、正式にソ連に対して「宣戦布告」したのだと思った。絶対間違いなくそうだと思ったよ。

秋山❖順序としてはそういうことだな。

後藤❖それ以外の重大放送というものはないと思ったよ、停戦＝宣戦布告だよ。

秋山❖初めて聞いたね。

宮城に行って頭下げてどうして食っていけるの？

秋山❖それから二週間たった九月一日ぐらいのことをちょっと聞いたほうがいいと思うんだが、加賀さんはどうしたの？

加賀❖敗戦というのがはっきりしていく過程がありますが、それをはしょると、八月十五日の放送の瞬間には負けたということは思っていないんです。だから校長の少将が演説をして「いまやソ連に対して宣戦布告が陛下のお声によって決せられた」と。

秋山❖やっぱりそうだったのか。ちょっと一行ずつ言ってくださいよ。原子爆弾のことは聞いていたの？

加賀❖聞いていた。

後藤❖俺は原子爆弾という名前がわからなかった。

加賀❖新型爆弾だといったその記事は、当時の新聞に出ているもの。八月九日でしょう、落とされたのは。

秋山❖そうです。それは前にもあった。ぼくの記憶はどうかわからないが、ヒットラーがVⅠ、VⅡ号をつくったときに、開発記念に原子爆弾という言葉が出てきます。

加賀❖しかも新聞に、トルーマン大統領の報道として「広島や長崎に落ちたのは原子爆弾であると、アメリカは言っている」とちゃんと書いてある。

秋山❖やっぱり出ているだろう。

加賀❖ただし、日本の物理学者の談というのは「そんなばかなことはあり得ない」と。

秋山❖それがついていたわけか。

後藤❖ぼくは、中学一年のときで読んでいないんだ。

秋山❖話をもとに戻して、負けたということを直感しますね。その八月十五日から二週間たってどうしました？

加賀❖そのころは、復員です。

秋山❖何を持って帰ってきたの？

加賀❖くつ下の中に米二升、それから仏和辞典、まっ白な大学ノート五冊、冬の軍服一着、あとは教科書——これは何の役にも立たなかったけど——だからものすごく重かった。

秋山❖加賀さんはそのほかに何も盗まなかったの？

加賀❖何もやらなかった。御真影を持ってこようと思ったが、陛下のものだからおそれおおいという気がするんだな。ぼくが天皇陛下に対する信仰を失うまでに、三、四カ月たっているわけです。天皇というのはたいへんな人間であると悟るまでは、飢えよりも何よりも、天皇に対するそういう気持ちの変化があるんですよ。だからぼくの戦後は、天皇は人間である、ということに気がついたときからです。

秋山❖ぼくは小学、中学のときに、天皇に対してそういう感じを持ったことは一度もないんだ。

加賀❖それは幸福だと思うんだな。ぼくらは中学二、三、四年の十四歳から十六歳までの年齢でしょう。徹底した軍隊教育ですから、信じちゃうよ。陛下というのは神であらせられると思っちゃうよ。

秋山❖われわれ中学一年で何を話していたかというと、天皇というのはちょうど「冒険ダン吉」の漫画がある、ああいうところの酋長にすぎないだろうし、戦争のときは酋長が先に戦わなければいけないのだからと……。

後藤❖それは日本の中流階級の、ごく一般的な考え方じゃないのかな。

加賀❖ぼくは天皇が人間であるということに気がついたときの驚きというのが、すぐ自分の両親に対する憎しみになった。そのとき父親と交わした会話も覚えている。「何だ天皇は人間じゃないか」と言ったら「何だ、そんなことを知らなかったのか」「父さんは戦争中は、天皇は神さまだと言ったじゃないか」「そんなことは信じちゃいないよ」と父親が言ったときのぼくの驚きと父親への憎しみはひどかったよ。

秋山❖それはほんとうの話？

加賀❖そうです。どうして人に信ずるようにし向けたのかということで……。

秋山❖天皇がマッカーサーと並んで写した写真があるでしょう。そのときに感じたことは、もっと違うことですよ。こちらの方が体格が悪いわけだよ。あの人が羞恥心を持つなら写らないほうがいいなと、そう思ったわけです。戦争にもかかわらずですよ。

加賀❖ぼくはあの写真を見た瞬間、おそれおおいな、と思ったよ。

秋山❖ということは、話をほかに移しますよ。さっき加賀さんの言った一億総ざんげ、人が宮城に行っておじぎしているの。あれは当時のぼくには絶対理解できなかったな、何で他人に頭下げねばいけないのか。

後藤❖あのときは中学生だったの？

秋山❖ぼくは中学三年生だ。空襲やなんかで、人は一人ずつ生きていくものだと思っているから。その違和感だね。だってカボチャの葉を食って生きている人間が、宮城に行ってほかの人に頭下げてどうやって生きていけるの。そういうところが小学生、中学生の合理的な感覚としてあると思うよ。

後藤❖それは合理的でもあるし、理性的だね。

秋山❖そこを聞きたいと思って、二週間後は……と聞いたんだが。

後藤❖ぼくは植民地にいたせいで、変化が激しかった。というのも、それまで朝鮮人は日本人だったわけですよ。これがまずうしろから畳ひっぺがす形で朝鮮は独立だとなっちゃった。では朝鮮人は外国人だったのか、ということで、加賀さんがさっき言われた、天皇が人間だったというそれと全く同じです。

だいたい朝鮮人をばかにしていたんです。なぐったり、けんかもしたりね。家が店屋で使用人にいっぱいいたから、朝鮮人は日本人に奉仕する人間である、奉仕する日本人であると思っていたんです。それが気がついたら、俺は外国にいるのかということで、畳を完全にひっくり返された感じで、そこへマンドリン銃を持ったソ連兵が入ってきたんだ。これは勝ったも負けたもないわね。

秋山❖朝鮮人が外国人だということと、向こうが独立国だという言葉を聞いたときに、何を思った。

後藤❖それは非常に驚いたと思う。それがいまだに尾を引いているよ。

加賀❖それはいい経験をしたね。

後藤❖ほんとうにいまだに朝鮮人というのは何なのか、幻想なのか、わからないところがあります。

秋山❖加賀さんとぼくはアメリカの兵隊だが、君はソ連の兵隊だね。何がどういうふうに違ったのかということですね。

後藤❖たしかなのは、ぼくは日本の国家というものを疑わざるを得ないと思った。

つまり朝鮮が独立して、そこへソ連兵が入ってきた。それはアメリカ人でもよかったと思うが——二重の外国人が入ってきたわけです。一つは外国人と思わなかったのが外国人になって、そこにもう一個入って、この二つの外国人は両方とも大日本帝国を否定しているんだな。

そこでぼくは、日本国家というものがわからなくなった。というか、そこでぼくは幻想的な人間になっちゃったんです。そうならざるを得なかった。まぼろしの日本はあるはずだと思ったから、引き揚げてきたんだ。だから日本に対して、幻想というものが強いんです。

秋山❖それをもう少し具体的に言ってください。

後藤❖つまり朝鮮は日本だったけれども、それが日本でなくなるわけだ。

秋山❖そこで君が追い出される。

後藤❖というからには日本人だから追い出されるわけでしょう。だとすれば、ぼくが行く祖国というものは、もう一つあるわけでしょう。なければ帰れないから。ところが、われわれが向かっている日本と、朝鮮で否定された日本が、ほんとうに同じなのかどうかということだ。

秋山❖だから、朝鮮から出て行けと言われて、そのときは日本に帰ってくるわけだな。そのときの日本をどう思っていたのかということだよ。

後藤❖だから夢まぼろしよ。ぼくは福岡県の本籍地に帰ったが、あまりに平穏すぎるのでいやになっちゃった。追い出されたにもかかわらず、何という平和かということで。

秋山❖そうか、マンドリン銃をかかえたのがいないわけだな。

後藤❖変だなと思ったんだよ。ぼくは日本に対する劣等感というのを持っていた。というのも、日本人であるにもかかわらず、日本を知らなかった。だからとにかく、これが日本だ、と思う以外になかったわけだ。

加賀❖要するに国籍不明の人間になったわけだ。

――とにかくものを売ることからすべてがはじまった――

秋山❖加賀さんはどうしたの？

加賀❖ぼくが帰ってきて、二升の米を見たおやじが、たいへん喜んだわけだ。その親を見て、親に対する信頼の念が崩壊したね。

ぼくの家は弟も母親も栃木に疎開していて、東京には父親と二人で暮らしていたんですが、食いものがないんだ。配給なんて全然ない。芋が少しあったが、配給もいつ来るかわからない。そこで小学校が焼けたときに、講堂に隠匿してあった鮭缶の焼けたやつがいっぱいあって、それを毎日一つずつ食べていくわけだが、そのうちになくなっちゃうんです。

秋山❖それをどう思ったの？

加賀❖しようがないと思ったね。

秋山❖じゃわかってもらえたね、工場からモーターを盗み出したってことを。

加賀❖わかる。わかる。

秋山❖法律が中断したと思ったわけね、いまの言葉でいえば。

加賀❖二升の米なんて、二人で食べて一週間でなくなっちゃう（笑）。

秋山❖なくなって、どうしたんですか。

加賀❖その瞬間に、どうにかしなきゃいけない。そこで買い出しに行かねばいけないということで「お父さん、疎開地へ行って少し持ってくる」と疎開地に行ったんだよ。

秋山❖やっぱり、加賀さんが行ったんだよね、おやじじゃなくてね。

加賀❖おやじはどうしていいかわからなくて、うろうろしているんだもの。それで栃木に行ったら、弟たちは悲惨な生活しているんだよ。百姓が米を回さないで押えちゃうんだ。で、芋の葉っぱ食って青い顔しているんだから、買い出しどころじゃないわけ。

秋山❖でも加賀さんは、幼年学校にいたから、芋の葉を食わないで済んだんだよ。

加賀❖いや、幼年学校でも芋の葉は食べてたよ。

秋山❖食っていたのか、乏しいんだな（笑）。

加賀❖あちこちかけ回って近所の人を嚇《おど》かしたりして、やっと小豆を三升ばかり買った覚えがあります。それと芋をトランクに詰めて東京に帰ってきたよ。満員の列車でね。

秋山❖みんな戦争中に芋の葉やカボチャの葉を食べているでしょう。ところが学校というのはありがたいところで、友だちに農家の子がいればトマトやキュウリを売ってくれる。それをふろしきに包んで電車に乗ると、おとなに取られちゃいけないと思うから、みんな必死だよ、それはどうかな？

後藤❖ぼくの場合は植民地だから、ひどいと思ったよ。とにかく毎日、弁当のおかずといえばタラコだな。

秋山❖いいもの食ってやがってこんちくしょう(笑)。

後藤❖タラコが名産地だからね、明太といってね、これは馬に食わせるようなものだよ。それをいまの観念で言われちゃ困るよ。

でも弁当がいやでね。昼めしになるまでにくさくなるので、朝、食堂でもらうと、部屋に帰ってみんな食べちゃって、昼めしは空の弁当箱を持っていくんだ。とにかくそういうことで、それは相対的に言えばいいよね。

秋山❖それは絶対的にいいよ。

加賀❖たん白質が食えただけいいよ。

後藤❖そのあとだよ問題は。戦後も日本人同士が汽車から突き落としたり、押しのけたり、奪い合ったり、というのでなくて、あくまでも外国人との抗争だった。そこが違う。

でも悲惨さは同じです。うちのおふくろも、自分の着るものは全部、米といわずジャガイモ、カボチャ、大根に至るまですべての食物にかえちゃったというのは同じです。ところが、ぼくが日本に帰ってきて、買い出しに行ってけしからぬと思ったことがある。

当時、中学に行っていたけど、農家半分、町の者が半分で、ぼくらは「配給米」と言われた。あだ名です。配給米は弁当を持っていけないわけだ、朝は芋雑炊なんかだから。ところが農家の連中は銀シャリを持ってきているわけだ。だいたい昔の旧制中学はみんなそうだが、弁当を食いに帰っちゃいけないことに校則でなっていたんです。ところがあるとき「配給米の子弟は、昼めしに家に帰ってもよろしい」と、張り出しの紙が校長名義で出たことをはっきり覚えている。それだけ配給米は食えなかったわけだ。お米がなかったから、芋かあるいは芋の葉っぱを売っていたんだ、八百屋ではね。

結局、日本が負けてある意味じゃ苦しいと思って帰ってきたのに、なぜ苦しくない人がいるのかなと思ったよ。

秋山❖君はあまり苦しくなかったんだろう。

後藤❖いや苦しかったよ「配給米」だもの(笑)。

秋山❖いや、そういうのはいい部類だよ。

後藤❖いや、いや、よくないよ。何がうまかったというと大豆粕です。

秋山❖あたりまえな話だね。ぼくがあなたに聞きたかったのは、あなたはものを売りに行ったのか?

後藤❖もの売りはしなかった。

秋山❖それがあなたは少し楽なんだよ。

後藤❖ぼくは次男だから。

加賀❖中一というのは、半分餓鬼だからね。

後藤❖兄貴はいろんなことをやったよ。

加賀❖とにかくものを売ることから始まったんだよ、あのころは。

秋山❖ものを売るというのは、苦しいより恥かしいことだね。

後藤❖ぼくなんかはまだ労働力にすぎなかったよ。これをかつげと言われればかつぐが、和服の帯なら帯がどのぐらいの金で交換してくれるかという交渉事までは立ち会わなかったんだ。

ただ、ひとこと言っておきたいのは、ぼくと同じ年代の田舎の中学の同窓生が、会うとこういうことを言って喜んでいるんですよ。あのころは「食わせ芋」というのがあるというんです。お客が来ると、自分たちが食っているおいしいのを一切れ食わせる。これがこの俵の中に詰まっていると。中は馬に食わせる、味もそっけもないすかすかのやつですよ。それを俺はおまえにやったと言うんです。それが同じ日本人なんだ。ぼくは、日本は滅亡したと思って朝鮮から帰ってきたら、案外反対だったという実感が、あれにはある。

というのも、いつもカフカの『城』を引き合いに出して悪いんだが、あそこでKがあこがれた共同体、そういう感じで帰ったんだ。日本は国家が滅亡したんだから、お互いに逆な意味で一致協力していると思ったよ、飢えなら飢えで。ところがそうでなくて、日本人同士がやり合っているのをまのあたりに見た。

秋山❖でも朝鮮人が、独立だといって外国人になって現れたように、戦争中から日本人の場所にもそういうものが出ざるを得ないだろう?

後藤❖戦争中あるいは戦争前といえども、日本にずっとおれば、おのがじし日本の中で階級があったと思う。それがぼくにはわからなかった。植民地では日本人は全部支配階級だったよ。それがどんでん返しで、被支配階級になった。で、ぼくは全部日本人は被支配階級だと思ったんだ。

秋山❖いや、それはいいけれど、階級が通用しなくなってくる場所があるだろう。たとえば空襲のときには女は足手まといだけれど、おふくろの手ぐらいは引っぱって逃げる。ところが逃げながら、混乱の場所に来ると手が離れる。と中学生は足が強いからそこからのがれるが、おふくろはそこで死んでいるとか、いろいろあったけど、いずれはそういう場面が来ると思っていたし、その次はわれわれだろうと思っていたよ。食べものにもそれがあって、そういうところに暮らしてきたんだけれども。

で結局、今度戦争が終わって、負けてよかったと思ったのか。平和になるわけだよ、とにかく。

加賀❖それはよかったと思った。ぼくの感覚からいえば、昭和二十年秋に千葉にアメリカの機動部隊が上陸して、本土決戦になるはずだった。だから幼年学校の生徒は全員玉砕を覚悟して、八月初めにいとまごいの休暇が一週間あって「とにかく交通事情が悪いけれども両親だけに会って帰ってこい」ということがあった。それで軍人の子弟は軍刀を持ってきて、切り込みをやって死ぬんだということだったけど、その直後に敗戦でしょう。だから敗戦の瞬間、ぼくらは秋よりあとは生きているとは考えていなかった。そういう意味では九月になっても自分は生きているということで、生きていてよかったという思いだった。

秋山❖その二週間後の日本の状態は、あなたはどうなってると思ったの？

加賀❖八月二十七日に復員した時点では、ある程度は気持ちは落ちついていて、自分の証拠になるものは抹殺して、あとはいくらアメリカ軍でもわれわれの居所はわからないと思ったんです。で、九月の初めに最初にアメリカ軍を見た。家の前にジープで先導されたトラックに乗った黒人の部隊が夜来たわけだ。何だかガヤガヤ言うから出て見たら、黒人だから見えないわけ。目ばかりギョロギョロしていて（笑）。みんなワイワイいって、うしろでカービン銃をかまえながらゆっくり通っていくわけだ。

秋山❖見たときに何を思ったの？

加賀❖そのときはくやしかったな。日本はやっぱり負けて外国の軍隊に占領されてしまったというくやしさだ。いまに見てみろと思ったな（笑）。

ところが一方では、ほんとうに食いものがなかった。われわれは毎日毎日、あしたはどうしようということだった。そこへアメリカ軍が翌日には新宿の町にカービン銃を持って繰り出してくるんです。伊勢丹と三越が焼け残っていて、そこにやって来るわけ。金も食いものもないが、珍らしいから見に行くんです。

秋山❖ぼくも見に行ったよ。

加賀❖チューインガムを噛んでパッと投げると、みんなワーともらいに行くので、おもしろがってキャラメルまいたりしてね。それは情けなくてね。何たる国民であるかという思いだね。で、ぼくは兄弟がいっぱいいて、弟が取りに行くんだが……。

秋山❖加賀さんはできなかったのか。

加賀❖できない。誇りみたいなのがあるんです。

秋山❖俺もできなかった。

それはいいとして、そのころ占領下というのは、郵便物の開封というのがあったわけだ。それから基地に行って学生アルバイトを二日やったら、われわれは、はっきり見てくるものは見てこなくちゃいけないわけで、われわれは殺されたってしようがないんですよ。

そういうあんまり極端なところじゃなくて、もっと日常的なある話を伝えたほうがいいと思うのは、ぼくは何度も言うけど、横井庄一が帰ってきたときに、新聞記事だけの話ですが「いちばん最初に塩がほしい、切れものがほしい」と言ったときに、なるほどと思ったもの。きっと戦争中に、ぼくもほしいものだろうと思ってね。しかし幼年学校の生徒は違うだろうと思っていたけれどね。

加賀❖それは違うんだよ。幼年学校では、何も食うものはなかったが、誇りだけはあったね。

秋山❖何でそこのところに物資を補給してくれないのかね。

加賀❖いや、それだけの余裕がなかったわけだ。つまり、幼年学校では戦力にならぬのだから。精神だけはたたき込むけどね。

後藤❖加賀さんのところは、代々軍人じゃないわけでしょう。

加賀❖だけどぼくらの世代というのは、中学に入っていたら六〇％が海兵とか陸士へ行くという世代です。

秋山❖いまの三十二、三歳ぐらいの評論家に――ぼくも文学で同じ立場だが――大車輪はできなかったが、蹴上がりぐらいはすいすいできたと言うと、みんな現在のぼくをながめて疑わしい顔をするんだ。でも、あの当時、兵隊にいつか行かねばいけないのだろう、蹴上がりぐらいはできなくては生き残れるかと思うから、そこまではできるよ、ぼくは。

後藤❖だって中学の入試の条件が、懸垂五回だったからね。ぼくは十五回ぐらいはできたね。

加賀❖ぼくも懸垂二十回だ、いまでもできるよ。

――健康できれいないい娘がパンパンになるのが戦争だ――

秋山❖そこら辺の感覚で、ぼくは敗戦のあとの戦後批判の中で決定的に考えた、あるいは感受した、二つのことがあるんです。

一つは戦争中からつながっていることだけれど、ぼくが農家に行って「いろんなものを売ってください」と頭を下げて持ってきたもので、おやじを養っているというような心境で、学生なんかに幾ら説明してもわからないのは、ぼくが「ザリガニをバケツ一ぱい取ってきて、その肉をゆでて食べた」と言ったら「あれが食べられるんですか」と言うんだ。

それから立川の基地に三日ほど英語の勉強ができるのかと思って行ったよ。ながめた世界は占領下の――おとなはよくあそこでがまんしているな、と思ったことがあるから、おとなの世界をぼくは徹底的にばかにしたよ。だから終戦後の学校の選択、学校を出てからの生き方は、自分一人でやってきたよ。すべておとなの世界とは、ぼくは縁を切ったよ。

それでぼくは子供をつくらない人間になったよ、いやだから。おとなをだらしないと思ったから。ぼくは完全無欠のおとなにはなれないから、いやだよ。すべて自分の家庭、行っている学校も壊れたと思ったから、ぼくは中学三年で終戦で、四年、五年と中学に行かなかったよ。

だからちょっとおもしろいと思ったことは、ぼくより二、三年あとの人は、中学に行っているということだね。ぼくはばかばかしいから行かなかったんだ。

そのときにもう一つ、中学四年ごろに、新宿駅の西口から、いまの武蔵野館あたりにかけて、パンパンがいるんです。ぼくは思春期のころで、性的好奇心があるから、そこを歩いたよ。そのころの中学生なんて体格が悪くてだめじゃない――そうすると両側に立っているのは、ほんとうに健康なきれいないい娘さんが、いっぱいいたみたいだったな。ああいう人がパンパンになるのが戦争だよ。それで「幾らなの？」って聞いたら「チョコレート一枚だ」と言ったよ。それはまけるということじゃない。ぼくらはかなり印象強く思っているから。で、だんだん社会が変わっていく。一枚のチョコレートの値段に代わって一枚の百円札か千円札になっていく――なかなか理解できないところを持っているね、ぼくは。

加賀❖いまの話でいえば、戦後の中間期というものは社会がいやになるという感じで、つまり、アメリカに追従してペコペコしてパンパンになったり、チョコレートもらったり、これは政治家も自分の教師、両親を含めて、おとなというものがまるで百八十度転換したみたいな、つまり天皇の代わりにマッカーサーをいただいたわけで、そういうものに対する徹底した憎悪、嫌悪感は激しいね。

後藤❖ぼくは民主主義というのもいやだったな。それで退校させられそうになったんだ。ぼくは日本では中学一年に入ったので、落第したみたいで「やめる」と言ったんです。そこは家《うち》のおやじの出身校で、また叔父なども教師をやっている学校だから、恥を忍んで一年に入ったんだ。でも、どういうわけだかぼくは試験で一番になるんだな。それでまたいやになっちゃったんだ（笑）。

加賀❖そこで「飢え」ということについてですが、あれは肉体的な飢えというより精神的な飢えですね。

秋山❖ぼくは飢えの感覚というものはないと思うんだよ。飢えの感覚を満たすために、いろんなことをやったのであって、それが問題だよ。

加賀❖たとえば、とにかく天皇制の護持という右翼思想だけで十六歳ぐらいまで教育されたわけであって、戦後の民主主義といわれたものは、そのまま信じるわけにはいきません。九月の末になると、中学で戦争のあったところは教科書から全部抹殺しなければならないんです。墨で「何行から何行まで黒くしろ」なんて、ばかばかしくてね。

秋山❖もう一つつけ加えると、教科書を一日墨を引くのを忘れて学校の机の上に置いていったんだよ。それでぼくは呼ばれたよ。

そのときの権力というのは、かつて先生たちが知らなかった占領軍の権力だからね。それが直接つながるとは思っていないけれども、先生の言い方でわかる。それは先生がある権威をかさに着て言っているのでなくて、その先生も、あるいはおびやかされるかもしれないところの力があるのに「おまえは何てそこつなことをしたか、俺は救ってやらない」というそれですよ。

だからぼくが、戦争中と戦後とが変わらないと言ったのは、戦争中は大車輪をやりそこなって鉄棒から落ちて、首の骨を折ってけがをしても両親は救ってやれぬ。いつかは戦争に行く人間が、そのくらいできなきゃしかたがないじゃないかと泣き寝入りだ。墨の場合には、墨を塗らなかったおまえの手落ちのために、教師も責任を問われたらどうなる、ということをぼくは言われたね。

加賀❖ぼくもそれとおんなじことを経戦したな。教師がマッカーサーに対してびくびくしていることは、天皇に対してびくびくすることと同じだよ、少しも変わらない。

後藤❖いまの墨を塗るのは、俺もやった。だけどそのときの反抗の向き方、それが秋山さんのは個人に向いたね。

秋山❖いや、墨を引いても、普通は何も考えないだろう？

後藤❖これは何であるかと、何者によって引かされているかと、これがマッカーサーであると思ったとたんに、マッカーサーに矢印が向く人もあるんだ。ところが秋山さんは人間に行ったね。

秋山❖いや、そうじゃないよ。ぼくは墨を引いているときに、その引いている人間に、戦争とか墨を引かされる行為に、意識的な反省があったとは、ぼくは信じない。ないんだと思うよ。

後藤❖ということはどういう哲学になるのかな、人間は誰もほんとうのことは言えないのか、というふうになるのか。

秋山❖そうじゃなくて、そういうふうにしろと言われたからしているんだと思うよ。そのときは、たいした反省もなくね。ただたった一つわかることは、墨引けと言われて引かなかったときは、誰がかばってくれるのかということを、ちょっと知ったほうがいいと思うんだ。

後藤❖引かない人間は反抗者なのかな、それとも人間そのものなのかな。

秋山❖自分で墨を引くということに、観念的な精神的な意味があります。もう一つは物理的なことじゃないか。えらい瑣末なことだ。

後藤❖というよりも一つの疑問だね。

秋山❖墨を引くことをあまり大きなふうに言うのは間違いだと思うわけね。墨を引くって簡単なことだ、破ってもいいかもしらぬだろう。破らないで墨を引くということは、先生の言うことをよく聞いていたということだろう、違うかい？

後藤❖いや、もちろんそうだよ。

秋山❖じゃ先生の言うことをみんな、よく聞いていたかい？違うだろう。ちょっとなまけるわな。なまけて、聞かなかったときに、あるものをかいま見るわけだ。それが墨を引くという行為のある性質の一端を明らかにしているわけね。

それともう一つある。先生とは何かというよりも、普通は生徒だと思っている人間も、墨を引かないぐらいのことですぐおそろしい目にさらされるわけだ、ということを教えてくれたのも敗戦直後の経験だ。

天皇の〝人間宣言〟と占領下の女の運命と

加賀❖ぼくはある時点から、天皇に対する憎しみの念が、この敗戦から吹き出すように出てきたんです。

自分がずっと天皇陛下のためにと思って戦い、戦後も天皇を信じて矛《ほこ》を収め、そうしてきた時点に昭和二十一年に天皇の「人間宣言」があって、その直後にぼくの中学では校長が壇上で演説をしたわけだ。「これはマッカーサーの陰謀である」と。ぼくはそれに感激したんです。

ところが、東条（英機）とか戦犯裁判の始まったそのときに、天皇は何も発言しないのだ。ぼくは子供心にたいへんふしぎだったし、ぼくの当時の学力ではむずかしかったが、一所懸命、極東軍事裁判の記事を読んだよ。天皇というのは最高責任者であるという核心に達したにかかわらず、天皇個人も発言せず、誰も彼を断罪しない。そのことがものすごくふしぎだった。

秋山❖ぼくは同じ場所に行くために、加賀さんとは正反対の方向をたどっているんですよ。ぼくが中学で何をやったかというと、ぼくがやったのでなくクラス全体で話したのは、天皇は戦争の最高責任者だから、あの人が最初に処刑されるであろうということを入れながら、極東軍事裁判を聞いたんです。で、聞いた印象は、加賀さんと同じところにいるが、あなたはマッカーサーの陰謀だと校長に聞いたが、ぼくは正確にそれでしかるべきだと思ったからね。

加賀❖ぼくはそのときは校長の言ったことはその通りと思ったが、あとで気がついて校長に対する強度の軽べつに変わったね。これはほんとうにわずか数日の間にかわったよ。

秋山❖で、いまの加賀さんのことは、観念の領域の話だね。

加賀❖いや、観念の領域というより、それは戦後に対する姿勢の問題ですね。つまり天皇というものを許容した平和憲法をつくって、象徴とか言ってごまかして、そのまま権力にいすわった人が戦後をつくったんだ。それにものすごく憎悪を持っていますね、いまでも。

秋山❖加賀さんは天皇にあることを思いながらも、校長が言われた言葉に感激したと言われましたが、あなたと一歳違いながら、ぼくは天皇はみずから死ぬべきだと思った。ということは、ぼくだけが思ったんじゃないよ。

で、今度は軍事裁判の印象は同じでありながら、二つの正反対に異なるものを通ったと言ったとき、自分の日常の、まわりで見たものがあるわけで、それが戦後だと思うわけです。

ぼくはやはり自分のまわりでむなしく死んでいった人をいろいろ見ているから。天皇だって一人の人間だからね。右手に死んだ人がいる、左手に生きている人がいる。左手の生きている人の場所へ、共産党が米をよこせと行く。何のことだかそれはわからない。なぜあの人のところへ行くのか。奪うなら奪ったらいいだろうということを、右手がぼくに教えてくれたね。

加賀❖秋山さんの認識に達するまでには、ぼくはだいぶ時間が要った。少なくとも共産主義に近づいたのは、昭和二十四、五年ですからね。その間は、ものすごく苦しかった。ぼくにとっては敗戦直後から数年は苦しみの連続で、決して解放感とか明るいという第一次戦後派の言うような意識は全くないです。無頼派が言っているようなね。

秋山❖あの声には、ぼくはびっくりしたね。

加賀❖ぼくは無頼派に対しては、一種の軽べつを持っています。つまり戦争中はいいかげんなことをして戦争反対運動もせずに、戦後はわが世の春と言いながら反戦の小説を書いた。このことはやはり許せないと思うね。

秋山❖その中間の話をするためには、われわれ三人は全部男じゃないですか。女は違うという気もしますね。ぼくと同じ身分の女がいても違うわけで、男は奴隷扱いだけれど、女のほうはエチケットの練習などをなさってくれるから、けっこうな話だと思った。それから世の中に広がってくるのは、女の文化だよね。それに対してどう思ったかを聞きたいんだけれどな。

後藤❖ぼくはこう思った。負けたときにいちばんいやなことはおやじが捕虜になることです。そのことはちょっと考えられなかった。家《うち》のおやじは一年志願で、予備役の中尉だったんだけれども、ぼくはおやじよりもましな軍人になろうというのが生きがいだったから、幼年学校は受けなかったけれど、翌年は受けるつもりでいたんだ。ぼくは将校になろうと思っていた。おやじも尊敬はしているけれども、おやじが捕虜でつかまえられていく姿というものを想像していたね。

秋山❖なるほど、外地というのはそれがあるね。日本にいれば、おやじというのは、戦争中、汽車に乗って、隣に軍人の偉いのがいたら、どうしようもない存在になるわけだが、これは外地にいれば見ないんだな、日本人はみな偉いからな。

後藤❖それでぼくは子供心に、これは困ったなと思った。それは腹切りといったって、切り方はわからない（笑）。ピストルはあったよ。剣もどうするのかなと思ったね。ぼくの兄貴が三つ上で、ちょっと秋山さんの考えに近いようで、どだいおやじは、あまり信じないし、どちらかというとなまくらの青年で、ぼくは嫌いだった（笑）。

いま話の中に男と女の違いが出たから言うけれど、何かぼくは古いとか新しいとかいうことじゃなくて、民主主義もいやだけど、だからといって、ぼくは活動するわけでもないし、右翼とか左翼にも入らない。それであの「恥」の意識というのは何だろうかと思うと、これはやはりけがされたという感じじゃないかと思うな。それは国体がけがされたというものじゃなく、何かもっと分身というか、おやじに対する愛着というか、おやじが捕虜になることは許せない、という感じがしたね。

秋山❖いや、君のところは非常に切実だけれど、日本の婦女子は、家から出ないほうがいいとかということがあったと思うよ。

後藤❖それは女に全部いえるわけでしょう。家《うち》のおふくろが外国人とある関係になるということは、ちょっと許せない。ぼくは男だからおやじのことを考えたが、かりにもおふくろだったら、これはやはり爆弾じゃないかという感じがするね。これは朝鮮人であれソ連人であれ、爆弾ものだピストルだという感じはあったね。それは何なのかはわからないけれども。

いまぼくがこう言っても普遍的とも思えない、誰でもそうだとも思えない。ぼくらの時代の中の、秋山流に言えば一つの流れの粒として、そう考えたんじゃないかと思うよ、中学一年生として。

秋山❖われわれが戦後にあって、混乱していった感覚というものはあるはずだよ。それはどう思う？

日本が負けたことはいやなことだったが、敗戦で占領されたときに、いちばん象徴されるのは女の運命だよね。だから女性は、進駐軍が来るときに家から出るなと言い——ところが右手にそういうものを含みながら、左手に起こってきた言論の場所では、民主主義と一緒に、進駐軍とともに運ばれてきた文化というのは、女性を尊重することだ。エチケットとかいって、男が守らねばいけないものはこれだというものが入ってきた。

そのときに多少われわれの中に、男は女じゃないから、そういう声は理解しなくていいけれども、ぼくの隣にいる左の女が言っていることはいいことじゃないか、ということがあるわけだね。

占領軍のアメリカ兵が来たときは、少年である男のわれわれが奴隷になるのではと思うことが一つある。われわれの観点からすれば、女も奴隷になるんじゃないかと思うところがあるが、もう一つの声は、つまり男は女性に対しエチケットを守るべきものであって、そういうものを否定するような世界の中での保守的な文化的な考えは古いもの封建的なものではさねばいけない、進駐軍の持ってきたそれは、文化的だし、女性を尊重するというものがあったね。そうすると女はどうしたんだろうね。すみやかに時代の流れについていったような気もするよ。

加賀❖ぼくは戦争が終わってから戦後を通して、女性に対する信頼の念もなくしたね。つまり戦争に対するうらみが深く、すべてあの戦争から始まったな、発想は。女性もそうなんだ。

戦争中に「英霊の家」とかなんとか言って、戦争に男をかりたてたのは女じゃないか（笑）。戦争中の教育ママさんが、軍隊、軍隊と息子をやったわけでしょう。兵隊になりなさい、将校になりなさい、そのためには士官学校へという教育を、小学校のママさんがみんなやったわけですよ。それが戦争が終わったら、手のひら返すように今度は平和のために働きなさい、そのためには一流校へ入りなさいというふうに変わって、そういうママさん以外の女性は、パンパンになった。ぼくは新宿のそばに住んでいたからパンパンの巣窟なんだよ、家のまわりが。

だから、ぼくの見る女性は教育ママかパンパンです。これは極端な軽べつだね、何たることかと。ぼくは女性に対する信頼の念を取り戻すまでは二十年ぐらいかかっているんだよ。

秋山❖きょうは、加賀さんや後藤さんがいるから言っておくけれど、われわれみたいな戦争中少年のようなものからも、戦争中、敗戦直後の混乱を聞くけれど、女の話はないね。現在この席に一人の女でもいたら何か言うだろうな。

加賀❖たとえば、ぼくは日本の戦争に対する限りは、女性の責任がいちばん重いと思っている（笑）。まさしく戦争を起こしたのは女性だと思っている。「軍国の母」というやつですよ（笑）。それは軍部でもなければ一にぎりの政治家でもない。戦後をつくっているのは教育ママなんで、同じなんだよ。同じことで女性の本性はちっとも変わっていない（笑）。

――いまではみんながルンペン・プロレタリアートだ――

秋山❖いま言ったのは、女という問題を入れなくちゃいけないというのがあったけれど、もう一つはお金の問題があると思う。

ぼくはきょう黒井千次さんがいなくて残念に思うが、あの人にいつか戦後の体験を聞いたら、下駄のはなおを売るアルバイトをしたことがあるっていう。いまだからアルバイトといえるが、ある一時期、何年かは知らないが、言えないはずなんです。つまり、どんどん貨幣価値が変わってくるわけだ。

ぼくがさっき言った戦争中の工場の体験も、観念で言っているのでなく、戦争中、学徒動員の少年にもお金はくれたんだ。それである映画を何回見れるという貨幣価値があったわけで、それにかけてほんとうは言ったわけね。

ところが戦後に、それがどんどん変わってくる。零がくっついてくる。きのうまで一円未満の金でできたことが、今度は一円というラインを越えてということになってくるわけです。その場合に何が起こってくるか。おやじの月収が世の中の物価変動とともに変化するならそれでいいが、全部の家庭でギャップがあるはずだよ。そのときに、ぼくがさっき言ったのは、おとなの世界はだらしないもので、われわれがささえてやらなくちゃならないものだと思っていた。そういう金銭の変動というものがどんなにおそろしいか、という声は乏しいですね。

現在、物価の上昇が激しく、卸売り物価が八・五％というおそろしいインフレになるというけれど、その実験場は敗戦直後の時間に過ごしているわけね。いま驚くことはないわけだ、やってきたんだから。それをわれわれの場所ではどう見えたかというのはあると思うよ。

ぼくは一つだけ言いたいけれども、敗戦後の生活の変化で、現在、電気器具とかをいっぱい入れるから、日本人のわれわれは生活水準が向上したように言うけれども、全然違うよ。それは戦争前から戦争中にかけてのおやじの生活程度のほうが、いまここにいる人よりは上だと思う。ちゃんと門のある家に簡単に住むことができたもの。

加賀❖そして女中をつかってね。

秋山❖でも女中に来る人の家も千差万別あろうけれど、そのもとの家というのは、別に下ということもなくて、そういうものとして来ているわけだ。

加賀❖生活程度は下がっているんじゃないの？　中産階級は完全に没落しているよね。つまりわれわれはプロレタリアートになったんだよ。

秋山❖正確になったよね、それは。

後藤❖だって日々働かねば生活できないんだから。

秋山❖あなたが病気になると、没落していくだろう。

加賀❖病気になっても、老人になっても、何の保証もないしね。つまりそういう点では生活は悪くなっているし、戦争中も戦後も政府は全くあてにならない。それは同じ人間がやっているんだから。

後藤❖そうです。ほんとうに悪くなっています。

さっき秋山さんは、おとなはいやだと言い、それで子供はつくらないと言われたけど、ぼくらもおとなだし、それは結局、年齢というものは相対的なもので、おとなとか子供とかいうのはね——それは固定的には考えられないものだが、ぼくらが一つの生まれついた運命としていまの状態が何よりも悪いということは事実ですね。

ところが、いまの子供は、それをどう考えているのか……。というのも、いまは下男、下女という言葉はなくなって、そういう身分階級はないでしょう。

秋山❖君は、ないと思いたいんじゃない？

加賀❖自分が最低になったから、なくなったんだ。

秋山❖抽象的には、君が下がったんだよ（笑）。

加賀❖自分より下がなくなったというわけでしょう。

秋山❖君があした死ねば、君の子供はどうなるの？　保証は何もないんだろう？　没落したというのは、そういうことだとぼくは思うね。

加賀❖だからもう少しそれは大きなことを言えば、はっきり言って戦後意識っていうのはないね。戦争から戦後という時間的な経過はあるが、その間にずっと一直線に何かが没落へ向かっているな。そういう感じがするね。昭和二十年八月十五日が何か一里塚みたいなもので、ずっと続いているという感じがする。

創作と批評

×阿部昭×黒井千次×坂上弘×古井由吉

阿部昭―あべ・あきら
略歴は8ページを参照
黒井千次―くろい・せんじ
略歴は8ページを参照
坂上弘―さかがみ・ひろし
略歴は8ページを参照
古井由吉―ふるい・よしきち
略歴は8ページを参照

初出―「文藝」一九七四年七月号

編集部❖本誌ではここにおられる同世代の作家、五人の方々の座談会を昭和四十五年三月号（「現代作家の条件」7ページ参照）、同年九月号（「現代作家の課題」41ページ参照）、昭和四十七年の一月号（「現代文学の可能性——志賀直哉をめぐって」85ページ参照）と三回にわたって開いておりますので、今日は四回目ということになります。

第一回目から数えますと、足かけ五年になりますけれども、その間に「内向の世代」などという言葉でくくられるという現象も出てきましたが、それぞれの方が、創作活動というものを通じて、自分の場所というものを確実につくってこられたと思います。また微妙に変わってきてもいられると思います。作品の上でも、それぞれの方のベースになっているものということでくくれば、家庭とか血肉とかいったものがあげられると思いますが、それらが次第に広がりをもってきていて、社会的なものというか、風俗とか自然とか、自分の外側にあるざらざらしたものを作品のなかに取りこまれるようになってきたし、同時に一方で、自分の資質に合ったところに鋭く焦点をしぼって展開しておられるというふうにも見受けられます。

今日は、それぞれの方々の近作について、相互批評をしていただきたいと思いますが、入り口としてはやはり、家庭とか肉親の問題から入っていただいた方がいいんじゃないかと思います。とくにこの五年の間に、作品の上で、父親という意識がそれぞれの方に前よりもはっきりした形で出てきているように思いますので、そのへんのところも作品との関連の上で語っていただければと思います。

最初に黒井さんの「花鋏を持つ子供」（「新潮」五月号）という話題作が出まして（単行本『禁域』に所収）、黒井さんとしてははじめて幼年時代を書いておられます。これは第一回の座談会の時に黒井さんは、自分は「私」のなさに固執すると言われていて、むしろ外側の方から集約していって帰納的にそこに出てくる自分を捜す、といったようなことを言われましたが、そういう試みのひとつなのか、あるいはもっと別の意味があるのか、そのへんのことからおうかがいできればと思いますが……。

──父と子について──

黒井❖それは、アプリオリに「私」から発するということができないから、外側をとにかく固めていこう、その作業がある程度進んだら、少し形がはっきり見えてくるんじゃないかというふうな言い方を、かつてしていたんだと思いますけれども、それから何年かたって考えてみると、どうも簡単にそうも言えないという気がするわけです。

つまり、外側から迫っていくと最後に残ったものがあって、それがけっきょく「私」だということに、一種の論理的帰結としていくであろうというふうな考え方というのは、いまにして思うとやや単純明快すぎるところがあったように思うんですね。同時に、ひとつの企業の世界だとか、それから家族という人が集まって生きていく場所だとか、そういうものを考えていくときにも、それが簡単にひとつの外側というふうにいえるのかどうかというあたりが、少しぼけてきているんじゃないかと思うのです。だから、自分というのがどうもよくわからない、どこにいてもよくわからないから、それを捜しにいこうやというふうなことが、ある意味では、はっきりした格好で課題としてあった。

ところが捜しにいったらそれじゃあめっかるかというと、どうもそうでもないらしいやというところが、ひとつ出てきている。今ふうに言うと、アイデンティティーというんですか、どうも僕は、あの言葉がよくわからないんですけれどもね。それが非常に便利に使われてしまっていて、そういうと、なにかがそこにあるみたいに受け取られちゃうけれども、そう簡単なものじゃないようだという感じがある。「私」を捜そうと思うその衝動なり営みなりが、アイデンティティーを求めるということにかかわるひとつの作業であるとは簡単に言いきれない部分があるんじゃないかと思うのです。

たとえば、自分の子供のころのことを素材として書くということはいったいなにかと考えると、簡単にいえばそれも現在の自分というものがよくわからなくなっているから、いっぺんさかのぼってみようやという発想でいくと、これはアイデンティティーの論理におそらくなっていくだろう。しかしそんなに簡単なものではないんじゃないかという気がするんですね。

それで、自分の作品に触れて言うと、たとえば「花鋏を持つ子供」というのは、自分の幼年時代をひとつの素材として書いたわけですけれども、それは別にアイデンティティーを求めようとして書いているんでもなんでもないんであって、できあがり方はともかくとして、僕としてはテーマは父と子である、というふうに考えてるわけです。

たとえば父と子というふうなことを考えるのは、自分が父であって、同時に自分の子というものがあって、それが一方で、だんだん下から育ってくる。そうすると、小さかったときはわりに単純に、ある澄んだ形で父と子の関係というものがあったのが、だんだんいろんな要素が入って、複雑な格好になってくる。そこで、否応なしに下から見られてしまう自分というものが、ひとつ出てくるということもあるだろう。そうするとそのときに、「私」はないというふうなことが、たとえば親と子の関係のなかでいったいどういうことになってくるのか、あるいは父と子の関係のなかでいったいどういう意味を持ってくるかということも、別の問題として出てくるだろうと思うのですね。そういうものを、現実の具体的な関係のなかにもういっぺん戻していって、いろいろと確かめてみなければいけないんじゃないか。そういうことのほうがどうも手応えがありそうだ。

だから素材的に言ってしまえば、企業のなかの世界から発して、それから今度は家庭とか家族とかいうつながりを考えて、そこからもうひとつ自分というところまでいっぺん戻ってくる。だからある意味では、どんどん極限していって狭めていく。狭めていくなかで、なにかを確かめていくというふうなことが、流れとしてひとつあるんじゃないかという感じがするんですね。

ただそれは、アイデンティティーだとか、それから現在の世の中というのが、非常にわかりにくくなったり書きにくくなったりするから、だんだん後退していって、過去へ過去へとさかのぼるというふうになっているのではないだろう。そういう言い方というのは、僕は非常に楽観的なような感じがするんですね。そういうふうに言うということ自体が、本来言いきれないものを、ある形にいれて断定してしまうことになる。そういうことがおそらく起こっているのではないだろうかというふうに、自分では思うわけです。

編集部❖黒井さんは別のところでは、カロッサ（編注：ハンス・カロッサ。ドイツの小説家、詩人。主な著作に『幼年時代』『イタリア紀行』など）のエッセイと、それから堀辰雄の「幼年時代」のことを書いておられますが、たとえば幼年の無垢な眼というものを確かめてみたいという意図もおありになったんでしょうか。

黒井❖いや、時間的に私というひとつの命綱みたいなものをたぐってさかのぼっていく、すると幼年というものが幼年として持ってる、ひとつの広がりとか意味みたいなものがあって、それはやはり、ひとつの独立した世界だろうというふうに思うのです。

カロッサなんかのいう純粋な人間の本質という意味とは、ちょっと違うんだろうと思いますけれどもね。それを無理矢理に「私」と結びつける必要はないだろう、と思うんです。

坂上❖「花鋏を持つ子供」を僕も読んで、なんとなく思いが分裂しているんですよ、僕のなかで。

黒井さんがいちばん変ったんじゃないかということを思わせる作品でもあると思うんだけれども、それは素材のほうから考えていくと、別になにを書いたっていいようなものだけれど、やはり黒井さんというと「聖産業週間」（単行本『時間』に所収）とか、そういうようなものから入ってきてるでしょう。それが今度の作品を読むと「聖産業週間」でテーマにしたようなものの考え方は、どこへつながっていくんだろうということが、ひとつあるわけです。表面的に、前のものといまのものと並べると、ちょっと変ってるという感じがするわけね。僕なんか、わりあい同じことを書いてるから、どれを読んだって同じことが出てくるみたいなところがあるんだけれども、黒井さんの場合は、ちょっと変ったなと。

だけれども、変ってないよということも言えるのは、ひとつの世界をつくっていく場合、黒井さんの眼というのは、位置関係としては同じわけですよね。企業のなかの人間を書く場合でも、それからひとつの幼年という自分の記憶のなかの世界を対象にする場合でも、一種、無機質なフィルターみたいなものをかけておいて、その場所をつくっていくという感じ、これはそれほど変ってないはずだという気もするんです。

黒井さんの作品というのは、ひとつの完結したフォームというものが、作品をひとつひとつ読むとできあがってくるんで、そういう意味では変ってないんじゃないか。そのへんのことをもうちょっと聞いてみたいと思ったのは、これはテーマが父と子だということを、さっき言ったでしょう。父と子だという場合は、黒井さんの言ってるのは、父と子というひとつの関係が、あそこのバックグラウンドになってるということなんですけれども……。

黒井❖テーマというより、モチーフですね、むしろ。

坂上❖そうね。だから父と子という場合、その父というのがどんな父であるかとか、自分は子供の側なのか、父の側なのか、そういうような、どっちかに肩入れするようなことが必ずあるわけだから、なんとなく永遠のテーマになってても、テーマたり得るということが言えるんだと思う。

父と子というのは、たとえば父親と子供というような日本語の言い方で出てくるものと、それから、父というのを父性みたいな形としておいちゃう場合と、いろいろ幅が広いと思うんだけれども、そのへんの実際に黒井さんがモチーフとしたことと、子供の世界をつくりあげる手つきとはどうなんだろう。

僕なんかは無機質だという感じがあるんですよね。無機質だというのは、父と子という場合だったら、父親というのが出方が違うだろうという感じがあるんですよ。たくさん書いてないとか、そういうことは普通の批評みたいだけれども、あそこで黒井さんが使ってる父というのは、いくつものフィルターの向こうに必ずそびえてる声みたいなものとして出てくるでしょう。

これは、ああいう社会での権威のひとつのあらわれ方で、中流家庭での父というものが、一面ではよく出てるわけですよ。ああいう父親の台詞の一言でわかるような家庭というのが、いまでも日本にゴロゴロしているわけです。そういう共通感覚があるから、あれ以上書かないのか、それとも父親というものは遠くにおいておこうというようなことで、意識的にやってるのか、そのへんのことの説明があればなと思ったんですけれども。

黒井❖いま坂上さんが言われたような意味で言うと、やはり一種、中間距離みたいな感じはあると思うんですけれどもね。なぜ中間距離かというと、あれだけで父というものが持ってる、ひとつの広がりが出せるというふうに、けっして思ってるわけじゃないんだけれども、ただ、なぜそれじゃあそんなものを書きはじめたのかというところで言うと、父があり子がありというところから出発する、そういう意味なんですけれどもね。

その父というものは、もちろんいまに重なってはいるわけだけれども、なるべくそれを形のうえでいまに重ねるんじゃなくて、ある完全な過去の完結してしまった時間のなかにそいつを入れてみて、それをもういっぺん取り出してみたいと。だから、そのなかの父というのは、一種、父と子のテーマの父じゃなくて、父と子のテーマを生む手続きとしての父という感じが、ひとつある。

坂上❖要するに、対立関係とかそういうことではないわけですよね。

黒井❖いや、対立関係ではあるけれども、それが対立関係として明瞭に出てこない、まだ。

坂上❖でもそれは、黒井さんがそのように書いたわけだから、ある意味できれいに書いちゃってるわけだからね、そういうところは。それは黒井さんの意図するところだろうと思うのですけれどもね。その意図が、僕なんかが日常生活を書こうなんていうときに、ちょっと違う屈折を持っちゃってるものだから。

黒井❖あの段階では、それはしようがないだろうというふうには思ってるんですけれどもね。それで、父と子というふうなことが、そこから出てくるとかいうふうには思ってないわけで、ひとつには、やはり子の側の年齢みたいなものがあるでしょう。それがもうちょっと先にいったら、どうなるかというふうなことは、また別の形で確かめてみなければいけないんだろうし、それから父と子が向き合って坐ってるということでいえば、はるか彼方から木霊がかえってくるみたいにかえってくる壁が先の方にあるはずだというふうに思ってるわけです。

坂上❖黒井さんはある意味ではフィクションというか、とにかくそこにしっかり止めておいて、動かさないようにしておいて再現——でなくてむしろつくりあげちゃおうという、実験室みたいな形をひとつあれしてるんで、あそこに書いてるものはそれほど私小説的ではないんじゃないかという気がするんですけれどもね。

編集部❖坂上さんが父と子を書かれる場合はどうですか。

坂上❖まあ作品に出てくるような形でだけども、あんまりむずかしく考えたこともない。僕はわりあい早くから小説を書いてたから、自分の生きてる時間と書いてる対象とが、いっしょに走ってる時期が多いですから、あんまりそれほど意識的でもないような書き方をしてきてますからね。父親というものを登場させるときは、それをなるべく日常的な感覚のなかでも通用するような形で出そうとはしてきてるけれども、うまく出せてるかどうか。

文学をずっと見てきてると、たとえば志賀直哉の場合にしろ、あるいは広津和郎の場合にしろ、父と子というものが明らかに書かれてるし、そういうものはわりと類似した形で自分にもあるなと、そういう感じできてますけれどもね。

ただ、ほんとうはそうじゃないということもなんとなく感じてる。つまり、もとの時代の父と子というのは、肉親としての父と子ということがあるんだけれども、僕の父と子というのは、いっぺんそういうものが離れたあとでも、父と子の関係というものがある。それはちょっと変化するでしょうね、父と子というものが。

だから、公的なものと私的なものというものへの変化ももちろんあると思うし、それから、もっと悲劇的な形になれば、父と子というのが、偶然できあがった家族として認識されてくるところがあると思うんですけれどもね。

ちょっといまドストエフスキーの『未成年』を思い浮かべるんだけれども、ああいう作品は家族というものを、まったく偶然のつながりという形にいっぺん置き換えちゃってる。つまり、血のつながりがあるというだけで、偶然できあがっている関係だというふうに置き換えちゃってます。

後藤❖父親と子供という問題で言いますと、黒井さんが言ったのにしても坂上さんが言ったのにしても、自分が父親であり、同時に子供であるという構造だと思うのですよ。その構造はいわば永久不変的にくずれないわけですが、だからそれを、非常に普遍的な形で、父と子という問題としてとらえていこうとするのか、あるいは「私」という非常に個人的な形でつかまえていこうとするのか、その両面があると思うのです。おそらく、黒井さんもそれから坂上さんの場合も、その両方あると思うのです。

ただ、両方あるのは当然なんだけれども、ある作品に即していえば、どっちに力点がおかれているかということはあると思うのですね。その場合、黒井さんの最近作の「花鋏を持つ子供」で言うと、やはり普遍性よりは私性のほうからとらえてる、そちらに話はかかっているように僕は思った。そうしないと、あの作品は、よさがあんまり出ないわけなんですよね、今度の場合は。

僕の場合で言いますと『挾み撃ち』『四十歳のオブローモフ』と二つ去年、ほとんど同時に出て、僕としては両方ともはじめての長編だったものだからあれですが、僕が考えたことは、作品のなかにも出てくるんですけれども、二葉亭四迷の『平凡』という小説が、ひとつ頭にあった。

なぜあったかというと、それはテクニックのうえで手法上真似したんじゃなくて、むしろ四十歳という、自分の非常に単純明快な年齢ですわね。この四十ということは、親子のあれでいえば完全に父親のものですよね。そこで僕が考えたことは『平凡』にあやかるわけじゃないけれども、平凡人ということですね。また実際に題名もオブローモフ(編注:『オブローモフ』はロシアの作家イワン・ゴンチャロフの代表作。主人公のオブローモフの名は無用者や余計者の代名詞になった)という、ちょっと僭越なあれを拝借してるんだけれども、つまり僕は、一人の四十歳の父親を、どこまで平凡な人間として生きるか、つまり平凡ということはどういうことかということね、これをひとつの命題に考えたわけなんです。

四十になった男、父親であり子供がいる。これは冒険家でもなければ野心家でもない。あるいは革命家でもなければ社会的な脱落者でもないという平凡な生き方は、いったいどういうことか、それは形を与えるとすればどういう形になるかというのが、ひとつの僕の考え方だったんです。

それからもうひとつ言いますと、父親になる前の僕ですね、つまり独身者、生まれてから独身者であった時代の僕が考えてた、ひとつのリアリズムみたいなものがあるわけです。これは小説のうえでのリアリズムじゃなくて、生きる方針としてのリアリズムというものが、四十になって親子の構造のなかに否応なしにおかれたときに、たとえば子供に対して、あるいはカミさんに対して、独身時代に自分が身につけたと思われていたリアリズム、生き方というものを、どこまで防御できるかということね。

自分が身につけたと思われた、まあ大げさにいえば哲学でもいいんですが、つまり生きる方針ですね。これが、自分が親父たるべき立場にある家庭のなかで、どこまでゆがめられ、あるいは、どこまでゆがめられないで、持ちこたえられるか。どんどん押されてくるわけですけれどもね、実際には。その押されてくるのは、生きるということじゃないかと思うけれども、その押され方、あるいはそれに対して押し返そうというリアクションですね、これがどういう形になるだろうかというふうに考えたわけです。だいたい、僕に即して、あるいは二人の前の発言になぞらえて言うと、そういうことになるんじゃないかなと思うんですけれどもね。

阿部❖黒井さんの「花鋏を持つ子供」というのは、出来ばえから言うと、非常にうまくいってるところと、だめなところとあって、斑《まだら》になってるような感じの作品ですけれども、僕がちょっといいなと思ったのは、子供がなんかよそのものを持ってきちゃうわけでしょう。それで、親父というのは、判事か検事なんだよね。

そこのところは、黒井さんが意図してそういうようにやったのかどうか知らないけれども、判事とか検事とかと書いてない。ということは、あれは小学校へあがる前の子だから六つぐらいですよね。六歳の子供にとっては、判事とか検事という言葉はないから、お父さんはなにか悪いことをした人を取締まる仕事をしているということしか書いてないんだけれども、それはまさに子供の眼で書かれてる。

それで、あの子供がよその家からなにか持ってきてしまうというのは、子供にとっては単なる物体の移動であって、盗癖という言葉もまだその子にはないわけですよね。そうすると子供を叱る親父というのは、完全に秩序の世界にいて、拘束された人間なわけだな。子供というのは、まさに自由に目ざめる瞬間なわけですよ。そこのところがよく書けてるなと思ったんで、僕は面白かったですけれどもね。

ただ、父がどうで子がどうでという、それの前奏曲みたいなものでね、あれは。つまり、親父というのはなんか不思議なやつだな、というふうに思ってるわけだね、あの子供が。だから、今後、親父というものを見出すことになるんだろうと思うんだけれども、あれからどんどんいけば。

それと、出来が悪いという悪いほうのことを言うと、どうしてもいまの時代の眼で書いちゃうところがあるわけですよ。隣の家で8ミリか幻燈を見るようなところは、どうもいま黒井さんがどこかでブルーフィルムを見てるような感じになっちゃうところがあって、そういうところは、戦前のよそのうちというものはとっても書きにくいし、なにか思い出しきれないようなところがあるんじゃないかな、というふうに思うんですけれどもね。いろいろ問題はあると思うけれども、いかにも幼年の眼でなければ、という感じのところがありましたよね。

編集部❖阿部さんも「父と子の夜」（『千年・あの夏』に所収）からいまの「群像」の連作にわたって、父親と息子が出てくる作品をお書きになってるわけですが、そういうものをなぜ書くかというか、文学的意図があると思うのですけれども。

阿部❖十年前から僕は幼年ものを書いてるわけですよ。いまはじまったことじゃないんだけれども、父親を書くということは、けっきょく自分を書くということだと思うね。

つまり、親父というのはどんな人間であったかということを考えるのは、俺はこれからどういうふうに生きるだろうかということの、ひとつの予測だからね。そうすると、それをさかのぼっていけば、じゃあおじいさんというのはどういう人であったかと。だから、父親を書くということは自分を書くということだと思うね。自己発見への道といいますか。

だから、たとえば坂上が親父を書いてると、完全に自分というものと合わせ鏡みたいにして、実業家の親父を写しだしてるようなところがある。あれはけっきょく、自分を発見するにはそれしかないんで、たとえば社会の職場における自分とか、それから友人の間における自分とか、いろいろな自分がありますけれども、父親を見直すことで自分を見つけるというのは、これもひとつの方法でね。

だから、黒井さんの小説で言えば、あの六歳の男の子がだんだん大きくなって、親父は裁判官であると、裁判官という言葉がその子の言葉になったときに、そこでなにか発見が行なわれるだろうと思うね。

編集部❖だから、子供を書くということも、自分を書くということ……。

阿部❖じゃあないですか。

肉親を断ち切るということ

古井❖僕だけですかね、肉親のことをじかに書いてないのは。この前、山川方夫の短編集が文庫(編注:『安南の王子・その一年 他六編』[旺文社文庫])になって、坂上さんがその解説を書いているので、読んでみたんです。坂上弘ここにあり、というような解説でしたけど、それにひかれてついでに山川さんの二つの短編「最初の秋」と「島の展望台」を読み返したんです。

山川方夫の作品をはじめて読んだのは、ちょうど僕が小説を書きはじめたころで、こういう作家もいたかって感動したんだけど、一方、あんまりいい気もしなかったんです。というのは、肉親というものとそれから自分の個としての存在に、あれだけかかわり続けて、あれだけ書いた人が、最後のところで、ごく普通の日常生活に感動的な豊かさを見出すという、そういう境地まできてるのを見て、実は、これから出発する者として、たいへんにやりきれなかった。あの作品に出てくるいちいちの表現が、青春の決算として非常に重い認識を持ってるだけに、よけいにつらかったわけです。感動しながら反発したんです。

たとえば、人はどうしてこうも簡単に肉親を切り捨てて孤独になれるのだろうとか、あるいは思想家になれるのだろうか、というようなことを彼は言ってますが、たしかに重い認識で、誰しもが三十すぎて、中年にさしかかって、自分が親父になるようなときに、そういう認識をくぐるものなんだけど、しかし普通の人間、普通の生活の場にある人間というのは、こういう認識を持つにしても、そうこだわらない。つまり、あまりにもこだわり続けるというのが、つねにその認識のあり方と微妙にずれるんじゃないか。肉親との事柄というのは普通はそうこだわってはいけないもので、こだわるようにして悩むものじゃなくて、なんらかの決算をつけてしまって引きずっていくものじゃないかと僕は考えたわけなんです。

それで、僕の出発点というのは、山川さんの言葉でいえば、切り捨てられるはずのない肉親を切り捨てて孤独になるという、そういう立場でした。そのとき、ちょっと居直りに近い気持で孤独という言葉のニュアンスを、僕自身、意識したんですけど、最初、短編を書いてたときは、そういう生まれ育ちから引きずってくるものを、世間人並みの決算をつけておいて、そのうえで自分なりの認識を書くというやり方だったんです。それで最初のころは要するに社会というものがあって、個というものがあって、そのひとつの構図を作るということに熱中してたわけです。もともと抽象的なもの、物理的なものが大好きなたちで、ああいうものをやってると際限もなく退屈しないでやってられるたちなんですね。

それで、僕はもうそれ以上のものを書くつもりはなかったんだけれども、だんだん書いてるうちに、ああいう作品を書いていく背後にある、非常に子供っぽいものに気づきはじめたわけです。これは、線を引っ張ったり、コンパスで丸を書いたり、それをまた定規で割ったりすることに、いつまでも喜びを感じてる、そういう子供っぽさなんです。ひいては、いわゆる社会批評、あるいは思想というものの背後にあるそういう子供っぽさにも気がついた。現代の批評というのは、どうしようもない子供っぽさを背後に控えて、その子供っぽさのラジカリズムからやってるんじゃないかというような気持になりまして、それでもってちょっとそのへんを自分のこととして検証してみたいという気持になったわけです。

そのころ、黒井さんという人が目についた。ずいぶん違うんだけれども、やはり似たようなひとつのフィルターをつけて、現実をある程度剝離させて、その様相を書くというやり方をとってるなと思って。まあ、この人のうしろからヒョコヒョコついていけば、どっかに出れるだろうと思ってやってたんですけど。

黒井さんを読んで感じたんですけど、フィルターというと非常に無機的に聞こえますけど、これもしょせん肉体の一部だし、なにか情念のこもったものなんですね。僕の場合は、自分のフィルターにどういう情念がこもっているかということに興味を持ちはじめて、フィルターそのものを書きだすと、多少、肉親とか性とか、そういうちょっとやっかいなものにかかわり合うような作品が出てきた。そのまま真直ぐいってれば、もっとまともに血肉とのつながりというものを書かなければならないんだけれども、僕の場合はタブーめいたものが働いてて、肉親、血肉のつながりに悩まされるけど、そうそうこだわっていられるものじゃないという、そういう状態なんです。

それで、阿部さん、坂上さんの作品を読んでても、どうもいろいろと空恐ろしくて、親を書いて自分を認識するというだけならいいんでしょうけど、いちばんこわいことは、その自分が親父であるという事実なんじゃないかと思いまして。要するに、まだ親父を見ていろいろこだわらざるを得ない一人の少年の大きくなったのが、現に親父であり、子供に対して責任を持っている。そういう山川文学には絶対なかったような空恐ろしいものに突っ込んでいる阿部さんや坂上さんを見て、いよいよひるんでるという現状です。

坂上❖まあ、山川の場合は、わりあい早くに親父さんが死んじゃってるね（編注：山川方夫は一九三〇年生まれ。一九六五年に交通事故に遭い享年三四で逝去。父は日本画家の山川秀峰で一九四四年に没）。

後藤❖彼はそういうのを書いてますか、自分を親父という形で……。

古井❖自分を親父というより、要するに自分が親父の役割をしなければならない、現に。

坂上❖そこから出発してるようなものだけれども、自分を書くことが存在してる親父への認識とか、そういうものの触手だというふうにはなってないだろうね。その親父というのはいないから。そこに、わりと叙情的なものが入ってきちゃう。理屈からいったら、最終的にはそうなんだけどね。やはり安岡章太郎さんの小説にもあるけれども、父親と似てることにギョッとする、というようなことが出てくる。これは山川のなかにももちろんあるんだけれども、ただちょっと距離がそういう意味では遠いね。小学校、中学校一、二年のころだと思うけれどもね。

後藤❖だから、僕がさっきちょっと言ったことと同じことですけれども、僕らは、自分の父親というものは生きる方針を非常に確固として持っていた、それに比較する形で、だんだん親父の同年輩に近くなってきた自分というものを見ようとするわね。これは強いられたにしろなんにしろ、自分と時代とのひとつの関連として生きる方策というものが、非常に確固たる生き方、形がはっきりした生き方をしてる父親と自分との比較だと思うのですよね。

坂上❖でもそれは、逆みたいよ。確固としている格好は、誰でもとってるものだけれどもね。

後藤❖だけど、われわれの父親は小説家じゃないわけだから、つまり書いてないわけですよね。

坂上❖わかんないよ。それは書いてたかもしれないよ。

後藤❖でも、形はないわけでしょう。だからそれは、坂上なら坂上という人間が、自分の父親として見てるわけでしょう、小説家の坂上が。だからその場合は、自分のほうが確固としてるという形にはなってないと思うんだけれどもね。そこに僕らの年代の親子関係の少なくとも意識的なひとつのフォームがあると思うのですよ。形が、スタイルが。

つまり自分の親父との比較において、僕らの実際の父親としての日常とか生活が、ひとつの歪みとして出てくるわけですよね。ということは、いい悪いじゃやもちろんないですよ。

坂上❖小説を書いてる場合は、なんとも言えないね。確固としたものとして小説のなかの主人公を見てる場合もあるし、非常にくずれてるところを見てる場合もあるし、人間というのは別に確固としていてもいなくてもかまわないから、自分と対立するときもあるし、自分と慣れ合うときも出てくるし。

　そういうものとして書いてるんであって、別に確固としたものとして書いてるんじゃない。むしろそれは、変化してこないと面白くないかもしれないね。

後藤❖いや、確固としてるというのは、なにも裁判官だから確固としてるとか、軍人だから確固としてるとか、そういうことじゃなくて、たとえば博労でもなんでもいいわけです。飲んだくれでも博打うちでもいいんだけど、博打うちなら博打うちで確固としてると、そういう意味の確固としてるなんかですね、僕が言うのは。生きるひとつの方針であって……。

坂上❖いや、僕が確固としたということで浮かぶのは、要するにフィルムの尺数が足りないという意味では、ちょっと見てはひとつの像ができあがる、そういう意味の確固としたものというのはあるわけですよ。

　だけど、もうちょっと長く見たいからね、フィルムとしては。実際に父親がいるかいないかによっても、だいぶ違うと思うけれども、父親がいなくなったあとでも、やはり父親のフィルムというものは、いろいろ長くしてみたいわけですよ。そういう意味では、それほど確固としてないだろうということなんですけれどもね。

編集部❖いま古井さんが言った肉親を書くことの空恐ろしさについて、阿部さんか坂上さんに答えていただけたらと思いますが……。

阿部❖だけれども、古井が女のことを書いてるのも空恐ろしいからね。それは個人的なことだね。

古井❖いま、女の話じゃないんだ、たまたま。肉親に対するこだわりというのは誰しもあって、それを切り捨てて孤独を勝ち得るなんていうのもありますよね。だけど、肉親のことにあまりにも繊細にこだわるということで、世間一般人とのずれというのが出てくるんじゃないですか。

阿部❖批判されてるわけね。

古井❖はいはい（笑）。

坂上❖僕はわからない。だからあなたはどういうふうにずれてると思うのか、それを……。

古井❖つまり、決算してしまうというと、なんかそこできっぱり決めちゃうように聞こえるけれども、いちおう生きていくということは、ひとまずそこでけりをつけてしまうことでしょう。けりをつけるという暴力を、繰り返し繰り返しやってるわけですね。

阿部❖肉親に対して？

古井❖そう、精神的にけりをつける。それはちっともついてないことであって、またぞろ悩まされるわけだけど、けりをつけるという点は、あまりご両者ともお書きになっておられないんではないでしょうか。

坂上❖僕は、阿部さんのものを読んでる限りでは、あんまりそれほどけりという問題にこだわってるんじゃない、という気はするけれどもね。ただそのけりというのは、なにか断ち切るとか、そういう意味なの？

古井❖ええ、そうですね、精神的に。

坂上❖精神的にというのは、たとえば愛情とかそういう問題はどうなの。精神のほうに入るの？

古井❖入りますね。

坂上❖それはむずかしいや。

古井❖つまり、鈍感にならなければ生きていけないという面があるわけでしょう。そういう面のほうが多いわけでね、肉親に対して。

坂上❖それはそれとしてはすごくわかるんだけれども、こっちが鈍感になっても、向こうが鈍感にならない場合だって出てくるね。だから、こっちは暴力をふるって、向こうも暴力をふるう場合もあると思うんだけれども、そういう相対的な関係というのは、僕はけりをつけても、なかなかつかないというふうに思うんですよ。

ただ、精神的なものはけりをつけると古井さん言うけれども、相対的な関係のなかにあるものというのは、精神的なものがけっこうあるわけね。なかなか精神的なものもけりがつかないんだけれども、そうはいっても僕はコミュニケーションということに、それほど信頼はおいてないんですよ。

つまり、断ち切ることも、ひとつのコミュニケーションでしょう。だから、こっちが断ち切ると、向こうもわかったと言ってくれれば非常にいいわけだけれども、そうはいかなくて、もっと平行線をたどって関係を続けることも、いっぱいあるわけですよ。

それは、別に僕のこととかそういうことじゃなくて、作品を読んでるとそういう感じがするね。

後藤❖古井さんは、ちょうどいま「櫛の火」を「文藝」に連載中だもんだから、論評は避けますけれども、僕は部分的に読んで、あの小説のなかに流れてるひとつの気分みたいなものは、いちおうわかったような気がしたんですよ。

それを下敷にして、いまの古井さんの話と阿部、坂上両氏の若干の食い違いも僕は感じたんだけれども、やはり古井リアリズムというのがあると思うんだ。古井リアリズムと阿部ないし坂上リアリズムの相違だと思うんですよ、これは。

僕はさっき平凡人と言ったけれども、古井さんがいま連載してる小説を読みますと、いちばん古井さんが端正な文章を書いてるんじゃないかと思った、この五人のなかで。それは、端正という規定にもいろいろあるだろうけれども、僕はいちばん癖がないんじゃないかと思った、あの文章にも。それは、完全に自分のマイペースにしちゃってるわけね。だから一種の、トーンでいうとモノトーンだね。完全なモノトーンで統一してるんですよ。

これは、リアリズムという定義にも、いろいろ論議があるでしょうけれども、あのモノトーンにするところが、古井リアリズムなんですね。そのなかで彼は、非常にわずらわしいようなことまでわりに書いてて、ちょっと退屈するくらいに書いてるね、端正に。ということは、リアリズムにかえると、つまり、これは言葉不足かもしらんけれども、僕流に言うと、他人との関係における嫌なことが、リアリズムなんですよね。

それは、坂上もちょっといま言葉が出てたけれども、要するにコミュニケーション、そういうことだと思う。つまりコミュニケーションということは、まことに嫌なことなんですよ。だけれども、それなしには、この世に生存はできるかもしれないけれども、共存はできない。ましてや、男女とか性とかいうものが間にはさまれば当然のことだし、いちばんそれこそ原理的な形だし、それから男同士の社会というようなことになれば、もっとまたわずらわしさも、まことにがさつな形になってくるんだけれども、要するにそういうものを全部ひっくるめたうえでの共存ですよ。つまり、生きてることは共存だという考え方が、リアリズムだと思うんですよ。

生きてることを、共存じゃなくて、たとえば求道的なんていう言葉があるけれども、そういうふうに言いかえると、僕の言うリアリズムからはそれてくると思うんです。僕らが書いてる小説は、素材的に言うと全部共存なんですね、誰かとの。共存じゃない小説を書いてる人は、ここにはいないと思う。日本中にはいるかもしらんけれども、このなかにいる人は、誰かとの共存をみんな素材にし、それがモチーフになってると思いますね。

それをどういうふうにつかまえるかというところで、古井リアリズムはモノトーンでつかまえてると思うんですね、共存の形というものを。モノトーンだからといって、モノローグじゃないんですよ。そこのわずらわしさとか嫌な感じというものを、なんかギリギリギリギリ歯をこすり合わせるような音で、非常に統一的に書いてるんじゃないかなというふうに、僕は思ったんですね。

坂上❖僕は、古井さんのものを読んでて、あまり共存という感じはしないし、僕自身、共存ということは好きじゃないんで、まだいたらないとは思うけれども、やはり小説の宿命みたいなもので、書いてるということが他人をつくっていくみたいな、他人にしていくということが入りこんでいるわけでしょう。

断ち切るということを古井さんが言ったときには、日常生活で断ち切る場合も、他人にしたいから断ち切るわけですよね。それから小説で書いてる場合も、他人にしたいから書いてるんで、書いてることだけをとって、まだ断ち切れてない、あるいは断ち切れないのが見てておっかないとかいうふうに言われても、僕はまだ自分は過程だなという感じがする。むしろ、古井さんがあれだけ他人を書いてるということのほうが、うらやましいと思いますよ。

だけどそれは、肉親を断ち切ったから、その結果、出てきたものだというふうには、僕は思わない。断ち切ってるルートを通すと、古井さんがなにを他人としようとしているかということがわかるからね。

古井❖まあ肉親との付き合い方、それから自分の幼年時代の付き合い方というのがあると思うんです。そこに独特なセンシビリティがあるわけですね。それをあらわすには、表現もそういうセンシブルな方向に近づけていかなければならないのは無論だけれど、そのセンシビリティが同質なものになってしまって、ひとつの表現のうえでの自己完結ができてしまうんじゃないか。

つまり、肉親だとか自分の幼年少年時代に対するひとつの繊細さと、現在の自分の表現それ自体にある繊細さが、相容れない局面があるんじゃないか、という気がするんだけれども、そのへんでぶつかり合いそうになると、坂上さんの場合は、とくに繊細に文章を切りあげるというのかな。

坂上❖へんかな……。

古井❖文章が、ある意味ではとぐろを巻いてしまうというようなところがあって……。

阿部❖僕は前に書いたりしゃべったりしたから、繰り返すことになるけれども、幼年を書くなんてことはできやしないんですよ、どっちみち。だから、なに書いたって、幼年に関する限りは一〇〇パーセント創作と思ったほうがね……さっき言ったけど、たとえば裁判官とか検事とかいう言葉はないわけなんだから、言葉を見つけていく過程を書くというのはすごくむずかしい。それはみんな、大人の言葉になっちゃいますよね。

古井❖それで?

阿部❖だから、子供のころのことをよく覚えてるといっても、言葉に置き換えるときに、ダイメンション（次元）が変ると思うね。つまり、俺は幼児になれないわけだからさ、もう。だから、あなたの言ったことは無理な注文だね。

後藤❖いやね、話がそれるかどうかわかりませんけれども、ある意味ではそんなにずれはないと思いますよ。

たとえば、いま古井さんが連載している「櫛の火」と黒井さんが書いた「花鋏を持つ子供」を比べてみて、まるきり違う小説ですよ。だけど僕は、時間ということから考えていくと、似てると思うんですよ。どこが似てるかというと、これ以外の時間はないという形で書いてるわけね。かりに振り返って書いてるわけだけれども、振り返ってるというところは書いてないわけだから、けっきょく時間は「花鋏――」の場合は、昭和十二、三年ごろと想定される時間があるだけであって、あるいはいまの古井のあれで言うと、主人公が、二十六くらいかな。七くらいかな。なんかそんなもんだな。要するに、独身者ですわな。勤めてる人。しかもまだ二十代の後半くらいで、やや自分は中年太り……あのへんは、ちょっとわからなかったけれどもね。でもまあ、それは体格の差だからいいとして、要するに僕は、あの時間しかないと思うんだね。そういう形では、共通の形をとってると思う。

そこは、阿部のほうは違うね。時間のとり方が。古井さんはあの時間以外の時間は、考慮に入れてないですよ。あの時間が、極端な言い方をすると『源氏物語』みたいに続いてるわけです。どういう遍歴になるのか、それは私、知りませんけれどもね（笑）。

阿部❖けっきょく、肉親は断ち切れないよね、これは。生きてる間は。一生断ち切れないと思う。だから何度も書くと、いいかげんにしろということになるんだろうと思うけれどもね。でもまあ、断ち切れるものなんて、ひとつもないわけだから。それが文学ということだから、断ち切れないということがね。だから、衛生的な見地からいえば、いいかげんにやめたいね、俺も。

坂上❖それは断ち切るんじゃなくて、おさまるのを待ってる。志賀直哉もおさまったしね、そういう意味では。

古井❖断ち切るたって、ほんとうに断ち切れるわけではないんだ。

坂上❖古井流の断ち切り方というものはなにかということを、もうちょっと説明してくれると……。

古井❖それはごまかしでもいいし、逃亡でもいいわけですけれども、そのごまかしや逃亡のリアリティまで出てこない場合、肉親にこだわっていくのは、またひとつのモノトーンになってしまって現在の生活者としての感覚からずれるんじゃないですか。

坂上❖そこに批判が出てくるわけね。

古井❖嫌味ですよ。批判じゃなくて嫌味（笑）。

坂上❖批評家も、そういうように見てるよ（笑）。

阿部❖だけど、古井の「杳子」以来の僕の批判というのがあるとすれば、彼は言葉の体系みたいなものを持ってるということだね。

それは、後藤が端正と言ったけれども、むしろ僕は記号化というふうに言いたいくらいのことがあるわけだな。だから古井は、非常に自足した世界を手に入れてだね……。

坂上❖それはうらやましいね。

阿部❖毎度決算がつくというのは、もっともだと思うよ。

後藤❖だから、全部あれがあるんだよ、古井辞典というのがね（笑）。漢和辞典みたいなものがあるんだよ。古井辞典というのがあって、文脈がもうできてるんだ。草一本、それから男の下腹部一個についても、名称が引くと出てくるんだよ。僕はそれを端正さと表現させてもらったんだけれどもね。

古井❖今度、表現に迷ったら、後藤さんところへ電話しようか。古井辞典ではどうなってますかって（笑）。

小説のなかの時間

阿部❖後藤が古井の時間ということを言ったけど、僕はかなり名評だろうと思うな。

後藤❖わりあいに前から、そういうふうに書いてたね。ここのところ非常にはっきりしてきたけれども、それが。黒井さんの「花鋏——」は、その点、時間が今度はもの新しかったね、黒井さんのものとしては。

坂上❖幼年の話は締めくくりにしたいけれども、黒井さんの幼年ものというので、僕ははじめて感じたことがあるんですよ。それは、前にサルトルが、たしか「指導者の幼年時代」というのを書いてたけれども（「一指導者の幼年時代」と題して『水いらず』に所収）、末はヒットラーみたいになる人間でも、幼年時代というものをひとつ設定して、書いてみるというのがあるわけね。それは、認識論なんですよ、ひとつの。小説的な形をとってるけれども……。

阿部❖あれはでも、完全に逆算して書いてある。

坂上❖うん、ロジックがね。でも、黒井さんは、それをやってるという感じがする。

阿部❖ファシストということがあって、それからさかのぼって書いてある。

坂上❖だから僕は、黒井さんの今度の幼年ものを読んで、そういう意図をすごく感じたね。

阿部❖あれは、親父がファシストなんですか（笑）。

黒井❖ファシストじゃないけれども時代という意味では……。

坂上❖でも、黒井さんの世界のあの少年の驚異というものは、かなり似てるんだ、それは。古井さんのやってることと、時間が同じであっても、ぜんぜん違うね、後藤明生が言ったことは。

黒井❖時間が決まってるというか、なんていうか、絶対的な時間という意味なのかな。だけど、小説のなかに、本当の意味で相対的な時間というのは出てくるのかな。

坂上❖設定の仕方が違うし、なにも現在形で書くからといって、別に時間が同じだといえないからね。黒井さんというのはでも、時間をつくりあげるタイプではあると思うんですよ。

阿部❖その時間というのは、引き伸ばされた時間とか、圧縮された時間とか、そういうふうなものなんじゃないのかね、後藤が言うのは。でも、古井のはスローモーションカメラだなんてことは、みんな言ってるね、世間で。

古井❖うん言ってるね。だいぶ粗雑な見方だと思うけど……。

坂上❖幼年というのは、いろいろな書き方があるから、それだけバラエティも出てくるということは、小説の宿命的なあれかもしれないなあ。

阿部❖ただ、僕が思ったのは、黒井さんの小説のなかで、幼年なんて、ほんの一行でも二行でもうまくつかまえた個所があれば、成功だというふうに思うからね。

　そうすると、おそらく彼が意図せずして効果をおさめてるようなところがきっと光ってて、そうでないところは計算だおれになってるというふうな気がするんだけれど、幼年というものは書きえないという見地からすれば、これはもう僥倖を期待するよりしようがないので、その僥倖が何個所かあったということだね。

坂上❖誰の場合でも、同じになってくるんだろうけれども。

阿部❖いや、それは古井が、そういうものを書く日を待つよ、俺は。

坂上❖いずれ書くよ（笑）。

黒井❖古井さんの小説というのは、素材というか、書き方の問題じゃないけれども、僕がいつも面白いと思うのは、大人になってからの男関係というのが出てくるでしょう。男関係というのか、つまり男の友達がたくさん出てくるでしょう、山なんかの話にはとくによく。あれは、ちょっと面白いと思うんだな。

　いい大人になって、男友達というのが非常に重要な関係として登場し続けるという感じが、読んでるときはもちろん自然に読んでるけれども、ふと気がつくと、なんか一種、違和感みたいなものがある。違和感というのは、おかしいというんじゃなくて、ああ俺と違う、という感じがたいへんにある。

後藤❖友情だ、それは。

黒井❖まあ、友情と言ってもいいけれど。

後藤❖そういうものは書いてるよね、わりあい。

阿部❖いや、なんかやっぱり、倒錯したようなところがあるね。ひっくり返ったような感じのところがね。つまり、男が非常に女っぽかったり、女が非常に男みたいだったりするということが、両性的なところがある。

後藤❖これ、年の差かなと思うんだけれどもね。年が五つも違うと、違うのかなという気もする。

阿部❖先輩面して（笑）。

後藤❖そういう気が、ちょっとするね。というのは、女を折りたたむという感じが、古井さんにはないよ。

阿部❖いや、セックスがないんだね。

後藤❖そこに、ほんとうのことをちょっと言わせてもらうと、女のこわさというものの考え方が、少し違うような気がする、古井さんのものを読むと。

古井❖どういうふうに違う？

後藤❖それは、女のこわさというものは、もちろん自分にないものが出てくるこわさなんだけれども、そのないものの出所が、僕は違うような気がするんだよ。

古井❖どういう点が？

後藤❖僕は、古井さんの女は、ちょっと古井好みになってると思う。

古井❖うん、それはそうとして……。

後藤❖古井好みになってるということは、女の人の内面というものを、少し認めてると思う。

阿部❖色気はあるの?

後藤❖色気は、あんまりないね、はっきり言って。だけどそれは、年のこと言って、なんか笑われたけどさ。つまり、女の人の内面が、少しモノトーンになってると思うんです。ということは、人工的に精神化されてると思う、少し。

阿部❖それはだけど、夏目漱石だってそうだろう。

後藤❖つまり、現実の女の論理というのは、突っかかり方が、まったく異様なところから出てくるだろう。たとえば、明智光秀がとんでもないところから百姓に竹槍で突っつかれちゃうみたいな、名将が百姓の竹槍で落馬しちゃうみたいな、そういうやりきれなさがあるでしょう。

ところが、古井小説の場合は、たしかに意表もつくし、うがってるわね。ただ要するに、女の論理が完全に他人の論理になっていないという意味です。古井小説の女の場合、もう少し自分の秩序にまだおさまる形でたたいてくるな、女が。

阿部❖それは、つねに男というものに翻訳された女なんだな。

後藤❖そうそう、男の秩序でたたいてくるわけだ。上質のたたき方なんだよ。理不尽じゃないんだよ。


漱石の場合は、もっと竹槍風に、理不尽なものにやられるという、逆転されるところがあるね。そのへんが古井リアリズムのなかのロマンチックな要素だと思うんですよ。

これは矛盾するようだけれども、古井リアリズムのなかのロマンチックな要素、それが、さっき言った山とかそういう素材にも、ひとつのひっかかりを持って、古井山脈をつくってるというか。山脈でも水脈でもいいけれども、脈をつくっている。その流れが、うねりぐあいが、古井好みに少しなってるような欲求不満が、ちょっと出てくるんだな、僕に言わせると。

阿部❖とっても人物の動作を書くね、古井は。あれはどういうところからきてるのかな。

古井❖どこからくるんだろうな。

阿部❖あれで、だいぶ時間は引き伸びるわけだけれども……。

古井❖時間は伸びてないんだよ、あれで。

阿部❖かえって縮まるかね。非常に克明に書くね、動作を。あれは独特だね。なんかほんとうに、足を互い違いに出したとかいう感じだな。

後藤❖一種のスローモーション風の……。

阿部❖いや、でも、後藤がさっき古井の小説の時間と言ったのは、スローモーションということでもないんだろう。

後藤❖うん、そうではないよ。スローモーションというのは、いまモーションの話が出たからね、それで言うんだけれども。

古井❖つまり、同質的な時間という意味でしょう。

後藤❖そうそう。

阿部❖でも、女の時間なんて、わかりっこねえしな。

後藤❖けど、やはり古井好みがあって、ただひとつ、視覚的に非常に面白いというか、興味があったのは、いろんなことを書くけど、女の服装が出てこないね、意外と。あれ、僕はなるほどと思ったよ。

阿部❖それも漱石と違うところだな。

後藤❖外側から書かないね。女ですら、なかからというところが、ちょっとある。それは、内面と外面のひとつの矛盾みたいなものは、たしかに出てるけれどもね。

―笑いについて―

編集部❖では、このへんで後藤さんの『挾み撃ち』にうつっていただけませんか。

黒井❖僕は、いままで後藤明生がやってきたことから、たいへんに別のところに飛び移ったという感じがしないわけですよ。「父への手紙」だっけ、それから「一通の長い母親の手紙」だっけ、なんか手紙シリーズみたいなやつがあって、朝鮮にいた子供のころのことを踏まえつつ、ずっとくるわけでしょう。それが『挾み撃ち』のところで、一種の集大成というのか、あるひとつの総合化みたいなものをやってみようというふうに考えて取り組まれているんだろうと、まず思うんですけれどもね。ただ取り組まれたものとしては、僕はまず最初に不満のほうを言ってしまうと、集大成ということがもし意図されたとしたらば、その集大成が半分くらいで終わってるんじゃないかという不満が、どうも読んでいて残っちゃうんですがね。

　具体的に言うと、外套を捜すために、彼がいままでの過去の自分が住んでいた場所を、バーッと最初に思い出すでしょう。つまり、外套を捜すべき対象地点が、十八か十九あるでしょう。それで小説がはじまるわけで、にもかかわらず、どこかで回転が遅くなっちゃったのか、ひっかかっちゃったのかして、最初の二つか三つで終っちゃってるわけね。

後藤❖一つだよ。

黒井❖厳密に言えば、一つなんだな。そこのところに最初にひっかかるな。

　集大成というふうなことを考えると、たとえば団地のなかの生活であれ、それから幼年時代の体験であれ、あるいは青春時代の生き方であれ、なにかそれを貫いて出てくるものが、もうちょっと別なところまでいけたんではないかというふうな感じがするんだけれども、それが途中でどうも止まってるんじゃないか。あのなかに、おじいさんと孫とのはるかな時間を隔てて対応する人間同士が、挟んだつもりが挟まれたといって、笑いながら将棋をする場面があるけれども、だからほんとうの挟み撃ちというのは、まだ完成してないんじゃないかというふうな、漠然とした不満がまずあるんですけれどもね。

　おそらく、ほんとうに挟むためには、もう少し別のことが入ってくるというか、集大成した結果、足し算されたシグマというふうなものじゃなくて、掛け算なり二乗なり三乗なりルートなり、そういうなにものかが入ってきて、ちょっと異質の数字がその間から出てくるというか、そういうことが本来あるべきはずの小説だろうというふうに思って読んでいったところが、どうもそこのところは完全に満足させてもらったというふうには思えない。

古井❖それは黒井さん、中間決算の栄光と悲惨ですよ。つまり、途中で決算しようという気にちょっとなった小説だと思うのですよ。そうするとこれは、足し算がいちばん確実なわけでね。

　ところで、後藤さんの場合、後藤さんがつねづね言ってる笑いですけれどもね、どういう笑いを提供してくれたのか、ちょっと原作者の注釈を要求したくなるようなところはありますね。

後藤❖いま古井さんから質問が出たので、古井例をサンプルとして出すけれども、笑いということで言いますと、古井さんのいま連載中の「櫛の火」で、落語を聞くところがあるね。落語を二人そろって、男女で笑わせられにいくという形で出てくるわけだけれども、あの落語家の描写ね、あれを古井式モノトーンでやってるんだな。

　要するに、言葉が全部、それこそ古井辞典の言葉で、落語家の一挙手一投足を書いてるわけね。つまり、納豆が出てきても、お餅が出てきても、みんな杓文字《しゃもじ》ですくいあげてるみたいなあれが、実におかしいといえばおかしいわけですよ。そこで、ぜんぜん他者の言葉にしないわけね。けっきょく全部、杓文字ですくいあげちゃって、なんか全部、杓文字なんだな。それは、たしかに古井という小説家が考えた笑いだろうと、僕は思ったですよ。

　僕流に言いますと、笑いというものは、大まかに言うと二通りに分けてるわけなんです。それは、なにとなにかというと、風刺と諧謔なんですね。『挟み撃ち』のあれに関して言うと、風刺よりも諧謔というものを意図したわけですね。

古井❖風刺は人を笑うというやつ……。

後藤❖だから、どちらかというと風刺は抜く。ということは、むしろ批評を抜くということで、諧謔という形のほうへ力点を置きたいという考え方です。

古井❖だから、読者として笑わなければならないんだけど、読者の笑いがどちらに向くかの問題で、後藤さんのは直立不動で駄洒落を言うようなもので、読者は笑うわけだけど、その笑いがどちらに向いてるか、直立不動の姿勢に向いてるんじゃないかと。作者は、どっちで笑わせてるつもりなのかという疑問がある。

阿部❖一般論になっちゃうけれども、風刺と諧謔というふうに分けるの？

後藤❖僕流に分けて、両方が積み重なってると思うんですよね。それは截然《せつぜん》と分けられるものじゃなくて、ゴーゴリのなかにも二つがあるということであって、その組み合わさり具合が実はほんんと、おかしいわけですよね。一方だけじゃいけないんで、だから僕の『挾み撃ち』の場合でも、おそらくいかに説明をしても、両方がないまぜになってるとは思います。

ただ意図として、作者がかりにあと書きすれば、どっちかといえば力点は諧謔のほうに置いたつもりということですね。

坂上❖僕は、後藤さんの資質というのは、意識の流れだというふうに前から思ってるんですよ。後藤さんは、どんどん流れだすんだな。団地なら団地というところに閉じ込められてるようだけれども、団地にいながら、世間のほうへ、世間のほうへと意識が流れだすわけですよ。〝失われた外套を求めて〟なんていうのも、やはり意識の流れ。

後藤❖そうか、なるほどね（笑）。

古井❖『外套』のユーモアと、同質なもので……。

坂上❖そうそう。だから『挾み撃ち』というのは、僕は挾み撃ちという言葉の面白さということが、すごくきいてると思うんだけれどもね。実際、挾み撃ちがどこで起こったか、挾み撃ちにされたかということは、あんまりわからないんだけれども、ただ、主人公があれだけ動くということを誰も言わないで読んで、しかも面白く行っちゃってる。

エビガニは、ずるずる後向きにしか動かないでしょう。だけどいつの間にか、とんでもないところまでちゃんと行ってるというのが、エビガニの泳ぎ方だけれども、前を見なくても、後ずさりしながら進んでいくという、そういう手法というのを後藤さんは持ってると思うんですね。

ひとつには、見えてないという姿勢でもって進んでいくところに、当然、違和感というかな、そういうものが出てくる。トンチンカンなふうを装いながら、現実との違和感を出していく。これはひとつの、笑いの手法だろうとは思うんだけれどもね。

ただ、僕が感ずるときの笑いというのは、わりあいユーモアとか哄笑とかそういうものは日本人としてわかるんだけれども、風刺というのは、わかるようでわからないね。風刺は、たとえば後藤さんのものをロシア人が読めば……。

後藤❖うん、そうかもしらん。日本人としてはどうですか、坂上日本人としては（笑）。

坂上❖文章の持ってる味は、ユーモアだと思うんだよね、それは。ほら、田舎ではじめて登楼するときに、ヨーコさんでしたっけ、ああいうのが出てくるというのが、あの小説のみんなが言ってる集大成ということかもしれないけれどもね。あれ、面白かったよ、ヨーコさんというのは。

後藤❖そうだね、集大成という意識は、僕にはほんとなかったですよ。

阿部❖それはだけど同情するよ。つまり集大成なんて、ずっと先でいいんだよね、そんなものは。六十くらいで集大成すればね。いま僕らが、集大成をお目にかけなければというふうなものは、ぜんぜん外面的なことだよね。外部の要請だからね。なにやってもそうなるんで、それは集大成なんて、できっこないんだよ、四十ぐらいで。

後藤❖それはできないな。

古井❖だけど、あの作品は、中間決算の様子もだいぶ……。

後藤❖そうね、合計じゃなくて小計というのかな、伝票で言うと。

阿部❖いま坂上が、ちょっと聞き捨てならんことを、僕言ったと思うよ、後藤に。ということは、彼は後藤の小説を意識の流れと言ったよね。つまりこれ、モノローグなんだね。あんたは、小説というものはディアローグでなければいかんと言って、僕らの小説をけなしているわけだね。

後藤❖まあ、けなしちゃいないぞ。

阿部❖ちょっとそこで、回答を得たい。

後藤❖意識の流れというのは、僕の小説に対する坂上批評の源流なんですよ。それは僕は、坂上流の読み方として、ある意味では感謝してるんですよ。そういうふうに読んでもけっこうである。

ただ、それは坂上流であって、僕はなぜ諧謔という言葉をあえて風刺と区別して言ったかというと、いま阿部が言ったディアローグというものを、どこで出すかということだったんですよね。だから、ある一人の平凡な人間が、自分ではまことに平凡であろうとするにもかかわらず、共存する他人のなかで、どこでおかしいというふうに言われるかということですね。

つまり、自分はパラリンピックじゃないつもりなのに、どこで人にパラリンと言われるかという、そこのところをどこで意識化できるかという、そんなふうなことは考えたんですよ。

さきほどたしか、共存ということはまことに嫌なものだと言ったけれども、同時に他人から見ればこっちが嫌がられてるかも知れんわけだからね。それがディアローグということなんだけど、それを、あるひとつのスタイルのなかで、つかまえてみたいなという気持もあったんですよ。

坂上❖やはり意識の流れ。意識のもやもやと言ったのは、ほんとうに続いてるんだね。ほんとうにというのはおかしいけれども、流れてるように続いてるんだな。たとえば、朝鮮なら朝鮮という場所から、どれをとっても流れだすように、小説がずっと進んでくるんですよ。

それは、一見けじめがないみたいで、どこへいくかわからないような進み方をしているけれども、やはり源流、川みたいなものは見えるよ、それは。

阿部❖俺が感心する点は、なにか人格的なものが一貫してるね、人格が高い低いは別として（笑）。これは、容易なことじゃないと思うね。

後藤❖それは、私小説ということか？

阿部❖いやいや、そうじゃなくて、ほめてるんだけどね。

後藤❖いやいや、私小説をけなしてるとは思わんけれども、つまりあれか、人格というのはちょっと気高く聞こえるけれども（笑）。

古井❖誰よりも直立不動……。

後藤❖人間ということかな。

阿部❖まあ、後藤がちょっと愛想がいいということはあるな。だから、ふだん後藤と会ってると、ほんとうに僕は笑わせられるねえ、小説以上に。だから、そういうところが、ちょっと僕は面白いね。


それで『挾み撃ち』は読んでないけれども『四十歳のオブローモフ』というのを僕は読んだんですよ。これの書評をどこかへ書いたんだけれどもね。非常に僕は面白く読んだし、実に後藤はいい器を見つけたという、つまり、そのなかになんでも盛り込める器を見つけたと思ったですけれどもね。


まあ二葉亭の『平凡』というものがあったわけだよな。だけどこれは題名を比べたってだめなんだよ。つまり『平凡』なんていう題はつけられない。いま平凡というのはなにかということは、ぜんぜんわからないんだから。そうすると『四十歳のオブローモフ』という、まことにばかげた説明的な、読まなくてもいいような題をつけざるを得ないというところが、非常に苦しいところなんだけれども、平凡なスタイルというのは後藤の人格にうまく合ってるというか、なんでもぶち込めるわけだよね、ごった煮みたいに。それで非常に効果をあげているんですよ、あの小説は。まあ、新聞小説だから、なおまたそういうハンディキャップが逆に有利になったということもあるんだけれどもね。

坂上❖あれも新聞小説だぞ。

阿部❖『平凡』もそうでしたかね、そういえば。僕は書評でほめたから、今日は少しけなしますが……（笑）。

後藤❖ほめたのか？　あれ。ほめてるとは思わなかったけれどもな（笑）。

阿部❖僕は、誰も言わないことを言いたいんだ、あの小説に関して。つまり『平凡』という器をあなたが利用したのはいいと思う。着眼だしね。それは、後藤にしてはじめてやったというくらいのほめ方を、僕はしてもいいと思うんだけれども、決定的に違うものがあるね。


なぜかといえば『平凡』を書いたときの二葉亭は、もう文壇というものは捨ててるね。彼が文学さえ捨てようとしたときに彼が編み出したスタイルが『平凡』なわけよ。そうすると、あなたがその『平凡』というスタイルを使って『四十歳のオブローモフ』を書くと、それはあなたにとっては、今日では文壇への道になるというところね……。

後藤❖文壇的なことを言うなあ（笑）。

阿部❖それをあなたが考えたかどうか。つまり、捨て身で見つけたスタイルでしょう、二葉亭が。それをあなた、あすこで自分を開眼するということは、それ自体、非常に皮肉なわけだよ。それはだけど、後藤に難癖をつけてもしようがないのでね……。

後藤❖それは、事実として皮肉なんだな。だけど僕はこう思うな。あれはほんとうに、僕はある意味では捨て身だった。結果は別ですよ。これは僕の思いのほかだから。だけどあれは、誰も読まないという前提があったわけね、田舎の新聞だから。けっきょくこれは、本になるかどうかも、ぜんぜん僕は思いのほかだった。それだけは、事実としてあった。ただ思惑は、二葉亭の立場と僕の立場はぜんぜん違うと思う。それは、阿部が言ったとおりだと思うんだ。

それともうひとつ言いたいのは、さっきも僕ちょっと言ったけれども、二葉亭の『平凡』という題名が、ゴンチャロフから出てるということね。「平凡物語」という彼の処女作なんだけど、あれ案外、知られてないと思うんですよ。そこで、二葉亭はすでに文壇を捨てようとしていたかも知れないが、ひとつには日本に知られていない「平凡物語」というものをもってきて、一丁ケツをまくってやろうという気はあったんじゃなかろうかね。

阿部❖だから、僕があなたにきついことを言ってるように聞こえるかもしれないけれども、そうじゃなくて、これが僕らが置かれてる状況を、まことに正確にあらわすようなことなんだな。

ということは、オリジナルなものが、もういま応用問題になってるということだね。それは、坂上がなにか書いても、やはり梶井基次郎の応用問題ということになるという、そういうつらさがあるんだよ、みんな僕らでもね。だから、一概に後藤を責めてるわけじゃないけれどもね。

つまり、そのくらいの開きがあるということで、スタイルが似てるなんてことは、あんまり大したことじゃない、ということを言いたいわけよ。僕が書評で、後藤はこれでは消極的だと言ったのは、そういう意味なんだよ、書かなかったけれども。

後藤❖でも、そういう意味のことは、ちょっと受け取ったぞ、俺は。

阿部❖そうか、それならいいけれどもね。

坂上❖追加しておくけれども、誰も読まないということ自体が文壇的だというふうに、必ずなるね、それは。

阿部❖恐ろしいようなことを、ご神託を……（笑）。

古井❖『挾み撃ち』で僕なりに後藤読者としていちばん感動したのは「ああ胸が痛い」という作品があったでしょう。あれをすくいあげたというような観もある。だから、意識の流れというより、なんか歩き回る人間の精力で読ませるようなところがあって、「ああ胸が痛い」の滑稽さが、今度はまったくよく出たんじゃないかという、そういう感動はあります。

見るということ

編集部❖次は坂上さんの近作です。「白い道」(「新潮」七四年五月号)「藁のおとし穴」(「文藝」同年五月号)というのがありますが(「白い道」は単行本『枇杷の季節』に所収。「藁のおとし穴」は同名の単行本に所収)。

後藤❖坂上の小説は、場所をわりあいに書いてたでしょう。だけど「藁のおとし穴」のほうは、場所が東南アジアだからというんじゃないけれども、場所があんまりはっきり出てないんだよね。

阿部❖場所を書かないということが、意図に入ってるんだろうね、おそらく。

後藤❖書かないということをあれしたのかな。

阿部❖日本なんだもの、あんなもの全部。

後藤❖まあ、そうだな。それはちょっと説明がついてて、だんだん東南アジアにいることを忘れちゃう、みたいなところが出てくるわね。

黒井❖いや、そうじゃなくて「藁のおとし穴」は、東南アジアになにをしに行くかというと、東南アジアのなかに日本のある場所を捜しに行く、というふうになってるわけでしょう。

後藤❖いや、そうでもないだろう、あれは。

黒井❖僕は、そういうふうに思うけれどもな。

古井❖あの場所が全部日本だという意見には反対だな。

黒井❖いや、全部が日本だというのではないよ。捜すための手続きだというんだよ。

後藤❖いや、あれは捜すというんじゃないね。

黒井❖僕はだから、たいへんな回り道が必要なんだというふうに思ったよ、あれ読んで。

阿部❖あれはぜんぜん外国を書いてないから、非常に安心して読める。

後藤❖あれはちょっと、真空的な形になってるわね、場所的に言うと。

黒井❖だから、手段としての外国という感じがするでしょう。僕は、そういうふうに思うけれどもな。

後藤❖いや、そうでもないと僕も思うな。つまり場所は、非常に不明になってるね。

古井❖タクシーのなかなんか、かえって場所が出てるんじゃない。普通はタクシーのなかは場所でないんだけれども、タクシーのなかこそ場所が出ている小説だと思った。

黒井❖タクシーのなかは、そうかな……。

後藤❖だいたい坂上の小説は、場所が決まれば、それは場所ということは非常にむずかしいことですから、半分くらいすでにいってるように僕は思うんだけれども、あれはそうじゃなくて、書きはじめのところから途中のところまで、場所の設定に彼は迷ってるようなね、珍しく。そういうのが、変な面白さというか、珍奇というか、そういう感じを僕はちょっと受けたな。

阿部❖なんだ、後藤は、けなしてるの。

後藤❖僕は、あの小説はあんまり好きじゃない、はっきり言えば。ということは、坂上の小説の面白さ、それは僕と違うところが面白いんだけれども、場所に足跡のつけ方ね、これは独特だと思うんですよ。僕はとてもじゃないけれども、あいうふうには歩けないみたいな歩き方をするところがあるんです。たとえば「白い道」なんかよく出てるけれども。それをまた、汚い話で悪いんだけれども、たれた糞をじっと見るみたいな、そういうような足跡の見方が、ちょっとあると思うんですよ（笑）。

坂上❖汚ねえな、それは。

後藤❖そのへんは、すごくリアリストみたいなところがあるんですよ。

阿部❖みたいな……（笑）。

後藤❖ところが「藁の――」のほうは、それをいつものようによく見て帰ってこなかったみたいなところが、ちょっとあるんだな。

阿部❖それは「白い道」で、ほら、風呂へ入ると垢を見るだろう。ああいうところだな。

古井❖その話、続けたいんだけど、その比喩を敷衍《ふえん》しなければならないかと思うと、しゃべれないな（笑）。誰でも人の書いてる小説は、他者との関係というのがよくわからないということがあるんだけど、たれた糞というのが出てきちゃって……。

阿部❖共感しないわけ？

古井❖いや……比喩を換えましょう。

坂上❖もうちょっと言い換えておいたほうがいいよ。古井辞典にはないよ。

古井❖うん、ないない。

阿部❖風呂で垢をじっとこう、見るでしょう。ああいうところから出てくるものだね、小説というのは。その垢を、じっと見るなんていうのは、手ごわいという感じがあるな。

後藤❖それは、非常にしらじらしいでしょう、見方がね。

阿部❖いや、なつかしく見るんだ、垢を。

後藤❖ただ、なつかしく見て、さっき彼は肉親のことで言ったけれども、相手を確固として見てないわけね、親父のことを。だから、自分がすり出した垢ですら、確固としたものとして見てないような、しらじらしいところがあるでしょう、見る視線にね。

古井❖てめえの垢を確固としたものとして見るというのを想

像して、ようやくわかったけれどもさ（笑）。

阿部❖垢ぐらい、軽く見るんじゃない（笑）。もっといろいろなものを見るから。

後藤❖「藁のおとし穴」は、どっちかというと、下駄の足跡のつけ方、それをまたもう一回、振り返ってみて、人のと比べてみるみたいなしつこさがあるじゃない、彼には。そのしつこさが、ちょっとないような気がしたな。

黒井❖「藁のおとし穴」の底に「白い道」があるみたいな感じだな。だから「藁のおとし穴」というのは、ひとつの坂上世界に到達するための、ある入り口というかな。いま、それこそ東南アジアなんかにいろんな人間がいって、いろんな仕事をして働いて、駐在員生活を送っているという、そういうひとつの現実があるわけでしょう。その現実のところからなにが出てくるかというと、けっきょくそれは落し穴に行くわけで、その落し穴の底にあるのが「白い道」という実質みたいなもので、そういうよそよそしさを感じるな。そういう意味でいえば「藁のおとし穴」というのは「白い道」よりも読んだときの手ごたえがやや浅いという感じがするね。

だけど、なぜそれじゃあ「白い道」に行くのかということは「藁のおとし穴」を読むとよくわかるというふうな感じがするけどな。だから僕は「白い道」のことを書くために、タイだかビルマだか行かなければいけない、なんかそういうことがあすこにあるんだというふうに読んだ。

古井❖ただ「藁のおとし穴」には「白い道」にこだわる人間の、他人に対するとげはあるんじゃない？

後藤❖だから坂上の場合は、やさしさというものにおぼれたくないという、ひとつの考え方があると思うんですよ。しかし、やさしさというものにどうしても心をひかれるという、そういう一面を出すところが、坂上のずるさなんですよ、早くいえば。

これは、はじめからやさしさを出さなければ、別にそういう人間だと思うんだけれども、やさしさにも非常に拘泥する部分があるわけね。やさしさにこだわってる自分を、もう一回シラケさしちゃうみたいな、そういう合わせ技というのか、返し技というのか、なんか押しといて引くみたいな（笑）。

坂上❖仏壇返しというんです、それは（笑）。

後藤❖うまくきまると仏壇返しになる。きまらないと、くだけちゃうわけですよ、自分が。そのくだける自分を、どこで支えるか、アキレス腱のどこで。その張りの強さが出てるのは、いい小説ですよね。

古井❖坂上さんのやさしさというのはよくわからないので、前々からあれくらい酷薄な文学はないと思って読んでるんだけど。

後藤❖だけど、ちょっと出すでしょう。

古井❖まあそれは、非常に表面的なものですよね。

阿部❖叙情的ということと、ぜんぜん違うからね、やさしいということは。

後藤❖出しといてひっこめるんですよ。その出しといてひっこめる、ひっこめ方のタイミングというか、呼吸というか、そういうものが非常にきまってるものと、きまりそこねてややくだけるというところは、あるんじゃないかなと思うんですよ。

古井❖砂の上の足跡を見ながら、ずっと歩いてる人間の酷薄さみたいなものが出てきて、いろいろ他人が出てきて、非常に繊細でやさしげな対応をするんだけれど、他人達がいったいなんのためにあるのか、というような感じを受けるわけです。けっきょく最後には、主人公の足跡の確認のために存在するんじゃないかというような、そういうきびしさがありますね。それが肉親まで及んでいるすごさがあるんじゃないかな。

後藤❖もうひとつ言うと、いま古井が言った、いっしょに砂の上に跡をつけながら歩いてるけれども、そのことを意識してるのは自分だけじゃないかという……。

古井❖もうちょっと綿密に言ってください。

後藤❖綿密に言うと、つまり足跡をつけていくでしょう。そこを歩いてる段階では、お互いにやさしい連帯感でつながれてるわけですよ。たとえばそれは風呂帰りでもいいし、まあ学校の帰りでもいいんだけれども、それを振り返って、なんかしらじらしいと思えるのは自分だけじゃないかなという、そこに僕は不満があるんですよ。

　僕はなぜ、そこを言うかというと、もうひとつ展開がないんですね。俺だけがこんなことを意識してる、というのはいいんです。だけどそこで、仲好《よ》く別れて帰って、自分だけがこっそり引き返していって、その足跡を確かめるところの形が書いてないんですね。そのために、自己批評がちょっと薄れてるんですよ。批評がちょっと前向きすぎちゃってるからね。それで、自分が引き返していくグロテスクなところがないんですよ。自分が意識してるところまでは書いてるわけね。

　そこへ孤独という問題も出てくると思うんですよ。意識の孤独さというかな。だけど、それを物象として、形としてあらわして散文にするためには、もう一回引き返していく自分のグロテスクな姿も書いてもらいたかった。もう一回そこへこっそり引き返すという、誰にも見られたくない自分というものをもう一回他人の目にさらすという、それが形として書いてない。

　阿部が、叙情ではないと言ったけれども、たしかに叙情ではないんだけれども、叙情でないところをもう一回散文にかえすというところね、そこが僕、ほしいんだ。

阿部❖いや、叙情じゃないとは言わない。叙情とやさしさとは違うと言った。それはだけど、後藤が言ってることは、僕は部分的なことだと思うよ。それは坂上を理解してないな。

　俺が思うには、坂上というのは全部見るんだよね。見ちゃうんですよ。人間というのは、ものを見る場合に、これは見ないほうがいい、というものがあるんだよね。他人についてだって、ここでやめとこうというものがあるわけで、そこを彼は全部見るんだよ。その見るということの不幸というか、つまり普通の人間なら引き返すところを彼は見ちゃうということで、傷ついてるものは出てると思う、文章に。

後藤❖だから、見るというのはよくわかるんだ。見てる自分を、もう一回、誰かの目にさらすという形ね、それを物象として出してもらいたい。これは僕の願望だけれどもね。

阿部❖あなたの相対主義だ、それは。

後藤❖自分ではリアリズム、散文というふうに考えてるけれども。

阿部❖見るべきでないものまで見ちゃって、それを見たということで自分が傷つけば、それでじゅうぶんだよ。

後藤❖阿部の意見は、あれか、見すぎてるということか?

阿部❖いや、彼は見なくてもいいものまで見るという、そこはちょっと付き合いきれないところはあるよ。引き返すところがあるよ、常人ならば。もうそこから見ないというのがやさしさであるという線があるでしょう。そういう場合に、俺ならだよ、見ないね、あえて。だけど、彼は見る。のぞくね。だけれども、傷ついてはいるんだ。

古井❖傷ついてはいるけど、坂上さんの場合、人が見る以上、見るということによって保たれてる精神の安定はある。

阿部❖ある。特権的にあるからね。

後藤❖じゃあ、他人はどうなるんだ。自分も傷つくだろうけれども、見られちゃいけないところまで見られた他人のほうの眼だがね。

阿部❖だから、彼の小説には、あんなに反芻したような部分がいっぱい出るでしょう。つまり、注釈がいっぱいあるだろう。入ってくるよね、描写の間に。そういうところで、彼は自分を取り返さざるを得ないだろうね。回復せざるを得ないわけでしょう。

―私小説への挑戦―

編集部❖最後に阿部さんの「群像」の連作について(編注:以下で言及される作品は、いずれも現在は『無縁の生活・人生の一日』〔講談社文芸文庫〕に所収)。

黒井❖最初「自転車」からはじまったわけでしょう。それから「敵」が二番目だっけ。三番目はなんだったかな。とにかく、はじめの二つ三つ読んだときに、これからはじまるであろう連作というものが持っている世界の予感みたいなものが、ある広がりを持って出てきているような感じがして、それが非常に面白かったわけよ。

面白かったんだけれども、あれ、どこかにひとつ、転換点があったんじゃないかという感じがする。その転換点というのはどれになるのか、作品としてははっきりわからないけれども、とにかくどこかを軸にして、また戻っていってしまったという感じがしちゃうんだな。

最初は外側というものがかなりはっきりあって、それは市民生活というか市井《しせい》の日々といえばいいか、とにかくそういう外側と「私」との関係というものが、かなり自由に行きかうものとして出てきていて、その外側から見られる自分というものが、同時にかなりグロテスクな格好で出てきていた。

そういう意味でシャーウッド・アンダーソンの『ワインズバーグ・オハイオ』の最初に「グロテスクなものについての書」というやつが出てくるでしょう。変なやつがずっと行列していくという話。なんかああいうものにどこか似ている感じがあって、そういうふうにしていくのかなあと思ったら、どこかから阿部世界というのに、だんだん帰りはじめていく。それが僕ちょっとよくわからないんだけれども、つまり帰っていったことがほんとうなのか、あるいはそこで突っぱるべきであったのか。

僕の期待ないし希望に即して言えば、あそこで帰っていかないで、もうちょっとしんどくても、外側に突っぱり続けるところから出てくるなにかというふうなものがあったんじゃないか、それが僕は、非常にほしいというふうに思いますけれどもね。

後藤❖それはなんですかね。

黒井❖たとえば、ああいう種類のものというとシャルル=ルイ・フィリップの『小さき町にて』という小説があるでしょう。あれは僕も非常に好きな小説だけれども、どこが違うかというと『小さき町にて』というのは「私」でつないでいかないわけでしょう、連作を。それで、いろんな局面がポコンポコンと勝手に横に並んで出てきて、それが、総合されて、ひとつの町に起こるいろんな出来事が積み重なって、ある生活の厚みと音の響き合いみたいなものが、体温共々出てくるというふうになってると思うんだけれども、阿部さんのはそれがそうじゃなくて、「私」というものを鎖にしてつながっていく。

そうするとそのときの「私」というのが、またしても非常に問題になってきちゃうんじゃないかと思ってね。あの連作における「私」というのはいったいなにかというふうなことを考えていくと、単なる狂言回しというだけのことじゃなくて、だんだん別のものになっていく、話が進むに従って。そのの「私」をたどっていくと、やはり今までの阿部世界に戻っていくんじゃないか。そうではないものがなにが出て来そうな感じが、僕ははじめどうもしたんだけれどもな。

それで、その「私」が歯医者に行く話のなかで、奇異な感じを受けたのは、歯医者に行って椅子に坐るでしょう。自分が治療を受けるわけでしょう。そうすると、僕などは、とにかく歯を削られることの痛さに対する恐怖というのがものすごくあるわけ。そういう生理的な苦痛だとか恐ろしさというものがまず出てくると思うんだけれども、あのなかの「私」というのは、周りの待ってるガキとか医者についてはいろいろなことを感じるのに、削られる自分の歯についての痛みないし恐れというのは全く感じない。そういう「私」というのは、非常に奇妙な「私」だとあれを読んだとき思った。

それはともかく、そういう「私」というのが、まず鎖の役、輪をつなげる役割として出てきながら、いつかその「私」が、単純にそういう一種透明な「私」であり続けることができなくなっていく。それ自身が、ひとつの黒い輪みたいになっていっちゃうという、まさにそれが阿部昭の世界であるのか、あるいはそこでひとつの可能性を断念して、そういうふうになっていくのか。僕としては、そうではない形につながっていってほしかったという気持がどうも強いんですがね。

それは、ひとつひとつの作品が持っている面白さとかなんとかいうことは別にして、連作の底を流れていくものとして、そういうふうに思うんだな。だから、ものによっては、あの連作のなかで、もうやらないでもよかったんじゃないかというのが出てきてるような感じがしちゃう。復習みたいな感じが、ちょっとする。

坂上❖僕は彼の連作というのは、面白く読んでるんだけれども、阿部さんというのは子供を書くのがすごくうまいんですよ。うまいという言い方はちょっとよそよそしいんで、彼は子供を書かざるを得ないんじゃないか、そういう宿命的なものを、読んでて感ずるのね。読んでて面白いというのは、それに尽きるんだけれどもね。

それをいろいろ分析して言わなくちゃならないことになると、ちょっと面倒くさいんだけれども、ひとつは私小説というのは、やっていくと、どうしても私小説そのものに挑戦しなくちゃならないということが出てくるんですよ。

志賀直哉が『白い線』という小説で、けっきょく批評家というものは、なにも読んでないという言い方をしているわけです。『白い線』というのは、志賀直哉がだいぶ年をとって書いた小説なんだけれども、自分がいままで見てた母親というものに違う面が見えてくるというのが『白い線』ですよね。その違う面が見えてくるということまでやった私小説家というものは、そんなにいない、小説家のなかで。

ところが、阿部昭の場合、むしろそこからはじめなくちゃならないというところがあるわけね。これは私小説をやっていく場合の、ひとつの私小説そのものに挑戦せざるを得ないような場所なんだけれども、彼が書きだした私小説というものは、事実そのものとか、そういうものでは、もう最初からなかったわけなのね。だから、なんべんでもやり直すということは当然、起こるわけで、別に右顧左眄《うこさべん》してることじゃないと思うんだよ。

最初にやったことを繰り返すこと、あるいは最初に言ってたことが変ってくること、これは私小説に対する挑戦みたいなものがあると思うんだな。それがいちばん出てくるのが、子供を書いてるときという感じだね、僕が読むと。

自分のことを書くことは、いくらでもその限りではできるわけですよ。それからまた、書かないこともできるわけですよね。まあ阿部昭の場合は、わりあい自分のことを書かない場合のほうが多いんだけれども、自分のことを書かないというのは、意見は言っても自分のことを書かないとか、そういうことというのは出てくるんだけれども、やはり子供だね。書く対象として、どうしてもネグレないという形。

ところが、黒井さんの場合にしろ僕の場合にしろ、わりあい子供というのは出てきますよね。それはちょっと、利用してるようなところがあるでしょう。視点として利用するとかね。そういう場合の子供の出し方と阿部昭の場合の出し方というのは、僕は違うと思う。なにか子供というものは、琴線に触れるところがあるわけだよね。

さっきの話で、親を書くことは自分を書くことだ、ということだった。まあ、自分というのは子供という位置から出発しているから、われわれは子供を書いてきたんだ。自分のことを書いてて、子供というものが書ければ、それでいいけれども、やはり子供というのは、はじめて出てくる他者なんですよ。肉親というのは、親にしろ兄弟にしろ、こっちが他者だと言ったって、向こうは他者だと言わないからね。

子供というのは、親の眼から見ると、他者といえば他者にできる存在だから、そこを書くという、ひとつの宿命的な作業が出てくるんだけれどもね。そういう意味で、彼がやってることというのは、なかなかたいへんなことだと思いますよ。

古井❖さっき阿部さんが坂上さんについて言った、坂上弘は普通ならもう見ないところまで見てしまうというそういう批評、いかにも阿部らしくて、これは阿部しか言えないような言葉なんだけれども、まあ阿部さんの作品を読んでて、これ以上書かないというそういう地点がいくつかあって、それはいかにも阿部らしい表情を持つんだけれども、なにか書いていくと、いちおうエネルギーは、そっちのほうにずっと向いてくるわけですよね。そこで遮蔽すれば、ある種の表情がこもるわけでしょう。その表情が阿部さんの場合は、他に対する批判の表情をとるわけね。そのはね返りが、自分に対してちょっとやさしくなるところがある。

坂上さんと阿部さんの小説を比べてみますと、坂上さんが肉親のこととか生い立ちとかにこだわってるときに、こだわり方の位置の徹底があって、その意味で見てられるところがあるんですね。阿部さんの場合は、ものすごく情念がこもるんですよ。敵意とか、憎悪とかね。

そうすると、それは見てて、僕がさっき空恐ろしいと言ったのは、そこにもあるわけ。その情念が、妻子を背中に負って他者に向けられる場合と、妻子のほうにパッと向いていくようなところもあって、それでこわいんだけれども、そういうところへこもる情念というのは、いつまでもあのスタイルでは処理できないんじゃないかなという気がする。

後藤❖古井さんは、わりあいに年が若いせいで、やはりきびしいこと言うんだよな（笑）。

古井❖いや、年が若いだけに、愛情に満ちあふれてる（笑）。

後藤❖いやね、それはきびしいこと言ってるよ。きびしいけれども、そ れは古井が言うとおり、愛情に満ちてると思うんですよ。いまの阿部批評なんかでも、そうとうきびしい。

古井❖いや、年が若いだけに、愛情に満ちあふれてる（笑）。

坂上❖すごく政治的（笑）。

後藤❖そういうことは気持としてあるわけですよね。それは、表現はまた別であってね。僕が言うときは、もっとストレートに言うからね。非常に面白いと思った、いまの古井の批評は。鋭いし、もうそれ以上言う必要ないようなことを言ってるしね、僕らが。

坂上❖もうひとつ言わせてもらうと、古井さんが阿部昭と僕の違いということを言ってくれたけれども、僕の眼から見ても、阿部昭というのは粘着しないんだね。僕なんかのほうが、よっぽど自分というものに執《しゅう》してるところがある。

阿部昭のものを読んで、批評家が誤解してる部分というのは、批評的な志とかそういう言葉で言ってるけれども、意見を言ってるというふうにとるわけですよ、阿部昭が。もちろんそれは、生活に対する意見とか他人に対する意見とかいうものを言ってる、というふうに言ってるんだけれども、そういう意味では僕らに比べれば、よっぽどいさぎよいようなところがあるわけで、それほど自分のことは言ってないという感じが、僕なんか逆にするんだね。

というのは、僕は自分のことを言う場合、ものすごく他人の眼というもので鎧いますよ。阿部昭は、自分の幼年のことを書く場合でも、自分の少年時代のことを書く場合でも、取材はしないね、絶対に。手法として、取材という形をとらないね。自分が出てくる歌みたいなものから入るよね。たとえば、さよならだとか、そういうような言葉からすっと入るでしょう。ところが、僕らには絶えてないんだよな、そういう入りというのは。

後藤❖僕らって誰？

坂上❖僕だけか。こっちのほうが、そういったものに対処するときに、もっと鎧うんですよ。肉親とかそういうものの眼で鎧うわけですね。

後藤❖ただ僕は、阿部はやはり鎧ってると思うよ。

坂上❖いや、あそこの阿部昭というのは、もう肉親ですらないわけです、僕の意見では。

後藤❖ただこれは、批評家がなんと言ってるか、僕もよくは知らない。よくは知らないけれども、阿部が批評的であることは事実だよね。

それは古井がさっき言ったとおりで、つまり批評の角度というものは、いまの書いてる素材によって、十全に出てないんじゃないかという気は、僕はするんだよ。僕は、阿部の批評性というものは、いまの材料のなかでいくと、非常にやりにくいという気はするな、たしかに。

他者にはするどく向けられるけれども、自分には少し角度がにぶいとは僕は言わないよ。にぶいとは言わないけれども、角度が変るわけですね。他者に向けられた批評の角度と同じ角度で、自分に批評を向けられないということは、実際にあると思う、いまの材料でいけば。

僕は連作を、それこそ全部は読んでないけれども、かなりは読んでます。読んでて、あれは連作とはいっても連載だから、僕はあれを、ひとつの極論かもしれないけれども、一種の長篇と見てるんですよ。そのなかの、その月その月の空白の状態から生まれてくる、阿部のアドリブというふうにとってるんです、僕は。また、そういうところがないと、あれを読む楽しみがないんだな。

坂上❖だからそれは、僕は批評じゃないと思うんだ。それは生活のマニフェストであるかもしれないけれども、批評じゃないんですよ。

後藤❖阿部がか？

坂上❖そうそう。

後藤❖僕が阿部を批評してるという意味じゃなくて……。

坂上❖そうそう。だから、阿部昭のものに批評があるという言い方には、僕は反対なの。

後藤❖あんまり批評的になってる部分は、僕はちょっと勇み足だと思うんだ。でも、勇み足も相撲の四十八手のうちのひとつだから、勇み足が悪いとは僕には思えない。ただ、批評の角度が、自分に向けられるものと、それから他者に向けられるものとの角度が、非常に一定しにくい材料だな、あれは。

坂上❖彼が小説で書いてることを、みんな批評があるというふうに思っちゃう。

後藤❖いや、あれはやっぱり批評だよ。

坂上❖僕は違うと思うんだな。

後藤❖だから、たとえばあれは、彼の生きてる……。

坂上❖それじゃあ後藤さん、聞くけれども、川嶋至の「事実は復讐する」（「季刊藝術」二十九号）というエッセイがあるでしょう。阿部昭論があるでしょう。ああいうものをどういうふうに見るか（『文学の虚実――事実は復讐する』に所収）。

後藤❖僕はあれ、読んだけど、あのモチーフはわからなかった、はっきり言って川嶋さんの。

坂上❖だからそれは、川嶋至さんのものというのは、モチーフそのものが批評じゃないからなんだよ。

後藤❖でも、それは阿部が批評的じゃないということにはならないでしょう。

坂上❖いや、川嶋さんが阿部のものをひとつの批評というふうに見て、そこに受けて立ってる形が、あのエッセイなわけですよ。

後藤❖それはエッセイとしていえば、また別に阿部昭が、必ずしも雑誌じゃなくて、もっとほかに言いたいことがあるのかということになれば、モチーフはおのずからどこか、よそに存するのかもしれないけれども、僕にはわからなかったな、あの限りでは。つまり、なにが言いたいのか。

坂上❖僕は、批評という言葉はやめようというふうに思ってるわけですよ。たとえば、阿部昭の小説に批評があるとか、そういう見方はやめようというふうに思ってるわけですね。

後藤❖でもね、はっきり言うと、阿部昭の「初心」のなかで、僕はアドリブというのが好きだから言うんだけれども、こういう言葉が出てくるんですよ、最後のほうに。世間の批評家がつけた俺の傷とか、それからいちばん親しいと思ってるやつが裏切るんだというような、非常に悲しみに満ちた言葉が出てくるよね。ああいうものは……。

坂上❖だからそれは批評じゃないんだよ。

後藤❖僕は、あれを批評と言ってるんじゃないよ。だけど批評的であるということは、僕はむしろ肯定的に言っているのです。ただ現在の阿部作品については、むしろ批評的になってる部分が不充分だと思うわけです。

古井❖阿部さんの批評的なところはあるんだけれども、さっき言った阿部さんの小説に節々こもる、行き先きを阻まれた情念みたいなものは、批評にはとってもくみ尽くされないと思うのですよ。

阿部さんというのは、この五人のなかじゃあ、咆哮《ほうこう》してる、叫んでるところの唯一の作家じゃないかと思うのですね。このへんで、僕の阿部理解の馬脚をあらわすかもしれないけれども、どう叫んでるかということ。

坂上❖なんとか宣言?

古井❖要するに、わしは子供だ、子供が三児の父親になってるんだ、そういう非常につらい叫びだと思うのです。

その叫びというのは、いわゆる批評性にいくものかどうかというところで、僕はちょっと疑問があるんです。その叫びというのは、ひとひねりしなければ批評性にいかない。

坂上❖まあ、批評をやってるわけじゃない。

古井❖うん、批評をやってるわけじゃない。僕は阿部さんの作品の批評をいわゆる批評とは受け取らない立場です。

―「内向の世代」について―

編集部❖川嶋さんの話が出たところで最後に「内向の世代」とくくられていることについて、発言していただければと思います。「内向の世代」というのは、最初は否定的な言葉として使われていたと思いますが、最近では肯定的にも言われるようになってきた。

　また、直接関係ありませんが、小田実《まこと》さんが「で、どうなんだ?」(「群像」七四年四月号)というエッセイを書かれて(『「鎖国」の文学』に所収)、中年の居直りというものを同世代作家の小説に感じるという発言がありましたが、これはよく言われるように、小説に社会性がないとかといった単純なことでなくて、文学は文学であるという場所に安住しすぎはしないかといったような趣旨だったと思います。

　そのほかにもいろいろあると思いますが、こういう外の批判に対して、何かおっしゃっていただければと思います。

古井❖早い話が、僕を除いてこの四人が「内向の世代」うんぬんというところを突きつけられたのは、ほんとうにこれ、お気の毒な話で、私が一人で負わなければならないものなんです、本来は。内向、その反対を外向だとすれば、そのへんのいろんないきさつというのは、さっきの四人の間の僕をめぐる批判なんかに、かえってよくあらわれてるわけで、社会性が足りないとかそういう批判より、さっきの古井由吉はモノトーンだという批評のほうが、ずっと本質的なんだと思うのです。「内向の世代」というものの責任を負わなければならないのは私一人で、これは、うまく弁護できるかどうか。さっきの批判にも弁護はしなくて、批判されたことを喜んでるくらいだから、うまくできないんだけれども、こういうことは言えるんじゃないでしょうか。

　小説は書かないし、読むのも嫌だという人間が、表現衝動みたいなものにかられて、遅まきになにかはじめた場合、ひとつのモノトーンになると。そのモノトーンが、いわゆる社会的なものの分析ないしアンガージュマン(参加)に向かうモノトーンもあるし、内に向かうモノトーンもある。その後者のほうが「内向の世代」といわれたんじゃないか、僕はそんなふうに思ってるんです。

　つまり、さっき指摘されたように、僕自身も時間というものを、よく言えば純一的なもの、早く言えば単一的なものにして、そのなかで存在とか自我というものを煮つめていくといういき方をとってるわけです。これは社会的であるかどうかというようなそういう問題じゃなくて、いわゆる多様な時間を持ち得るか、他者とのまっとうな関係があるかどうかという問題なんですね。

　ほんとうは、僕がそういういき方をとらなければならない所以をマニフェストしなければいけないわけだけれども、そこはやはり、阿部さんとか坂上さんの作品に半ばひかれながら、ああいう作品を書いてるんで、歯ぎれは悪くなります。つまり弁明するとき、弁明の相手が二重になってしまうわけですよね。

後藤❖二重性というのは面白いよね。それはたしかに、そうだと思うな。

古井❖まあ、このお二人に対する弁明の仕方とすれば、小説を書いて、自分の生い立ちとか内面に細やかにかかわり合っていくということを、いちおう予定の外においちゃった人間のはじめた小説なんです、実は。いったん小説なんていうものからあがってしまった人間であるわけです。

それがまたはじめるとき、ひとまずモノトーンとか単一な時間、純一な時間というものに支えられて、できるだけ遠くに矢を飛ばす。その矢が飛んだということに、いろいろな問題があるわけです。そこから、多様性を取り戻していこうかという、そういうやり方なんです。

後藤❖「文藝」六月号で阿部と藤枝静男さんの対談があったでしょう(『作家の姿勢——藤枝静男対談集』所収)。あのなかで面白いと思ったのは、いろいろあったけれども、そのひとつとして、藤枝さんが僕は趣味で書いてるんだと言うんだね。そうすると阿部が、いや、趣味で書いてる小説のほうが、小説それだけという人間よりもすぐれてるんだ、そういう結果になってるんだ、ということを言ったわけだね。それでちょっと引っ掛けて言うんだけれども、そうすると、古井さんのは趣味?

古井❖趣味じゃないね。つまり、論文を書くのと同じだというわけじゃないけれども、論文を書くような気構えで書くし、そういうふうにしてはじめないと、とにもかくにも、表現の世界というのは確立できないわけです、僕は。だから、書いたものに関しても、そうとう整合するわけですよね。あまり多様性に対する自由を自分に許さないというようなところがあって。

後藤❖それは、趣味と論文は違うという感じかな……。

古井❖それはもう、生活態度として出てくるんですよ。つまり、僕も書きだす前は、批評家だったわけです。批評なんて、なにも書いてないわけだけれども。

後藤❖僕は「内向の世代」というのは、新聞にも一回、短いエッセイで書いたけれども、当たらずといえども遠からずというのが僕の感想なんですよ。

古井❖いいんですか?

後藤❖これは新聞にも書いたけれども、小島信夫さんが「第三の新人」と言われたときに、箱だと言うんだよね。「第三の新人」という紙をベタッと貼った箱に、それこそわれわれが中学だか高校のときに、授業料を入れる大きな箱があったですね。廊下の真中に置いてあった。そこへポンと投げ込む。そういう形で「第三の新人」というレッテルのところへ、俺は投げ込まれてるだけなんだというような書き方をしていたのを、僕は記憶している。

ただ、僕は思うんだけれども、決める側と決められる側というのはあると思うんですよ、つねに。これは分類だからね。でも、僕は「内向の世代」と言われてみて、批評家によっていろいろ違うんですね。僕をあげる人もいるし、あげない人もいるし、阿部をあげる人もいるし、あげない人もいるし、坂上をあげる人もいるし、あげない人もいるし……。

編集部❖小田実さんのエッセイについては黒井さんに言っていただければと思いますが。

黒井❖ひとつだけ言えば、たとえば物価高であるとか、石油危機であるとかの現実があるわけですね。それがなぜ小説に出て来ないのか、という指摘が小田さんのエッセイにある。

しかしぼくが思うには、そういうものが小説の中に取りこめられれば、いまの小説が抱えこんでしまっている問題が少しでも解決できるかというと、ぜんぜんそうではない。もっと別のものがあるわけでしょう。その別のものはいったいなにかということが、おそらく問題だと思うのですよ。

だから批評としては、社会性がないとか外側に広がりというものがないという形で終っているのは、事実の指摘かもしれないけれども、まだ批評ではない。そうすると、なぜそうなるのかというところから、おそらくはじめて問題がはじまるんだろうと思うのですよ。なぜそうなるかということのその先というのが、いろいろ言葉多く語られるわりには、実質的に論じられていないんじゃないかという感じがしてしようがないんですね。

だから、内向していく、内側にどんどんめくれこんでいく、ということが現象としてあって、それが小説を痩せさせていく、衰弱させていくなにかだともししたらば、僕の感じでは、むしろそれは小説のやむにやまれぬ正当防衛の姿勢が、ああいう形でいま出てるんじゃないか。それを過剰防衛だという言い方をすれば、あるいは過剰防衛なのかもしれない。けれども、そうすることによってだけ獲得できる、あるいは確保できる、作品のリアリティというふうなものがあるんだろうと思う。そこから出発しないと批評そのものが楽観的にすぎるという感じがぬぐえないんです。

それと、いちばん最初に出た、どうして子供のころのことばかり書くか、なぜかくもそればかり書くか、大人を書かないか、というふうなことども、おそらくつながってくるんだろうと思う。

それはある意味では、後退していって子供の世界に入っていくという見方ができるだろうと思うんだけれども、別の意味ではそれが、いま小説の存立にふれる懸命な営みというふうな面がある。それをやらないで、たとえば社会性なら社会性というものを手にすることが、いまできるのかどうかという、そういうことがあるんです。

僕が、たとえば自分の幼年時代なら幼年時代を書くときに考えるのは、とにかくそれがなんであったとしても、そこをいっぺん通らないと本当のものはなんにも出てこないという、そういう感じが非常にする。それが内向という形であれ、あるいは幼児退行であれ、どういう形で言われたとしても、それはちょっとしようがないだろうという感じなんですけれどもね。

坂上❖小田実は、文学の効用ということを言ってるんですよ。つまり、文学というものには、必ず効用があると。その効用についてあなた方はどう思いますか、ということを言ってるんですよ。

黒井❖小田さんの立論のなかにでしょう。

坂上❖つまり文学は、まったく一人でやってればいいものだということは、もはやあり得ないというわけですよ。それを前提にすれば、じゃあ文学の効用というのはなんですかということを小田実は論点にしているわけで、それについて多少言ってもらわないと、小田実の言ってることに対して、文学の本筋を守るというか、自分で文学のリアリティというものを作っていく場合の世界を守らなくちゃならないから、こういう小説を書いてるということにしては、ちょっとずれると思うんだけれどもね。

古井❖その場合、社会的な効用という考えの背後にある、いわゆる社会性に対する了解の違いというのはあるんだと思うのですよ。たとえば、このたび円切りからインフレまでいろいろありまして、日本人のエコノミック・アニマル性なんて、よく言われてるわけですよね。そういうことを言う社会性とは別な社会性を、僕は考えてるわけなんです。

つまり、自分自身がいかにエコノミック・アニマルであり、自分の親父が、おふくろが、いかにエコノミック・アニマルであり、自分の経歴がいかにアニマル的であるかということをあらわさないと、いまの社会というのはあらわせない。

坂上❖エコノミック・アニマルそのものは、切れないよね。

古井❖いまできないからあまり強く主張できないんだけれども、アニマル的なものを自分のこととしてあらわさない限りは、いわゆる社会的という体裁のものは書きたくないというのが、僕の考えなんです。それをやるべくいろいろ準備しているけど、準備している間はできないわけですよね、現に。

後藤❖それは古井リアリズムと僕が言ったもので、たとえば黒井さんが「文藝」にいま連作を書いてるでしょう。じゃああれはなんだということになるわけですよ、僕に言わせれば。あれは、うまく言えば寓話ですわな。アカシアの木が切られるとか切られないとかいうことね。これはもう、涙なくしては語れない現実であって、それは石油問題を書いてないけれどもちゃんと現実のアカシアは書いてるわけですよ。

今度の「隣人たち」(「文藝」七四年六月号)という火事になる話ね、アパートができて。これはもう、恨み骨髄に徹してるわけですよ。あれは、床屋が地主だということになってるけれども、元をたどっていけば、石油の元凶につながるかも知れんわけですよ。

小田さんの気に入ろうと入るまいと、小説というのはそういうものだと思う。問題はアカシアがちゃんと書いてあるかどうかでしょう。

坂上❖小田実が、文学というのは効用があると、それに対して態度決定をしなくちゃいけないんじゃないかということを言ってるということは、これはひとつのものの見方で、そのことは珍しい？

黒井❖いや、珍しくないね。つまり危険だという意味でしょう、ある意味では。効用があるということは。

坂上❖そうそう。効用というのは、こういうことに対する効用はこっちはマイナスになるという裏表があるからね。それをいまの文学者は認識してないと。小田実と同世代の文学者、僕は幸か不幸かちょっと若いですけれども、彼らは認識してないということを言ってるわけですね。これは、あんまり事実を踏まえてないんだけれども。

後藤❖そうでしょう。俺達の小説を読んでないんじゃない？

坂上❖僕は読んでないと思うのです。つまり、小田実にとって僕らの小説を読むことが問題なんじゃないんだよ。効用ということを考えれば、もっと別の効用のところを、彼は攻撃していいわけです、効用理論からいけば。

後藤❖彼は、実践の効用と小説の効用を、自分の現実のなかで、あまりにも自分的に考えすぎてるんじゃないかなと思う。つまり、彼の効用というものは小説の効用じゃなくて、彼が実際に書いたものが、ある人たちにある種の影響を与えたとすれば、それは彼が書いた小説という形式のものじゃなくて、ほかのものじゃないんですか。

古井❖効用説の立脚点はよくわかります、僕は。

後藤❖でも、小説の効用じゃないよな、それは。

坂上❖そうですね。でも、小田実の小説観というのは、だから小説というのはそれでいいんじゃないかというところまでいっていると思うんですよ。

編集部❖それではこのへんで終りたいと思います。どうも長時間にわたってありがとうございました。


（一九七四年五月十三日）

外国文学と私の言葉

——自前の思想と手製の言葉

×飯島耕一×中野孝次

飯島耕一――いいじま・こういち

詩人、小説家。一九三〇年、岡山県出身。旧制第六高等学校を経て東京大学仏文科卒業。在学中に雑誌「カイエ」を創刊。五三年に第一詩集『他人の空』を刊行。國學院大学教授を経て二〇〇〇年まで明治大学法学部教授を務める。七四年に『ゴヤのファースト・ネームは』で高見順賞、七八年に『飯島耕一詩集』で藤村記念歴程賞、八三年に『夜を夢想する小太陽の独言』で現代詩人賞、二〇〇五年に『アメリカ』で読売文学賞、詩歌文学館賞を受賞。二〇一三年、逝去。

中野孝次――なかの・こうじ

ドイツ文学者、評論家、小説家。一九二五年、千葉県出身。旧制第五高等学校を経て東京大学文学部独文科卒業。八一年まで國學院大学の講師・助教授・教授を務める。七六年に『ブリューゲルへの旅』で日本エッセイスト・クラブ賞、七九年に『麦熟るる日に』で平林たい子文学賞、八八年に『ハラスのいた日々』で新田次郎文学賞、二〇〇〇年に『暗殺者』で芸術選奨文部大臣賞を受賞。そのほか『清貧の思想』がベストセラーに。二〇〇四年、逝去。

初出―「早稲田文学」一九七八年四月号

敗戦の日まで文学は存在しなかった

中野❖僕の場合は、色々読んでいったわけだけれど、一番最初は、戦争中に『トニオ・クレーゲル』を読んだということね。これは非常に大きかったですね（編注：一九〇三年に発表されたトーマス・マンの中編小説。一九二八年に六笠武生による訳が南山堂書店より刊行）。これは僕だけじゃなくて、例えば、辻邦生、北杜夫、その他たくさんいるでしょ。

後藤❖昭和何年ぐらいですか？

中野❖十八年頃ですな。その時のトーマス・マンというのはどういうものかというと、まず第一に、あの頃、日常がいやで仕様がなかったという事実があって、そこから別乾坤《べつけんこん》をつくったのがトーマス・マンの文学であるという風な感じで、しかも非常に魅力的に見えたし、その別乾坤が文学なんだという考え方が『トニオ・クレーゲル』にあるわけでしょ。つまり現実から離れてしまった別の世界をつくるという、あれがね、僕らの場合、戦争中であったためか知れないけど、特別救いになったね、そういう考え方、そういう文学があるってことが。

後藤❖飯島さんの場合はどんな具合ですか。

飯島❖僕の場合は、いま中野さんが十二、三歳なんて言われたけど、何しろ十二、三歳の時は戦争の真最中で、しかも子供でね、外国文学との出会いというのは完全に戦後ですよ、昭和二十一年。

後藤❖飯島さんの場合は中野さんよりも、三年ばかり、いやもうちょっと年下ですね。とすると中学生？

飯島❖中学生というか、旧制の高校二年、入ったのが終戦の翌年なんですよ、二十一年、それからだからね。もしも中野さんと同じ年ぐらいだったら、僕もひょっとして十二、三歳から読んだかも知れない。読もうにもそういう時代じゃないわけよ、鋳物工なんかやってたから。勤労動員で。

中野❖あの当時で？

飯島❖そう、十三、四歳で。

後藤❖すると敗戦の時が、飯島さんは中学四年ですか。

飯島❖うん。だから日本語の本も読まない、だいたい本というものを手にしないんだ。

後藤❖僕はね、敗けた時は中学一年なんですよ。これは全く、昭和二十年八月十五日までは、僕の世界には文学というのは存在しなかったですね。

飯島❖僕も同じ。

中野❖そうかね、ずいぶん違うね。

後藤❖戦争が終わって、僕は朝鮮にいたから内地へ帰って来ましたでしょ、内地の中学に入り直した。それで、僕は野球部に入ってたりしてたものだからわりと遅くて、中学が今度は新制高校というのにきりかえになったわけで、その頃からですよ。だから、十五歳ぐらいですか。

中野❖かなり遅いな、それは。

飯島❖今日の「自前の思想、手製の言葉」というのに若干関係があるけれど、戦後になるまで知ってる詩というのはね、尾崎喜八の「芋なり。／配給の薩摩芋なり。」、その程度ですよ（編注：題は「此の糧」）。

中野❖（笑）本当かい、おい。

飯島❖そうなんだよ、これは今日のテーマに非常に関係があるけれど、詩というのは「芋なり。／配給の薩摩芋なり。」でね、それから敗戦になって、翌年高校に入ったでしょ、そしたら友達がいっぱいできたでしょ。この連中の中に早熟な奴が一人ぐらいいるわけよ、それで、ドストエフスキーなんて言うわけ、だから「芋なり。／配給の薩摩芋なり。」からいきなりドストエフスキーにいくの。しかも本がないでしょ。八方手をつくしてね、何か肺病かなんか病んでる万年大学生の家に行けばあるっていうんで、汽車に乗って借りに行ったですよ。大風呂敷持って。

後藤❖「芋なり。／配給の薩摩芋なり。」で思い出したんですけどね、僕のこと言うと、短歌も詩もやらないで文学即小説という形で出てきた人間ですけれど、いま思い出したのはね、僕にとって詩というのは軍歌だったということね。軍歌といっても、日清・日露ですよ。その頃のものは、佐佐木信綱、土井晩翠、落合直文、あの辺の人が作詩してますね。あれは全部、叙事詩なんですね。「ブレドウ旅団の襲撃」にしても「ポーランド懐古」にしても、それが僕にとって、いわゆる日本浪漫派的な詩だったんですね。

　それが今度は全部世界が変わってしまったでしょ。僕なんか陸軍幼年学校へ行こうと思ってたんだから、それがパアになっちゃったでしょ。だから敗戦と同時に、僕の世界から詩そのものが失《な》くなっちゃったんですね。ちょっと、反対みたいな話だけど。

飯島❖いや戦後になって「芋なり。／配給の薩摩芋なり。」から、いきなり詩でいうとランボーとかボードレールとかね、導く人がいたわけよね、目の前に出てきたわけ。だから、そういうのに会ったら君に詩人だったかも知らんけども（笑）。十五、六ぐらいの時は面白い時で、目の前に出てきたものにフッといくからね。

中野❖それは戦争直後だったということも多分に影響しているんでしょう。

後藤❖それまでが無だったですから。

飯島❖中野さんだけはちょっと違うけれど。

後藤❖例えば『トニオ・クレーゲル』があるから、中野さんの場合は文科乙というのですか、まあ独文ですね。飯島さんの場合の仏文へ行ったのはどういう指標ですか。

飯島❖これは「読書人」に書いたんだけど、僕は経済学部にでも行こうと思って、会社員になろうと思ってたんだけれどね、友達の影響で卒業間際にそそのかされて仏文に行ったんだ。始めから文学少年ではなかったわけ。本当の文学少年というのは十二、三からやらないとならないんだろうけど、僕はそんなに身に染《し》みてなくてね。

後藤❖語学として文丙（仏文）に行ったというわけですね。

飯島❖そう。だからね、特に僕は文学なんていうことを職業にしようなんて思ってなかったですね。

後藤❖戦時中ね、僕は中学一年だったけど飯島さんは四年でしょ。その場合、軍の学校がありますね、あれはどうだったんですか。よく受けなくてすんだんですか。

飯島❖いや、受けましたよ。だいぶ末期になってね。僕もお国のためにいよいよ命を捧げるかと思って。これが間が抜けてるんだけど、航空学校っていう所を受けて合格したんだけど、八月二十日に入校せよというんですよ。

中野❖何か、詩に書いてたね。

飯島❖そうそう、詩にも書いたけどね、それが馬鹿馬鹿しいでしょ、八月十五日に終わったのね。

後藤❖でも、その時は、大マジメでしょ。

飯島❖八月十日に電報か何かが来て、さあ行かなきゃいかんと思っている時に八月十五日でしょ、これまた特殊な敗戦体験でね、それでどうしていいかわからんわけですよ。合格したんだからちょっとぐらい行かなくちゃいかんのかな、とも思ったりね、もう終わったんだとね。要するに、戦後の始まりをその時に感じて、しかし、本当に戦後が始まったんだろうかという、その迷いがいまから考えるとすごくあって、結局それにずっとね、大袈裟に言うなら、ずっと三十年支配されてきたみたいでさ。

——「別乾坤」への憧れ——

後藤❖そこだね。やっぱり飯島さんと僕は同世代だと思うんですよ。ということは戦争が終わるまで、戦争批判の目っていうものは皆無なの。それが僕らと「第三の新人」との決定的な違いだね。

飯島❖そうですね、僕も全く疑ってなかったの。

中野❖僕らの場合には、それ以前に平和の体験があるわけだよね。

後藤❖つまり、いま同時代の中で色々な世代が重なり合って文学をやってるわけだけども、僕らの文学っていうのは敗けて始まったことなんですね、日本が。

飯島❖それまでは外国文学も自国文学もないいんだね。

中野❖それは大きいね、しかし。

後藤❖どっちがいいとか悪いとかじゃなくて、明らかな違いはありますね。

飯島❖だから丸谷才一の『文章読本』、あれは面白い本だったから僕は去年のベストスリーにおしたんだけれどね、素直におしたんじゃなくて、少し気取って書けっていうんでしょ。僕も戦後、外国文学を知りまして、少し気取って書くことを覚えたんだけどね、しかしそれでは間に合わなくなってきて、我々が本音を書く、本音っていうのかな、夢中になって書くと、気取っていられないのね、その辺が今日のテーマに触れるかなと思ったんだけど。

アンドレ・ブルトンとかそういうのを真似てやろうかなっていう時は気取ってやれるわけ。ところが我を忘れて書く時は、少し気取って書けなんていうのは全然役に立たないわけ。

後藤❖それは小説の場合には、むしろ意識的にこわさないとできなくなるところまで来ますよ。ずっと書いて行けば。

飯島❖自分の岩盤が出てこないのね。

中野❖後藤君さ、戦後でしょ。あなたは一番最初に小説書いた時、ゴーゴリにしろカフカにしろ、その最初の文学経験っていうのは散文ですよね。

後藤❖僕の場合はね、そういうわけで戦争が終わるまでは普通の少年。幼年学校へ行こうと思ってたのが何がなんだかわからなくなって、仕様が無いんで、引き揚げて来てからは三年ばかり野球部に入ってね、全く頭ん中からっぽで、野球をやってたわけですよ。

そこのところで僕の植民地的な育ち方と、九州の田舎の方ですからね、そこの爆撃も受けてないような町で、その違和感っていうかズレがだんだん大きくなって、それを遅まきながら高等学校一年生ぐらいの時に意識しだして、それが小説へのきっかけですけどね。

僕の始まりは、日本の文学では芥川龍之介全集ってのが偶々あったんですよ。それを何の気なしに読んでいるうちに面白くなって、全部読んじゃったんですよ。そしたら今度は新潮社の世界文学全集がね、これは叔母のなんですが、女学校の教員をやってたもんですから、わりに教養人だったんです。それで偶々目の前にあるんでそれを片っ端からずっと読んでいったわけです。これはひと通り、人が読むように読んだ。その後シェークスピアを読んだんです。

中野❖坪内逍遙訳の?

後藤❖うん、坪内逍遙の。

中野❖あの水色の？

後藤❖水色のもあったけど、もうひとつ大きいグリーンのがあった。これは普通の型で、青は小さいのでしょ。両方とも坪内逍遙訳なんだけど、それを全部読んだら、どういうわけだか非常に面白くて、僕はいまでも不思議なんだ。シェークスピアをなんで十五、六歳の少年が面白いと思うのか不思議なんだけど、非常に面白かった。まあ、シェークスピアも喜劇ですけど、これは劇ですね。散文ではゴーゴリだったわけですよ。ゴーゴリを読んだのは高校の終わり頃ですね。

中野❖シェークスピアの方がもっと前でしょ？

後藤❖前です。ゴーゴリは、おそらく皆が受験勉強をおっぱじめる頃だったと思うんですが、僕も濫読時代を過ぎちゃって、文学青年というのにも批判的になってたんです。と同時に、受験勉強やるのにも批判的になっていて、厭人的になってたんですね。

そのあたりで二葉亭四迷が出てきたんですね。だから最初は、ロシア文学というより二葉亭四迷という人間のとりとめのなさ、ああいう生き方というものが、僕にとってひとつの理想みたいになったわけですね。

それともう一つは、ロシア文学でよく言う「余計者」ってやつですな。そういうオブローモフ的なものにも憧れたんだけども、こっちは引き揚げて来て、そんな身分じゃないわけですね。何もしなくて暮せるなんてことは考えられないわけですね。これが飛躍するみたいだけど、僕と散文、あるいは僕と喜劇との結びつきのはじまりじゃないかと思いますよ。

例えばさっき中野さんが「別乾坤」ということを言ったけど、確かにそこへの憧れが文学のはじまりですね。また、その憧れの源は、これもさっき言った「厭人」でしょう。だから、文学のはじまりは、そもそもは厭人、厭世ですね。しかし、僕の場合は、幸か不幸か、そこで詩人にならなかったんですね。

その別乾坤の内部にとじ込もるというふうに行かなくて、人間というものは別乾坤に憧れながら、結局は現実にしか生きていられない。その矛盾の方に興味が行っちゃって、それが人間の、そもそもの滑稽さじゃなかろうか、というふうに行ったんですね。

それで、いっさい何の役にも立たない人間になれないものかと思って、坊主がいいんじゃないかなんて考えたりしたんですがね。結局、誰とも一緒にいたくないんだけど、一人では生きて行けない。一番イヤなもの、例えばそれは金銭でもいいですけどね、一人になりたいんだけど他人と一緒にしか生きられない。これは一種の「原罪」意識みたいなものにも思えたんだけど、別な目で見れば、滑稽だということですね。

それで、二葉亭に憧れて、東京外語の露語科を受けに来て、自分じゃ受かるつもりだったのに、落っこったりしましたからね。ゴーゴリは、そのあたりで決定的になったといえるでしょうね。

中野❖『ディカーニカ近郷夜話』なんかから？

後藤❖僕の場合は、体験から言ってね、植民地で生まれたでしょ。それで九州という非常に土着性の強い所に帰って来たでしょ。これは水と油みたいなものです。それからまた東京に出て来たでしょ。

そういうことで、ゴーゴリのものでいうとペテルブルグものなんですよ。彼がウクライナを書いたものよりも、彼がペテルブルグへ出て来て、根を切られて、足を切られちゃって、根無し草になったところからですね。

中野❖本能的なものなんだな。

後藤❖ま、エトランゼーの文学ですね。

——母国語・外国語——

中野❖あなたが書いてるのを読んでると、九州に於ける言葉の違和感みたいなものがまずあるでしょ。それから東京に出て来たと。そこでまた言葉が違うと。そういう中で自分の根無し草体験みたいなものをみがきながら、ゴーゴリのそういうものがよくなったということがあるわけですね。

後藤❖確かに僕は言葉という点では幾らかもまれて生きてきてるんですよ。朝鮮にいた時は、まわりは全部、朝鮮語ですよね。ところが日本人小学校へ僕らは行ってたから、そこは純粋培養の標準語なんですよ。ところが家では、九州の出ですよね皆。ひいじいさんから、ずうっといるわけでしょ。みんな九州の筑前の出ですから、筑前弁で喋ってるわけですね。

飯島❖「ちくじぇん」っていうのね。

後藤❖僕なんかは正確には、筑前弁で喋れないですよ。

飯島❖「そげにゃあことはなかびゃあい」とかね、「なきゃたい」か（笑）。

後藤❖そうするとね、ここでもう三つあるわけですわ。日本語、筑前語、朝鮮語とね。

で、こんどは九州へ帰って来たでしょ。それで学校へ行って標準語を喋ったら、皆わあっと笑うわけですよ。誰も相手にしてくれない。仕様が無いから「ばってん」とか「くさ」とか「たい」とか「げな」とかってなことを一生懸命覚えないといけないんで、僕は本当に暗記したんですから。ところがいまだに痕跡がないんですね。先生のことを「シェンシェイ」とは言えない。真似はできますけどね。

それで今度は東京へ来たでしょ。つまり、また標準語圏内に入っちゃったわけ。だから僕の場合は、いや応なしに、自分の日本語はいったい何かということを、考えざるを得ないわけです。これは僕の小説にとって大きいでしょうね。

中野❖日本で生まれて日本で育った朝鮮人がね、物を書く場合の意識の中に、それと同じものがあると思うの。例えば家へ帰れば朝鮮語がたぶん出てくるでしょ、だけど学校へ行けば、あるいは町の中で、日本語を話してるでしょ。その場合、大阪弁であったり東京弁であったりするけども。その時、彼の意識の中心をつくるのはやっぱり日本語だろ、朝鮮語じゃないと思う。

それで敗戦ということがあって、それから朝鮮のことを考えると、自分の血の中に流れてるのは朝鮮のであると。ということになれば、この場合の問題はかなり複雑だっていう気がするね。

飯島❖僕の友達在日朝鮮人が、日本で生まれて日本で育って、家では知らんけど自分は朝鮮語できないんだ、二十七、八歳までね。それであんまり考えてないんだ、朝鮮のことを。もちろん日本人と違和感があるから、そういうことで悩んでるけどね。愛してはいないんだな。ところが三十ぐらいになって朝鮮語を勉強し始めたの、いろはからね。そしたらもう非常に愛国心が出ちゃってね。

中野❖その時の朝鮮語っていうのはどういうもんだろう。外国語じゃないのか。

飯島❖うん、彼にとってはね。初めは外国語だけど、だんだん染みてきたんだな、それまで朝鮮語など何も関心なかった男が血が騒いできたんだな。

彼はインターナショナリストなんだ、仏文やったしさ。僕もよく研究してないから無責任な発言になるかも知らんけど、朝鮮人作家は、やっぱり朝鮮語で書いた方が、朝鮮のこと書けるのね。日本語で書くと、ちょっと翻訳になるんじゃないかな。

中野❖その点、外国にたくさんいるじゃない、ベケットにしろ誰にしろ、その時に本当に自分の言葉で書いてると思ってるのかな、その辺わかんないよ。

後藤❖例えば、金史良《キム・サリャン》という作家がいたでしょ、彼は平城の中学から佐賀高等学校、それから独文科だな東大の。彼はヤンバン（金持ち）の伜なんですよ。それで三・一事件――万歳事件（一九一九年）っていうのに連座して中学生で追われてこっちの方へ逃げて来て、結局、最後は太平洋戦争の末期に中国へ渡ってね、その経由で北朝鮮へ入って最後は朝鮮戦争で戦死したことになってる。

僕はあの人の文章が好きなんですがね、あの人の場合は完全に日本の支配時代に、日本のシステムの中で教育を受けて、当然のごとく日本語で書き始めた人なんですね。ところが彼は朝鮮語がよくできるわけなんです。

飯島❖できていながら日本語で書いてるのね。

後藤❖金持ちの伜ですからね、向こうの上流階級です。そこで朝鮮の長い古い文化の中で育ってきて、それで日本で大学を出る。しかもドイツ文学をやった人だから、朝鮮語とドイツ語と、それから日本語と、この三者の融合でしょうね。同時に、その三者の衝突もあったでしょうね。三つの言葉にもまれてるわけですよ。そういうところが、彼の文体にはよく出てると思うね。

最後は民族主義者として死ぬわけだけど、彼の文章は、単なる民族主義ではないですよ。そこには、言葉の上下のエトランゼ性もあるわけですね。さっき飯島さんがおっしゃった、初めて朝鮮語を習って民族意識が目覚めてきたというのと少し違うように思うんですよ。その人は、初めは朝鮮語を知らずに日本語で書いていたわけでしょう。

飯島❖それでその男はね、それまで日本語で詩を書いていたのをやめたんだ。

後藤❖つまり小説なら小説、まあ文学全体の意味だけど、それを書く時の、母国語と外国語ということですね。それは意識的に取り入れるにしろ、朝鮮人における日本語みたいに強制されるにしろ、いろいろの時代や個人の運命としてあるわけでしょう。

金史良の文体はね、理想的な形で日本語なりドイツ語なりと、それが実にうまくいってると思うんだね。

飯島❖それでね、自国語と外国語って話が出てきたけど、アポリネール（編注：ギヨーム・アポリネールはイタリア出身のポーランド人。詩人、小説家、批評家）が言ったんだったか忘れたけど、詩人というのは自国語を外国語のように見て書かなきゃならんと言うんだな。

中野❖それは表現の場合には常にそうだな。

飯島❖だから詩だけじゃないかも知らんね。僕もそれに賛成でね、読んでつまらない詩も小説も、自国語を全く疑わないで自国語として書いていてね、外国語を調べてみてね、これは非常に単調でつまらないんだな。外国語あるいは外国文学のことをよく知っていて、それが母国語で書くという場合ね、しかも書く時にあたかも初めて見る日本語のごとくやるという、その辺が非常に面白いとこだと思うんですよ。

中野❖僕の場合でもね、高等学校に入って外国文学がますます好きになった。

それは要するに反面、日本は嫌いになったわけですよ。特に戦争中の日本は嫌いになったわけ、戦後の日本も嫌いだったんですよ、急激に人間が増えちゃってね。現実嫌悪が僕の場合、文学が好きだという非常に大きな支えになってるんです。それでとにかく日本のことなどいいと、外国ばかり憧れるわけです。

それで東大の独文科に入ったから、別に独文科に入りたいというんじゃなくて外国文学をやりたいってことなんであってね、独文科に入ったって別に特別な熱心な生徒でも何でもないしさ。文学ということは、現実と違う世界のことをやりたいってことですよね、現実の世界でもって、僕なんていう人間が、ちゃんとした暮しができるとは一生思わなかったわけだよ。それでずっとやってきて、その後、偶然、外国語で食えるようになったわけでしょ、教師やって。それがだいたい四十歳ぐらいまで続くわけ。
　その間はやっぱり外国語で考えるっていうことですね、それは翻訳の言語でもいいんだけど、例えば「精神」という言葉とか何でもいい色々な言葉があるけれども、そういう言葉を、外国語の思想で考えると普通の言葉なんだな。例えば日本の文学の中に「精神」なんて言葉がいきなりくれば、ざらざらっとしちゃうじゃない。

飯島❖そうね「精神」という言葉は書けなかったな、最近はずうずうしくなって書くけどさ（笑）。

中野❖当時はそういうことだよ。つまり、言葉はどういうことかというと、日常、僕が使っている言葉と文学の中で使っている言葉と二種類あって、それがしょっちゅう軋《きし》みを起こすわけだから、上手くいかないわけですよ。
　僕は昭和二十二年に大学に入って、その後、小説を書いたんですけど、これはもうまるっきり、カフカならカフカばりのやつを書くわけだ、現実を無視する、現実と関係がないわけです。

後藤❖カフカの場合は、ドイツ語に違和感はないんですか。

中野❖非常にあるでしょ。

後藤❖彼は、家での日常語っていうのは？

中野❖ドイツ語です。

後藤❖おやじさんともドイツ語で喋るわけね。

中野❖ドイツ語です。それはやっぱり気取りなのかも知れませんね。つまり階級的にプラハの中で、家《うち》はおまえ達と違うんだ、ちゃんとした家族だ、ということは、ドイツ語で喋る家族だということですよ。

後藤❖そうすると彼の家庭は、人工的というか、知的・人工的家庭ですな。

中野❖そうですな。戦前の、さっきの朝鮮のヤンパンが日本に来て日本語を純粋に使うみたいなもので、ただそれが全く同じかというとそうはいかないんだな。

後藤❖意識的にやってる。

中野❖意識言語だからね。こういう話があるんだよ。カフカが胸を悪くして、イタリアのある町に療養に行ったわけです。そこで朝の食卓で彼と一緒になった二人のドイツ人がいて、何か言葉をちょっと喋ったら、最初のうちはカフカが何処の国の人間かわからない様子だったけど、しばらく喋っているうちにアッという風にして、軽蔑の眼で見るわけだよ。ユダヤ人であるということね。それは将軍と一人の従士だったんだけど。そういうのは、すぐわかるんだね、プラハの言葉というのは。

―言葉が自分のものになる―

飯島❖僕はね、極端に言えば「芋なり」からいきなりドストエフスキーになってね、友人の影響でフランス文学というものにいってみるかということでいったわけですよ。それで初めてそこでフランス文学がどっと入ってきたわけですね。その中での居心地はけっこうよかったけどな。

それで僕が読んできたものっていうのは割合に現実を離れてるな。シュールレアリスム系統のものにしても。シュールレアリスムってものは建前は現実と密着しなきゃいかんのですよ。幻想的なもの空想的なものと違うのは、必ず彼は現実、現実と言うんでね。

だけど何といっても日本で我々がフランス語で読むシュールレアリスムというのは現実と非常に切れているので、それでぐっときて、その中で詩を書くことは平気なんですよね。

後藤❖詩の場合はあれですか、例えばフランス語の詩を読み、惚れ込んじまっても、詩を書くという場合、やっぱり日本語で出てくるもんですか。

飯島❖それはもちろんそうですよ、フランス語で詩を書こうなんて思ったことはめったにないです。書けないでしょうけどね。

後藤❖いやいや。いやいやって言っちゃいけないかな（笑）。

飯島❖シュールレアリスムというと、僕が一番最初に好きになった詩人はジュール・シュペルヴィエルっていう詩人でね、フランスの詩人だけど南米生まれ南米育ちの人でね、この人なんか、非常に宇宙的な詩人といわれてるぐらいで、現実とは違うんだな。それから地上のことでも天候の詩が多いし、地上のことになると南米の大草原の話でしょ、しかもそれが人間のうようよいる大草原じゃないんです。例えば馬に乗って三日走っても人に会わないという大草原なんですよ。

中野❖君の中にいまもその大草原のイメージあるわね。

飯島❖だからそれが非常に身に染みてね、面白かったのが、日本の現実がいやだったんだな。

中野❖人間が多すぎたんだよ、本当にそう思うよ。

飯島❖三日馬に乗っても誰にも会わんという、そういうところの詩が非常に好きで。ヒューマニズムってことが戦後だんだん僕らの耳に入ってきたんだけど、僕はそういう三日馬に乗って人に会わないような所でね、向こうからよれよれのお婆さんが来ても、ああ人間だ、ヒューマンだっていうんで抱きしめたくなると思うんですよ。そういうヒューマニズムってのは信じられるなあっていうことはあったな。

中野❖そこでちょっと君に聞きたいのはさ、その大草原、あるいはパンプス、あるいは草原っていう言葉でもいいけれど、それを君が本当に自分の詩の中で使いこなせるようになったのは最近じゃない。

飯島❖まあそうかも知れんね。

中野❖僕はそうだと思うよ。つまりそれまでは結局それは外国語なんだよ。

飯島❖よその話ね。

中野❖よその話、それを君のイメージの中でぱっと開いた言葉として草原っていうのがでてきたのは、数年、例えば具体的な詩集でいえば、この前の前のやつ。

飯島❖『ゴヤのファースト・ネームは』ですか。

中野❖『ゴヤ――』からだと思うよ。それ以来。君はあの言葉を自分のものとしたわけだよ。

飯島❖シュペルヴィエルのその話が好きになってから三十年近くなって初めてっていうことですね。

中野❖そうだろ。今日の一番中心になるのはそこだと思うの。僕の場合だってそうなんだよ。

後藤❖憧れっていうものと現実ってものがあると思うんですよ、言葉の上でも。

中野❖憧れっていうのはちょっと違うんでね。

後藤❖やっぱり、憧れじゃないでしょうか。

中野❖うん、憧れ的、観念的生活があるわけだよ。

後藤❖だから中野さんの場合、トーマス・マンでもカフカでも、ドイツ語で読むでしょ。そうするとやっぱりドイツ語で考えちゃうわけですね。

中野❖その言葉の美しさはね、ドイツ語の韻律のしかないですからね。

後藤❖しかなくなっちゃうでしょ。

中野❖僕は一時、トーマス・マンの短篇集を暗記しちゃうとかね。

後藤❖そうなると絶望がでてくるでしょ、日本語に対する。

飯島❖日本語というのは日本の現実と密着してるもんだから。

後藤❖しかし結局いくら暗記したって、暗記だけじゃ物足りなくなってくるわけでしょ。つまり書きたい。しかしドイツ語では書かないわけだから。

中野❖書かない、日本語で書くね。日本語で書いても、その日本語というのは書物の中から出た日本語ですよ。つまり発想も言語の構成も、全部が書物の中から出たやつですよ。

僕ね、恥かしながら、川村二郎とか生野幸吉とか山本太郎とか、昭和二十二年に大学に入った連中と同人雑誌やったやつがあるんだよ。その中で僕が小説書いて、川村が詩を書いて、山本太郎が詩を書いて、生野が詩を書いてっていうやつがあるわけだ。

その時の僕の小説なんかはトーマス・マンのまる写しですよ。その言語っていうのは生きた言語じゃないでしょ。なぜかというと、ひとつの単語にしろ現実の生活と密着している言葉じゃなくて、観念の中の言語だから、観念でつむぎだした言語だからね。

飯島❖そういう意味じゃ僕だってね、本当に自分の言葉で書き出したのはいまから四年ぐらい前からだな。僕はもっと初期の詩から自分のもんだっていう風に思ってたけどね。

例えば僕の息子なんかが見るとね、僕の初期の詩なんていうのはまるで西洋の翻訳詩を読んでるのと同じだって言ってね、そう言われてみて僕は愕然としたんだけど（編注・飯島耕一の長男は建築評論家で多摩美術大学教授の飯島洋一）。

中野❖いくつだよ、息子はいくつ。

飯島❖高校生だけどさ。それまで僕は、いまから二十年前の詩集を自分の言葉で書いてると思ってたけど、いや、これは最近読んでるフランスの翻訳詩と非常に似てると言われて愕然として。それと安藤元雄なんて、僕の解説を頼んだら、同じようなこと書いててね、へえっと思って。

色々な問題があるにしても、そういう意味で、自分の言葉で謙虚に言えば、自分の言葉だけでずうっと書きだしたのね、つまりインクつけて、何かいい詩はよそにないかなあ、なんてモデルを探したりなんかしないで、やり出したね。

中野❖それはさっき君が言った、なりふりかまわず書くと気取って書けないというところがあるわけだろ、つまり模範がなくなっちゃうわけだよ。

飯島❖なんにもなくてね。テーブルと紙と鉛筆があると詩が書けるようになったのね。詩だけじゃなくて、やっぱりいままでは後に参考書がいっぱいあったんだなあ。

中野❖僕だってそれはある。例えば僕は長い間、評論を書いたけど、評論を書く場合に背景に色々な人の色々なイメージがあるわけだ、それを無意識にしょって書いてるわけだよ。

その場合、出てくるものはどういうものかっていう問題が出てくるとね、言葉が本当の自分の言葉じゃないということだね。ひとつの文章を書いてもさ、そこのところに自分の息が出てこないな。息っていうか、暮してる雰囲気っていうか、僕らが生きてる空気というか、ドイツ語でいうとアウバアっていうんだけど、その人だけが持ってる独特なる空気ってのがあるでしょ、それが出てくるまでは、結局、言葉は自分の言葉にならないわけ。

後藤❖自国語に対して、さっきよそから見るという飯島さんのあれがあったけど、言い方を変えれば悲哀ですよね。また、その悲哀を知らなきゃ、本物じゃないでしょう。せっかく外国文学をやったんならね。

中野❖それはね、飯島さんがさっき自分の詩が書けたのは四、五年前からだと言ったけど、僕は『ゴヤ――』からだと思うんだけどね、あれからは飯島の詩はどれを読んでも、ああこれは飯島が書いてる、というのはね、例えば言葉の結びつけ方ね、それからその結びつけ方の独特の長さ、呼吸があるわね。頭が重くて尻が小さいとかね、一人一人、生理から出てくる呼吸法みたいなものがあるでしょ。それはやっぱり君の場合は『ゴヤ――』からだと思うよ。

さっきの「草原」という言葉が君のものに本当に生きてきたのはその時なんだよ。それ以前は「草原」というのは君の観念の中にあって表現には出てこないわけでしょ。それをいま、あなたが言った、本当に自分の言葉になる場合さ、結局こういうことだと思うの。どんなりっぱなことを言っていようが麻雀のことを書いていようが何でもいいんだ。とにかく、この人、確かにこういう風なリズムで、こういう風な息づかいで、この人はすべてのものを考えてるんだという、そこが出てくるまでに、文章ってのは大変だっていう気がするわけだよ。

例えば評論の文章でもいいわけですよ。評論でもいいし小説でもいいし詩でもいいんだ、そこのところがでてくるまでにすごい時間がかかるわけ。

飯島❖そうね、短い人もいるかも知れんけど、長い場合は、えらくかかっちゃってね。

中野❖俺なんか一番かかった方だからね。

後藤❖そのために、四苦八苦してるわけです。

翻訳の文体

中野❖あなたの場合だって最初の方の小説に出てくる四苦八苦のね、あれから結局『挾み撃ち』から自分の言葉が出てきたって感じがするね、あそこら辺だと思うな。

後藤❖実はいま、ゴーゴリの『外套』と『鼻』の翻訳をやってるんですよ。『外套』は横田瑞穂先生との共訳ですが。

中野❖ロシア語できるんですか。

後藤❖ヘッヘッヘ。まあ、これは二十年来の付き合いですからね。

もちろん『外套』にしても『鼻』にしても、岩波文庫の平井肇訳をはじめ、中山省三郎訳、横田瑞穂訳と、諸先輩の名訳がいっぱいあるわけですね。そして僕らも最初はそういう訳のお世話になったわけだし、また、いまさら屋上屋という感じもありましたけど、ゴーゴリの文体ということでやってみようということで引き受けたんですが、やってみると、だんだん欲が出て来ましてね。それに、いま中野さんが言われた『挾み撃ち』でも『外套』にはずいぶんお世話になったんで、まあその恩返しということもあるわけですけど。

やってみて、なるほどと思ったのは、以前には、これがゴーゴリの文体だと思ってたものが違うんですね。僕はずいぶん、ゴーゴリ、ゴーゴリと言って、自分も、ずいぶんゴーゴリの文体の影響を受けたつもりだったんだけど、それが今度、訳しはじめてみると、違うんですよ。

飯島❖ああ、原文で見るとね。

後藤❖僕自身が変わってるんですよ。ゴーゴリは百年以上も前に死んでるわけですから。つまり、それは、僕自身の文体、それから文体に対する興味というものの変化じゃないかと思いますがね。

飯島❖昔面白かったところじゃないところが面白いというのね。

後藤❖それと文章の上で、これがゴーゴリの特徴だと思ってたものが変わっちゃって、違うところが面白くなってるんですね。そういう僕自身の変化だと思うんですよ。

そこで、僕は年齢というものを考えましたね。例えばドストエフスキーというものは、日本人が読んだのはだいたいみんな米川（正夫）訳だと思うんです。僕は米川さんというのは偉大な人だと思うんです、いまでも思っていますけど、あれを読んだ年齢、その時の自分の日本語によって、ずいぶん変わってくるんじゃないかなと思うの。小林秀雄はドストエフスキーについて書いてるけど、やはり米川訳だと思いますね。もし小林さんがロシア語が読めて、ドストエフスキーを読んだらまた変わるんじゃないかなあ。

それと、やはり読む年齢ですね。ゴーゴリばかりで申し訳ないですけど、僕が今度、面白かったのは、以前はゴーゴリの文章というものは、複雑に入り組んだ長いセンテンスに訳すべきだと思っていたのが、今度はそれを、出来るだけシンプル・センテンスで書きたくなるんですね。文体そのものは、確かにゴーゴリのものは複雑ですね。独特の奇妙なものなんですが、それを入り組んだ長いセンテンスでなく、できるだけ単純な文章にして、複雑な文体は、それの積み重ねによって出したい、という気持ちが強いですね。

つまり、現在の僕自身の文体的関心が働いているわけです。年齢と言ったのは、まあそういうことも含めてですけど、例えば僕はもちろん翻訳なんて初めてですが、もしこれを二十代か三十代でやってたら、どうだろうかと思いましたね。

つまり、僕が頭から足の先までゴーゴリ病にかかってるときにですよ。これはずいぶん違った文体になったと思いますね。たぶん四十五歳のいまになってみれば、廃棄しちゃうか、改訳したくなるんじゃないかと思いますね。

中野❖僕は翻訳としてはプロだから言うけれど、翻訳言語ってのはだいたい十年ですね。

後藤❖それはどういう意味ですか？

飯島❖それだけしかもたんということですね。

中野❖十年しかもたないの。

後藤❖自分が不満になるの？

中野❖自分が不満になるんじゃなくて、世間で普通に使ってる言葉とさ、非常にはりつめた文体で、例えば、であるんで、という、あるんで式にやる時と、何々なのだ、という風にやる時と、世間の空気の中で言葉が変わってるでしょ。その言葉がこっちにあって、それで翻訳を照らすと十年ですね、日本の場合には。

十年になると要するに改訳しなくちゃならないわけですよ。米川さんの偉いところは、あの人は十年毎に改訳してたわけ、それを。僕は米川さんよく知ってますがね、炬燵があって大きな炬燵にね、僕らと話しながらでもさっさっさっさっと改訳してるわけだよ、あの人の翻訳がわりと長命なのはそれですよ。一番最初の米川訳と、それから後の米川訳とはずーっと違ってくるのね。

後藤❖米川さんの訳で感心するのは、確かに改訳はしたと思うけど、文体は変わらないね。

中野❖それは米川調があるからね、中村白葉とかとは全然違うからね。

後藤❖米川さんの文体があるでしょ。あれが必ずしもドストエフスキーの文体かというとそうじゃないんですね。自分の翻訳の文体なんですよ。

いま、十年っていうのを聞いて、なるほどそうかなと思ったのは、それは確かに用字用語の面もあるかも知れないけど、翻訳者自身にも当然あるんじゃないですかね。僕はもちろんシロウトで、自分の小説の文体のことばかり考え過ぎるのだと思うけど。

中野❖それは翻訳者の意識と必ずしも関らないでしょう。

後藤❖客観的なものですか？

中野❖客観的に見てね、まわりの普通に語ってる言葉、書かれてる言葉と全然違ってくるの、次元がね。

飯島❖それは翻訳だけの問題じゃなくて、文学をやる身としては困った問題だね、そんなに日本語がどんどん変わってくるとは。

中野❖そこのところでね、表現の場合、違う問題があると思うんだよ。十年前、十五年前に僕なら僕がこれは自分の魂の声だということでうたったものがあるとすれば、それなりにひとつに完結してるでしょ、そのムードで。そうするとその言葉が古びようが古びまいがひとつの完結した世界としてあるじゃない、作品ってそういうもんだろ。作品の場合は違うんだよ、そこのところは。言葉の表現のしかたが違ってもリアリティはあるわけだよ。

飯島❖翻訳の場合には弱さが出てくるってこと？

中野❖出てくるということだ。

後藤❖翻訳の文体というのは難しい問題ですね。

飯島❖日本でも昭和の始めからシュールレアリスムの影響を受けてるの、詩がね、モダニズムの詩といわれてね、これは翻訳されたシュールレアリスムの詩のそれまた模倣なんですよね、そういう二重のね。

後藤❖瀧口修造とかああいう人が訳してたわけでしょ。

飯島❖シュールレアリスムの詩を訳されたものより、かえって悪訳を真似した方がよかったり何かしてね。

中野❖そこの問題があるんだよ、わざと悪訳することがあり得るわけだ、誤訳することも。その方が日本にとってはリアリティがあるとね。

飯島❖ということがいっぱいあるわけよね。

後藤❖ま、いままでゴーゴリ的な文体というと、日本では初期の宇野浩二ですね。彼の場合は、ガーネット訳の英文で読んで、その模倣でしょうね。それが、いわゆるゴーゴリ的な文体といわれた時期もあったわけですね。

飯島❖いまの模倣の話だけどね、外国文学の模倣の例を挙げると面白いと思うんだけれど、僕は数年前から北原白秋と萩原朔太郎というのをずいぶんやったんですけどね、朔太郎という人は白秋の真似をしようと思ったわけですね。朔太郎は田舎の文学青年でしょ、白秋は九州の出だけど東京へ出てきて、二十歳から有名詩人だからね、白秋の書くような詩を一生懸命書きたいと思っても、どう書いても朔太郎の詩になっちゃうんだな、その辺が面白いところでね。

中野❖僕、こう思うよ。オリジナルっていうのはないわけだよ、オリジナルってのはあり得ないんだね、同時代に生きてる人達の色々な影響を僕らは受けてる、気分的にも受けてるし、言葉の上でも受けてるし、考え方でも受けてるし、それを僕らはそれに対して嫌悪するにしろしないにしろ、自然論が問題になれば自然論とか、色々な問題が暗黙のうちに入ってくる。現代でいえばアンチ近代的なムードなんていうものは自然の中に入ってきてるわけですね。

それからもうひとつね、僕の場合では外国文学を二十年以上やっているけどさ、これの方が日本の現実よりも好きだったわけだね、それと日本の現実とは常に絡み合うわけだ。その絡み合うところから、僕の言葉が段々出てきたって気がするね。絡み合う中から本当に自分の考える言葉が出てくるまでには二、三十年かかってるでしょ。

飯島❖極端に言うとね、シュペルヴィエルの詩とか、エリュアールの詩とか、シュールレアリスト一般の詩とか非常に好きで、あの境地に達したいと思ったけどね、そういう複雑にコンプレックスされた時に比べて、自分のやってる詩があまりにも単純でね、日本語の詩が、何とかああいう風に複雑にコンプレックスされた詩を書きたいもんだと思ってね、日本語で。何かモデルがあってそれに合わせてあそこまでおし上げようと思ったの、日本語の詩をさ。

それを二十何年やってきたといってもいいの。僕は子供の時から痛烈な挫折経験がなかったんだな、割合に過保護家庭でさ、受験なんていうことがいまは大変な問題だけど、受験で失敗したこともないし、成績は必ずしもよくないんだけど。あなたも一年ぐらい浪人したって言うけど十何歳で浪人っていうのは痛烈だね。

後藤❖そりゃあ、きびしいですよ。

飯島❖でしょ。それさえもなかったんだ、割合つうつうときて。

後藤❖あの落第があったから、いまもってるようなものかも知れんな(笑)。

―オリジナルものはない―

飯島❖それで戦後に詩を書き始めて、割合ぱっと陽もあたっちゃったんだな。だからそういう暢気できたんだけど、七年か八年ぐらい前に、ノイローゼでもひどいやつをやったんだ。普通の人は三ヵ月で治るのにずいぶんかかってね、その時に初めて、考える能力も失くなるようなね。医者に行くでしょ、そうすると、発病以来、頭が悪くなったかって聞かれるんだな。いやあ頭が悪くなりましたなんてね、そんな屈辱的なことをね。

でも、医者にすがるという気でさ、生まれて初めてぐらい頭がすっかり悪くなって物を考えられないし字も書けないというようなことで、一年も悶々として、その時に初めて、極端な話だけど、それまで崇めてきたアンドレ・ブルトンとかエリュアールとかシュペルヴィエルとかが吹っ飛んじゃってね、こんなものよりイワシの頭の方がまだましだということを毎日考えてたの。

そうするとね、女房の母親なんてイワシの頭に近いものを持ってくるわけ、これを信じなさいって言って。本当にそっちを信じたくなるんだな。その時、西洋の偉い作家もぱあっと消えちゃってね、むしろイワシの頭にすがってたわけ。

後藤❖何ですか、イワシの頭って？

飯島❖いや、実際にイワシの頭ですよ。

後藤❖万葉集みたいなものですか？

飯島❖そんな高級なものじゃなくて。

中野❖要するに日常の信仰でしょ。

飯島❖だから、自殺したい病気なんだよな、いまにも死のう死のうとしてた、それをどうして死なずにすんだかというのはね、アンドレ・ブルトンのおかげじゃないんだな、何なんだろうかなと思って。

中野❖そこのね、アンドレ・ブルトンじゃなくなった時に君が出てきたんだよ、君だけしか頼るもんがなくなって。君の詩が『ゴヤ――』から君の言葉になったというのはそういうことよ。

飯島❖いまだに何であの時そういうのを我慢して、また生きようかと思ったのか、その理由がわからんわけよ。それで僕は小説を書き出したのかな。そういうテーマで書いてもね、しかしはっきりしないんだ。

今度もいま百枚書いたばっかりのやつがあるけど。何であんなに死にたかったのが生きようとしたのか、これはブルトンのおかげでも何でもなくてね、イワシの頭まで信仰しないけれどね、何で必死で生きる方に努力したのかという、その根本理念がわからないんだな。

中野❖不思議なのはそこだよ。今日の座談会の結論を言ってしまえばね、僕はこう思うよ。独創っていうのがない以上は我々はさんざん学ばねばならないということですよ。

我々が若い時にもそうであったように、外国文学であれ何であれ、僕は外国文学はいいと思いますがね、異質だから、とにかくそこの所に、違う現実、現実離れした現実の中に、命賭けで生きてしまう十年なり二十年があって、そうすると日本の場合は、日本の現実に、どうしても戻らなくちゃならない。

君の場合は病気だったけれども、僕の場合はまた違うものがあるけれども。それで戻ってきた時に、自分の生きてる言語というのを自分の身につけていくわけですよ、それがつくまでかなり時間がかかるわけですけど。その時に初めて、いままでやってきたものが違う形で生きてるというのを自覚するのね。

そうかといってお前にオリジナルがあるかと言うと、僕はオリジナルはないと思うよ。君の場合だってオリジナルはないしね。

飯島❖オリジナルといえばで、何でそういう風に人間は生きなきゃいかんかと。

中野❖そうだ、そこのところだ。

飯島❖その理由はわからんのだよ。いまでもわからない、いまでも死んだっていいんだけど。何か生きなきゃいけないような気持ちがしたっていうのは、何かわからんからね。

中野❖結局、最後のところが、各自がそういうところにつきあたるわけですわ。僕はそこから本当の言葉が生まれてくると思うの。これは後藤明生だってさ、結局、色々やってきて彼は我々よりも早く書き始めたわけだけれども、自分の言葉につきあたるまでには、彼は悲しみっていうことを言うけれども、悲しみっていうか、わけわかんないだろ、自分っていうものはさ。

後藤❖さっきの話につなげて言いますとね、ゴーゴリはもうこれで終わりにしますけど、結局、僕はね、今度ゴーゴリを訳してみてわかったことはね、ゴーゴリをもう昔ほど有難く思ってないのね。極端に言えば対等になってるということですね。

実際、ゴーゴリにいかれて以来二十年近くになるけど、以前は『外套』と書くだけで、大ゲサでなくて、手がふるえる感じでしたからね。『挾み撃ち』は、その状態での最後の作品と言えるかも知れないけど、その時が僕はちょうど四十歳かな。

ゴーゴリは、四十二で死んでますね。それでいま僕は四十五です。ま、簡単にいえば少くとも僕は彼より三年よけい長生きした。もう僕は、彼より三つ年上だっていうことね。まあ馬鹿みたいな話だけど、実際それは大きかったな。それで、自分でも不思議なくらい正確にわかったような気がしたんですがね。

飯島❖有難さがなくなったというのは、非常によくわかるんだよ。

後藤❖全然、価値は変わらないと思うんだけど。

中野❖君のさっきの話は非常に切実でよくわかるし劇的なんだけど、各人の中でそういうのが起こってるのね。

飯島❖確たる偉い名前がね、西洋のさ、偉いとは思えないんだがな、しかしその辺りで、諦めがくるかも知れんね。

中野❖諦めは本当にくるんだ、僕の場合でいうとね、長い間、翻訳やってきて。

後藤❖やっぱり思う時がありましたか。

中野❖僕の場合も五、六年前からですね、六、七年前かな。

後藤❖ただ、カフカのことを言うとね、僕はゴーゴリ病と同じにカフカ病にもかかりましたが、ドイツ語は一行もわからないんで、中野さんにも色々手紙で聞いたりしたこともあったんだけど、誰が訳したなんて全然考えなかったな。

これは専門家から見ればまた別かも知らんけど、しかし僕は自分ではカフカがわかったと思いましたね。これはエトランゼーということもあるし、もう一度だけ言うけど、ゴーゴリとのつながりもある。

それと僕自身の根なし草体験もあって、最も日常的であることが最も不思議だ、ということですね。何でもない日常が一番幻想的だということでしょう。

つまり、幻想的な別世界を作るのではなくて、自分の生きている世界そのものを、そういうふうに見ているということですね。そういうことをリアリスティックに書くわけですね。だから、これもやっぱり喜劇だと思いました。

そういう意味で、これはゴーゴリと併せて、決定的な影響を受けましたね。実際『巣穴』という小説、あれとどこまでそっくりのことを書けるかと思って、書いた小説もありますしね。

二十代は徹底的に外国文学にいかれろ

中野❖僕はやっぱり、二十代の諸君にすすめる言葉とすればね、徹底的に外国文学にいかれよということだろうね。

後藤❖そうだね、突入しなきゃいかんね。

中野❖突入して、そっちの方が日本の現実より現実になるくらいに惚れこむ十年があっていいと思うよ。そこから何かさ、さっき飯島さんの言ったように、イワシの頭の方がよくてブルトンが駄目だという時期がどうしても出てくるよ。今日の座談会のテーマである「自前の思想、手製の言葉」でもいいけれど。

つまり、自前の思想になり、手製の言葉になるまでには時間がかかるわけですよ。自前の思想がそれじゃオリジナルな思想かというと、オリジナルと言えないと思いますね。

僕らは色々なものの影響を自分の中に受けているわけだけども、僕なら僕がさ、カフカならカフカ、トーマス・マンならトーマス・マン、ノサックならノサック、ベンヤミンならベンヤミン、そういう人に徹底的に惚れこんで、まあその中に日本人ももちろんいます、大岡昇平であったり、藤枝静男であったり色々いますよ、そういうものを経てきて、最後にね、もうそんなものはどうでもいいんだと、そういう人ではなくて、俺という人間がとにかく明日死ぬとすると、俺の最期の言葉はこういう言葉でしかあらわせないんだというところへくると、その時に初めて、悲しいけれどもこれだけのものので我慢せざるを得ない言葉というものが出てくるわけで、その時に初めて、僕の息がね、言葉の中に表現されてくるような気がしたんですね、僕は。

とするとね、僕がりっぱな難かしい理論的なことを言う場合と麻雀の話をする場合でも同じなんだけど、だんだん同じ文体で語れるようになってくるわけだよ。そこのところが、諦めというか自分の息を発見したことだと思うのね。

飯島❖そうね、僕は日本の歌人に一人尊敬している人がいるんですけどね、その人はドイツ文学やった人だけど、文学というものは諦めを知った時に、初めて生きるんだと言ってるんだな。わかるな。

中野❖わかるねえ、君のいま言った、イワシの頭ですよ。

飯島❖そうそう。あっ、ここだというところがわかった人以外は、あまり関係がないんじゃないかって言ってるのね。

―イワシの頭をめぐって―

後藤❖イワシの頭ってのを、もうちょっと詳しく聞きたいんですがね?

飯島❖それは言いにくい問題であってね。

後藤❖でも、何かでしょ?

飯島❖何かでね。僕はいままで、スマートなフランス文学を展開したり、フランスの小説について書いたり、詩もなんとかこうね。

後藤❖ビフテキじゃなくてお茶漬けということ?

飯島❖いや、お茶漬けなんていうことじゃなくて、要するに小説を書きだしたってこと。

中野❖お茶漬けにはならないよ、ビフテキを食った人間の書いたものはお茶漬けにはならないよ。

後藤❖お茶漬けじゃないとしてもイワシの頭というのは、例えばそれは、古典への回帰とか日本的回帰とか、そういうことじゃないわけでしょ。

中野❖それは全然違うよ。

後藤❖そこをもうちょっと……。

飯島❖それがね、別にまた非常に大きな問題なんですけども。

後藤❖例えば、昔はシュールレアリスムをやったけど、最終的には、川崎長太郎になっちゃったみたいなものなのか。

中野❖そういうことじゃなくてね。

後藤❖じゃないということでしょ。

飯島❖上手く説明できないんだな。

後藤❖だから、上手く説明ができないということをもう少し言った方がいいと思うんですよ。

中野❖それを僕はさっきから言ってるんだけど、僕らは、外国文学の十年なら十年に、ある人にいかれてるうちに、日本を見る目というのはある意味ではそこから見ているわけですよ。そこからね、自分自身になる時期がきても、川崎長太郎になれないわけですよ。

後藤❖うん、なれないと思う。

中野❖もうひとつ言っておきたいのは、モダニストですよね。モダニストはどういうのかというと、結局、外国文学にいれあげる時期の長さの問題だと思うの。僕らは、ゴーゴリならゴーゴリ、ベンヤミンならベンヤミンに、いかれてるんだけどさ。

後藤❖まあ二十年ぐらいはやってる。

中野❖やってるわけだろ。モダニストってどういう人かというとね、外国から新しい流行がきました、さっそくこれを手に入れてこういう風にしました、さっささっとね。これがモダニストだと思うね。だからモダニストというのは、僕は大嫌いだけどね、昔から。

飯島❖しかし僕は、モダニストとずいぶんつきあってるから、そう簡単にはいかないんだな。卑近な例が、戦中、日本のほとんどの詩人が戦争謳歌でしょ、書いたのは。モダニストは西洋にすっかりいかれていたから、少くとも書かなかった。

中野❖それはそうなんだけど、それでモダニストがいいということにはならないわけだ。

飯島❖しかも彼等はまだ若かったんだよね、すごく。だから彼らにもう十年、二十年、時を貸したかったけどね。それで、あまりにも偏見がはげしいので、皆つぶれちゃったんだな、そういうことがあるの。

それからさっきもあなたに強くイワシの頭を説明せよと言われたけど、無理に言うならね、要するにそう言われても僕は何も言えないでしょ、説明できないものっていうのを初めて発見したんだな、それでいいと思うの。

後藤❖しかし、そこを言わないと、イワシの頭といっても散文の世界にはならないと思うんですよ。

飯島❖いまさら、小説を書くのは恥かしいなあと思ってるんだけど、恥かしくてもそれを追求せざるを得ないような何かができちゃったんだな。

後藤❖だから、イワシの頭とは何だろうかということを書くのが散文になってくるわけでしょ。

飯島❖そう。そのイワシの頭っていう説明し難いものについて百六十枚書いたんだけど駄目でね、また今度百枚書いても何にも出てこないんだな。生命力なんて言っちゃったら嘘っぱちだし、生命力への信頼とか、女房と子供のために生きたなんて、そんなことも言えないし……。

後藤❖だから、イワシの頭はね、詩の場合はイワシの頭って言えば、詩人の世界では皆わかるのかも知れないけど、散文の世界ではイワシの頭というものはわからないということを書かなきゃならないということがあると思うんですよ。

中野❖僕ね、五十三歳にもなって小説なんか書くのが恥かしくてね。

飯島❖俺も恥かしくてね（笑）。

中野❖本当に。恥辱と思うよ。

飯島❖それくらいね、外国文学やってきたり詩だけ書いてきた場合、小説を書くというのはもの凄く恥かしいんだよ。


僕の友人の外国文学やってるやつは詩人でね、特に、僕が小説を書くのをみっともないと思ったわけ。中野孝次の小説についてだけどね、この人はカフカをはじめドイツ文学とかを色々やって、小説を書いてみたら『鳥屋の日々』っていう、ゴシップみたいなの読んだの今朝、その辺だよね。


しかし僕はわかるわけ、僕はあなたと同じようなことをやってるから。ブルトンやってきて、ブルトンの痕跡もないじゃないかって言われて、言われてみると絶句するんだけども、しかしまあいいんだと思ってるけど。

中野❖やっぱりそこで開き直る。

後藤❖でもそれは、カフカでもゴーゴリでもブルトンでも、二十年やって来たものを否定するということじゃないでしょう。現在、小説を書くという点から見直せば、さっきイワシの頭にだいぶこだわったけど、結局はそうやって二十年くらい、カフカ病でも何でもかかってうんうん言ってたから、初めてイワシの頭も出て来たということじゃないですかね。そういう意味で、イワシの頭はよくわかりますよ。

中野❖外国文学にいかれないでさ、あるいは違う文明、違う文化にいかれないで、最初から日本の、例えば、川崎長太郎とか、志賀直哉だとか、こういうのだけをやった人はどうなるのかということだよ。


具体的に言うと、庄野潤三の文学はどうであるか、『それぞれのマリア』を書いた阪田寛夫、あれなんかいま読んでて、この人たちにとってはギャップの意識が全然ない場合に、日本の現実と自分の文学とのギャップが全然ないわけよ。どうして文学が出てくるのだろうか、という問題を僕は感じるよ。

飯島❖さっき歌人のことについて言ったけど、斎藤茂吉っていう人がなぜ僕らにも面白いかっていうと、短歌に僕らはうちこんでないけどね、面白いのは、ドイツ経験みたいなものとか、ドイツに旅行したっていうことじゃなくて、ヨーロッパ体験というものとね、それと短歌が衝突してるから面白いんだね。最初から古今集しか読んでない人の短歌っていうのは気の毒だけどもう駄目なんだな。

中野❖それはどういうことかというと、日本語がレラティーフ（相対）になっちゃうわけだよ。僕ら自身だって、外国文学によって相対化されちゃうわけだろ、この経験のない文学者って、僕は信用する気になれないね。

飯島❖僕自身に始まったけどね、いい俳句なんか好きになってきてたんだな。それに詩人でも作家でも、のめりこんでただろう。僕自身が始まってるから、好きな歌人がいっぱいいるんだよ。僕は詩を長く書いたから、そろそろ俳句でも好きになって、芭蕉をどうのこうのと言ってれば無事なんだよ、日本の詩人の運命として無事なわけ。

これでいま、小説を書くなんて、なんということだろうってことでね、だから詩人仲間から飯島は恥かしいことやってるってね。

中野❖しかし飯島はいいよ。いまお前さんがやってる仕事はいいね。『バルセロナ』は確かに『ゴヤ――』の続きだけど、僕は『バルセロナ』も好きですよ。とにかくね、短歌とか俳句にいっちゃったらおしまいだよ。

飯島❖でもね、日本の詩人の運命はね、五十歳になれば俳句か短歌へいっておしまいになるんだよ。

中野❖しかし五十三歳になって小説を書くということはね。

飯島❖俺より五つも年が上でね。だからあなたがやってるってことが、僕にとっては嬉しいことだよ（笑）。今日はこれが言いたかったんだ。

「方法」としてのゴーゴリ

×小島信夫×キム・レーホ

キム・レーホ｜Kim Reho

ロシアの日本文学研究者。一九二八年、朝鮮出身。日本統治時代、朝鮮の小中学校で日本語を習う。五二年に北朝鮮から留学したソ連ロストフ大学を卒業。五五年に北朝鮮からソ連に亡命。日本をはじめとする東洋文学に対するソ連の影響を研究。七四年にゴーリキーの日本文学への影響の研究において、モスクワ大学で文学博士となる。ロシア科学アカデミー世界文学研究所学術教授を務める。著書に『ゴーリキーと日本文学』（未邦訳）など。

小島信夫｜こじま・のぶお

略歴は128ページを参照

初出｜「海」一九八二年二月号

朗読と文体の関係

後藤❖先日、キムさんを囲んで、早稲田大学露文科の木村彰一先生、新谷《あらや》敬三郎先生、それと小島さんなどがお集まりになったときのテープを聞きながら、昨夜ノートをとってみたんですけれども、面白いお話が幾つかありました。

まず朗読の話が出てくるでしょう。ロシア文学の場合、特に朗読が盛んで、ほとんどの十九世紀の作家が自作を朗読していますね。

キム❖そうです。

後藤❖そのことは、ずっと前から気にならないわけではなかったんですが、昨夜テープを聞いていて、文体という問題と朗読というのは何か重要な関係があるんじゃないかという気がしましたね。それで、小島さんが話されていたのは、内田魯庵訳の『罪と罰』ですか。

小島❖そうです。

後藤❖まあ、翻訳の問題は別としましても、音読と文体というか、文章といいますか、そこに、最近われわれが忘れていた何か新しい問題があるような気がしました。

小島❖その話ね、いろいろな問題がそこから出てくると思うんですよ。あのときも話したんだけど、一つはね——。たとえば、いまの話はドストエフスキーの『罪と罰』の話をしているね。あれはね、自分で読んでいると、読み落としちゃうんですね。

ところが、耳で聞きますとね、あれ、こんなことがあったかとか、こんなにわかりやすいことを言っていたのか、とかね。それは内田魯庵訳で、ぼくは聞いたんですけれどね。そういう点はね、読み落としているものをずいぶん発見するということです。目というものは非常に曖昧なものだ、ということを思ったのとね、この問題も、もし何か話がつながっていけば、面白いと思うんだけれども。

後藤❖これは新しい一つのポイントじゃないかと思いました。

小島❖これね、忘れていてね。当時は、皆朗読してましたでしょう。詩でもそうですが、小説でもそうですね。

キム❖それはまた一つの、ロシア語の特性とも関係があるんじゃないかと思いますが。

後藤❖それは当然あると思いますね。

キム❖もしくは、時代の。

後藤❖はい。

キム❖それでいま、スモクトノフスキー（編注：インノケンティ・スモクトノフスキーは、一九二五年、シベリア出身の舞台・映画俳優。一九九四年に逝去）というソ連の最も有名な俳優で『ハムレット』を演じた俳優ですが、私が最も好きなのは、その俳優がラジオを通してロシアの古典文学を朗読するのです。プーシキンの散文とか、トルストイの散文とか。これは、すばらしい。一つ一つの言葉、その言葉の発音の仕方、それがその文体の全体とか、作家の精神を明確に表現していて、これはすばらしい朗読でした。

後藤❖実は関根正雄さんの『舊約聖書』という本を読んでいましたら、ヘブライ語で一番いいのは詩だ、といわれるんですね。それはなぜかというと、ヘブライ語は英語やフランス語に比べて古代語であるから、格変化が多いわけですね。格変化するから、たとえば主語を省いても誰がしゃべっているかわかるわけですね。順序を引っくり返してもいいわけです。英語やフランス語ですと引っくり返せない場合も、引っくり返せる。

その点、ロシア語と共通すると思ったんですが、プーシキンの詩や『オネーギン』などの長いものでも、語尾を合わせようと思えば、非常にうまくゆくわけですよ。

小島❖みんな引っくり返してもいいんだ。

後藤❖また、省く場合も省ける。そういうことでね、ヘブライ語の場合は、詩篇が一番いいということを書いてます。ぼくはヘブライ語の「ヘ」の字も知らないわけですが、ロシア語と朗読ということを思い出しましてね。

キム❖そうですね。で、いまでは少し違ってきておりますが、私が大学院生の時代には、国際文化祭などのときには必ず詩の朗読がありました。いまでは、ロックとかそういうものが盛んになって（笑）、詩の朗読は忘れられているような感じがありますが。

でも、それは伝統になっていて、詩人たちはいつも新しい詩集が出たら、ホールなどで自分の詩の夕べを持ちます。詩を朗読するということ、読むということ、少し違ってきますね、その場合は。

小島❖日本では、昔は歌でもね、短歌、和歌というものは朗読したわけです。だんだん、いまの詩になってきますと、これはもうなにか朗読しますと、とってつけたみたいでねえ。

後藤❖いわゆる、日本流の新劇調ですね、あれは。

小島❖とても具合が悪いんですよね。それとも関係があるかもしれないけれども、小説でもですね、日本では、同人雑誌あたりで、印刷するのに金がかかるものですから、回覧したり、読んだりしますけどね。結局、小説というものは、みんなの前で読むということが、もともとあんまりないわけですよね。

キム❖そうなのですか。

後藤❖それから小島さんがおっしゃっていた、カフカが親父の前で親父のことを書いた小説を朗読する気持ちが、われわれ日本人としてはちょっと不思議だというお話。

小島❖不思議だったですね。

後藤❖あれは何ですか『判決』みたいなものを朗読してるんですかね。

小島❖そうではないが、どっちみち具合の悪いものだからね。

後藤❖まあ、たいてい具合は悪く書いてますからね、カフカの場合には。

小島❖たとえばドストエフスキーが、みんなの前で自分の小説を読む、朗読しますとね、まあ実に何というのか、引き込まれちまってですね……。その感じはどんな風だったかと思うんです。ドストエフスキーが自分の小説を朗読するときは、人々を非常に惹きつけたらしいんですね。その惹きつけ方は、たとえばプーシキンの例の……。

後藤❖『駅長』ですか?

小島❖『駅長』じゃなくて、彼が晩年に講演しましたでしょう、講演会で。

後藤❖『オネーギン』。

小島❖『オネーギン』じゃなくて、あのときの講演会は……。

キム❖それは、プーシキンが死んだ後ですね。

後藤❖一八八〇年です(編注:ドストエフスキーが一八八〇年六月に、モスクワのプーシキン広場に建立されたプーシキン像の除幕式で行なったスピーチ)。

小島❖そのときの講演がですね、ものすごい感動を呼んだわけでしょう。

後藤❖スラブ主義と西欧主義の……。

小島❖内容もあるけれどね、話し方もあったと思う、一つは。その話し方は、果たしてどんな風だったかと思うんです、ぼくは。

後藤❖ぼくの想像では、一種、巫女的なものだったんじゃないかと思うんですね。また、ドストエフスキーの文体というものから来ているものもあると思いますが。

小島❖そう、あると思いますね。

後藤❖つまり、ドストエフスキーの文体、それからゴーゴリの文体ですね。それを彼らが書いているときの神がかり的な状態、それはぼくは小島さんにもあると思うし、それを森敦さんは〝阿頼耶識《あらやしき》〟――この間「文藝」の対談でおっしゃっていましたね。この阿頼耶識というのは禅の言葉です。要するに、自分であって自分でないという状態ですね。つまり、そういう書く状態でしゃべってるんじゃないかと思うんですね、ぼくが想像するには。

小島❖うん、たぶんそうでしょうね。

キム❖たぶんドストエフスキーがプーシキンについて行なった演説のときには、いまおっしゃったそれが当てはまると思いますね。

後藤❖そんな気がしますでしょう、あれは。

キム❖それはそうです。彼にとってプーシキンというのはそういう存在であったし、彼の心の表現であったでしょう、そのときには、まあ、そういう一つの巫女的な。

プーシキンと相対化の視点

後藤❖自分が何かの媒介になっているような状態じゃないでしょうか。作家が小説というものを書くときの意識と無意識の状態といいますか。

小島❖うん、あるんですね。

後藤❖ドストエフスキーのプーシキンについてのあの記念講演は、一つの歴史的な名演説であり、いわゆる、スラブ主義者と西欧主義者を握手させた、和解させたというふうに普通いわれているわけですね。ぼくも、非常にいい演説だと思います。

ただ一つだけぼくが問題にしたいのは、これは非常に現代文学とも関係あると思うんですけど、あの中で例の『オネーギン』のタチヤーナですね、女主人公の。このタチヤーナをロシアの女性の一つの美の典型であるといっているのです。これは精神的美であり、同時に肉体的な美でもあるけれども、つまり理想の女性であるということですね。

そして、こういうことをいっているんですね。ぼくは非常に気になったんですが、あの場合はだから題名を『オネーギン』とするよりも、むしろ『タチヤーナ』としたほうがいいと思うくらいに、タチヤーナがよく書けていると語っているわけです。

しかし、ぼくが問題だと思うのは、プーシキンが『オネーギン』を書いたその書き方ですね。これをドストエフスキーは読み違えているんじゃないかと思ったんです。ということは、あれを一種のロマンスとして読んでいるわけですよ。しかし、果たして『オネーギン』は、いわゆるロマンスだろうか、という疑問があるわけです。

キム❖なるほど。

後藤❖ぼくはね、あれはパロディじゃないかと思うんですよ。

キム❖ええ、そうですね。

後藤❖つまり、プーキシンはこういうことを書いているんですね。タチヤーナは、例の有名な、オネーギンに出す手紙がありますね、ラブレターが。ただし、そこでプーシキンは、彼女も手紙はロシア語よりもフランス語のほうがうまかった、と書いているんですね。これは、ぼくは実に重要なことだと思うんです。

その一方、オネーギンについては、これは誰でも知っているように、チャイルド・ハロルドのマントを着たモスクワっ子だ、と書いているわけですね。要するに、これはイカレポンチですね。つまり流行を追う、一番風俗の最先端を行く、軽薄な男、だと書いてある。これは完全に、ポンチ絵にされているわけですね。

しかし、オネーギンだけがカリカチュアされているんじゃなくて、ぼくはタチヤーナも同じ意識で書かれていると思うんですよ。つまり『オネーギン』は喜劇であって、タチヤーナだけが絶対化はされていないと思うんですね。

そこに、ぼくはあのドストエフスキーの名講演のミステークがあると思うんですよ。スラブ主義者と西欧主義者があそこで握手をした。自分が演壇をおりてくるとスラブ主義者から握手を求められて抱きつかれたと『作家の日記』の中で書いているわけですが、しかし、あれをいえば、ぼくはスラブ主義者と西欧主義者は握手すると思うんですよ。タチヤーナをそこまで美化してしまえば。

ところが、プーシキンが『オネーギン』を書いた方法というものは、ぼくは、はっきり喜劇、パロディというものを意識した方法だと思うんです。そして、そのあたりのことが、きょうの主題じゃないかと思うわけです。

つまり、ロシア文学が日本で読まれる場合に、重々しい読まれ方ですね。どちらかというと、喜劇的、パロディ的な視点というものが一つ欠けていたところから、文学としての方法の問題が忘れられてきているのではないか、という感じを受けるわけです。

キム❖私もそう思いますよ。プーシキンは、初めから――まあ、いろいろな作家たちの、創作の過程において、創作の方法というのが変わることもありますが『エヴゲニー・オネーギン』の場合には、自分の方法があったのですね。『エヴゲニー・オネーギン』の始まりを読んでみると、すぐそれはパロディであったことがわかりますね。

後藤❖そうですね。

キム❖始まりの句を読むと、これは何だ、と思わせます。もしも、この『エヴゲニー・オネーギン』においてタチヤーナが主人公であったら、この詩小説はとても狭いものになっただろうと思います。

ベリンスキーがいったように、プーシキンと同時代のロシアの人たちは、これをロシア生活の百科事典だと思っておりました。だからこそ、タチヤーナが主人公であったら、それにはならなかったでしょう。こういう、オネーギンが出てはじめて……。

後藤❖なるほど、バイロンの影響を受けているわけですね。しかしバイロンの影響を受けているからこそ、バイロンそのものをパロディ化する意識を持っているんですよ。
ですから、あれはあくまでも、ロシアが英国よりも文明的に後進国であって、しかも西欧崇拝的な意識があった。しかし、その後進性を逆手にとって先進国を批評していくだけの方法を『オネーギン』はすでに含んでいるように思うんですがね。

キム❖それはとても興味のある発想だと思います。

後藤❖ところが日本では、プーシキンという作家が少し美化されているんです。つまりね、天才詩人。しかも、ああいうピストルの決闘で死にますね。そういうロマンティシズム。もちろんロマンティックな人です。
非常にロマンティックで情熱的な人だけれど、同時にプーシキンという人はゴーゴリを発見してるわけですね。ゴーゴリを発見するという人はね、ぼくはなによりもまず〝笑い〟というものについて天才的な直感のようなものを持っていなければと思うんです。ベリンスキーが発見した仕方とはまた別の発見の仕方をプーシキンはしているわけですから。そこのところを含めてプーシキンを読み直すということが、ゴーゴリの読み方にもぼくはつながっていくように思うんですね。
プーシキンはまあ、実際に派手な社交界の詩人でもあったわけですが。

キム❖そういう側面があるでしょ、プーシキンには（笑）。

後藤❖そうです。放蕩児ってところもあるわけですからね。

キム❖好色一代男……（笑）。

後藤❖プレイボーイというところもあるわけですからね、実際に。

キム❖そうです、あります。明るくて……（笑）。

後藤❖ほんとに、陽気な人でね。

キム❖それでいて、宇宙を把握することのできる、そういう広いスケールの詩人です。散文家です。

小島❖そうそう。

後藤❖たいへんな天才だと思いますね。
ただその天才を日本では、パセティックな感じ、悲愴なイメージだけにしてしまう傾向があったんです。

キム❖そうですか。確かに、レールモントフの場合はそういう傾向が、ソ連の文学の中でも強いと思いますが。

後藤❖レールモントフは、そうかも知れませんね。

キム❖だがプーシキンの場合は『ボリス・ゴドゥノーフ』という劇をつくった。ですから彼をレールモントフと同じに扱うわけにはゆかないと思いますよ。

小島❖ほかの短篇でもみんな、それから『大尉の娘』などでも、ちゃんと二つの目があってね。ロマンだけども、非常にリアリスティックですね。

キム❖そうです、そうなのです。プーシキンの場合はほんとにそうです。

後藤❖ぼくはあのテープを聞いてまして、小島さんが『タラス・ブーリバ』（編注：レオシュ・ヤナーチェクが一九一八年に作曲した管弦楽曲）の話をされていてそれはよくわかったんですが、井伏鱒二さんにあるとき、井伏先生はロシア文学では何がお好きでしょうかとたずねたことがあるんです。

ぼくが思うに、あの文体――特に初期のものですね――はゴーゴリではないでしょうか、といったんです。たぶんぼくはゴーゴリだと思いますが、といったら、井伏先生は、こうされた。首を振られたんですね。そして「ぼくはプーシキンの『大尉の娘』が好きです」と、こういわれたんですよ。

小島❖そうね、まあ、後藤君がいうとね、なんとなく……。

後藤❖否定したくなる……（笑）。

小島❖そう、後藤君のとこへ引き寄せられる感じがしてね。

後藤❖もちろん井伏文学には、ゴーゴリとプーシキンの両方またチェーホフもあると思いますが、いきなりゴーゴリが出ると、反撥したくなる気持もわかります。

小島❖ええ、したかもしれないな。

後藤❖ただ、ぼくは『大尉の娘』でも、いま小島さんがおっしゃったとおりだと思うんです。複眼で書かれているわけですね。

キム❖そうです。『ボリス・ゴドゥノーフ』を見ると、それはもっと進んでいる感じです。

後藤❖そうですね。そういう二重構造といいましょうか、相対化の方法ですね。

キム❖とても面白いことを聞いています。モスクワで、いま東洋研究所で働いているマモーノフさんが、『プーシキンと日本文学』という本を書いています。いまのこのお話は、彼に会ってぜひ伝えたいと思いますが、いままでは、比較文学というものがこのような深さまでは掘り下げられていないということですね。

後藤❖そうだと思います。

キム❖まあ、従来の比較文学の第一の関心事は、まず、いつこれが翻訳されたか、プーシキンの文学がどうして読まれたか、という程度ですね。日本文学の文体とか、日本文学の精神とか、そういうものと関連して考察するまではいっていない。だから、そういう本がまず出るということが、これはいいことであって。

小島❖そうですね。ぼくらもプーシキンのことをあんまり考えていなかったからですけども、日本の移り変わりを自分で考えるといろいろ出てきますからね。

後藤❖プーシキンから考えていかないと、ゴーゴリの問題も構造的にわからなくなると思うんです。

――プーシキンとゴーゴリ――

後藤❖ゴーゴリとプーシキンは、直結していると思うんですね。それで、非常に面白いと思うのは『鼻』をゴーゴリが書いたときに、ある雑誌に送るとボツにされるわけです。載せてもらえない。ところが、それをプーシキンが、よし、おれが載せてやる、っていうんで、自分の雑誌に載せますね。あれは、「同時代人《ソヴレメンニク》」ではなかったですか。

キム❖「ソヴレメンニク」です。

後藤❖そのときに、序文を書くんですね。で、この序文が実に傑作なんです。

これは今度の『笑いの方法』の中にも書いていますが、つまりゴーゴリ氏がこういうものを書いた。ところが、これは本当はゴーゴリ氏は発表したいとあまり思わなかった。しかし、自分が読んでみたら、これはまことに面白い。こんな面白いものを自分だけが独占するのはもったいないから（笑）、一つ発表させていただく、という形で、検察官をごまかしてるわけですよ……。ああいうところの演出力といいますか説得力というものは、プーシキンの持ってる幅の広さだと思うんです。

キム❖そうです、ほんとうにそうです。

後藤❖これは、ジャーナリストとしての幅の広さはもちろん、ほんとうの批評家としての弁論術といいますかね、そういうものも身につけた、非常に類いまれな不思議な幅広い人だと思いますね。

キム❖そうです。それは彼の精神の健全さからも、健康さからも来ているんじゃないかと思います。

小島❖さっき井伏さんの話が出ましたけど、ちょっとわかる気がする。ゴーゴリだっていわないで『大尉の娘』だっていう気持ちは、ぼくにもあるんですね。

後藤❖そうでしょうね。

小島❖ええ。だけど、あれは書けないんです。『大尉の娘』は、またこれが。ゴーゴリも書けませんけど『大尉の娘』っていうようなああいうもの、ほんとうに書きたいですよ。書けないですね、やっぱり。単純率直で、ロマンティックで、リアリスティックでね。

後藤❖そうそう。

小島❖そういう気持ちは、ないことはないと思う、井伏さんには。

後藤❖それはそうでしょう。

小島❖井伏さんはね、晩年では——いや、晩年ではなくて、もうちょっと後ではね、チェーホフの『谷間』って小説がありますね。『谷間』に似たものを自分では書いている。あれは何という作品だったか忘れましたけど、それは『谷間』の影響で……。

後藤❖『多甚古村』だったか。

小島❖『多甚古村』みたいな。むしろそれは、ゴーゴリかもしれない。

後藤❖それに『誰とかと誰とが喧嘩を……』（編注：『「槌ツァ」と「九郎治ツァン」は喧嘩をして私は用語について煩

悶すること』）というのは『イワンとイワンが喧嘩した』ですね。

小島❖ええ。ただね、ゴーゴリということをなるべくいいたくないというのは、ちょっとこの前もお話ししましたけど、丸谷才一さんが『ゴーゴリ全集』の推薦文で……。

後藤❖ええ、読みました。

小島❖ゴーゴリはあんまり読むことは感心しないとか、読まないほうがいいとかね。

　読まないほうがいいっていうことは、あれに憑かれちゃうと困るからじゃないんですよ。あれに憑かれることはいいことではない、というような姿勢の推薦文だったですね。

　これも一つの考え方だと思う。その考え方は、まあ、たとえば英国ではゴーゴリをあまり好まないでしょう。

後藤❖ガーネットという人が訳していますね。

小島❖でも、少し違った風な訳になっているらしいね。まあ、ガーネット訳で日本人も読んだんですけども。

後藤❖宇野浩二などもガーネット訳ですね。

小島❖そうですね。しかしロシアのものはイギリスでは受け入れられにくいところもあってね。とにかく彼らの市民文学の普通の考え方からいうと、はみ出るんですね。

後藤❖英語の文体からはみ出してしまうんでしょう。

小島❖だから、そういうことも、彼のいうこともなかなか面白いと思うんです。で、そういう、彼のいうのと、井伏さんのいわれるのとの間には、多少似たとこがあると思うんです。それというのも、やっぱり、多少の誤解もあるんですよ。

後藤❖こういうこともあると思うんです。たとえば『スペードの女王』ですね。あれは十九世紀のペテルブルグの貴族青年将校の社交界の一つの縮図であって——、まあ、それは確かに縮図なんだけども、縮図であってそこに一つの落し穴といいますか、悲劇ですね。つまり、ゲルマンが墜ちていく悲劇、というふうにとっているんですよ。パセティックに、破滅していく物語であると……。

　ところがですね、あれも、よく読みますと、決して美しくは書いていないですね。あれもやはり非常にグロテスクなものです。

キム❖グロテスク……。

後藤❖たとえば伯爵夫人ですね。彼女がパーティーから帰ってきて、自分の寝室に入って、身につけているものをみんなバラバラにするところがありますね。自分の部屋に入って、かつらをはずして……次々全部はずしていく。それが克明に書いてあるんです。

　これはもう実にゾッとするような、リアリズムといえばリアリズムですよ。きちっと書いているわけだから。写実的に書いている。ところが、描写の部分は写実ですけれど、全体の構造はグロテスクですね。

小島❖そう。だから、ドストエフスキーとは違うんだな。むしろゴーゴリに近いね。

後藤❖ゴーゴリにつながっていく方法で書いていますね。

小島❖それはしかしね、翻訳でも読むとわかるんですよ。

後藤❖それはもちろんわかります。

小島❖ただ解説がいくらかそういう……。

後藤❖違うんですね。

小島❖それはもう解説については、ドストエフスキーの解説でも何でも、みんな読み間違えるようになっていくわけですよ。解説そのものが間違っているとはいえないけれども、方向づけがね、間違えるようになっていく。そういう書き方なんですね。

後藤❖そうです。つまり、方法に注目しないで、題材のほうにばかり関心がいって。これはつまり、どうしてもお金持ちにならなければ社交界でモテない青年将校の悲劇だということになる。十九世紀のロシアの社会はそういう仕組みだったから、そのために彼が落ち込んだ悲劇の落し穴だった、という風にとるんですね。解説のほうは。

しかし、プーシキンがそこで書こうとした世界、小説の世界、それははっきり喜劇的なものじゃないかとぼくは思いましたね。

小島❖それはしかし、その時代には、一般にそういう傾向があったんでしょ。喜劇的にものを見るという態度はだいたいあの時代に。

キム❖私はプーシキンの性格から見て、プーシキンの人生、人間としてのプーシキン自体の中にそういう要素が多分に含まれていると思いますよ。

内面の分裂が生むもの

後藤❖それをぼくは、プーシキンの中における西欧的なものとロシア的なもの、これはまあ、アジア的といってもいいですが、その二つの分裂だと思うんですよ。その分裂を、非常にはっきり意識していたんじゃないかと思うんですね。

自分の中にある二つの要素ですね。その両極を自分の中に同時に持っていて、その両極を自分で明確に意識していたと思う。その両極を、行動にも移すし、作品にも持ち込んだのだと。だから、非常に複雑なものを、ああいう一見、単純のように見えるスタイルで実にうまく書き表わした名人といいますかね、そういう人だったと思うんです。

ところが、その分裂の部分を、どうもこれまでは、単純化してしまう傾向が強かったから、どちらかになっちゃうんですね。きれいごとか、あるいは革命児みたいにとってみたりするわけですね。

小島❖それはしかし面白い話だね。

後藤❖そういう意味でもロシア文学を、特に十九世紀のロシア文学を、日本の現代文学者がもう少し読み直してみたらね、いまの自分たちの問題がどんどん出てくるのではないかと思うんですよ。

ということはですね、一つには、こういうことがあったんです。少し前にある批評家にお会いしましたときにロシア文学はどういう風にお読みになったんでしょうか、と聞いたんです。そうしたら、あ、ぼくらはね、みんな読んだもんだよ、と、こういわれたわけです。つまり、旧制高校時代に読んでいるわけです。小島さんよりもう少し上の方ですが。つまり、旧制高校時代というのは、十八歳か十九歳から二十一歳かそこらまでですね。要するに青年時代に読んだというんですね。ドストエフスキーも読んだ、トルストイも読んだ、ツルゲーネフも読んだ、チェーホフも読んだ、というわけです。あのころはみんな文学青年は読んだもんだよ。つまり、過去形になっているわけですね。

つまり、ドストエフスキーにしても、チェーホフにしても、ゴーゴリにしても、プーシキンにしても、青春文学としてしか読んでないんですね。ロシアの十九世紀が持っていた、分裂の意識とか、パロディにしようという散文的な目とか、そういうものはネグられてしまっているんです。そこに、ぼくは日本においてロシアの十九世紀の文学が正確にとらえられなかった大きな理由があると思うんです。

小島❖ロシア文学については特にそういう傾向があるね。人生的であるとか、思想的であるとか。

後藤❖そう決めて読むからですね。

小島❖だから確かに青春文学……。

後藤❖〝風〟にしかとらないんですね。

小島❖〝青春文学風〟に読みもしたんですね。そのころはまた、翻訳も非常によく出たんですよ、ぼくらのとき。

後藤❖一番よく読まれたんですね、ロシア文学は。ところが、一番読まれているけれど、そういう状態なんですね。

小島❖日本へ取り入れるときの取り入れ方が、間違っている。だから、あんな風に書いてもいいというふうに思えてるわけですよ。これはね、いろんな面で、どの人にもあり得ることなんですよ。

後藤❖確かに、そうなんでしょう。

小島❖ええ。ロシア文学のある時期のものだけじゃなくてね、もう絶えずその問題が起こってくる。

後藤❖そこでキムさん、もう一つ補足したいんですがね。ぼくは最近、どうしてもドストエフスキー、プーシキン、ゴーゴリというものを、もう一度読み直して、その方法を、現代小説家としてのぼく自身の方法として、考えたいと思っています。

その理由は、いま申し上げましたように、ロシアの十九世紀のインテリゲンチャですね。彼らの内部における西欧というものとスラブというものとの分裂が、日本の明治以後の近代のインテリ、彼らのいわゆる「和魂洋才」、この「和魂」

と「洋才」の分裂に実によく似ていると思うんですよ。

ですからね、ロシアは確かに文明的に西欧の後進国であったけれども、日本もまったく西欧の後進国なわけですね。明治以後の近代化というものは、和魂洋才、和魂洋才とやってきたんですが、ほんとはそれは、内部においては分裂しているはずのものなんですね。それを日本人は、どういうわけだか「和魂洋才」とくっつけちゃったんです。まるで和魂洋才なる何か架空のものがあるかのごとく、その分裂に疑いをはさもうとさえしなかった。

ところが、自分の中における「露魂」というものは何なのか、「洋才」というのは何なのかということを、分解した形で、非常に明晰に意識して書かれたのが、ぼくは十九世紀のロシア文学じゃないかと思うんですよ。それが、ちょうどぼくらがいまこういう現代の日本の社会の中に生きてましてね、ぼくらの生活の意識、小説を書くときの意識の中に、一番鮮明にピーンとコレスポンデンスして来るわけですね。一番ピーンとくるのがロシアの十九世紀の小説なんですね。

そういう意味で、ぼくはプーシキン、ゴーゴリ、ドストエフスキーの読み直し、方法的読み直しということを痛感しているわけです。

小島❖それはしかし、非常に面白いですね。

キム❖そういう意味で、私はロシア文学と十九世紀、二十世紀初めの日本文学の比較研究は、これはとても面白いと思います。歴史的条件の類似性といいますか、それから始まる文学に提起されたいろいろな問題……。

私も、この和魂洋才とか、ロシアにおける西欧主義とスラブ主義、そういうことを比較して研究してみたい、そういうことはありますが、仮に日本文学において、和魂洋才というものは上からの一つの政策であって、シェークスピア文学などは、遅くまで『ロミオとジュリエット』のその美しさといいますか、精神世界のそれを日本の文学では理解しえなかったという、そういう人たちもおります。それは日本の文学において、いわゆる他人事であって、日本文学の糧とはなり得なかったということがありました。

それでも私は、日本文学の歴史を考えてみると、西欧との接触というものは、それは西欧の技術それだけを学んだのではなくて、その根本的な一つの段階となったのは日本の文学者たちが、日本の読者たちが、シェークスピアのこの美しさ深さを認識した、その時点から始まっているのではないかと思っています。

そして、ロシア文学というものを通して日本の読者たちは、ロシアの社会とかの精神文化というのを知り始めた。

いまソ連の批評家の一部で、ロシアの文学者たちが、プーシキンから始まって——まあ、プーシキン以前とも言うことができますが、ロシアの十九世紀文学者たちの東洋文化に対する態度というもの、なぜロシア文学が東洋の読者にとってそんなに身近く感じられるか、なぜ日本においてコシア文学がそんなに魅力を持っているかということを考える場合に、ロシアの十九世紀文学、プーシキンから始まるそういう作家たちの東洋に対する態度が、西欧の作家たちの態度、ピエール・ロチとか、キップリングとかと比較すると、ロシアの作家たちは非常に特徴的です。

少なくともロシアの古典家たちには、プーシキンがコーカサスとかイサラージオを旅行して、彼が初めて東洋文化と出会ったとき、彼は心から驚きと尊敬ということを感じていたと考えています。東洋文化というものを、エキゾチックな点ではぜんぜん見ていないということ。当時、その時代にです。そういうことをいま書いている人たちが出てきています。これは面白いと思います。

小島❖それは面白いですね。

キム❖ロシア文学と東洋文学のつながりを深めていく、そういう点で。

後藤❖いま、シルクロード・ブームなんですよね、日本では。まあ、これは中国と国交回復があって、一種の観光ブームなんですけども。で、シルクロードをテレビなどでよくやるんですけども、ああいうのはエキゾチズムだと思うんですよ。オリエンタリズムに対するね。

だけどぼくは、プーシキンにしても、ドストエフスキーにしても、ゴーゴリにしてもですね、本当に自分の血の中に東洋があるんじゃないかっていう意識が、非常に強いと思うんです。

キム❖そうです。そのようなことを、ソ連の文芸評論家たちも書きはじめています。

後藤❖ところが、やっぱりピョートル大帝以来の西欧化ということで、こっちに強く引っぱられたことも事実なんですね。

キム❖そうです。

後藤❖ですからその分裂が、ぼくは面白いと思うんですよ。分裂がなければね、これほど大したことにはならなかったと思うんですね。いわゆるロシアのローカル性に過ぎなかったと思う。

しかし、東洋と西洋の分裂があるからこそ、そこにぼくは、ペテルブルグと東京の近さがあると思うんですね。フランスのパリよりも、あるいはニューヨークよりもね。文明的には現代の東京はニューヨークとほとんど近くなっていますね。あるいはパリ的、あるいはロンドン的なところもあるかもしれない。

ところが、われわれの分裂した意識としては、ペテルブルグに一番近いんですね。われわれ、日本のインテリが生活している意識というものは。その分裂の仕方が、似ているんですよ。

キム❖それは、いまのですか?

ゴーゴリの読まれ方

後藤❖いまのです。まさに、いまね、百年たってもいまだにペテルブルグ。まあ、いまはレニングラードですけども。レニングラードに一番近いんです東京は。精神的に、つまり内面的に。外面はまったく違いますね。レニングラードは古典的な街ですから。これは重大な問題じゃないかとぼくは思うんですよ。ドストエフスキーを読む場合にしても、ゴーゴリを読む場合にしても。

先日のテープで木村彰一先生は『死せる魂』の重要性についていっておられましたし、ぼくもまことにその通りだと思います。ただ、ぼくがなぜ『アラベスキ』に関心を集中するかということですね。なぜペテルブルグものを考えたがるか。これはね、それがあるからなんです。いま現代小説家として、方法的にどうしても迫ってくるものは「ペテルブルグスキーエ・ボベスチイ」なんですよ。

ぼくはゴーゴリ研究家でもないし、学者でもないんですが、一現代小説家として、意識にどうしてもくっついてくるのは、あのペテルブルグものなんですね。それは小島さんも、おっしゃってたように、意識されているんですが、しかし、どうしても書くとそうはならないという、ここがまた、小説というものの非常に厄介なところで、その辺は小島さんにお話ししていただくといいと思うんですけどね。

小島❖彼がいっていることは非常に面白いです。まあちょっとびっくりしたくらいいいこと考えているんですけどね。

この人はね、後藤さんは学生のとき、ぼくの家へ来たんですよ。

後藤❖二十ぐらいですかね。

小島❖まあ、ちょうどぼくが世の中に出かかったころに、学生で来ましてね。で、ゴーゴリの話をして行ったわけですよ。そこから、つき合いが始まったんですけどね。

後藤❖もう、二十数年です。

小島❖二十六年ぐらいになるでしょうね。そのときからゴーゴリなんですよ。ぼくもまあ、ゴーゴリは好きだったんです。

キム❖二十五年というと、銀の結婚式です（笑）。

小島❖いまの和魂洋才の話から始まったんですけどね。日本の場合は、まだ西洋のことをよく理解していないという考え方が絶えずあるわけですね。もっと西洋に近づかなきゃいけない、中途半端だ、とかですね。一方、パーッと切りかえてしまって、全部よしてしまって、日本は日本だと。こう、二つにはっきり分かれちゃうんです。

後藤❖どっちかに単純化されるんですね。

小島❖これが、日本の文学史からいうと、繰り返し繰り返し論ぜられることなんです。その二色なんですね。

それで実際は、一人の作家からいえば、矛盾がしょっちゅうあってですね。一人の作家の中でも二色こう、あってという。そういうことがあるのに、大きく分けて、文壇の動きもそういう風になっちゃうんですね。

後藤❖西欧派といわれる人もいるわけですね。

小島❖西欧だけじゃないですよね。ロシア文学に対しても、もっとロシア的にべったり行かなきゃダメだという。

とにかく日本の場合、受け入れるときに、ちょうどロシアが昔そうであったと同じように、もう分裂したりしながら取り入れてくる。そのこと自体には目をつぶってですね、もっと右へ行かなきゃ、もっとどっちへ行かなきゃと、はっきりと分けてしまおうという、そういう考え方があって、ずうっときているんですね。

ところが、その状態が、まさに文化はそうやってきたわけなんですけども、そうなっているということ自体のことは作品化されないわけなんです。作品に実らないわけで。

後藤❖どちらかに分類されるんですね。

小島❖ええ。結果は、それはまあ、作家が書くんですから、どこかで、あるところへずっとまとまっていってですね、両方の要素がうまいことまぶされたら、作品化されていくことは事実だけれども。いま彼が、喜劇、喜劇って盛んにいっている、その喜劇の見方で分裂した状態を見て、そして積極的にその分裂していることの意味を作品化して見せていくということはやらないという、楽観主義があるんですよ。非常に楽観的なんですね。

後藤❖これは、キムさんのために解説しますと、どちらかに入りますとね、座布団に安楽に座れるんですよ。西欧派で行くか、それを否定して「和魂」だけでゆくか。

ということで、自分の中にある二つの要素、それを同時に、矛盾なり分裂なりとして表現していこうという方法論が出てきにくいわけなんです。

キム❖これは、私たちの最も関心事の一つです。というのは、私たちの研究所でいま進めている十巻から成る世界文学史の編纂で、それは西洋中心主義に真っ向から反対しています。世界文学というのは西洋文学だけじゃなくて、それは東洋文学でもあるし、アフリカの文学でもあるし、ラテンアメリカの文学でもあるということです。

日本文学が世界文学史に占める位置ということですね。それは特に、古典文学は別として、現代文学において、東洋文学の中で特別な位置を占めています。百年の近代化の歴史を持っている。近代文学として百年の歴史を持っているでしょう。そういう東洋の文学は少ないんですね。まあ、中国もそうですが……。

後藤❖まあ、日本だけでしょうね。

キム❖そういえるでしょうね。百年の歴史を持っている日本の文学がいま二十一世紀の扉の前に立っている。この文学がどのような方向に発展していくだろうかということ。興味深い問題ですね。

二つの分離された——西と東といいますか、極端にいいますと、それを日本文学が、日本の芸術がどのように統一していくかということです。

日本の作家たちに、日本の評論家たちに、そのことをいってほしい。

——ゴーゴリのファンタジーとグロテスク——

後藤❖実は、これは「海」にぼくがいま連載している『壁の中』という小説です。まだ続きますが、二十四回分を切り抜いたのを持ってきたんですが。これは小説でもあるし、同時に、これまでお話ししたような意味での、プーシキン、ゴーゴリ、ドストエフスキー、カフカの読み直しでもあります。まさに和魂洋才の分裂の見本みたいな……。

キム❖これは面白い。何かの形で持って帰れませんかね。

後藤❖ぜひ持って帰ってください。『オネーギン』も出てきます。『外套』も出てきます。それに『地下生活者の手記』、カフカ、それとギリシア神話と新約聖書、旧約聖書。あと少し続きますが、ドストエフスキーの先ほどの演説も出てきます。

キム❖私が帰ってくるのを、研究所ではいまとても待っています。というのは、今年の末までに、ゴーゴリと世界文学というその原稿が全部集まらなければならない。

重要なのは、いつゴーゴリが日本で翻訳されたかより、現代の日本の小説家がどのようにゴーゴリを見ているか、ゴーゴリの方法をどのように解釈しているかということで、これが中心的なものだと思います。

後藤❖それから、この前のお話にも出て来たゴーゴリのファンタジーの問題ですね。これは日本の江戸期のファンタジー小説の最高峰である『雨月物語』、たまたま私が現代語訳したものですが、差し上げます。

キム❖喜んで持って帰ります。

後藤❖先のテープであなたが、明治以前の日本の小説と明治以後の口語体ですね、二葉亭（四迷）以来の言文一致の小説との移り変わりの中で、伝統的なもの、継承されたものは何だろうか、というようなことをおっしゃっていたので、ぼくはぜひこの『雨月物語』をと思いました。これはゴーゴリともつながると思います。そのことは、ぼくの『笑いの方法』にもちょっと書いておきましたが。

キム❖ゴーゴリとつながるといえますか?

後藤❖グロテスクとファンタジーにつながると思います。

キム❖だがこういうことがいえるでしょう。私も日本の江戸時代の文学の滑稽文学とか……。

後藤❖戯作ですね。

キム❖江戸の戯作とか笑いの文学ですね。それを読んでいますが……。

後藤❖それは、必ずしもつながりません。

キム❖そうですか。だが、二葉亭四迷の文学が始まって、二葉亭も初めは『浮雲』を書くときに、式亭三馬の滑稽といいますか、そういうのを真似てやろうとしたということですが。このゴーゴリの笑いの構造というのを、いつもソ連の学者たちは研究しておりますが、江戸文学における笑いの構造とは違いますか?

後藤❖かなり違うでしょうね。ぼくは今日いろいろなものを持ってきたんですがね。これは井原西鶴です。

キム❖『好色一代男』。

後藤❖そうです。ぼくはね、現代文学に一番つながるのは西鶴だと思います。つまり喜劇的なもの、という点ではですね。特にこの『一代男』ですね。これは一種のポルノグラフィーという風にもとれます。ポルノグラフィーともとれるけれども、それ以上のものですね。

キム❖これは翻訳されて、とても読まれていますよ。

後藤❖最近、吉行淳之介という作家も現代訳を「海」に連載されて、本になっています。

この『好色一代男』というものはですね、笑いとして江戸文学の範疇を超えていますね。超えるものがあります。これは非常に複雑な滑稽味を持っていて、現代の散文による喜劇にもつながると思います。


江戸期のものがわれわれの中にもし継承されているとすれば、ファンタジーの面では先の『雨月物語』の上田秋成ですね。それから、滑稽、笑いの面では、ぼくは西鶴だと思います。それはつまり、ドストエフスキーとかゴーゴリが十九世紀の範疇を超えているのと同じような意味で、スーパーですね。

小島❖時代がいくらか似ているんですよ。ある意味ではね。

キム❖明治文学で日本の評論家たちが井原西鶴の『好色一代男』とかゴーゴリの笑いを関連づけて見たという人はいるのですか。

後藤❖いや、いないでしょうね。

小島❖日本では、西鶴と近松(門左衛門)と二色の派があってですね、明治以後、大正にかけて、井原西鶴のほうに軍配を上げる人が二派に分かれているわけですね。

しかし、この前もぼくが少し話しましたけど、近松秋江ですね。いろいろ作品がありまして『疑惑』という作品があるんですよ。この作品がね、自分の女房が家出して、若いのと一緒に出てしまって、その後を追跡する作品なんですよ。日光というところまで行ってですね、何年前にそこへ来たはずだといって宿帳を調べる話なんですけどね。

キム❖つまらない男ですね(笑)。

小島❖つまらん男なんですけどね。日本の場合、そういう風になっちゃうんです。彼がやってるのは、ゴーゴリの『鼻』

みたいなことをやってるわけなんですよ、自分の一番大事なものをとられちゃったわけですよ。そういう意味ではね、彼は近松の信奉者なんですよ。近松秋江という人はね。

キム❖なるほど、なるほど。

小島❖後藤さんは、西鶴の話をして、西鶴がゴーゴリに非常に似ているということをいいましたでしょ。ですけども、西鶴じゃなくて、近松のほうに軍配を上げている秋江の書いている小説が、われわれから見ると、ゴーゴリの小説にちょっと似てるんですよ。

後藤❖それは小島さんの読み方でもありますね。

小島❖そう。ところが、それはあなたたちのデータにはぜんぜんならないんですよ。彼は意識してゴーゴリを頭に置いて書いたわけじゃないですからね。結果的には、そういう風になっているんです。

こういう研究する場合のデータというのは、意識した場合でないとダメなんですよね。ぼくらの面白いのは、分裂の話が出ましたけど、反対になっちゃってるところが面白いんですよ。つまり意識しないくせにですね、ゴーゴリと似ていることをやっちゃっているというところが面白い。

キム❖似ているということが、影響を受けて似ているということと、それから、生活的社会的地盤が似ているから無意識的に同じ形の文学が生まれてくるということですね。だから、その比較が必要なものであると思います。

小島❖その部分を、ぼくは重要視してもらいたいと思うんですね。その方がむしろ重要であると思う。意識してやってこうだということは、それは誰でもやりますけど、結果的に必ずしも似ていないというところに問題がありますね。

後藤❖小島さんのいわれる意味は、よくわかります。

小島❖ところが、そうしないでいて似ているというところに、またものすごく面白味があるわけです。だから、そういう風にして分裂したり、矛盾したり、文化というものはそうやって受け入れられていくなり、また類似性があったりする、というところに面白さがある。比較といってもそういう比較をしないとね、本当は実際の面白味にならないんですね。

キム❖そうです。そのように思います。

後藤❖キムさんに一つお伺いしたいんですけど、ゴーゴリの笑いの方法、あるいは笑いの構造というものが、現代のソ連の研究者、文芸評論家の間で、だいたいどういう風にいわれているのでしょうか。諷刺というのが、こないだもだいぶ問題になっていましたけども。

キム❖はい。最近のゴーゴリ研究の、最も評価された本としては、世界文学研究所で働いているユーリイ・マンという人が書いた本です。それはモスクワの国立文芸図書出版所で出ましたが『ゴーゴリの詩学――ゴーゴリのポエチカ』という本です。だが、この本について、私は評価することはできません。まだ読んでいないので。残念な恥ずかしいことではありますが。

　まあ、私の読み方はいつも、文章を書くときに、そういう材料を全部まとめて読むという……（笑）。

後藤❖いや、わたしたちも同じです。

キム❖いま、いわれた問題は、いま私が書こうとする中心的な問題であります。私の書こうとする、ゴーゴリと日本文学において、ゴーゴリの笑いの構造というものと、日本古典文学における笑いの構造というものが、相似している点があれば何か、違っている点は何であるか、現代の日本作家がそういう日本の古典文学の笑いとゴーゴリの笑いをどのように創作面で受け入れているか。これが書けたら、私の今度の仕事は成功だと思います。

後藤❖このあいだのテープを聞いてまして、宇野浩二が出てましたね。宇野さんの文体というものと、それから岩波文庫の平井肇さんの名訳といわれている翻訳の文体ですね。

小島❖われわれは、これを読んだんです。

笑いの方法

後藤❖これが一番名訳といわれているんです。ただ、ぼくがあえてなぜ『外套』『鼻』を訳したか。それは結局、ゴーゴリの笑いの構造ですね。これを、平井さんの訳も宇野浩二さんの文章もレトリックでとらえているわけです。これは日本の古典につながるわけです。戯作につながるわけです。

キム❖そうですね、ゴーゴリの笑いとレトリックは。

後藤❖つまり平井訳は、レトリック的に笑ってるわけです。笑わせているわけです。ところが、ぼくの考えるゴーゴリの笑いは、レトリックだけではないですね。構造ですね。

キム❖そうです。

後藤❖しかしゴーゴリの場合は、センテンス一つ一つのレトリックではなくて、文章と文章の組み合わせ、配列、そのブロック、パラグラフが問題です。そしてそれを、ぼくはゴーゴリの笑いの構造だと思うわけです。

　ところが、日本の江戸期からずうっと来ている笑いは、戯作調の笑いは、レトリックなんですね。そして、平井さんの名訳も、それから宇野さんの文章も、その本質は、レトリックだと思うんですよ。だからぼくは不遜を承知の上で、あえて反対してみたわけです。

キム❖それは面白い。

後藤❖だから、構造だと、わざわざいったわけです。構造ということは、その要素の一つ一つは単純であるということですね。何でもない言葉、普通の日常的な言葉ですね。ところが、その組み合わせ、配列によって構造化される。

キム❖まったく、同感です。

後藤❖その組み合わせが非常にシュールレアリスティックだということです。また、ファンタスティックであり、グロテスクであるわけです。また、極大と極小が、とつぜん組み合わされる。

キム❖笑いのテクニックですね。

後藤❖その組み合わせの構造が、ぼくはゴーゴリの笑いだと思うんです。同時に、現代の小説家が考えている喜劇的な構造というものは、レトリックで面白おかしく笑わせるんではないということですね。それが一つです。

もう一つは、素材で笑わせるんじゃないということですね。いままでの江戸期までの日本の笑いというものは「笑い話」というのがあったわけです。これはネタが決まっているわけです。おかしい話があらかじめあるわけなんですね。その素材で笑わせるわけです。もちろんテクニックもあります。落語家というのは、これはテクニックで笑わせているわけですから。しかし、そのテクニックはあくまでも「素材を生かすための芸」にすぎないわけですね。

ところが、われわれが考えている文体、スタイルというものは、そういうテクニックじゃないんです。芸じゃなくて、その組み合わせ方の方法なんですね。

ゴーゴリの場合、ぼくがなぜしつこく方法のことを書いたかというと、それは『外套』の話というのは、素材は悲劇なんですね。哀話ですね。

キム❖そう、悲劇ですよ。

後藤❖聞くも涙、語るも涙、というやつですね。ところが、誰が読んでもおかしいわけですね。あれを読んで笑わない人は頭がおかしいんじゃないかと思うくらいに、おかしい。

ところが、あれを聞いてですよ、あの話に文体をつけずに、おかみさん同士が世間話のように話せば、おそらく誰もが泣きますね。あれ聞いて泣かない人があったら、これまた頭がおかしいんじゃないかと思う。

ところが、あの作品を読んだら、笑わない人は頭がおかしいということになるわけですね。そうすると、ここに何がはさまっているかということですよね。そこに「異化」の問題、理論が出て来たわけですね。

キム❖アツストラネーニエ（ロシア語で「異化」）。

後藤❖アッストラネーニエの問題が出てくると思う。そこに目をつけたという点で、ぼくはエイヘンバウム（編注：ボリス・エイヘンバウムは、一九一〇年代後半から二〇年代前半にかけてソ連の文芸批評を主導したロシア・フォルマリズムの代表的な人物のひとり）を買うわけです。

キム❖はい、そうですね。

後藤❖実際、あれを別のスタイルで書けば、エレジーになったと思うんですね。悲劇になったと思うんです。

キム❖そう。悲劇の要素も多分にあるんじゃないですか。

後藤❖つまり、あれをカラムジンの文体で書けば『ベードナヤ・リーザ』と変らないでしょう。

キム❖でも『リーザ』は、これは甘い（笑）。

後藤❖ですからあのスタイルで書けば『外套』すなわち「哀れなるアカーキイ・アカーキエヴィチ」と、こうなると思うんです。題名も『哀しい官吏』でもいいですよね。ところが、なぜあれが喜劇になったかという、その方法が問題ですね。そしてその方法は、いわゆるレトリックとは別のものだろうと思うわけです。

小島❖あのね、ちょっと誤解を招くから、やっぱりいっとかないといかんと思うが、これはゴーゴリの『外套』とかゴーゴリの問題に限らず、だいたい残っている作品は全部そういうものばっかりですよ。

後藤❖もちろん、そうだと思いますね。

小島❖だから、何かの意味において、そういう要素を持っているわけだよ。

後藤❖ええ。たとえばシェークスピアも、同じじゃないかと思うんです。

小島❖シェークスピアもそうだし、プーシキンもそうだし、ドストエフスキーもそうなんですよ。いろいろな要素があってですね、作品化されてるわけでね。

後藤❖『貧しき人々』だってね、あれは喜劇ですよね。けれども話はまったく深刻な悲劇なんですね。

　ぼくはそこでね、小林秀雄さんのドストエフスキーの問題もあると思うんですよ。すなわちロシアの現実は悲惨だった、だからロシア文学史は、同時にロシア・インテリゲンチャ史であり、ロシア社会思想史である。したがって、文学そのもののための方法はない、という、あれですね。

キム❖小林秀雄の『ドストエフスキイ』ですね。

後藤❖つまり、やむにやまれぬ正義感であり、社会的な訴えである、という風にとっているわけです。

小島❖青春文学として読んだというのは、小林さんも、そういう意味ではそうなんですよね。

後藤❖そうなんですよ。

小島❖その姿勢のままでわりあいに来ているわけよね。

後藤❖来ていますね。いまだに来ているとこがあるんで……。

小島❖まあ、全部じゃないけれども、そういう傾向がありますよ。

後藤❖ですから、ぼくなんかは、そういう青春文学的な受け取り方に疑問を抱くというところから出発して、そういう方向でいま、ようやくやりはじめているわけですが。

キム❖よくわかります。

小島❖ただ、あなたからしますとね、では、日本のゴーゴリは——、たとえばゴーゴリに限ればですね、現代文学にどのように生かされており、どういう風に影響が及ばされているか、そういう問題に興味があると思うんですね。

キム❖そう、そういうことなのです。

小島❖ぼくなどは、ロシア文学はゴーゴリを最初に読んだんですね。若いときに翻訳でね。ですけど、結局、さっき後藤君もいいましたけど、自分が書くといかに違ったものになってしまうかということですね。

後藤❖ぼくの『笑いの方法』の中でも、宇野浩二のことは書いたんですけれども、あの文体はどちらかというと『ディカーニカ（近郷夜話）』とか『ミールゴロド』のほうに近いんじゃないでしょうか。

キム❖もっとロマンティックな方法ですね。

後藤❖ロマンティックであり、まあ一種の田園的なところもありますね。

キム❖そうそう。

後藤❖つまり、いまの現代人が、東京なりレニングラードなりモスクワなりで生きている意識とはね、少し違うんです。

それで、その話も『笑いの方法』に書きましたが、ぼくは実は一昨年ですけど、早稲田大学の文芸学科というところで一年間だけ非常勤講師というのをやらされたわけです。そのときに、ぼくはテキストに、前半で『雨月物語』を使ったんです。そして後期で、ゴーゴリの『外套』をやったわけです。それで、平井さんの訳とぼくの訳の両方を読ませたわけです。そして比較させたんですが、よくわかるのはぼくの訳だというんです。レポートを書かせたわけですが、四十人ぐらいの学生に。

しかし、ロシア的なのは平井さんの訳の方だというんですね。それはなぜかというと、こっちにはロシアの土のにおいがする、しかし、ぼくの訳にはロシアの土のにおいがしないというわけです。

キム❖学生たちがいってるんでしょ。

後藤❖ええ、学生がいってる。ところが、レニングラードというところは、岩の街ですね。

キム❖そうです。岩でつくったんですよ。

後藤❖ピョートル大帝が、ヨーロッパよりもヨーロッパ的につくれ、といったわけですね。

キム❖そうです、そうなんです。

後藤❖そうするとね、「土のにおい」というのはいったい何か、ということですね。そんなものはシベリアにはあるかもしれませんよ。しかし、なぜロシア文学というと「ロシアの土のにおい」というか、その先入観ですね。つまり、固定観念というものでものをいってるわけです。

そういう意味で学生のレポートは非常に面白かったんだけれども、ぼくは「ペテルブルグスキーエ・ボイベスチイ」には、土のにおいはないと思うんですね。つまり、ないということを書いてるんだと思うんですよ。

ということは、彼はウクライナの人ですよね。田園の中地主ですよね。そのゴーゴリがペテルブルグへ出てきて、びっくりするわけでしょう。そのショックが、ぼくはあの小説だと思うんですよ。そのショックが、あのファンタジーであり、それから眩暈《めまい》であり、グロテスクであり、衝動的な笑いだと思うんですね。

そういうものを考えないで、ロシア文学というと『猟人日記』みたいな風にみんなとってしまう。

キム❖同じことです。ソ連の読者も。ソ連の文芸の中でも、日本文学というと、それは『源氏物語』であり、川端康成であるということです。

後藤❖なるほど。

キム❖それ以外には、見たくない。日本の庭園であるということ、それは床の間であり家屋敷であるということなんです。現代のこういう――石のペテルブルグ、自動車の東京を見たくない（笑）。

まあ、それと関連して『外套』の話が出ましたが、私は最初、このゴーゴリと世界文学の論文集に参加しなさいといわれたときに、そして、ゴーゴリと日本文学のつながりというものはどれぐらい深いものかと私に聞かれたとき、私はそれまではゴーゴリと日本文学、ゴーゴリの創作自体もそうでありますが、専門的に研究したことはなかったのですが、ゴーゴリと日本文学というのは、それはとても深いといいました。明治文学と、それから大正文学でもあるし。

それはいま、ドストエフスキーが言ったということになっておりますが、ロシアの作家たちが、われわれはみなゴーゴリの『外套』から出たと。そのことは、日本の文学にも該当すると思います。

そしてここにきて、少し材料を集めようと思いました。ソ連には、ぜんぜん材料がないのですから。レーニン図書館くらい。材料を集めていると、私の考え方は、それは先入観でなかったかと思います。トルストイとかツルゲーネフとかドストエフスキーに対して、そんなに膨大な論文とかそういうのが書かれているのに、ゴーゴリについては書かれていない。大正時代にも。

『外套』はとても日本的な、二葉亭の『浮雲』の時代によく似ている、そういう作品でしょう。「文三」が「アカーキイ・アカーキエヴィチ」？　たしかに似ていると思いますが。だが『外套』が訳されたのはずっと後で、しかも『外套』に対する反響がとても薄いんです。

後藤❖なるほど。

キム❖これには、私はとてもがっかりしました。このことについて、私は調べて文章を書こうと思いましたが、書けない。材料がぜんぜんないんです。なぜでしょうかと私は思っていて、この前の座談会と、今日また参加して、私はゴーゴリの再発見がいま行われているんじゃないかと思ったのです。

後藤❖そうだと思いますね。

キム❖そういう感じを、私はとても受けております。

後藤❖それでね、結局、宇野浩二さんの『ゴオゴリ』が昭和十三年に出ているわけですが、ぼくはあれだけでは不満で、今度の『笑いの方法』を書いたわけです。

なるほど宇野浩二も、ずいぶん執拗にゴーゴリの笑いの謎を追求しています。それに、いま読んでも面白いし、実際いままであれ以上のゴーゴリ論は日本ではなかったんじゃないですか。ただ、さっきからいうように、方法のところが書いてないいんですよ。

小島❖ただ、いまの話でね、結局、ゴーゴリをずうっとこう理解してきたというのは、やっぱり実作者だと思うんです。

実作者が摑むゴーゴリ

後藤❖小説家、ですね。

小島❖小説家がね。ということはね、まあゴーゴリというものは、外国でも、ゴーゴリ、ドストエフスキー、カフカ、というような系譜をつくって――ぼくもまあ、知らないでそういう系譜をつくって論文を書いたことがありますけどね。結局、ゴーゴリからカフカとか、何とかということの、その系譜でつかんだときに、いままでのゴーゴリと違ってくるんですよ。

後藤❖そうなんですね。

小島❖ぼくなどはむしろゴーゴリの理解の仕方というのは、ある時期までは、まあ作家的に見て、ああこういう風に書けない、こんな風に奇抜なことはできないと、こういうように若いとき思ってきたわけですね。頭の中には、宇野浩二みたいな作家のこともあったわけですね。

ところが、そのうち、カフカを読んだりしてくると、いまいった構造がはっきりしてくるわけですよ。まあ、カフカとゴーゴリはそっくりじゃないですけど、構造的に見る目が出てくるわけですね。これは、自然に、そういうものを通して、非常に時間をかけてね、そう、どのくらいかかったかしらんけども、非常に時間をかけて、だんだんゴーゴリに迫っていくことができたわけです。相当時間がかかりました。ぼくはゴーゴリのことは学生時代から読んでいたけれども、本当に迫ってきたのは最近ですよ。

後藤❖十年ぐらいでしょう。

小島❖いや、これは最近ですよ。

後藤❖『作家遍歴』のあたりから……。

小島❖この十年ぐらいですね。それだけ時間をかけないと、ゴーゴリというのは誤解されるというのは、いまいったように、青春文学ということは、言葉は簡単ですけど、みんなそういう風に見るところが……。なにも、さっき名前を挙げた人たちだけじゃなくて、われわれでもそういうところがあるし、ほとんどの人がそうだったわけです。

それをいま彼は「文体」と、よくいいますけども、そういう風にいってもいいんだけれども、ゴーゴリそのものの本当の特徴とか面白さというものを、という風にして見ていくことは、なかなか時間をかけなきゃできなかったんですよ。

後藤❖ぼくは三十年かかりました（笑）。

小島❖つい最近だと思う。ぼくは、この十年です。彼はぼくより若いですから、二十歳も若いから、彼はいい時期にそういう風になってきましたけどね。まあ、この十年ですね。この十年、ようやくゴーゴリのことが、本当にゴーゴリとしての面白さがつかめるようになったと思うんですね。それまでは、まあ、面白さは勘でわかっていてもね、やっぱり少しとり違えがあった。

後藤❖ただ、あれを面白くないという人はいないのですね、またね。

小島❖そう、いないですよ

後藤❖実際、ゴーゴリのものを映画にしたい、とかいう人は多いわけですよ。ところが、話してみると、いま話したのとはちょっと以前の段階で面白がっているわけです。面白いとは、みんないうんですよ。では、なぜって聞かれると、わからなくなる。

小島❖結局ね、その面白さは、解けないことはないんですよ。解こうと思えば。だけども、これを本当に面白いと思うためには、実作でもっていかないと、この面白さへ入っていけないんですよ。だから、これはぼくね、はっきりさっきもいったけども、作家でなければ、小説家でなければ、この面白さに迫れないんですよ。

それで、ぼくはほんといいますとね、やっぱりナボコフはつかんでますよ、ゴーゴリの面白さを。ぼくは最近読んだんですけど。

後藤❖キムさんは読まれました？　ナボコフのものは。翻訳がないですか。あれは英語で書かれてますね。

キム❖ナボコフは、読んだことないです。

小島❖あれは、ロシアではどう評価されているかわかりませんけれどね。

キム❖評価されていません。翻訳がないんだから。

小島❖ええ、ですけどね、ぼくらが見ると……。ぼくは自分でぜんぜんナボコフのことに関心もなかったんですけども。

キム❖日本語でありますか、ナボコフ？

後藤❖はい、青山太郎さんの訳が出ています。紀伊國屋書店から。

小島❖ぼくがゴーゴリについて書いたことと比べてください。あるところは非常に似ているんです。ぼくは、ぜんぜん知らないで書いたんですよ。ところが、作家というものがゴーゴリをいまの時代でどう読むかということについてですね、同じなんですよ。

後藤❖ナボコフのことも、ちょっと『笑いの方法』にも書きましたが、ナボコフという人は貴族で、亡命者でしょ。それだけに、コンプレックスが強いんです。つまり、劣等感と同時に優越感です。それと秀才でしょう。外国語が英語もドイツ語もフランス語もできるという人でしょう。

ぼくはちょっとメモしてきたんですがね、小島さんがおっしゃったナボコフの読み方にちょっと共通点があるというのも事実です。しかしね、もう一度全部読まれたら、果たしてどうでしょうか？

木村彰一先生もこの間、あれにも問題がある、といっておられましたが。あの人のゴーゴリ論というのは、一言でいえばゴーゴリは田舎者だ、という考えですね。だから、ペテルブルグのことを、ああ微に入り細をうがって書く。『鼻』などでは、看板まで書いているでしょ。床屋の看板とか、ユンケル商会とか、全部、パノラマ式に書きますよね。あれがまた面白いんだけど、ああいうことは田舎っぺだからやるんだといういい方ですね。つまり、ペテルブルグっ子はあんなことはしないと。

つまり、江戸っ子は江戸の描写なんかしねェ、ってことですよ。まさに『ネフスキー大通り《プロスペクト》』の書き方。これはパノラマですよね。もう、右から左へ全部書いちゃうわけですね。見えるものは。それで、最後に、見えなくなっちゃって、逆さまになるわけですね。そういう幻想性ですね。あれは確かにヨソ者がペテルブルグを見ている目ですね。中にいるんだけど、外から見てるわけですね。

ところが、ナボコフの場合は反対でしょう。

それは、ナボコフの文体にもあるんです。ナボコフの文体は、ゴーゴリの文体の反対なんですね。つまり、パセティックなんですよ。美文なんですね、一種の。ぼくはそれもどこかに書きましたけど、英語がうま過ぎるんですよ。もちろんロシア語もうまいんだろうけど、あの美文調でゴーゴリを読めばね、違ってくると思うんですよ。もちろん本質は、小説家の目でとらえているところがあります。

小島❖あのね、ぼくはそんなに詳しくは読まない。チラチラと見ただけだけどね。だけれども、文体に関するある面からいえば、彼が初めて理解した、ナボコフがね。

後藤❖いわゆる固定観念は、取り払っています。

小島❖それは、ぼくと同じなんですよ。ぼくはね、偏見も何もないしね。ゴーゴリはどこが面白いかというところを見たその見方とね、ある部分、非常に似ているんです。その他のことは全部関心がないからね。

ですけども、やっぱり作家がですね、何が面白いか。作品を面白いと思うときに、そのつかむ見方というものはですね、やっぱり彼が初めてつかんだと思う。

その点は、ぼくらと同じ——それはあなたやぼくだってナボコフと同列だと思う。いまの時代で、作家の目で見たときには。

後藤❖そこをはずして読んでるわけですよね。

小島❖当時もどこが面白かったか。当時の面白かったことといまの面白かったことが違うんじゃなくて、むしろ同じ問題を当時は理解しなかったということ、かもしれないですね。

後藤❖さすが、ナボコフは小説家ですね。

小島❖そうですね。小説家であるから、彼がどれだけ偏見を持っていてもね。彼だって、自分が太りたいし、いいところをつかみたいという気持ちはありますね。そのところで吸い取られたものとしてです。

ぼくもこの十年間、もう一回読み直してみたんですよ。それで、面白さがいま風に自分でわかったことを書いたんですけれども。それまでのものは、誰がいっても面白いことを、作家風に面白く書いただけですけども。本当に真髄はどこにあるかということを知るのはこの十年ですね。この十年にならないとゴーゴリは日本でも理解されないと思う。これからです。

その前はね、いろいろな日本の情勢と合わせながらゴーゴリを見ていき過ぎたのです。だから、もっと自由になってね、ゴーゴリの面白さはどうであるかということになったのは、最近であり、これからであると思います。

後藤❖これからでしょうね、おそらく。

ゴーゴリ体験

小島❖いままでね、たとえばこれを諷刺的だと——ぼくらも戦後日本で、諷刺的なものを書きたいなあということをいったときに、すぐゴーゴリのことを名前を出していったんですよ。しかし、実際に書いてみると、まったく違うものを書いてしまうんですね。

まあ、若いとき、戦後すぐですから。そのことをずいぶん変な風に悩んできたものですよ。それから十年ぐらい経ったときに、掌返すように、ああいう考え方は間違っていたと自分でいったこともあります。つまり、諷刺的な見方でものを見てはいけないと思うときに、ちょっとゴーゴリから離れる姿勢をとったわけですよ。

それで、またある時期から読み直してみて、そういう言葉でなくて、ゴーゴリそのものの真髄はどこにあったかということが、まあ、わかるだけいろいろ遍歴して、今度はつかみ直したと。

これだけの経緯をずうっと戦後——これはぼく、まあ彼は彼で若いから、やってきたんでしょうけども、若いなりにね——戦後の三十何年間、これだけの歴史があるんです、ゴーゴリについては。その前もいろいろ歴史があるでしょうけども、戦後は、また日本には激変があったですから。戦争というものがあってですね。その激変の中でしょっちゅう変わってきたところで、ようやくゴーゴリを本当に理解できるような立場になったんですね。

今日はね、まあ、そういっては何だけども、作家の立場でですね。いまいったように、作家の立場ということは、一番本質に迫れる……。実作をやりながら迫っていく。これは日本の立場で実作をやって迫る以外は方法はないんですから、われわれには。頭でどうのこうのというのは、いってみれば、試行錯誤が多いわけです。これを、試行錯誤をやるにしても、自分で実地にやるということね。作品を通して。これをやってきて、戦後、本当にやったというのは、ぼくと後藤君、二人ぐらいのものですよ。

後藤❖幸か不幸かは別としまして（笑）。

キム❖私、こう理解したと思いますが、日本文学において、評論でなくて日本の創作文学において、ゴーゴリの笑いというものは戦前にはそれが肉体化といいますか、それがされることができなかったと。だから、その笑いの構造というものが、いまの文学においてそれが理解され、それが質的なものとして日本文学に投入されているんじゃないかと。

後藤❖なるほど。

芥川龍之介もゴーゴリとのつながりがありますが。

キム❖だが、芥川龍之介はゴーゴリの笑いというよりも、他の側面を見ているんじゃないかということがあります。笑いの構造、これはまさにいまの問題です。

後藤❖芥川もこないだ話題になっていたでしょう。ぼくも重要だと思います。『鼻』っていう小説も書いていますからね。しかし、あれはどちらかというと物語性のものです。

キム❖そうだと思います。

小島❖だから、影響は受けているけども、本質的なものはフランスの他のもっとこう……。

後藤❖フランス文学とかイギリス文学のほうの……。スウィフトとかね。『ガリヴァー旅行記』とかに近いんじゃないでしょうか。

小島❖ええ。もっといろいろ影響を受けた人があったかもしれませんけど、そういうことだと思う。

それでね、なぜ、構造、構造ということを、まあ、彼も構造ということを口にする――構造というようないい方は、文学の場合ではあまりいわなかったのね。

後藤❖それはいわゆる構造主義者が出てきたからということもあるでしょうね。

小島❖それもあるんです。あるけども、構造という考え方をするようになったのは、そういう流れもあるけれども、世の中が構造的に考えないともうつかめないというようになってきたんですよ。

それまでは、あることを、この考え方でいこうとか、こっちの考え方――先ほどもいったように、和魂洋才にしても何にしてもこちらの考えがいい、こちらの考えがいいというようなことをいっていたけども、そういうものがどちらの派と決めていけばすぐにボロが出るというような中で、その二つをそういう実態をどうつかむかというときに、構造しかなくなるわけですね。そういうような見方ができるようになったのは、この十年間ですよ。

後藤❖何かの立場、なんですよね。

小島❖立場立場でいってるわけです。

後藤❖たとえば『検察官』を反体制の立場から読むとか。あるいは逆の立場で読めばこうなる、ということしかなかったんですね。

キム❖だから現代の日本文学において、ゴーゴリの笑いが全体的につかまれなかったんですね。

後藤❖そうです。たとえば俳優座で何年か前に千田是也が演出の『検察官』を上演したわけです。そのときの「コメディアン」というパンフレットに、ゴーゴリの笑いについて何か書けといわれたので、ぼくは『鼻』のことを書いたんです。そこにいま話して来たようなゴーゴリの笑いの構造を書いたわけです。そしたら、千田さんは次の号の「コメディアン」で反論していました。

ぼくは『鼻』のことを書いて『検察官』のフレスタコフのことも書いたんですが、千田さんはスタニスラフスキー（編注：コンスタンチン・スタニスラフスキーはロシア・ソ連の俳優であり演出家。リアリズム演劇を本格化するための理論である「スタニスラフスキー・システム」を提唱した）なんです、いまだに。ぼくはスタニスラフスキーも間違いじゃないと思うけれども、あれだけではゴーゴリはつかめないということを書いたわけです。

キム❖こういう材料がとても重要だと思うのは、私たちがいま準備しているゴーゴリと世界文学、それを全部読むと、世界のいろいろな国の世界文学において、ゴーゴリがどのように評価されていて、ゴーゴリがどのようにいまの時点で生かされているかということを、全体的に見ることができるからです。

後藤❖これは半分冗談ですが、おそらく日本が最高かも知れませんよ（笑）。

キム❖今日、こういう話を聞きますと、そうではないかという気持がします（笑）。

後藤❖それはさっきもいったように、東京というところが一番似てるのはレニングラードなんですよ。時にゴーゴリの時代のペテルブルグなんですね。

それはこの間のテープで、状況が違う、と小島さんがおっしゃっています。だから、そのままもってくると、実作、小説としてはまずくなると、あるいはズレてくるということをおっしゃっていて、それも事実です。

事実だけども、さっきの西洋と東洋、この分裂および同居ということですね。そういう内部の状況からいうと、一番近いのはペテルブルグなんですよ。

小島❖ただね、作品化するという意味においての感じでそういうことが——実際に作品化するとか、作品化を通しながらわかるというのは、この最近なんですね。それまでは、まだ、さっきの和魂洋才とか何とかじゃないけども、何といってもまだ外側の問題として見ていた。自分の内部にある分裂状態をね。まだよく自分のものとして身にしみないで、作品化できなかったわけですね。だから、いまのようなことが当然起こってくるんだけども。

　ぼくはもう一つね、これはぼくの小説家としての勝手な空想かもしれないけど、どうも読んでいくと——たとえば『検察官』の、市長なりいろんな人間で、やっつけられる人間が出てきますね。

後藤❖諷刺されるほうですね。

小島❖諷刺されるほう。あの諷刺される人間たちに、彼がどれだけ愛情を持っていたかということですね。ゴーゴリ自身がね。普通、そういう風につかまないんですね。

後藤❖一方的にやっつけてると思うわけですね。

小島❖やっつけていると思うんだけども、彼はあれがね、身近で好きなんですよ。

後藤❖あれ、全部、自分なんですよね。

小島❖自分だから書けるわけじゃないけども、彼は——書いてみるとわかる。また筋を考えたときに、あれがもう、非常に自分に似ている。引きつける。また、引きつけるということは、彼の場合は、好きなんです。それなのに、あれを書いたときに非難ごうごうになるということが、自分でわからないくらいの分裂状態があるわけですよ、自分の中に。

　これはものすごい秘密だと思う。作家がものを書くときの。このぐらいの怪し気なところがないと、ゴーゴリというものはあんな作品はできないと思うんですよ。彼は晩年いろんなことで悩むというのは、その要素が最初からあるわけなんですよ、怪し気なところが。その怪し気さが、作品をつくっている。

後藤❖ですから、あの場合、フレスタコフにしても、市長にしても、分身ですね。フレスタコフはほとんどゴーゴリ自身ですね。

小島❖フレスタコフが分身であるんだということになると、非常にわかりいいんです。だけど、それだけじゃないんですよ。市長も分身なんですよ、彼の。そうならないとですね、ああいう作品というのはできないということですわ。

キム❖そういうことを考えると、ソビエト作家のイリフ・ペトロフの書いた『黄金の仔牛』ですか、そこに出ている主人公も面白いでしょう。

後藤❖結局ね、ぼくはなぜ、プーシキン、ゴーゴリ、ドストエフスキー、カフカ、という一つの系譜が出てくるかといいますとね、それは「変身《メタモルフォーズ》」と「分身《ドゥヴォイニク》」なんですね。このテーマが延々と分裂という形で、つながってきてると思います。

キム❖プーシキンからゴーゴリにまで、これは尽きない話ですが、小島さんがおっしゃった、ゴーゴリがいま現代の文学で迎えられる一つの原因としては、日本の文学が人生というものを構造的に、構成的に把握しようという、そういう傾向と見合っているということですね。

後藤❖そう思います。

キム❖そのような構造的な性格を持つ日本の文学というのが可能であるかということを、一部の西洋の日本文学者がいっています。それも、評論家だけじゃありません。また、日本の評論家たちも、伊藤整とか佐伯彰一氏もいってます。日本の文学というのは『源氏物語』と……。

後藤❖『平家物語』だと（笑）。

キム❖バルザックの『人間喜劇』とかトルストイの『戦争と平和』の対照であると。正反対であって、そういう構造的なロマンの世界は具現されない。平面的な、そういう小説。

後藤❖つまり、情緒的だということですね。

――構造的文学の試み――

キム❖情緒的な。そういうことはどうお考えですか。

小島❖ですから、構造という言葉をね、西洋的な意味での構造だけにしてしまうと、そういうことになってくるわけですね。構造といったときに、それは結果においては、口では構造というけれども、作品化するときには、やっぱり日本独得の構造になるわけですよ。

しかし、過去の日本文学とは違うことがどこかに入り込んできている。構造というだけあってですね。だけど、これはまったく独得なものになってくるわけですよ。

キム❖何ですか、その日本独得の構造というのは。

小島❖これはもう作品を元に見ないとわからないですよ。これはわれわれが自分でいおうと思えばいえますけどね。これは作品の中には日本の評論家が見ると、構造なんていえないように見えるものの価値をとるわけですよ。

キム❖だが小島さんの『抱擁家族』を読むと、この文章、この小説は、西洋の――というよりも、現代の文芸学の方法論でよく分析することができる作品だと思います。

小島❖できますけども、もう、行間の扱い方やなにかいろいろな点でぜんぜん違います。

キム❖それはもちろんそうです。それはどこの文学でも、そうであるし。

小島❖ええ。ですから、その程度には構造ということは日本に移されていって、その構造が移されたときに日本の状態というものは世界化すると思うんですよ。

だから、そのプロセスでそこまで行かないときは、構造というのは、口ではいっても、世界化はできないと思うんです。世界のほうに通用しないと思うんですよ。だから、通用するというときは、われわれが構造ということは、日本の中における矛盾もあるけども、その矛盾は、世界に訴え、世界にもわかるような構造であるということが……そういう意味もあるわけですね。
構造というときに、日本における立場だけじゃなくて、日本における立場が、構造的であるということが、世界に共通するものへ、普遍的なものへつながっていくという意味もあるわけですね。そういうようになるかならないかは、これは作品の問題ですね。

キム❖だが、伊藤整氏の場合をいいますと、そういう構造的な小説の構成ができないというのは、日本人の人間関係、人間と社会の関係、日本の社会構造それ自身が遅れていて、そういう社会構造ができるまでは、日本には構造的な文学は生まれることはできないといっておりますが、その伊藤氏の話は正確でしょうか。

小島❖ですけども、日本の中に、そういう構造があるんですよ。伊藤整がいうような。
その構造は日本にあるわけですよ。つまり、それを構造的といってるのであって。西洋の構造といっているんじゃない。そういう風な、宿命的にある日本の分裂であり、日本の——それはロシアの十九世紀と違いますよ。日本は日本独得なものですから。
しかしロシアはロシアなりにやったと同じように、日本は日本のそういう歴史的な背景の中で、日本なりの構造を持っている、外から見れば。その構造をどう作品化するかっていうことは、容易なことではないんです。
いま伊藤整がそういうふうにいうようにですね。西洋の構造とはまったく違う構造の形式をとるわけですよ。しかし構造的でなければ、その姿は表現できないし、それは外にも通じないです。
ということで、構造、構造というと、非常にわかりいいようですけども、実際はその構造というものがあらわれた結果は、いわゆる構造という言葉でいってしまうともうわからなくなるぐらい、違ったものだと思うんですよ。それはまあ、後藤君が自分でいってくれたほうがいいと思うけども、後藤君は後藤君なりにいろいろやっているんです。彼は、構造というけれども、果たして、いまの日本の評論家が見ると、後藤君の小説が……。

後藤❖そう、構造的とは思ってないでしょうね。

小島❖おまえは構造的であるのかと、後藤君にいいたいと思うんですよ。

後藤❖いままでは、そういうことだったでしょうね。

小島❖しかし、彼は彼なりの何かを実作ではやっていると思うんですね。

後藤❖つまり、ぼくが考えようとしているのは、そもそも日本的っていったって、それは何が日本的なのかということですね。和魂といったって、何が和魂なのかと。
そしてそれは、自分の中で他の、たとえば西洋などとどういう具合に重なり合ったり分裂したりしているのか。そういう構造そのものを、構造的に表現したいと思うわけです。それを単純化したり、ムリに統一したりしないで書こうとすれば、これはいやでも構造的にならざるを得ない、と思うわけですよ。

そして、そのための手がかりとして、ゴーゴリ、プーシキン、ドストエフスキー、カフカというものをさっきからいっているような形で読み直しているわけです。その読み直し自体が書く方法ということなんですが、あえてその無謀な戦いを、ドン・キホーテふうにやろうとしているわけです。その一例が『壁の中』です。

キム❖その無謀な戦いの成果を読みます（笑）。

後藤❖そろそろ千枚近くになるかと思うのですが、そして結果は、いったいどうなるのかわかりませんが、まあ、ぼくはまだ四十九歳で若いので、破れかぶれということもありますので（笑）、できるところまでやろうと思っています。

キム❖今日聞いた話は、私にとってとても重要なことで、私の論敵との討論にとても役立つと思いますよ。

文学の冒険

後藤❖ぼくたちにしてもこういう場でないとなかなかここまでいわないものです。今日も小島さんが作家だからここまで話せるんでね。

これが批評家だったら、やっぱりカッコよくみんなしたいんですよ。また問題がどこかでズレるし、そのズレを敢えてそのままにしておく方が、しゃれていると思うわけですよ。そこに、ぼくは問題があると思う。ぼくはね、文学なんか、しゃれてなくてもいいと思うんですよ。

だって、西鶴だって、しゃれてなんかいませんよ。ぜんぜん。しゃれというふうにとっていますがね、しゃれなんてそんな簡単なものじゃないです。もっと複雑だし、もう破れかぶれになっていますね。

この人は俳句やってたんですからね。それが、散文を書きはじめる。散文を書く前に俳句を何百だか何千だかつくるわけでしょ、一晩で。何秒かで一句つくらにゃいかん。そういうばかなことをやった上で散文に移っていく、その必然性。つまり、それまでの俳諧のルールを自分から破壊して、散文の領域に入っていく。

その前に「矢数」というんですが、それは伝統的なワビ、サビの俳諧からは「おらんだ西鶴」「おらんだ俳諧」などと、くさされたり、からかわれたりするわけですが、それをやってのけて『好色一代男』の世界へと入っていくわけですね。やっぱり、ある方法を実現したいというときには、破滅的にならないとできないんじゃないですかね。冒険といいますかね。

キム❖そうですね。文学には、それは絶対に重要なことだと思いますね。

小島❖ぼくはこの前もこれはいいましたけど、ここにも書いてあると思うけどね。まあ、佐伯彰一さんは、ぼくも非常に敬愛してる評論家ですけどね。佐伯さんが外国へ行って、日本文学について講義をしてですね。何人かの大学院生、日本文学を専攻している大学院生と話をしてるときに、だんだん日本文学を彼らにわかりやすく教えるために、話の内容が類型化していくわけですね。類型化していって、優等生的教師にならざるを得なくなるんです。

その気持ちはわかるんです。そうすると、日本へ帰ってきて——これは佐伯さんだけじゃなくて、ぼくらがもしそういう立場になれば、そうじゃないかということになると思いますけども——日本へ帰ってくると、それをすぐに日本の文壇に押しつけるわけですね。外国へ行って、このことしか通じなかったよと、日本は、しょっちゅうそういうことで、ああ、そうでしたか、と思う傾向があるから、ほんとにこれがまた流行する……思い当たっちゃうわけですよ。

それでね、ぼくはいつも思うんだけども、日本という国は本当は非常にわかりにくい国なんですよ。

キム❖そうですね。

小島❖いろいろなものがゴチャゴチャあってですね。早い話が、こんな百年間で、あんなに大きないろんなものの変革を起こしたこともないわけですから。そういうわかりにくい国のわかりにくい文化であり、わかりにくい作品があるのは当たりまえですね、それこそ日本の何かであるということを、どうしてもっと向こうへ一生懸命伝えてくれないかと思うんですよ。

後藤❖そう思いますね。

小島❖それをわかりいいところだけにしぼっていうとですね、なんか……。

後藤❖つまり、外国人がわかっている範囲でしゃべっちゃうわけでしょうね。

小島❖そう、待ち構えているところへしゃべる。また今度、日本で待ち構えていると、またそれを持ってくるわけですね。それで、曖昧なところであり、作家でなくても、平生、一般の人が生きてるときに持っているその部分というものは、忘れ去られちゃうわけですね。そのところに沈黙するものが、作家の作品の重要な要素であるのに、その部分だけいつもネグられていくという状態があるわけですよね。ぼくは、それはもう本当に前からちょっと心外なんですけどね。そのことについてはね。

キム❖私はモスクワの文学大学で、年に二カ月間、特別講義を持っていて「現代日本文学」という講義をしておりますが、それが終わって、いつもアンケートをしております。どんな日本の作品を読んだか、最後まで読んだか、読んだら何が面白かったか、と。

それで、一人の学生が立って、現代の日本文学を考える場合に、それがちっとも面白い文学ではないというんです。現代日本文学は世界文学史的な見地で見ると、そこに残るのは、古典的なそういう見地で書いている作家たち。具体的に名をいいますと、これは川端康成の文学、谷崎潤一郎の文学であると。これこそが残って、ほかのものは西洋的な真似であって、それは価値のない文学ではないか、ということをいっている学生がありました。

私はそういう考え方には真っ正面から反対なので、あなたはそういう結論的なことをいっていますが、そういう重大な発言をする場合には、日本文学をもっと広く読んで、そしていわなきゃならない。川端康成の文学も可能であるし、現代の日本において、谷崎潤一郎の文学も可能である。だが、それをもって現代の日本文学全体と思ったら、それは間違いであって、いろいろな立派な創造活動といいますか、仕事を見逃していくことになるといったのです。

現代日本文学というのはもっと複雑であって、もっと広い流れであって、川端康成の文学、谷崎潤一郎の文学は、その流れの一潮流であると考えたほうがいいんじゃないか、ということをいいました。

『抱擁家族』の実験とか、今日、初めて後藤さんともお会いして話をして、とても話がつながることがあって、共鳴する点がたくさんありますが、そういう文学の仕事を、私は今後重要視して研究したいと思っています。

谷崎、芥川、太宰、横光の再評価

後藤❖いま谷崎潤一郎の話が出ましたけど、あの人は西洋と東洋を見ていますね。いかにも日本的作家の代表とも見られていますし、事実そうですが、しかし、あの人ほど変化した作家もいないですよ。もう、西洋と日本を往復ですよ。行ったり来たり。最後のほうだって『鍵』なんていうのを書いているでしょう。『瘋癲老人日記』とかね。あれはね、西洋文学がなきゃできないですよ。

ぼくはね、谷崎さんは『源氏物語』を訳したり『細雪』を書いたりしているけれども、あの人の内面は複雑な「分裂」だと思いますよ。東洋と西洋とのね。同時に両極の複合されたものですね。

キム❖それは『細雪』にもよく出てると思います。

後藤❖ええ、近代の小説家でね、ヨーロッパ文学を無視しているということはあり得ないと思うんです。ただ、どうしてもやっぱり自分流にしかならないというところがね、これがまあ小説というものの運命であって（笑）。

ただ、時代も違うから、その分裂の書き方は少し違うと思います。たとえば『少将滋幹の母』とかを書かないと。

小島❖あれでもやっぱり、発想は西洋の発想ですよ。

後藤❖二つの要素が、分裂、対立していますね。

キム❖ソビエトで二百巻からなる世界文学全集が出ました。そこには全世界の文学を網羅しますから、日本の作家で、二十世紀の作家の中では誰を入れるかという問題が起きて、二十世紀作家の中では芥川龍之介を入れました。

後藤❖いや、芥川はもっと評価されていいと思います。

キム❖そうですね。いい作家だと思います。

後藤❖ところが芥川も、以前は青春文学として読まれすぎたところはあるんですよ。若いときは読む。しかし、年をとるともう読まない、という風な読み方が、日本でもあったと思うんです。

　ところがね、読み返してみますと、相当考えて書いているなと思いますね。

小島❖結局、芥川の小説はね、いま読むと、比較的みんな新しいんです。その新しさはね、おそらく類のないぐらい新しいの。だからね、その新しさは、彼は西洋のものをちゃんと自分なりに、西洋の目で日本を見てみたり、いろいろなことを操作しながら書く、非常に具合のいい状態で書いてるんですね。

後藤❖そうですね。それから、キムさんにもう一つ注目してほしいのは、太宰治です。

　彼をもう一度評価する時期ですね。ゴーゴリの問題も含めまして「笑い」という意味でね。つまり、近代日本文学の笑いの系譜としてね。西鶴を現代語にした『新釈諸国噺』というのがあるんです。これは傑作ですよ。文章の点からいっても、天才的ですね。

キム❖それは、彼の作品として。

後藤❖ええ、作品として。つまり、西鶴の作品の中からいろんなものをとってきて、それを彼が自分で編集して訳したものです。それを、自由に空想しながら、現代化、パロディ化しているわけですね。

キム❖太宰治は、何かゴーゴリについて、直接に書いたことはありますか。

後藤❖ゴーゴリは書いていないようですね。今日ぼくは持ってきたんですがね、この『懶惰《らんだ》の歌留多《かるた》』という短篇、これはね、いわば笑いについての彼の方法論なんですね。これは小説とはいえないような小説です。もちろん、全面的に賛成じゃないです。もうちょっと古いところもありますが、笑いについては……。

キム❖太宰治は、私たちはちょっとイメージが違ってきていますね。

後藤❖ええ、ぜんぜん違うと思います。日本でもね、もっと通俗的に読んでいます。つまり破滅型とか無頼派とかいうように読まれています。また、そういうところもあります、彼には。

　けれども、昭和十二年か十三年という状況の中でこれを書いたということは大変なことですね。滑稽とは何か、笑いとは何かということを、あの時代に一心不乱に書いてるわけですから。その辺をもう一度発掘するというか、ぼくら自身の問題として読み直していくことが、さっきいった、現代小説の問題でもあると思います。

それから横光利一。彼の『機械』と『時間』。これはゴーゴリだと、小島さんもおっしゃっているけれども。

小島❖ぼくは、ゴーゴリだとはいわないけれども（笑）。

後藤❖しかし『機械』は明らかにゴーゴリですね。まあ『時間』はちょっと落ちますが、あれも昭和十二、三年ですか。

小島❖いや、五年か七年ぐらいでしょう。

後藤❖五年ぐらいですね（編注：『機械』は「改造」昭和五年九月号に、『時間』は「中央公論」昭和六年四月号に掲載）。もちろん、直接ゴーゴリじゃないにしても、彼は読んでますね、ゴーゴリを。ドストエフスキーはよく読んでいます。『悪霊』が好きなんですね、横光は。

小島❖まああのあたりから、横光とか太宰あたりから、ゴーゴリということは直接的じゃないにしても、ある。笑いについての……。

後藤❖その、意識ですね。

小島❖ええ、意識が変わってきてるんですよ。

後藤❖いわゆる戯作の笑いとは違った、分裂した笑いですね。

小島❖少なくともゴーゴリのことを頭に置いている人たちはいまの太宰のこととか、それから横光の『機械』とか何とかというような作品のことが、やっぱり同時に頭に浮かんでくるわけですよ。少なくともね、ゴーゴリのことを考えている人には浮かんでくるんですよ。『機械』だとか、太宰のいまの『懶惰の歌留多』が浮かんでくるということは、これは事実なんです。

後藤❖そうですね。

小島❖で、彼らがどれだけゴーゴリから影響を受けたかということは……。

後藤❖これはまた、別でしょうね。

批評の方法論を

小島❖これは別として、われわれのほうが受け止め方がそうなるという、彼がいまそれをあらわしているわけです。

後藤❖読み方がそうなるわけですね。

小島❖だから、およそ冷静にいえば、そう受け取れば間違いないんですよ。でも、そのほうが面白いんですよ。誰がどういって、こうしてという風に辿るよりもですね。

それもいいですけれども、そういう受けとめ方をするというのは、土壌ができてきている——土壌の問題ですからね。さっきの話じゃないけれども。つまり、ゴーゴリのことを理解するときには、浮かんでくるのが『機械』であり太宰であるというところに面白味があるわけです。それはまあ、はっきりいえます。

後藤❖だから、いわゆる比較文学じゃなくて、つまり、ここにこういう風なゴーゴリの痕跡が残っているということじゃなくて、ぼくらが読み直すときの意識の問題でしょうね。

小島❖だから、われわれの場合は、実作者は、いまから先へ進むわけよ、絶えず。ものを書くということは。その姿勢でつかまえられたものが、いまいったようなことなんです。

後藤❖いまの、書いている自分との関係ですね。

小島❖結局、ある作家の中にどれだけのものがいま動きつつあって、それをどうゴーゴリをつかまえているか、というような時点でつかまえていくということが、本当は一番文学にふさわしいんですよ。

それを比較文学的にやってしまうと、文学というよりも、ほかの学問と同じようになっちゃってですね、ほんというと虚しいんですよ。もう仕方がないけど、方法的にそうしなければ。

ですからまあ、ぼくらがいってることは、夢みたいなことをいっているみたいだけども、ほんとうはその時点を中心にして動いていくわけなんですね。いまここにあることを考えている人が、こういうものを通したり合わしたりして動いてあるんだという、このかたまりを中心にして動いていくという、それがほんとの立体なんですね。これを、全部を、スタティックにする。こうなって、こうなって、どこが似てるかということ。似ていることがあらわになっているから、そこを研究していくということは、してもしなくてもどっちでもいいようなことだと、ぼくらは思うんですね。ほんとのことをいえばね。

後藤❖まあ、小説と学問、研究は違うわけですけど……。

小島❖研究の方も、ぼくは方法的にもいろいろ動いてきていると思うんです。方法そのものもですね。だから、いまいったような比較の方法、文学方法的方法というものは何というのか、ぼくはほんというと、それではもう……。

後藤❖学問としても弱いでしょう。

小島❖ええ、弱いと思う。だから、そういう時期に来ていると思うんです。もっとね、ある中心が動いていく状態の中でつかまえないとですね。

キム❖そうですね。以前は、比較文学となると、川の流れがある。そこに、湖とか海というのがある。その川の流れの成分といいますか、それはどういうものであったか。そして、それがどう作用したか。これは分類することはできますが、いま私たちがやるのはそれではなくて、その海全体の構造といいますか、それが川の流れと出会って、そしてその流れが、海の全体成分にどれくらいの影響を与えたか。これを究明するのはとてもむずかしい。

後藤❖それは評論、研究の方法の問題ですね。

小島❖小説の場合と同じことなんですね。

【小島追記】

「『方法』としてのゴーゴリ」の談話は面白かった。これは私の考えでは、ゴーゴリの作風を解読し、これこそ意義あるものだ、とする立場である。作者自身がいわゆる小説を書くときは、勿論、こういうことよりも、どういう人物をどう動かすか、何をいわせるか、ということに憂き身をやつすのだろう、と思う。後藤さんも、私とそんなに変るわけがないはずである。

それから、一般に方法ということもそうである。これがいい方法だから、といって使えるわけではない。ゴーゴリがプーシキンと、小説や芝居のことを話しあっていたとき恐らく「笑い」という言葉は口にしなかったのだろう。「笑い」を軽蔑していたからではない。笑いはねらうことではなくて、くっついてくるものだと私は考えている。といって、この座談の意味は、すこしも減ずるわけではない。

（一九八一年十一月二十七日）

小説の方法

——現代文学の行方をめぐって

×

×小島信夫×田久保英夫

田久保英夫——たくぼ・ひでお

小説家。一九二八年、東京出身。慶應義塾大学フランス文学科卒業。五四年に山川方夫らと第三次「三田文学」を刊行し戯曲「金婚式」を発表、編集及び執筆に携わる。五九年に「緑の年」を「新潮」に発表し文壇デビュー。六九年に「深い河」で芥川賞、七六年に『髪の環』で毎日出版文化賞、七九年に『触媒』で芸術選奨文部大臣賞、八五年に短編「辻火」で川端康成文学賞、八六年に『海図』で読売文学賞、九七年に『木霊集』で野間文芸賞を受賞。二〇〇一年、逝去。

小島信夫——こじま・のぶお

略歴は128ページを参照

初出——「群像」一九八九年八月号

小説の終わり方

編集部❖きょうお集まりの皆さんは、現代文学に強い関心と興味を持って、それぞれよいお仕事をしてこられました。

小島さんは長篇小説を通して試み以上の成果を上げてこられていますし、田久保さんは『氷夢』という七年がかりの連作短篇を、また後藤明生さんは『首塚の上のアドバルーン』という方法としても面白い連作短篇を出しておられます。本日はお三人に十分にお話をしていただきたいと思います。

田久保❖小島さんが「海燕」の連載で（『漱石を読む——日本文学の未来』）、今ちょうど中絶した『明暗』の終わり部分に触れていらっしゃるので、興味を持って拝見しているんですけれども、僕は清子があの旅館にあらわれてくるあたりから先を、もし漱石が書き続けていったら、ひょっとしたら失敗するんじゃないかという気がしているんです。

小島❖もう失敗させまいと思って、いろいろ考えても、どうも失敗するような気がしますね。もしあれが失敗でなくて、あれからいろいろなことが起こるとすると、たぶん相当な枚数を使わないとね。

いろいろな予想がありまして、あれでスーッと終わってしまうという見方もあるんですけれども、そうならないとしたら、あれからもう一つ大変な部分部分を示さないと。それぞれこれからが腕の見せどころだという人物がそうなっていったら、これはもう大変なことだけれども、それはまずないんじゃないか。相当長い小説になりますからね。長いだけじゃなくて、ものすごく大変なことになる。あのころの心境からいって、そこまで考えておったかどうかは、ちょっと疑問だと思いますよ。

ところが、その前が、ずっと読んでくると、そうなりそうに見えているところがあるんです。それは、そういう小説のスタイルをとって、いろいろなことが起こってどうのこうのと、動きがあるように見えてくるんだけれども、終わりのところにくると、スーッと尻すぼみでいくのが、日本の小説だというふうに思っているみたいなところがあるのね。

田久保❖漱石自身がですか。

小島❖漱石自身がそう思っているところがあるようだし、大体そうでない人は、あれからいろいろなことが起こるというときに、今度は想像する具体的なものというのは余りない。あれがどうなっていくかというのは、よほどの力がないと想像できませんよ。


あの小説をどうやって終えるかという終えるところだけからいうと、志賀直哉の『暗夜行路』とか、要するに、スーッと終わるという日本的な終わり方があるでしょう。大体死ぬことで終わることが多いんだけれども、志賀直哉の場合、死にそうになって、急に全部が解決しちゃうわけだね。

つまり、誰かが死ねば、今までわだかまっていたり、ものすごく強く議論に燃えておったのが、スーッと解けていくということで、大体、和解の形式をとっちゃうからね。けれども、和解をしないで終わるとなったら、大変な葛藤になるから、その葛藤をまともにやることができるかどうかねえ。


日本の小説の場合、どういう終わり方をするか知らないけれども、有島武郎の『或る女』の早月葉子の場合なんかはどうですか。

後藤❖子宮の病気で、病院で死にます。その死ぬ場面で、キリスト教の先生という人物を待っているわけです。非常に怒りを込めて待っている、そういう待ち方なんです。来ないだろうと思って待っているんだけれども、やっぱり来ないというところで、たしか終わっています。このキリスト教の先生みたいな人物は、恐らく内村鑑三がモデルでしょう。

田久保❖まず初めの方で、葉子が米国へ行く前たずねて行く形で出てくるんですね。しかし、以前から葉子に怒っていて会わない。非常に他人にきびしく許さない人です。

後藤❖愛憎両方があるわけです。若いころ、非常に影響も受けた。しかし、あの人は来ないだろうと思っていて、結局来ない。その場面で終わっている。

田久保❖『明暗』にしても『或る女』にしても長篇小説としての最初の人物の描法、造形の仕方が、例えば『暗夜行路』などとは違うと思うんです。作者としっかり切れたところから人間を造形していって、ある劇的な関係が内部に成り立つように進めていく。


そうした意味では、二作とも西欧風の近代小説の稀な達成と見られているわけで、長篇小説の造形としては、設定部でそういう客観性が保たれているから、さっきの話に戻りますが『明暗』で清子のような人物がふわっとあらわれてくると、その方法を維持するのは大変だろうなという気がします。

―『明暗』をめぐって―

小島❖だから、清子が別な面を見せ始めないと、あれから後まだ……。あそこでは、まだ清子が、それこそ無技巧の、理想的な人物を出してくるように見えるし、そうでないところもある。あれがあれから動いてきて、いろいろな面を見せ始めると、それはいわゆる小説らしい小説になるでしょうけれどもね。

後藤❖亡くなった大岡昇平さんは、そういう説ですね。清子がほかの面もあらわし始めて、そこから一波乱起きる、そういう予測を大岡さんはしていたみたいですね。

　その例として、津田が見舞いに持っていったリンゴを清子がむくところがあるでしょう。そのときに下を向いているというんです。それは純真じゃない、何か下心がある、そういうことを大岡さんが書いている。なるほどと思ったんだけれども、僕は、あれはリンゴをむいているから下を向いているのであって、あの場面はそうではないという結論です（笑）。

小島❖そうなっていくだけのエネルギーというのは、これからいろいろの動きがあってというふうには、とても読み取れない。その前の自然の風景の描写がああいうふうになっちゃうと、作者と中の人物が一体になり過ぎちゃって、あのあたりから急に距離がなくなっちゃうんですよ。だから、どうもそうなりそうもないような気がしてくるので、もし、なるとしたら、大変な小説になるね。大変というか、それこそエネルギーを振り絞ってやらなきゃならない。

後藤❖僕も、最後の方の何回分かを丹念に読んだ記憶があるんですけれども、今、小島さんもおっしゃいましたけれども、漱石の筆つきといいますか、手つき、距離みたいなもののバランスが少し崩れていますね。遠近法みたいなものがちょっと崩れていて、疲れているんじゃないかと思うんです。疲労の極みたいなものが、作品ににじみ出てきている。

　一つ具体的にいいますと、津田の書き方と清子の書き方が、不公平になっているんです。津田の方は、腹の中と、いっていることと、表と裏の両方を書くようにしているんです。それがちぐはぐで、ずれている。つまり、漱石であるから、二重性を書こうとしているに決まっているわけです。

　ところが、清子の方は、二重性を書いていないんです。ということは、小説の方法としていったら、不公平だと思うんです。

田久保❖登場間際ということもあるかも知れないですよ。

後藤❖僕はそれは漱石の一種の疲れというふうに読んだんです。ですから、あれから先、もう一展開されていくという構造が果たしてあったかどうか。あるいは、持ちこたえられたかどうかという点は、僕もちょっと疑問の方の説ですね。

小島❖今の話をずっと聞いていて、そのとおりだと思うんですね。

　あの清子という人物の裏と表の両方が、これから書かれていってもいいわけです。そういうものがあらわれてきてもいいんだけれども、今までの人物は、すぐに裏表が書かれているわけ。ところが、あれだけがそうでない、片方だけのように見えるけれども、裏表のヒントだけがあるようなところもあるんです。あるけれども、あれはヒントではなくて、あれが清子の実体だというふうに書いているところもあるわけですよ。

そうすると、ああいう人物が、今までの人物と違って、それこそ普通の解釈としては、あれは理想的な女性像だというふうにして、それに吸い込まれるようにして、津田がはっと我に返り、自分のエゴイズムみたいなものが解けていく、そういう人が多いわけです。実際に、そうとれるところもある。

そうなると、それまで書いてきたような書き方からいうと、本当はおかしなところが出てくるし、あれを理想的な女として出されたら、小説は書けないわけです。理想的な女を出すこと自体、実に困ることだから。そこら辺のところが、やはりわからなくなっちゃうわけです。

田久保❖清子は津田にたいして、なぜ宙返りを打ったという表現がありましたね。

後藤❖寝返った、ほかの男と結婚したということですね。

田久保❖そういうふうに書かれているところがあって、清子がやはり津田の弱い面というか、二重の陰の面を非常に鋭敏に感じている。そういう清子の一つの視点が、作者にかなり近いものとして出てくる。

小島❖僕もそんなふうに思いますよ。ところが、それはまた一方において、小説としては実に困ったことになるんです。

後藤❖大岡さんはまた、清子が今おっしゃったほかの男に寝返ったという点を、非常に重視されているのね。そういう性格の女なんだというふうに受け取っているわけです。だから、たぶんまた裏の方のもう一つの面がでてきて、ドラマティックになるだろうという予測なんです。でも、僕は必ずしもそういうふうには思わないんです。

小島❖あの小説はそうはとれないね。とれないけれども、西洋の小説からいうと、そうならぬと困るところがあるわけです。寝返った以上は、寝返っただけの相当の理由があって、それがやがてまた今度は、どこかでこういう形であらわれてくるだろうとかね。そうすると、寝返ったということもわかるけれども、なぜ寝返ったかということが、今まで終わった段階で読んだところでは、実にわかりにくいね。

田久保❖その辺は人間洞察の中で、自然に定まったある能力みたいな感じを漂わせるようにして、清子があらわれてくるでしょう。

小島❖僕はたぶん、漱石はそういう意図があったと思うんです。

田久保❖そういうふうに読める。

小島❖そうすると、小説というのは、非常にぐあいが悪いわけ。後藤さんがいったように、こちらだけは優勢に書いておいて、優勢を離れた人間として、またこちら側に置いて、観音様みたいにしてしまうでしょう。そうなること自体が、いわゆるその書き方をしてきた小説としては、どうも何か……。

後藤❖柄谷行人なんかがやっている雑誌に、続篇か何かが載ったんじゃないですか。

小島❖女の人ね。二回分ぐらい送ってきました（編注：水村美苗『続 明暗』）。

後藤❖あれは読まれました？

小島❖読まないけれども、吉川夫人と話しているところが書いてあったような……。

後藤❖あれに限らず『明暗』のああいう一種のパロディーというか、続篇を架空の形で書いていく内田百閒が『贋作吾輩は猫である』を書いたみたいな例というのは、今まで試みられなかったんですか。

小島❖ないと思いますね。そうすると、今の問題で、清子をどう解釈するかとか、漱石が清子をどういう扱いにしようと思ったかというのは、あの小説を読んだだけでは、とてもわかりにくいんだね。

後藤❖また大岡さんの話だけれども、小説家の看板を上げている以上は、この結末ぐらいは予想しなければだめだ、資格がないということを書いておられた。さて、僕は考えてみたけれども、僕は資格がないのかなと思ったわけです（笑）。というのは、僕は、その次どうなるのだろうかなという興味は、あの小説には余り持たなかったんです。

例えばドストエフスキーの『カラマーゾフの兄弟』も未完ですね。それからカフカの『城』も未完になっています。僕は、その両方とも好きなんですけれども、漱石の『明暗』も好きなんです。未完だから好きというんじゃないんですけれども、僕は、あのままで十分楽しませてもらったといいますか、この小説はこれでもういいんだというふうに、あの小説に関しては思うんです。

小島❖しかしあの小説は、それに近い感じで彼も扱っておったんじゃないかと思うんです。だから、あれは、未完でもよかったという感じがするね。

後藤❖僕もそう思いますね。

小島❖何度読み返しても、そういう気がしてくるんです。

後藤❖死んでしまったわけですから、もう終わらざるを得ないわけだけれども、僕は、死ぬまでぎりぎり考えつめた到達点が、あの最終回だというふうに解釈したらいいんじゃないかと思うんです。

漱石というのは、僕はそういう小説家だったんじゃないかと思うな。ある完結した世界があって、それをなぞって記述していく作家じゃなくて、常にアグレッシブに、現在、今という形で小説を書いていった。

そうすると、新聞小説というのは、表現の形式として向いているわけです。ぎりぎり、きょう考えたところまでを書いちゃう。そういう考えでいけば、僕は、あれが漱石の小説家としての表現、あるいは世界というものの最終の場面であると考えたらいいと思うんだけれどな。

田久保❖読み手からいくと、小林の異端ぶりにしても、津田とお延の夫婦の関係にしても、吉川夫人やお秀にしても、読みどころはいっぱいあるわけです。ですから、そういった読み手としては、清子があの辺であらわれたところで終わるというふうことでも、十分に先の想像力は刺激されるし、おもしろいと思うけれども、書き手としては、どうしても先を考えますよね。

後藤❖もちろん何か考えていただろうと思うけれどもね。

小島❖ただ、重要な部分は、あそこで何となく終わっている。出るものが出てきたという感じがするけれども、いろいろな問題がいかにも処理されていないわけです。それがそのままになっている。いわゆる小説作法からいえば、非常に不備な小説。けれども、気分からいえば、そこで終わってもいいいと思いたくなるところがあるね。

後藤さんがさっき、漱石は連載小説で毎日毎日といったのは、死ぬだいぶ前に書いてあったんだけれども、それにしても、あなたも今、そういう調子を持っているでしょう。毎月変えていくわけでしょう。

後藤❖何かそういう感じはあります。ですから、書ける状態のぎりぎりのところまで書いたのがあそこだ、考えられるぎりぎりのところを書いた場面があそこで終わったというふうに、自分では考えているんですね。

小島❖漱石は、自分の書く小説をいろいろノートに書いたりするんだけれども『明暗』の場合は、最初のあるところまではきちんとノートしてあって、劇場の中の、みんなが折々あくびするときの場面だけは、名前を書いて、どの席に誰が座るかということも書いてある。それから後は何もノートがないものね。そういう書き方をする人だから、やはり書きながら考えていったということは、ある程度見当はつく。

それにしても、いかにも書き残しというか、ここで出てきたいろいろな人物は、これからどういうふうにするつもりだったのだろうかということは、一方であることはあるね。

――テーマ小説について――

田久保❖『明暗』から少し脱却するために方向を変えますが、小説の終わらせ方、それから終わる形を逆に壊して広げていくようなやり方と、長篇小説にはいろいろあると思うんです。

例えば、今までの物語風の近代小説からいえば、こういうふうにして終わっていかないと物足りない、しかし現代の書き手の立場からいうと、そんなふうに終わっちゃったらつまらないというような苦労は、みんなあるんじゃない、と思うんですね。

後藤❖大団円というやつですか。

大団円という意味なら、やはりさっき出た『或る女』なんか、いかにも小説らしい終わり方ですね。葉子があの場面で死んでいく。あれは本当に僕は感心しました。しかも、ヨーロッパの形式とか方法というものをすべて駆使して日本化したというか、あれはやはり近代日本の代表作じゃないですか。それに恋愛だしね。

田久保❖葉子の死はのたうち廻るような凄惨さですね。

ただ葉子は、その女として描かれていく感触で、途中からはもう死ぬほかはないだろうなという気はしますね。そういう点では、読者の想像力が書き手の構想力に即していくというか、あるいは、書き手の方が読者の受けとめ方に即していくというか。

それから倉地という男が、軍事上の秘密を外国へ売ったスパイみたいな容疑で追いかけられますね。『或る女』への批評では、あの辺がずいぶん問題になるんだけれども、ちょっと作りすぎじゃないかと。

後藤❖通俗的というか、サービスし過ぎ、ということですか。

田久保❖やはり物語、ストーリーを廻すための一つの梃子《てこ》として、作者はつくっているわけですが。

編集部❖日本的長篇の終わりというのは、皆さんおっしゃったように、大団円とか、死んでしまうという形で終わっているわけですけれども、例えば連作短篇なんていうのは、そういう終わり方を避けるためにあるわけですか。その辺はいかがですか。

小島❖今の有島武郎の『或る女』というのは、テーマは非常にはっきりしているわけでしょう。問題はそのテーマだ。

漱石にも、いろいろとテーマ小説的なものは多くあったから『明暗』なら『明暗』の場合のテーマは何であったかということ。題名だけからはよくわからない。則天去私を持ってきたりして、いろいろ考えたりもするわけだけれども、『或る女』の場合は、終わっていますから、テーマは非常にはっきりしている。テーマがはっきりしなくなったときに、そういう小説は書けないわけです。そういうテーマを書かないと、小説にならない場合もある。つまり、そういう必然性を持っていないときには、テーマ小説というのはできないわけだ。

テーマ小説というのは、ある時期までは日本でもずっと戦後だってあったんじゃないですか。今そういうテーマ小説で書く人はいないんじゃないかな。

後藤❖いないということはないでしょうけれども。

小島❖いるけれども、そのテーマに説得力がありますか。そういう小説は今あるかな。あなたは違うでしょう。

田久保❖僕は、むろん違うつもりですが。

要するに、テーマ小説というのは、あるテーマをいいたいために書かれている小説ということですか。

小島❖それはわかっています。たくさんあります。顔も浮かんできた。作家の名前もたくさんあるけれども、まずいんですよ。

後藤❖確かにあるんです。

小島❖それはあるでしょう。

田久保❖で、後藤さん、どうでしょう。そのテーマ小説というのが今いったような意味で存在するとして、否定します？

後藤❖僕は、テーマ小説というその規定が、どうもあいまいな点があるんじゃないかと思うんです。

例えば、二十世紀のもので、さっきもちょっといったけれども、カフカの『審判』『城』という代表的な長篇がありますね。あれはテーマがないかというと、やはりあるんです。だからといって、じゃ、テーマ小説かというと、ちょっと違いますでしょう。

ですから、いわゆるテーマ小説といわれたものに対する何らかの疑問と不満、そういうものをそれぞれの作者が少しずつ自分流に変形させてやっている状態、僕自身もそんな感じでやっているわけです。

小島❖テーマといったときに掲げるテーマが、カフカの場合は特にそうだけれども、内容がよくわからないでしょう。こういう問題を扱うといっても、その問題が一口でいえるものではないでしょう。

後藤❖そうすると、具体作は別として、十九世紀の代表的な長篇小説の幾つかは、テーマ小説に当てはまるのかなという感じがするんです。我々は、もちろん全くテーマがないわけではないけれども、そういうテーマ小説といわれたものに対する疑問なり不満なりを少しずつ自分流に出して崩していっている、僕自身はそういう感じです。

小島❖田久保さんの場合、恋愛小説なんかをずいぶんお書きになるでしょう。いわゆる恋愛小説ですから、男女の問題をいろいろ研究する。それは作者として、男女の問題をどう考えるかということがあるから、それを展開するわけでしょう。そのときに、一口でいえますか。

田久保❖もちろんいえませんね（笑）。

小島❖いえなきゃいいんです。そういうのはテーマ小説ではないから。いえるときだけなんです。誰が見ても明らかな、よくあることを書いているのだということ。

―テーマとモチーフ―

田久保❖僕は、テーマとモチーフは、世の中でやや混乱した概念として使われたり考えられたりしているので、一応区別しているんです。もっぱら自分自身のためですが。

大体この言葉は音楽から出ていて、テーマというと、ちゃんとした音譜であらわせるんですね。モチーフというと、簡明な符号であらわせず、作曲家が自分の方で持っていて、例えばこれをどのぐらいの楽器編成で、どういうふうに演奏していくというふうな、テーマを展開していく作者側の内的な動きというふうに区別して考えているんです。

小島❖それは新しいね。

田久保❖五線譜であらわすと、例えばモーツァルトの最後のシンフォニー四十一番。そのフィナーレは小林秀雄の『モオツアルト』にも出てきますが、非常に単純なテーマで、要するに楽譜では、○《マル》が四つ並んでいるだけの、おたまじゃくしのしっぽも棒もなくて、全音符が四つ並んでいるだけです。これがあの驚くべき壮大な力学的な音楽に発展していくわけですが、テーマというのは、このくらいはっきりしているんです。

ところが極端な話、全音符四つのテーマは童謡にしようと思えば、童謡にもできるわけです。ところが、モーツァルトは童謡にはもちろんしないで「ジュピター」と呼ばれる交響曲の終楽章にしていったというふうに、作者の内部にモチーフは動いていると思うんです。

だから、男女の乱れた性の関係とか、夫婦の背反した関係とか、小島さんの『抱擁家族』を拝見していても、テーマをとり出そうと思えば、とり出せるけれども、それだけではとても作品の肝心のものに触れえない。

しかし、逆に男女の性の荒廃というテーマでなら、他のいろいろな読み物にもなっているわけですから、それよりは、やはり作者の中で動いていくものが何になっていくかというモチーフの方が、つねに問題だろう、と思っているんです。

後藤❖大体、音楽とか美術の場合は、用語は非常に明快ですね。文学の場合は「テーマ」といいましても、やはり不明快ですよ。

音楽なんかは、今、田久保さんがいったように、テーマというのは、単純な音でしょう。それが何回も何回も出てくる。第一楽章で何回出る、第二楽章で何回出る、第三楽章で何回出て、第四楽章で何回出るというふうになっている。それで、ああテーマが出てきたな、この音がテーマなんだなと、素人が聞いてもわかるようになっているわけです。

例えば、チャイコフスキーでいえば、これがテーマなんだ、それが楽章ごとに何回か繰り返して出てくるわけです。テーマとテーマの間にほかの音が入っているわけです。音楽の場合、理論的にいっても、形式的にいっても、非常に明快です。

ところが小説は、テーマという言葉自体、それこそ非常に難解であり、あいまいですよ。でも、僕はあいまいでもいいと思うのね。

ただ僕は、今、音楽のテーマというのが出たけれども、その音楽でいうテーマを、自分の関心のある作品に置きかえてみたらいいと思うんです。それをテーマにして書くというのが、いわゆる近代以後の小説家がやってきた一つの小説の作法じゃないかと僕は思うんです。前にある作品をテーマにしちゃう。それについて書くということですね。

このテーマについて書くということは、変奏するということでしょう。どこまで変奏できるか。

田久保❖例えば、パロディーになったりすることですか。

後藤❖もちろんパロディーもあると思います。よくいわれる通り、文学史にあとから出て来た小説というジャンルそのものが、そもそも混血的でありパロディー的な性質を持っているわけでしょう。それから、変奏というやり方もある。いろいろな言い方はあると思う。だから僕は、前にある作品をどうしても意識せざるを得ないというのが、僕の小説論なんだけれども、意識せざるを得ないところから近代小説は始まっている。これは一つの運命みたいなもので、そこらあたりを約束として、一応踏まえて話をしたいなというふうに思っているんです。

小島❖あなたが今いった変奏ということは、非常に意味深いと思うんです。それで田久保さんは、変奏ということは余り考えないでしょう。

田久保❖そういうタームでは考えませんね。

小島❖そこのところで、僕も無意識的に変奏みたいなことをやるのを楽しみにしているところがあることはあるけれども、後藤君はそこがはっきりしていて、僕は非常におもしろいと思うんです。

けれども、あなたは変奏という言葉を聞いて、すぐにああそうだ、そうだというふうには思わないでしょう。

田久保❖そうですね。そういう術語では考えません。

後藤❖田久保さんの小説は、確かにそうですね。

小島❖今、変奏から始まっちゃうと、田久保さんの場合は置いていかれちゃいますよ。

後藤❖今、モチーフとおっしゃったでしょう。僕はそこに変奏というものが、田久保さんの作品にも隠されているんだと思うんです。

僕の場合、いきなり変奏ということは、形式とか小説の表に出ちゃうわけです。田久保さんの場合は、モチーフというものの中に、変奏があると思うんです。

だって、田久保さんみたいに、西洋の小説も日本の小説もずいぶん読んでおられる方が小説を書こうという場合、その書こうというモチーフの中に、既に僕がいった変奏の動機が含まれていると、僕は思うんです。

そういうふうに考えれば、僕と田久保さんには共通の平面がある。それは近代の平面じゃないかなというふうに僕は思います。

小島❖そういうふうに広げれば、そのとおりだね。

後藤❖今モチーフといわれたその中にあるんだと、僕は思うんです。

変奏と喜劇性

小島❖ただ、これは後でいろいろ問題になってくると思うけれども、後藤さんが変奏といったときには、喜劇性が入ってくるでしょう。

後藤❖そうですね。

小島❖そのところは田久保さんにはないでしょう。それは大きな違いで、積極的な変奏の中には、それがどうしても入ってくるんですよ。また、それがなくては一つもやらないというところが、あなたは徹底しているの。

田久保❖やはり、変奏すべき前の先行作品に対しての距離のとり方、その結果が後藤さんにおける喜劇性でしょうか。でも、喜劇性といえば、どんな作家でも、例えば僕でも書く素因はあるわけです。

小島❖でも、共通の地盤でいくと、今あなたの問題もちょっと……。後藤さんの問題はこれからずっと出てくると思うけれども、やはり一般的にいえば、後藤さんみたいにやる人ばかりじゃないでしょう。だから、あなたのようなやり方を広げて今考えたんだから、その部分について、本当は少し……。

変奏といえば、それは過去に、みんな小説があるんだから、多かれ少なかれ自分のモチーフというときには、変奏があるのは間違いがないですね。

田久保❖僕がモチーフというときに、作者のエゴとかかわってくるんです。つまり、もとの音楽に戻しますけれども、同じ単純なテーマを、シンフォニーにしようか、カルテットにしようか、童謡にしようかと決めるのは、作者のエゴです。

後藤❖そういう意味でのエゴですか。

田久保❖そういうふうに動いていくものはモチーフでしょう。だから、どうしても作家としてのエゴにかかわってくるから、そうした作者すべてに、それぞれのエゴがあるから、おもしろいんじゃないか。

ただ、作者は一人だけれども、読者は千人、一万人、十万人といるわけですから、その無限定のエゴに対して説得力を持つのは、生やさしいことじゃない。その場所はどこかというのが、小説の方法の発するところでしょう。作者のエゴが他の無数のエゴに対して説得力を持つべく苦労している、そこが僕はおもしろいと思うんです。

ですから、本当をいうと、テーマといえば、受け手は評論家も読者もたくさんいるわけですから、みんな一つの作品に対して、いろいろなテーマを取り出してきます。テーマというのは、音楽において記号になり得るように、文学では、ある意味で観念になり得るものだと思うのです。

例えば『或る女』は何かというと、あの時代じゃちょっと早く生まれ過ぎた、今の言葉でいえば自己を持った、そしてその自己を生身で主張していこうとする女が、自己がちょっと早く発現したために起きた悲劇という意味のことを、有島武郎は書いています。

小島さんがさっきテーマ小説とおっしゃったとき、僕はすぐそのことを思い浮かべた。あの作品はそういうふうにできているな、あれがテーマだなと思ったわけです。

でも、あの作品は実によくできていますから、読者によって、いろいろな取り出し方、切り口があると思うんです。切り口で取り出した言葉や観念自体は、音楽における楽譜であらわしたテーマみたいなものだと思いますよ。ほんとの音楽が鳴り始めるのは、その先です。

後藤❖今の田久保さんのお話を聞きまして、僕はこういうふうに思うんです。日本の近代化というものと、日本の近代化の中での個人と時代とのずれ、これがテーマだと思います。今、田久保さんが説明された有島の意図を僕流に、それこそ変奏していえばね。

あれはキリスト教の問題が大きいでしょう。さっきも内村鑑三の話がちょっと出たけれども、要するに明治以後のヨーロッパの近代というものを、頭の中に意識として身につけ過ぎちゃった女性、それが日本の現実の中で、ズレを生じて、ああいう悲劇的な運命、悲劇的な生涯になっていく。

そうすると、これは大きく見ると、日本の近代化がテーマだというふうにいってもいいわけでしょう。

田久保❖僕の感覚では、一つの作品から、いろいろと言葉に出せるんです。けれども、モチーフというのは、作者としての自己というか、エゴから動き出し発現してきますから、これは相当厄介なもので、相当本気になって作者につき合わないと、そこまで読み取れない、あるいは論じられないというところがいつもあります。

小島さんの『別れる理由』を読んでも、おもしろいなと思う部分も途方にくれちゃう部分もあるわけです。それは、作者のエゴは相当したたかにいろんなものを多面体的に含んでいて、僕はそれにどう向かい合ったらいいか、あるいは言葉にする場合どうやって言葉にしたらいいかと考える。

後藤❖今、日本の近代化がテーマだ、その近代化の中における、それこそエゴと時代とのズレ、これがテーマだと申しました。これは、やはり一つの共通の地平線、共通のテーマとして、僕らは持つべきものじゃないかと思うんです。このズレということは、われわれの文学の一つの条件じゃないかと思うんです。普遍的テーマといってもいいと思っています。

ただ、そのズレをどう書くかということで分かれるんじゃないですか。小島さんがちょっとおっしゃったけれども、僕の場合は、そのズレを喜劇として書いちゃう。ところが有島の場合は、どっちかというと悲劇として書いています。けれども、あれは全く同じ素材であり、同じテーマであっても、僕は方法を変えたら喜劇になるんじゃないかと思うんです。

僕だったら、という言い方は変だけれども、有島と同じ材料で僕は喜劇が書けるんじゃないか。僕が考えている方法というものはそういうものだということです。

これは有島を否定するのではなくて、むしろ、それは僕らが近代日本の運命としてのテーマを共有しているということです。

けれども、そういう共有するテーマがない作家については、やはり読めない。読んでもおもしろくない。共通する時代のテーマを共有しながら、それぞれの方法でそれを変奏する。それが僕の考える普遍性であり、同時代の作家たちということですね。

その共通のものを、僕は便宜上ですけれども「近代」のズレ、分裂といいたいわけです。

現代小説と野暮

田久保❖今、お話を聞いていて思ったんだけれども、最近は時代とエゴのズレ、裂け目というものに対して、野暮なぐらいきまじめ、あるいは真剣に問いかけるということが、読んでいても少なくなりましたね。今は実は野暮にならざるを得ないくらいに、切実なものがあるんじゃないでしょうか。

さっきの言葉でいえば、だんだんとテーマの中に、ほかのいろいろな要素が入ってきた。例えば遊びとか洒落っけという要素、それから本来小説にはない動画ふうの活力みたいなもの。それはそれでいいと思うんですが、今、小説という機能が必要としているところから見ると、本末が転倒しちゃっているというおそれを、僕は近ごろ感じるんです。

小島❖そこのところは、僕は非常におもしろいところだと思うんだ。多少話題になったような近代というものと、個人のズレ、内と外と違うところのズレという話が、前にもありましたけれども、野暮だということの中に、いろいろ問題があると思うんです。

野暮だというのは、浮き上がってしまう野暮もあるわけでしょう。浮き上がることは、実生活で、何人かおる中で浮き上がって見えるだけじゃなくて、それを作品に書いた場合に、浮き上がることだってあるわけでしょう。野暮なくらいもっとやってもいいんじゃないか、もっとまともに考えてもいいんじゃないか、あるいは、まともに考えていないという小説が多いときに、もっとほかの言い方をした方が、わかりやすいかもしれません。野暮だというと、よくわからない。

田久保❖わかりませんか。

小島❖とにかく、野暮だということ自体、余りいいことじゃないこともあると思うんです。

僕なんかもどっちかというと、まじめそうに書いてしまうときがあるけれども、そうすると浮き上がってしまう。僕は、そういうことに割合に敏感なくせに、ついそうやってしまうことがある。あるいは、むしろ意識的に、それをわざとやって見せることもあるんですけれども、そのくらい操作をしてやってみても、うまくいかない。とにかく、どっちにしても、そういう操作が、僕の場合は要るわけです。

ということは、野暮だという言葉はまともにやっているわけだから、いわゆる野暮じゃないわけでしょう。野暮だというのは、結局はそれこそ江戸っ子の使うような言葉でしょう。だから「野暮なくらい」ということは、本当に野暮になれば、作品として野暮になっちゃうわけですね。あなたのおっしゃるのは、そういう意味ではないと思うんだ。

田久保❖そういう意味ではありません。これはなかなか難しいことで。

小島❖難しいと思う。現代小説というものは、その問題が僕は一番肝心じゃないかと思うんです。

漱石というのは何か野暮くさいとか、野暮くさいという言葉でいわなくても、やれ人格主義というのはどうだこうだといったり、したりする人が出てくるというのは、その問題もあると思うんです。

それに対して、谷崎の場合はこうだとか、あるいは志賀直哉というのは、とにかく自分ではまともにやっているつもりだけれども、あれは自分勝手な考え方をしているんだと思うことが結構あったと思うんです。

そういう、ある時期には美徳と思われたり筋が通っていると思われたことが、筋が通っていると思うことによって、何か大きなものが欠落するかもしれない、そういうバランスの問題を、みんな敏感に考えているんじゃないかと思うんです。

後藤❖僕は今、田久保さんがおっしゃった「野暮なくらい」ということを、こういうふうに解釈してみたらどうかと思うんです。

それは「小説とは一体何か」という原点、あるいは原理でもいいですけれども、その原理を常に意識しながら、小説を書いていく。これはまた、僕流の変奏、言いかえで、田久保さんの気持ちとは、ずれるかもしれませんけれども、どうせ別々の人間がいうわけだから、ずれるのが当然と思うんだけれども、田久保さんの「野暮」を僕流にずらせば、そういうことになるんじゃないか。

僕は、さっきから近代とか、いろいろいっているけれども、日本の場合その小説の原理、原点は、やはり二葉亭四迷だと思うんです。だから僕の気持ちでいえば、常に二葉亭の『浮雲』というものが、全小説家の頭の中になければいけないと、いわゆる演説調でいえば、そういうふうになるわけです。

『浮雲』をどう考えるか。『浮雲』とは何であったのかということ。それは、二葉亭という作家のエゴと明治近代という時代とのズレ、分裂だと、僕は思うんです。

そして、僕があれに非常に興味を持つのは、そのズレを悲劇ではなくて喜劇に書いているからなんです。日本で初めての言文一致小説、日本の近代小説のスタートといってもいい、それが喜劇だったということなんです。

普通の無名の官吏。けれども、決していわゆる大衆ではない。学校を出て、外国語も少しは読むような、いわゆる「和魂洋才」の知識人、その自己分裂を書いているんです。

そして、ここから日本の近代小説は始まっている、これを僕自身の原理としているわけです。

田久保❖いろいろな考えが出てきたんですけれども、二葉亭の場合ですと、例えばドストエフスキーとかツルゲーネフとかに出てくる小役人とか小官僚、それから、あるインテリゲンチャの喜劇性というようなものをかなり踏まえている、あるいは影響を受けているというふうに思うんです。

後藤❖もちろんそうだと思います。ツルゲーネフの『あひゞき』の訳が余りにも有名で、むしろ二葉亭は『あひゞき』の訳者でいいんじゃないか、『浮雲』の作者である必要はないんじゃないかぐらいに『あひゞき』の方が評価されているところがある。そのことは僕は非常に重大な問題だと思うんですが、これは後でちょっと申し上げたい。

ところで、あの小説が一番似ているのはドストエフスキーの『分身』だと思うんです（編注：邦訳は『二重人格』とも題されている）。ところが、誰もそれをいわなかった。ロシア文学者も誰もいわないですよ。いわないのは、二葉亭がどこにも『分身』のことを書いていないからです。

しかも彼は、ツルゲーネフとかゴンチャローフとかいろいろなものを訳しているけれども、ドストエフスキーだけ、なぜか訳していない。訳していたかもしれないけれども、こっそりやっている。つまり、公にしていないんです。だから僕は、よっぽど意図があって、公にしなかったんじゃないかなと……。

田久保❖大事なものほど公にしない（笑）。

後藤❖実はそこまで勘ぐったことがある。でも、それは実証できないので、勘ぐりなんだけれども。

田久保❖後藤さんが『浮雲』の喜劇性からご自分の方法の源泉を見出してくるというのは、納得できるんだけれども、あの場合には、かなり素直にやっているんじゃないかな。ロシア文学の影響の諷刺性の中で、しかし、それが終わりまで通せずに中絶してしまった、とも思える。

後藤❖僕は『分身』と比べてみたんだけれども本当にそっくりだね。もし二葉亭が、あれを意識せずにやっているとしたら、また逆にこれは本当におもしろい。だけど僕は『分身』はやっぱり知っていたと思う。訳してはいないですけれど。

『分身』の主人公は九等官のゴリャードキンですが、いつの間にか分身みたいなのが出現して彼の部署を占領する。自分の椅子に座って、自分が書いた書類を長官のところに持っていって、すりかわられてしまう。入れかわられちゃうわけです。『浮雲』の内海文三も入れかわられちゃう。別にリクルート事件みたいな、ああいう悪いことを何もやっていないのに、なぜか押し出されて、いつの間にかポストがなくなっちゃって、ほかのやつがすっと入ってきた。お勢という女がいるでしょう。あれも同僚みたいなやつにすっと取られてしまう。役所のポストも女も取られちゃう。

まさに『分身』がそうなんです。長官の娘に惚れるでしょう。パーティーに行って、つまみ出されて、ダメになっちゃう。役所もダメ、女もダメ。つまり現実的な『分身』によって、夢想家的なゴリャードキン氏の存在が次々に消去されていくわけです。そういう、ほとんど悪夢的な喜劇ですね。

田久保❖それはエッセーに書かれたことがありますか。

後藤❖実はちょっと書いたんです。僕は、ロシア文学者に読ませてやろうという不遜な考えから書いたんだけれども、いまだ反応がない。それはどうでもいいですけれどもね。

明治の文明開化で、官庁や何かも西洋のまねをして官吏制度ができて、そこに内海文三みたいなのが勤めている。ところが、その人間がもう既にかなりの自意識を持っていて、しかも、それが分裂してしまう。つまり、現実的な合理主義者である本田昇と、夢想家的な内海文三との分裂です。そのために文三は女も取られるわけだから、これは方法によっては悲劇にだってなるわけでしょう。しかし二葉亭は、その分裂を喜劇に書いたわけですよ。

ところが、それ以後、日本の小説から、自己分裂のテーマはなくなってゆく。分裂を喜劇に書く方法もなくなってゆく。あそこでスパッと消えて、あとどんどん変わっていきます。間をはしょっていえば、なぜかそれこそ自然主義の方にずっと傾いていってしまいますね。

出発点に二葉亭の『浮雲』がありながら、なぜカーブが自然主義とか白樺派から私小説の方へ曲がったんだろう。その曲がり目のところにすごく興味があるわけです。そこに、日本の近代小説史の謎というか、歪みがあるような気がするんです。

小島❖自然主義小説が出てきてから曲がっていったという考え方は今まであるけれども、あなたのいっているのは、曲がるもと、出発点が違うから、ちょっと違っておもしろい。

後藤❖もう一つ付け加えますとツルゲーネフの『あひゞき』の訳ですけれども、二葉亭自身が分裂していたところもあるんですよ。

ということは、小説はどう見ても、ドストエフスキーの原理で書いている。ゴンチャローフとかなんとかいっていますけれども、あれのつくり方は、ゴンチャローフよりはドストエフスキーなんです。ところが、翻訳で一番有名なのはツルゲーネフなんです。『あひゞき』の影響は本当に恐ろしいほどなんですね。これが自然主義をつくったといってもおかしくないぐらいです。

小島❖ある意味ではそうだね。

後藤❖ある時期の永井荷風まで影響を受けている。『あめりか物語』の中のカラマズーが出てくる「林間」の章は、全くツルゲーネフの『あひゞき』です。そのものずばりですよ。それから、国木田独歩がそうでしょう。

日本の近代小説に一番影響を与えたのはロシア文学だとい

う言い方さえあります。ところが、それじゃ、何がどういう影響を与えたのかということになりますと、今まで割と解明されていない。何となくロシア文学、なんですね。だから僕は、そこのところを二葉亭を中心に考えてみたんです。

ロシア文学には、一方にプーシキン、ゴーゴリ、ドストエフスキーらの喜劇派・都市派があって、もう一つ自然派・人生派がある。この自然派・人生派が猛威をふるって、日本の小説に直接的な大影響を与えている。一方の都市派・喜劇派は、読まれているんだけれども、余り影響を与えていない。影響を与えにくかったからだと思うんです。

田久保❖それはおもしろい一つの説ですね。

けれど、自然主義作家の例えば田山花袋や島崎藤村はモーパッサンとかゾラとかをずいぶん読んでるでしょう。もちろんロシア文学もありましょうが、むしろ自然主義の影響はフランスの方が相当強い。

後藤❖だけど、フランスの自然主義なんて、誤訳も誤訳、大誤訳でしょう。

田久保❖あのころの作家にとっては、誤訳でも構わないんですよ。

後藤❖自然主義とか写実主義とか浪漫主義とかいったって、その規定そのものが全然あいまいなんです。日本の場合は自然主義が浪漫主義だったりする。だから、誤訳自体は決して悪くないですよ。どこからどういうふうな影響を受けたって、言葉の上ではいいと思うんです。

だけど結局、内実は何だったかということです。内実は僕はツルゲーネフだと思う。これはいかに生きるかということなんですよ。ツルゲーネフの小説は全部がそうじゃないですけれども『あひゞき』にあらわれているのは人道主義です。人道的であり、叙情的でもある、これが当時の日本人には一番わかりよかった。個人の独立、自由、農奴制反対とか、日本人の感性、人生論、そういうものにぴったりで、わかりやすく、新しいんですよ。

田久保❖小島さんはいかがですか。

小島❖後藤さんのいったことで全部いいような気もするくらい筋が通っていてね（笑）。

後藤❖僕自身が感じた謎を自分で勝手に解いてみたわけです。二葉亭を原点として出発したものが、どうしてこういうふうに変形されてきたかということに興味があるから、謎の結び目にあたるような部分を、幾つか自分なりにほぐしてみたわけです。そうすると、今いったような解釈が出てきたというわけです。

小島❖その論旨は、僕が今まで聞いたよりだいぶ筋も通ってきて、進んだみたいな感じがする。感心しながら聞いていました。いろいろ異論を差しはさむにしては、僕も少し勉強不足だから、余りそういったことはできないけれども、それはそれで……。

私小説と方法

田久保❖その話に触れるんだけれども、僕は最近、平野謙さんの『芸術と実生活』という評論を読み直しましてね。あれは最初は昭和二十六年頃に書かれて、初めと終わりに総論みたいなのがあって、藤村とか漱石とか、作家各論も入っています。

今の問題に関して、ロシアにしてもフランスにしても、自然主義の、あるいはヨーロッパの近代思想の影響をどんどん受けながら、曲りなりにも日本の自然主義作家が生まれた。島崎藤村の『破戒』とか田山花袋の『蒲団』が書かれた。にもかかわらず、それがどうやって私小説へ変換していったかを、今読んでも昭和二十六年の現場感覚で熱っぽく、さっきの言葉でいえば、野暮に書いている。野暮というのは、そういうようなことも一つ意味しているんです。

後藤❖平野謙の説を要約すると、どうなりますか。

田久保❖平野さんの『芸術と実生活』は、プロレタリア文学から戦後の左翼文学まで、政治と文学のかかわりを、ひそかに視野に入れている気配がある。

しかし一方で日本の自然主義が私小説の方にいってしまったのは、例えばゾラやモーパッサンが持っていた新しい社会感覚、実証主義的な思想面がすとんと落ちてしまって、自分たちの創造活動を芸術の観照性という狭いところで支えにしようとした。その変換点を例えば花袋の『蒲団』とか『生』、藤村の『春』や『家』という小説に見ている。

自然主義の影響で日本の作家たちが活動を始めたのは、明治三十年代の後半から四十年代にかけてですが、平野さんはその明治末期の現場感覚を再現しつつ、大正から昭和の戦後まで私小説の芸術処理と生活処理の二律背反を追っています。つまり昭和二、三十年代の現場感覚で書いているわけで、僕は逆にこういうような真剣で熱っぽい問いかけは、今の現場に問題としてそっくり持ってきたいなという気がします。僕は、それでさっき「野暮」という言葉を出したんです。

後藤さんがおっしゃったのも「小説は今どうあるべきか」という問いかけであったわけですが、あのころの現場に立ち返ってみますと、今の現場にはそうした問いかけが必要だという気がするんです。

後藤❖つまり、原理に立ち返って考えている、ということですね。

田久保❖芸術というものは、作品が閉じて自立してそれ自身価値あるものなんだけれども、それだけでは成立しない。実生活をどう生きたかが、直接間接に作品に反映し、芸術的な価値を支えているところがある。それを探ってみることが、あの頃の時代の要請するテーマでもあったんでしょうが、戦後十年から二十年の間の作家や批評家はやっていた。

そういう人たちの、あの沸々とした熱い現場感覚が今ないものだから、その流れの中で考えたい、という気が最近しているんですよ。

後藤❖私小説ということで問題になるのは、やっぱり昭和十年ごろの横光利一の『純粋小説論』と小林秀雄さんの『私小説論』でしょう。

大正の終わりから昭和十年ぐらいまで、つまり、日本のプロレタリア文学が弾圧されてしまう前のところまで、日本の近代文学の中でモダニズムとか、いろいろな近代小説としての試みがなされているわけです。小林さん自身も、初めはモダニズム的なところがあったわけで、時代の同伴者でもあったと思うんです。

ところが、最終的には総括者の方に回って、彼はモダニズムを総括しちゃったわけです。ああいうものは、ちんどん屋みたいなものであるとか、あめ屋が鉢巻にさしている旗みたいなものでしたか、とにかく、モダニズムについて非常に酷な言い方をしていますね。意識の流れとか、シュールレアリズムとか、ヨーロッパから輸入したものは児戯《じぎ》にすぎないんだというような総括の仕方をしたことに、僕は現代の一小説家として、非常な立腹を感ずるわけです。

小林さんがいうのは勝手だけれども、僕らの先輩たちが小林さんのいいなりになってしまったということが非常に残念ですね。しかし僕らまで小林さんのいいなりになることはないわけでして、一小説家として、小林さんの総括を、きちんと逆批判しなくてはいかぬと思うんです。

小島❖あのときは川端さんもそうだったね。

後藤❖川端さんも同伴者でずっと来ているんですよ。ところが、批判者の方に回りますね。

小島❖批判者に回って、小林秀雄と同じ言い方をし始める。モダンバレエだという言い方をするわけですね。

後藤❖どうもその辺から、今までのいろいろな方法、西洋から輸入した近代のいろいろな方法が、全部無に還元されてしまった。こんなものはなくたっていいんだというような認識が、主流になっちゃったところに、僕は問題があると思うんです。私小説というのは、そこから出ているんですよ。

私小説を一言でいえば、方法を放棄した小説ですよ。つまり、方法は要らぬということ。それじゃ、何があればいいかというと、人生があればいい。私という人生があれば、それをありのままに書けば手法は要らない。ありのまま赤裸々に告白すればよいというのが私小説だと思う。

ありのままにというんだったら、手法なんかない方がいいに決まっているわけです。方法というものがなくなるのはあたりまえですよ。

田久保❖僕は小林さんや川端さんが、西欧的な近代文学の手法を、無に還元したとは考えませんよ。小林秀雄の『私小説論』は、日本の私小説の狭隘《きょうあい》な実生活との関係と純化を見やりつつ、ジイドのような新しい「私」の探究を予想しています。私小説の方法といえば伊藤整さんの「私小説演技説」というのがありまして、平野謙さんは、それにかなり共感を示している趣があるわけですが、これはやっぱり一つの方法だと思うんですよ。

後藤❖いや、僕はそう思わない。「私小説演技説」は小説の方法じゃなくて、人生の方法なんですよ。つまり、いかに生きるかなんです。デカダンスをやるにしても、破滅をやるにしても、それは小説の方法じゃなくて、人生演技なんです。彼らが問題にしている方法は、結局いかに生きるかということを問題にしているわけですよ。

田久保❖人生の方法とか、いかに生きるかという問題は、別に作家じゃなくとも、普通の生活人でも痛切に考えるんです。その日常生活の仕方を小説に還元してくる限り、表現の方法は必要です。私小説なりに生活と緊密にかかわりつつ、小説の方法になっているわけです。

後藤❖なっていない。

田久保❖ただ、ヨーロッパ的でないというだけの違いでね。

後藤❖ヨーロッパ的でないも何も、方法は要らない。例えば、彼らは古典の方法も否定したんじゃないですか。私小説の場合、方法はない方が純粋なんですよ。どこかに方法があるとすれば「私」という人生の方法なんです。それを小説の方法と混同あるいは錯誤しているところがあるんですよ。

小島❖平野さんのいっていた私小説の問題はどういうふうになりますかね。

後藤❖彼はどういうふうにいっているのかな。

小島❖作家の実生活との関係で、いろいろいっているわけでしょう。その辺とのかかわり合いで……。

田久保❖あれは西欧の自然主義文学と私小説の方法の差、私小説と心境小説の方法の違いを論じたといっていい。虚構小説でも私小説でも衰弱したものは論外ですが、私小説と心境小説の本質は、非日常性にあるとさえいってます。まず田山花袋と島崎藤村に対して、近松秋江を分けて考えているんですよ。

小島❖近松秋江の名前が挙がってくると、後藤さんのいうことも何となくわかるわね。

田久保❖近松秋江にも、破廉恥な自分を描きながら、その現世抛棄《ほうき》を通して、芸術的な自恃を保証される、という方法があるんですよ。しかし、僕の推察ですが、平野さんのあの評論は、小林秀雄の『私小説論』をかなり意識してますね。

後藤❖僕は今いったように考えていて、それに一つの大きな影響を与えているのは、ルソーだと思うんです。あの人の自然主義を全く逆さまに解釈しちゃったような気がするんですね。たしか小林さんも『告白』を例に出していたんじゃないかと思うんですが、ルソーの「自然に帰れ」という自然主義は、要するに近代の合理主義、理性から自然に帰りなさい。

簡単にいえば、理じゃなくて情だ。人間は情の本性に帰らなければいけないというのが、彼の大変にロマンチックな自然主義だと思うんです。

ところが、日本の近代小説のエゴとは、封建的な「家」とか「村」からのエゴの自立ですよ。それがいわゆる近代的自己の確立とか何とかいわれるエゴになってきた。

このルソーの誤訳というか、誤解は実に滑稽です。つまりルソーのエゴは近代の理性を批判する「私」であり、日本近代文学のエゴは前近代の「家」を批判する「私」というわけですからね。こうなると、図式が全く反対になってしまうわけですよ。

つまり、ルソーのエゴは、原則的であり普遍的なエゴだったのが、日本近代文学のエゴは、無原則的で特殊的であることが最も重要だということになったわけです。そしてその結果、特殊なものとしてのエゴを普遍化する方法としてのフィクションを捨ててしまったというわけです。だから、小林さんがいった「社会化した私」も未解決のままになっているんじゃないか。これは、いわゆる評論とか文学史だけの問題ではなくて、現代の小説家の問題だと思いますよ。

―現代文学の危機―

小島❖田久保さんが、二十六、七年ごろの平野さんのことを話されたでしょう。それを今に当てはめていろいろ考えると、それほど野暮にやってないということですけれども、その野暮というのは、だいぶわかった。野暮というのは問いかけでしょう。

田久保❖ええ。表現上の野暮ではなくて、あえて野暮と見えるといっても構わないような、ある問いかけです。小説としてどう実現していくかということは、また別問題でね。でも、そういう問いかけの必要さを、今、特に感じるわけです。

それじゃ、どういうことかといいますと、芸術と実生活、あるいは表現と実行というテーマは、今なお生きていると思うんです。つまり、平野流にいえば、小説作家たちは、ただ単に芸術の観照性を支えにして閉じていった部分では、もう成り立たない。ほとんど史上に例がないような激しい社会の様相で、今その中に生活の根を下し、どう表現の場を開いていくかということでね。

さっきの後藤さんと僕との話の問題でも、僕は後藤さんのお話を伺いながら思ったんですが、結局、私小説をどんなに否定しても私小説のいい作品はあります。思いつくまま拾っても、僕らが感動する作品は幾つかありますよ。上林暁、太宰治、檀一雄、最近でも評判になった耕治人さんの作品とか。一方で、ヨーロッパの近代小説から学んで、それが非常にいい形で実現した『明暗』もあれば『或る女』もあるわけです。

作家の表現の本体というのは、私小説を否定したり合理化したり、ヨーロッパの小説を合理化したり否定したりする場所じゃないところから発しているわけでしょう。作家というのは、いつも自身のそのところを見詰めていかないと、じつは創造の場の問題にならないんですね。

だから僕は、批評的な言葉も出ますけれども、観念や文学的な論議は本当はあまり好きじゃない。できれば、いつも具体的に、小説作者としてのエゴから発して、他の多くのエゴに届く方法だけを考えたいと思います。ほかの作家のそういう作業も。

後藤❖今の文学的な状況そのものに対する一種の危機感というか、このままではだめじゃないかということを、平野謙を例にしていいわれたわけですね。

僕も確かにそういう気はするんです。だけど、そういうときだから、やっぱり横光の『純粋小説論』とか、ああいうものをもう一遍、引き合いに出しながら論じた方が具体的だと思うんですよ。横光の話をすると、昔の話というふうに考えることと自体がいけない。横光の『純粋小説論』が、今の僕らの本当の重大問題だ。

つまり田久保さんが今おっしゃったような、文学なら文学、あるいは、文学的状況についての危機感、不安みたいなものは、横光が『純粋小説論』を書いたときの危機感であり、焦りみたいなもの。あれは、このままでは純文学はどうなるんだろうかという一種のわめきみたいなものですからね。

田久保❖だいぶ前に読んだんで、ちょっとうろ覚えなんですけれど、あれは一種の純文学における通俗小説的な手法の援用というか、そこまで懐ろを広げていこうという論でしょう。

後藤❖簡単にいえば、このままでは純文学はつぶれる。だから通俗的な小説の手法を学び、それをミックスしろ。この両方を合わせたものが彼のいう純粋小説で、その例がドストエフスキー、トルストイ、スタンダール、バルザックなんですよ。だけど、本当にそのとおりなんだね。

田久保❖偶然のとりこみとか、通俗的な世界に対する懐《ふところ》の広げ方で、かなり刺激的な問題になった真摯な実践論だけれど、僕は横光利一は、そういう論理的な思考は得意な方ではない作家だと思うんですよ。

後藤❖あれはエッセーとしてはだめなんですよ。

田久保❖そうでしょう。

後藤❖これはこういうことだろうとか、自分流に要約しないとわからない。しかし、あれに注釈をつけて読み直しをすれば、現代文学の危機にも通じると思いますよ。

小島❖戦後は、織田作之助でも何でも、スタンダール一辺倒だったね。それと同時に、あの人たちも文学の可能性とかいうことをいい出した。そういう時期はあったことはあったな。

後藤❖つまり、小説の危機は何もいまだけではなかったわけですけど、危機感みたいなものが募って来たときは「小説とは何か」という原点に立ち返ることだ。小説とはそもそも何だったのかと振り返ることが大切だと思うんですよ。

そして、小説とは一体何なのかという小説は、変奏という形式で書くのが一番出しやすいから、変奏という形式を使っているわけです。

田久保❖小説というのは、方法を探求するための方法ですか。

後藤❖それは僕自身の自己反省でもあるわけですよ。お前は小説、小説といっているけれども、あるいは、小説家といわれているけれども、それじゃ、小説とは一体何ですかという問いを僕自身に発して、待てよ、それは何だったかな、ということを僕自身が書いていく。

小島❖ちょっと違うんじゃないかな。そういっちゃうと、みんな納得しないよ。

後藤❖そうですか。

小島❖そうじゃないんじゃないかね。

後藤❖僕はそういうふうに思っているんです。

小島❖そうか。だけど、それ以外のものもたくさんあって、そっちの方が……。

後藤❖もちろん、田久保さんとの話の行きがかり上、単純化したわけで、それだけではないかもしれませんけれども。

――小説の説得力――

小島❖後藤さんは昔から、よく対話ということをやっている。変奏の中には、過去の小説に対する対話もあり、恐らく小説というものに対する対話とか、いろいろな対話があるわけですよ。あなたがやる以上は、恐らく小説に対する対話も必然的に出てくるから、いろいろなものの対話が作品の中にあって、それがうまくいっているときには、非常に現代的な感じが出てくる。

うまくするときの感じというのは、満たされたという感じがすることがあるんですよ。後藤君のような書き方をしていて、満たされたと思うこともあるんだね。不思議なぐらいあるときがある。

満たされたというのは、ほかの系統の作品にもある。満たされるということはどういうことかわからぬけれども、普通満たされたという感じは、何となくこそばゆいような感じになって満たされたということもあります。けれども、すべてがいろいろなことに反射しながら満たされたという感じがする場合もある。そういう感じは、確かに後藤さんのような方法をとらないと起こってこないと僕は思うんです。

ただし、普通の小説ファンからいえば、みんなに相当説明してやっても納得しないかもしれないけれども、手放しで読めば、そういう結果が出てくることは出てくると思うんです。僕はそういう書き方もあることはあると思うんですよ。

それは、恐らく何ともいえない身についた書き方、彼らの作家としての書き方。揺るぎないモチーフというのは、ここでいろいろ理論的にいったこと以上のものがあって、それがやっぱり生きているというふうに僕は本当は思うんです。だから、後藤さんのような小説は、僕も割合に、なるほどなと思うときもある。

田久保さんがいわれたもっと広げておこうということですが、後藤さんも広げようと思っているんですよ。それを後藤さん流にやっているんだと思う。

田久保❖小説によって小説の方法を考えるとなると、やはりいろいろな小説の方法につき当たる。西欧にしろ日本にしろ伝統というか、時代において蓄積されたものがあって、それらの小説の厚い土壌のような方法を相手にしなきゃならないというテーゼが生まれてくる。大変なことですね。

小島❖恐らくそれはそういうことになると思うんですよ。だけど、後藤さんのを読んでいると、そうではない感じがするんですよ。

田久保❖そのことをさっきおっしゃった。

小島❖ええ。それはそれでいいような気がする。それは何かといったら、ほかの何かの要素が補っているわけです。それはつまり、何が相手にできるかという問いかけもあるわけですよ。いわくいいがたい形で、それがいろいろまぜ合わされているわけです。

そういう読みようは誰でもできるかどうかはわからないけれども、ある説得力があることはあるんですね。それはやっぱりそう容易なことじゃないから、後藤さんが今ここでいろいろ解き明かしたようなことをいっただけでは、実にわかりにくいと思うんですよ。

田久保❖いろいろな疑問が出てきますね。

小島❖ところが作品を読むと、そういうことはおかしいじゃないか、といったことに対する問いかけがまたあるような、ある意味ではうまいというのか、ずるいというのか、困った小説ですよ。僕自身もそういうことがあるけれども、僕よりそういうことが徹底していますからね、大したものだと思います。

さっき田久保さんが平野さんの言葉をもとにしていわれた、ひとりよがりになったり、自分だけに閉ざされてしまわないで、広げていくということについて、今の作家たちのを眺め合わせて、もう少しわかりやすくいってください。

田久保❖今の後藤さんの小説の方法ということからいいますと、後藤さんが今の状況を真っ正面から受けとめておられて、それが小説の方法を追求する小説という形になっていくのは、それ自身、作品として僕らは十分に享受するわけです。

しかし、後藤さんの作品にひそんでいる潜在的な問題をもうちょっと考えると、例えばツルゲーネフにしても、ゾラやモーパッサンにしても、西欧の近代小説のある意味で完成された、出来上がった方法だと思うんです。

僕の感覚でいいますと、その技法の重みはぐんとあるんですが、今はあのようには書けないんですね。あのように書けないから、みんな苦しんでいるというか、悩んでいる。新たな小説の方法を手にしたいけれど、たしかな共有のものは見つからない。

　例えば、さっき出た『或る女』の葉子の死なせ方のようには、小説はなかなか死なせられませんね。あれは、ちゃんとヨーロッパの近代小説を学んできて、その技法を信じながら、一つの形に沿ってずっと進んできて、伏線を置くべきものは置いて、結末まで来ている。だから、ある意味では輪郭が非常に整った小説だと思うんです。

　これに比べて、小島さんの『抱擁家族』の時子の死に方、それから、そばにいる夫を見ますと、全然違いますね。まず小説の空気が違いますね。僕らがこうやって書いたり生活したりしている今の時点では、どちらかというと『抱擁家族』の方がずっと開いていると思うんです。

　疑うべきものは疑って、確かめるものは確かめようとしつつ、やはり人間が死んでいく、ということを感じさせられてしまう。これは何といっても、現代のものです。その閉じ方と開き方の違いを具体的にいうために今あえて例を出したんですけれども、ここに今、僕らの実生活や小説に向かい合っていく問題があると思いますが。

小島❖そうすると、書く前に、自分のあれと過去の作家たちのあれとを、いろいろ比べたりすることもあるかもしれないけれども、結果的に変奏になることがありますね。だけど、変奏ということが中でわかるようには書かなくて、作品それ自体で、自分が全責任を負って変奏をしてしまうということでしょう。

田久保❖僕自身は変奏というタームはないんですよ。

小島❖恐らくそうでしょう。

後藤❖さっきいったモチーフがそれに当たるといえば当たる。

田久保❖モチーフが出てきた結果が変奏として見られれば、見えるだろうということはありますね。変奏というと、元の主題があるわけで、文学的な自己循環になりそうな抵抗を感じる。

後藤❖それは今、小島さんがおっしゃった、作品全体が変奏なんだということをいう。方法としての変奏じゃなくて、結果としての変奏という意味だね。

田久保❖『抱擁家族』の場合、変奏という意識はおありでしたか。

小島❖ないけれども、いってみれば、そういう小説は、どちらかというと、よくあるわけですよ。

　ところが、後藤さんの場合は、そこに喜劇性というのが出てくるわけです。意識的に変奏を行うときに壊すものがあって——壊すというのかパラドックスになるのか知らないけれども、壊し方の中にどうしてもいろいろ操作があって、それが結局は喜劇性というものと関係がある。現代はやっぱり喜劇的な作品でなければあらわし切れないという考え方が、後藤さんには強くあるわけね。

田久保❖喜劇的な作品でなければ、ですか。そうでもないでしょう。

後藤❖僕は、やっぱりおかしいということが感触としてあるね。世界はおかしい。人間はおかしい。そういう感触。

田久保❖でも、笑えるおかしさとは限らないでしょう。

後藤❖いや、やっぱりおかしい。これはたぶん、田久保さんと僕との、エゴというものについての考え方の相違だと思いますよ。僕のいうエゴは、いわば他者との関係です。だから、それ自体の特殊性よりも、ズレとか笑いになるわけでしょうね。

小島❖変奏という言葉を通しても、そういう意味合いの違いがある。後藤さんの場合には、変奏するというときに、笑うということも入ってくるわけですよ。これはやっぱり特殊かもしれないけれども、後藤さんの場合のかなり牢固とした考え方なんですよ。

普通の人は、そういうふうに思わない。そういうふうに小説を書いていないでしょう。だから、そういう大勢の人たちの代表として、田久保さんはさっきからいっているような気がするんですよ。

田久保❖いや、僕は小説の書き手としていっているつもりですけれど。

小島❖だけど、それは結果的には、さっきの変奏じゃないけれども、代表しているという形になるわけですよ。

田久保❖それは三人がそれぞれ、自分の背景にある人を代表しているんじゃないですか。

小島❖それはそうですけれども。

―若い世代の文学―

編集部❖最後に、皆さんは出発から永きにわたってお仕事をされてきてますが、今の文学の現場では、若い人が、ある意味では自分たちの世界に閉じこもって書いている。一つ前の時代よりも一層世代的になってしまっていて、どうも文学的なコミュニケーションが希薄になっているというような印象を受けるわけです。現代文学全体として、その辺を一体どういうぐあいにお考えになりますか。

小島❖全部読んでいないけれども、この前たまたま高橋源一郎さんのを読んで、こういう書き方をしているのかと思った。僕の周りの学生連中に、あれをまともにジョイスから始まってずっと論じている人がいたから、ちょっと興味を持って読んだんです。そういう話が出るかなと思って、きょうも読んできましたよ。

うまく答えられないけれども、僕は、あんな器用にはできないけれども、戦後、ああいうようなことを思ったことはあるね。それを小説に書いて、もちろん評判はよくなかったけれども、ただ、そのころは、そういうふうに書いてもいい世の中だというふうに、自分で満足しているところがあったね。そういう共同意識みたいなのがあって、周りがそれでわかるような世界じゃないかと思った。

昭和三十年代以後になると、そういうことがだんだん希薄になっちゃったけれども、若い人は、こういうのはみんなわかってくれるんじゃないかと思うところがあって、やっているんじゃないですかね。

高橋源一郎のやっていることも一つの変奏じゃないけれども、いろいろなものを引用しているわけです。引用すると、それらしく見えて、みんながわかる。

後藤さんの場合でも、こういえばみんなが何となくわかるだろうという感じのところもありますよ。それでなかったら、とてもみんなが興味を持てないからね。それはどの程度までやっているかといったら、ほどほどというところもあると思うんです。だから、後藤君の場合はある意味では、モダンという言葉は悪いかもしれないけれども、そういうところがあると思いますよ。

それと同じかどうか知らないけれども、高橋源一郎にも、こういう書き方をすれば、みんながわかるだろうというところがあると思うんです。読者がいる。だから、ああいう人たちは、賞にならなかったり、あるいは、こんなものが小説かという人がいたということを年譜に書くでしょう。僕はあれはとても気分のいいことだと思います。そういう関係ができていると思うんですよ。

あれには、変奏とまでいかなくても、もとがいろいろあって、それをあるところですくい上げる。手にひっかかってくるものはないんだけれども、僕はああいうものがあるのは当然だという気がするね。ああいうのがつまらないとまで積極的にいう気持ちはない。

あの人自身は、これをこれから書いていくかね。しばらくすると、書かなくてもいいんじゃないかね。そういう気がするような内容ですよ。だけど、僕はああいうものを書くということはよくわかるような気がする。あれをほかの既成作家の作品と比べて、こっちの方がおもしろいんだという人がいても、僕は仕方がないという気がするんです。

今の若い人のは大体、ある範囲の中でメルヘン化して、ある世界を整えるということでしょう。それは、全体としてもちろん閉ざされているんだけれども、閉ざされていることを承知でやっている世界でやるわけですから、ある意味では、閉ざされている向こう側にあるものとの問いかけになるわけです。それを知っていてやっているわけです。

そういうふうにいえば、みんな通ってしまうことじゃないかと思うくらい、その向こう側へ出るとかいうことはしないことによってできている作品だと思いますよ。

大体小説は、もっと上の中堅ぐらいの人たちでも、ほとんどが向こうに出ないことで成り立っている作品ですよ。大体三十代から四十四、五までは、ある時期になって、そこを出なきゃならなくなって、そこからどうするかという問題の小説じゃないところでやっているね。そういう作品が成り立つ時代かもしれないけれども、ある意味では同じことかもしれない。

―対立しないモノローグ―

後藤❖高橋さんの小説を井戸端会議とか何とかいったのは、富岡多恵子さんでしたかね。

編集部❖要するに、内々の小説だ。東京の下高井戸とかいわれても、誰もわかるはずがないじゃないか。彼は、それについては反論しましたね。

後藤❖富岡さんのあの文芸時評は、僕はなるほどと思ったんですよ。例えば吉本ばななさんの本を読んでも、似たようなことがいえますよ。つまり、さっき小島さんが僕の小説に関して対話ということをおっしゃったけれども、はっきりいって対話がないですね。要するにモノローグなんですよ。

作品そのものがモノローグであると同時に、世代的になり過ぎているということ。内々というふうにもいいかえられると思うけれども、世代間の対話もないですよ。早い話、編集者は僕らに新人のことで何かいえというけれども、それじゃ果して彼らは僕らのものを読んでいるのだろうかという気がするわけですよ。そういう意味での対話、コレスポンデンスというのが感じられない。

僕がいう変奏という小説は、まずもって前の人のものを読むことから始まるわけです。小説とは、前にある作品の模倣と批評である。これが僕の小説論であって、読まないで書いた小説を僕は信用しないです。いかなる天才といえども、世界じゅうで、小説を読まないで小説を書いたという小説家はいないんですよ。

小説家が、なぜ小説を書くかというと、小説を読んだから書いているんですよ。ドストエフスキーもそうだったし、小島さんだって小説を読まなきゃ小説を書かなかったと思うんです。小島さんの才能はもっとほかの方に行っちゃったと思うんです。どちらが世の中のためになったかはわかりません。だけど小島さんは、幸か不幸か小説を読んだから、小説を書いているんですよ。

僕は、小説家というものは、前にある小説を読まなければ小説を書く資格はないと思うし、それを何らかの形で示すべきだと思います。僕はそれが対話だと思うんですよ。彼らの小説には、そういう対話が感じられない。

小島❖モノローグ的だということは、何人か出てきてもモノローグ的ですよ。何人かで一緒にモノローグをやっていることは間違いないでしょうね。

後藤❖それぞれがモノローグをやっている。そのモノローグを認めるところが、それこそ若い人たちの不思議な、彼ら独特の世代的な暗黙の、やさしさみたいなものなんです。彼らはそれをたぶんやさしさといっているんじゃないかと思う。

　君はこういうモノローグだよね、僕はこうなんだよねということで、お互いに絶対相手を否定せず、対立しない。相手のモノローグを認めることが、自分のモノローグを認めてもらうことだからね。関係じゃないんですよ。関係にならないモノローグという気分を書いていますね。だから、非常に気分的ですよ。

小島❖そのとおりかもしれないけれども、そういうものだけですかね。

後藤❖いろいろ選考委員なんかやっていらっしゃるから、田久保さんの方が読んでいるんじゃないかな。

田久保❖さっきもいいましたように、僕は最近あまり文学的、芸術的に小説を考えたくないという気持ちがありまして、僕の及ばないことは、若い人たちがやってくれるんじゃないか、と思ってるんです。小説のような世界は、普通、僕らが考えているよりは、ぎょっとさせる感覚とか、不意の表現力というのがあらわれてくるだろう。僕はいつも、商売がたきがいつあらわれてくるかという恐怖感と敵愾心を抱いているんですよ。

　今一番必要なのは、自分の問題としていいますと、文学や芸術という概念や、その言葉で物をもう一回考えないで、小説を書いてみようということです。人間が一番小説を必要としたときの現場に、ほとんど不可能なんでしょうけれど、できるだけ立ち返っていきたい。僕など長年やってきたものには、ほとんど不可能かもわからない。しかし、とにかく精を出してやってみよう。

　でも、もっと若い生命力の中から、僕らを驚かせたり震撼させたりするようなものが出てくることを信じたいですね。だから、目の前にあらわれたものは一生懸命読みたいという気持ちです。

（一九八九年六月十三日）

日本文学の伝統性と国際性

×大庭みな子×中村真一郎×鈴木貞美（司会）

大庭みな子——おおば・みなこ

小説家。一九三〇年、東京出身。軍医だった父の転任で海軍の要地に移り住む。津田塾大学学芸学部英文学科卒業後、夫の赴任先のアラスカで本格的に執筆を始め、六八年にデビュー作の「三匹の蟹」で群像新人文学賞・芥川賞、八二年に『寂兮寥兮（かたちもなく）』で谷崎潤一郎賞、八六年に『啼く鳥の』で野間文芸賞、八九年に『海にゆらぐ糸』で川端康成文学賞、九一年に評伝『津田梅子』で読売文学賞を受賞。二〇〇七年、逝去。

中村真一郎——なかむら・しんいちろう

詩人、小説家、評論家。一九一八年、東京出身。四一年に東京大学仏文学科卒業。四二年に加藤周一、福永武彦らと文学グループ「マチネ・ポエティク」を組織し、新しい詩運動を目指す。二〇世紀フランス文学を基調とした前衛的な小説で戦後文壇に登場。七四年に『この百年の小説』で毎日出版文化賞、七八年に『夏』で谷崎潤一郎賞、八五年に『冬』で日本文学大賞、九〇年に『蠣崎波響の生涯』で読売文学賞を受賞。一九九七年、逝去。

鈴木貞美——すずき・さだみ

日本近代文学研究者、国際日本文化研究センター名誉教授、作家。一九四七年、山口県出身。七二年、東京大学文学部仏文学科卒業。鈴木沙那美の名で、七七年に文芸評論『転位する魂梶井基次郎』、七九年に小説『蟻』を発表。八五年より東洋大学文学部の専任講師を経て助教授。八九年より国際日本文化研究センターの助教授を経て教授、二〇一三年に名誉教授。近著に『近代の超克——その戦前・戦中・戦後』『日記で読む日本文化史』など。

初出——「文學界」一九九〇年五月号

―日本文学論、古典、国際性―

鈴木❖中村真一郎さん、後藤明生さん、大庭みな子さんのお三方に来ていただきました。

中村真一郎さんは今日の日本を代表するオムドゥレットルです。日本語で言うと「文人」ということになると思いますが学識豊かでいらっしゃって、フランス文学のみならず、西洋の古典から近代、現代にいたるまでのさまざまな作品、あるいは美術を含めての芸術全般に造詣が深く、また若いときから『源氏物語』など日本の古典に親しんでおられます。最近では江戸時代の文人である蠣崎《かきざき》波《は》響《きょう》について、大変充実したお仕事をなさっています。

後藤明生さんは、十九世紀後半のロシア文学、あるいは二十世紀のカフカなどからくみ上げたものを作品にしていらっしゃいますし、実際「ドストエフスキー論」あるいは「カフカ論」などのお仕事もあるわけです。日本近代小説に関して言えば、大胆な読み替えの評論をたくさんなさっている。たとえば『小説――いかに読み、いかに書くか』の中では田山花袋の『蒲団』や横光利一の『機械』という作品をその喜劇性においてとらえるという試みをなさっています。

大庭みな子さんも、最近は『万葉集』についての本も出されていますし、『源氏物語』をめぐって秋山虔《けん》さんと対談をなさったりしてます。また『性の幻想』という対談集の中で今西錦司さんに向かって、学問の体系性に対する根底的な疑問と言いますか、本質的な問いかけをなさっておられる。

それぞれのお仕事が学問の分野にも示唆と刺激を与えていらっしゃるという意味でも、私どもの共同研究会（国際日本文化研究センターの共同研究「日本文学と『私』」）にふさわしい方々ではないかと思います。

今日は、お三方の最近作に沿って話を進めて行きたいと考えています。中村真一郎さんの『四季』（新潮社）、大庭みな子さんの『海にゆらぐ糸』（講談社）、そして後藤明生さんの『首塚の上のアドバルーン』（講談社）の三作です。

この三作に共通する第一の点は、日本文学、あるいは日本文化の古典あるいは伝統と深く結びついたお仕事であることです。大庭さんの『海にゆらぐ糸』の中にも『万葉集』の和歌の引用がありますし、後藤さんの『首塚の上のアドバルーン』は途中から『太平記』『平家物語』及びそれに関連する文学作品を読んでいく小説の様相を呈します。そして中村さんの『四季』には『源氏物語』や江戸の文人に関する記述がたくさん見られます。三作ともに日本の古典や伝統的な文化が直接たち現れてきております。

しかし同時にこの三つの作品は国際的な性格を持っているわけです。これが第二の共通点です。大庭さんの『海にゆらぐ糸』は舞台がアラスカです。ロシア革命やナチスの影、二十世紀の世界史の影が揺れています。後藤さんの『首塚の上のアドバルーン』は、たとえば途中にベンヤミンの都市論を引用されています。そして中村さんに関して言えば『四季』四部作が「私」の芸術的体験の総合小説という色彩を持っていますので、作品の中に西洋古典、あるいは十九世紀から二十世紀のさまざまな文学作品や美術に関する体験が入っております。そういう意味でこの三作には、伝統性と国際性が同時に示されているということになります。

その二点を一応の切り口にして、それぞれの作品をめぐって気楽に話していただければと思います。

まず大庭さんから自作についてお話しいただけますでしょうか。きっかけとして私のほうから問いを投げかけますと、かつての『三匹の蟹』（講談社）あたりの作品では異文化と接触することによって起こってくる違和感のようなものがさまざまに書かれていたと思うんですが、最近の『海にゆらぐ糸』は、違和感というよりむしろ融合の感覚が出ているような感じを強く受けたんです。そういう一節があったようにも記憶しております。それは大庭さんの中での変化の現れと考えていいのかどうか。そしてそれが存在の輪郭が溶解しているような感じと結びついている、と読んだんですけれど。

大庭❖自分のことはあんまりよくわからないんです。むしろきょうは皆さんがどういうふうに読んでくださるのかなあということに非常に好奇心がありまして、そういうことを伺いたくてやってまいりました。

いま鈴木さんがおっしゃいましたようなことは、外からそういうふうに見えるんでしたら、そういうことはあるかもしれない。確かに、初めてアメリカという国に行きましたときには、一生懸命、違った文化のことを理解しようと思いました。わからないやり方がいっぱいあるわけですけれども、その中でどういうふうに生きていくかとか、そういう実際的なことが大変大きな問題でした。

最近もときどき向うに行くんですけれども、昔とは違うみたいですね。つまり、特別の発見が昔のようにないんです、発見というような感じのものは。むしろ、もっともっと古い記憶が自分の中にフーッと浮かんできて、そういったもののほうがだんだん大きくなってきた。

そして、たとえば英語をちゃんと上手にしゃべろうとか、そういう気持ちもなくなりました。昔は、少しは上達しようと思った時期もあったんですけれども、いまはそういう気もあんまりなくて、何となく自然に入ってくるものを自分ふうに受けとめて、変てこりんな英語でも平気でしゃべっている、そういうことが違いますね。

極端に言えば、相手がわかろうとわかるまいと日本語でしゃべっちゃっていいという、そういう感じがだんだん強くなってきましてね。たとえばボーッとしたときなんか、本当に日本語でしゃべったりしてるときがあるわけですね。そばに日本人の方がいらっしゃると、日本語でしゃべったり英語でしゃべったり、途中でぐちゃぐちゃになるものですからね。そういうふうにぐちゃぐちゃになってくるという感じがありまして、そういうことがあんまり気にならなくなってきた。

ところが不思議なことなんですけれども、そのほうが言ってる内容は相手に通じるんですね。昔、一生懸命、相手に合わせようと思っていた時代よりも、自分ふうにしゃべっているほうがわかるみたいです。そんなような気がするんです。それはとても不思議なことだと思いますね。

たとえば日本語はだいたい主語がないですよね。いまはわりあいありますけれども、内部意識の中ではあんまりないわけです。わかりやすい例ですと「雨ですね」と言うときに英語ふうな「It rains」とか「It's raining」とか、そう言い方はないわけです。そういう感じ方を自分はしてない。英語圏で暮らしていると、そういうことが非常に気になり出す時期があるわけです。

つまり「It」という何か絶対的な力が、自分たちとは無関係に働いている、そういうふうな感じは日本語の中にはないわけです。自分自身も雨が降っている気分の中に同化している、そういうふうに思っているにもかかわらず「It's raining」という言い方をするのは、ちょっと恥ずかしいというか、そういう気分になってくることがあるんです。

そうしますと非常に変な英語であっても直訳的な英語のほうがむしろいい、自分に正直ではないかと感じ始める時期がありました。

ほかの例で言いますと、日本語には単数複数があんまりないですね。それから三人称の「s」もないわけであって、自分の意識の中では「s」をくっつけようと思ってないのにもかかわらず英語でしゃべってるからそういうふうに言うということに何かひっかかってくる時期がありましてね。そして不思議なことに、結果的にはひどい、変な英語を平気でしゃべるようになるんですね。

けれども、そうなってからのほうがこっちの思っていることが相手に通じるみたいなところがある感じがいたしますのね。それはいま、鈴木さんがおっしゃったこととあるいは違うかもしれませんけれども、だいたい十年ぐらいそこの国に暮らした後でそういう感じが起こってくる。ですからいまは相手が外国人であることをあんまり意識しないんですよね。意識しないで、ただ人間としてしゃべってるわけです。

トンチンカンなお答えかもしれませんけれども、そういうふうな変化はあるから、それが自然に作品の中に現れている、そういうことはあるかもわからないと思います。

鈴木❖日本語の性格といいますか、そういうものと外国文化との接触の仕方に関する大変おもしろいお話だったと思いますが。後藤さん、いかがでしょうか。

英訳で読むドストエフスキー

後藤❖大庭さんね、初めのころは、いろいろ勉学心もあったのに最近はなくなったとおっしゃいましたけれども、私は今度の小説を読みましてね、そうでもないと思うんですよ。というのは、ぼく自身が非常に大きな発見をしましたからね。

『海にゆらぐ糸』はアラスカが舞台になってますね。あそこにロシア人が登場してくるというのは大発見だと思うんですよね。特にプーシキンからドストエフスキーまで名前が飛び出してくるというのは、私は一人の読者あるいは小説家として、情報の側面からも非常にびっくりしたし、おもしろく読みました。特に、アラスカはやっぱりロシアだったんだなあということが印象深く残りました。

それから亡命してきた白系ロシア人の孫ですか、三代目ぐらいの世代が現在に生きているわけですよね。そこに出てくるロシア人の持っている影について、放浪する者は結局、自分の失った故郷のおもかげに比較的近い場所を選んでそこを第二の故郷にするらしいということを、白系ロシア人を通して語っている。その辺はやっぱり大発見と言ってよろしいんじゃないかと思いました。

大庭❖それはでも、三十年前におりましたころもそういうことは思ってたわけであって、最近の発見ではありません。

後藤❖あ、そうですか（笑）、どうも失礼しました。

大庭❖ただ、見方がだんだん違ってきました。周囲の世界から、新しい発見をするというよりは、世界に対する自分自身の在り方に思わぬ発見があります。

小説の舞台となっている町は帝政ロシア時代のアラスカの首都だったわけです。その後アラスカをアメリカに売りましたでしょう。そのとき住民に対して、ロシアに帰ってもいいし、残りたい者はいてもいい、そういう政策をとったらしいんです。ですから、ある人たちは帰ってある人たちはそこに残ったという感じなんでしょうけどね。

実際、アラスカにはロシア系の名前が非常に多くて、ストリートの名前なんかにも名残りがあるわけです。ナターシャだのソーニャだの、そういう名前の女の子がたくさんおりましてね。

後藤❖チェーホフの『三人姉妹』の名前ですね。

大庭❖ええ。その人たちはロシア語なんかひと言もしゃべらなくて、本当にアメリカ人なんです。そして、ドストエフスキーやトルストイを読んだりするのも、彼らはもちろん英訳で読んでるわけです。私は少しは英訳で読んだのもあるかもわかりませんけれども、だいたいは日本語の翻訳で読んでるわけです。ともかく、それぞれの理解の仕方で古い文学について一応共通の場を持ってしゃべっている。そういうのはおもしろいですよね。そして、ドストエフスキーの話をするんでも、カジュアルな感じで、自分の問題として受けとめ、決して面倒くさく読まないのね。

後藤❖『悪霊』にかぶれているマリヤという人が出てきましたね。大庭さんはそれを聞いて『キツネ憑き』という題にしたほうがいいんじゃないか、なんて書いておられましたね。

大庭❖ええ、そうなんです。

後藤❖『キツネ憑き』というのは、あの小説のある面を捉えてます。

大庭❖私はその人の話を聞いてて、本当にそう思ったんです。英語では『The Possessed』という、まだそのほうが近いですね。日本で『悪霊』といいますと、ちょっと違う感じになっちゃう。

中村❖『白痴』だってあれはおかしいよ。『阿呆』という訳にすればいいと小林秀雄が言ってます。

大庭❖ええ。何か妙な感じなんですよね。

後藤❖『悪霊』については『悪鬼ども』と訳している人がいますね。

大庭❖『憑かれたもの』とか、そんな訳もあったんじゃないでしょうか。

中村❖それはそういう意味だ。とり憑かれたものなんだ。だから『キツネ憑き』よ。

大庭❖あれは何も主人公だけじゃなくて、出てくる人、出てくる人、そこに焦点が当たってるんでしょう。スタヴローギンだけじゃなくて、みんなそういう感じがある。

　ともかくロシア文学についても違う言葉でみんな話し合って、想念の中でまた違う言語で考えてるわけです。私は下手くそな英語でしゃべりながら日本語で考えて話してるわけです。英語で読んだ人たちの中には、英語で考えてる人もいればフランス語で考えてる人もいるだろうと思うんです。

後藤❖ニーナというおばあさんが、ジョイスとプルーストを比較するでしょう。身振り手振りを入れて貶《けな》したりしながらいろいろ批評する。あれなんか大変なものですよ、あのレベルの高さは。

中村❖いや、だけど日常的に読んで批評してるんですよ。学者じゃないわけよね。

後藤❖だけど読者としては、ああいう読み方は非常に文化的ですばらしいと思います。

中村❖あれが普通の読み方ですよ。日本の読み方が学者的なんです。

後藤❖結局、女性論になっているでしょう、全部。プルーストは女に対して礼儀正しいけれども私は好きじゃない、とかね。ジョイスは礼儀が悪くてちょっとすけべっぽいけれども自分は関心がある、とか……。

大庭❖ジョイスみたいな作家は、あの年代のおばあさんなら日常的に読んでるわけです。全編読むかどうか知りませんが、まあ、私みたいに、あそこを読んだりここを読んだりだろうと思うんですけれども。スカンジナビアの国々でも、そういう人たちによく会いました。西洋ならよその国でも恐らくそうだと思うんです。

同じように日本でも『源氏物語』や『伊勢物語』などの愛読者ってたくさんいますでしょう、別に学者でなくても。そういう人たちが文学を支えてきたのであって、決して学問の方だけではないわけです。もちろん学者、研究者の方々の解説書を読んで私たちは助けていただいたわけですけれども、多くの読者は学問とは関係のないところで自分ふうに読んできたわけですよね。私はあまり学問がない人間なものですから、どっちかといいますとそちらのほうに肩入れしたいほうで、少しトンチンカンでも自由に読む人たちと話しているほうが楽しいということがあるんです。

鈴木❖なんだか学問の地位が危なくなりそうな感じがしますけれども(笑)。

大庭❖いえいえ、助けていただいてるわけですから。

後藤❖ニーナという人は素人の文学ファンで、確かに自分勝手に読んでるところもありますけれども、彼女が小説論を一席ぶつでしょう。小説というのは、どこかで聞いた話とかどこかで読んだ話とかを、適当にひっつけ合わせてパッチワークみたいにしてつくっているんだ、と。あの小説論がまさにぼくが常に考えている「超ジャンル」としての小説論だと思うんです。

それを、ニーナというおばあさん、元は社交界の花形でいまはちょっとうらぶれてる、そういう女性の口からしゃべらせている。これは大庭さんの小説論にもなっていて、そこもまた大庭さんの小説家としての一つの変化を示している部分じゃないかなと思いましたよ。小説の中にああいう形で小説論を入れてしまうという小説のつくり方はぼくは関心もありますし、同じようなことをやってる手前、非常に興味を持って拝見したんです。

——息苦しい日本の近代小説——

鈴木❖中村さんの『四季』も小説論の小説という面がありま

すが、その辺はいかがでしょうか。

中村❖いや、日本って、徳川時代なんて小説は娯楽だったのに、近代になってものすごく倫理的に読むようになってね。さらに、戦後になって西洋人が読むようになったら、川端康成における汎神論とか、ものすごいことになってくるでしょう、いよいよもって。

ぼくらは、あれが汎神論か一神論かなんていって川端さんの小説を読まないでしょう。ほとんど猥本として読むじゃないですか（笑）。そのほうが健全な読み方なわけでしょう。

大庭❖そうなんですよね。

中村❖やっぱりイギリスやフランス、あるいはロシアもそうだけれども、長い小説の伝統のある国では、小説というものは娯楽として読まれているから非常に作品が豊かですよ。

日本の近代文学、自然主義小説なんかがものすごくやせているというのは、批評家がかたひじ張って理屈ばっかり言うものだから。それで娯楽性を嫌うでしょう。小説はおもしろくちゃいけないみたいなふうになってね。徳川時代の随筆なんかに小説の感想が出てくるんだけど、実にみんな楽しく読んで、そして鋭く読んで、細かいところをよく読んで、作家の一生懸命書いたところを拾って読んでくれてる。けれども明治になってからは、何だかものすごく堅苦しくなっちゃったから、ぼくなんかはそういう意味では息苦しいということがあるんです。

それからもう一つは外国人と日本人ということですけれど、ぼくが特殊なのかもわからないし、ぼくらのジェネレーションがそうかもわからないですけれども、ぼくらがハイティーンのころは戦争の真最中なんです。それでね、周りが全部外国人みたいに見えた。日本人が日本語でしゃべってるんだけれども何言ってるのかわからないんですよ。だからぼくは外国で暮らしてるみたいだったですね。

むしろ日本にいる中国人留学生、白系ロシア人の亡命者、それから西洋人、日本に残ってるドイツ人とかイタリア人とか、そういう人とは普通の話ができるんです。

だけど、日本人とうっかり話すと、あとからすぐ警察が来ちゃうわけです、訴えられたりして。警察へ行って、中村というやつは悪いやつだと言い付けると、幾らかお金をもらえるんですね。だからぼくは外国で暮らしてるみたいでね。

大庭❖それね、すごくわかる。ちょうど反対のことですけど、私がアメリカにいたときに、アメリカ人同士のほうがずっと話が通じるはずなのに、私みたいにあんまり英語のしゃべれない者のところへ来てグチュグチュ自分のことなんかをしゃべる人が多かった。

つまり私は関係がないから安全なんですね。それでいて文学的な世界だけしゃべっているから、そこでは一つのコミュニケーションが成り立って、ある満足感がある。だから自分たちでしゃべってるよりは私としゃべりたいという感じがありました。

中村❖いまでもぼくは日本の八百屋さんと話しするのと、フランスの八百屋さんと話しするのと同じですよ。フランスの八百屋さんの言うことはわかんないけど、日本の八百屋さんの言うことはわかる、ということはないな。

タクシーに乗って、何だか気持ちがわからないというのも同じですね。お互い日本語でしゃべってても、タクシーの運転手にぼくは殺されるかもわからない、と思って乗ってますからね。

日本人だから同胞で西洋人だから外国人だということはぼくはなくて、むしろ向うの知識人の方が同国人のような気がする。東京の下町の人でもパリの下町の人でも同じだし、売笑婦でも、日本の売笑婦は話が通じるけどドイツの売笑婦は通じないとか、そういうことはない。

大庭❖ある程度、文化的な遺産を共有してるところがあるんですね。

中村❖だからね、共有してない部分が怖いわけ、ぼくは。日本人だって『源氏物語』を読んでる人なんてほとんどいやしない。ぼくは『源氏物語』を読んでる人が日本人だと思ってるでしょう。でもたいがいの人は読んでないからね、外国で暮らしてるのと同じなんですよね、ぼくは。

大庭❖たとえばアメリカ人でも、フォークナーを読んでない人のほうがずっと多いわけです。しかし、フォークナーが好きな人にとっては、フォークナーを読んでる外国人のほうが話しやすいと思っているかもしれない。

中村❖だから国民性というものをあんまり強調すると、ぼくの生活感情とずれちゃう。

ぼくはハイティーンのころから非常に迫害されて、少数者として日本の社会に生きてたという気が強いんですね。実際に特高が来たり憲兵が来たりする中でやってたでしょう、戦争が済むまで。だからその恐怖感みたいなものがあって、知らない八百屋なんかが変な顔をすると、すぐ悪意を持ってるんじゃないか、とか思ってしまう。だから日本語だから安心だということは全然ないな。

大庭❖それは本当にそうなんですね。私も、周りに日本人がたくさんいて、その人たちと日本語でしゃべってるほうが楽でしたけれども、内部世界が全然違うんで、本当に『源氏物語』を読んでない人よりは、読んでる外国人のほうが何となく楽しいということはあるわけですよね。

鈴木❖文化的な遺産によって国境を越えられるみたいなことですか。

中村❖国境を越えられると言うより、国境がないと言うかね。

小学校の二年生のときにおやじに法隆寺に連れていかれたんです。それで法隆寺の柱に触ってみろと言うんで、木の柱に触ったら、これはエンタシスというものでギリシアの建築と同じだと言うんです。そのときに「あっ、世界は一つだ」

と思ったんです。それが一生の固定観念になっちゃった。だいいち、ぼくの最初の女房も混血でしたしね。

小説の「混血性」と「分裂性」

後藤❖いまの話を聞いてると、ものすごく抵抗を感じますね。というのは、ぼくは植民地で生まれましたのでね、まるで反対なんです。

中村❖なるほど。

後藤❖ぼくは朝鮮半島で生まれたんですけれども、当時は日本の植民地だった。周りは全部外国人なわけですが、文字も読めないときから自分たちは日本人であり、それから日本という国の存在を過剰なくらいにたたき込まれました。

ぼくも確かに中村さんがおっしゃるのと共通のインターナショナリズムというのか、ギリシア犬儒派のいうコスモス主義を多分に持っているわけです。日本人の中ではぼくはかなり特殊な部類に属するぐらいに持っているほうだと思う。

にもかかわらず、自分は日本人でしかあり得ない、日本の言葉は日本語でしかないんだというところから、ぼくは自分の自意識が始まっているんだと思うんです。そこにどうしても分裂という意識が出てくる。つまり、日本人としての自意識、もう少し限定して言えば、日本の近代人としての自意識はそもそも分裂した形でぼくの場合は出てくるわけです。

ですから、インターナショナリズムと、自分は日本人であるという運命としてのナショナリズムみたいなもの、この二つの分裂した極があって、その両極から成る楕円形みたいなものが自分の世界だというふうに図式的にいうと考えているから、一つの焦点で描かれた円形の世界としての日本、および日本の近代というものをぼくはもともと認めてないわけです。人間でも国家でも、それから文化でも、すべてのものが混血と分裂による楕円形世界だと考えているわけです。

この前のシンポジウムにも参加させてもらったんですけれど、そのときにお話ししたのも、分裂した「私」ということだったわけです。特に近代の日本の小説の中の「私」というものがどういうふうに分裂しているかということで、一番簡単な例として「和魂洋才」を挙げたわけです。

「和魂洋才」と一つの単語みたいに言われているけれども、これはまさに真っ二つに分裂して混血している、それこそまさに、日本の近代的知識人ではないかとぼくは考えたわけです。日本の近代の「私」という場合に、どうも自己形成的な人格主義とか、教養主義的な「私」の描き方が主流であるけれども、そうじゃなくて、むしろ西洋の近代のコピー、あるいは西洋の近代のパロディという形としての「私」というものしか日本では考えられないんじゃないかというのが、ぼくの考え方なんです。

その、西洋の近代のコピーあるいはパロディとしての日本近代というものを、スラブと西欧との混血＝分裂としてのロシア近代と比較してみると面白いのではないか。そういう視点から、二葉亭四迷の『浮雲』をもう一度読み直す必要があるのではないか、と思うわけです。

さっき中村さんは、日本の近代小説がつまらなくなったのは娯楽性を排除するようになったからだとおっしゃいましたが、必ずしもそうではなくて、考え方が一方に偏りすぎて、もう一方の「私」のほうを捨ててしまったから、おもしろくなくなってきたんじゃないかと思うんです。

中村❖どっちを捨てたんですか。

後藤❖複合された「私」を捨てちゃったわけです。つまり西洋と混血して分裂した滑稽なる「私」、喜劇的なる「私」のほうを見捨ててしまって、いわゆる日本的な純血種的というんですか、それが主流になってしまっている。

私小説的な「私」だけが近代小説の「私」になってしまったから、小説の衰弱が始まったんじゃないか。人格形成主義的な円形志向の「私」だけになったから、クソマジメになり過ぎて面白くなくなったのではないか。

混血と分裂による楕円というのは、ぼくの世界観でもあるけれど小説観でもあるわけですが、これは決してぼくだけの特殊な小説観じゃなくて、小説の歴史を考えてみたら、小説というジャンルそのものが持っている歴史的な特性が混血と分裂じゃないかと思うんです。大庭さんの小説の中に出てくるニーナおばさんがしゃべった小説論は、まさに小説の持っているジャンル的な特性、混血性と分裂性を日常的な雑談ふうな言葉であらわしているということになる。

ぼくが小説で追究しているのは、要するに日本の近代文学が忘れ果てたのか故意に捨てたのか知りませんが――切り捨てて排除してきたもう一つの「私」、つまりいわゆる普遍的な「私」ですよ。これがさっき中村さんのおっしゃったインターナショナリズムにそこで通じると思うんです。

これを単なる国境がないという形の、いわゆる無国籍的なインターナショナリズムに置き換えてしまうと、中村さんの作品は否定されると思うんですよ。否定されてもいいと中村さんがおっしゃっても、その否定のされ方は非常によくない否定のされ方になると思う。

そうじゃなくて、これは普遍性だという形でもっていったほうが、中村さんの文学も生きてくるんじゃないかと、そう思うんです。

『源氏物語』を読んでいれば、フランス人だろうが日本人だろうが国境はないんだというふうなインターナショナリズムではなくて、言葉も違う、伝統も違う、習慣も全部違うけれども、法隆寺とギリシアの彫刻とに通じるもの、これは文化の持っている普遍性ということだと思うんです。あるいはもっと言えば人間の持っている普遍性だという形で、特殊性と普遍性と両方が複合＝混血＝分裂した世界というものを考えたほうがいいんじゃないか。

俺はインターナショナリズムを取るとか、ナショナリズムのほうで行くんだ、とやっていくと、私小説か反私小説かという議論を、ゴチャゴチャ繰り返すだけだと思うんです。

そうじゃなくて、日本とは何か、近代とは何か、あるいは小説とは何か、「私」とは何かという問題をさっきから話して来た分裂性、混血性、それから小説の超ジャンル性という視点から眺めれば、もう一つ別の日本文学を論ずる土俵が出てくるんじゃないか。つまり、これまで「日本的」といわれて来たものを徹底的に疑い、読み直すべきではなかろうか。

いま言ったようなことをどうやったら小説に書けるかなと思ってボチボチやってみた、その試みの一つが『首塚の上のアドバルーン』でもある、ということになるかと思います。

大庭❖ いま後藤さんがおっしゃったことを私ふうな言い方で言わせていただいていいでしょうか。
私は国境がないとかということじゃないんです。つまり言語になる前に想念がありますね。そこの部分ではフワフワとしているようなものである。たとえばドストエフスキーを読んでいると、その想念みたいなものが、ロシア語になったり日本語の翻訳になったり英語の翻訳になったりする以前のところで、そういうものがある。それは後藤さんがおっしゃった両方の——何とおっしゃったかしら。

鈴木❖ 分裂と混血、ですか。

大庭❖ ええ、分裂と混血というおっしゃり方をしていたけれども、私は国語になる前の状況、言葉以前の言葉の世界においては、それぞれ単独に違うふうに理解しているわけです。

そこの部分で重なる部分もあるの。それはもちろん全部経路が違うから全く個別的なものだと思うんです。そういう世界と、もう一つ持って生まれた母国語、私の場合は日本語なわけですけれども、日本語に置き換えられたときに形成される世界とがありますね。それはやっぱり違うわけです。それは私が日本語で書いている作家ですから、いわゆる日本文学に違う形で蘇るものがあると思うんです。

自分は無意識的にしゃべっているけれども、あるときハッと気がつくと——いま雨が降っていますが——長い雨を眺める——「ながめる」という言葉にはこういう意味があったんだなと、千年昔に使っていた言葉が突然蘇るとか、そういうことがあるわけです。

後藤さんのおっしゃったこと、そういう考え方はおもしろいなと思ったんですが、私はそうじゃない、いまのような分け方をするということです。

それで『首塚の上のアドバルーン』のことなんですけれど、あの作品を読んでて、それと似かよった感じがするの。つまり『太平記』が出てきたり『平家物語』が出てきたりしましたよね。あなたと私と全然違うにもかかわらず『太平記』というものがあって『平家物語』があるということによって交差するんですね。それはちょっと次元は違うかもしれないけど、非常に似かよった交差の仕方なんです。ちょうど外国にいてドストエフスキーのことなんかが話題になったときと似かよった感じがあるんですよね。

おわかりになりますでしょうか。同じ日本語ではあるけれども、そういう感じがある。それはおもしろいことだな、と思って。

後藤❖ぼくは大庭さんの作品を読んで、あそこでチェーホフが出てきたりドストエフスキーが出てきたりというのが非常におもしろいと思いましたね。アラスカで、大庭さんがそれを話しているというのがね。しかもアメリカ人と話している。そのアメリカ人もロシア人の祖先を持つようなアメリカ人であったりね。そういうのが非常におもしろい。

いま『太平記』や『平家』のことをおっしゃったけれども、ぼくの場合も同じような自分流の時空間ができていたのかもしれないですね。

大庭❖私は文章を思い浮かべられるほどの読み方をしてないわけですけれども、何となくこういうふうに読んだという感じ。そのブワブワとした部分が。

後藤❖『平家』のどこかと結びつく記憶みたいなものがあるわけでしょう。

大庭❖そうなんですね。それはやっぱり大きいことなんですよね。

中村❖そっちは、ぼくはとてもよくわかるの。だけど『首塚の上のアドバルーン』を読んでてすごくひっかかっちゃったのは、主人公が床屋へ行くでしょう。ところが一方通行なんですよね。主人公は床屋に対してある程度、人間的に付き合ってるんだけれども、床屋のほうの反応を切り捨ててるみたいな気がしてね、読んでてすごくぼくはつらかったの。ところが『平家』が出てくると、死んじゃった人だから安心して読んだんです。

さっき後藤さんは、植民地で暮らしていると自分が日本人であることを意識せざるを得ないと言ったけど、だから床屋さんと自分とはそういうふうに切れてるのかな。ぼくの場合は全然切れてないから向こうが攻撃的に入ってくるわけ、床屋なら床屋、八百屋なら八百屋が。ところが、後藤さんの小説を読んでると、床屋が全然安全なんだよね。それが不思議なんだよ。

後藤❖あの場合は結局、個人的な関係は持たないという原理になってるわけです。あの中でベンヤミンの『ボードレールにおける第二帝政期のパリ』を使わせてもらったのもそのためでして、幕張とパリを比較するのは変な気もしたけれども、変なところがまたおもしろいかもしれないと思ったんです。

ベンヤミンは都市における人間関係について、何時間でもじーっと顔を見てて、顔は自分のかみさんよりもはっきり覚えてるんだけれども全然話したことがない、そういう関係が近代の都市の人間関係であると書いている。床屋と「私」の関係もそうだということを、ぼくはあそこでは言ってるわけです。

　ところが、カフカ的に時間をさかのぼっていきますと、床屋さんは中台さんだったということが最後になってわかる。中台というのは「首塚」の主である馬加康胤《まくわりやすたね》という人の家来だったわけです。別に謎解き的にやったわけではないけれども、それが少しずつわかってくる。

　だから、カフカの『審判』の中で一番おもしろいと思うのは、裁判所に呼び出されたヨーゼフ・Kが「あなたは何者ですか」と訊かれて「ぼくは銀行員です」と威張って言うわけですね。一流の銀行員だから。ところが陪審員みたいな連中がみんなワーッと笑うわけですね。ヨーゼフ・Kはどうして笑われたのかわからない。要するに、彼らはユリウス暦ですか、ローマ時代の暦を使ってるわけです。それで「きみは銀行員だけれども、われわれが聞いてるのはきみが生まれる以前のご先祖さまのことだ」と、はっきりは言わないけれども結局そういうことを聞いてるわけなんです。

　つまり、昔むかしきみはカエルだったんだよとか、昔むかしきみはオタマジャクシだったんだとか、そういう次元の審判になってるわけです。ところがヨーゼフ・Kは近代人だから威張っちゃって、俺は住友銀行の係長だみたいなこと言って、みんなにワーッと笑われちゃう。

　それに似たようなことで、結局、過去というのは未知だということですね。しかし、われわれは未知なる過去を忘れて生きている。だから、日常の時間の中では、床屋さんとぼくは、ボードレールのパリと同じような関係になっている。だけど、床屋さんが中台だということがわかってくると、そこにユリウス暦的な時間が重なって来て、ぼくの意識の中で、床屋さんと首塚がくっついちゃうわけです。

　つまり十九世紀のパリの延長であるところの日本の現在の都市の、その中のアリのような一員であるぼくと、アリのような一員である床屋さんとの関係は、ベンヤミンの言うボードレール時代のパリと同じような「見る⟷見られる」だけの関係になっている。

　しかし、ある日とつぜん、忘れていた未知なる過去が出てくる。その二重の時間と空間、すなわち時空間みたいなものをモタモタとね。

大庭❖後藤さんの小説のおもしろさはそれなんですよね。

中村❖だけどね、床屋とか誰かの家来だとか子孫だとかいうのは外の条件だと思うのね。

大庭❖そういうことがあり得るということですよ。

中村❖その人がたまたま床屋をやっているんで、床屋とか何とかいうのは外的条件でしょう。そうじゃなくて生身の人間がいて、それを無視して日常生活は回転してるんだけれども、小説に出てくるときに無視して出てくる……。

大庭❖無視して暮らしてるわけでしょう、私たちは日常においては。

中村❖そうそう。

大庭❖だけど、そういう実に不可思議なものと、それぞれがどこかで、その人とかかわりなくつながっている。

後藤❖ひきずってる。

大庭❖そう。そのことが後藤さんは気になっているというか、そういうことを書いてらっしゃるわけよね。それが私にはおもしろく感じられますね。そういうことって本当にあるな、すごいリアリティだなと。

中村❖僕の言ってるのはそういうことじゃないんだな。

―物語の二つの性質―

鈴木❖中村さんの『四季』の場合は『冬』の後半で宿縁の糸がどんどんたどられていきますね。そのことと、いま後藤さんがおっしゃってることとは、どういうふうに違うんでしょうか。

中村❖つまり、生身の一匹の人間が、何か職業とか先祖を背負ってるとか、そういう鎧を着て生きていて……。

鈴木❖先祖を背負ってる、という感じではないですけど。

大庭❖そうじゃないですね。中村真一郎の世界は私にとってはこういうふうに感じられるんですね。後藤さんの世界とは違って、全部位置的につなげられていると感じられる。だけど、実際はそういうことはあり得ない。実際にはもっとブワブワとしてるほうが多くて、そんなふうにはいかないことのほうが多いのではないか、そんなふうに感じるんですよね。

中村さんは実に緻密に全部つないでくださるんですね。それには感心するんです、私にはそういうことができないし。できないというよりは、きっとどこかでそれは不可能ではないかとたぶん思っているらしいんですね。

後藤❖中村さんの小説は、大庭さんがおっしゃったことをぼく流に言うと、要するにフィクションにしているということですね。現実にあり得ないと大庭さんは言ったけれども、要するに物語にしちゃってる。その物語は物語なんだということなんですね。

そこで、物語の性質というのが二つ出てくると思うんです。私小説はこの際、別にしまして、ぼくの考えてる小説には大まかに分けて二つあると思うんです。要するに現実に似たものをつくったフィクションか、全く違うものをつくったフィクションか。言い方は学問的じゃないかもしれませんが、その二種類だと思う。

いつか若い学生と話していたら、彼がこんなことを言うんです。自分は、文学というのは現実から逃避するためにあるもの、別世界をつくってそこで何時間か遊ばせてくれるものだと思ってた。ところが後藤さんの小説を読んだら、なんだこれは現実じゃないか、と幻滅したと。『首塚の上のアドバルーン』は現実そのものだと言うんです。

ぼくはちょっとがっかりしましたですね（笑）。それでぼくは彼にカフカを読めと言ったんです。そうしたら『審判』を読んできて「あれも現実そのものだ」と言うんです。『審判』を読んで、これは現実だと思ったというのは、かなり読める学生だとぼくは思います。普通は荒唐無稽だと言いますよね。

ところが「後藤さんがカフカを勧めてくれた意味がわかりました」と、そういう言い方をされたので、なるほどと思ってね、あらためて基本的なことを考えさせられたわけです。

大庭❖中村真一郎の世界は、きらびやかな妄想の世界なんですよね、私に言わせると。ですからその意味においておもしろいんです。だけど、後藤さんもきらびやかな妄想の世界というものをある意味ではどこかにイメージしていらっしゃるでしょう。

後藤❖きらびやかかどうかはともかく、妄想はあります。

大庭❖そうじゃなくて、首塚の話なんかのところに描いてるんですよ。だけど、それはそれとしてあるというふうに思っていらっしゃるでしょう。

後藤❖大庭さんは、そう読まれたということですね。

大庭❖『平家』なんかも、そうやってつくっていったわけでしょうから。実際に見た話からそういう世界を築いていったものがいま残っているわけでしょうから、どこかでそういうふうなものを、あの小説の中のある部分に持っていらっしゃるわけでしょう。

後藤❖つまり、現実以外の——。

大庭❖現実以外のそういうものが、現実の中には不可避的にある。そういうものをそれぞれに持ってるわけであって、そのいい例が『平家』なり『太平記』なり、いろいろあるわけです。

後藤❖夢みたいなもの、夢想のようなもの、ということですね。ただ、その書き方が違うということでしょうね。

鈴木❖中村さんの『四季』の「私」の場合は、どうですか。

対立者としての女性

中村❖ぼくは自分の幻想を書いてるんだけどね。小説家は誰だって自分の幻想を書いてるんだけど、たいがいの人の小説は現実が自分の中から外へ出ていくと思うの。たとえば後藤くんが床屋へ行くというのはそうだと思う。

ぼくの小説はそうじゃなくて、床屋のほうがぼくに出会うという、つまり外からね、そこのところが違うわけ。つまり、被害妄想かもわからないんだけれども、逃避的というのはそこなの。つまり現実というのはいつも外から攻撃するものとしてあって、自分の意思で現実をつくっていくんじゃない。

それがぼくにとって根本的な人生体験なわけ。

大庭❖向こうから勝手に入ってきちゃって、そこに座り込んでるわけですね。

中村❖入ってきて、攻撃するわけですよ。

大庭❖それを中村真一郎は、自分の好みに合わせてアレンジして……。

中村❖いや、好みに合わせてアレンジするんじゃなく、それを一生懸命防いでるわけ。それを小説に書くわけよ。

後藤❖じゃ、書くことによって防ぐということですか。

中村❖そうそう、書くことで防いでるわけ。書かないと押しつぶされちゃう。

大庭❖なるほどね、おもしろい。

中村❖だから非常に被害妄想的小説なんだ。それを絢爛《けんらん》たるとか言われてるのは、ぼくが強い意思で書けば絢爛だけど、そうじゃなくて非常に弱い。

大庭❖それは拒絶して。

中村❖拒絶というんじゃない、向こうから来ちゃうわけ。

大庭❖来ちゃうとそこで壁をつくるわけでしょう。

中村❖壁をつくれないわけ。だから作品になる。

大庭❖じゃ、来たものはどうするんですか。

中村❖来てぼくの中に傷を負わせたということを書くわけ。つまり主人公がズタズタになるわけよ。

後藤❖要するに内部と外部ということですね。中村さんは内部だ、それを支配したり圧迫したりする外部がある。その外部から逃れるという形で書く。

中村❖逃れるというか……。

後藤❖まあ、逃れなくてもいいんですが。

中村❖うん。

後藤❖この図式は当たり前といえば当たり前なんだけれども、外部対内部、つまり他者対自己との関係ですね。

中村❖典型的なのは野間宏ね。

後藤❖中村さんの場合、原理的には内部対外部の関係から作品が生まれてくるわけだけれども、作品の中は一つの秩序によって統一されている。そこが大庭さんの言う「絢爛たる」ということになるんじゃないかと思うんだけれども、つくられた作品の世界では対立者がいないですね。全部、中村美学によって秩序づけられている。

『四季』の中にはいろんなタイプの女性が出てくるし、中村さんは、マドンナ型から娼婦型まで女性のいろんなタイプに精通しておられます。しかし一つだけないのはクサンチッペ型です。ソクラテスのことをバカにしていたかどうか知りませんが、ソクラテスのことを批評していたという女性。そういう、男の対立者あるいは批判者、あるいは加害者としての女性が中村さんの小説にはどうも出てこないような気がするんです。

ぼくは対立者としての女性しか書かないから、あいつは女を知らないんじゃないかとよく言われるんですけれども。ぼくは女は対立者だと思ってるし、それを変形させて書いているわけです。しかしいくら変形させても、原理は対立者ですからこれは現実と同じだと言われる。

中村さんの小説の世界では、対立者としてのクサンチッペ型女性が、中村秩序によって除外されているというふうにぼくは読んでいるのですが。

鈴木❖『四季』の中で『夏』だったかな、ちょっと加藤登紀子を思わせるようなシャンソン歌手が出てきますね。「人民の娘」と名づけられている。この女性はついに宿縁の糸が結ばれないままで放置されているわけです。ですから、中村さんの小説の中でも破れめは破れめとしたまま放置されているところもあると思います。

「遠い娘」という短篇では、娘の性癖について、フワフワとただよったままで完結した認識が得られない。中村さんもいろんな試行をなさってきたと思うんです。

『四季』四部作は、それらの総合ですね。最後の『冬』で完結性が強く感じられるんだけれども、全体としては破れめも含んだ上での総合だとぼくは思っているんですが、いかがでしょうか。

中村❖意識的にやってるんじゃないよ。そんなに強い意思でやってるんじゃなくて、書いちゃうとそうなるんです。つまりね、自己防禦の結果がそうなるんで、だから秩序というなら無意識の秩序ですね。つまり、意識的な青写真をつくってそこにはめこんでいるんじゃないんだな。それがぼくの場合、特徴的なんです。人が読むとうまくつくってあるように見えるらしい。

鈴木❖『春』と『夏』と『秋』はそんなふうに完結してないですよね。それが『冬』の最後のところで大団円的になっていますね。

後藤❖それは放棄するにしても失恋するにしても、ぼくは結局同じだと思うんです。うまくいくとかうまくいかないとか、そういうことではないとぼくは思うんですけどね。基本的に、現実における外部対内部という関係の中で、女性というものが、外部的な存在にはなっていないということですね。それはそれでいいと思うんですよ、つまりフィクションですから。そういうつくり方をしているということだから。

中村❖だけどぼくの小説は『宮本武蔵』じゃないんだけどね、フィクションといっても。

鈴木❖吉川英治の『宮本武蔵』ですね。

後藤❖『宮本武蔵』は、ぼくの言う二種類のフィクションのうちの、A型でもないしB型でもないですよ。両方をうまいとこ適当に使ってるから通俗小説なんです。ここではA型をやったかと思うと、ここじゃB型。とてもあり得ないことを書いてるかと思うと、何だか人生論みたいなお説教をしたりするでしょう。

あれはいまぼくたちが問題にしているような形式とか方法を無視してるんです。ごちゃまぜでご都合主義にやってるから、要するに講談なんですよ。無原則的な方法論だから、あれは小説としては論ずるには、ちょっと違うと思います。

美と死とエロス

大庭❖中村さんの世界はすごく本当らしいですよ。つまり、そういうふうに生きている主人公なり周りが非常によくわかる。それはそういう世界が本当にあるものだから。

中村❖あのね、美学で書いてるんじゃないんだなあ。

大庭❖だけどそういう感じが、人間というものにはあるんです。美学とかいうんじゃなくて、自然にそうなっちゃうんだろうと思うんです。だから、こういう世界の中を形づくるこういう人間というものは確かにあるな、そういうのがすごくあるんです。

後藤❖『四季』の主人公は、美の探究者というのかな、つまり『パイドロス』なんですね。

それで、ぼくと中村さんとの違いがはっきりわかると思ったのは、ぼくはプラトンでは『パイドーン』と『シンポシオン』が好きなんです。そして『パイドロス』はあんまり好きじゃない。ところが中村さんは『パイドロス』がお好きですね。『パイドロス』のテーマは美ですよね。『パイドーン』のテーマは死です。『パイドロス』のほうは美とエロスですね。

中村❖そうそう。

後藤❖プラトンの中にはほとんどすべてがあるけれども、その中で中村さんの小説に直接つながってきてるのは『パイドロス』だと、そう考えると非常によくわかるような気もしたんです。

中村❖つまりね、美学じゃなくて……。

後藤❖まあ、美学という言葉にはこだわりませんけれども。

中村❖美が生命にとって、必要不可欠なものであるんだ。

大庭❖そう思っていらっしゃるんですね。

後藤❖さっき鈴木さんが説明されたように、われわれは、古典というものを意識しながら小説をつくってるわけですけれども、どの古典と結びつくか、それぞれの作家によって違いがあると思うのね。

ぼくの場合は、古典と結びつく鍵はいくつかあって、その一つは幻想なんです。ファンタジーです。もう一つは笑いなんです。もう一つは笑いと幻想を足したやつです。

中村❖たとえば、具体的に言うと？　『今昔』とかそういうの？

後藤❖『今昔』はまさに、笑いと幻想の複合ですね。それから、幻想でいうと『雨月物語』とか、笑いでいうと井原西鶴の『一代男』とかね。

もちろんそれだけじゃないですけれども、ぼくはゴーゴリをやってたものだから、幻想と笑いの古典のほうにつながっていった。それからその二つを複合したようなものがもう一つ出てきた。大まかに言うとそんな形でつながってきた。

それでは『太平記』とか『平家』はどうなるのか。さっき大庭さんがご自分の『太平記』体験とか『平家』体験ということで読んでくださったとおっしゃって、そういう読まれ方はぼくも一番ありがたいわけですが、もう一つ、書く立場で言いますと、いままでの読み方と違う読み方ができないかというのがあったんです。

たとえば『太平記』と『平家』を読み比べたときに、どうも『平家』のほうが上で『太平記』のほうがちょっと俗だという評価がこれまであった。『平家』は荘重な、つまり要するに悲劇的な。

中村❖そしてリリカルな。

後藤❖リリカルかつ悲劇的であると言われた。だけど、そうじゃない読み方が必ずあるんじゃないかと密かに天《あま》の邪鬼《じゃく》心を起こしまして読んでみたら、まさにあるんですね。

例えば、笑いですね。この鍵でひっかいてみたら何か出てくるんじゃないかと思ったら、実は出てくるんですよ。『平家』にも出てくるわ出てくるわ。首をキーワードにして読んでゆくと、いままでの読まれ方とは全く違う構造が見えてきたわけです。

大庭❖後藤さんは、ご自分が手術なさったあとの首のことを書いておられて、実に何というか気味の悪い感じがしますね。私なんか感覚でしか読まないんですね。だから私はおもしろければいいんです。

中村❖ぼくは西鶴も秋成も、両方とも全然わからない。徹底的にわからないな。おもしろくもおかしくもない。一流の古典だというんだけど、ぼくは全然ダメなんです。受けつけない。だからぼくは非常に特殊なんです。

後藤❖ぼくと中村さんの小説の違いというのが、ここで本当に歴然としてますね。

ジョイス派と反ジョイス派

鈴木❖大庭さんは感覚でしか読まないとおっしゃるけれども、古典とのかかわりでは、たとえば『源氏物語』をめぐって、大庭さんなりの読み方をなさっているでしょう。

大庭❖勝手な読み方なんですね。ただ自分のところにひっかかってくるものがあればそれでいいという感じで。

中村❖大庭好みというのはあるさ。つまり、何でもいいわけじゃない。

大庭❖それはそうですね。

中村❖逆に、どうにも語感の合わないものってありますか、どうにもイヤだというのは。古典的なテクストで。

後藤❖永井荷風は滝沢馬琴がイヤだというんですな。

中村❖いや、馬琴はいかん。ほとんどの人が、馬琴はダメでしょう。だけどありゃユーモアもあるし幻想もあるし。

後藤❖あれは大変な小説ですよ。

中村❖だけどすごい才能があるよ。

後藤❖「首塚」にもあれは関係あるんです。小説には書かなかったけれども。

中村❖あれは千葉のほうの話だ。

後藤❖そうです『南総里見八犬伝』ですから。ただ史実とは、ちょっと時代をずらしてますけどね。江戸川べりで女に化けた八犬士の一人が悪家老の首を切るところがありますね。あれは『首塚の上のアドバルーン』の首塚の主である馬加康胤の首を切るところなんです。これは史実的には全くウソですよね。でも『八犬伝』ではそうなっている。

大庭❖いまのお話を聞いていて、後藤さんの作品を思い浮かべてたんですけれども、ああいう感じを馬琴は持っていたのかもわからないですね。ああいう幻想的な部分をね、いまもし生きていたら、そうだったかもしれないなとチラと思ったんです。

中村❖ぼくは戦記物ってのも全然ダメなんだ。読めないんだ。つまりね、戦記物に出てくる人間というのが人間の感じがしない。ぼくの知ってる人間と違うんだな、やったり話したりすることが。


後藤❖中村美学なんですよ、それは。ぼくは『太平記』なんかおもしろいだけでなくて、おかしくてしょうがない、首の取られ方とかね。取るほうも取るほうだけど、取られるほうもなんかおかしいですよ。

大庭❖おかしいといえばおかしいです、昔の先例はどうだったとか、そんなことばっかり言うでしょう。おかしい。

後藤❖本当に首、首、首の首づくしですよ。不思議な、おかしな、滑稽でグロテスクな首文学ですね。

鈴木❖大庭さんと中村さんの共通性でいえばエロスが非常に大きな要素ですね。あるいはさっきの美学という言葉はエロスと言い換えてもいいかもしれない。しかし、完結性をもたせないという点では、後藤さんのほうに近い。

大庭❖私は本当にまとまりのないのが特性みたいで自分であきれ果ててますけどね。まあ、エロスが作品の芯になっていることは認めます。

　私の好みでは王朝ものなんかのほうがスッと入っていけるところがあるんですね。私は戦争時代に育ちまして、そのころ手元にはそういうものがあったから、少女期にそういうのばっかり読みましたから。少女期に読んだものの記憶というのは、そのころはいいかげんに読んでるわけですけれども、あとで、あれはどういうことだったかしらと蘇ったものを読み直しますでしょう。ですから、何となく楽にその辺はわかるという感じがありまして。

『源氏』のほうがプルーストより大きくて、よっぽど新しいじゃないかと思ったりしますのね。プルーストってすごい上手な人でしょう。だからちょっと心配になったりすると、プルーストはどういうふうに書いてるかなと、読んだりすることがあるんですね。プルーストだったらここはどういうふうに書くだろうかなと思って。

そういうことはあるんだけれども、私にとってあんまり魅力的ではないんです。非常にうまく、それもきちんと全部が押さえてあって、なるほどうまいものだと感心するんですね。明快すぎて、私の好みではないんですよね。

中村❖そういう人、いますね。あれだけありゃいいという人と、あれはうまいけれどもダメだという人と二通りいますよ。

大庭❖私はやっぱり好みとすればジョイスなんです。

中村❖ぼくはジョイスは全然ダメなの。

後藤❖それはおもしろい違いですよ。ぼくもジョイス派ですから。

中村❖それでね、わかった、戦記物がなぜダメかというと、新田義貞という人が戦死するでしょう、あれを読んでるとすごい不愉快になるの。つまりね、あの人が戦死したら奥さんやなんか大変でしょうが。そういうことを何にも考えないで勝手に戦死するという、そういう神経ね。それを書くほうもね、平気な顔して書く、そこが非人間的というか、読んでてつらいの。

後藤❖新田義貞は勾当内侍《こうとうのないし》という美人の奥さんがいたために負けたという説ですよ。『太平記』の作者はそういう見方で新田義貞を書いてますね。

中村❖後醍醐天皇から拝領した妻ね。

後藤❖ええ。要するに美人のかみさんにかまけてグズグズしてたんで、足利尊氏に逆襲されて負けちゃったと。そういう意味で戯画化、滑稽化したような書き方もしている。

そういうところから『太平記』の作者は、単なる軍記物、戦記物ではなくて、もっと別の、喜劇的な目も持っているという感じを受けるんです。つまり、ドキュメンタリー的な文体も持ってるし、同時にいまの「フォーカス」とか「フライデー」みたいなゴシップ的、スキャンダル的な文体も持っている。また、人間を不条理なものとして見る実存的な見方もしている。多声的ないろんな声を出している、そういう方法と構造を『太平記』そのものが持っていると思うんです。

それは『平家』にもいえると思うんです。『平家』は書き出しのあの文体がすべてを決定しているように言われているけれども、よく読んでみると、特に首を取ったり取られたりする場面など、実にドタバタ喜劇的なんです。それもただシチュエーションとして喜劇的なんじゃなくて、そこを書く作者の文体、つまり意識が喜劇としてそこをとらえていると思われる場面があって、そういう意味であの小説は、首をキーワードにした『平家』の読み替え、とも言えます。

つまり、読むということと書くということが、このたとえがいいか悪いかわかりませんが、メビウス的な――つまり、読んでるかと思ったらそれは書いてることになってしまったとか、書いてると思ったらそれは読んでることだったという、境界線がわからなくなってゆくメビウス的関係になったこと自体が、いわば古典とぼくの小説の関係だといってもいい。

中村❖自己発見でしょう。

後藤❖そういうふうにも言えますかね。

中村❖だから、つまり後藤明生という人がわかるわけですよね、あれを読んでると。

後藤❖ああ、なるほど。

中村❖つまりいろんな意味で。びっくりするような面があるわけ。ぼくなんかだと非常に耐えられない。

――無意識の根のありか――

大庭❖一つ伺っていいですか、中村さんはどうして『雨月』があんまりお好きじゃないんですか。どういうところが？

中村❖わかんないのよ。嫌いとか好きとかじゃなくて、読んでおもしろくも何ともない。ああいうのはつまりスタイルだけしかなくて、嘘が書いてあるような気がするの。

後藤❖中村さんがそういうことを言うと奇異に聞こえるけれども（笑）。

中村❖ぼくはね、出てくる人物がもっと女々しかったり、あるいはノイローゼだったりすると……。だから勾当内侍が戦争なんかイヤだと嘆いたり、亭主が死んだんで気が変になったということが詳しく書いてあれば、ぼくはよくわかるんだけどね。

後藤❖じゃ、心理小説ですか？　乱暴な言い方かもしれませんが。

中村❖そうそう。あれは心理小説じゃないでしょう。

後藤❖まる反対ですね。

中村❖『雨月』もね。だからわかんない。つまり、こっちが乗れないわけ、心理が書いてないから。そして、文体でやっちゃってるでしょう。

後藤❖まさにあれはパロディ小説ですから。

中村❖ダメなの、文体が目立つのは。だまされてるみたいで、名文で書かれると。

大庭❖たとえば『伊勢物語』でも『万葉集』でもいいけれども、次々にいろんな人が書き加えていろんな要素が入っているものがありますでしょう。ああいうものにはわりあい興味がありますね。

つまり、もとの形からかなりはみ出しちゃってるような。もともと贈答の歌などは片一方は違う人でしょうから、そういう要素は日本にはありますでしょう。そういうのに興味がありますね。

私の場合、古典に関心が行くというのは、実際にいま使っている日本語そのものの中から戻ってくるみたいな、そういう感じがある。つまり、なぜ私がこういうふうに言ってるんだろう、というようなことがわかるみたいな感じがあるんです、古いものを読むと。「ああ、ここにあった」と、そういうのがあるんですよね。

中村❖技巧発見だな。

大庭❖技巧というよりは無意識の根のありかといったものです。無意識的に使っているけれども、もちろんそれはずーっと変わってきてるんだけれども、だけどあるんですよね。それは日本語のある種の特殊性かもしれないですよね。

──古典を違うふうに読むおもしろさ──

中村❖いや、どこの国の言葉にでもあるでしょう。

大庭❖どこの国にでもあるけれども、特に日本語は漢字を使いますでしょう。漢字そのものを見て、それをどういうふうに昔の人が発音していたかなんてこととは、別に奥にただようものの感じが、なんとなくわかるところがありますでしょう。西洋のああいう言葉、表音文字というのかしら、ああいうのですとちょっと違うかもしれません。日本語は仮名も使うから、両方あるわけですよね。その複合した感じが特殊なものを持っているのかもしれませんね。

中村❖ただ、昔はクニャクニャ筆で書いてたから、漢字も仮名も同じでしょう、字面が。

大庭❖そういうことではなくて、たとえば千年以上昔の『万葉』なんかの歌でも、いまでも結構、愛読者がいますよね。ああいうことは、西洋語の中ではわりあいないんじゃないのかな。

鈴木❖当時の発音がわからなくても読めることは読める……。

大庭❖わからなくても見れば何となくわかる感じ。それは漢文でも同じじゃないんですか。私は漢文は読めませんけれども、漢字を見ていれば意味が何となくわかるということがあるんです。

中村❖だけど発音は違う。

大庭❖発音は違っても、何となく字を見ているとわかる、そういうことはありますでしょう。

中村❖どうかな、たとえばウェルギリウスだって見ていればわかる。発音は昔はメトリックだったけれども、いまはリトミックになっている。発音は違っちゃってるけれども。

大庭❖でも、いまのフランス人でもごく普通の人が──学者じゃなくてですよ、千年以上も昔のものを、そのままの言葉で口ずさんだりということは、わりあいむずかしいんじゃないですか。英語にしたって、オールド・イングリッシュを読める人なんてあんまりいないし。

中村❖でもね、ギリシア・ラテンは違うな、オールド・イングリッシュとは。

大庭❖そういうのは特殊な、学者みたいな人はできるでしょうけど、日本人の高校生が『万葉』の歌を知ってるみたいにはできないんじゃないかな。

中村❖外国は古典の出版が多いから、ギリシア・ラテンの出版が。

大庭❖それは私は知識がないからわからないんですけれども。でも、無意識的に使っている自分の日本語があるとき突然、蘇るみたいなことがあったり、それからそこに変な付加的なものがいっぱいくっついてるんだなということを発見することが多いですよね。そういうことで、私は日本文学の古い作品には自然に興味を持つんです。

中村❖だけど、元にないものをくっつけちゃうでしょう、今は。それがおもしろいの？

大庭❖それがおもしろいんですね。

中村❖つまり、元にはないのをいまの語感で味わっちゃうということなの、古典というのは？

大庭❖そうでしょうね。それもおもしろいんじゃないでしょうか。

中村❖それはおもしろい。当時の人の知らない感動がいまの人にくっついてくる、それはすごくおもしろいですよ。それはぼくの文学でもあるわけ。

大庭❖やはり変わっていくところがおもしろいですよ。『伊勢物語』みたいにいろいろ変わってきて、いろんな付加的なものがくっついてきて、そしてそれを私たちがまたいろんなふうに読んでいる。違うふうに読んでるかもしれない。

中村❖そうそう。

大庭❖そういうことを含めておもしろいですね。

編注：このシンポジウムは、一九九〇年二月四日、国際日本文化研究センター（京都）において、共同研究「日本文学と『私』」の一環として行われたものです。

日本近代文学は文学のバブルだった

×蓮實重彥×久間十義

蓮實重彦｜はすみ・しげひこ

仏文学者、映画評論家、小説家。一九三六年、東京出身。六〇年、東京大学仏文学科卒業。同大学大学院人文科学研究科仏文学専攻中退。六五年、パリ大学文学人文学部より博士号を取得。東京大学教養学部教授（表象文化論）、東京大学総長を歴任。東京大学名誉教授。仏文学にとどまらず、映画、現代思想、日本文学など多方面で評論活動を展開。二〇一六年『伯爵夫人』で三島由紀夫賞受賞。著書に『表層批評宣言』『「ボヴァリー夫人」論』など。

久間十義｜ひさま・じゅうぎ

小説家。一九五三年、北海道出身。早稲田大学第一文学部仏文科卒業。八七年に『マネーゲーム』で文藝賞佳作、八九年に『聖（サンタ）マリア・らぷそでぃ』で山本周五郎賞候補、九〇年に『世紀末鯨鯢記』で三島由紀夫賞受賞、九三年に「海で三番目に強いもの」で芥川賞候補。著書に『刑事たちの夏』『ダブルフェイス』『聖（セント）ジェームス病院』『生存確率──バイタルサインあり──』『デス・エンジェル』『禁断のスカルペル』など。

初出｜「海燕」一九九六年一月号

執筆ノートとインスピレーション

後藤❖僕は、大阪の近畿大学に新しく文芸学部ができることになり、奇妙な因縁からそこへ行くことになりまして、今年で七年目になると思います。

ちょうどそのころ僕の『スケープゴート』という短篇集が出たんですが、その折り込みのパンフレットのために蓮實さんと「小説のディスクール」という題で対談をしました（編注：小社刊『アミダクジ式ゴトウメイセイ【対談篇】』に所収）。

今度出た『しんとく問答』はその『スケープゴート』以来の五、六年ぶりの小説集です。『しんとく問答』は大阪―河内のあちこちを単身赴任者の「私」が歩きまわる小説です。また、説経節から名所図会まで、たくさんのテキストからテキストへ遍歴する小説ですが、大阪という場所と僕との関係は、地縁的とか血縁的なものは全くありませんで、僕はいつでも連発するのだけれども、偶然です。

ただ、これは別の意味の偶然かもしれませんが、たまたま僕は『首塚の上のアドバルーン』という連作小説を講談社から出していました。昭和の最後の年だったと思います。僕は小説にいろいろテキストを使わせてもらっていますが『首塚の上のアドバルーン』の場合は、偶然、馬加康胤《まくわりやすたね》という千葉氏のお家騒動の張本人みたいな人の首塚がたまたま近くにあって、それをずっとたどっていくと『太平記』や『平家物語』につながっていくんですね。

そのことから首というものをキーワードにして、首塚めぐりというと変ですけれども、首と首塚のトポス遍歴みたいなことをやって、そのテキストに『太平記』、それから『平家物語』を使った。すると『太平記』に高師直《こうのもろなお》のニセ艶書事件というのがあって、兼好法師が登場する。そして、さらにその事件を赤穂浪士討入りにスリ替えた『仮名手本忠臣蔵』が出て来る、という具合に、テキストからテキストへアミダクジ式につながってゆく。また、高山樗牛《ちょぎゅう》の『瀧口入道』

とか井伏鱒二の『さざなみ軍記』なんかも『平家』から出てくるわけです。『首塚』の場合そういうふうにやって来て、今度大阪に行ってあっと気がついてみると、近畿大学のある東大阪市というのは河内の入口なんですね。

僕が学校へ通っている電車の沿線をたどって行きますと、千早《ちはや》とか、赤坂とか、金剛、桜井など『太平記』の地名の駅が、ごく普通の駅として存在している。これが実に不思議な感じでして、そういう日常と僕の意識とのずれみたいなもの、日常の場所と歴史的トポス、日常と古典、テキストとの分裂＝混血みたいなものを小説にしてみたいと思ったわけです。

蓮實❖『しんとく問答』については新聞の文芸時評で触れましたし、いずれ長い文章を書きたいと思っていますが『首塚の上のアドバルーン』から『しんとく問答』のあいだで、後藤さんは突然大阪へ行ってしまわれた。突然というのは、後藤文学によると漢字ではなく「とつぜん」と仮名になる。その雰囲気がいかにも後藤さんの作風に合っていて、あれよあれよという感じで記号の発信元が大阪になってしまった。

ところがこれがどうも合わない。合わないという言い方は妙ですが、後藤さんがどこに合うかといえば幕張だって合っていなかったと思う。そのずれがいよいよ決定的になったという感じで、これは何か起こるなと思っていたら、地震（阪神・淡路大震災）まで起こってしまったのですが（笑）、あれも突然ですね。

しかし、今度の作品に地震は全く出てこない。地震の「突然」の襲来は、後藤文学の「とつぜん」の原則にはかなっていないかのようです。そういう身近な時間、身近な風俗は作品の言葉には反映されていないですね。

いま単身赴任というと、不倫なんですよね。テレビドラマでいうと（笑）。ところが、この「私」はひたすら歩いていて、しかも一応、目標のある歩みでありながら、探究とは違う「とつぜん」に支配された横すべりですよね（笑）。僕は常々、後藤さんが小説を書かれるその書き方が正直言ってわからない。その意図はそれなりにわかっても、それがこうして実現されるという事態が不思議でしかたがない。

久間さんの「魔の国アンヌピウカ」（「新潮」一九九五年十一月号）なら、作家はこういう書き方をねらっており、それがこうした結果をもたらしたというのがわかるんです。それが実際に作家の意図とその実現であるか否かはともかく、他人の了解の範囲内で一応はわかるのですけれども、後藤さんは、まだわからないんです。何だか意図と書かれたものとが、決定的にずれているような気がして、書くという中間的な現場だけが迫ってくる。執筆にあたって、実際にノートをとられるということはあるのですか。

後藤❖ノートは、僕はかなりとっています。僕は日記も書きませんし、いわゆる設計図的な創作プランというものも特につくりません。ただし、引用するテキストなどは、ページなどまで、かなり細かくメモします。
　アルキメデスが風呂の中で何か発明して裸で飛び歩いたという伝説がありますけれども、僕は朝風呂に入ります。大体約一時間、我流ヨガみたいな自己流の健康体操をやるのですが、その間に思いついたことをメモするわけです。
　アルキメデスみたいな発明はできないのですけれども、アミダクジ式にあらゆるものがとび出して来ます。忘れていたことをとつぜん思い出したり、まったく脈絡のないものがとつぜんアミダクジ式に結びついたりします。
蓮實❖そのメモに書かれたものが小説の中にはまず出てこないんじゃないですか。
後藤❖そうですね。そのままは出ません。自分でも判読できないような部分もありますから。そんなメモ、断片としての言葉を、文章に変えてゆくプロセス、アミダクジ式に組み合わせてゆくプロセスの中での逸脱、増殖などが、僕の場合、小説ということかも知れませんね。
蓮實❖久間さんはどうなのですか、メモは。例えば設計図はつくられるのですか。
久間❖僕はいろいろメモはします。でも、インスピレーションのようなものがあるというわけではないです。ただ、書いていく途中で、ああ、これはこうだったというので、メモのようなものをとってみたり、とにかく書いてみなきゃわからないのでやっていいます。
後藤❖『しんとく問答』について蓮實さんが、朝日新聞の時評で、小説の起源としてのいわゆるインスピレーションというものを後藤明生はほとんど無視しておるという意味のことを書いておられるのを見て、僕はあっと驚きました。当たっているからです。
　つまり、僕はいま、風呂の中のアルキメデスなんて大げさなことを言いましたけれども、それはインスピレーションとは無関係です。まったく別のものです。僕は哲学用語もあまり詳しくないですけれども、強いて言うと、プラトンのいわゆる「想起」ですか。つまり、いわゆる芸術創造の起源としてのインスピレーションとは、まったく別物です。
久間❖後藤さんが、起源と終末に対する一切の未練を断ち切ったところからお書きになっているという蓮實さんの時評について、なるほどそういうことは言えるのだろう、と頭では了解しているのです。
　しかしなぜ、起源と終末についての未練を断ち切らねばならないのか、その点について不明な読者がたくさんいるのではないでしょうか？　小説における起源を考えたとき、小説が非常にジャンル混淆的なものであって、いわばいろいろなものの私生児として生まれてきたという共通認識があったとしてもです。
　小説を書くことにおいて、むしろ起源とか終末というもののある種の神話化を否定していこうというような意識は、少なくとも七〇年以降の思想の流行と連動しているわけでしょう？　そういう背景がなければ、起源とか、あるいは終末についての否定というのは、僕は出てこないと思うんです。

蓮實❖久間さんはノートをとられたりするけれども、それは起源のような形になっています？

久間❖どういうことですか。

蓮實❖一つの作品を構想されたときに、ノートをいろいろとられますよね、プランなり何なり。そこから出発して小説ができたというような実感をお持ちですか？　それとも、それを裏切っていく？

久間❖常に裏切っていく形になると思います。少なくとも僕が書いているものというのは、いまのお話に照らして僕自身の自己批評にかけた場合、一種のインスピレーション批判としてあったはずなんです。それは一貫してそうだったはずなんです。

インスピレーションの問題は一つにはそれを過大視したロマン派的思考をどう捉えるかに行きつくけれど、もう一つには、七〇年代以降の潮流として、ヘーゲル、マルクス的な考え方を否定していこうとするときに出てくる。この世界は本質や理念の現象形態ではない、と考えるとき出てくるんじゃないでしょうか？　つまり真・善・美が前提にあるということに対する疑いとして、この問題はあるような気が僕にはします。

後藤❖たまたまインスピレーションという言葉で蓮實さんが表現されたものを、いままで言われてきた言葉で言うと、いわゆる資質というやつですね。文学的資質があるとか、ないとか。そういう具合に使われてきた資質。

そしていま、久間さんがアンチ・インスピレーションみたいなものが自分の小説の始まりと言えば始まりみたいなものだ、批評にもつながっていくのだ、と言われたけれども、これを僕流に翻訳していくと、僕が方法、方法と、何かの一つ覚えみたいに言ってきたのは、やっぱり資質というものに対する反資質としての方法、反インスピレーションとしての方法というような意味であって、そう考えていくと非常にわかりやすくなってくるんじゃないかと思います。

つまり日本の近代文学史をずっと見ると、結局、資質の文学史になっている。僕は資質とか才能というのはお金と同じだと思うんだね。あって別に重いものじゃない、と言ったのは井原西鶴だったか、誰だったか忘れたけれども、要するに、それはあって悪いものじゃない。あればあったで、それはもうけものということで、捨てなくてもいいけれども、じゃあ小説とか文学というものは才能とか資質だけでつくられているかというと、そうじゃない。じゃ、何があるのかというと、結局、僕は方法じゃないかというふうに考えてきたわけです。

その方法の一つが、書くということと読むということです。つまり小説は、読むことと書くことが千円札の裏表みたいに表裏一体になっているものだという方法論です。反資質、反インスピレーションとしての方法というふうに言えば、もっと一般的になると思います。

蓮實❖その資質というものが高い価値を帯びてきたのは西洋のロマン主義以後で、むしろ否定的な意味で、社会が自分にとって敵意ある表情を示しているから、それに対して、自分はそれとは異なる存在として、社会よりも上位にあるという形で自分の資質が肯定されていったということはあると思うんです。

僕も、そのようなものが倫理的に悪いというわけではないのですけれども、体質の上で否定したい。社会との関わりを否定的に誇大視するヒーローと作家の資質との距離なしの密着ぶりを文学だなどと過信したくない。

それを否定したくて読み始めたものがフローベールで、彼に資質があったかなかったかといったら、端的に言えばあったとは思うのですが、その資質では勝負しないと、彼は決めたわけです。その判断がなければ、彼は遅れてきた小ロマン派の抒情詩人で終わったわけで、そのことは日本では中村光夫が早くから指摘していたことですが、その資質で勝負しないときに何で勝負したかというと、やはり先ほどのお話に出たノートなんです。正確にいえば自筆草稿なんですが、ノートが何からできているかというと、結局、言葉からできている。フローベールは、小説を書く前に言葉をひたすら重ねるわけです。

フローベールの場合は、シナリオというのがあり、プランだのレジュメだのがあって、それぞれプランに従って、部分の草稿があって、その草稿が、例えば『ボヴァリー夫人』のある一つの章をとってみた場合には五つから十ぐらい異なったヴァージョンになっている。本来であれば、その直したい部分だけを消していけばいいのですが、それは結局ワープロの直し方ですよね。ところがフローベールは全部書き直すんです。ですから、それは効率という点では非常に悪いわけです。一カ所直せばいいのに全部書き直してしまう。しかも、最終稿では、それをぐっと短くしている。

そのときに、小説はどこからくるかというと、紙の上に書きつけられた言葉からしかきていない。そうしてみると、どうもそれ以前の人々が、自分だけにあると信じているインスピレーションに従って書いていった小説とはどこか違う。僕は大学時代からそのどこが文章の上で違うかというのを突きとめようとして、いまだにどこが違うかわからないのですけれども、言葉からしかこない。しかも、その言葉は起源として作品を支えているようにもみえない。

しばらく前に『フローベールの草稿手帳』という厚い本が出まして、そのとき考えたのは、それは一種のインスピレーション批判というか、資質批判といいますか、言ってみれば、自分の考えを芥川(龍之介)的な数行でまとめてみるといったようなものとは全く違う形のもので、自分が書いた言葉の中をかいくぐるようにして最終稿というのが出てくるのですけれども、文章としてよくなっているかというと、必ずしもよくなっていない。生き生きとしているかというと、必ずしもそうでない。しかし、全体を読んでみると、なるほどこうなるしかなかったのかなということがわかる。そういう書き方をしている。

それをサルトルなんかに言わせると、時間があって、物を売らなくても食っていける階級に属していたからそういうことができたのだ（笑）、ということになるのですけどね。まあ、これは時間的にも大変なロスになるわけですね。

後藤❖それは、印刷されたものではなくて、残っているのですか？

蓮實❖写真版の印刷はありますが、手帳原稿そのものが残っています。図書館に行くと全部が見られるのですけれども。

後藤❖肉筆のものですね。

蓮實❖全部肉筆なんです。もちろん、最後の段階は十九世紀の小説は、原稿を出す前にコピスト（筆記者）がきれいな字で書いたので、それも残っています。

後藤❖清書されたものですね。

蓮實❖それを改めて直したものもありますが、これはどうも美しい文章への配慮とはまったく別の作業です。

後藤❖例えばドストエフスキーの場合、創作ノートがかなり残っています。『罪と罰』『白痴』『悪霊』など主要作品のものが残っていますけれども、彼の場合は、ロシア文学史上初めての売文家でありまして、ツルゲーネフとかトルストイみたいな人は、大地主というよりも領主みたいな人で、お金は関係ない。

ところがドストエフスキーは完全な売文であって、しかも全部前借りなんですよ。前借りをするためには、手紙も書いています。兄宛、編集長宛、友人宛と、物すごい勢いで書くわけです。いかに自分がいま書いている小説はすばらしいか、前作をいかに上回っているかということを、それこそ言葉の限りを尽くしてね。

僕は、これは借金術の百科全書みたいなものじゃないかと思うんですけど、全レトリックを総動員して、あの手、この手で雄弁をふるう。道化にもなるし、お涙も入っている。もちろん最大の目的は自己宣伝だけれども、結果としてそれがプランにもなっている。僕は、彼の場合、創作ノートもそのために書かれたのではないかというふうに思うんですね。

一方、ゴーゴリの場合は、全く痕跡を残さなかった人でね、作品だけが残っているという、対照的な二人ですね。

──書くことの原体験──

久間❖僕にとっては資質の問題というか、才能の問題というか、そういった問題は、あまり意識にのぼってこないような気がします。まだ十代の頃に、自分には才能がないとか、あるとか、そういうような牧歌的な悩み方というのはきっとあると思うのですけれども、しかし、あらかた一年もそんなことに悩めば解消するんじゃないかと思うんです。解消するというか、少なくとも現実感覚があると、そんなものに悩むべきじゃないと思うんじゃないでしょうか。

書くことというのは誰かのまねをすることですよね。あるいは、常に自分は誰かと同じような、誰かのスタイルによって書かされているとか、あるいは時代のスタイルで書いているんだとか、そういうことをやっぱり書くときにはすごく意識すると思うんです。

後藤❖それは久間さんの新しさだよ。

久間❖そうでしょうか。

後藤❖それは新しさだと思う。言い換えれば、ああ、やっとここまで来たのか、ということです。つまり、僕は久間さんなんかよりも、二回りぐらい上の年代じゃないかと思うんだけれども、僕らの年代までは、小説を書くということはもう当然のごとく、才能、資質、インスピレーションという、この三種の神器なしにはあり得なかったわけですよ。だから誰かに似ていること自体がもう敗北なんであって、絶対、誰にも似ていてはいけない。世界中でただ一人という自分を特殊化し、絶対化することが、独創であり、最大の文学的価値ということになっていたわけです。

だから俺は文学的才能がないんだとか、インスピレーションがないんだとかいうことは、すなわち自殺行為だったわけですよ。

ところが僕は、何を隠そう、才能がないと思っていたんです。あるかないかは知りませんよ。だけど僕自身は、ないと思っていたというよりも、そう思わざるを得ないような体験を、昔むかしにしていたわけ。

というのは、小学校時代に、僕の場合は戦争中で、僕は植民地の日本人小学校というところに行っていました。全校生徒が百人前後という小さな日本人小学校だったのですけれども、年に一回、作文集というのを出す。これは一冊の本に一年から六年まで代表的なものが選ばれて載る、代表作選集ですね。ところが僕は一回も載らなかった。これは大変な恥辱というか、屈辱というか、恥ずかしいわけですよ。

僕の場合、兄貴と僕と弟と同時に三人が同じ小学校に行ってたんですが、上と下は載るわけですよ、毎年。僕だけが、どういうわけだか載らない。

もちろん文集には載らん人のほうが多いですよ。載る人のほうが少ないわけですから。だから、別にそれ自体は大した恥辱ではないと思うのだけれども、家族の中では、三人行っていて、二人載って一人載らないとなると、どういうふうに考えたらいいのかなという感じはしていたんです。

だから僕は、こっそりでもないけれども、文集を見ていたんですよ。どういうものが載るのかなと思ってね。例えば兄貴とか弟のを見るでしょう。そうすると、何かもっともらしいんですね。なるほどという感じがする。こういうふうに書けば載るのかなと、子供心だけど、僕はいまだに鮮明に記憶しているんです。

ですから僕は、旧制中学一年で敗戦になったんですが、それまでは本気で職業軍人になろうと思っていたんですね。

蓮實❖みんな思っていたわけですね、あのころは。

後藤❖それもかなり積極的で、特に陸軍が好きだったので陸軍士官学校に行こうと思っていた。ところがなくなっちゃったんですね、これまた突然(笑)。これには、がっくりきましたよ、本当に。『挾み撃ち』に少しそのあたりのことを書いたんですけどね。

つまり、ハイそれまで。これでオシマイということでしょう。しかし、こちらには何が何だかわからんわけですよ、何で負けたのか全くわからない。つまり、原因不明です。僕の幻想世界というのは大体あの辺から始まっているような気がする。だから、敗戦は僕にとっては、政治的とか、イデオロギーということじゃなくて、僕の場合はほとんど幻想です、あれは。

しかし世界そのものが原因不明であって、敗戦だけがわからないわけじゃない。ということがわかってくると、敗戦幻想がだんだん普遍化されてきたわけだけれども、それはあとになってからであって、軍国少年としては、とりあえず行くところがなくなっちまったわけですよ。

だから、僕は帰ってきて野球をやっていたわけです。それも草野球じゃなくて、まあ大してうまくはなかったですけれども、全国中等学校の硬式野球を三年ばかりやっているときに、たまたま『芥川龍之介全集』に出会って、これはおもしろそうだなというのが始まりです。

蓮實❖いまのお話を伺っていておもしろいなと思ったのは、文集があったとしますね、それで、お兄様と弟さんのものが載っているそれ以外に、確かに載る人は少ないのだろうけど、間違って載っちゃうケースというのがあるわけですよね。ところが、後藤さんは間違っても載らなかったわけですね。だから、これは才能なんじゃないですか。断固載らないわけですよね。

後藤❖いや、でも僕は、どうして載らないのかなと思ったですね。まあこれは応募しているわけじゃなくて、義務の作文ですけどね。

蓮實❖おそらく小学校から中学校にかけて六年間あれば、どこかで間違って、普通の人は載るんじゃないですか。

後藤❖どうですかね、やっぱり載らないほうが多いと思うんです。載るのは、学年から一人か二人ですから。

そして選ぶ人、つまり審査員は先生ですから、やはり僕の作文はその審査員の作文の基準に合わなかった、ということじゃないでしょうか。

　少なくとも僕の場合、文章というものは、自分の書きたいことをスラスラ書けばよい、といったものではなかったですね。コジつけみたいになるかも知れませんが僕には「何を」書くかという前に「いかに書くか」「どうすれば文章というものが書けるのか」という意識というか、疑問みたいなものが常にあったような気がします。

二葉亭四迷、そして夏目漱石

蓮實❖「近代日本文学の三種の神器」という言葉で資質、才能、インスピレーションのことを言われたのですけれども、ことによるともう一つ、先ほどのお話に絡めて言えば、戦後派の作家には、日本が戦争に負けたことはわかるんだよという、その説明意識というのがあると思うんですね。戦後の日本文化は、その説明意識で成り立っているようなところがありますけどね。

　でも、そこへ行く前に、実は日本近代文学のある種の伝統というか、その起源に位置している例えば二葉亭四迷などは、いまの三種の神器は何も持っていないみたいな人です。それが伝統であるはずなのに、そこがつぶれちゃった。つぶれたというか、僕は、つぶしたのは森鷗外じゃないかと思っているのですけれども。森鷗外の翻訳と、二葉亭の翻訳を読んでいると、森鷗外のほうがやっぱり美文なんですね。

　二葉亭のほうはそもそも『浮雲』そのものが非常にごつごつ、ぎくしゃくした、外部の言葉に対する一種の実験みたいなものですよね。それをごく自然にやってのけた二葉亭が消えちゃったのはなぜか、ということなのですけれども……。

後藤❖ここに本を三冊もってきているのですけれども、一冊は新書判『漱石全集』で文学評論が入っている巻です。次は久間さんの『世紀末鯨鯢記《げいげいき》』の文庫本。もう一冊は牧野信一の『鬼涙村《きなだむら》』の文庫本です。

　久間さんのものは、僕も『白鯨』や『聖書』などを引用した作品『蜂アカデミーへの報告』『壁の中』『鰐か鯨か』などを書いているので、前から読みたいと思ってましたが、今日ここへ来る新幹線の中で読了しました。

　次は漱石なんですが、初期の評論に『トリストラム、シャンデー』というのがあります。たぶん日本で初めて『トリストラム・シャンディ』を紹介した文章だろうと思いますが、セルバンテスとローレンス・スターンは世界の二大諧謔家なり、といったトーマス・カーライルの言葉なども出てきます。面白いのは『トリストラム・シャンディ』を評して「無始無終なり、尾か頭か心元なき事海鼠《なまこ》の如し」といっていることです。

　では、漱石と牧野の関係は、ということですが、これはアミダクジ式でして牧野信一は『風流旅行』という奇妙な文章を書いている。スターンの『センチメンタル・ジャーニー』の原書を持って山奥の温泉に出かけた「私」が、そのタイトルを日本語にどう翻訳するか、あれこれ考えながらぶつぶつ言っている。だから『センチメンタル・ジャーニー』のパロディーには違いないが、小説か紀行かエッセイか、ジャンル不明の奇妙な文章です。

しかしこれを間に挟んでみると、一見何のつながりもなさそうだった漱石と牧野が、アミダクジ式に結びつくというわけです。

小説の可能性といったとき、これは日本文学の問題ですから、それを考えていったときに、どこら辺までさかのぼって考えたら何か出てくるかと考えたときに、僕は二葉亭と漱石をもう一回、振り返るというか、想起するというか。そして、いま漱石と牧野を結びつけたように、二葉亭と漱石の系譜をアミダクジ式に発見してゆくことじゃないかと思う。そして、もう一つ重要なことは、二葉亭と漱石を比べることだと思うんですよ。

いままでは比べなかったね。二葉亭は二葉亭で、確かにいろいろな形でずっと論じられてきているし、研究もされてきている。あり過ぎるぐらいにある。だけど誰も比較しなかったし、重ね合わせてみなかった。しかし、二葉亭と漱石のつながりを考えていったら、いままでの日本の近代小説の読み方、書き方は、ぜんぜん変わらざるを得ないんじゃないかと思いますよ。

蓮實❖漱石が出てくるのは『文学論』のほうからということですか。

後藤❖「文学論」とか「文学評論」は話しはじめると手がつけられなくなるので、ここではちょっと横に置いときまして「写生文」というのがありますね。これは東大の先生をやめて朝日新聞に入社する直前あたりに書いた短いエッセイだけれど、非常に過激な文体論であり小説論だと思うんです。

ただ「写生文」というタイトルがそもそも誤解を招くので、いかにも写生文を推奨しているように誤読されてしまったんじゃないか。つまり、漱石自身が写生文論者であるかのように一見とられるし、また、誰も正確に読まなかった。誤読されて来たんですよ。

漱石のいわゆる則天去私=写生文じゃないかみたいにとられちゃっているけれども、僕流に言えば、あれは「写生文、いかに読み、いかに書くか」だと思うんです。写生文というのはこういうものなんだと。だけどこれは絶対じゃないよと言っているんですね。

そして、自分が考える写生文に近い西洋の小説として『ドン・キホーテ』にはじまるいわゆるピカレスクの系譜、たとえば『トム・ジョーンズ』などを挙げている。確かディケンズも出てきました。

これを見て僕があっと驚いたのは「写生文」の文体論、小説論は、ほとんどそのまま『浮雲』につながるんですね。重なってくるんですよ。漱石と二葉亭は朝日新聞で同時にいたんだけれども、三回、飯を食っているだけなんですね。それも、自前で食ったんじゃなくて、社長さんとか局長さんとか偉い人が呼んで、形式的な席で三回、飯を食っているだけなんですよ。

そして一方はロシアに行っちまって、帰りの船の中で死んじまった。結局、追悼文なんかみても、余は長谷川君（二葉亭）を理解しなかったし、彼もまた余を理解しなかったという、完全にすれ違いになっているんですね。

だから、もし、二人が当時お互いに読んでいたらどうなったかなという、これは僕の空想文学史ですけれども……。

久間❖そういえば僕、何日か前に、池辺三山についての本を読んでいて、池辺三山が二葉亭と漱石を朝日新聞に呼ぶ場面を読みました。

そのときに二葉亭のことについてちょっと書いてあったのですけれども、やっぱり漱石の「写生文」というのは二葉亭がいなかったら書かないだろうと。僕は漱石の「写生文」について詳しく読んでいるわけじゃないですから、そういうものかなと思って読み流していたのですが……。

後藤❖僕がものすごく過激だと思うのは「普通の小説」という言葉を使っている。これは自然主義を指しているんですね。あれは明治四十年に書かれた文章ですけれども、普通の小説はこうだ、だけど写生文はこうだ、という言い方をしているわけですね。普通の小説よりは写生文のほうを認めているんです。

有名な譬喩《ひゆ》がありまして、漱石独特のあれなんだけれども、子供が駄菓子をもって歩いていたら、倒れて泣く。それを見て親が泣くのは変だ。そういう親は親じゃない。同様に、小説家が泣いている人物を書くときに、自分が泣いて書くのは変じゃないか、と書いてある。主人公が泣く、小説家も泣く、読者も泣く。これは余りにも幼稚じゃないかと書いてあるんですよ。

蓮實❖最悪のパターンになるわけですね。

後藤❖そう。じゃ、泣きながら書かなかったら読者は泣かないんじゃないか、という人がいるかもしれない。だけど、読者を泣かせる必要はない、と言っているんですよ。「そういう態度であれば読者は動かないのではないかという人がいるかもしれないけれども、動かさんでもいいのである」と。ということは、感動させなくてもいいということですよね。これは小説論として、大変なことを言っていると思うんですがね。

それから、写生文は筋がない。たしか「無始無終」、始めもなければ終わりもないと書いている。これもすごいでしょう。無始無終で何が悪いのかと。

普通の小説の価値は趣向にあると言っている。つまり、筋とか、道具立てとか、そういうことにあると言っている。けれども、写生文は趣向は何もない。じゃ、何があるかといったら、文章だと言っているんですよ。趣向とか筋にこだわるのは窮屈な考えじゃないかと、逆に言っているんですね。

では何が問題か。結局、文章だと断定しています。

発表当時の『浮雲』も、受け皿がなかった。和魂洋才の混血＝分裂、喜劇としての「近代日本」、その表現方法としてのポリフォニーを、誰もわからなかったわけですから。だから系譜にならなかった。漱石の「写生文」も同様だったと思います。そして、ずっとそのまま、わからないままきちゃった。

久間❖いまのお話を聞いて、無始無終、始めなく終わりなきというので、蓮實さんがお書きになった朝日新聞の時評のことを再び思い出し、それから、後藤さんについておっしゃった蓮實さんの言葉を思い出し、さらに蓮實さんが昔『表層批評宣言』で、要するに、筋とか、物語とかそういったものとは別に、その表層の中に浮かび上がってくるある種の過剰なものが露呈しているものと出会うことが問題なのだ、とお書きになっていたことを思い出しました。まさにそういうことですね、文章が問題だというのは。

後藤❖そう、そう。みんな「反」になっているんですね。反物語でしょう、それから反感動でしょう、それから反テーマ、反人生論、そして笑い、滑稽味。

じゃあ、それを、いかに書くか。その文章ですね。

二葉亭は『余が言文一致の由来』とか『予が半生の懺悔』とか、いろいろ談話が残っています。その中で『浮雲』の文体は坪内逍遙の忠告で（初代・三遊亭）円朝の落語とか滑稽本の戯作文とか、いわゆる話体のものを取り入れてみた、などといろいろ言っているのですが、結局あれはドストエフスキーの『分身』なんですよ。三角関係の構図も似ていますし。たしか『浮雲』の場合は、明治二十年から二十二年にかけて、構成は三篇になっていたと思いますが、初めは確かに円朝の話体と滑稽本の戯作調で始まっている。

蓮實❖途中でとめたりするやつですね。

後藤❖そうです。その次はゴーゴリなんですよ。例えば『外套』でもいいですが、「語り手」が外側から語っていく形式です。

ところが三篇目になりますとドストエフスキーの『分身』になるんですよ。これはいわゆる対話化された内的独白、ミハイル・バフチンの言うポリフォニーです。

蓮實❖そうですね。

後藤❖先の幾つかの談話では、ゴンチャーロフだとか、ツルゲーネフだとか出て来るので、読むほうは混乱してしまうけれども、文体とか方法から言うと、あれは円朝、十返舎一九、ゴーゴリ、ドストエフスキー、それらの混血＝分裂によるポリフォニーです。

その意味で二葉亭は、さっき蓮實さんがおっしゃったように、三種の神器なき作家と言えると思いますね。

蓮實❖本当にいまおっしゃったとおりだと思うんですけど、なぜ三種の神器が出てくるかということに関してはどうですか。本来、二葉亭の一種のポリフォニーというのもあったけれども、彼はそれを意識してやったわけではなくて、おそらく不可能なものの前で彼が示した必然的な身振りがそうなったわけですよね。おそらくそこには、言葉にしても、あるいは小説というものにしても、ちょうど人間が自然を征服していくような形で、征服した自然を自分に馴致《じゅんち》させていくような形では、言葉は自分の中に入ってこない、という認識があったと思う。

ところが、自然主義の自然にかけるわけではないのですけれども、日本文学は、結局、言葉にしても、あるいは文学にしても、馴致できる、飼いならすことができる自然だぞという方向に行ってしまった。例えば才能一つあれば、言葉なんてものはいつでも自分に所属する。文学なんてものも、才能一つあれば、これは自分のものになると。そして読者も、自分のものになったと信じることができるだろうという、それを自然と言っていいかどうかわからないのですけれども、飼いならすことのできる自然としての文学というほうに脈々と日本文学は流れていっちゃった。おそらくその伝統は戦後まで、流れてきてしまっていると思うんですね。

それに対してというか、僕はあまり漱石のことはそこまで考えてなかったのですが、二葉亭は、絶対にこれは飼いならすことのできない自然だぞというのを、論理によってではなくて、ほとんど体質的にわかってしまっていて、あの作品を終えることもほとんどできなかったわけだし、文体も、あれだけ文体が変わると、普通、弱さと言われますよね。弱さと言われて不思議はないのだけれども、実はそこに小説の一番強さが出てきているというようなことがあり、それについて、中村光夫が彼にひかれたというのはわからないわけじゃないんです。ところが、中村光夫がつくった二葉亭四迷論は「文学は男子のやるべきことではない」という、やや心のほうに行っちゃっているわけなんで、二葉亭の唯物論的な読み方をもう一度ということになるのだと思うんです。

そうして見ますと、日本文学は、結局、一番最初に日本文学の起源というものをいわば×《バツ》で消しちゃった形で戦後まで生き延びた。その×のところに、後藤さんが知らない間に食いついていたというところですよね（笑）。これは多分、ある日突然食いついておられたのだと思うんですけれども。

この間、「新潮」（一九九五年）十一月号で、いろいろな戦後派以後の作家を評している批評家の座談会がありましたですよね（編注：座談会「小説の運命2——内向の世代から現在まで」。参加者は、絓秀実、清水良典、富岡幸一郎、福田和也。単行本『皆殺し文芸批評——かくも厳かな文壇バトル・ロイヤル』に所収）。あの中で、僕は決定的に違うと思ったのは、『挾み撃ち』というのは探したらば何もありませんでしたという結論に出るためのお話じゃないわけですね。あるかないかもわからないわけですね、『挾み撃ち』というのは。ありませんでしたという結論ではない。つまりそれだと、足し算をやっていたはずが引き算でしたというような話になってしまうわけで、そこら辺がずいぶん違うなと思ったんですけれども。

近代文学の終焉を意識する

蓮實❖久間さんの作品にちょっと戻ると、このところずっと読んでいくと、言葉の抵抗感が、比較的、意識してなのでしょうか、なくしておられますよね。ごく、一番低い水準で、読みやすくなっていますよね。そこら辺は意識しておられるのですか。

久間❖ごく、一番低い水準で、と言われることにはかなり抵抗感がありますが（笑）、しかし、おっしゃるとおり、非常に意識しているんです。そして、こうした読みやすさは蓮實さんがいままでお書きになっていたことからすると、共同体の思考につく典型のようなもので、抑圧の対象だというふうに言われるのではないかと僕は思っているのですけれども、これはやっぱり非常に考えた、いわば、こっちの言い分もあるわけです。

いま例えば後藤さんが、二葉亭から日本の近代文学を考えなきゃいけないとおっしゃり、また、そういうような筋というのは当然あるのだろうと思ってお聞きしていたのですけれども、僕にとっていま問題なのは、その近代文学がほぼ終焉してしまったという事態です。端的にいえば、二、三の例外をのぞいて純文学といわれるものはいくら小説を書いても売れないじゃありませんか。つまり、我々は、おそらく商品として機能しないものを産出しているんですね。

じゃ、商品として機能しない場合、どうやって、曲がりなりにも商品として機能する箇所をつくり出すかということで、僕はどのようなことをやってもいい、じたばたしてもいいといま考えているんです。そのときに、例えば近代文学が持っていた概念のようなものがすっかり失われても、僕は構わないと思うんですよ。

例えば、内面の告白があり、あるいは世界のすべてをリプレゼントするような意識があり、したがって思想や道徳をリプレゼントするようなものという文学の概念というのが全部失われてもいいと思うんです。ニヒリズムで言うわけじゃありませんが、その結果、近代文学とは違った、新しい文学の概念が生まれてくるんじゃないでしょうか？

じっさい、もう事態は明らかですが、僕らが、これから生き延びていくのは、おそらく商品としてだめならば、僕らを囲い込む同人をつくるような、組織をつくるようなことしかないんじゃないでしょうか。

具体的に言えば、大学でそういう人間たちを、要するに読者を産出していくような形でやっていくか、あるいは、詩や短歌のように結社みたいなのをつくって、先生が一筆一筆直すような、そんなような形になるしか、僕はないと思うんですよ。

そうした場合、いまここでとにかくジタバタしてどこが悪いのか、と僕は考えているんです。

後藤❖それは深刻な問題ですよ。

久間❖そう考えたときに、例えば近代文学、あるいは文学に類したものというのは死んでも、我々がイメージするものとは違ったものというのは、当然、生き延びるし、当然あると思うんですよ。

ところが、少なくとも自分で、才能であるとか、あるいは資質であるとか、そういうことが問題になったような、逆にそのまったくのアンチでそれはそうじゃないというふうに結論を出すような、その種の文学概念というのは、いまやもうほとんど僕は消えていると思うんです。少なくとも僕の意識では、それは七〇年の初めぐらいからもうだめになったというか、後藤さんとか、古井（由吉）さんとかがお出になった、いわゆる内向の世代の方々が出た時点で、僕はそういうことだったと思うんです。

日本の近代文学を振り返ってみると、例えば、二葉亭にしろ、漱石にしろ、彼らの提出した問題に行きつく。それは僕にもわかります。いわゆるネーションステートの成立と近代文学との重なり合いとか、あるいは、言文一致の問題とか、そういうことを考える意識というのは。

しかしひるがえって考えれば、我々はもう、ちょっと違った場所に突入しているという認識から出発しているんじゃないかと非常に思うわけです。その中で、僕はできるだけ、とにかくじたばたしようと思っている。じたばたするというのは決して、僕が例えば作家として、それこそ私小説作家の末裔として何かパフォーマンスしようとか、そういうことじゃなくて……。

後藤❖だってあなたは反私小説家でしょう。それは、自覚はあると思うんだけどね。

久間❖ええ、もちろんです。ただ繰り返しになるかも知れないけれど、僕は小説を書こうと思ったことはほとんどなかったんです、ある時期まで。三十ぐらいまで僕は小説を書くつもりはなかったんです。ただ、批評とか小説が好きで、あるいは何人かの先行する小説家・批評家の書くものに導かれて、それで世界をいくらかなりと明からめようと思って読んできたんです。

それが、小説のようなものをどういうわけか書いてしまった。書かざるを得なくなってしまった。その時点で僕は、この業界を見たときに唖然となったんです。これはやっぱり死んだ業界ですよ。

後藤❖だから二葉亭も最後まで、自分が小説家だということを、絶対に言わなかったね。「朝日」の特派員でモスクワへ行くとき上野精養軒で送別会があって、内田魯庵が代表して送別の辞を述べているわけです。「あなたは日本を代表する小説家として、日本の文学をロシアにPRしてもらいたい。それとと同時に、ロシアの文学をまた日本にも紹介してもらいたい」と。

しかし、断固として認めない。「私は朝日新聞の特派員として行くのであって、小説家として行くのではありません。だから日本の小説は紹介します。これは日露戦争がまたあってはいけないから、日本人の民情というものを伝える手段として、小説が一番日本人の民情も伝えられると思うから紹介する」というふうに、絶対に認めないわけです。俺は小説家じゃないと。

集まっているのは、坪内逍遙以下、島村抱月、正宗白鳥、田山花袋、徳田秋声その他、文壇総出です。その送辞に対する答辞が、もう味もそっけもないというか、本当に、何とかで何とかをくくったというようなやり方なんですね。

これはだけど、何とも絶望的な答辞ですね。日本に自分が考えている小説がない以上は、自分を小説家とは認めたくないということです。自分を送っている皆さんが小説家であるならば、自分は小説家じゃないという、反語的というよりも、ほとんどラジカルな、反小説宣言みたいな答辞なんですね。反小説であり、反文学なんですね。で、それをずっとたどっていくと、漱石の「写生文」のあの過激さに結びついていくわけです。

しかし、受け皿があまりにもなさ過ぎたというか、いま久間さんが言った問題だけれども、二葉亭だって『浮雲』では食えなかった。だから内閣官報局の下級役人をつとめた。漱石も、朝日新聞に移るときに啖呵《たんか》を切ったでしょう。大学屋と新聞屋とどこが違うんだという啖呵を切っていますよね。あれは二葉亭が、俺は小説家じゃないぞと言ったのと裏腹だと思う。

そのときに、じゃあ小説とは何かということが問題になって来るわけだけれども、漱石式に言えば、それは趣味の表現ですから（笑）。しかし、趣味の表現なんだけれども、なぜかそれは、腹が減ってもやらなきゃいけないというところが、僕は非常におもしろいと思う。つまり、小説の不思議さだと思う。

蓮實❖いまお話しになったことに直接関係するかどうかわからないけれども、日本近代文学は文学におけるバブルだったという説なんです。

それが文学における至上の価値であるがごとくに、さっきの三種の神器が出てきたわけなんですけれども、本当は小説家など、自立できる状態が日本の近代社会にあったはずはない。ところが、何らかの形でできてしまったわけですよね。

明治時代を見てみると、自分自身が編集者であったり、さまざまな形で小説以外のところで生きてやっていたのですが、どこかから、小説で、それを商品として生きていけるのではないかというような一種のバブル意識が出てきて、そのバブルがおそらく七〇年まで続いちゃった。

もちろん、さっき挙げたフローベールみたいに、大変裕福なブルジョアジーのうちに生まれていれば別ですけれども、戦後文学というのはかなりの部分、結構裕福な人たちがいたわけですよね。そうすれば、三種の神器でやっていけるわけですけれども、その現実が露呈すると、三種の神器以外のものので、しかもお金がもらえるならば、文学以外の場で、漱石のように、あるいは二葉亭のように、と言うのですが、一方で、そのバブルとちょうど反対の形で、これも一種のバブル現象の裏返しだと思うのですけれども、自立路線というのができたわけですよね。

これは吉本隆明さんに代表されるわけだけれども、実は大学で文学などできないだろう。事実、できないと思いますけれども、それではなくて、自立で、自分なりに稼いで、それで生きていけるような場をつくれというのですけれども、実は僕は、吉本隆明の自立路線も文学バブルの一形態だと思っているわけで、そんな時代は長く続くはずはないし、文学ということを考えてみたらば、少なくとも近代文学というのを考えてみたらば、それはあり得ないと思う。

あり得ないから、ドストエフスキーがいたし、その前にはバルザックという人が、ほとんどドストエフスキーと同じような形で、自分を市場に売り出そうとしてさまざまなことをしている。そこで実は漱石は、経済的にはある種の余裕がありながら、実はバルザックかドストエフスキーみたいに必死に書いたわけですね。あれは何でしょうね。

後藤❖「朝日」への「入社の辞」によれば、家族が多く、家賃が高いので、大学屋では生活できない、ということになってますがね。

ただ漱石は、その朝日との約束、契約を、余りにも律儀に、愚直なくらいに守り過ぎたんじゃないか。自分でも、病気をしているか仕事をしているかだ、と書いてますけど、修善寺で血を吐いたあとすぐまた書き始めているでしょう。ほとんど休息というものがなかった。そういうところが、僕は好きですがね。

久間❖バブルの文学ということを考えるにつけ、バブルだったんだから、そのバブル以後をどう生きるかという処方箋というのを、僕は実は後藤さんや蓮實さんに一度提示していただけたらありがたいと思うのですが。

後藤❖それは僕なんかに聞くよりも、前例を見たほうがいいんじゃないかな。例えばプロレタリア文学が文壇の主流になろうとした時代、似たような危機感があったんじゃないですかね。

例えば、牧野信一は、小田原の実家に逃げ帰った。その後、彼は『西瓜喰う人』とか『村のストア派』とか、モダニズムの代表作を書くんだけれども、昭和十一年に突然自殺してしまう。

それと前後して横光利一の『純粋小説論』が出た。『純粋小説論』は僕はあれは好きなんだけれども、いろいろ注をつければ非常におもしろいし、いまでも重要な評論だと思うんです。同時に、いま久間さんが言った、バブル崩壊後、どうしたらいいのだという、ズバリそのものを、まさに問題にしていると思う。すなわち純文学にして大衆文学じゃなきゃいけない。

横光というのは、状況をきちっと判断し、先取りしている点では、天才的な人だと思いますね。

では、純粋小説とは何か。横光はそのお手本として、スタンダールの『赤と黒』、ドストエフスキーの『罪と罰』『悪霊』などを挙げています。そして偶然性と突然性ということを問題にしている。

近代日本文学では、偶然性、突然性は、通俗小説の二大要素であった。これを純文学がいかに取り入れるか。それのモデルがスタンダールであり、ドストエフスキーでありということを言っているわけですね。そしていま、僕は久間さんの小説をぱっと思い浮かべた。

久間❖そう考えるときに例えば先ほど蓮實さんがおっしゃった僕の小説が「ごく一番低い水準で読みやすくなっている」というご指摘を「おまえは共同体の側についたね」という批判と同じじゃないか、と僕はいま先取りして思ったんですけれども（笑）、それは通俗化であり、凡庸化であり、というふうにおっしゃると思うんです。

僕の中でもそれはいろんなふうに考えるところであって、それは結果的にどうなるか全然わからないですよね。ただ、どう書くのか、何について書くのか、どういうふうに書くのかというふうに考えると、いま自分がイメージしている文学の流れというか、文学の生きた全体みたいなのがありますよね。その中で、どう批評的に振る舞えるかということだと思うのです。

例えば、近代文学なら近代文学があったとしたら、自分はこの近代文学を自分なりに読んだ結果、どういうふうに近代文学に対して自分の態度を表明するとか、意思表示をするか。その都度、僕は、自分自身の、例えばこんなことを言ったら食えないじゃないかとか、例えばそれは単なる遠吠えじゃないかとか、そう思うことがたくさんあるわけです。

その都度そういう形で、自分の生活と、自分の意地と、いろいろなものが交差する場所で、僕は書いているような気がするんです。

　そうして結局、小説なんか書いちゃいけないということに、僕はなるんじゃないかと思うんですけれども。


蓮實❖ほぼ、僕もそれに近い考え方だとは思うんです。というのは、小説にはあらゆることが可能であるわけです。小説では何をやってもいいと。それは後藤さんの理論でもあるわけだけれども、すべてが可能であるはずだ。ところが、バブルは、すべてを可能ではないかのごとくにして、ごく非常に少ないある種の側面の文学で生き延びさせてきたわけですよね。

　ところが小説には、すべてが可能である。それこそ、にせ講演も小説だ。それからにせ手紙も、にせ見聞記も小説であるということになった。ところが、すべてが可能であるということは、やっぱり何もできないということなんですよね。すべてが不可能であるということとほとんど同じことなのであって、それを、どうしたらいいかというふうに問うときに、これはモデルが要るわけですよ。モデルがあるわけですよ。

　例えば、先ほどのドストエフスキーの例とか、それからフローベールの例とか、フローベールの父親はやっぱりお医者さんですけれども、たまたま金持ちで、ブルジョア生活を送ることができたので、ああいうことになったのですけれども、実はフローベールにしても、土地もあれば、お金も持っていたのですけれども、自分の妹が破産したんです。そこへお金をつぎ込んで、あとはもう売文になるわけです。文学の歴史で売文以外のやり方で生きられた人というのは、まずいないと思うんです。

　そこで、売文というのは何かというと、結局、書かれた文章以外の、自分自身に所属する何かを商品化することだ。例えば、その人の趣味でもいいし、時代との関わり方の雰囲気のようでもいいけれども、文章以上の何かの商品化というのが、僕はさらにバブルを生き延びさせたと思うわけです。

　例えば、それが意識的な商品化であったかどうかはともかくとして、村上春樹という人はそれができたわけですね。人前に出ないとか、あるとき日本から消えるとか、不意にあるとき自分の小説のメイキングを語ってみるとかですね。

　ただし僕は、いまや村上春樹もその種の商品化ではやっていけないという強い危機意識があるというふうに思うので、万能の薬はない。

　実は日本の文学の、近代文学の歴史で言えば、途中で小説をやめちゃって、先ほどのお話のように、自分は小説家じゃないと言い張った二葉亭四迷がやはり正しいと言うと変なのですけれども、あれが一番理にかなったやり方だと思うんですね。あれしか僕はないと思うんですよ。それをいろいろな形でいまみんなが模索し始めて、かなり売れていた作家ほど、それがシビアに出ているんじゃないかという気がするわけですね。

そのときにもう一つ、自分自身の商品化という点で、一番うまかったのは三島由紀夫だと思いますし、三島は自分自身を国際的な商品にまで仕上げてしまうといううまさを持っていたのですけれども、それを文学の問題とすべきかどうかという点をもう一度考え直してみる必要があって、やはり僕は三島のようにやっていいと思うんです。

三島のようにやるのは、あれは文学の正しいやり方であって、あらゆる人ができるわけではないと思うのですけれども、バルザックだってやったんだ。ドストエフスキーだって売り込みをやったんだということであれば、三島のような自分自身の売り込み方をやってもいいんだけれども、実は近代文学においては、三島のようにやることは本当はよくないんだよ、という申し合わせがあるんじゃないかと思う。

後藤❖それはあると思います。斎藤緑雨が言った通り「筆は一本、箸は二本、衆寡敵せず」。ただし「文壇社員」に登録されれば何とか食える。その代り定期的に生活報告書、すなわち私小説を提出しなければならない。これを怠ると失格する。また、この報告は正直、赤裸々でなければならず、虚言、虚構は最も厳しく排除された。

となると、三島の場合、この規約、社則からはみ出しますからね。ところがいまや、その「文壇社員」がリストラ状態になってしまった。そんな感じですかね。

思考のキャッチボール、あるいは生きた全体への参入

蓮實❖今度の久間さんの小説『魔の国アンヌピウカ』は最初、冒頭部分から人物がかなりたくさん出てきます。かなりたくさんの人物が出てきて、章ごとにその人物の視点が変わっていくというのは、僕は非常におもしろいと思ったんです。章ごとに変わるというのは、余白があると、次は前の雰囲気では読めないということですよね。次に別の人物が出てきて、そしてまた別の人物が出てくる。

ところが、最後はある部分から余白が続くんです。あれは全部別にするわけにはいかなかったんですか。

久間❖結局、自分がこう思うことというのと、違うように何となく書いてしまうんです。ここのところはこういうふうにしようと思っていたのが、その気になって書いているはずなのに、違うことを書いているんです。違うことを書くから、ずれながら考えていく。

最後に関しては、いつもいままで一生懸命、行ったり来たり行ったり来たりしながらやっていたものが、あと最後どれくらいかになると、目茶苦茶速くなるんです。何か馬の手綱をぐっと握れないような、ぱっと放してしまうような。

それは、さっきの漱石じゃないですけれども、要するに速く書いて、読者が読むときにそういうスピードを見せるとい

うのと、実際に書いているとき、こちらがスピードを出してしまうというのと、それはちょっと違うと思うんです。にもかかわらずそんなふうになってしまって……。いつも技術的な問題で、僕は自分自身にこれは問題だと思っていることがたくさんあるんです。

誰も、できるなら理想型で書きたいですけれども、理想型というのはどこかでずれちゃうし、いつか理想型にいけるんじゃないかと思ってやっても、理想型に近いことを書いても、やはり行きつけなかったりする。

後藤❖僕は最近出した『小説は何処から来たか』というエッセイ集の中で、日本におけるロシア文学の読まれ方は間違っていたのではないか、つまりプーシキン、ゴーゴリ、ドストエフスキーというペテルブルグ幻想喜劇派の系譜が忘れられたことと、二葉亭の系譜の断絶との関係を書きましたが、確かに久間さんも、幻想派だと思います。

ただ、僕流に言わせてもらえば、久間さんの場合は幻想ロマン派ですね。

蓮實❖それはきついんじゃないですか、久間さんとしては、そう呼ばれるのは。

久間❖僕は、反ロマン主義なんですけれども（笑）。

後藤❖いや、僕はやっぱり幻想ロマン派だと思う。ただし、このロマン派は、また二つに分かれるわけです。その中で久間十義は幻想ロマン派の社会派。村上春樹は幻想ロマン派の抒情派。これはどうですか。

『世紀末鯨鯢記』でいうと、確かにダッチワイフその他、パロディーの仕掛けは整っています。しかしパロディーだけれどもロマンスである、という小説もあり得るわけですから。

蓮實❖僕はちょっと違うんで、あれはすごく図々しくできていたのがおもしろい。あまり細かいことを考えずに書かれたんじゃないですか。

久間❖……（笑）僕はあの小説の前に『マネーゲーム』というのを書いていたんです。そのときに非常に通俗的であるということを言われたんです。僕は『マネーゲーム』では、僕なりに一種の認識の問題を取り扱ったつもりでいたんです。非常な観念小説のつもりで書いたんですけれども、要するに豊田商事を取り扱っているだろうと、言ってみればその扱った素材のところだけ言及されたんです。

あれにはがっかりしました。少なくともいかにも理論的なことを言うなら、ちゃんと理論的に読めなければいけないぞというのが、僕にはあったんです。半分挑発ですよね。半分腹立たしくもあり、『世紀末鯨鯢記』では、僕はこういうふうに考えているぞ、この球は、もうこれしか投げないぞ、というつもりで投げたんです。

僕は先ほども言いましたが、自分は個人で書いてなくて全体の一個なのだと常に思うんです。いくつかの読書体験でそういうふうに思うわけですよ。そういう中から例えば『モービィディック（白鯨）』なら『モービィディック』に対する読み方というか、それは批評家のセンセイ方から見ればつまらないかもしれないけれども、あるんじゃないかと。
とはいえ、この思考のキャッチボールというか、生きた全体への参入はままならない。日本社会の全体から言うと、全く何でもない。それこそカラスが一声鳴いたことにもならない。何にもならない。そういうことを、あるときふと思っちゃったわけです。
蓮實❖あるときというのは、どの辺の段階ですか。『マネーゲーム』の後ですか。もっと後ですか。
久間❖『マネーゲーム』のときは、ただ小説をどこかの雑誌に発表してもらおうということで精一杯で、やっぱり『世紀末鯨鯢記』を書いたあたりです。
蓮實❖『世紀末鯨鯢記』は、何か怒っていたんです。
久間❖それは本当に怒っていたんです。『マネーゲーム』を書いた時点でトンチンカンな批評がいくつか出てきたから、バカヤロウという気持ちで書いたんですよ。そうしてみると、バカヤロウというのは何となく通じるんですけれども、しかし、僕が課題としたものに対して人は敏感かというと、そんなことはないわけですね。しかも僕がそんなことを要求することもまた余計なわけで、そうするとそういったことに関する熱意は醒めるじゃないですか。
いわゆる純文学とかいわれているものが、どれほど純文学とかけ離れているか。ある意味でばかばかしかったですね。そういう意味でいまだって非常にばかばかしいんですけれども。これを書いたってお金にならないですからね。
結局、病気だから書くような感じじゃないですか。要するに、僕はときどき子供を連れて児童公園かなんかに散歩しに行くんですが、昼間なんか行くと、ほとんどリハビリしているおじさんですよね。そういうふうにしか成立しないわけですね。

小説は批評であるか

蓮實❖久間さんの出発点は——出発点であるかどうかはともかくとして、いま我々が文学を読んでいると、自分より前に多くの言葉が書かれている。その書かれている言葉の空間の中で、自分も言葉を紡ぎ出そうという姿勢でしょう。それは必ずしも文学だけではなくて、新聞記事でもいいし、ことによったら言葉にさえなっていない神話的な人物であってもかまわない。とにかく何か語られたものがあるんだ、というふうに書かれますよね。『モービィディック』にしてもそうなんだけれども。
ところが一方で、いま大江健三郎もそう思って書いているわけですよね。彼は自分の琴線にふれるものだけを拾ってきているわけで、やや違うということだけれども、そのときに、ほかの人に似ることはいいことなのか、悪いことなのか。例えば『世紀末鯨鯢記』の場合だったら、大江健三郎がもう鯨のことを書いているわけですよね。大江健三郎に対して何かあのときありました?

久間❖あの小説で引用した鯨の鳴き声「ボォーン、ボォーン、ウィップ、ウィップ」というのは、あれは大江健三郎なんです。いくつかあからさまに大江健三郎の言葉を使ってみるということをやってみたんですよね。

ただ、大江さんが『モービィディック』について書かれた文章の思考を丸ごと頂戴したわけではもちろんありません。僕は思うんですが、『モービィディック』というのは決して近代小説的な作品ではなくて、博物学的というか、出発点があって結果が生じてくるようなもので書かれてないですよね。メソッドが近代的ではないですよね。

蓮實❖ノベルスよりはロマンスですよね。

久間❖あるいは、サタイヤ(風刺)。八木敏雄さんの『「白鯨」解体』の解体に、白鯨モザイクというのが出てきます。白鯨の各章をタイルにして絵でかいたんです。それは目からウロコがおちるように、おもしろかったです。つまり、時間的な推移じゃなくて、視覚化し、空間化するような読み方というようなものを一挙に教わったような気がしました。

じゃ、そういったことを自分の中でどういうふうに考えられるか。きれいに考えられたわけではないですけれども、少なくとも、そういう読みをどこかで入れて書こう。それは先行する小説と自分というのがどういう形になるか、どう切り結ぶかというのが問題だという意識と、僕は背反しないと思うんですよ。

ついでを言えば、T・S・エリオットは「伝統と個人的才能」の中で全体とどういうふうに化合するかというのが問題だと言っていたように記憶していますが、僕のインターテクスチュアリティ(間テクスト性)についての発想は大部分が、エリオットからきていると思っています。

蓮實❖やっぱりインスピレーションに戻るわけだ。ロラン・バルトじゃないけれども、作者はいないというね。

久間❖七〇年代の半ばからフランスの思想・文芸思潮については、僕らはある時期、蓮實さんに全部導かれて、読んでいるわけです。僕らの世代というのは、みんなそうなはずです。だから、例えば蓮實さんが一言二言を言う、その案外と辛辣だったり、皮肉たっぷりだったりする、いろんな意味の言葉というのに、僕らの世代以降の人間は、ものすごく敏感なはずです。

蓮實❖先々週ですが、ある学校の学園祭で「小説は批評であるか」という中上健次が言った言葉をとらえた討論会があったんです。

小説は批評的であるかもしれないが、小説が批評であるはずはないんだけれども、ある時期、批評家が結構、僕をも含めて、ある程度、勢いがよいように見えた時期があったんですよね。そのときに中上が、それをジェラシーというわけではないんでしょうけれども、そういうものじゃないよというような形で「小説は批評ではない」ということを言って、他方、いま『中上健次全集』が出ているからでしょうか、それを主題にした討論会があって、浅田彰と僕と渡部直己と絓秀実とで対談をしたんですが、結局、小説は批評であるかどうかなんていう問題は全く問われず、そのときに出た結論が、知識人なり批評家なりといったようなものが、あまりにいまのところ事態が混沌とし過ぎて、みんながかなり真の近代主義者になっている。戻らざるを得ないだろうと。

浅田は浅田で、とにかくモダニズムでいきますというような宣言をしたり、例えば日本近代文学といわれているものは、実はモダニズム（近代的なもの）ではなくて、さっきから僕がバブルという言葉でそれを言っているわけなんですけれども、実はモダンだったのは、僕は二葉亭四迷しかいなかったと思っているわけです。

ですから、そこに戻るというのは、決していまの言い方でいうと間違いではないんだけれども、じゃあ、こう世の中がモダンであるかモダンでないかがはっきりしないようなときには、旗色鮮明にモダンに戻りましょうという結論がそのときには出たんですけれども、そのときにはっきり分けなければいけないのは、疑似《えせ》モダンというので、バブルモダンと、それからバブルによって消されちゃったモダンがあって、バブルによって消されちゃったモダンのほうに戻らなければいけないんじゃないか。

そのときに、例えば久間さんのような書き方をしている場合、すでに書かれたものによって物が書かれてくるというとき、それを広げますか、狭めますか、ということなんですね。ちょっと変な聞き方かもしれないけれども、すでに書かれたものは無限にあるわけなんで、それを大江さんは狭めて、すでに書かれたものを使っているわけですね。そこには非常に選択的な意図が働いている。誰だって選択的な意図はあると思うのだけれども、それを広げるか広げないかということは、どうでしょう？

久間❖僕は、先行するものに対してある目配りをしたり、ある配置をしたりすることが、先行するものとつながったり、化合したりすることだと思うんですけれども。

蓮實❖だから、引用するには及ばないということですよね。

久間❖そうです。そうするときに、どういうものを選ぶか、あるいはどういうふうに配置するかというのが問題なのではないでしょうか。だから、その時点でその都度、その都度、選択していこうと思っているんですけれども、そこのところに、例えば量的なものとか、質的なものというのは、どうなんでしょう？

いま二葉亭と漱石が出てきたのですけれども、僕は最初に賞をもらって小島信夫さんのところにお伺いしたことがあるんです。そのとき「小島さん、漱石はどうしましょう」と僕はお尋ねしたんです。そうすると、おまえはまだ若いんだから読む必要はない、もう少し年を取ってから読めと言うんですね。それはどういうことなのか、僕もよくわからなかったんですが、要するにいま、当面こういうふうに手を打ちたい。碁でいったらこの手を打ちたいというときには、あっち側にある手に関しては等閑視しろということだと僕は思ったんです。だから、いま見える手をとにかく打っていこうと。

そうこうするうち、やがてインプットしてくるものと、アウトプットしていくものの、ちょっとアンバランスな場所に、おそらくどうやっても行くだろう。つまりどうやっても自分で自分なりの文学全体の中の解釈の場所というか、そういうのを見つけていくことが問題になる。だから、狭くする、広くするというのは、そういうふうな意識では考えていなかったんですけれども……。

ただそれは網羅的になったりするのに越したことはないです。目茶苦茶に網羅的になったりしたらおもしろいです。それは空想するときに湧き立つ空想ですけれども、実際どうなるかは、わかりませんが。

蓮實❖網羅的にする場合に、そんな人がいるかどうかはともかくとして（笑）、ここでもう一つ伺いたいと思ったのは、ある程度の長さがあるんですね、小説の場合は。

ところが、例えばベンヤミンの「パッサージュ」というのは、断片、短いもので、しかもその網羅性というのはすごいわけですよね。ある時代、第二帝政期に関して書かれたものから、実におもしろいところから、次々ひいてきて、ただしそれは大きな文脈の中には納まっていませんから、ほとんど裸でぽんと出る。

それを見ると、僕は普通は小説家のほうが図々しいと思うのですが（笑）、ベンヤミンは小説家よりも図々しいという感じがしますね。幸いそれをまとめずに死んじゃったということはあるんだけれども、小説家はそれをしなくていいのかなと。図々しくぽんと出すだけですね。文脈をやっぱりつくらなければいけないんだろうかというのが、僕の疑問なんですよね。

後藤❖さっき蓮實さんがフローベールのことを言われ、僕もドストエフスキーのことを言ったんですけれども、これは同じなんですよね。

つまり、小説とは何か、何処から来たのか、自分は本当に小説家なんだろうか、というジャンル自体および書いている作家自体への自問自答があるわけですよ。僕はフローベールにしてもドストエフスキーにしても、いわゆる十九世紀の小説の黄金時代とかそういうものとは関係なしに、二十世紀のいまにつながっているんですよ。同時に、何処から来たかという起源につながっている。

つまり、小説というものは、その疑問形なしにはあり得ないジャンルだと思うんです。これはもしかすると学問かもしれない。宗教かもしれないし、あるいは哲学かもしれない。だけれども、ジャンル自体、作者自身への自問自答があるから、これは小説なのであって、これはやっぱり永久に自己探求テーマのジャンルじゃないか。実際にまたそういうものでないと、読むに値しないと思うし、また書くに値しないと思うんですよね。

そして、そういう小説は、いわゆる三種の神器からはみ出したものにならざるを得ないんじゃないか。例えば僕が『首塚』で引用した『平家』と『太平記』はテキストとしてパロディー関係を持っています。またどちらも、歴史と文学が混血＝分裂した超ジャンルです。『史記』『十八史略』その他の引用、反復、文体模写。さらに『源氏物語』と違って作者は行方不明。こうなると、三種の神器もヘチマもないわけですよ。

蓮實❖ええ。別にこれを小説として読めというわけではないんですが『パサージュ論』なんていうのは、まさに三種の神器なしなんですよね。

後藤❖新しく出た『パサージュ論』はまだ見ておりませんが、例えばドストエフスキーの『分身』、カフカの『審判』、そしてポオの『群衆の人』、あれはまさに「読むこと」と「書くこと」の快楽ですね。

蓮實❖後藤さんなら、小さい紙をちぎって入れていくところを、彼は全部写しちゃうんですね。やっぱり、エクリチュールなんですよね。

実は彼がパリの図書館で亡命先でいろいろな参考書を読みながら写していたときには、彼はほとんど生きていけるような資産があったわけではないし、今後どうなるかわからないというようなところで、あれを書いたというか、写したということです。

それを見ていくと、やはり大江さんの非常に対象をしぼった全先行作品に対する参照も、それから非常に芸を尽くしてやっておられる久間さんの作品も、僕のさっきの言葉をもう一度使うと、ベンヤミンほど図々しくないんです（笑）。

その図々しさを、僕は絶えずいつでも小説家のほうが図々しいと思っていながら、ベンヤミンで逆転しているということは、かなり深刻なんですね。それやっちゃったら、もう小説書けないんじゃないかと思うほど、引用しかないわけですから、あれを見て小説家が傾けているさまざまな努力が、あまりにも他人への配慮があり過ぎるという感じがするんです。ベンヤミンの場合は、あれは自分のためにやっていたわけですから、自分のために書いていたものがたまたま残ったんですけれども、そうすると、やはり読者とか、読んでもらうためというものが、どの程度、図々しさを抑圧しているかなというところが、僕はちょっと気になる。

後藤❖僕が社会派と言ったのは、そういう意味ですよ。語り手の「石丸」が社会部の記者だから社会派というのではないですよ。ただし、この語り手は、自分から「関係妄想者」とか「アイデンティティー喪失者」とか名乗ったり、命名したりしてるでしょう。

反対に、ドストエフスキーの『分身』の主人公は、ドイツ人医師にそう診断されるけれども、あくまでそれを否定し続ける。その違いだと思うわけです。そこが幻想喜劇派とロマン派の分れ目です。もちろん、それだけではないですが、一つの分れ目です。久間さんの開き直りというものは、よくわかるんですが……。

蓮實❖あるんだと思います、あれは。

後藤❖その開き直りを、どうしてもわからせようというところで、社会派になっていると思う。つまり、作品が作者から読者へのメッセージになっているわけですよ。

それから、蓮實さんのいわれた引用の問題ですが、ベンヤミンはテキストを丸写し、私は紙片を挟んでゆくというお話、あれはたぶん『エスケープゴート』の中の「変形」という短篇のことをおっしゃったのだと思いますが、私も『壁の中』とか『汝の隣人』とか『吉野大夫』とか『首塚の上のアドバルーン』、それから今度の『しんとく問答』などでは、結構ベンヤミン式引用を図々しく模倣してるんじゃないかと思いますよ。

ただ、蓮實さんが指摘された、小説家が小説を作るときに余りにも他人への配慮があり過ぎるのではないか、ということ。これは、それこそ「三種の神器」と日本近代文学にかかわる重大問題ですね。

例えば太宰治、彼は日本文学史上、稀に見る引用の天才です。ただし、ベンヤミン式の反対で、聖書、ギリシャ神話、その他、何でもかんでも自分の文体に書き換えてしまう。だからマタイ伝なのか、ルカ伝なのか、わからなくなってしまう。この方法も、ベンヤミン式とは別の、一つの引用法ですが、すべての先行テキストを太宰化してしまう。しかし、その「太宰化」は果して方法なのか「三種の神器」なのか。このところが問題なんです。

この太宰化された文体こそ、彼の才能であり、資質であると解釈すれば「三種の神器」となる。そして彼自身も、実はそう解釈して欲しかったのではないか。ところが文壇では、必ずしもそうはゆかなかった。

蓮實さんの言われた「他人への余計な配慮」とは、言ってみれば、ほとんど「文壇への余計な配慮」ということでしょう。そして、そう考えると、実にはっきりしてくるのが、日本近代文学史における「三種の神器」の系譜です。つまり先行テキストの模倣などとんでもない話、いわんや引用をや、ということです。

もちろん太宰の「小説意識」は、そんな「三種の神器」の系譜から、すでに大きく逸脱していた。はみ出していました。つまり彼の「小説意識」は、より普遍的だった。しかし、彼の「作家意識」は「小説意識」とは反対に「三種の神器」の系譜にあこがれており、しかも彼は、その中心、主流になりたかった。太宰は、そんな境界線上に存在し、そして書いた、分裂＝楕円作家だったんじゃないでしょうか。

だから太宰は、二葉亭、漱石の系譜にもつながっているともいえるわけです。ノースロップ・フライ（編注：カナダの文芸評論家）が、どの時代にもジャンルが規定しにくい、つまり小説なのか、そうでないのか分類しにくいために、文学史の中で無視され、埋没している重要作品がある、という意味のことをいっていたけれども、それは日本近代文学史でも同様じゃないかと思いますね。

そして、そういった埋没ジャンルを探し出すようなジャンルも面白いのではないか。そういう小説が、あってもいいんじゃないか。例えば折口信夫が彼自身の『身毒丸』について、あれは伝説研究を小説の形で試みたものだ、といっているけれども、僕には非常に、新鮮で刺戟的にきこえますね。

（一九九五年十一月九日）

文学の責任
——「内向の世代」の現在

×

×黒井千次×坂上弘×高井有一
×田久保英夫×古井由吉×三浦雅士（司会）

高井有一──たかい・ゆういち
小説家。一九三二年、東京出身。早稲田大学第二文学部英文学科を卒業後、共同通信社に勤務。六四年に同人雑誌「犀」の創刊に参加。六六年に「北の河」で芥川賞を受賞。七五年に共同通信社を退社し作家専業となる。七七年から刊行された季刊雑誌「文体」(平凡社)で、古井由吉、坂上弘、後藤明生とともに責任編集者を務める。七七年に『夢の碑』で芸術選奨文部大臣賞、八四年に『この国の空』で谷崎潤一郎賞、二〇〇二年に『時の潮』で野間文芸賞を受賞。二〇一六年、逝去。

三浦雅士──みうら・まさし
評論家。一九四六年、青森県弘前市出身。青森県立弘前高等学校卒業。六九年、青土社の創業とともに入社し雑誌「ユリイカ」の創刊に参画。七二年より同誌編集長。七五年より「現代思想」編集長。八二年に退社。八一年、文芸評論家となり、八四年に『メランコリーの水脈』でサントリー学芸賞、九一年に『小説という植民地』で藤村記念歴程賞、九六年に『身体の零度』で読売文学賞、二〇〇二年に『青春の終焉』で伊藤整文学賞を受賞。

黒井千次──くろい・せんじ
略歴は8ページを参照
坂上弘──さかがみ・ひろし
略歴は8ページを参照
田久保英夫──たくぼ・ひでお
略歴は296ページを参照
古井由吉──ふるい・よしきち
略歴は8ページを参照

初出──「群像」一九九六年三月号

「内向の世代」登場の背景

三浦❖今日はいわゆる「内向の世代」と呼ばれている方々を中心にお集まりいただいているわけです。呼称にも問題がありますし、また必ずしも「内向の世代」に属しているわけではないという方もおられますが、雰囲気的にひとつのまとまりと見なされている方々といっていいと思います。

この雰囲気を確かめるのに、じつはたいへん都合のいい文章がありまして、それは講談社の文芸文庫に収録された古井由吉さんの短篇集『水』に寄せられた著者自身の「あとがき」の一節です。

「若かった、と今からは言えるが、当時は三十代で妻子もある身であれば、世間からはむろん、文芸ジャーナリズムの内でも若者扱いにはしてもらえなかった。その数年前から阿部昭、黒井千次、後藤明生、坂上弘などが文壇に登場あるいは再登場していたが、まとめて『内向の世代』という名をたまわる前に、『遅れて来た新人』とか、さらには『セコハン新人』とか呼ばれていた。それからわずか五年ばかりの差で、三十代の新人がヤングとして世に迎えられるようになったものだ」

六〇年代半ばから七〇年前後にかけての文学界の雰囲気が彷彿としてきます。

翻って考えてみますと、一九五〇年代は「第一次戦後派」の方々がすこぶる健在だった。たとえば「近代文学」の人々にしても、五〇年代のみならず六〇年代を通して健在だった。その後に「第三の新人」が登場する。イデオロギーというよりは普通の市民であることにウエイトを置く世代だったと思います。で、さらにその直後に、石原慎太郎、開高健、大江健三郎といった人々が登場して、文学というか文壇の雰囲気もずいぶん違ってくる。「内向の世代」が、ある意味で「第三の新人」と似ているように思えるのは、その登場の直後に、やはり、中上健次、村上龍、村上春樹といった人々が登場しているところですね。「内向の世代」がどこか生活者を感じさせたとすれば、その後の新人たちは逆に非生活者を感じさせた。

話のとば口として、もうひとつ、七〇年前後に「文藝」で三回連続して行なわれた座談会についても触れておきたい。出席者は阿部昭、黒井千次、後藤明生、坂上弘、古井由吉といった顔触れで、それに批評家の秋山駿さんなんかが加わったりしたものです。

第一回目の座談会では作家のイメージの変化ということが話題になっています。ここにお集まりの皆さんは、デビュー当時、他に職業を持っておられた。作家といえば、破滅型ではないまでも、文学至上主義者、芸術至上主義者ではあるといった通念が、もはや通用しない、そういう毛色の違った作家が登場してきたということが話題になっています。

第二回目の座談会では、主題として、この世代にとって戦争が重要なこと、しかしそれは、従来の意味でのそれとはずいぶん違うということが話題になっている。

第三回目の座談会では、志賀直哉が亡くなったこともあって、それとの関わりで、小説の現在ということが話題になっています。

当時の「文藝」を見ますと、皆さん髪が黒々としていて、いかにも本当に若い（笑）。さて、それからすでに二十六年、四半世紀も経っているわけです。阿部昭さんはお亡くなりになった。皆さん、もう若いとはいえない。で、他の皆さんは全員、文学の現在に対して非常に責任の重い立場におられるわけです。子供の目から見た戦争や戦後、そしてとりわけ壮年の目から見た六〇年代以降の高度成長、さらにそれ以後の日本を綿密に描いてきたのが、この世代であるといっていいと思います。そこで、そういう歴史をもふまえた上で、皆さんが今、文学の現在をどうお考えになっているか、そういうことが話題になるとたいへん有り難いと思います。

最年長は田久保さんですが、田久保さんはいわゆる「内向の世代」には、幸いにしてというか、くくられなかったわけですね。

田久保❖僕は終始「内向の世代」の外なんです。

三浦❖そういう田久保さんの目から、この世代がどんなふうに見えていたかお話しいただくといった形で始めるというのはいかがでしょうか。

田久保❖思いがけないことですが、それでは最初に申し上げます。

今、三浦さんは、ちょっと時間の流れを追ってお話しになりましたけれども、僕は「内向の世代」の個々の作家たちと長くおつき合いいただいて、たいへん親近感を持っています。それはなぜだろうかと考えますと、簡単な言葉では表現できないんですが、それ以前の世代とは、書く内容も方法もやはり違っている。そこに妙に異質な意識を持っているところが感じられる。そこが僕などともちょっと通じるところがあって、自分の側から一方的にいえば、いつも時代の同伴者みたいな気分で歩いてきたような気がします。

その違いは何かというと、例えば物語についての意識の持ち方じゃないかと僕なりに考えています。僕らよりちょっと後になると、中上健次あたりが、物語を書きつつ反物語を探るような方向で、その境目みたいなところで頑張った。そんな最初の方法への意識が出てきたのが「内向の世代」という言葉はあまり好きじゃないんですけれど、やはりその面々ではないかと思えます。

その辺からもうちょっと前の時代は、物語なり私小説の形なり、自分を表現することに、もっと確信的な価値の感覚があった。しかし、それをもう一度疑って、つくり直さなければならない。これが揺らげば、内へ向かって、それぞれ自分で検証せざるをえない。概括的な言い方で申しわけないんですが、七〇年代前後の時代の状況とか、欧米の文学などのいろいろな契機もあるでしょうし、そこに意識が先鋭に働き始めていたという気がします。

三浦❖僕はまるまる一世代下になるわけですけれども、ちょうどその座談会があったということが一つありますが、もう一つ大きいのは、同じ河出書房新社ですけれども『新鋭作家叢書』というのが出まして、それに、僕らから見て当時の若手がザーッとそろっていた。僕も関心がありましたから全部そろえたことがありまして、そのイメージが非常に強い。

必ずしも最初から「内向の世代」と目されてはいなかったということでは、高井さんにもそういうところがあったと思うんです。しかし田久保さんも高井さんも『新鋭作家叢書』の中の大きな柱だったわけですね。高井さんからごらんになるといかがですか。

高井❖「内向の世代」という言葉をこしらえたのは小田切秀雄さんですね。

古井❖否定的な意味でね（笑）。

高井❖そう。つまり、社会的関心がなくて内向きなやつばかりということです。僕はそのリストには上がっていないんですよ。だけど、後から見ると、やっぱりあいつもそうじゃないか、といわれるようになってきた（笑）。だから、さっきおっしゃった座談会とかああいうものに僕は全く関係なかったわけです。

「第三の新人」の人たちは、出てきたころから親交があった。安岡章太郎さんによると「グループサウンズ」といわれたそうだけれど「内向の世代」は、おのがじし自分の小説を書いてきたと思います。我々のころから文壇の意識はずいぶん変わってきたんじゃないかな。

「文藝」が座談会をやったのは七〇年代に入ってからですね。僕が書き始めたのは六六年からですから、それから四年ぐらいたっていたんです。こういう同年代の人たちが出てきたなという感じで見ていました。

三浦❖高井さんが『北の河』をお書きになって、それが「文學界」に載って、それからすぐに芥川賞を取りましたよね。

高井❖六六年の一月です。我々は、みんなばらばらに仕事をしてきて、それを外から評論家がくくってくれたといった方が実情に近いでしょう。

三浦❖そのとおりだと思います。しかし、今になって考えてみると、名称というのは、それこそ印象派にしても何にしても、全部そういうところがありますが、なかなか便利な名前だったなということもあるんです。

　考えてみると、その後は、そういうのがない。「全共闘世代」という言い方が一時期ありましたけれども、例えば作家に関して「内向の世代」ほど説得力のあるジェネレーションの呼び名はあまりなかった。つまり、くくられるだけの意味があった最後の世代という感じもするわけです。

古井❖「内向の世代」という言葉を賜ったとき、それは内向に違いないと思った。それで、どこから来る言葉だろうと、いろいろ思い出してみて、僕も学生運動にちょっとかかわったものだから記憶をたどると、例えばこういう場面があるんです。

　ここは闘わなければいけないと主張する人間が大勢を占めるでしょう。そうすると、ちょっと良心的なのが立ち上がるわけです。闘わなければならないけれども、自分が今どういうふうにして暮らしているか、どういう場所にいるか、この日常の足元を見詰め直さなければいけないというのがいるわけです。そうすると、あなたの考え方は内向的だという。こういう場面を思い出しました。だから多分、左翼用語じゃないかと思います。

後藤❖プチブル的とか。

三浦❖プチブル的であり、かつ実存主義的だということでしょうね。

古井❖だから内向きということでは僕にかかわっている。社会的には黒井さんにかかわっている（笑）。死刑になるとしたらこの二人でいいんじゃないか（笑）、そう思いました。

黒井❖今、古井さんがいったような状況での学生時代のことを考えると、僕らのころは、内向というよりむしろ日和見といっていたね。日和見という言い方の方がもっと俗っぽくて、現象面をとらえていっているので、何がその底にあるかなんていうことまではいっていない。とにかく日和見、日和見という言い方が一般的だった。

古井❖だけど、相手がちょっとまじめそうだと、内向という決めつけ方をしたようですよ。

三浦❖でも、日和見と内向じゃだいぶ違うんじゃないですか。内向というのは、ある社会的なことに関して、自分とのかかわりがはっきりしないと気持ちが悪いということでしょう。それが日和見かどうかというと……。

黒井❖だから、日和見というのは表層的なことをいっているのであって、内向的というのは、原因の部分というか、根元の方をいっている。内向だから日和見という形になるのかもしれない。

古井❖内向というのは、一向しようもない、いよいよしようもない状態をいうんだと。

田久保❖内向って、小学校でも中学でも、通信簿でこの子の性格、傾向はというときに、教師が「内向性あり」とか書くじゃないですか。僕はあれをすぐ思い出したな。

古井❖最初その意味だと思ったの。それで、自分に関してはもっともだと思ったわけです。

三浦❖ある意味で、褒め言葉だと思ったんですね（笑）。

田久保❖だから、内向という言葉が一番使われているのは通信簿で、何となく野暮な、教育的な感触がするんです。

高井❖あれは、外向性が何度とか度数があるんだってね。そういう決めつけ方があったみたいね。

三浦❖それは、すごく社交的な人のことをいうわけですね。

高井❖そうです。

古井❖しかし、二十代ならともかく、三十過ぎて妻子があって内向というのは、こっけいな名称だったよね（笑）。

三浦❖今では、三十代は若手だし、四十代の死は夭折ですよ。

古井❖ここにいる人たちがデビューしてから中上がデビューするまでの間に、世間の年齢感覚がすっかり変わった。それは僕らにも影響を及ぼしていて、その戸惑いがある。

職業を持つということ

三浦❖当時話題になったことでいうと、別にしっかりした職業を持っていることも大きかったわけです。たまたま七〇年当時、後藤さんはやめたばっかり、坂上さんは勤め人だということで、職業を持って文学をすることに関して、後藤さんと坂上さんの間でいろいろなやりとりがあって、それもまた非常に興味深かったんですけれども、その坂上さんが、つい最近退職された。

黒井❖坂上さんはもっと早くやめるはずだったんだよ（笑）。

坂上❖僕は、皆さんと違って、会社に入ったときからやめたくて、毎日やめる、やめるといっていた人間です。黒井さんが十五年勤め、古井さんも十年、阿部昭も約十年ぐらい勤めていて、みんなよくやめたなとうらやましかった。でも、高井さんが残っていたし、日野啓三さんも残っていたしね。

あのころは結局、世間というか社会が、この人たちは勤められないというふうに見ちゃうところがあって、みんなすごく有能なんだけれども、人を使い切れないんです。今は、日本文藝家協会という大組織をコーディネートする黒井さんとか、大学の文芸学部長をやる後藤さんは、会社でいったら部長さん、重役です。そういうことができる人たちなんだけれども、あのころは企業が全然使い切れなかった。

古井❖勤めているときも、決して無能ではなかったんだと思いますね。

黒井❖小説を書いていなければ必ずしも無能ではなかったかもしれないけれど、小説を書いていること自身が、つまり企業のメンバーとして認められるか認められないかでしょう。

坂上❖やっぱり白眼視されるでしょう。黒井さんのものを読むと、それが一つのスプリングボードにはなっているけれども、あれがむしろ当たり前だったですよね。

黒井❖そうだと思います。企業としてはその方が健全なんだと思うけどね。

坂上❖そんなことはないです。それは、その当時の企業が不健全だったからなんですよ(笑)。それが今になってごらん。会社の中で、何でもいいからとにかく能力を持ってください。一芸に秀でている人の方が会社にとってはいてもらいたい人になった。

黒井❖一芸昇進みたいなものだな。

坂上❖企業の発展形態からいうと、最初は、企業が人というものの能力を半分ぐらい使っていれば済んでいたんです。でも、今はフルにいただかないと、逆に企業の方も成り立たないというふうになっているんです。これは滅私奉公みたいですが、実はその逆なんです。専門家が欲しいということなんです。

後藤❖皆さんの話をずっと一わたり聞いていて話が出なかったので、えっと思ったんだけれども、地震です。つまり今日なんです。これは全く偶然なので、一月十七日を選んだわけじゃないと思うんだけれども、僕は今日、大阪から来たんですが、地震の話が出て来ないので、やっぱりここは東京かなと思いました(編注:座談会が行われた一九九六年一月十七日は、阪神・淡路大震災からちょうど一年後)。

僕はさっき「文藝」の一九七〇年の座談会の写真のコピーを見せてもらってウーンと思ったんだけれども、僕たちが小説家として四半世紀とにかく書いてきたということ。これはいろいろな意味で、自分自身の何をどういうふうに書いてきたのか、どの辺でどういうふうに変わったのか。そういうことも含めて、今日の座談会は何となく、「自分史」という嫌な言葉があるんだけれども、小説家における自分史みたいなものにもなるのかなという感じがあったね。例えば僕らの固まりが「内向の世代」であって、その後に、こういった便宜的にくる言葉がないと三浦さんいっていたけれども、これは、やっぱりそれだけの意味があると思うんです。

だけど、僕らまでは、年齢的なものだけじゃなくて、小説家というものに対する一つの考え方として、出方はいろいろあるとしても、とにかく一くくりできるものがあったんじゃないかと思うんです。だから、僕らまでが一くくりであって、小説家に対するプラス・マイナス両面での自意識が違ってきているんじゃないかと思うんです。

だから、さっき坂上さんがいったように、例えば、いかにもアーティスト的な形で生きていくとかいうのじゃなくて、だれが見ても普通の人のような顔をしている、また、していなければ生きていけないんだという一種の市民性というか社会性。つまり、変な言葉でいえば忍者的というか、二重性というか、両面性というか、そういうものを持っていたのが僕らの特徴だと思うんです。会社で能力があったかないかは別としてね。

三浦❖僕もそう思います。だけど「内向の世代」以後、またアーティスト型が出てくるわけですね。中上さんが登場して、すぐに村上龍が登場する。やがて村上春樹が登場してというあたりで、ある意味で昔に戻ったんじゃないか。二十四時間全部作家というか、そういうスタイルがまた復活した。それも非常におもしろいなという感じがするんです。

後藤❖僕らの市民性と違うものが出てきたということでしょう。

坂上❖さっき後藤さんが震災の話をしたからそれをフォローしようと思うんですが（笑）、僕は去年の十七日はちょうどアメリカのサンノゼにいたんです。朝、訪問先の会社で新聞をひろげたら、一面に真っ赤な血が流れているような炎上写真が載っていて「NIGHTMARE（悪夢）」とぶち抜きの活字が出ている。そして、その下に「ディザースター・ノックス・ハード・オン・ゴッズ・ドア」と書いてあるんです。最初は「God's Door」ってわからなかったんですけれども「神戸」を「神の扉」として、ボブ・ディランの歌にある「天の扉」に例えたのです（編注：「天国への扉（Knockin' on Heaven's Door）」）。

僕は日本にいなかったから、テレビによる時々刻々の感覚がわからないかわりに、血のような火の海の写真からだけ。やっぱり戦災ですよね。戦災の破局としてパッと入り込んだ。そのときに何を思ったかというと、関西の地震だから『方丈記』とかいろいろなのを思い出してもいいんだけれども、そういうのは思い出さなくて、子供の心です。これで子供がどんなになっちゃっているだろう。

震災というのは、僕らの子供のころだと空襲に当る、一種天災のような災害ですよね。そこで死ぬ思いをした。その子供のころの気持ちが、実は初心としてずっとつながっているわけじゃないですか。とっさに自分は環境の動物なんかじゃなくて、初心の動物だなと思いました。もし戦災がなければ、自分の文学の一番最初にある初心みたいなものは、別のものではなかったかと思います。

——戦争体験と震災——

後藤❖僕は、去年の今月今日なんだけれども、午前三時ごろまで「群像」の原稿を書いていたんです。それで、眠ってたらガタガタと揺れたでしょう。僕のところは大阪市内だから大した被害はなかったんだけれども、なぜかマンションの僕の仕事部屋だけがひどく揺れたらしくて、本が全部ドーンと投げ出されているわけです。それも、ひっくり返るとかそういうのじゃなくて、飛び散っているわけです。揺れ方が、ねじれたような形です。だから、どうしてこの本がここへ飛んだかわからないぐらいに変なねじれた飛び方をしているわけです。机の上もみんな瓦礫になっていて、その下に「群像」の原稿がかろうじてあった。

さて、そうすると、どこへ行ったら書けるのかなというので、しばらくテレビの前で、マフラーをして靴をはいて、余震がどうなるのか見ていたんです。四時ごろになってもまだ余震があるというでしょう。これは困ったなと思って、山の上ホテルへ電話したんです。そうしたら、部屋があるというから予約したんです。ところが、新幹線がとまっているんです。仕方がないから、僕は大阪の上六《うえろく》(編注:大阪府大阪市天王寺区上本町《うえほんまち》六丁目の略称)というところへ行って、近鉄に乗って名古屋まで行ったんです。名古屋へ行ったら「ひかり」はとまっていて「こだま」だけ、指定席はありません。それこそ戦後だよ。つまり、階段のところからホームまでずらっと並んでいるわけです。それで、二台目にやっと乗れたんです。東京に着いたのは九時半ごろだったかな。それで、その日は呆然として、酔っぱらって寝てしまいました(笑)。

田久保❖でも、近鉄がよく動いていましたね。

後藤❖近鉄もギリギリで、指定席がないんです。

坂上❖それは戦後の引き揚げだね。

後藤❖そう、並んで連絡船を待っている感じですよ。

坂上❖内向という言葉を素直に受け取るとすれば、僕はやっぱり戦後型内向、戦災後の内向、そういうものとして内向を意識しています。

後藤❖さっき田久保さんが通信簿のことをいったけれども、先生にいわせると、この生徒は何かいいたいらしいんだけれども黙っている、何かいいたいことがあるのに自分から進んでいわない。そういう意味では、案外当たっているのかなと思う。しかし問題は、いいたいことをどういう言葉でいうかということでしょう。つまり、いいたいことをいうための方法論で迷っているうちに、内向のレッテルをペタッと張られちゃった感じですね(笑)。

坂上❖戦争のことでいえば、戦後型内向であると同時に、ここにおられる人たちが非常に健全なのは、戦後、社会を立て直す復興はだれも否定しなかった。そういう意味での社会人意識というのは共通してあるんじゃないでしょうか。

三浦❖もう一つ、翻ってよくよく考えてみると、この世代が、戦争及び戦後に関してじかに触ることが出発点になっている文学の最後ですね。

古井❖ちょっと妙な触れ方なんですよ。阪神・淡路大震災が一月十七日でしょう。十七日というのは、僕にとっては毎月毎月大事な日なんです。連載をやっているでしょう。どうしても十七日に上げないと体力が尽きるんです。去年の一月十七日も、今日のうちにあと三枚か三枚半どう上げるかで死に物狂いだった。そうしたら朝方、家の者に、どうも大変なことになっているようだけれども、と揺り起こされる。それで、居間のテレビに映っているのは、五十年前の風景なんです。その間、ちょっと五十年飛ぶんです。そうすると「戦後派」も「第三の新人」も「内向の世代」もへったくれもないわけだ。普通の日ならいいですよ。午後から三枚半仕上げなきゃならない日に、手ごたえがなくなったんじゃないかと、頭を抱え込んだ。今日もそれなんです（笑）。

つまり、戦後の五十年間がこういう映像の上で吹っ飛んじまうのでは、自分は書くことがなくなっちゃったんじゃないか。だけど、よく考えてみれば、我々の戦争のときとのかかわり方というのは、ちょっと遠隔的なんだよね。二十年、三十年、四十年の時間の流れがあって、文学者としてはちょっと違ったところで生きてきて、だいぶ離れたところで、いきなり戦争という時間の追体験……。

後藤❖僕は負けたとき中学一年だったけれども、皆さんも似たようなものだと思うんです。つまり、戦中少年です。その戦中、戦後の少年体験をどう書くか。書き方はそれぞれあったとして、直接作品に持ち込んでいるのは、僕らが最後じゃないかな。

古井❖ただし、一九七〇年をとっても、戦後すでに二十五年でしょう。ずいぶんの距離を隔ててやり始めたから、おのずから方法論ができちゃっているんだね。

後藤❖そう、なにしろ二十五年、内向しちゃっているから。野間宏の場合はパッと書けたわけでしょう。彼らはいわゆる復員だからです。しかし、復員しなかった戦争体験者が僕らで、だから、どこにもお手本がないわけです。

古井❖それは、二十五年隔てて、てめえに対して、精神分析をやっているようなところがあるんですよね。そのトラウマをね。

三浦❖それは二十五年だけじゃなくて、その後の二十五年に関しても、僕は非常に強いんじゃないかと思います。今現在連載していらっしゃる方々もいるわけですけれども、それを拝見していても、やっぱりらせんを描いて、ある一つの主題を反復している感じがすごくしますね。

古井❖そういうときに震災が起こるんですよ（笑）。

後藤❖だから、戦争体験を書く形が幾つかあると思うんです。その一つが、いわゆる復員者の文学。これは「戦後派」の人、それから「第三の新人」も例外を除いてほとんど復員者じゃないでしょうか。ところが、僕らは戦争も敗戦も体験していないんだけれども、災いなるかな復員していないんだね。

高井❖あのころ二、三年違うと経験が全然違うからね。田久保さんと古井さんとでは十年ぐらい差があるでしょう。

古井❖また、そのときどこにいたかで、まるで違うもんね。

高井❖要するに、軍隊経験の有無ですね。

後藤❖そうです。殴られたりしていれば書けるんです。つまり、復員しなかった戦争体験、敗戦体験というものを書き表す言葉なんて、どこにもお手本がなかったわけですからね。

坂上❖僕は、それはすごく大事なポイントだと思うんだけれども、この前、後藤明生の『しんとく問答』というのを読んでいた。あれは、人間って不思議なものだなと見て、何が一番不思議かというと、言葉が不思議だ。いろいろなところに立て看板とか何とかがあるけれども、この不思議な言葉はどういう背景があるんだろう。その言葉の不思議をたどっていくと、向こう側に口語りがあって、突き当たりみたいな世界があったというのがあの小説ですよね。

どうして後藤明生が言葉にこれだけ関心があるんだろうかということを考えると、やっぱり神戸のディザースターみたいな戦後の廃墟から小説を書くまでの時間が少しあるんじゃないか。その間に、言葉をつくらないと書けないという孤軍奮闘期間があるわけでしょう。「戦後派」の文学は、もともと言葉を持てる人々が書いているから、それは言葉がすでにある世界です。だけど、我々の世代は、早いか遅いかは別にして、言葉ができ上がるまでの期間がちょっとあって、その言葉のでき方は何だろうかということになってくるんです。

田久保❖それは、一たん言葉が壊れたということですか。

坂上❖我々にとっての言葉は壊れているし、壊していいものでもあった。同時に、言葉というのは入ってきているでしょう。戦後は、何といったって英語とかその属性が入ってきているわけでしょう。文明としての英語を消化しながら、今まで持っていた言葉を一緒にしてつくっていく形をとりますよね。言葉に対する敏感さというのは、時代のカオスみたいなところには必ずあると思う。僕は「内向の世代」がかなり大人っぽかったりするのは、そこで言葉というものをかなり意識的につくろうとしたからだと思うんです。

僕らが小説を書き出したころは外国文学のブームですから、それとも戦って、その形も吸収していく。漢文からくる文語的雄弁術は、もうすでに昔の人みたいには持っていないんですよ。そういう意味では新しい言葉をつくっていかなくちゃいけない運命にあったわけです。

僕は今、漱石に凝っているんだけれども、漱石は何であれだけのものが書けたかというと、漱石のなかには完全にでき上がっていた言葉の体系があって、そこに英語の体系を持ち込んできて、英語の構造のある文章で日本語をねじ伏せたり、わかりやすくしたりして書くわけです。そこに、散文としての強力な文体ができてくるわけです。

我々の世代はどうだったんだろうかということだけれども、案外それに時間がかかったから、皆さん、今ごろだんだん自分の文体に自信を持ってきた。

新仮名と旧仮名の問題

三浦❖それはすごくおもしろいですね。七〇年の段階で、そういうことが一回あったと思うんです。それは、坂上さん自身に関してもそういうふうにいわれ得ると思うんです。七〇年前後に、例えば『日々の収拾』とかがあった。それが、また二十五年、四半世紀して『啓太の選択』が書かれている。形式も文体も微妙に違ってきているわけです。それは非常に大きい意味での、意識的かつ無意識的な方法だなという感じがします。田久保さんがさっき、世代的な意味でいえば、方法意識が特徴ではないかとおっしゃっていましたけれども、そのことでしょうね。

田久保❖つまり、言葉について、単なる方法とか抽象的なものじゃなくて、自分の体内にとりこんで醸成して行く。戦後の猥雑な時代のなかで。今、坂上氏がいったのは適切なことだと思いますね。

黒井❖現象的にいえば、とにかく仮名遣いが変わっちゃったでしょう。それから、少なくとも教育上で漢字が制限されて、あまり難しい字がたくさん入っている小説はよくないという感じが一時ありましたよね。特に民主主義文学運動などの中では、そういう傾向があって、難しい漢字をあまり使わない。仮名遣いも現代仮名遣いに変わった。それで、記憶がはっきりしないんだけれども、僕らが小学校や中学校の初めに習った文法は旧仮名遣いだよね。それが途中のある時期から新仮名遣いに変わったでしょう。

高井❖恐らく新制中学の三年ぐらいで変わったんじゃなかったかな。

黒井❖何だか知らないけれど、僕は新仮名遣いを学校で習った覚えがはっきりないんです。何となく独習したという感じが強い。

坂上❖あのころ、旧仮名を書けといわれたら書けたものね。

黒井❖書けたよ。だって「思う」の四段活用はハ行でしょう。それが、ア行にワが入ってくるというのは……。

三浦❖僕らにいわせれば四段活用というのは古文（笑）。今は五段活用。

黒井❖とても奇妙な感じがしたけれども、そこら辺からぐらぐら、みんな変わってくる。

古井❖この中で一番若い僕ですらそうです。昭和五十二年から「文体」という文芸同人誌があったでしょう。編集同人は出張校正室まで詰めたんです。それで、校了が近づくと、机の上にバーッとゲラが積まれるでしょう。こっちもだいぶ疲れている、少し酒も飲んでいる。ゲラを見ていると、あれ、どういう言語だろうって、何だか変なんだ。これは、やっぱり新字、新仮名に、そういう場所で、この僕が違和感を覚えている。

三浦❖そうですか。

古井❖そうなんです。その前に、古典を少し続けて読んでいたせいもあるけれども、パッと目にとめると、何だか変な字、変な文章がある。

後藤❖僕の場合は、小説は初めから新仮名で書いたんです。ただ、黒井さんがいったような意味での文法が変わったとか漢字が変わったとかという意識より、世界のすべてが変わったわけです。ということは、僕にとって、目の前の文学自体が非常に新鮮なものだったんです。というのは、僕は敗戦まで文学というのは知らなかったから（笑）。外国文学も日本文学も戦後文学も明治・大正文学も、旧仮名も新仮名も全部同時なんです。

例えば、太宰治という人は、僕は「戦後派」だと思っていたんです。それから、石川淳。だから僕の場合は、芥川龍之介と夏目漱石と谷崎潤一郎と同じように、太宰とか坂口安吾とか石川淳を読んだ。かと思うと、今度は椎名麟三、武田泰淳などの「第三の新人」でしょう。つまり僕の場合は、それらがほとんど同時に一挙に来ているんです。

三浦❖でも、今の若い人たちにしても同じで、彼らの場合は、ほかの古典とか何とかと同じように、皆さんの文学が一挙に来ているんですよ。

後藤❖だけど、彼らの場合は、高校とかの文学教育で教えられて、ある程度、縦系列で読んでいるんじゃないですか。僕らだと「朕《ちん》惟《おも》フニ」から、いきなり文学だからね。今の若い人は、現代国語とか何かで、結構いろいろなことを教えられているんじゃないかな。「内向の世代」も項目に入っているらしいよ。

三浦❖もちろん、みんな教科書に載っていますよ。もっと若い世代も載っていますよ（笑）。

―風景に対抗する言葉―

三浦❖さっき坂上さんがおっしゃった方法の話で、田久保さんも古井さんも言語、言葉のことをおっしゃったでしょう。高井さんは今でも旧仮名でなさっていらっしゃる。僕から見ていると、高井有一の方法というのは、まさに旧仮名に象徴されるところがあるんですが、それはどうですか。

高井❖僕の場合は、方法意識はそんなに強烈じゃなかった。そういう文章で自分が書いてきて、結局それが一番自然だからその道でいこう。人がどうこういおうと、それはどうでもいい。だから僕は世代意識が恐らく希薄で、もし「内向の世代」の「世代」という字がついているグループに人が入れるならそれでもいいけれども、というくらいです。

後藤❖僕は、ほとんど彼の場合は旧仮名遣いは符号的なものだと思うんです。僕らだって、頭の中では旧仮名で、なぜか書いたときには新仮名になっているだけなんです（笑）。

古井❖ただ、貫いていると、おのずから方法意識にもなるんじゃないかな。

高井❖それは、人様がいろいろいうからね。

後藤❖それは、いわれても仕方がないよ。

高井❖それから、やっぱり最近は、周りとの違和感がだんだん出てきますね。

古井❖僕も旧仮名で発想していることを、ワープロじゃないけれども変換してやっているから、ちょっともうろくが来出してくるときついよ（笑）。

田久保❖それは、新仮名がきついということですか。

古井❖そう「新仮名ってどんな字？」っていう感じです。

三浦❖ワープロで変換するときに、旧仮名変換もあるべきだという説ですね。

古井❖何でこの字なんだろうって、新字がわからなくなることがあるんです。

後藤❖でも、僕らの言語のおもしろさというのは、厄介さでもあるわけで、二重、三重の言語にならざるを得ない。つまり、書く言語のレベルで二重化、三重化されているところがあるんじゃないですか。

　例えば、私小説というものに対する考え方、意識も持っていなければいけない、戦後的なものも持っていなければいけない、古典的なものも持っていなければいけない。それから、もう一つ大きな意識として、外国文学に対する意識もある。

三浦❖だけど、その前の世代に対比した場合、この世代が、古典と外国文学に対するスタンスというか、それに関して明瞭な位置、立場をとったというふうに見えるということはあると思います。

坂上❖それは、古井さんや後藤さんもいわれたと思うけれども、僕は意識的な作業だと思います。文章、文体、言葉でもいいんですけれど、やっぱりここにおられる人たちは変わってきているね。僕自身も変わりたいと思っているけれども。

　変化し続ける感じは、李恢成さんにもある。彼が金芝河《キム・ジハ》と対談していまして、それを読むと、彼は日本語で育ってきて、韓国語もしゃべれるようになったけれども、彼がしゃべる韓国語は金芝河と対するとまだ日本語なんですよね。李恢成がいっていたけれども、金芝河という人は、しゃべり方も朗々としていて、すばらしい言葉なんです。

　だけど、金芝河の言葉は、明らかに漢文学で、それを吸収している格調のある韓国語そのものなんです。英語にも影響されていない、韓国の言葉なんです。

　李恢成の方は、こちらにいて日本語から韓国語につくり直している言葉だから、言葉の容れ物が違うわけです。だから、李恢成が向こうの人たちとコスモポリタンとしてやっていくためには、これから言葉の容れ物をどんどん変えていかなくちゃいけないわけです。

田久保❖それは、掲載されたもので感じたんですか。

坂上❖そうです。

後藤❖あれは韓国語で対談したのかな。

坂上❖韓国語でしゃべったものを翻訳してあるんです。

後藤❖それは重要な問題だな。

坂上❖それは、李恢成からそう聞いたんだからしようがないんだけれども、僕は李恢成の韓国語はというんじゃなくて、要するに、李恢成はこのごろすごく変化しているんです。彼の言葉の変化は人ごとじゃないというか、我々と同じ時代の環境の中で、彼が言葉の容れ物を変えざるを得なくなってきているんです。


それは古井さんだって変わっているし、後藤さんだって変わっているのであって、結局、今となってみれば、戦後の崩壊とか焼け跡とかは風景だったんです。そういう意味では、あれは我々に与えられた風景なんです。本当は、それに対して対抗していくものが真実で、その真実というのはやっぱり言葉だから、その言葉をどうしても変化させなくちゃいけない。そういう努力が、内向の人たちも還暦になってくると見られるんですよね。僕は、その言葉の変わり方というものが、この世代の中で、今一番見るべきものじゃないかと思っています。

田久保❖さっき後藤さんが、多重化している言葉に対して対応していかなきゃならない、一つの時代的なものがあるといわれた。それはよくわかるけれども、小説を一作書く作業の中で、その多重化の中から自分の言葉をたえず見つけ出していると思うんです。それをもっと広げていったり垂直に下したりする作業を、この年月の間にやってきたんじゃないか。だから、言葉との関係をあまり分岐的に考えるのも、ちょっと危険だという気がします。

三浦❖分岐的にというのはどういうことですか。

田久保❖ですから外国語、漢文、文語、それから今しゃべっている口語。

後藤❖さっき坂上さんが、今、漱石に凝っているといったけれども、実は僕も凝っているんです。僕は、植民地育ちで九州出身だからいろいろ変な言語体験があるんだけれども、なぜ漱石の何がおもしろいかというと、例えば「写生文」なんていうのがあります。これは写生文を褒めているようで、これではまだまだだめだよと批判しているわけです。


それで最後に何を書いているかというと、例えばローレンス・スターンとか『ドン・キホーテ』とか、あっちの方のことを書いているわけです。要するに、パロディとかピカレスクの系譜のことを出していって、自分の考える文学は、やっぱりこっちの方にあるんだということをいっているわけです。つまり、漱石が「写生文」でいおうとしていることは、二重、三重構造があるので、文章はシンプルセンテンス「イット・イズ・ア・ペン」をどこまで積み重ねていけるか。シンプルセンテンスの積み重ね、組み合せが、漱石の構造になるわけでしょう。

季刊誌「文体」の刊行

三浦❖文体の話になりましたが、そういうことでいえば七七年の段階で「文体」というタイトルで季刊誌を出したでしょう。あの季刊誌からいろいろいい作品が出た。

古井❖「文体」という題名のつけ方には、おのずからアイロニーがあった。だって、僕なんかその編集後記で「文体なんてオレらにはない」って書いているんだものね(笑)。

坂上❖「文体」とつけたのは高井さんだったかな。

古井❖後藤さんじゃないですか。

後藤❖確かに僕だけど、結局、折り合いだよ。だって、スタイル社というやつがあったわけだからね。

田久保❖そう。先輩がつくったのがあったんだ。

坂上❖「文体」という題をつけたとき、僕はアメリカに行っていて、いなかったんです。僕は、多分、高井さんがつけたのだろうと思っていました。

「文体」は戦前、宇野千代、北原武夫、井伏鱒二、三好達治が同人で出した、高踏的な純文学雑誌でしょう。その「文体」という名前のために僕は宇野千代さんのところにあいさつに行って、それから小林秀雄のところにあいさつに行ったんです。戦後でしょうか、「文体」同人には小林秀雄も入っているんです。だから二人に「文体」という名前を使わせてくださいと許可を得に行けとだれかからいわれて、僕は使者として行ったわけです。

そのときに「文体」って何だろうかと思いました。あれは、営々として文体をつくるとかそういう意味での文体ではなくて、これは容れ物である。要するに、思想とかそういうものを入れるためのものが「文体」である、そういうふうに思ったんです。

古井❖僕もほぼそう考えました。容れ物だから、個人を超えるものでしょう。そう考えて我が身を振り返ったときに、ずいぶんアイロニーを感じました。

三浦❖坂上さんが、高井さんがつけたんじゃないかなと思うのは、何か意味があるんですか。

坂上❖あの編集部に四人集まっているときに、一番編集方針を持っていたのは高井有一なんです。どういう編集方針かというと、否定の論理を働かせてはだめだという編集方針です。だから、これがいい、あれがいいといっちゃおかしい、持ってきたものはだれか一人が押せば全部載っけようじゃないか。

高井❖要するに、ないに等しいんだね(笑)。

後藤❖それと、最高の原稿料を払う。

坂上❖それはまたちょっと……。

後藤❖いや、僕はあれは方針だと思うんだ。

古井❖だけど、若い作家に対して、先輩作家が、原稿の段階、ゲラの段階で、これだけ面倒を見たことはないですよ。

後藤❖古井さんは立松和平の原稿を全部チェックしちゃったんだもの。

三浦❖その話はぜひ伺いたいですね。というのは「戦後派」に関しても「第三の新人」に関しても非常に後輩の面倒見がいい。なぜか「内向の世代」だけは冷たいというか、いい意味で楚々としているというか、あまり人を押しのけて出ていかないというふうな印象、イメージがあるんです。世代と世代をつなぐ粘着力に欠けるというか。

古井❖我々は、行き詰まってから再登場してきたというふうにはくくれると思う。そういう七〇年ごろの登場の仕方なのだから、さっきから後藤さんがいっているように、いろいろな文体とか言語を考慮に入れなきゃならない。そうすると、ある意味では大変豊かな表現にはなる。しかし一方では、言語の上、文体の上で、からっけつ一文なしという意識もあるわけです。恐らく再デビューするときは、最初の一行を書けなかったという作家なんです。

後藤❖さっきの二重性にもつながると思うけど、上にも下にも、ズレを感じた。

古井❖ある種の空白とか、そういうものがよくわかっている。だから、後輩が来ると、そういう目で見るわけだ。

後藤❖いわゆる文壇に対しても、社会に対しても、ズレを感じていた。

古井❖文体のないところで文体をどうつかむかというようなことに関心がいくから、ずいぶんいじりましたよ。

三浦❖例えばだれのをどんなふうにですか？

古井❖これは後輩とはいえないだろうけど、高井さんが笠原淳さんの原稿をね。

後藤❖出張校正室で天丼か何か食いながらさァ（笑）。

古井❖僕も、立松和平のゲラに赤を入れるのは悪いと思うから、青鉛筆で真っ青に入れた。

三浦❖青鉛筆！（笑）

古井❖そうしたら和平が「古井さんに悪いけど今回はちょっと時間がないんで検討できなかった」。そうあやまっておいて、次に『遠雷』を書いていやがるんだよ（笑）。

後藤❖それと、田久保さんの原稿を待ちに待ったね。「文体とは何か」というエッセイ。

田久保❖僕は、これは多分死ぬまで忘れないと思うんだけど、古井さんが「今回は編集者ですから」とかいって、僕の家に小説の原稿を取りに来てくれた。

後藤❖それをやったんだから。

田久保❖実際に現場で働く人になるんだね。

後藤❖あ、そうだ。新人で思い出したけど、村松友視の小説を載せたのは僕でした。まだ「海」の編集部にいたので、吉野英生というペンネームでした。

三浦❖しかし考えてみると、その「文体」を出してからもう二十年なんですよね。

古井❖そうなんですよ。

後藤❖やった、やった。対談もやったしね。

古井❖坂上さんが金鶴泳さんをしつこく面倒見ていた。

坂上❖あのときはみんな得意分野があった。みんな知っている人のところへ行って、原稿を取るのが割と得意だったよ。

三浦❖黒井さんは「文体」に関して、外側から見ていてどうでしたか。

黒井❖世代というふうにくるとすれば、そういう形で後輩の面倒を見るというのは「文体」が例外的だったんじゃないのか。そういう動きは少なくとも個人的にはないでしょう。

古井❖ないですね。

黒井❖恐らく「文体」というものができなかったらば、個人ではやっぱりやらないでしょう。例えばお弟子さんとか、そういうことはあり得ないわけだから。

高井❖それはあり得ない。

三浦❖世代的にいって、そういう仕組みをつくったというのは不思議なことですね。

坂上❖そういう意味では派閥がないんだよ。

三浦❖昔は「川端康成先生のところへ行きまして」とか何とかいうことがあったわけでしょう。そうじゃなくて、グループとしてというか、仲間としてやった。

古井❖川端先生がお弟子たちにいろいろといったというのは、いわば精神を吹き込むとか、魂を吹き込むという感じでしょう。僕らは方法論的。

高井❖技術的だよね。

三浦❖それは、田久保さんが最初におっしゃった、方法論的意識が突出しているというか、そういうことなんでしょうか。

田久保❖いろいろな契機で、そうならざるを得ない状況だったんでしょうね。

後藤❖内向とかは別として、なあなあじゃないということね。

三浦❖とすれば、それは全員が頑固だっていうことですよ。

古井❖表面はなあなあなんだよ(笑)。文学論はしないし。

坂上❖そういう意味では、みんな社会人なんですよ。

三浦❖下の世代からいえば、季刊誌が幾つかあったんです。例えば「辺境」とか、いろいろなものがあった。だけど「文体」が一番芸術派だったんですよ。文学派というか、文学のことを考えていた。

「近代文学」のしっぽとして

三浦❖そのくらいから後、八〇年代にかけて、全員がだんだんと今の後輩の面倒を見るというところから、例えば選考委員とかいろいろな形で、文学の流れというふうなことを決定しなくちゃいけないような立場に立ってきた。そのことに関して率直にいってしまえば、今なお全員が後の世代に関して責任がある立場にあると思うんです。

高井❖初めにいっておくけど、ほかの人はともかくとして、僕はその責任を自覚したことはないよ（笑）。

三浦❖さっき坂上さんが、何で高井有一が「文体」と決めたと思ったのか、それは根拠があるとおっしゃったでしょう。

坂上❖高井有一が編集方針を持っていたということをいったんです。

高井❖編集方針というのは、ないような編集方針であってね。

坂上❖そうそう。それがすばらしいことなんですよ。

高井❖つまり、僕は少なくとも下の世代をどうこうという意識はなかったなァ。だけど、てめえで雑誌やってりゃ、あまりみっともない原稿を載せられないから、ということはもちろんある。

後藤❖でも、原則として同人全員が毎号書く。これも編集方針ですよ。

古井❖編集方針がないくせに、原稿を取るとネチッこいんだ。

高井❖でも逆にいえば、ここに雑誌編集の専門家がいるけど、編集方針のある雑誌は楽なんだよ。それに従って切っていけばいいわけだもの。

古井❖デビュー当時、我々は長く続いた「近代文学」のしっぽだという意識はありましたね。だから、何か新しいものを打ち出すという意欲はありましたよ。だけど、しっぽとして最後に一花という感じもあったでしょう。この印象はまんざら間違っていないというのは、僕が一番年下でしょう、次の中上健次までどれだけ年齢が開いていますか？

三浦❖中上さんと僕は同じ年だから、古井さんとは九歳違いですね。

古井❖だから、僕は長いことしんがりを務めたわけ。しんがりって心細かったですよ。

後藤❖「文体」は「近代文学」じゃない。

古井❖どちらかというと、それの否定。

坂上❖黒井さんは「文体」を外から見ていて、どうでした？

黒井❖文体ということそのものが非常にわかりにくくて。

後藤❖ほとんどの人がそう思ったんじゃないかな。

黒井❖文体というのは、ただ言葉の問題ではない。それじゃ、一体何かというと、生き方でもないし、言葉に関わるであろうというところまではわかる。あれは後藤さんからいってきたのかな、だれからいわれたんだろう。たしか文体について書けというふうなことをいわれた。

後藤❖僕が頼んだ。

黒井❖それで僕は非常に困惑した。

後藤❖小説も書いたよ。

黒井❖小説書いたっけ？

後藤❖書いてもらいました。

黒井❖よく覚えていないけど。

後藤❖題名はちょっと忘れたけど、調べればわかります。

黒井❖とにかくその文体という言葉にひどく困惑した記憶があるね。

古井❖そうなんです。同人たちは文体に関して何も語らないの。人にばかり語らせた。

黒井❖非常に困った記憶ばかりが強い。

田久保❖でも結局、書いた。

黒井❖そりゃ、そういってきたから、しようがない。うんうんいって何かしら書くのは書いたけど（笑）。

古井❖中上健次のところに「文体について書いてくれ」と電話したの。そうしたら中上が「文体のことは考えたことはないけどねェ」というのよ。それを聞いて、あっ、あるいはこいつ、俺らの陣営かと思ったんだ。

田久保❖さっき古井さんが、文体って容れ物だと感じるといわれたけれども、前の時代には、やはり文体が一つの絶対的な形で見られていて、価値の感覚が、ある面でできていた。けれど、そうは簡単にいかない、というのが「文体」の世代じゃないんですか。

三浦❖つまり、自分たちはアイロニーだった。だけど、外側から見ると、アイロニーが通じない人もいるわけです。確かに戦前、作家になる修行ということでいえば「お前、文体ができていないよ」とかいうことがあるわけです。

田久保❖それはあったでしょう。

後藤❖文体というのは、いわゆる資質的なものと方法的なものの二つに分かれたと思うんです。

古井❖文体派じゃなくて、文体困惑派なんだ。

後藤❖文体は体質か、文体は方法か。それを我々は自己分裂しながらやったということじゃないかなァ。

古井❖だって、小島信夫さんの連載をもらったでしょう。

後藤❖あなたと二人で、ずいぶん「解読」したよ。

古井❖小島さんみたいに、文体というものに対してあれだけ屈折に富んだ、何か変なふうによじれる人の文章ですら、出張校正室に行って続けざまに読んでいると、堂々たる文体があるんだよ。我々とは違うということだね。何だかわけのわからない文章を書いているけれども、自分の文体というものを頼りにして書いているね。

後藤❖あれは文体かなァ。

三浦❖相当なことをいってるなァ（笑）。

古井❖体質としての文体だよ。

後藤❖体質としての文体か、スタイル、方法としての文体か。

古井❖体質ですよ。だけど、日本の近代文学、戦後特にだと思うけど、文体というと体質的なものをいうでしょう。

後藤❖話はとつぜん変るかも知れないけど、今度、安岡（章太郎）さんの『果てもない道中記』が出たでしょう。まだ全部は読んでいない。半分ぐらい読んだけど、あれはすごい。つまり、これはつながるなァと思った。安岡さんには『大世紀末サーカス』とか『流離譚』もそうだけど、要するに「読んで書く」小説でしょう。

田久保❖あれはいいですね。日本丸という帆船がありましたね。そんな帆船による遠洋航海みたいだ。港々に停泊して。

後藤❖小説の小説です。

田久保❖やっぱり批評と文章が対応しているんだな。「音無しの構え」という消極性の極限が、無比の積極性につうじる戦法は、きわめて日本的な対処法だというあたりなど。

三浦❖田久保さんのおっしゃるとおりだと思いますね。

田久保❖それで、ある面で自由でしょう。脱線もしていくんだけど。

後藤❖あの脱線、逸脱がいいわけでしょう。あれは僕の考える小説の原理、すなわち、小説を読んだから小説を書くのだという小説の原理を、最終的に実践しているんじゃないかと思う。

——「文士」「小説家」から「作家」へ——

三浦❖今のお話ですごくおもしろいのは、近代文学に関する定義の問題になっちゃうかもわからないけれども、古井さんのお話で「近代文学」を引き受けるというふうな要素があったということと、もう一つ、後藤さんがおっしゃるみたいに、一番親近性を感じるとすれば「第三の新人」だというふうなことことは、ある意味では、僕らなりにわかるけれども、またもう一方でいうと、矛盾でもあるわけです。

古井❖それは難しいわ。

三浦❖でも、おもしろいよ。

古井❖日本近代文学の文体というのは何かというと、夏目漱石とか森鷗外とか太宰治の文体なんだね。「第一次戦後派」もそうだったと思う。「第三の新人」はそれに対して初めて疑いを出すような形で出てきたけれども、あの人たちは余計に文体なんだ。

例えば安岡さんの初期の短篇を三篇ぐらい読むと、もう安岡文学がある。吉行淳之介さんもイコールね。我々は本当に棺のふたを覆うまで、人は古井文学とは認めないと思うよ。

三浦❖そうでしょうか。とにかく「近代文学」とか「第三の新人」とか「内向の世代」の人たちが、前世代の人たちとどのようなスタンスをとっていたかということを是非伺いたいですね。

高井❖後藤さんも一緒だけど、僕らは「犀」という同人雑誌をやっていて、あれは「近代文学」の末裔みたいな同人雑誌だった。

後藤❖そうだったな。

高井❖「近代文学」の同人から金もらっていたんじゃなかったっけ?

後藤❖藤枝静男からじゃなかった?

高井❖ただし「近代文学」と文学的に因縁があったわけでは必ずしもないですね。人のつながりは別だけれども。

後藤❖立原正秋と本多秋五とかね。

高井❖さっきからいっているように、僕はどうも「内向の世代」という言葉で自分のことを語る気にならないんだよ。

古井❖そうそう。

田久保❖さっきから気になっていたんだけど「内向」というのは外から与えられた一つの名辞で、ヤドカリのように置かれた殻の中にすっぽり入ってもらいたくない。外にいる人間として、さっきから聞いていてちょっと気になって、早くいうべきだったと、今ちょっと後悔しているんだけど。

古井❖田久保さん、僕の立場を考えてください（笑）。内向、内向といわれると、それが一々針となって突き刺さる。

田久保❖古井さんは、そういうのは気にしないでいいですよ。それよりもずっと城壁の厚い存在なんだから。

三浦❖だけど、実際にいってみた場合に、それはおっしゃるまでもないですよ。これほどてんでんばらばらで、それぞれが個性的な人たちが、よくある一つのジェネレーションとして呼ばれているという感じがある。

田久保❖でも、これが速記になったらわかると思うけど、今日は「内向」という言葉が二十か三十は出てきているね。もうちょっと今の社会の不安とか、宗教の話もしたいな。

高井❖「空虚（凝視）の世代」というのがあったね。

黒井❖あった、あった。

高井❖あれも小田切さんの命名だけど、定着しなかった。

後藤❖斎藤緑雨じゃないけど、文学は食えない。漱石も「文学は趣味の表現だ」といっている。けれど問題は、食えなくても書かなきゃいけないというものがあるかないかでしょう。

この間たまたま若い人と会ったら「純文学では食えない」という。しかし、それは今はじまったことじゃない。斎藤緑雨も食えない。上田秋成も食えない。漱石だって二葉亭四迷だって、食えないから朝日新聞に行ったわけでしょう。

三浦❖だけど、いまやだいぶ違う。タレントになるのと同じ感覚で「私も文学やってみようかしら」というふうなのが来たりするわけです。僕らのイメージでいった場合、そうじゃないんだ、食う食わないは関係ない、文学というものがある、文学をやろうじゃないかということがあった。そういう感覚が「内向の世代」で終わっちゃっているんじゃないかな。

黒井❖小説を書いている人間の呼び方で「文士」というのがあったでしょう。その次が「小説家」で、いつ間にか「作家」になった。新聞なんかの肩書に「小説家」って書かなくなったでしょう。「小説家」が「作家」に変わったのがいつごろなのかわからない。ぜひ知りたいと思っているんだけど、そのときに何か変わったという気が僕はするんです。「小説家」という肩書でいわれる限りは、どこかうさんくさいし、どこか外れていて、それなりの自由もあるかもしれないけれども、少なくとも何かをリードしていく人間ではない。

三浦❖その前の戯作者というイメージを引き継いでいる。

黒井❖うん。それが生きている。「作家」になった時期から、小説を書いている人間が、小説を書いていること自体によってじゃなくて、小説を書いていることの周囲の何かある一種のイメージみたいなもので受け取られるようになってきた。それだけ広がったといえば広がったし、認知されたといえば認知されたんだろうけど、認知されると同時に、何かあやふやな部分が非常に多く周りにくっついちゃって、イメージが拡散した。そういう意味でいえば、無責任になったということがあると思う。

三浦❖それはあります。

田久保❖市民の場に小説書きが組みこまれたんだね。それはある意味で、時代の必然であるけれど、よき市民、幸福なる市民の座が、小説書きを腐蝕させるかも知れない。これは戦前から今日までの、ひそかなテーゼだな。

高井❖僕は最近、自分のことを「文士」っていおうと思っているんだ。

黒井❖そりゃ、旧仮名遣いは文士だよ（笑）。

高井❖もうそうならなくちゃだめだよ。「作家」なんて称して知識人の端くれにぶら下ろうなんて料簡が間違ってる。

黒井❖「作家」という言い方は非常にインチキだね。

三浦❖つい十年くらい前までは、何か事件があった場合、まず最初にお伺いに行くのは作家のところで「作家の何々さんはこうおっしゃっています」というふうなことがあった。知識人の代表が作家だったんです。

高井❖それはもう大昔の話だ。

三浦❖大昔といったって、せいぜい二十年くらい前まではまだそれがあった。その後、まさに「内向の世代」を境としてそういうことがなくなったということがあると思います。

―『杳子』芥川賞受賞の衝撃―

古井❖一九七〇年の三月末日、場所は池袋駅の構内、地下道。僕はその日、立教大学の退職の最終手続をしてきた。その直前まで、期末試験の採点をしていた。退職してホッとしますね。フラフラ歩いてきたら、向こうから長身の人が来るんです。こっちを見てニタニタ笑っているんだわ。黒井さんなんだね。

黒井❖池袋じゃない。新宿の地下道。

古井❖それで「あなたやめちゃったの？」というのよ。ああ、済みませんという気になるじゃない。そうしたら、黒井さんが「僕もやめた」というんだよ。

高井❖同じ日にやめたの？

黒井❖三月三十一日よ。

古井❖あの雰囲気は、両方とも新人ですよ、しかしこれから新しい文学を切り開いていくというような意気軒昂なところはなかったね。

黒井❖なかったねェ（笑）。

高井❖会う場所がいけないな（笑）。

古井❖退職後という感じなんだよ。

黒井❖そうだね。

古井❖あのとき僕は教師をやっていたけど、若い人で、小説を書いて世に打って出ようなんて意欲を持った人は、もういなかったね。小説を書くというのはだいぶ時代おくれな雰囲気がすでにあった。その中で僕らは意識、ある態度を固めたんだろうね。

三浦❖でも、下の世代からいえば『杳子』が芥川賞をもらったというのはかなり決定的だったですよ。

古井❖僕もあなたの世代のご支援で食えたわけだ（笑）。

三浦❖いえ、いえ。でも、上の世代からいったら、あれはすごいアレルギーだったですよ。どうしても読めないといっていた年輩の文学者がいたもの。僕らには、そのほうが不思議だったけど。

古井❖その後に新しい世代が出てきたでしょう。それを見ていると、何か文士みたいなことをやっている。先祖返りの風景を見ているような気がしたね。

三浦❖それはおもしろい話だな。古井さんにはそう見えたんですね。

古井❖うん。

後藤❖これは今や神話だけど、例の「文藝」の座談会で阿部昭が「会社やめて飯食えるか」ときくので、僕が「食える、食える」と答えた。あの質問は「生活」だったわけですな。僕のは単なる「食欲」だったわけ（笑）。

三浦❖それは七〇年の座談会でも後藤さんがおっしゃっているんですよ。だけど、そのとき僕は当然「（笑）」という字が出てくるんじゃないかと思ったんだけど、出ていないんですよ。

古井❖周りはキョトンとしてたんだもの。

三浦❖全員がキョトンとしてて、その可笑しさが、だれもわからない（笑）。

古井❖だいぶたってからわかったんだ。

三浦❖年譜を参照すれば明らかになるけれども、七〇年から高井さんが共同通信をやめる七五年までの間に、田久保さんも会社をやめていらっしゃるし、阿部昭もやめていますよ。ダーッとやめている。だけど、孤塁を守ったのが坂上さんなんです。

後藤❖彼はスーパーマンだから。

坂上❖僕は別に、会社に勤めているとか、そういうことを意識して思ったことはないよ。

古井❖職業人として、最初は坂上弘が一番もろかったんだよ。

坂上❖そうそう。僕が一番職業人たりにくい人間だった。

古井❖首にしたい社員だったでしょうね。

田久保❖いや、入っちゃうと、坂上弘はやはり有能なんですよ。だから長く足が抜けなかったんだ。

後藤❖有能。

三浦❖でも、坂上さんの外国の話とか、いろいろなものを読んでいると、本当にいつ首になってもしようがないという書き方しかしていないようにも見える。

古井❖いや、坂上さんは少なくとも初期は、この中で一番、組織人として無能だったんじゃないかしら。やっぱりこういう人を入れちゃ困るよ（笑）。

坂上❖組織になじむ人間では絶対ないよ。何か知らないけど、組織の方がこちらになじんできたね（笑）。それは冗談だけど、要するに高井さんが文士的に一番長く勤めたわけでしょう。何年勤めたということには全く意味がない。

三浦❖そりゃそうですね。

坂上❖なぜかというと、勤めているということは単なる風景なんですよ。

後藤❖みんな風景にしちゃうね。

坂上❖言葉以外のものは風景だという意味でね。さっきいったみたいに、内向の人たちというのは、戦後の異様な喪失というものとどうつき合うかということで生きている人たちなんです。そのときに、会社に何年勤めるかということは単なる風景なんです。会社という風景とどれだけつき合えるかということなんです。

会社の風景はどんどん変わっています。黄色い色、赤い色からだんだんバラ色になってきたり、グリーンになってきたり、会社の色というのは変わってくるんです。そういう風景に対して、自分の異様な喪失感をどういうふうにつき合わせていくかということで、会社に勤めてきた形が変わっているわけ。

会社というのは何でもないんだよ。それは別に、会社だって学校だって官庁だっていい。利益を上げるセクターであろうと、ノンプロフィットセクターであろうと、それは構わない。

――世の中の成り立ち方への独自な意識――

古井❖でも、これは補足しておきたいんだけど、例えば一九七〇年を現在としますよ。この日本の社会がどんなやり方でもっているかということを、今ここにいる作家たちは意識していた。その前の作家たちは、それはどうでもよかった。それから、その後の作家は、もっているということがあたりまえだった。

三浦❖どうやってもっているかということを意識していることが？

古井❖いやいや、そうじゃない。もっていること自体があたりまえだった。僕らより前には、こういう世の中の成り立ち方は許さないという感じで、じゃ、どういうふうに成り立っているかというのには、「第一次戦後派」も「第三の新人」も無頓着だった。

三浦❖うん。わかった。

古井❖我々はやっぱりそれは知っていたみたいだ。

三浦❖知っていたみたいじゃなくて、知っていますよ。

古井❖その後の世代は、どうしてこの状態がもっているか意識しないのよ。

三浦❖確かに、していないですね。

古井❖もっていてあたりまえ。坂上さんが今までずっと勤めていたのにも、それがあると思うよ。この世の中のこういう風景が、こういう情景が、こういう生活がどういうやり方でもっているか。

坂上❖黒井千次さんの小説をずっと読んでみれば、その都度、その年代その年代の企業の風景、組織と人間ということとの風景もあったでしょうし、情報化というような風景もあったでしょう、そういうものを黒井さんは全部書いていますよ。だけど、黒井さんの中では、こんなものに命懸けられるかというところが根底にずっとあるんですよ。

古井❖黒井さんの前まで組織論があったけど、あれはだいたい左翼の理論で処理している。黒井さんの場合は、十何年かやった人間として書いているんだから、全然違うわけだ。

黒井❖やめるときに古井さんが新しい意欲に燃えてではないというふうにいって、それは確かにそういう感じがあるんだけど、同時に、何か刑期を終わって満期釈放されたという気分はあったよ。

古井❖それじゃハッピーリタイヤじゃないの(笑)。

後藤❖僕らが小説を意識したとき、今はもう本当の歴史的な問題だけど、六全協——三浦さん、六全協(編注:一九五五年の日本共産党第六回全国協議会。日本共産党が武装闘争の放棄を決議)のとき生まれてました?

三浦❖もちろん、生まれていましたよ(笑)。

黒井❖僕らの学生時代にスターリンが死んだんだよ。

後藤❖死んだから六全協になったんだけど。

古井❖「内向の世代」という命名の仕方が六全協的なんだ。

黒井❖そりゃそうだ。

三浦❖僕、ここのところはぜひ伺いたいなという気もするんだけれども、つまり、例えば坂上さんの小説を読んでいった場合、常に狭間があっていろいろな問題が出てくる。そうすると、やっぱり半ば経営的な観点から見なくちゃいけない。この会社をつぶすわけにはいかないというふうな観点と、僕としてというふうなものとがせめぎ合っているという感じがあるんですよ。

坂上❖僕が入った会社は中小企業だったの。

三浦❖最初はですか。

坂上❖そうそう。

古井❖それなの。僕ら終身雇用の一代目みたいなものだけど、当時は坂上さんのリコー、黒井さんの富士重工、高井さんの共同通信も中小企業的なところが随分あったんですよ。

三浦❖と思う？

古井❖思います。

三浦❖じゃ、僕は坂上さんにぜひそこのところを伺いたいですね。つぶすわけにはいかないという論理が入ってくると、やっぱり動き方が違ってくるということがあるわけです。

坂上❖会社に勤めているということは、別につぶすために勤めているんじゃない。

三浦❖それはもちろんそうだけど。

古井❖だけど、坂上さんがリコーに入ったとき、このリコーという会社がどこまで続くかというのは、そんな確かじゃなかったですよ。

坂上❖それはもう危なかったよ。僕が入って数年して赤字転落して、社長が腹切るって口惜しがっていた。これは中小企業の最たるものなんです。悪い意味でいっているんじゃないですよ。

三浦❖もちろんわかりますよ。

坂上❖中小企業というのは夢があるんですよ。みんなで食えていくようなものになりたい。それは非常に戦後復興的な発想なんです。みんなにわかってほしいけど、中小企業の感覚というのは、本当に組織と人間なんかが問題じゃない。「組織」なんていう言葉はまだないの。人間関係とか仕組みとか、こうありたいという理想とか、そういうものがあるだけ。

三浦❖そうですよ。不況で一発で倒産するかもわからないわけだから。

古井❖富士重工でもずいぶん違ったでしょう。

黒井❖そりゃそうだよ。

三浦❖その感覚が前面に出てきていたというふうな感じで見えるのは、むしろ「近代文学」だったんです。つまり「近代文学」の連中は、中小企業を経営している人たちがやっているというふうな感じだったんですよ。

高井❖「近代文学」の人たちは育ちがよくて「白樺派」に近いんだ。

古井❖そうなんだよ。

三浦❖いや、僕は「白樺派」と「近代文学」はちょっと差があると思うけど（笑）。「第三の新人」にしても。外側から見た場合には、そういうところがあったんです。ここで若手を育てなくちゃいけないとか、ここで何とかをしなくちゃいけないとか、文壇なら文壇、日本文学なら日本文学をひとつの中小企業と見て、ここで若手社員が出てこないとヤバイとかいうふうなことを、いろいろやっていたという感じがするんです。

古井❖それはわからないでもない。

三浦❖「内向の世代」がそれをやったかなということに関してなんです。

坂上❖僕、そのアナロジーはあまりいただけないと思うな。企業の発展形態のアナロジーが文壇の中にあるというのは、僕は変だと思うな。

三浦❖それはそのとおりだと思います。たんに挑発的な比喩にすぎないかもしれないけれど。

後藤❖「第三の新人」まで食えたわけです。つまり文壇就職できたんだけど、僕らは文壇就職できなかった。

古井❖戦後ということを経済ということで考えると「第一次戦後派」と「第三の新人」の半分ぐらいまでは、戦後に関係ないんじゃないかな。僕らはもろに意識させられてしまっている。

坂上❖もろにあるんですね。僕がさっきいった戦後の異様な喪失というのが何を生むかというと、同じ復興とか同じ社会の西欧化とかといっても、ああ、やっぱり漱石の時代とは全然違うなと思うのは、その喪失感を表現できた人は、三島由紀夫とか安部公房がいるんですが、田久保さんや山川方夫もある意味でそういう喪失感を表現していた。

だけど、僕らはちょっと下にいた。その表現できない僕らが、喪失感とどうつき合うかというときに、一番大事なのは個人主義なんです。

それは英語でいうインディビデュアリズムなんです。漱石のいう「私の個人主義」じゃない。漱石のいう「私の個人主義」というのは個性主義、こういう英語はないと思うけど、パーソナリティズムなんです。パーソナリティーというものがいかに大事かということを、彼はじゅんじゅんと学習院の学生に説いた。あれは「個人主義」と書いてあるけれども、本当のインディビデュアリズムじゃない。

だけど、インディビデュアリズムの必要性をもろに受けたのが、いわゆる戦後の異様な喪失とつき合うときに文学というものをやり出した、この世代なんでしょうね。だから、個人主義というものに対する一つの格闘というか、そういうものに関しては、高井さん、田久保さんも含めて、戦後の文学の特徴として非常にあるんじゃないのかな。そういうものはまだだれも評価していない。

三浦❖本来は批評家がやるべきことをやっていないということですか。

坂上❖いや、批評家には個人主義ってないからさ。

三浦❖もっと痛烈になってきたな。坂上さんの、批評家にはインディビデュアリズムがないんだということをもうちょっと伺いたいですね。

坂上❖批評家にインディビデュアリズムがないのはなぜかというと、これは文学上の話なんですが、要するに批評家は小説を書いているわけじゃないから、普段それほど必要としないからですよ。小説に必要なインディビデュアリズムはとても狭い概念です。その偏狭さを容れるものが文体です。批評の言葉を個人主義というものに近づけるとすれば、批評家自身、文体との格闘が要るでしょう。

三浦❖批評にも長い歴史があるわけだけれども、極端にいえば、批評家という職業柄、インディビデュアリズムというものを達成できないということ？

坂上❖さっきいったように、僕の考えでは、文体というのはその人の思想の容れ物なんです。だから、文体は自ら変わらなくちゃいけないものを、すごく持っているんです。新しいことをいいたいときは、自分の文体が変わってこなくちゃいえない。

三浦❖そうですね。

坂上❖だから、批評家の中に自分の文体を変えていくような格闘というものがあれば、その批評家は個人主義というものに近づいていくでしょうね。それは、いい悪いの話ではありません。

三浦❖僕は個人主義に近づいた批評家はいっぱいいると思いますけどね。

坂上❖僕は多くの例を知りません。

三浦❖今の批評家のインディビデュアリズムの問題、その前の段階ではむしろパーソナリティズムというふうなものだったんだという話は、別個に大きい問題になるという感じがしますね。

坂上❖いや、それは単なるあれですから。

三浦❖それは非常におもしろいと僕は思います。坂上弘の現在に対する見方が、すごくよく出ているな、という感じがします。

――「水くさい、ほださない」ことの意味――

三浦❖そろそろ終息に向けていきたいと思うんですけど。

高井❖発足から二十五年だか三十年たって、今何を考えているかぐらいのところでおしまいにしようよ。

後藤❖さっき坂上氏が社会性ということをいったけど、僕らの社会性というものは、日本文学史の中では、前例がないんじゃないかな。前例がないわけだから、お手本もない。だからわかりにくいのは当然だったわけで、さっき文壇ともズレているし、社会ともズレているといったのは、そんな意味です。そのズレの意識をどう書くか、という問題ですね。

古井❖ここにいる作家の悪評の一番の原因は、これは田久保さんも高井さんも免れられないと思うけど、水くさいんだよ。ほださない。

後藤❖僕はどうも、古井さんみたいに、うまく自分のことを解説できないんだけれども、なるほど、古井流にいえばそうなるのかな。

古井❖ほだしにかからないわけだ。それなりの理由があると思ってやっていたけど、その後の作家や評論家がまたほだしにかかったんだよな。さっき三浦さんがちょっとこだわったけど、評論家に関していうと、その後もう一度、連帯とかそういう感じで文章を書き始めているんじゃない？

後藤❖繰り返すけど、文壇に対しても世の中に対しても、二重性というか両義性というか、そういうものは僕らには初めからあるわけです。

古井❖我々は孤立するつもりでやっているわけです。あるいは、もう表現力が失われるかもしれないという感じでやっているけど、それから五年、十年がたって、新しい作家や評論家が出てきたでしょう。まだ連帯という感情が、芯にあるんじゃない？

高井❖その後の方で？

古井❖そう、後の方で。中上も、いい作家だと思うけど、それがこだわりなんだ。何か自分が一言叫ぶと、みんながここで結集するという、我々が断念していることをもう一度やって、それが果たして旧文士のかたぎなのか、それともタレントというものなのかがわからないんだ。

後藤❖そうそう。

古井❖中上もそれはずいぶん分裂して、意識して悩んでいたようだけど。

田久保❖それは相当な要所だね。

後藤❖彼は案外、古風だったんじゃないですか。

田久保❖水くさいってどういう意味ですか。

古井❖人の心にダーッとなだれ込んでいくという態度とらないじゃない。

田久保❖それは性格的に？

古井❖あくまでも文章です。

田久保❖表現でね。

古井❖だって「第三の新人」でも、最初の一行からほだしにかかるじゃないですか。これは田久保さんでも高井さんでもやっていないと思うね。

田久保❖文章なら、それはそうか。

古井❖僕はそう思う。

三浦❖それはおもしろい。

高井❖ほだしにかかるという意味がちょっとよくつかめないところがあるんだけれども。

田久保❖それは古井さんもそうだってこと？

古井❖僕もそう。一気に引き込むとかね。

高井❖ああ、そういうことか。

田久保❖後藤明生は？

後藤❖ちょっと違う。

古井❖自己同一の感じを読者に呼び覚ます。これは「第三の新人」がうまいね。

三浦❖ある意味で巻き込むというか。

古井❖そう。巻き込む。やっぱり我々は手続がちょっとしち面倒くさいんだな。

黒井❖だから、そもそも巻き込むように生きていないんだよ。

後藤❖それは最終的にナルシシズムになっちゃうわけだから、そうじゃないよということ。

田久保❖だれがナルシシズムになっちゃうの？

後藤❖だから、例えば中上とかがです。

古井❖文学というのは、非常にいい意味にとって、相手を巻き込む、引き込むという、一つのペテンでしょう。我々は、それを断念はしているんだと思うよ。

後藤❖それはナルシシズムだけど、ナルシシズムじゃないというものがなきゃいかぬわけでしょう。それをいかに超えるかですね。

三浦❖今、古井さんがおっしゃっておられたのに関していうと、中上さんは、巻き込むことが文学の本質だと思うくらいの覚悟があったと僕は思う。そこが対立点として非常に明瞭になってくるだろうという気がするんだけど。

古井❖それが本物か、あるいはマスイメージの中の感覚でしかないのか、僕はちょっと感じ分けがつかない。

後藤❖つまり、ジャーナリズム意識の問題でしょう。

三浦❖でも、文学、少なくとも小説というのは、ジャーナリズムと一緒に生まれてきて、一緒に育ってきたという背景もあると僕は思いますよ。

後藤❖もちろん、そうだけれども、ジャーナリズムにもいろいろあるわけでしょう。さっきの「食えない」という若い作家の発言にしても。

古井❖本を売らなきゃならないぎりぎりの部数が違うね。

後藤❖それをどうするかでしょう。

三浦❖今、文学は全体的にすごく大きい岐路に立っているだろうという感じが僕はしますけどね。今、後藤さんが食えるか食えないかという話をおっしゃったでしょう。

古井❖昔からそうなんだけど……。

黒井❖そうなんだけど、食えるか食えないかという意味が、ちょっと違うんじゃないかな。

古井❖ちょっと違うね。

後藤❖さっきあなたがいった、マスイメージか、そうではないか。

古井❖生活の基本料金と感じられているところのレベル、そのバーの高さが違うんだね。僕がデビューしたころ、近くにさる出版社の営業の人がいて、よくそういうことを話したけど、そのころは二千冊増刷すると、本屋で少しずつ沈んでいく。これが文芸出版の醍醐味だといっていた。今は本を出すでしょう。今日、何冊売れたか、というのがすぐ来るんだってね。だから、三ヵ月後にどれだけ売れるかなんて問題じゃないらしい。一週間とか十日の勝負だ。

後藤❖それは確かにショックな話だ。

古井❖文学なんて二千、三千でいいんだ、それで苦労すればいいんだ、という考え方が通らない。二千、三千なんかゼロになっちゃうんだね。

後藤❖これは僕らが最後じゃないかなァ。

古井❖最後なんだろうね。

三浦❖いや、言葉がある以上は、変わらない意味での文学というのはありますよ。言葉がある以上は、言葉の芸としての——でも、これは大問題になって、時間がなくなる（笑）。

古井❖例えば中上以降の作家たちには万単位で売らなきゃいけないという強迫観念があると思うよ。

三浦❖僕、中上さんは強迫観念じゃないと思いますね。やっぱり社会に強迫観念があるんじゃないかと思う。それは芥川賞の掲載号の「文藝春秋」が平常号より売れなくなっちゃったというたぐいの話とつながっていくような話ですよ。僕はそれは一つの岐路だろうなという感じがするんです。

古井❖社会あるいは世間の扱い方でしょう。でも、その辺の話は、出版社もひしひしと感じている。あまり身につまされるから……（笑）。

——世代論の限界——

黒井❖内向か外向かということは別にして、ただ、ある世代ということでいえば、戦争前に生まれ、戦争中に幼年時代、少年時代を過ごして、敗戦が十代の前半で、大学を出て働き始めるころ次第に戦後復興期になっていくという切り方で見ていくと、世代的な体験はやっぱり共通する部分があると思うな。

例えば、幼年時代とか少年時代というのは、堀辰雄にしても、大岡昇平にしても、室生犀星にしても、みんな書くじゃないですか。その書くべき幼年時代が、世代から逆算していくと、戦争中に当たり、空襲に当たり、戦後に当たりというふうなところは、どういうことを考えていたにしても共通になってしまう。

これは動かしがたい事実であって、その動かしがたい事実のところに今度は文学の歴史が重なってくる。文学というもののなり小説というものに対してどういう反応をして育ってきたかということになって、その最後のところに、大人になってからの時間というのが加わってくる。


大人になってからの時間の部分では、就職して、その中で五年か十年か十五年かは別として働いていたということが、やっぱりぬぐいがたくくっついちゃっている。

田久保❖それは批評家とか文学史家がやる客観的な視点で、僕らの主体的な感覚とは違うと思うんだけれど。

古井❖ただし、我々がいわないとなかなか……。

田久保❖そうかなあ。ちょっと世代論にはまり込んじゃうというのもね。みんなそれぞれの自分の世界から見ると。

黒井❖だから、共通する部分はそのぐらいしかないんじゃないかということをいいたいのよ。その上で、それぞれの小説家、作家がいろいろなことを……。

田久保❖ううん。ただ僕は小説書きとしての場を、それほど全体に俯瞰的に見る必要を感じないんだ。

黒井❖だって、世代でくるとしたら、そのぐらいしかないんじゃないかな。

高井❖それでくくればそういう見方になる。

黒井❖ただ、それでくくることにどの程度の意味があるかというのがその次に出てくる問題で、それは一種の概論みたいなものだから、あまり意味があるとは思えないけどね。

古井❖でも、世代を意識しがちな世代ではありますね。

三浦❖だけど、批評家というのはまず第一に誠実に読んでいる読者であるべきだと思うんです。そういう批評家から見ている読者であるべきだし、それだけじゃなくて、愛情を持っていれば、世代だけで見るというふうな観点はないと僕は思いますよ。それに関していえば、批評家に対する偏見があると僕は思います。本来的な意味での批評家というのは、そうじゃないですよ。同じ世代というふうなことでいったとしても、一人一人がいかに違うかということを見ていると思います。それが批評の仁義だと思う。

高井❖さっきから世代、世代って出ているけど、世代ということで一番動かしがたいのは、もはや我々は六十歳を過ぎた、過ぎてない人もいるけど、そういうところに差しかかったということですよ。今まで六十過ぎてから、それまでの自分の小説よりいいものを書いた小説家がいるか。これはいないんだよ。

古井❖そうなんだよ。

高井❖歴史的に見てまずいないですよ。

田久保❖そうかなあ。

高井❖みんな案外、若く死んでいたりするからね。

後藤❖だから、世代そのものは好むと好まざるとにかかわらず存在する、それをどう書くかが、小説家一人一人の問題ということでしょう。

三浦❖田久保さんがおっしゃっているのは、ゲーテとかトマス・マンとか、そういうことでしょう。

田久保❖いろいろあるけど、谷崎の『瘋癲老人日記』なんて、年とって晩年になってからのいいものだと思いますよ。

高井❖もちろんいろいろ異論はあるだろうけどね。

田久保❖自分ができないかも知れないけれど、時間で枠を嵌《は》めるのは厭だな。

後藤❖例外もあるんじゃないですかね。

高井❖僕自身は、そんなふうに考えているわけ。とにかく六十歳過ぎて今までの業績を凌駕した人は、いたとしてもまれじゃないかな。そういう年代の自分をどうこなしていくかということだよ。

そこからは世代論と離れちゃう。おのがじしどれだけ自分の穴を掘れるかだね。これから新しいものを目指せるわけはないんで、恐らく後退戦を闘うことになるんじゃないかと思うよ。どれだけ見事に闘えるかが問題になる。田久保さんには反論がおありかと思うけれども。

田久保❖自分の坑道を掘る、ということなら、僕の意見は少しも反対じゃない。そこで闘うというのもよくわかる。闘わざるを得ませんね。

後藤❖谷崎の『鍵』などは、まさに「闘い」だね。

古井❖高井さんのいうことに同感ですよ。多分、我々はそれをやるんでしょう。

坂上❖それはいい話ですよ。文学というのは、個人一人のことっていうことでしょう。

（一九九六年一月十七日）

われらの世紀の〈文学〉は

×小島信夫×古井由吉×平岡篤頼

平岡篤頼——ひらおか・とくよし
仏文学者、文芸評論家、作家。一九二九年、大阪府出身。五二年に早稲田大学文学部仏文学科卒業。五七～六〇年、パリ大学に学ぶ。六一年に同大学院文学研究科仏文学専攻博士課程満期退学。六二年に早大文学部講師、助教授、教授を経て二〇〇〇年に名誉教授。アラン・ロブ＝グリエ、クロード・シモンなど、ヌーヴォー・ロマンの翻訳で知られる。六八年にクロード・シモン著『フランドルへの道』の翻訳でクローデル賞を受賞。八二年に「消えた煙突」で、八三年に「赤い罌粟の花」で芥川賞の候補となる。二〇〇五年、逝去。

小島信夫——こじま・のぶお
略歴は128ページを参照

古井由吉——ふるい・よしきち
略歴は8ページを参照

初出——「早稲田文学」一九九六年八月号

異邦の言葉から

編集部❖みなさんは、日本文学ではないものをまずおやりになった。

平岡❖そういっちゃなんですけれど、みなさん翻訳がお上手なんですよ。三人とも。

小島❖古井さんはなんの翻訳をしてらしたの？

古井❖ブロッホとムシールです（編注：ヘルマン・ブロッホは、一八八六年、オーストリア出身の小説家。一九三八年、ナチスの迫害を避けるためアメリカに亡命。代表作は『ウェルギリウスの死』など。ローベルト・ムージルは、一八八〇年、オーストリア出身の小説家。代表作は未完の大作『特性のない男』など）。

小島❖ブロッホはなにを訳したの？

古井❖『誘惑者』という長い小説を（筑摩書房『世界文学全集・第56・ブロッホ』に所収）。

小島❖あの人はなかなかおもしろいね、自分では読まないけれど、他人が書いている筋を読むとなかなかおもしろいなあと思う。

古井❖説明されたほうがおもしろい作家かもしれない（笑）。

小島❖それはあると思うんですよ。だれかが説明してくれないかと思って（笑）。むこうのものはやっぱり骨格や狙いがあるからおもしろいですよ。ムシールはあなたはなにを訳したんだっけ。

古井❖『愛の完成』という、ムシールのなかではいちばん七面倒くさいものです、若書きなんですが（筑摩書房『世界文学全集・第49・ムージル』ほかに所収）。

小島❖あなたの文体がドイツ文学の翻訳をやっていることと関係があって、独特のおもしろい文体になっている。それがよくないことだという方もありますよね、ぼくはおもしろいと思っているんだけど（笑）。外国文学に立ち会ってやってきた人たちには、それぞれ、大なり小なりそういうことがあるでしょう。文体というよりも、まあ骨の髄まで。

そういえば、数年前に出た後藤明生が推薦のゴーゴリについての評論があったでしょう。とてもおもしろい翻訳なんですよ。それなのに、その本のどこにもあなたの推薦文なんか出てこないんですよ、隅から隅まで見ても、まるでゴーゴリの小説みたいになっちゃってね、見つからないんだよ。

後藤❖ぼくが推薦したんですか?

小島❖していると書いてあるんですよ。新フォルマリズムの系統でしたかね。ぼくはその本のなかにあなたの痕跡を探してみたの。どこにもないんですよ。

後藤❖ああ、あれですか。ユーリイ・マンの『ファンタジーの方法——ゴーゴリのポエチカ』(群像社)という評論ですね。マンはフォルマリズム以後の学者で、十何年か前、日ソ共同の「ゴーゴリ・シンポジウム」で来日したとき、たまたまぼくも出席していて、紹介されたのだと思います。『ゴーゴリのポエチカ』は、そのあと送ってもらったのだと思います。それで、あのころ露文の大学院にいた秦野一宏さんを群像社に紹介した。群像社はそのころソ連の文学研究所みたいなところで編集する「ソヴェート文学」という雑誌の日本語版を出していた。まだゴルバチョフの前の時代です。ただ当時の群像社はソ連式で、企画がきまってから五年か六年くらいかかって出版されたんじゃないでしょうか。

平岡❖群像社からは最近、井桁貞義君が『現代ロシアの文芸復興』という本を出しましたよ。

小島❖ぼくはあなたの言葉がどこかにあるかと思って探したけれども、そこがまたおもしろいところだね。

後藤❖五年か六年経ってから、とつぜんオビの文句を書いてくださいと言われたんですよ。

小島❖その程度には、あなたの痕跡を残そうとしたと思うんですよ。ところがオビにも、あなたの推薦の言葉がないんですよ。あなたはみごとに姿を隠したわけだね。

後藤❖いや、オビに入っていますよ。ただ紹介してから本が出るまでに、なにしろこっちも忘れてしまったほど、すごい時間が経ってたわけですよ。だからあの本に関しては、それこそファンタジーみたいな感じが残っています。

小島❖ぼくはあれはとってもいい本だと思ってる。ぼくはむかしから『鼻』をおもしろいと思ってるけど、自分の小説も、もとは『鼻』の出だしのわずか三行ぐらいのところだと思ってるんですよ。ワケのわからない奇妙奇天烈なところを応用していると思ってる。

平岡❖いいことを聞いた(笑)。

小島❖あの本は『鼻』のおかしさをじつにうまく書いてある。

後藤❖学者ですけどね。

小島❖学者にしては、じつにおもしろい。あのおもしろさをだれも『鼻』については言ってないんですよ。

後藤❖ゴーゴリの幻想や方法について、ああいう総合的な論文はいまだかつてないでしょうね。フォルマリストたちのテキストは『鼻』よりも『外套』はむしろ平凡なんですよ。それがわかったから、なおのことあなたの痕跡を探したかった。あきらかに書いてあるんですよ、後藤明生推薦のナントカって。どこに推薦がついてるんだと（笑）。いままでそれが疑問だったんだよ。

後藤❖オビの文句が推薦文じゃなかったですかね。しかし、あれはたしかに不思議な本でした。

平岡❖いまのお話をうかがっていると、作家というのはじつに本を読むもんだな、三人ともたいへんな読書家で。小島さんの『私の作家遍歴』（潮出版社）三巻なんか読むと、ほとほと感心する。しかも読み方が、教師の読み方と違うんですね。こだわって、かたよった読み方なんだけど、迫力がある。

小島❖勝手にロシア文学だけやったんだ。

平岡❖教師のほうがいい加減な読み方をしてるんじゃないかなと思って、ぼくは反省させられた。

小島❖あんなことやったら、とても教えられませんよ。

後藤❖ここに平岡さんに呼びだされたわれわれ三人は、小説家なんだけど、平岡さんがなんでわれわれを呼びだしたのか、意図はなんとなくわかるような気もするんですよ。

小島❖ぼくはいまだにわかんなかったの。きょうのテーマとなんとなく違うし、とはいいながら、なんかこんなことになるんじゃないかと予感はしてたわけ。二十世紀の小説のことを話すんだったでしょ。そんなのどうしようかと思ってぼくは困りながら、なんとかなるわと思って来たんだけど、そうだ平岡さんの訳したクロード・シモンの『アカシア』（白水社）が出ましたでしょう。前にもクロード・シモンが来るはずだったときに、あなたから出てくれと言われて、そのときぼくは一つしか読んでないと言ったら、翻訳があるからそれを送るからといって、本を三冊くれたんです。それを半分くらい読んだときに、シモンが来なくなっちゃった。

それはいいんだけれども、クロード・シモンのなにもかもがおもしろいわけではない。原書で読まなければおもしろくないのかもしれないしね。彼はぼくと同じくらいの齢なんだよね。それに謹厳な顔をしてるでしょう。『アカシア』は章の配列の仕方もおもしろい。

あなたが解説を書いていて、彼のインタヴューをいろいろと紹介してるんですよ。それがおもしろいんですね。一言で言うと、クロード・シモンはインタヴューがおもしろいんだ。中身までいくまでに、インタヴューがとてもおもしろくてね。あれとはべつのインタヴューでも、自伝小説がいちばん自分にあっていて、ほかには見むきもしないという感じで、スタンダールがきらいでね。そういうこともおもしろいし、結局、文学というのは配列だけだ——どこから始めるかだけであって、絵と違っていっぺんに書くわけにはいかない、どうしても順序を考えなければならない。順序だけが問題で、あとは書いてるうちに自分のなにかが出てくるという考え方でしょう。それはなんだか今日の「早稲田文学」のこの座談会に相応しいような気がする。

平岡❖なんだかだれかに似てる（笑）。

小島❖そう、だれかに似ているんですよね、なんとなく気楽になるんだ。気楽になるという点では、クロード・シモンの功績はぼくらにとってはとても大きい（笑）。

だけど、こんどの『アカシア』でも自分の親父の受難——とりあえず男が戦争で死にますね。それから、自分の先祖のフランス革命時代の戦争のことも配列してるでしょう。ずいぶん都合のいい作家だなと思って、いい先祖がいるし、こんな先祖をもってたら、ぼくらも小説を書きいいのにと思わせるところもおもしろいですね。

平岡❖そこが怖いところなんですよ。ぼくは今日、小島さんの本を読み返してこなかったし、後藤君のこんどの『小説は何処から来たか』（白地社）も読まずに終わった。古井君の最近の作品も読む暇がなかった。ところが敵は『アカシア』まで読んでくださっていた。

混血と方法

後藤❖いまふっと思い出すのは去年（一九九五年）「群像」で「『内向の世代』の現在」という座談会をした（本書38ページを参照）。三浦雅士が司会をやって、やりにくい司会だったと思うんですけれども、三浦さんが言うには——われわれ「内向の世代」といっても、それぞれ違うんだけれども、あの人は司会者であり、批評家でもあるから、われわれの発言から「第三の新人」との繋がりを読みとろうとしているんだね。つまり「内向の世代」は「戦後派」よりは「第三の新人」に繋がるんじゃないか——三浦さんはたしかそんなことを言ったと思うんですよ。それにたいして、古井さんは違うと言ってたようなんです。いわゆる古井流言語で言ってたような気がするんだけど、あれはどういうことなのかな。

古井❖いま小島さんがおっしゃってたクロード・シモンの、方法論のほうがどうかすると実作よりおもしろくなってしまいかねない、そういう文学者の誕生みたいなのが、日本では昭和四十年代の「内向の世代」だろうと。皮切りに小島さんの『抱擁家族』（講談社、一九六五年刊）があり、四十年に入って安岡（章太郎）さんの『海辺の光景』（新潮社、一九五九年刊）、伊藤整さんの『変容』（岩波書店、一九六八年刊行）なんかも出てるんだけど、そのなかでぼくらのやり方に繋がってくるのは小島さんの『抱擁家族』なんですよ。

小島❖『海辺の光景』はずっと前ですよ。『アメリカン・スクール』（みすず書房、一九五四年刊）のころですから。彼はあれでずいぶん若いときに野間賞をとった。彼はあれでアメリカに行ったんです。昭和三十四年でしたか。

後藤❖いまの古井さんの話で思ったんだけど、結局、書き方というか、方法、まあ形式と言ってもいいのでしょうが、そういうものが、ここに顔を揃えた小説家が、外国文学をなんらかの形で入口にして出てきたというあたりに、ちょっと結びつくんじゃないか。

日本の近代文学、たとえば二葉亭四迷や夏目漱石を考えても、みんな外国文学なんですよ。日本の小説そのものが、坪内逍遙をもってきても、要するに外国文学、早く言えば横文字です。横文字の外国文学とどうかかわりあうか。それが日本近代文学だと思うんです。逍遙の場合はああいう形だったし、二葉亭はああいう形、漱石はああいう形だったということで、それがずうっとつづいてきて、たとえば大正モダニズムがあり、そのモダニズムがプロレタリア文学によっていろいろやられるとか、形式主義文学論争などもあったりするわけですね。フォルマリズムも実際、一九一〇年代か二〇年代にもう出ているわけで、こっちでいうと、大正の中期から昭和のはじめぐらいまで――横光利一の『純粋小説論』(「改造」一九三五[昭和十]年四月号に掲載)あたりまでは、日本の小説は外国との混血文学で、混血であってなにも悪いわけじゃない。その混血性がむしろ方法的な意識を強くしていたんじゃないかと思うんです。

それがなぜかどこかで消えてしまって、さっき古井さんが言ったように、昭和四十年代になって、またやっと、方法という問題があらためて表面に出てきた。そのあいだの断絶というか、方法に対する空白のようなものがあったんじゃないかという気がするんです。そこらへんを、小島さんに実体験者として。

小島❖「戦後派」の場合は、それはいろいろありますわね。

後藤❖戦前のモダニズム、『純粋小説論』、ロシア文学、あのへんのところは、小島さんなんかの場合はどうなるわけですか。学生時代くらいですか。

小島❖学生時代です。「詩・現実」という京都で出てた雑誌がありまして、北川冬彦が編集同人で、伊藤整、飯島正とか、川端(康成)さんも梶井基次郎もそうだし、当時のいろんな作家が関係した。こんな厚い本でジョイスの『ユリシーズ』の翻訳が出たり、フランス文学の翻訳が載ったり、そういういろんなことをやってたんです。あのころは「セルパン」という薄い雑誌もあって、そういう時期があった。戦争前の昭和十三、四、五年あたりまでは出てましたよ。

それはほんとうに活発だった。雑誌にしてもフランス綴の分厚いので、それが古本屋へ行くと積んであってね、そこに梶井なんかが十五枚、二十枚の短いものを書いているわけです。「新潮」に頼まれたけど、そのとき彼は書かなくて、死ぬ直前にはじめて「中央公論」に書いて、それで死んじゃったわけですね。

ちょうどそのころ、太宰(治)だとかも書いていましたけど、「詩・現実」によっている連中には少なくとも方法意識があったはずですよ。伊藤さんにもあった。あまり成功しなかったけれど、そういう意識は、一時、川端さんがジョイスのあたりをやってたでしょう。すぐに方向転換したけれど、新感覚派のやり方なんかも。それがこんどは横光のモダニズムを批判しはじめたわけでしょう。

後藤❖小林秀雄もいろいろやってますね。

小島❖そう、どちらともつかないようなことをやっておった。志賀直哉の味方をする。あのへんから戦争になって、こんどは徳田秋声の小説が出てくる、そういう時代です。それじゃあ谷崎潤一郎なんかはどういうことを狙っていたかというと、その前と較べてものすごく変るわけですよ。その変り方がいろいろで、人によってはモダニズムふうになっていったり、方法意識のほうになっていったり、そうじゃないものとごっちゃになってる。左翼ものは衰えて、出番がなくなっていく。いろいろ入り交っているんですよ。

後藤❖永井荷風の『濹東綺譚』が、たしか昭和十二年ですよね（編注：一九三七［昭和十二］年四月、私家版として烏有堂より刊行。同年、木村荘八の挿絵とともに東京朝日新聞に連載された後、岩波書店から単行本が刊行）。あれはそれこそ作中作があったり、いわゆる小説の小説で、小説のあとにまた小説について書くみたいなのが付いたりとか、その意味でものすごく方法的な小説じゃないかと思うんです。

あれ以後、預金があったかなんか知りませんが、なにも書かないで沈黙した。すると十二年のあのあたり――荷風はああいう文体で、横文字も知っているんだけど、なにか縦文字でわざと書くみたいな、そういう横縦主義というか両方あって、近代日本の混血性、分裂性を濃厚に、象徴的にもっている人なんだけど、方法的にはあのへんがピークに達しているんじゃないかと思うんですよ。

小島❖ぼくはその前に森鷗外があると思う。鷗外がいま言ったあとがきを付け加えたり、随筆が最高の小説だと言ってみたり、いろんなものを混ぜているわけで、さらに史伝をやって、断篇考証でいいんだと言ってみたり。それでいろんないままでの考え方をやってみて、結局なんのかんの言っても、ほんとうの学のある人にとっては、好ましい小説というものが小説じゃなくて、随筆だと。随筆が最高にいいんだということを言いはじめるわけでしょう。

それと軌を一にして、永井荷風もそういうふうになっていくわけでしょう。あるときから急にね。ぼくといっしょに文学講座をやったときに、あなたは荷風をやってたでしょう。ぼくは鷗外をやってて、同じ問題を扱ったわけですよ。聴いとったら、ぼくが話すことと同じことを話すから。もっとも好ましいのは随筆であるし、また意味があるんだということを積極的に言うでしょう。荷風もだいたんそんな感じになってくる。

後藤❖ただ、どういうものを随筆というか。

小島❖それは江戸時代からきているんですよ。江戸時代にいろんな作家がいて……。

後藤❖だから身辺雑記を書くのが随筆家ってことではないわけでしょう。学的なものも入っているし、理論的なのも入っていて。

小島❖もちろん、いろんな本を買ってきて、こんなおもしろいことがあるとかいうことのなかに、蓄積されているということです。その蓄積されている部分を入れないことには、結局、小説では知れたことだという考え方がどこかにあったと思いますよ。たいへん積極的なものですよ。身辺雑記というような考え方ではなくて、あくまで学問と随筆がいっしょになるという考え方ではあるね。

後藤❖まあ、エッセイみたいなものですね。

小島❖そうです。それはいろんなものに関係してくるんじゃないのかな、荷風みたいな人が昭和十二年に『濹東綺譚』みたいなものを書くというのは。

後藤❖為永春水もちゃんと入ってるし、中国文学も入ってる。

小島❖そう、それができるのはこの方法しかないという。

後藤❖さらに、ジッドも入ってるということですかね、あれは。

平岡❖いまおもしろいと思ったのは、古井君が一九六九年に、つまり第七次「早稲田文学」が出た年だけど、『私のエッセイズム』(「新潮」一九六九年十一月号)という随筆を書いてる。そのなかでこういうことを言ってるんです。「私は自分の行っていることを私なりのエッセイという漠とした概念でつかむようになり、小説とか評論とかの行き方にこだわらずに、自分の性にあった規模のことをとにかくトータルに表したいという表現意欲にだけ従って、直截に試みてゆけばよいのだと、自分の迷いをすこしずつ精算しはじめた」。これはみなさんに共通するなにかだな。

後藤❖ぼくの言い方でいうと「超ジャンル」だよね。いま小島さんがおっしゃった随筆的、古井さんが言ったエッセイズムは、超ジャンルだと思うんですよ。いわゆる、いままで言われてきたところの小説とか、いままで言われてきたところの学問、研究とか、それをぜんぶ混血させてしまう。いま流行りの言葉で言えば、横断、越境させる。とにかく、いわゆる小説はこれこれこうでなければいけないというものじゃない——それはもちろん漱石だって「写生文」なんてすごくおもしろいエッセイのなかで言っているように、そういう考えはもうすでに明治四〇年代ころからあったと思うんです。さらに言えば、二葉亭からあった。

ところが、その方法意識が、なぜかポコッとなくなってしまった。それで、いまこういう話題が出てきているんじゃないか。

──どこがはじまりか──

平岡❖トルストイとかディケンズとか、そのへんの小説とはどうも縁が遠いというか……。

後藤❖ディケンズはともかく、トルストイに関して言うと、あれはやっぱり変な人なんですよ。日本での紹介のされ方が、ドストエフスキーと対比して、ドストエフスキーは非常に混沌としていて、トルストイのほうはわりあいすっきりしているというけれども、そうじゃないところがある。『戦争と平和』なんかを見ますと、まったくなんでここでナポレオンについての評論が出てこなければいけないのか、小説とはまったくなんの関係もなかったりする。

平岡❖ぼくの言うのは、トルストイ自身の小説ではなくて、日本でトルストイ的、あるいはトーマス・マン的と思われているものがあって、その型にあわせて書こうとしているのとは、われわれは違うんじゃないかな、ということ。

古井❖まったくそうですね。スタンダールもバルザックもトルストイもディケンズも、十九世紀小説でしょう。日本の近代文学は二十世紀文学だもの。明治三十三年が西暦一九〇〇年。「自然主義」が起こったのはその直後でしょう。二十世紀文学の起こりが「自然主義」文学でしょう。「自然主義」文学がほとんど同時に口語文文学の起こりですから。「自然主義」の初期の作品を見ると、小説を書くということがすでに文章からいっても試みなんです。まだ口語文ができていない。島崎藤村の『破戒』なんかそうですよね（編注：一九〇五［明治三十八］年に起稿し翌年に自費出版）。

後藤❖二葉亭四迷の『浮雲』（編注：一八八七［明治二十］年から一八八九年にかけて発表）の文体は、坪内逍遙と相談して作られた。あれはそれこそ混血、分裂の文体だと思うんだけれども、逍遙は滝沢馬琴系の美文をちょっと入れなさいと言った。だけど二葉亭は美文がいやだというので、式亭三馬なんですね。『浮世床』のいわゆる深川言葉というやつらしいんです。

そのうえに彼がもってきているのは、ゴーゴリとかドストエフスキーとかロシア文学なんですね。まったく混血＝分裂もいいところなんで、地の文章も三馬になってみたり、ゴーゴリの『外套』みたいな語り手がいて、案内役みたいな形で、外側からひやかしてみたり、批評してみたり、からかってみたりしながらやっている。それが明治二十年、二十一年、二十二年なんだけど、三十年になると、こんどは『金色夜叉』になっちゃうわけで、往ったり来たりするわけですね。

古井❖ぼくは日本の近代文学をできるだけ狭くとるようにして「自然主義」がはじまりだと思っているんですよ。坪内逍遙とか二葉亭四迷については、近代文学としてのいろんな試みがあるにしても、文体的にそこに入れないんですよ、美文や戯作文をいちおうこなせるんだから。それを断念したときから、田山花袋とか島崎藤村がはじまったわけですよ。

とにかく言語の混乱からはじまってる、「自然主義」は。混乱がつづいているから方法論が盛んだったんじゃないですか。そもそも日本の近代文学が言語の混乱からはじまっているという意識がどこかで失せたところで、方法論が一回消えたんじゃないかしら。

平岡❖日本ではどういうわけか、文学が「学」になっちゃってるんだ。つまり真面目なものになってる。やはり江戸時代の漢学、儒学の影響——文学すなわち天下国家を論じるものみたいな考えの影響があって、どうしても明治以降文学をやる人も、なんとなく文学をやりながら、世界的、国家的使命みたいなものを背負っちゃってるようなところがある。

たとえばモダニズムのあとで、横光があゝいうことを言いだしたとき、それと同時にプロレタリア文学、あるいは「戦後派」文学までの系譜みたいなものもあったわけ。要するにイデオロギーってことなんだね。それと小説とはかなり結びついていて、「小説」とは言いながら「大説」であった面が少なくない。

後藤❖いまの古井さんの話を聞いて、古井さんとぼくの違いがよくわかった。たいへん感心したんだけど、古井さんは自分についてのコメントがものすごく明解な人なんですよ。いまの平岡さんの話もふくめて言うと、ぼくは二葉亭から考えているんです。二葉亭と、それから漱石なんだけど、最近またちょっと逍遙を見てみたんですよ。

そうしたら、平岡さんが政談と言ったけど『小説神髄』はまず「人情」ですね。「小説の主脳は人情なり、世態風俗これに次ぐ」とか有名なんだけど、逍遙が近代小説というか小説の規定をしたときには、すでにイデオロギーから外れているわけです。なにしろ人情なんだから。勧懲本、すなわち勧善懲悪を排すと。自分は馬琴をずいぶん読んだけれども、馬琴では近代小説にならない。あれは道徳であって、これはダメなんで、教訓的なものを外した、ほんとうの人情を写実するのが小説だと規定している。いわゆる政治小説とか、イデオロギーの表現手段としての文章じゃなくて、小説そのものが自立したジャンルだという意識からはじめていると思うんです。

古井❖そのとき、坪内逍遙の念頭にあるのは文語文でしょう。

後藤❖だって『小説神髄』は文語文だもの。

古井❖藤村の『破戒』とか田山花袋の『蒲団』(「新小説」一九〇七[明治四十]年九月号に掲載され、のちに易風社から刊行)にしても、まだまだ不自由な口語文で、とても使いこなせたというようなものじゃないんですよ。あの文章で書いたら、真面目に書くよりしょうがない。

平岡❖じっさい真面目に書いたわけ。いつだったか『千曲川のスケッチ』(「中学世界」一九一一[明治四十四]年六月号から九月号に連載され翌年に刊行）と、同じ時期の藤村の短篇と較べて読んでみたら、『千曲川のスケッチ』は口語文だけど、そのころの短篇はけっこう文語的なんですよ。古臭い文章を書いてるんだよね。

後藤❖そりゃあそうだよ。ぼくは小島さんに訊きたいんだけど、漱石って人はなんであんな明解な文章を書いちゃったんですかね、それこそ「自然主義」以前に。

古井❖漱石は口語文で小説をはじめたわけですね。そのときに真面目になるのがいやだって、しきりに抵抗をしているんだけど、口語文の小説にのめりこむにつれてどんどん真面目になっていった。

平岡❖ぼくは初期の漱石というのは正岡子規の影響がたいへん強いんじゃないかと思う。

後藤❖ただ「写生文」なんかを見ると……。「写生文」の終りのほうに二十世紀という言葉が出てくるんですよ。写生文についてえんえん書いていくんだけど、たいへんおもしろいと思うのは「ふつうの小説」と写生文をまず区別しているわけです。「ふつうの小説」というのはおそらく「自然主義」のことだと思うんです、あのころの。ふつうの小説とは違って、写生文はここがいいんだと言う。

たとえば、ピカレスク系の話になって、これはおそらく俳句からきているんだと。たしかに子規もあると思う。高浜虚子のことも書いてますね。これはなかなかふつうの小説よりはおもしろい、子供が泣くとか笑うとか、それを作者が泣いて書いてはどうしようもないじゃないかと。作中人物と作者とのスタンス、距離をきちっともたなければいかんと言っているわけです。

それでずうっと写生文を誉めているなあと思っていると、最後でどんでん返しをするわけですよ。あれは漱石のすごいところで、自分はこうは言ってるけれど、いまはもう二十世紀という時代だ、こんなもんで安心してたんじゃとてもダメだよと。小説家というものは時代の動きによってどんどん変らなければいけないし、批評家も読者も変らなきゃいけないと。要するに作者、批評家、読者論までいってるわけですよ。そして『トム・ジョーンズ』とか『ドン・キホーテ』が出てくる。海外のもので言うと、このへんが少し自分が考えているものに近いんだけど、と留保つきだけど、あれはやっぱりすごいですよ。

平岡❖その場合、漱石は、虚子と子規とを区別していると思う。虚子の写生文は認めないんですよ。漱石が文章を書くようになったのはやっぱり子規の影響がとても強いし、『病牀六尺』とか『仰臥漫録』なんてのはいちおう文語文なんだけど、部分的にはじつに生き生きとして口語的で、当時の口語文以上に迫力のある文章なんですよ、それはユーモアもふくめて。

どの三センチ？

後藤❖小説のなかの滑稽味——古井さんもさっき言ったように、なんとなく真面目だけじゃいやだ、真面目だけじゃ物足りないと、はじめっから言っているのは、二葉亭と漱石なんですよ。二葉亭も三馬だし、「余が言文一致の由来」や「予が半生の懺悔」を見ると、だいたいふざけてるんですね。真面目なことを言っているんだけど、どうしてもふざけざるをえない。

漱石に感心するのは、こういうことを言うとなんか世の中をちゃかしているんじゃないかとか、人をばかにして上から見下ろしているじゃないかと言われるかもしれないけど、そうじゃないんだと言いながら、滑稽味というものを無視してはやはり文学はありえないんだと……。

さっきの方法という問題ともつながるけど、滑稽味にしても、小説そのものがもっているきわめて重要な不可欠の要素として、笑いとか滑稽味を考えなくちゃいかんのじゃないかという気がする。

小島❖それはよくわかりましたけれども、さっき古井さんが言っていた、漱石が口語を使って不自由になってくるというのはまた別のことで、いまあなたが言ったようなことはもっと前の段階では彼も書いていたと思うんですよ。あの小説の作り方——『道草』にしても『明暗』にしても、あのやり方はだんだん窮屈になって、あなたの言うようなものは扱いきれなくなってくるんですよ、あの文体では。

平岡❖それはやはり「朝日新聞」という大舞台で、国家的かつ国民的な作家でなければならなくなったからで、それにしたがって周囲の弟子たちも真面目にやって、大正教養主義を作ったと。おかげで文学の読者は増えたんですよ。その典型はなにかというと、昭和二年の岩波文庫の発刊と時を同じくして、日本文学全集、世界文学、いわゆる一冊壱円の円本全集に、国民がわあっと飛びついた。

後藤❖だから『吾輩は猫である』でいいんじゃないですか。ぼくはあれは最高の傑作だと思いますよ。

平岡❖いまの話で、漱石の後期は、そちらの国民文学の側に寄っていったと。その余波がずうっと今日まで来ていて、文学というのが多くの普通の人たちに読まれるものであり、読まれるべきであるというので、出版企業も薄利多売でやろうとする。

その出版の最後の高度成長が、ちょうど昭和四十年代だったわけです。われわれもそれに、ある程度乗ってきた。これで食っていけそうだというので、みなさんがいっせいにサラリーマンを辞めた。

ところがいま、悲観的な見方がきわめて強くなっている。どこかで読者と作家とのあいだに切れ目ができたんじゃないかと。これは出版社側の悲観的な見方で、つまり国民全体に読ませたいと思うすぐれたものを薄利多売で売っても、売れなくなっちゃった。すると、こんどは逆に、そういう売れない文学はだめな文学じゃないか、と。ドストエフスキー全集を出したいと思っても、むかしのように何万部と出なくなっちゃった。

われわれはたぶん、ある一つの切れ目の時期にきているんじゃないか。これはどういうことなのか。そして、これからどうなるんだろう。来るべきものが来ただけのことか。それとも新しい純文学が出てきて、国民が毎日、新聞の連載を読む日が来るか。二十一世紀のいよいよ本題に入りました。

後藤❖売れる売れないは世界的な問題なんでしょうね。

小島❖漱石はあれだけ口語を駆使して、かなり自在に駆使しています。会話にしても、当時としては。江戸っ子であるという形でやってるわけですね。当時かなり年輩の、漱石ぐらいの人も扱えば、若い人も扱っている。

それでよく読んでいくと、若い作家はどうもだんだんと、かなり勝手なことを言っていると言いながら、追いつめられていくようになって、それじゃあ漱石ぐらいの年輩の連中はなにをしているかといえば、漠然と批評したり批判したりして、自分たちは安全なところにいる。その奥さんたちはむかしふうの奥さんで、男のほうは西洋の教養小説に出てくるようなので、両方見あうようにしながら書いていって、その若い世代のほうはだいたい大正の、いわば次の時代の連中にあたるわけなんですね。かなりいろいろ考えて書いているんだけど、若い連中を無視するわけじゃなくて、その連中もまた考えながらやってるんだけど、追いつめられて、じゃあ年輩の連中はほんとうに自由であるのか、というあたりを書いている。

漱石自身は両方のことを書きながら、しかもかなり相対的に扱っている。それでいて全体のところに、なにか自由さが足りないんですね。『明暗』にしてもね。ちゃんとわきまえて書いているために、なんに対する責任なのか、それが「朝日新聞」に対する責任なのかわからないけれども、それが見事といえば見事で、感心はするし、よくこんなに書けるな、とは思うけれども、なにか知らないけれど、そのまま受け入れるわけにいかない。それは結局、話の趣旨もあるけれども、なにかほかの、方法的な問題をふくめて、枠ができちゃっている。

後藤❖ぼくは漱石全集を考えるわけですよ。一メートル五〇センチくらいはある。小説家が死ぬまで書けば、一メートルとか、小島さんは二メートルくらいいってるんじゃないかと思うけど（笑）。その二メートルのなかの、何十センチかでいいんじゃないかと思うんですよ。どの小説家だって、横光利一も志賀直哉も一メートル五〇センチはあるだろうけど、さっき小島さんがおっしゃった『鼻』の三行、その三行式でいけば、一メートルのうちの三センチでいいんじゃないか。

小島❖その考え方はかなり前からある。もうずうっと前から二つに分れて、あそこがおもしろいんだという言い方がある。

後藤❖では、どこを取るかということですね。

平岡❖逆に、大正から昭和にかけて、漱石というのはむしろ後期のほうがよくて、初期のは通俗小説あるいは習作であり、それからよくなったという受け取り方もある。

後藤❖たとえば田山花袋は『蒲団』だけなんですよ、作家というのはそういうものじゃないですか。漱石のどの三センチ、まあ二センチでもいいですけれども、ゴーゴリの三行になぞらえて言えば、どの三センチか。

小島❖三行なんてのは少し言いすぎで(笑)、ほんとはゴーゴリはほかの部分もおもしろいよ。だけどあの三行をじょうずに言う批評家がいない。それはちょっと書きあらわせないほどのおもしろさで、ぼくはいつも拡げて、なんとなくあるんですよ。言ってることはちょっとわかりにくいことなんですよ、でもそういうことがたしかにあります。あなたは漱石の『猫』があそこだけでいいんだと言うけれど、それはもう少し解説してやったほうがいい。

後藤❖二葉亭四迷でも三つ書いていますよね。ぼくはやっぱり『浮雲』だと思うんですよ。『其面影』があって『平凡』があって、それぞれおもしろくて、また違う文体で書いてますね。それでもやっぱり『浮雲』だと思う。ぼくはだいたいそういう読み方なんです。

小島❖漱石は初期のころと、ずっとあとのころ、そのだいたい二つに分けるということが多いんですよ。それはいろいろおもしろいと思うんだけど、漱石の場合は……。

後藤❖『明暗』がいいんじゃないですか。『明暗』にはわりにおかしさが出てきているんじゃないかなという気がする。問答形式のところなんかね、滑稽じゃないかなと思うんだ。

小島❖あの形でやってますよ、そりゃ滑稽に。滑稽というにしてはあまりにもいろんなことを議論しているけど、『吾輩は猫である』のような、あの小説のような部分の笑い話ではないということになっているわけですよ。ところが『吾輩は猫である』という具合にはいかないことも事実なんですよ。

後藤❖それはそうですね、やはり「朝日新聞」だから。

古井❖それはそうなんだけど『猫』とか『草枕』の時代は、漱石は口語文を昨日今日できた文体だと思って使っているわけです。まあ、俺も仮にそれでやってみる、と。だから自在性ができるけど、四、五年たって、せっかくできた口語文というものに責任をもちはじめると、まるで態度が違ってくる。遊ぶ範囲が狭くなっている。ユーモアとか遊んでると言っても、落語とか、江戸、旧東京の地口をもってきたようなもので、文章そのものからくる笑いや遊びではないんです。漱石の精神はどうあれ、文章はやはり真面目なんです。『明暗』がおかしいというのだって、文章として狙ったおかしさじゃありませんね。文章で遊んでるおかしさじゃない。破綻からくるおかしさじゃないんですか。

後藤❖まあ『明暗』論は別としても『猫』は「アイ・アム・ア・キャット」ですね。その英語がどういうものであるかを説明するのは簡単です。つまり「自分は猫なんだ」ということを、英語ではこんなふうに「アイ・アム・ア・キャット」と言うんだよと話すことは簡単です。しかし、いざそれを文章にする場合はまったく別だと思う。

そう考えると「吾輩は猫である」という文、これはものすごいことじゃないかなと思う。それこそ三馬の俗語、漢文、それに英語の混血＝分裂じゃないか。『ターヘル・アナトミア』じゃないけれども、ここがこうなってるから、これは鼻だと言うことはできる。だけど「これは鼻である」という文が出てくるか、出てこないかというところ。その俗語つまり言と文との悪戦苦闘、格闘ということで、近代小説の文体の起源を、ぼくはやっぱり『浮雲』においてみたい。古井さんはそれを「自然主義」からというふうに考えていて、そこの違いはよくわかった。

古井❖たいへん貧しい出発になりますけれどもね（笑）。

―メディアの現在―

平岡❖言文一致のことで言うと、ある時期に口語というものが定着して「私は猫である」になって、それが今度は文章語化しちゃっていると思うのね。それがもう固定しちゃって、それ以外に口語はないみたいに思いこんで、長く来たわけだ。

ところが、よくよく考えてみると「私は猫のようでもあり、猫でないようでもある」とか「猫と言えば言えるが、猫でないかもしれない」とか、そういうことを言いだしたのが、みなさんの世代じゃないかな。「私は猫である」と、これで言文一致で、現実にぴったりの工夫を使っているつもりで、ところがどうもそうじゃないんじゃないか、例えば「俺は猫と言えば猫かもしれない、猫でないような気もする」とか。

小島❖そうかなあ。「吾輩は猫である」というのはみごとに二ついっぺんに書いてるね。

平岡❖そこに「吾輩は」というのがあるわけ。「私は」じゃない。ところがその後、言文一致が確立されて「私は猫である」となっちゃった。でなければ「自分は猫である」だものね。

後藤❖でもあれは「名前はまだ無い」というのは、これはもう明解な口語体ですよ。

古井❖口語文の初期だからできた言葉の働きでしょう。それが『明暗』に活きているかどうかが問題なんですよ。鷗外の例を挙げると、鷗外は口語文で書きだしたのはずいぶん遅いんですよね。それからいくつかの短篇があって、これはなかなかアイロニーにも笑いにも試みにも富んでいるいい文章だけど、まもなく歴史物のほうへいくでしょう。

平岡❖しかしあの歴史物だってそうとう曲者ですよ。

古井❖最後にはやっぱり文語文に戻っちゃったでしょう。

平岡❖史伝も『渋江抽斎』はいいんだよね。そこから先がね。

小島❖自分の好みの文体になっちゃったもんね。自分としては都合のいい、読者はぜんぜん関係のないものになっちゃった。

古井❖方法論としては『伊沢蘭軒』のほうがラディカルなんですよ、彼自身のやり方としてはね。

小島❖これで文句言うかっていう。

古井❖文章の展開じゃなくて。

後藤❖一方で泉鏡花みたいな人もいるわけですね。一種のゴシック・ロマンスみたいな変なものもあるし、人情物みたいなのもあるし、あの文章は口語文なのか。

古井❖鏡花は二十四、五歳で文章がもう完成しちゃっている。それ以降、変えようとしないわけです。マンネリズムを頑固に守ってると、まわりとの関係でそれが斬新になったりもする。ゴチックとか怪奇ふうとか言うけど、あれは、泉鏡花の若いころの、日本語としてのかなりオーソドックスな到達点を表すものじゃないのかしら、文章としては。

後藤❖彼は尾崎紅葉のところへ行ったわけでしょう。ああいう形で、はじめは紅葉の名前をもらいながら書いていく。たとえば二葉亭が逍遙の名前をもらいながら出ていったように。するとやっぱりこれはいかにも逍遙っぽくなきゃいけないとか、紅葉っぽくなきゃいけないみたいなこともちょっとあるから、そういう文章も入れなければいけないと。だけど一方ではやはり離れたい、口語になりたいというのが、どうなんですかねえ、鏡花なんかの場合は。

小島❖ずいぶん長く生きたから。鏡花は昭和になってから死んでるわけでしょう（編注：泉鏡花は一八七三［明治六］年十一月四日生まれ、一九三九［昭和十四］年九月七日没）。そのあいだに、一時、ほんとうの口語文の小説も書いている。

ところが彼流の、自分の好みでもあるし、運動的な文章でもって、リズミカルに書いていくというのもあって、彼は十返舎一九が好きだったんでしょう。あれを枕元に置かないと眠れないと言っていた。そういうところもある人だった。

後藤❖滑稽本ですね。

小島❖そのリズムは彼のリズムだけども、そこにあるおもしろさは——いわゆる怪奇にしても、みんなおもしろさのなかに消化して、やるってこともあったのかもしれない。幽霊のこともみんな遊びのなかに入っている、自分の世界にぜんぶ取りこんじゃって、それで勝手なことを想像したり、本気になってしまったりするというところがある遊びで、そのある密着の仕方が、自分の遊びに取りこんでしまっているというところが、たいそう独りよがりだと思うのね。たとえば『東海道中膝栗毛』みたいなものを自分が守りますみたいにして、その自分勝手さが、自分勝手と言えば自分勝手だけど、自由と言えばひどく自由なところがある。

後藤❖たしかに、小島さんがおっしゃった随筆的、古井さんが言ったエッセイ的なものというと、漱石では『猫』になっちゃうと思うんですよ。『トリストラム・シャンディ』を紹介した短い文章に「無始無終なり、尾か頭か心元なき事海鼠《なまこ》の如し」とかいう言い方があった。

平岡❖いわゆるロマンじゃなくてね。さっき文学が「学」になり、国家の経綸うんぬんと重なってきたと言ったけど、それがわれわれはあまり関係なくなってきた。ある種の脱イデオロギーと簡単に言えばいいんだろうけど、脱イデオロギーと言うからには、小説もイデオロギー的なものだったから、脱小説、ロマン的な小説から違う場所にいったので、そこで小説がはじめて「小さい説」になったと思う。

と同時に「小さい説」になったために、社会的にも小さいものになった。大正や昭和初年のような読者との無媒介的なつながりはなくなってきた。

いま小説が読まれなくなったというけれども、これは小説が悪くなったのだとは思えない。必然的にそういうところへ来たと。いままでは小説がある社会的教養のなかに織りこまれていて、わからなくてもなんでも読まなくちゃいけないというふうだったのが、いまはじつはそう読まれなくてもいいという時代……。書くほうもそう思いだしたんじゃないかな。そこから文芸雑誌が苦しくなり、小説の出版部数が減ってきた。

たとえば昨日の「大波小波」（編注：東京新聞夕刊の匿名コラム）で「作家がいないぞ」なんてのが載っていたけど、あれは要するに小説を読まない人が書く科白であって、小説を読んでる人が書く文章じゃない。

小島❖ぼくはよくわかる。テレビでやってたでしょう。古井さんが中心になって、若い人たちと、ＥＴＶ特集とかで。寺田博君が出たりして、詳しく見たわけじゃないながら、なんとなく悲観的状況のような雰囲気で話がすすんでおったんだけれども、要するに読者があまりいないとか、それでいいんだとか、そうは言ってもほんとうにそうなのかとか、結論は出ない。

平岡❖ある種のタイプの出版人なり、編集者なり、マスコミの人たちは、なんとか文学を支えよう読者を増やそうというので、テレビで読書番組をやったりするけれども、そこで取りあげるのは一般の人たちが喜んで読むような、取りあげなくても読むようなものだし、大新聞の書評なんかでも、広い範囲の読者をもった書評委員を集めようとする。その売れっ子の批評家や作家の書評委員が選ぶのは売れるものなんだ。それはそれでけっこうだけれども、「小さい説」である小説にとってはとんでもないことなんですよ。

後藤❖たとえばクロード・シモンとかロブ゠グリエとか、ああいう人は結局、小説家として、それこそ飯を食えるわけですかなあ。

平岡❖いま出版物の再販制度が問題になってるでしょう。フランスでも大資本が出版に乗りだしてきている。どんどん売れるものを売りつくそうという感じで、本屋に行くと、たとえば小島信夫のベストセラー本日発売、なんてビラが貼ってあるんですよ。

あれはアメリカのやり方なんで、フランスの出版はそれに抵抗して、全国で三十くらいの良書店のネットワークがあるわけ。各都市に、たとえば紀伊國屋書店みたいな指折りの本屋があって、断乎としていい本を売る。

後藤❖クロード・シモンなんかもやってるわけ。

平岡❖クロード・シモンの場合、エディション・ド・ミニュイという出版社があって、これは戦争中の「深夜叢書」です。そのおやじがジェローム・ランドンという有名な編集者で、戦争中のヴェルコールから会社をひきついで、その当時のままの編集者六人と、全体で二十五人かな、それを絶対増やさないんだ。そして自分で読んだものしか出さない。

それが、サミュエル・ベケットであり、クロード・シモンであり、ロブ＝グリエであるわけ。最初は売れないけど、じいっと小規模で我慢してやってると売れてきちゃうわけよ。たまに百万部くらい売れる本も出ちゃう。たとえばデュラスの『ラマン』とか。それでも絶対社員を増やさないんだな。

後藤❖じゃあ印税で食えるわけですね。

平岡❖そう。ロブ＝グリエはそこの文芸部長をしていた。それでシモンやベケット、デュラス、サロートらの本を出して、それぞれいま売れるようになってる。つまりランドンという出版人の心構えと同時に、出版物の種類によって、小さいものもがんばればいつかはそうなるということかな。

後藤❖それは日本の場合はむずかしいよ。

平岡❖日本でもがんばる出版社はあるけど、たまたま売れると、次にぽしゃっちゃう。いい本を出してる出版社が、ある文学全集がわっと売れたんで膨らませて、あとがつづかずに倒産した例があちこちであるでしょう。

また小出版で、いい本屋だなと思ってると、持ち込みなんかでつまらない本を出して、そこそこ売れるためにかえってだんだんだめになる。

後藤❖横光利一が『純粋小説論』を書いて、いまや純文学は大衆文学と合体しなければ生存できないと言ったけど、これもやはり売れるか売れないかという、昭和十年でしたか、あの変り目のことだったんだな。

古井❖マスコミュニケーションと言われるようなものが日本の近代にいつできたか、これは大事でしょうね。いまに較べれば小さいものだったのでしょうけど、それがひょっとすると作家の文章に影響を与えているかもしれない。たとえば藤村の『家』と『新生』は文章の違いがあって、『新生』の文章の読者に対する語り方はたいそうマスコミ的である。

平岡❖それから、フランスでは原則として専属なんです。作家はある出版社と契約する。

古井❖それはむずかしくて、フランスでもドイツでも同じ資本主義国といいながら、日本ほど均質化された消費者じゃないんですよ。日本は市場が均質化されていて、出版だけじゃないですよ。衣類を売るんだっていっしょで、着る物を買うときに男性女性がいちばん困るのは商品の種類がないわけ。大流通と小流通を分けてない。出版もそれと同じ悩みにもろにぶちあたっている。

平岡❖日本で小出版社ががんばっても、配給の段階で苦しくなる。

古井❖均質的な消費のきわみから、逆にそういう多様なものが出てくる可能性があるかどうか。世上の営みとしての文学の運命はここにかかってるのじゃないかとぼくは思う。

平岡❖小出版社の良心的なものを専門にする配給網がフランスにはあるわけだけど、日本にはない。いまの配給を変えて、それを作らないことにはだめでしょうな。映画の世界など見ると、出版の世界でも案外そういう気運が生まれてくるかもしれない。

後藤❖「早稲田文学」とか「三田文学」を継続して出しうるというのは、やっぱり偉大なことではあるんだろうけど、たとえば二葉亭のや漱石のある意味の挫折というか、変貌だって、日本の近代そのものの一種の未熟さというか、歪みなんだと思うんです。そしていまだにその未熟や歪みを繰り返しているんじゃないかという気がする。

古井❖そこはしかし、もうちょっと繊細に繰り返してほしいなあ（笑）。

平岡❖後藤明生は、その危機をうまく乗り越える手を発明したわけ。彼は要するに散歩するノラ猫みたいな語りなんだけれども、それがある地域、ご当地ものみたいに、大阪だったら大阪の周辺を別に紹介するつもりで書いているわけじゃなくても、読むほうは紹介されている。関西はとくに歴史のいろいろあるところだから、歴史とも重なって、地理と歴史と両方を学べるわけですよ。新しい国民文学じゃないけれども、関西文学の領域を開拓した。文学以外の読者にも読んで勉強になる。

後藤❖勉強はともかく、いわば名所図絵ね（笑）。

古井❖話はとぶかもしれないけれども、正宗白鳥は『「自然主義」盛衰史』というものを書いてましてね。ふりかえってみて「自然主義」のテーマは所詮、金と女だと。あまりにもそれであるから辟易もするけれど、おもしろいのもここだと言っている。

そして現代でも、編集者たちは言う、所詮、金と女だと。それはそのとおりかもしれないけれど、巨人軍は永遠でございますというようなのでは困るわけだ。戦前と戦後と高度成長後とではぜんぜん違うと思うのね。そういうところにまだちょっと繊細さを欠くところがありますよ。

平岡❖ある時期の近松秋江みたいな、みっともなさというのは……。いまの作家はまずそんなに貧乏ではない。

古井❖それに、金と女のことで階層間を往復する、落ちる上がるというエキサイティングなところはないわけだ。

平岡❖いまは妻子を捨てて、駆落ちしてまで女に入れこむ作家もいないもの。

古井❖編集者たちに対する注文になるんだけど、編集者が書き手を叱咤激励する、その基本的な図形はやはりいっしょだと思うのね。金と女のことをおもしろく書けって、それでもいいと思うんだけど、金と女の蒸し返しも、もうちょっとね。だいたい女流作家にも同じことを言うのかな（笑）。

平岡❖そりゃあ言ったほうがいいですよ。女流作家もやらなきゃだめだって、金と男と（笑）。

「言」から「文」へ

後藤❖二十世紀のと言うときに、ヨーロッパの十九世紀から二十世紀というものと、日本の二十世紀というものには、当然のズレがあると思うんです。ロシアともズレるわけだけれども、日本とロシア近代には類似性があるわけです。それはヨーロッパの模倣であり、ヨーロッパとの混血＝分裂です。そして『浮雲』はそこからはじまっている。彼はロシアの近代小説から出てきたけれども、そのプーシキン、ゴーゴリ、ドストエフスキーたちの十九世紀ロシア文学は、どれも二十世紀のロシア・フォルマリズムのテキストになっているわけですよ。

平岡❖フランスでも、ロブ＝グリエがいちばん好きなのは十九世紀のフローベールなんです。彼の作品に年中出てくるボリスという登場人物がいるんだけど、あの老王ボリスはムソルグスキーの『ボリス・ゴドゥノフ』だろうと言ったら、それもあるけど、じつはその原作のプーシキンの史劇なんだって。いろいろぐしゃぐしゃやるけど、最後に語り手の分身がぽこっと出てきて、瀕死の老王ボリスが歩いている音がする、と。そこで終ったりする。

古井❖ロブ＝グリエでもフローベールでも、大雑把にいえば同じ文体ですよね。後藤さんがいかに二葉亭四迷を近代文学の祖にしても、文体が違うじゃない、文語文と口語文で。われわれの近代文学からして、口語文運動の延長線上にあるわけだ、たかだか百年のね。そのたかだか百年の口語文が早々に壊れはじめちゃっていることが、いま問題なんじゃないかな。

後藤❖しかし、だからこそ、二葉亭に戻って考えるべきだと思う。そこにわれわれ近代日本文学の混血＝分裂、西洋との混血＝分裂のはじまりがあり、同時に俗語と雅文の混血＝分裂があるからです。古井さんとぼくは古典の引用の方法もぜんぜん違うけれども、俗語と雅文の意識はそれぞれにあると思うんですよ。そこで、古井由吉の文体はいったいなんぞや、ということだな。

古井❖古井由吉の文章とは、ひとつの疑問であるわけです。ところが、古井由吉の文章は教科書に取り入れられているんですよ。フローベールなんかフランスで教科書に入っているんですか？

平岡❖もちろん、入ってます。

古井❖おそらく日本の近代文学の文士たちは、口語文のパイロットだったと思うんです。口語文の牽引車ね、しょっちゅう故障する機関車だけどね（笑）。いまでもそういう習いは残っている。

平岡❖それと教養主義がいっしょになってる。

古井❖その牽引車が、気がついてみたら、うしろの貨車がなかったというような状態になってるわけだね（笑）。

後藤❖ありていに言ってしまえば、古井由吉の文体のなかに、もしかしたら意図的に、泉鏡花とか徳田秋声的なものを見ている国文学者とか研究者がいると思う。しかし小説家から見れば、たとえば、外国文学の雅俗折衷体による翻訳、といったような意識があるような気もするな。

平岡❖ときどきぼくは思うんだけど、古井由吉って、口語のなかの鏡花みたいなものじゃないかなと。

古井❖いやいや、鏡花はたいへん個性的な作家だと言われてるけど、それは近代的な意味での個性ではないと思う。あの人は二十四、五歳でもう文章が確立している。おそらくその時代の、さまざまなすぐれた読み物からなる文学的な星座の、その影響がもろに出たような才能じゃないか。それをあと頑固に守りつづけて、周囲との関係で古くさく見えたり、新しく見えたり、ひょっとするとモダニズムにも見える、そういう生き方をしてきた作家だった。

ところで、いま若い作家がいろいろ出るわけでしょう。島田雅彦とか山田詠美とか、若くて時代の言語的な星座の影響をもろに受けて、それが集中的に出るというような形になってきた、個人の才能やら個性を超えて。

平岡❖鏡花の場合もそうだし、古井由吉の場合もそうだけど、個人としての、いわゆる作家の独自性とか独創性とか、そんなものは問題ではなくて、言霊のようなものをいかに生かすかという、そこのところでやってるのかなあ。

古井❖日本近代文学のなかで、一つの失敗した、たいへんつらい例がある。それは芥川龍之介じゃないだろうか。そういう時代の文学的教養の影響が個人に集まるように、異様に受容力のある言語感覚のなかから、若くしてきわめて完成度の高い短篇が生まれた。彼はそこから文章を展開できなくなってしまった。

平岡❖芥川の場合、まさに「私は猫である」的な言語の全盛時代だった。だからそこから出られなかったんじゃないか。古井君は「私は猫である」という口語を、フィクションだと思っているわけね。だから違う言語を口語のなかで作りだそうとしているというか、ここんところあまりよく読んでいないのですみませんが。

古井❖むずかしいねえ、口語そのものがなくなっちゃったからね、気がついたら（笑）。

小島❖いわゆる口語じゃないよね。

後藤❖現代の言は「じゃないですか」みたいなのになるわけでしょう。文では、いまの若い人の文には音譜が入ってたりするわけですよ、例えば「ピンポーン」とか。テレビの「クイズ日本人の質問」（編注：一九九三年から二〇〇三年までNHKで放送されたクイズ番組）とか、ああいうようなのがいまの言でしょう。だから「ピンポーン」というものをいかに文にするかというときすでに、ぼくは言文不一致になると思うんです。

古井❖フランス語で言文不一致なんてのはあたりまえでしょう、いまでも。日本の文学者もそうは思っていても、言と文は一致させせなければいけないという強迫観念から、近代文学がはじまっている。

後藤❖柄谷（行人）流に言えば制度。

平岡❖国家経綸の一部分であったわけですよ。

小島❖古井さんの文体ってのは、ある一致には到達してますよね。

後藤❖雅俗の混血＝分裂でしょう（笑）。

平岡❖一致できないことがわかっているものと一致しようとしているから、いわゆる一致だとする「私は猫である」こそフィクションで、そんなものは使いたくないところじゃないのかな。

古井❖初期において成功するやり方ですよね。

平岡❖「吾輩は」なんてのは落語や講談や政治演説の系統ですよ。

小島❖ただ「猫」はやらないにしても、一般には「吾輩はナントカである」なんてこと、ある地位にある人はしょっちゅう言ってたわけですよ。「余は」とか。そのうち「自分は」になって。

平岡❖志賀直哉は「自分」。梶井あたりまで、それがつづいている。

小島❖「自分」がいちばん都合のいい言葉になってくるわけなんですよ。

後藤❖「第三の新人」は「ぼく」ですね。

小島❖「ぼく」が「私」になってくるわけです。だって五十にもなれば「ぼく」というわけにはいかない。だから「私」か、名前をつけるか、あるいはぜんぜん名前をつけなくなる。あなたなんか、ぜんぜん主語なしだものね。

後藤❖ぼくは「わたし」で書いてたんですよ。「わたくし」

じゃなくて「わたし」ですというような但書《ただしがき》をつけた。それが「私」に変って、さらに書簡体になったり、日記体みたいになったりしているわけです（笑）。

小島❖ノラ猫が歩いているように「わたし」もなくなって歩いてるような文体で、いよいよそこが活きてきているね。猫は自分の好みで歩くわけだから。その姿勢がむやみにあるわけです（笑）。

後藤❖さっき繰り返しって言ったけど、それこそ歴史をうしろへうしろへと、どんどん戻ってるんじゃないかという気がすることがあるな。

小島❖しかし、やっぱり戻ってないよ。そんなこといまの時代に生きてたら、いまの時代を活かしますよ、どこかで。そのくらいの感受性がなければ小説なんか書けないから。それはみんなやってますよ、やっぱりいまの時代でなければばないような。「日本人の質問」じゃないけど、もうきまったことばかりしゃべってるわけでしょ、おたがいに。たとえば語尾が質問形式の尻あがりの言い方だって、外国語に近くなっているわけだもの。もううんざりで、あれは日本語がおもしろくなくなってるんだけれども。

後藤❖小説というものは、ああいった日本語に対する一種の嫌悪、漱石ふうに言えば快、不快――そのなかで生きていかなければいけない、けれど快、不快で言えば不快である。その不快感をどうやって、いかなる日本語で表現するか。

小島❖それくらいのことはみんなやってますよ。あなたの小説を読んでたって、そういうことを考えながらやってるんだなってことはすぐわかるよ。ちょっと不快なものを出してみて、パッとじょうずに相対化している。

だけど全体のトーンは、その程度じゃないですよ。一種の、それはやっぱりあなたの好きな文体ってやつなんですよ。口語でもない、文語でもない、あなたを生かしている世界との関係を描いているわけで、これはやっぱりとっても堂に入っていますよ。

後藤❖堂に入っていますよなんて言われたら、ちょっと不気味で、どう返答したらいいかわからない（笑）。

小島❖そうだよ。ややこしいような、やれ一致だのなんだの言ったってね、そんなこと自分で心得てやんなきゃやってけないよ。

平岡❖快、不快といえば「早稲田文学」の（一九九六年）五月号に横書き小説が出た。それはコンピュータのなかの話を使ってて、マッキントッシュの画面だから横書きで書かざるをえないんです。それをきわめて不快に思う人と、なんとも思わない人がいるでしょう。いまあちこちで横書き小説が出てきているけれども、この運命やいかに。

小島❖抵抗は感じますけど、不快かどうかは別ですね。横書を活かすところがどこかになければ、それはやっぱりつまらないでしょう。「吾輩は猫である」という言葉をどんなふうに小説のなかで扱うかということと同じで、横書を扱うからには心得がなければ。平生の生活では横書きですよ。その間の問題ぐらい心得てやらなければ、そんなものしょうがないですよ。そのセンスがないくらいなら、小説なんか書かないほうがいいよ。

古井❖たいそうむずかしい問題があるんですよ。まあ文学のことはおくとしても、ビジネス関係の文書で、横書きになっている日本語が、はたしてビジネスの現実とか状況を真実あらわせているかどうか。仮名を漢字に変換するような、そういう日本語が、はたしてビジネスの現実をつかめるか。現場でそういう悩みがあるんだそうです。言語を音声にまで還元して、それでどうこうというのは、実際には現実に超えられちゃってるんじゃないかという疑いさえあるんですよ。

平岡❖そういうことがだんだんとコップにいっぱいになってきて溢れるように、文学のなかに流れ込んでこないかな。

後藤❖「早稲田文学」に載ってるから、これも文学かもしれないと思うけれども、もしかしたらこれは別に文学でなくてもいいかもしれない。

小島❖いまのところは、これは音声ですね。

後藤❖三馬の深川言葉の「べらんめえ」ともちょっとまた似てくるんですよ「ピンポーン」とかいうのは。

平岡❖手書きで文字を書くと、筆圧の問題があるし、形の問題がある。ところが、それが消えて、ぜんぶ同じ抽象的な声で、音だけに頼ることになる。これが日本語を変えるかどうか……。

古井❖変えるかもしれないけど、そうした変った日本語があらゆる世界でなんの役にもたたないかもしれない。いま言文とおっしゃったでしょう、商売で言だけですむかどうか。おせおせの商売のときは言ですむでしょう。しかし構造的な認識となれば、商売だって文が要りそうですよ。

後藤❖今日ここに来るときに道に迷ったみたいに、なんだか話が迷路に入ってしまうようだけれども、小説を書くこと自体、迷路を作ることじゃないかな。結局、二十世紀だろうが、二十二世紀だろうが、二十五世紀になろうとも、小説とはなにか、という自問自答を繰り返し考えてるやつが、やっぱり小説家なんじゃないかなあ。

平岡❖繰り返しているようだけれども、やはり循環しながらどこかに行っているかもしれない。

後藤❖もちろん、たんなるリピートという意味じゃないけど。

古井❖言葉が限界状況に入ってるよね。たとえばリモコンという言葉があるけれど、これをリモートとコントロールに還元できない若い者がいる。こういう人の言語感覚は、ぼくらの想像には及ばない。言葉が点々と散っていて、連関がない。リモコンとピッチャーのノーコンと関係ないんだよ。

後藤❖「はじめに言葉ありき」で、言葉があるわけですね。天結局、世界があったのか、言葉があったのか、でしょう。

地創造といったって、それは言葉で創っているわけで、旧約聖書にしても、お釈迦さまの話にしても。だから「はじめに言葉ありき」なんだけれども、その言葉が「言」から「文」に変ってくる。というより「言」と「文」に分れてきた。そのところへ、今また小説がきているんじゃないですかね。

平岡❖言葉の源泉を求めるのと同時に、もう一つ、われわれは四人とも外国語をやっているわけだ。日本語と外国語とが同じ回路のなかで通じているかどうか。さらに、われわれ四人ともみな地方出身者です。後藤君のしぇんしぇい（先生）言葉とお二人の岐阜言葉と、ぼくの大阪言葉と。普段は標準語でしゃべっているけど、新幹線に乗ってどうしてある駅を過ぎると切り替わっちゃうのか。この言語感覚の中枢にあるのはなんだろうか。

古井❖どうやら日本語でもない外国語でもない言語空間を脳のなかにもってるんですね。

平岡❖新幹線で名古屋を過ぎると、アイデンティティにどうもぐらつきを感じるわけです（笑）。自分が怪しくなる。つまりイントネーションがあぶなくなっちゃう。そのとき「吾輩は……」ならいいけど「私は猫である」というのは文語体なんじゃないかと感じてしまう。

小島❖感じてもらわんと困りますよ、感じてください（笑）。新幹線じゃなくてローカル線で行ってください、ほんとうに三十分ですっかり変っちゃうんですから（笑）。

後藤❖ぼくは旧植民地から九州に来て、九州から東京に来て、東京から大阪に来ているわけです。それでいろいろな日本語体験をしたわけだけれども、これはいわば日本語の「言」ですよね。そして昨年、さっき平岡さんが紹介してくれた『しんとく問答』という小説を出したんですが、これは大阪に来てからの「文」ということになります。

小島❖伝えるときには、やっぱり文で伝えるわけですよ。要するに、言葉を使って、文にして、整えて。かなり文にこだわってやってますよ、みんな。

古井さんもぜんぶそうやってこだわってますよ。ぼくはたいそう不思議で、しかもおもしろいと思って、古井さんの文体を読んでおったんですね。徹底してやってますね、あなたは。これだけ徹底されると、おもしろいことを考えてるんだなあと思って、これを外したらなにも自分のアレもないという感じで整えてあるわけですよ。まえはかなり身振りが出てきていたけど、身振りよりも文体ですね、いまは。それが濃厚にある。

それから後藤君もさすがにむかしから文体、文体と言っているだけあって、あなたの文体から一歩も離れないし、それは文体は文ですよ。

後藤❖饒舌体って言ったって、しゃべってるわけじゃありませんからねえ。

小島❖あなたはこのごろはあまり饒舌じゃないよ。じつに饒舌じゃないですよ。

後藤❖要するに、言をいかに文にするか。

小島❖作家というのはみんなそれを生命だと思ってますよ。

（一九九六年六月十二日）

❖著者

後藤明生―ごとう・めいせい

一九三二年四月四日、朝鮮咸鏡南道永興郡永興邑生まれ。敗戦後、旧制福岡県立朝倉中学校に転入。早稲田大学第二文学部露文学科卒。在学中の五五年に「赤と黒の記憶」が全国学生小説コンクール入選、「文藝」に掲載。卒業後、博報堂を経て平凡出版に勤務。六二年に「関係」で文藝賞佳作。六七年に「人間の病気」で芥川賞候補。翌年、専業作家に。七七年に『夢かたり』で平林たい子文学賞、八一年に『吉野大夫』で谷崎潤一郎賞、九〇年に『首塚の上のアドバルーン』で芸術選奨文部大臣賞を受賞。八九年に近畿大学文芸学部の設立にあたり教授に就任。九三年より同学部長を務めた。九九年八月二日、逝去。

❖編者

アーリーバード・ブックス―

後藤明生の長女であり著作権継承者の松崎元子が主宰する電子書籍レーベル。すでに絶版となり入手困難となった後藤作品を、電子化によって復刊を進め、現在三〇タイトルを超す作品をリリースしている。公式ホームページ：http://www.gotoumeisei.jp

アミダクジ式ゴトウメイセイ【座談篇】

2017年5月10日　初版印刷
2017年5月25日　第1版第1刷発行

著者❖後藤明生
編者❖アーリーバード・ブックス

発行者❖塚田眞周博
発行所❖つかだま書房
〒176-0012 東京都練馬区豊玉北1-9-2-605（東京編集室）
TEL 090-9134-2145／FAX 03-3992-3892
E-MAIL tsukadama.shobo@gmail.com
HP http://www.tsukadama.net

印刷製本❖中央精版印刷株式会社

ISBN:978-4-908624-01-8 C0093